BASTEI LÜBBE

Inhalt

Für meine Familie
in Liebe und Dankbarkeit

Danksagungen

Als Bonnie von Stein Anfang 1990 an Dr. Jean Spaulding und andere schrieb und sie bat, bei der Vorbereitung dieses Buches auch wirklich mit mir zusammenzuarbeiten, erklärte sie, sie wünsche ›eine Person, mit der ich alles teilen kann, was ich weiß, Gutes und Schlechtes‹. Ich war diese Person.

Weder Bonnie noch irgendein Mitglied ihrer Familie oder sonst jemand, der mit mir und meiner Assistentin Robyn Smith sprach, erhielt in irgendeiner Form eine finanzielle Entschädigung. Ebensowenig verlangte oder erhielt jemand das Recht, zu überprüfen, zu genehmigen oder in irgendeiner Weise zu kontrollieren, was ich aus den Informationen machte, die man mir so großzügig und offen gab.

Soviel Selbstlosigkeit ist heutzutage selten. Ich glaube, sie entspringt zum großen Teil der Achtung vor Bonnies Wünschen, der Bewunderung und der Zuneigung, die die Bekannten und Freunde für Bonnie empfinden. Wenn diese Frau wollte, daß die Wahrheit erzählt wurde, dann gaben sie auch die Wahrheit preis – wie sie sie kannten –, selbst wenn diese vielleicht nicht immer ganz mit Bonnies Ansichten übereinstimmte.

Aus diesem Grund halte ich es für angemessen, zuerst und hauptsächlich Bonnie von Stein zu danken. Da sie die Hauptfigur in diesem Buch ist, werde ich keine kurze Beschreibung von ihr geben, sondern darauf vertrauen, daß die Leser sie auf den folgenden Seiten kennenlernen werden. Ich möchte nur sagen, daß Bonnie kein einziges Mal – obwohl einige meiner Fragen ihr Unbehagen bereiteten – von ihrem festen Entschluß abwich, mir ungehinderten Zugang zu allen Informationen zu geben, die sie selbst liefern konnte. Ich finde, das ist eine seltene Form von Mut.

Außer Bonnie möchte ich all denjenigen meinen tiefen Dank aussprechen, die so großzügig ihre Einblicke, Informationen und ihre Zeit zur Verfügung stellten, sogar wenn sie – wie es manchmal der Fall war – über Dinge reden mußten, die höchst schmerzlich für sie waren. Einige dieser Personen sind in diesem Buch porträtiert, andere nicht, doch ich danke ihnen allen: Andrew Arnold; Rene Bailey; Karen Barbour; George und Peggy Bates; Polly Bates; Vivian Bates; Elwood Blackmon; Donna Brady; Tom Brereton; Eric Caldwell; Kim Craft; Sylvia Craven; John Crone, Polizeichef von Washington, North Carolina; Janie und Leesa Edwards; Vince Hamrick; Mary Ann Harris; Tiffany Heady; Anne Henderson; Neal Henderson; John Hubard; Dr. Page Hudson; Frank Johnston; Will Lang; Keith Mason; Stephanie Mercer; Mitchell Norton; Steven Outlaw; Bill Osteen senior (jetzt Bezirksrichter von North Carolina); Bill Osteen junior; Joanne Osteen; Angela Pritchard; Chris Pritchard; Steve Pritchard; Sam und Ramona Ravan und ihre Kinder Julie und Joe; Laura Reynaud; Dr. Billy Royal; Wayland Sermons; Linda Sloane; Dave und Sue Smith; Wade Smith; Dr. Jean Spaulding; Lieutenant John Taylor von der Polizei Washington, North Carolina; Steve Tripp; Kenyatta Upchurch; Jim Vosburgh; Curtis und Barbara Wagoner; Jonathan Wagoner; Richter Thomas Watts; und Lewis Young.

(Ich sollte darauf hinweisen, daß Richter Watts, der mir und meiner Assistentin Robyn Smith große Höflichkeit entgegenbrachte, besonderen Wert darauf legte, keine Kommentare in irgendeiner Weise, direkt oder indirekt, offiziell oder inoffiziell, über irgendwelche Dinge abzugeben, die im Gericht unter seinem Vorsitz behandelt wurden.)

Viele der oben angeführten Personen gingen weit über das hinaus, was ihnen ihr Beruf oder die Höflichkeit gebot, und gewährten Unterstützung von unschätzbarem Wert und oftmals auch große Gastfreundschaft. Ich schulde ihnen viel.

Wenn jemand auf der Liste unerwähnt blieb, so ist das unbeabsichtigt, und ich entschuldige mich.

Von den Erwähnten muß ich Bonnies beide Kinder, Chris und Angela, herausheben. Sie sind ebenfalls wesentliche Figuren in der folgenden Geschichte, und ich hoffe, die Leser werden sie im Zusammenhang mit ihren Erlebnissen kennenlernen und verstehen. Hier möchte ich nur sagen, daß beide selbst die persönlichsten und kritischsten Fragen ehrlich beantworteten, und dafür achte ich sie und danke ihnen.

Ich schulde auch Teri Andrews Dank, dem Angestellten des Gerichts im Beaufort County, North Carolina; Bill Dowdy vom North Carolina State Bureau of Investigation (SBI) und denjenigen anderen Beamten, die Lewis Young die Erlaubnis erteilten, die Ergebnisse seiner Ermittlungen mit mir zu teilen; den Beamten der Polk-Jugendstrafanstalt in Raleigh und der Besserungsanstalten in Goldsboro, Lillington und Asheville, die sowohl mir als auch Robyn Smith Interviews mit Chris Pritchard und Neal Henderson ermöglichten.

Mein besonderer Dank gilt Tammy Hensley, Assistentin von Dr. Jean Spaulding, die in langer Arbeit die auf Tonband aufgezeichneten Protokolle meiner Gespräche mit Dr. Spaulding abtippte.

Und ich danke auch Brookie Sterlin, Roger Smith und Jim Klepfer, die gemeinsam meiner Familie und mir die Schönheiten eines ganz besonderen Teils von North Carolina zeigten – Bald Head Island.

Für die technische Unterstützung beim Schreiben danke ich James Plunkett, Emilia Seibold und Geoff Chappell von Synectic Systems, East Dover, Vermont. Sie waren immer da (und manchmal hier), wenn sie gebraucht wurden.

Es ist so üblich, daß Autoren ihren Frauen für ihre seelische Unterstützung, ihre Geduld, innere Kraft, ihr Verständnis etc. danken. Nancy verdient diesen Dank gewiß, aber noch viel mehr. Sie hat selbst als Journalistin und Redakteurin gearbeitet, und sie trug in vielerlei Hinsicht – mehr als ich aufzählen kann – zu der Qualität dieses Buches bei, welche auch immer es haben mag. Vom ersten Entwurf bis zur letzten Revision des Manuskripts – wo sich ihre unnachgiebige Prüfung und ihre redaktionelle Erfahrung als besonders nützlich erwiesen – war sie von unschätzbarem Wert.

Ich bin auch meinem Sohn Matthew dankbar, dessen Ideen hinsichtlich des Aufbaus und der Form des Buches sich als wirklich hilfreich erwiesen.

Aber wenn der Beitrag einer Person den aller anderen übertraf, dann der von Robyn Smith. Schon in der Vergangenheit habe ich mich bei den Recherchen gelegentlich auf andere Leute verlassen, und niemals war ich von dem Ergebnis enttäuscht.

Robyn Smith war jedoch weitaus mehr als eine ›Assistentin‹ im traditionellen Sinn. Robyn, eine ehemalige Fernsehjournalistin, die sich gegenwärtig an der Columbia University für das höhere Fachsemester Journalismus immatrikuliert hat, trug so viel zu diesem Buch bei, daß sie fast als Co-Autorin bezeichnet werden könnte. Nie zuvor war ich so sehr auf Hilfe von außen angewiesen; und nie zuvor hatte ich jemanden von Robyn Smith' Kaliber zur Verfügung. Sie ist eine außergewöhnlich talentierte und energiegeladene Journalistin, und es war mein großes Glück, daß ihr Lebensweg ihr die Freiheit gab, in einer kritischen Phase dieses Projekts die Arbeit zu erledigen, die erledigt werden mußte.

Sie interviewte über dreißig Personen. In vielen Fällen hatte ich bereits ausführlich mit ihnen gesprochen, doch auch bei diesen Leuten erhielt Robyn neue und wertvolle Informationen. In anderen Fällen – wie zum Beispiel George und Peggy Bates, Donna Brady, Dr. Page Hudson, Frank Johnston, Keith Mason, Wayland Sermons und Richter Watts – machte sie alles allein. Zusätzlich führte Robyn im Juni 1991 die heiklen und schwierigen Interviews mit Chris und Angela Pritchard durch, und ich kann mir nicht vorstellen, daß jemand es besser hätte machen können. Wie auch immer dieses Buch beurteilt werden mag, es wäre ein geringeres Werk ohne ihre Beteiligung.

Ein besonderes Wort des Dankes gilt meinem Agenten Mort Janklow, der einen solch gewaltigen Beitrag zu meinem Berufsleben geleistet hat. Und ich danke ebenfalls Bill Haber von der ›Creative Artists Agency‹.

Und schließlich möchte ich für das Vertrauen in meine Arbeit, das Engagement und die Unterstützung Richard E. Snyder, dem Direktor von Simon & Schuster, und Michael V. Korda, dem Chefredakteur und Redakteur der amerikanischen Ausgabe, danken.

Zweifel sind grausamer
als die schlimmsten Wahrheiten

Molière
Le Misanthrope

Einführung

Mitte Februar 1990 erhielt ich einen Anruf von einem Anwalt namens Wade Smith aus Raleigh, North Carolina. Ich hatte ihn 1979 kennengelernt, als er Jeffrey MacDonald verteidigt hatte, einen ehemaligen Arzt der Green Berets, der des Mordes an seiner Frau und der beiden Kinder für schuldig erklärt worden war, worüber ich das Buch *Fatal Vision* (*dt.: Die Unschuld des Mörders*) schrieb. MacDonald hatte das Buch nicht gefallen, aber Wade und ich waren in den folgenden Jahren Freunde geworden.

Er war Vorsitzender von Tharrington, Smith & Hargrove, einer 30köpfigen Anwaltskanzlei, die in den Jahren unserer Bekanntschaft zu einer der renommiertesten im Süden herangewachsen war. Wade selbst war mit 52 Jahren von einem der prominentesten Anwälte für Strafsachen in North Carolina zu einem der angesehensten Bürger des Staates geworden. Er war Vorsitzender der Demokratischen Partei in North Carolina, sein Name wurde gelegentlich genannt, wenn über mögliche Kandidaten für das Amt des Gouverneurs gesprochen wurde, und er war im Begriff, Präsident der Vereinigung ehemaliger Studenten der Universität von North Carolina zu werden.

Er sagte, er habe eine Mandantin, die soeben einige schwierige Erfahrungen gemacht habe und der er mein Buch *Fatal Vision* gegeben hatte. Sie hatte das Buch gelesen und erfahren, daß Wade mich kannte, und sie hatte ihn gebeten, mit mir Kontakt aufzunehmen.

Obwohl sie alle Publicity scheute und großen Wert auf ihre Privatsphäre legte, war sie so aufgewühlt von ihren jüngsten Erlebnissen, daß sie sich fragte, ob ich nicht ein Buch schreiben könnte, das etwas von dem ergründen würde, was sie achtzehn Monate lang durchlitten hatte, und das vielleicht die unaufgeklärten Aspekte ihres Martyriums aufhellen würde.

Ein weiterer Mordfall war das letzte, was ich wünschte, aber

Wade Smith ist ein Mann mit Überzeugungskraft. Nach einem halbstündigen Telefonat mit ihm stimmte ich zu, nach Raleigh zu fliegen und wenigstens mit der Frau zu reden, die Bonnie von Stein hieß.

Ich traf sie an einem Mittwoch, dem 21. Februar 1990. Sie war 46 Jahre alt und trug ein schlichtes blaues Kleid und eine Brille mit dicken Gläsern. Ihr braunes, an den Schläfen schon ergrautes Haar war glanzlos und glatt. Sie wirkte zerbrechlich und erschöpft, und ihr Gesicht war ausdruckslos. Schon das Reden schien sie sehr anzustrengen. Die Atmosphäre in dem Zimmer, in dem wir miteinander sprachen, war bedrückend, wie von Kummer und Qual erfüllt. Mein Gefühl sagte mir, daß ich nichts damit zu tun haben wollte. Und während sie sprach, erkannte ich, daß zweierlei passieren könnte: Entweder würde mich der Fall interessieren, was schlimm sein würde; oder er würde mich nicht interessieren, was vielleicht noch schlimmer wäre.

Es wurde schnell klar, daß sie nicht zu den Leuten zählte, die einfach eine Viertelstunde traurige Berühmtheit bei jemandem erlangen wollten, der bereit war, die Öffentlichkeit auf ihren Kummer und ihre Klagen über mangelnde Gerechtigkeit aufmerksam zu machen. Im Gegenteil, sie wirkte fast beunruhigend vertraulich.

Es ging ihr auch nicht um Geld. Ich sagte ihr, daß ich ihr kein Honorar zahlen konnte; daß ich nicht daran interessiert war, ihre ›Rechte‹ zu kaufen. Sie wirkte fast beleidigt über die Unterstellung und erklärte, sie würde nicht mal erwägen, Geld anzunehmen.

Ich erklärte ihr ebenfalls, daß es nicht meine Praxis ist, die ›autorisierte‹ Version eines Kriminalfalles zu schreiben. Daß ich niemals einer Person das Recht gegeben habe, zu genehmigen oder auch nur vor der Veröffentlichung zu sehen, was ich geschrieben habe. Das überraschte sie ebenfalls nicht. Sie sagte, sie hätte nie gedacht, daß ein ernsthafter Autor anders arbeiten würde.

Ohne Wades Überredungskunst wäre ich natürlich erst gar nicht nach Raleigh geflogen. Wie die Dinge standen, konnte ich jederzeit gehen. Ich konnte einfach aufstehen, ihr sagen, daß es nett gewesen war, ihre Bekanntschaft zu machen, ihr alles Gute wünschen, durch die Tür hinausgehen, einen Abend mit Wade und seiner Lebensfreude genießen und am Morgen heimfliegen. Ich brauchte nicht Bonnie von Stein oder ihren Schmerz.

Aber an diesem ersten Tag begann ich zu spüren, und das Gefühl verstärkte sich am nächsten Tag, daß das, was sie von mir wollte, viel komplexer und schwieriger war als Geld oder bloße Ruhmsucht.

Ich dachte, und ich denke immer noch, daß Bonnie hoffte, wenn sie mir ihr ganzes Leben offenlegte und keine Geheimnisse, welche auch immer, verschwieg – wenn sie Anwälte und Psychiater, Kinder, andere Familienmitglieder und jeden sonst, den sie je gekannt hatte, autorisierte, ja sogar bedrängte, mit mir absolut offen und ehrlich zu sprechen –, dann könnte ich vielleicht die Dunkelheit aufhellen, die ihr Leben erfüllte.

Sie glaubte – oder wollte es doch glauben –, daß ich vielleicht Erklärungen für das Unerklärliche finden würde; Antworten auf nicht zu beantwortende Fragen; Lösungen für unlösbare Probleme. Ich glaube, sie wollte, daß ich ihr alles verständlich machte, was sie durchlitten hatte und was sie für immer zu ertragen haben würde.

Keiner von uns will jedoch wirklich in jedes Geheimnis eingeweiht werden. Vielleicht läßt man gewisse dunkle Stellen am besten unberührt. Wenn man jemand auf die Suche nach der Wahrheit schickt, besteht die Gefahr, daß wir uns vielleicht plötzlich mit Aspekten konfrontiert sehen, die zu ignorieren wir tiefe und zwingende Gründe hatten.

Zuvor hatte mir Wade über Bonnie gesagt: »Du kannst ihr nicht weh tun. Dies ist eine Frau, die nichts mehr zu verlieren hat.«

Es war vielleicht eines der seltenen Male, daß er sich irrte.

Erster Teil

Ein Tod in der Familie

Juli 1988 – Januar 1989

1

Das Feuer brannte in einem Sumpfgebiet nur ein paar Meter vom Straßenrand entfernt. Es war pechschwarz um halb fünf in der Frühe an diesem Montag, dem 25. Juli 1988, in Pitt County, eine Meile westlich der Grenze zum Kreis Beaufort.

Noel Lee hatte Schweine geladen. Das macht man im Sommer in North Carolina am besten nach Mitternacht und noch vor Tagesanbruch. Denn sonst sind die Schweine zu heiß, wenn sie im Schlachthaus eintreffen. Sie sollen keine überhöhte Temperatur haben, wenn sie getötet werden; das würde das Fleisch verderben. Die Schweine waren schnell ausgeladen. Der Lastwagen war gegen halb vier im Schlachthaus eingetroffen, und kaum eine Stunde später war er wieder unterwegs.

Lee war auf der Heimfahrt, und der Gestank der Schweine erfüllte noch den Wagen, als er die Flammen in der Dunkelheit sah. Merkwürdig, ein Feuer mitten in der Nacht im Sumpf. Er war neugierig genug, um genauer hinzuschauen. Aber nicht neugierig genug, um aus dem Truck zu steigen, als er bei den Flammen war. Später sagte er, er hätte nicht gewußt, was ihn vielleicht hinter dem Feuer erwartete.

Das Feuer war allenfalls einen halben Meter im Durchmesser breit, und die Flammen waren vielleicht einen Meter hoch. Am meisten verwunderte ihn, daß die Flammen im Sumpf so stark loderten, als seien sie von einer leicht entzündbaren Flüssigkeit entfacht.

Es herrschte kein Verkehr, und niemand war in Sicht. Die Landstraße 1565, bei den Einheimischen als Grimesland Bridge Road bekannt, die zum Highway 264 führte, etwa 150 Kilometer östlich von Raleigh und knapp 50 Kilometer landeinwärts von der Küste, war nie viel befahren. Um halb fünf am 25. Juli 1988 war sie nur eine schwarze Linie durch Farmland und Dunkelheit. Die einzige Lichtquelle war das geheimnisvolle Feuer. Noel Lee blieb eine Weile in seinem Lastwagen sitzen, starrte auf die Flammen und fragte sich nach der Ursache des Feuers. Dann fuhr er heim, um ins Bett zu gehen. Er hatte keine Ahnung, wie viele Menschenleben sich für immer ändern würden, weil er das Feuer gesehen hatte.

Zehn Meilen entfernt, in Washington, North Carolina, hatte die 44jährige Bonnie von Stein, die auf dem Boden im Schlafzimmer lag, endlich telefonisch das Polizeirevier erreicht.

»Dies ist ein Notfall«, sagte sie sehr leise.

»Kann ich Ihnen helfen?« fragte eine junge Telefonistin.

»Ja, dies ist ein Notfall.«

»Nun, was brauchen Sie, Ma'am?« Die Telefonistin nahm an, es sei die verrückte Frau, die des öfteren mitten in der Nacht anrief.

»Ich brauche die Polizei und einen Krankenwagen.«

»Nun, wo brauchen Sie das?«

»Lawson Road 110.«

»110? Welche Straße?«

»Lawson.«

»Lawson Road 110?«

»L-A-W-S-O-N«, buchstabierte Bonnie von Stein sehr leise.

»Ich kann Sie nicht verstehen, Ma'am, würden Sie bitte lauter sprechen?«

»Entschuldigung. Der Eindringling ist vielleicht noch im Haus.«

»Okay, warum brauchen Sie einen Krankenwagen?«

»Mein Mann kann jeden Augenblick sterben, und ich sterbe vielleicht auch.«

Die Beamtin in der Telefonzentrale wußte jetzt Bescheid. Es war nicht die verrückte Frau. Es war jemand anders.

»Okay, wie lautet Ihr Name, bitte?«

»Bonnie von Stein.« Sie sprach immer noch so leise, daß es kaum zu verstehen war.

»Bonnie wie?«

»Von Stein.«

»Okay, Bonnie von Stein. Bonnie, bleiben Sie einen Augenblick dran, und ich schicke Beamte los. Okay? Legen Sie nicht auf, in Ordnung?«

»Ja.«

Die Telefonistin gab den Notruf durch und meldete sich dann wieder. »Bonnie, sind Sie noch da?«

»Ja, ich bin hier.«

»Okay. Ist jemand in Ihrem Haus?«

»Ich weiß nicht, ob sie noch hier sind oder nicht.«

»Okay, hat jemand – übrigens – wo bluten Sie?«

»In der Brust. Ich wurde niedergeschlagen und niedergestochen, nehme ich an.«

»Okay. Ist Ihr Mann – ist er ebenfalls niedergeschlagen oder niedergestochen worden?«

»Ja.«

»Okay, ich schicke Beamte, und ich will, daß Sie am Telefon bleiben. Legen Sie nicht auf, bis die Polizei dort ist.«

»Ich weiß nicht, wo meine Tochter ist.« Sie hatte eine Tochter, Angela, 18 Jahre alt. Sie hatte ebenfalls einen Sohn, Chris, der 19 und auf dem College war.

Die Telefonistin sprach mit den Polizisten, die auf dem Weg zum Tatort waren. »Sie sagte, sie und ihr Mann wurden geschlagen und niedergestochen. Sie sagte, ihre Tochter ist ebenfalls im Haus, und sie weiß nicht, wo.«

»Wie war noch mal die Adresse?« fragte ein Beamter.

»Lawson 110.«

»Bitte beeilen Sie sich«, bat jetzt Bonnie von Stein.

»Okay«, sagte die Telefonistin. »Unsere Leute kommen so

schnell sie können, und ich bleibe bei Ihnen am Telefon, okay? Okay, Sie hören – ich höre die Sirenen. Halten Sie durch.«

»Ich werde es versuchen.«

»Können Sie am Telefon bleiben, während ich den Notarztwagen rufe?«

»Hm-hm.«

»Okay, Sie bleiben dran und legen nicht auf.« Die Beamtin wandte sich an die beiden Polizisten. »Ich gehe kein Risiko ein und rufe den Notarztwagen.«

»Wir sind unterwegs«, sagte ein Beamter. »Wird nur eine Minute dauern.«

Die Telefonistin rief den Notarzt. »Captain Lewis, wir haben möglicherweise eine Messerstecherei und Schlägerei, Lawson Road 110. Bonnie von Stein heißt die Anruferin. Drei Beamte sind zu diesem Zeitpunkt unterwegs. Ich kann Ihnen im Augenblick nicht mehr sagen, weil die Frau kaum reden kann.«

»Lawson Road 110?«

»Lawson Road 110. Es ist vielleicht mehr als eine Person verletzt.«

»Okay, wir sind unterwegs.«

»Okay, danke, Captain Lewis.« Dann sprach die Telefonistin wieder mit Bonnie von Stein. »Okay, Bonnie, der Notarzt ist ebenfalls auf dem Weg zu Ihnen, okay?«

»Ja.« Die Stimme klang immer noch sehr schwach.

»Aber ich lege erst auf, wenn ich höre, daß sie bei Ihnen sind.«

»Ich kann nicht hören, ob mein Mann atmet.«

»Wo ist Ihr Mann, Bonnie?«

»Im Bett.«

»Können Sie ihn aufwecken?«

»Ich kann nicht an ihn heran. Ich liege auf dem Boden.«

»Okay, können Sie ihn rufen?«

»Nein.«

»Okay. Und Sie wissen nicht, was mit Ihrer Tochter los ist?«

»Nein, das weiß ich nicht.«

»Wohnt sonst noch jemand bei Ihnen?«

»Die sind nicht zu Hause.«

Es folgte eine Pause. »Okay, Bonnie«, sagte dann die Telefonistin.
»Ja?«
»Sind Sie noch bei mir?«
»Ja.«
»Halten Sie durch. Werden Sie mir nicht ohnmächtig, okay?«
»Ich werde es versuchen.«
»Okay, wenn Sie so ruhig und besonnen bleiben, wie Sie jetzt wirken, helfen Sie allen. Wo sind Sie im Haus?«
»Im Schlafzimmer rechts.«
»Wo liegt das Schlafzimmer?«
»Die Schlafzimmer sind oben.« Sie sprach jetzt noch leiser, als ob ihre letzte Kraft schon aufgezehrt wäre. »Meine Tochter ... ist im Schlafzimmer links.«
»Ihre Tochter ist was, meine Liebe?«
»Im linken Schlafzimmer.«
Die Telefonistin sprach mit den Polizisten, die zum Tatort fuhren. »Sie sagt, sie ist im Schlafzimmer rechts und ihre Tochter im linken.«
»Gott, ich hoffe, dies alles ist nur ein schlimmer Traum«, sagte Bonnie von Stein.
Zwei Streifenwagen trafen beim Haus ein. »Okay, hören Sie sie?« fragte die Telefonistin.
»Ich glaube, ja.«
»Okay, wie können die Polizisten rein?«
»Ich weiß es nicht.«
»Sie wissen nicht, wie sie reinkönnen?«
»Nein.«
»Können Sie uns sagen ...«
»Ich weiß nicht, wie sie reinkommen.«
Ein Beamter sprach. »Welche Tür ist nicht abgeschlossen?«
»Sie sagt, sie weiß nicht, wie die Täter reinkamen«, sagte die Telefonistin. »Bleiben Sie dran. Ich versuche, mehr herauszufinden.«
»Das sind die Polizisten«, sagte Bonnie von Stein. »Ich höre sie.«
»Ja«, erwiderte die Telefonistin. »Es sind drei Polizisten dort.«

»Okay«, sagte ein Beamter. »Ich habe die Hintertür offen. Ich glaube, die Tür wurde gewaltsam geöffnet.«

»Die Hintertür ist offen«, sagte die Telefonistin zu Bonnie von Stein. »Die Hintertür wurde gewaltsam geöffnet, und die Beamten kommen rein.«

»O mein Gott«, sagte Bonnie von Stein. Und dann begann sie zu weinen.

»Bleiben Sie – bleiben Sie einfach dort liegen – regen Sie sich nicht auf. Okay, Bonnie? Beruhigen Sie sich ... beruhigen Sie sich, okay?«

»Ich habe Katzen. Bitte, ich will nicht, daß meinen Katzen etwas passiert.«

»Okay, Bonnie, beruhigen Sie sich nur und denken Sie an etwas Schönes ... und ich bleibe dran, bis der Beamte Sparrow bei Ihnen ist und mit mir redet. Okay?«

»Okay.«

»... und sagen Sie ihm, daß ich am Telefon bin, und lassen Sie mich mit ihm reden.«

»Okay.«

»Okay, können Sie ihn rufen?«

»Das Licht ist ausgeschaltet.«

»Okay, er heißt David.«

Bonnie von Stein hörte Polizisten auf dem Gang vor ihrem Zimmer. »Bitte, kommen Sie herein«, sagte sie. »Bitte, kommen Sie herein.« Sie hörten sie anscheinend nicht. Es folgte eine Pause. »Bitte kommen Sie herein!« Zum ersten Mal hob sie die Stimme. Die Tür wurde geöffnet. »Ja ... bitte«, sagte Bonnie. »Schalten Sie das Licht ein.«

Ein Beamter namens Tetterton betätigte den Lichtschalter. Und dann schrie er auf: »*O Gott!*«

»Mister ... Mister ... Mister Sparrow«, sagte Bonnie von Stein.

Sparrow eilte zu ihr. »Ja, Ma'am.«

»Oh, es ist kein Traum.«

Tetterton sprach ins Telefon: »Notarztwagen! Rufen Sie den Notarztwagen!«

»Ist unterwegs«, sagte die Telefonistin.

»Ist meine – meine Tochter im anderen Schlafzimmer?« fragte Bonnie von Stein. Sie klang zunehmend verzweifelt. »Ich glaube, ich hörte meine Tochter reden.«

»Okay«, sagte die Telefonistin zu den Polizisten am Tatort. »Informieren Sie mich bitte, wenn die Tochter der Frau wohlauf ist, damit ich sie beruhigen kann.«

Einen Augenblick später rief ein Beamter namens Edwards: »Alles in Ordnung mit der Tochter.«

»Okay«, sagte die Telefonistin. »Bonnie, Ihre Tochter ist wohlauf.«

»Meinem Mann muß es schlecht gehen . . . o Gott . . . ich sehe ihn!«

»Okay, schauen Sie ihn nicht an, Bonnie. Bonnie, schauen Sie ihn nicht an.«

»Er wollte mir helfen.«

»Okay, erinnern Sie sich, jemanden gesehen zu haben?«

»Oh, es war dunkel, ich weiß es nicht.«

»Okay.«

»Ich weiß, daß er einen dicken Knüppel oder einen Baseballschläger hatte . . . und ein Messer. Ich hörte nichts. Es tut mir leid.«

»Wir brauchen einen Ermittler«, sagte Edwards.

»Bonnie?« sagte die Telefonistin.

»Ja.«

»Okay, Sie bleiben dran.«

»Lassen Sie meine Tochter nicht hier rein.«

»Okay«, sagte Tetterton. Er rief einem anderen Beamten zu: »Lassen Sie das Mädchen nicht hier rein.«

»Bonnie?« fragte die Telefonistin.

»Ja?«

»Der Notarztwagen kommt, okay?«

»Ja.«

»Okay, sehen Sie Ihren Mann nicht an.«

Tetterton nahm Bonnie von Stein den Telefonhörer aus der Hand. »Hey«, sagte er.

»Tetterton?«

»Ja.«

»Gott«, stieß die Telefonistin hervor.

»Sieht schlimm aus«, sagte Tetterton. »Wir brauchen wirklich schnell einen . . . äh . . . äh . . . Rettungswagen.«

»Ist unterwegs«, sagte die Telefonistin.

Tetterton legte den Hörer auf.

Als er Bonnie wiederholt »Wie geht es meiner Tochter? . . . Wie geht es meiner Tochter?« rufen hörte, ging der Streifenbeamte Edwards ein paar Schritte über den Gang und öffnete die erste Tür, an die er gelangte. Er richtete den Schein seiner starken Taschenlampe auf das Bett und sah eine Gestalt darin liegen. Er schaltete die Beleuchtung ein: Offensichtlich war Angela unverletzt. Neben dem Bett lief ein elektrischer Ventilator.

Angela wälzte sich auf die Seite und fragte ruhig: »Was ist?« Sie erkannte Edwards. Sie und ihre Freundinnen nannten ihn ›Bulle Danny‹, weil er sie vom Parkplatz des Einkaufszentrums zu verjagen pflegte, wenn sie sich dort an Wochenendabenden versammelten.

»Alles in Ordnung?« fragte er.

»Mir geht's prima. Was ist denn los?« Es schien sie weder zu alarmieren noch zu überraschen, um halb fünf morgens einen Polizeibeamten in ihrem Schlafzimmer zu sehen.

»Sie müssen aufstehen und sich anziehen«, sagte Edwards.

Angela, die in T-Shirt und Höschen geschlafen hatte, kletterte langsam aus dem Bett und zog Jeans an. Sie war ungefähr 1,60 Meter groß und wog vielleicht ein paar Pfund mehr, als ihr lieb war, aber sie war recht attraktiv. Sie hatte rötlichbraunes Haar, eine Stupsnase und Sommersprossen.

Edwards bemerkte einen dunkelbraunen Fleck auf der Jeans, die sie angezogen hatte.

»Ist das Blut?«

Sie blickte auf den Fleck. »Nein, das ist nur Öl mit Seife für die Behandlung von Sätteln«, sagte sie. »Ich war gestern fast den ganzen Tag im Reitstall.« Dann fragte sie von neuem: »Was ist los?«

Er antwortete nicht sofort. Edwards wußte nicht, ob noch irgendwelche Eindringlinge im Haus waren. Er sagte sich, daß vielleicht jemand versucht hatte, über den Dachboden zu flüchten, als er das Eintreffen der Polizei gehört hatte.

»Wie kommt man auf den Speicher?« fragte er.

Angela sagte ihm, daß der einzige Zugang eine Tür hinten in ihrem Wandschrank war. Er öffnete den Schrank und sah sofort, daß er voller Kleidungsstücke und der Weg zur Tür blockiert war.

Während er den Schrank überprüfte, verließ Angela ihr Schlafzimmer. Auf dem Gang hörte sie Stimmen, und so ging sie zur Tür des Elternschlafzimmers.

Die blutbesudelte Leiche ihres Stiefvaters lag ausgestreckt auf dem Doppelbett. Er hatte nur einen Slip an. Angela wußte sofort, daß ihr Stiefvater tot war. Ihre Mutter lag auf dem Boden, von Notärzten umringt.

Sie hörte ihre Mutter fragen: »Wo ist Angela?«

»Ich bin hier, Mom«, sagte sie. »Mir geht's gut.«

Dann rief jemand: »Schafft sie hier raus!«

Angela stand auf der Türschwelle und starrte immer noch ins Schlafzimmer.

Der Beamte Sparrow wies sie an, nach unten zu gehen, im Wohnzimmer zu warten und nichts zu berühren.

Wortlos befolgte sie die Anweisung und stieg die Treppe hinunter.

»Sie wirkte nicht sehr neugierig«, würde Sparrow später aussagen. »Sie verriet keinerlei Gefühlsregungen.«

Ein paar Minuten später stand Tetterton neben ihr und informierte sie über den Stand der Dinge: »Ihre Mutter ist verletzt. Ich weiß noch nicht, wie schwer.« Mit gesenkter Stimme fügte er hinzu, daß Lieth wahrscheinlich tot sei.

Später würde er sich an ihre Reaktion erinnern: »Die Verletzungen ihrer Mutter nahm sie sehr ruhig auf. Als sie das mit ihrem Vater erfuhr, wurden ihre Augen feucht, aber im ganzen war sie recht gelassen.«

Er fragte sie, ob sie etwas von dem, was oben passiert war, gehört oder gesehen hatte. Sie verneinte das. Sie habe tief und fest geschlafen, bis Edwards in ihr Schlafzimmer gekommen sei und das Licht eingeschaltet habe.

Dann fragte Tetterton, ob sie vielleicht jemanden anrufen

und herbitten wolle – ein Familienmitglied, eine Freundin oder einen Freund.

»Darf ich meinen Freund anrufen?« fragte sie.

»Klar«, sagte Tetterton, »nur zu.«

Während Angela in der Küche verschwand, bemerkte Tetterton die Katzen. Sie schienen überall zu sein, vor allem auf der Treppe. Als sie später alle zusammengetrieben wurden, zählte er dreizehn – dreizehn Katzen und einen Haushahn.

Schon kurz nach dem Eintreffen hatte die Polizei festgestellt, daß in der Küche das Telefonkabel aus dem Anschluß gerissen worden war. Ein Notarzthelfer hatte es wieder eingestöpselt, damit er das Krankenhaus anrufen konnte.

Von diesem Telefon aus rief Angela einen Freund namens Andrew Arnold an, der nur drei Kilometer entfernt wohnte.

Arnold wurde aus dem Schlaf gerissen und war überrascht, zu dieser frühen Stunde einen Anruf zu erhalten. Später erinnerte er sich, daß Angela sagte: »Mom und Lieth wurden soeben niedergestochen und geschlagen. Kannst du rüberkommen?« Er versprach, sich sofort auf den Weg zu machen.

Angela rief auch ihren Bruder Chris an, der in diesem Sommersemester an der North Carolina State University in Raleigh studierte, etwa 150 Kilometer entfernt. Ihm gegenüber wiederholte sie im wesentlichen, was sie schon Andrew Arnold mitgeteilt hatte. Dann kehrte sie ins Wohnzimmer zurück und setzte sich zu den Katzen.

Schweigend beobachtete sie, wie ihre Mutter eilig auf einer Trage die Treppe hinunter zum Krankenwagen getragen wurde, der auf dem Zufahrtsweg wartete.

Der Polizeibeamte Sparrow fand Angelas Teilnahmslosigkeit so ungewöhnlich, daß er sie in dem Bericht erwähnte, den er später schrieb. ›Die junge Frau schien den ganzen traumatischen Vorfall ohne Gefühle hinzunehmen. Nicht einmal zeigte sie Gefühle oder Neugier über das Geschehene.‹

Als Andrew Arnold eintraf, ging er sofort zu Angela, legte den Arm um sie und drückte sie an sich. Er war ihr Freund, aber man sah auf den ersten Blick, daß es keine romantische Beziehung war.

Später würde er sich erinnern: »Sie hatte wohl feuchte Augen und eine verschnupfte Nase, aber richtig geweint hat sie nicht.«

Ein Polizist sagte ihr, daß man sie zum Revier fahren und ihre Aussagen protokollieren wolle. Angela zog sich nicht einmal Schuhe an, bevor sie das Haus verließ. Sie fuhr mit einem Streifenwagen zum Revier, und Andrew folgte.

Angela konnte nur sagen, daß sie nichts wisse, weil sie die ganze Zeit geschlafen habe. Sie war sich nicht sicher, wie lange der Kriminalbeamte mit ihr sprach. Vielleicht eine halbe Stunde. Als er fertig war, fuhr Andrew sie zum Krankenhaus. Immer noch barfuß, ging sie in die Notaufnahme und schaute nach ihrer Mutter.

Bonnie war bei Bewußtsein, und mehrere Ärzte kümmerten sich um sie. Sie bat Angela, nach Hause zurückzukehren und für die Katzen zu sorgen.

Als das Telefon kurz vor fünf Uhr in Zimmer 6118 des Studentenwohnheims der North Carolina State University in Raleigh klingelte, nahm zuerst niemand den Hörer ab.

Chris Pritchard war bis halb vier aufgewesen, hatte Bier getrunken und Karten gespielt. Er hatte dem Alkohol zu sehr zugesprochen. Das Telefon klingelte und klingelte, bis sein Zimmergenosse, der weniger getrunken hatte und früher ins Bett gegangen war, schließlich den Hörer abnahm und sich meldete. Er weckte Chris, drückte ihm den Hörer in die Hand und schlief gleich wieder ein.

Angela rief an. Chris hörte eine Weile schweigend zu. Als sie auflegte, begann er im Zimmer herumzutoben, warf Kleidungsstücke und Kissen herum und fluchte, daß er seine Wagenschlüssel nicht finden könne.

Er stürmte aus dem Zimmer und rannte sechs Treppen hinunter und auf die Straße hinaus. Fünfzig Meter vom Studentenwohnheim entfernt stand auf dem Campus eine blau beleuchtete Notruf-Telefonzelle, auf die Chris nun zusprintete. Er nahm den Hörer ab und redete wild drauflos.

Er schrie so hysterisch, daß die Beamtin in der Notrufzentrale nicht einmal seinen Namen verstehen konnte. Immerhin entnahm sie dem Gestammel, daß jemand niedergestochen oder getötet worden war, in einem Ort, der nach Washington klang. Und von Wagenschlüsseln war die Rede. Immer wieder schrie der Anrufer, daß er seine Autoschlüssel nicht finden könne.

Die Beamtin schickte um 5 Uhr 17 einen Streifenwagen zu dem Notruftelefon am Dan Allan Drive, in der Nähe von Sullivan. Sie sagte, eine Person schreie wie von Sinnen über diese Leitung. Für die Polizei auf dem Campus war das keine große Sache. Während des Sommersemesters hielten sich über tausend Studenten auf dem Universitätsgelände auf, wo das ganze Jahr über reichlich Alkohol und illegale Drogen in Umlauf waren. Ein hysterischer Anruf mitten in der Nacht oder am frühen Morgen über den Notruf war da beileibe nichts Ungewöhnliches.

Zwei Streifenbeamte trafen um 5 Uhr 19 bei der Telefonzelle ein. Chris Pritchard, der zusammengesunken an einem Laternenpfahl auf dem Bürgersteig hockte, sprang auf und lief den Polizisten entgegen, wobei er wild mit den Armen fuchtelte.

»Ich habe meine Schlüssel verloren! Ich kann die verdammten Wagenschlüssel nicht finden! Meine Eltern sind niedergeschlagen und niedergestochen worden. In Washington. Im Beaufort County. Ich muß dorthin! Ich kann meine Schlüssel nicht finden!«

Chris war 1,75 groß und wog nur 75 Kilo. Er trug eine Baseballmütze, Sweatshirt und Shorts und wirkte für einen Studenten noch zu jung, um an. Nach Ansicht der Polizeibeamten, die Erfahrung in solchen Dingen hatten, war er entweder betrunken oder high von Drogen. Er hörte gar nicht auf zu reden. Immer wieder stammelte er das gleiche. Sie konnten nicht sagen, ob es ein blinder Alarm war oder nicht, und so brachten sie ihn zum Revier des Campus und riefen von dort aus die Polizei in Washington, North Carolina, an.

Es war kein blinder Alarm, und ein paar Minuten nach sechs Uhr begann ein Streifenwagen der Campus-Polizei mit Chris auf dem Rücksitz die zweistündige Fahrt nach Little Washington. Chris döste sofort ein und schlief fast auf dem ganzen Weg nach Hause, bis sie den Stadtrand von Washington erreichten und Chris wecken mußten, um sich den Weg zu seinem Elternhaus beschreiben zu lassen.

2

John Taylor war 26, ein schlanker, schwarzhaariger Mann mit einem sorgfältig gestutzten Schnurrbart. Die meisten seiner wachen Stunden verbrachte er mit einem Zahnstocher im Mund. Sein richtiger Name war Haskell Taylor junior, aber man nannte ihn fast sein ganzes Leben lang John, und den Spitznamen hatte man ihm nach dem Jimmy-Dean-Song ›Big Bad John‹ gegeben.

Taylor war in Kalifornien geboren worden und als Zwölfjähriger ins östliche North Carolina umgezogen. Er hatte als Elektriker und dann für Texas Gulf gearbeitet, bevor er 1984 den Dienst als Polizist in Washington begonnen hatte. In den letzten beiden Jahren war er Kriminalbeamter gewesen. Er hatte geglaubt, die Stadt und ihre Bewohner zu kennen. Als er jedoch in Lieth von Steins Schlafzimmer stand und die blutige Leiche auf dem Bett fotografierte, mußte er zugeben, daß der Name keiner derjenigen war, mit denen er vertraut war.

Taylor hatte schon spektakulärere Tatorte gesehen, aber keinen, bei dem die Privatsphäre so hemmungslos zerstört worden war, wie es hier den Anschein hatte. Wer immer Lieth von Stein gewesen sein mochte, er war auf schreckliche Weise gestorben. Er war in seinem eigenen Bett mit einem harten Gegenstand niedergeschlagen worden, und der oder die Täter hatten ihn mit Messerstichen getötet, nachdem er vermutlich nur für einen grauenvollen Augenblick aus dem Schlaf gerissen worden war.

Taylor ging zur linken Seite des Bettes, trat über einen Stapel *Wall Street Journals* hinweg, der auf dem Boden neben einem Computer lag, und beugte sich herab, um eine weitere Aufnahme von der Leiche zu machen. Der arme Kerl! Wer immer das getan hatte, war kein Risiko eingegangen. Taylor neigte sich über die blutgetränkte Matratze und fotografierte sie von oben.

Von Stein. John Taylor war sich sicher, daß er diesen Namen noch nie gehört hatte. Der Mann sah nicht alt aus.

Vielleicht Anfang 40. Ein wenig Übergewicht. Schütteres Haar dort, wo ihn der harte Gegenstand getroffen hatte. Ein gestutzter Vollbart, der vielleicht rötlichblond war, wenn er nicht voller Blut gewesen wäre.

Die Frau hatte man schon fortgebracht, bevor Taylor eingetroffen war. In aller Eile war sie ins Krankenhaus eingeliefert worden, noch lebend, aber bewußtlos und stark aus der Brust blutend.

Taylor lehnte sich an die Wand und versuchte ein Foto zu machen, das die Position der Leiche auf dem Bett zeigen würde. *So viel Blut,* dachte er. Es war sechs Uhr, und es wurde gerade hell; ein weiterer heißer Tag mit hoher Luftfeuchtigkeit stand bevor; eine der Widrigkeiten, die einem im Juli in North Carolina das Leben vergällen konnten.

Während er weiter die Leiche fotografierte, sagte sich John Taylor, daß es bei kühleren Temperaturen gleich viel behaglicher im Schlafzimmer sein würde, und so ging er zum Thermostat und stellte die Klimaanlage auf höhere Leistung.

Er verbrachte ungefähr weitere zwanzig Minuten im Schlafzimmer, und dann ging er mit seiner Kamera nach unten, wo ihm einer der Beamten mitteilte, daß die Katzen endlich alle zusammengetrieben worden waren.

Das Sonderbarste, was er je gesehen hatte: dreizehn Katzen am Tatort eines Mordes. Dreizehn Katzen und ein Haushahn. Als Taylor eingetroffen war, liefen die Samtpfötchen wie aufgeschreckt durch das ganze Haus. Es hatte dreier Beamter plus der Tochter und ein paar ihrer Freunde bedurft, um sie einzufangen und in Transportkisten zu sperren, damit sie zu einem Tierarzt gebracht werden konnten. Die Tochter erwähnte, daß ihre Mutter Mitglied der ›Beaufort County Humane Society‹ war, einer Gesellschaft zur Verhinderung von Grausamkeiten an Mensch und Tier. Sie sagte ebenfalls, daß der Haushahn ein verhätscheltes Lieblingstier war.

Taylor ging durch die Küche und zu der geschlossenen Veranda, die zum Hinterhof führte. Dort fotografierte er einen Rucksack aus grünem Segeltuch, der auf dem Boden nahe bei der Tür lag. Der Rucksack war anscheinend leer.

Taylor fotografierte auch die einzigen Spuren von Sachschäden, die er entdecken konnte: ein Loch war in einer großen Doppelglas-Fensterscheibe neben der Hintertür. Glassplitter lagen nahe beim Rucksack und der Tür auf dem Boden. Taylor trat durch die offene Tür hinaus und sah, daß ein Fliegenfenster außerhalb des Fensters zweimal aufgeschlitzt war; jeder Schnitt war ungefähr 30 Zentimeter lang.

Im Haus war nur der Inhalt einer Handtasche auf einer Arbeitsplatte in der Küche verstreut, nichts sonst war durcheinander. Für John Taylor sah es nicht nach einem Einbruch aus. Es sah aus, als wäre jemand in das Haus eingedrungen, um Lieth von Stein zu ermorden.

Im Krankenhaus wachte Bonnie immer wieder kurz zwischen Phasen der Bewußtlosigkeit auf. Sie war so bleich wie die Laken, auf denen sie lag. Ein Schlauch führte zu ihrer Brust, wo ein Lungenflügel verletzt war. Durch einen zweiten Schlauch in ihrem Arm erhielt sie eine Bluttransfusion und durch einen anderen intravenös Flüssigkeiten. Ihr Haar war blutverkrustet, ihre Augen waren glasig von Beruhigungsmitteln, und an ihrer Stirn klafften Wunden, die ihr von einem Knüppel oder einem anderen harten Gegenstand zugefügt worden waren. Um 4 Uhr 50, als sie in die Notaufnahme eingeliefert wurde, war ihr Blutdruck auf 90 zu 60 gesunken. Man hatte eine aufblasbare Antischockhose über ihre Beine gezogen, die den Blutdruck stabilisieren sollte.

Die fünf Zentimeter lange Stichwunde in ihrer Brust hatte ihren rechten Lungenflügel perforiert und zu einer so schweren inneren Blutung geführt, daß eine sofortige Bluttransfusion nötig geworden war. Man führte einen Schlauch in den verletzten Lungenflügel ein, und über 500 Kubikzentimeter blutige Flüssigkeit wurden abgesaugt.

Zusätzlich zu der Stichwunde hatte Bonnie einen großen Bluterguß an der rechten Brustseite. Sie war ebenfalls dreimal mit einem stumpfen Gegenstand an der Stirn getroffen worden, und jeder Schlag hatte zu einem Bluterguß und einer klaffenden Wunde geführt, die genäht werden mußte. Außerdem war einer ihrer Daumen gebrochen.

Wenn sie es nicht geschafft hätte, die Polizei anzurufen, wäre sie wahrscheinlich im Schock am Blutverlust oder an anderen durch die Lungenverletzung hervorgerufenen Komplikationen gestorben. Um sieben Uhr konnte der Arzt, der sie untersuchte, jedoch notieren, daß sie ›bei Bewußtsein und gut ansprechend auf Stimulantia‹ war. Er bezeichnete ihre Verfassung als ›stabil‹, was nicht sagte, daß sie schon endgültig außer Gefahr war.

Kurz nach Mittag hatte sich ihre Verfassung so weit verbessert, daß ein Arzt, der sie untersuchte, notieren konnte: ›Bonnie von Stein ist emotional kontrolliert, freundlich und kooperativ‹.

Binnen weniger Stunden kursierten in verschiedenen Vierteln von Little Washington Äußerungen, daß das Verhalten dieser Frau nicht das war, was man von einer Frau erwartete, deren Ehemann eine Nacht zuvor brutal ermordet und die selbst schwer verletzt worden war –, es sei denn natürlich, daß sie dieses Unglück erhofft und vielleicht sogar selbst mit arrangiert hatte.

Chris traf kurz nach acht Uhr vor dem Haus ein. Er ging nicht hinein. Mit seinen schmalen, noch nicht völlig ausgebildeten Gesichtszügen wirkte er wie ein großes Kind, was ihn – zusammen mit seiner sehr schlanken Gestalt – immer jünger erscheinen ließ, als er war.

An diesem Morgen sah er schlimm aus. Er hatte sich seit drei Tagen nicht mehr rasiert, sein wirr abstehendes Haar war fettig, und sein Atem stank. Er trug dasselbe Sweatshirt, das er angehabt hatte, als er betrunken ins Bett gefallen war. Seine Hände zitterten, seine Stimme klang schrill, seine Pupillen waren so groß, und sein Blick war so eigenartig, daß jeder, der sich auskannte, angenommen hätte, daß er irgendwann in nicht allzu ferner Vergangenheit stärkere Drogen als Bier konsumiert hatte. Angela saß auf dem Rasen auf der anderen Straßenseite gegenüber vom Haus. Einige Freunde, die von den Neuigkeiten erfahren hatten, scharten sich um sie, rauchten, redeten und schauten über die Lawson Road zu all den Polizisten, die ins Haus hinein und wieder hinaus eilten. Inzwischen waren auch Übertragungswagen vom Fernsehen eingetroffen.

Chris sprach kurz mit seiner Schwester, die ihren Platz am Rand des Rasens lange genug verließ, um ihrem Bruder zu sagen, daß Lieth tot und ihre Mutter auf der Intensivstation war.

Ein Streifenbeamter aus Washington fuhr Chris zum Krankenhaus. Er trat neben das Bett seiner Mutter. Sie sah aus, als wäre sie dem Tod so nahe, wie er sich das nur vorstellen konnte. Scheinbar überall waren Schläuche, durch die Flüssigkeit in sie hineinströmte und abgesaugt wurde. Ihr ganzer Kopf schien mit getrocknetem Blut bedeckt zu sein.

Aber sie öffnete die Augen, als er zu ihr ans Bett kam, und gab einen leisen Laut von sich, der ihn wissen lassen sollte, daß sie ihn erkannte.

Als sie das tat, drückte er ihre Hand und begann zu heulen. Minutenlang stand er einfach da, über sie geneigt, und weinte, als könne er nie mehr aufhören.

Lewis Young, Agent des North Carolina State Bureau of Investigation (SBI) in der Stadt Washington, traf um neun Uhr im Haus ein. Er war fast zwei Meter groß, und er sah gut aus auf jene bescheiden-zurückhaltende Art und Weise, wie sie für fähige Ermittler in Zivil nicht untypisch sein dürfte. Seit vierzehn Jahren arbeitete er für das State Bureau of Investigation. Das SBI ist nichts anderes als ein Ableger des FBI für North Carolina und wird von der örtlichen Polizei bei Kapitalverbrechen oft zur Hilfe hinzugezogen.

Mitchell Norton, der Staatsanwalt vom Kreis Beaufort, hatte Young sofort angerufen, als er von dem Mord erfahren hatte.

Dieser Fall war zu wichtig, um ihn allein in den Händen der Washingtoner Polizei zu lassen.

Von den wenigen hiesigen SBI-Agenten war Young der einzige, der die Universität von North Carolina in Chapel Hill besucht hatte. Seine Vorgesetzten hatten ihm stets die besten Beurteilungen für Sorgfalt, Intelligenz und für sein Talent gegeben, sowohl mit seinen Kollegen als auch mit der Öffentlichkeit gut auszukommen.

Schon bevor Young das Haus betrag, erkannte er, welch schwierige Aufgabe ihm bevorstand. Auf dem Hinterhof hingen blutgetränkte Bettlaken an einem kleinen Boot mit Außenbordmotor. Young zuckte zusammen. Dies war der Schauplatz eines schrecklichen Verbrechens, eines *Mordes*. An einem Tatort sollte man Beweisstücke sichern und nicht an ein Motorboot hängen.

Als er sich der Hintertür des Hauses näherte, bemerkte Young das aufgeschlitzte Fliegenfenster und das eingeschlagene Fenster. Der Fensterrahmen war ungefähr 30 Zentimeter vom Türpfosten entfernt. Young registrierte ebenfalls, daß die kleinen Glasscheiben in der Tür selbst, durch die man viel leichter zum Türgriff gelangen konnte, unbeschädigt waren.

Er sagte sich: Wenn jemand tatsächlich in das Haus hatte einbrechen wollen, wäre es für denjenigen doch viel leichter gewesen, eine kleine, einfache Glasscheibe einzuschlagen und zum inneren Türgriff zu greifen, anstatt ein großes Fenster aus doppeltem Isolierglas einzuschlagen, an einer Stelle, an der es schwierig, wenn nicht unmöglich war, den inneren Türgriff zu erreichen, um die Tür zu öffnen.

Mit anderen Worten: Es sah für Lewis Young nicht nach einem tatsächlich gewaltsamen Eindringen aus, sondern eher danach, daß jemand versucht hatte, einen Einbruch vorzutäuschen. Für Young bestand zumindest die starke Möglichkeit, daß jemand im nachhinein das Glas eingeschlagen und das Fliegenfenster aufgeschlitzt hatte – auf dem Weg aus dem Haus.

Wie schon John Taylor stellte Young fest, daß es wenige, wenn überhaupt irgendwelche Anzeichen auf einen Einbruchdiebstahl gab. Und wie Taylor gelangte Lewis Young schnell zu dem Schluß, daß derjenige, der durch die Tür gekommen war

– wie auch immer der oder die Täter hineingelangt waren –, die Absicht des Tötens, nicht des Stehlens, gehabt hatte.

Young erwog die Möglichkeit, daß der oder die Mörder das Haus durch die Vordertür betreten haben könnten. Aber eine schnelle Überprüfung durch die Beamten und das ärztliche Personal am Tatort bestätigte, daß die vordere Haustür bei ihrem Eintreffen abgeschlossen gewesen war.

Daher war Young sich ziemlich sicher, daß die Hintertür als Ein- und Ausgang benutzt worden war.

Bevor John Taylor den Tatort verließ, führte er noch ein kleines Experiment durch, um Youngs Hypothese zu überprüfen, daß der oder die Mörder nicht durch das eingeschlagene Fenster ins Haus gelangt waren.

Selbst wenn man außer acht ließ, daß es in der Dunkelheit riskant war, mit der Hand durch ein kleines Loch in einer Doppelglasscheibe zum Türknopf zu tasten, weil man sich an den Splittern, die aus dem Rahmen ragten, schneiden konnte, war das Ganze äußerst schwierig. Taylor sagte später: »Um auch nur an den Türgriff zu gelangen, mußte ich mich am Türpfosten festhalten, am Rand der Treppe stehen, meine Hand das ganze Stück um den Fensterrahmen und den Türpfosten drehen, und das war sehr schwierig.«

Folglich war er wie Lewis Young von Anfang an der Ansicht, daß ein Einbruch nicht das Motiv gewesen war und die Fensterscheibe und das Fliegengitter nur beschädigt worden waren, um die Ermittler zu verwirren und abzulenken. Als Lewis Young die Treppe hinaufstieg und zum Zimmer ging, in dem der Mord begangen worden war, fragte er sich: Wer sind diese Leute? Was ist das für eine Familie?

Wie John Taylor lebte Young seit Jahren in Little Washington. Jeden Tag, wenn er heimfuhr, führte sein Weg durch Smallwood, über die Lawson Road und am Haus der von Steins vorbei. Er mußte Hunderte, wenn nicht Tausende Male an diesem Haus vorbeigefahren sein, doch den Namen von Stein hatte er noch nie gehört.

Aber jemand hatte den Namen gekannt, es sei denn der Mord war ein Zufall – eine Möglichkeit, die nach Youngs Ansicht äußerst unwahrscheinlich war.

Er rief an und verlangte eines der mobilen Labors, aber keines war verfügbar. An diesem Morgen war alles Personal der mobilen Labors auf einer landesweiten Tagung in Raleigh. Es würde Stunden dauern, bis ein Laborwagen nach Washington zurückkehren konnte, und die örtliche Polizei hatte keine Lust zu warten. Sie setzte die Ermittlung am Tatort fort.

Young hatte keine Befugnis, sie zu stoppen. Als SBI-Agent hatte er nur eine beratende Funktion. Er konnte der örtlichen Polizei raten, auf das mobile Labor zu warten – und das tat er. Aber sie konnte auf seinen Rat pfeifen – und das tat sie.

Er war jedoch geistesgegenwärtig genug, alles zu registrieren, was er sah, bevor der Tatort für immer verändert und nicht wiederzuerkennen war. Und so fiel ihm auch folgendes auf: Neben Bonnie von Steins Seite des Doppelbetts stand ein kleiner Schreibtisch mit einer Schreibmaschine darauf, die mit einer Plastikhaube abgedeckt war. Und auf der Schreibmaschine lagen ordentlich gestapelt vier Seiten eines Taschenbuchs, deren oberste einige Blutspritzer aufwiesen. Blutbeflecktes Papier neben einem Bett, wo ein Mord und schwere Körperverletzung begangen worden waren, stellt ein Beweisstück dar –und in diesem Fall eines, das nicht durch die Schlampigkeit der örtlichen Polizei gefährdet werden durfte.

Er steckte die Seiten in einen Plastikbeutel und nahm ihn mit, als er das Haus verließ.

Die Autopsie ergab, daß Lieth von Stein – männlich, kaukasischer Abstammung, 42 Jahre alt, 1,68 Meter, 185 Pfund schwer – fünf Schläge mit einem stumpfen Gegenstand auf den Kopf erhalten hatte, wodurch die Haut aufplatzte und kleine Risse in der Schädeldecke entstanden. Er hatte sieben Stichverletzungen im Rücken und eine in der Brust davongetragen. Der Stich in die Brust hatte sein Herz getroffen und ihn getötet. Ein gebrochenes Handgelenk und Blutergüsse und Kratzmale an seinem

Unterarm wiesen darauf hin, daß er zumindest eine Zeitlang versucht hatte, die Schläge und Stiche abzuwehren.

In seinem Blut wurde kein Alkohol festgestellt, obwohl eine Fettleber die Pathologen auf ›einen ziemlichen starken, regelmäßigen Konsum von Alkohol‹ hinwies. In seinem Magen fanden die Pathologen eine ›ziemlich große Menge‹ von unverdautem Hühnerfleisch und Reis.

3

Wenn man die Bescheidenheit der Bürgerschaft von North Carolina mit der Arroganz der Richmond-Aristokratie im Norden und der Hochnäsigkeit der Charleston-Oberschicht im Süden vergleicht, kann man diese Region als ›ein Tal der Demut zwischen zwei Bergen der Eingebildetheit‹ betrachten – heißt es in den vielen Schriften über diesen Bundesstaat.

Wenn das stimmt, gibt es nur wenige Orte in North Carolina, die mehr Grund zur Demut haben als die Hauptstadt des Kreises Beaufort.

Die Stadt Little Washington – ein Name, der den Einwohnern nicht gefällt, der aber überall benutzt wird, um eine Verwechslung mit Washington, D. C., zu vermeiden – befindet sich an der Stelle, wo sich der Tar River zum Pamlico verbreitert, etwa 45 Kilometer landeinwärts von der Pamlico-Meerenge. Washington hat fast zehntausend Bewohner, eine Oberschule, ein Krankenhaus und eine Tageszeitung, und viele schwere Holztransporter rollen über die Route 17 mitten durch die Stadt.

Das Gerichtsgebäude an der Ecke Second und Market Street ist ein quadratischer zweistöckiger Backsteinbau, der um 1800 errichtet wurde. Im Kellergeschoß befindet sich das Gefängnis vom Kreis Beaufort. Dort tötete 1974 eine 21jährige Schwarze namens Joan Little einen 62jährigen weißen Gefängniswärter, indem sie elfmal mit einem Eispickel auf ihn einstach. Er war nackt bis zur Hüfte, als seine Leiche gefunden wurde. Joan Little wurde des Mordes angeklagt und beschuldigt, ihn in ihre Zelle gelockt und dann getötet zu haben. Sie behauptete, in Notwehr gehandelt zu haben, weil er versucht habe, sie zu vergewaltigen. Nach einem Prozeß in Raleigh, der im ganzen Land für Aufsehen sorgte, wurde sie freigesprochen.

Soldaten der Union brannten die Stadt 1864 nieder, und ein anderes Feuer im Jahre 1900 zerstörte sie von neuem. Seither zählten beim Wiederaufbau Schönheit und Charme nicht zu den Prioritäten. Wenn seit dem Ende des Zweiten Weltkriegs irgendwo in der Stadt frische Farbe benutzt worden sein sollte, ist davon für einen Besucher wenig zu sehen.

Über die Bewohner von Little Washington kann das gleiche gesagt werden, was über die Einwohner des Beaufort County als Ganzes geschrieben wurde: »Das Verlangen nach Wohlstand befällt die Leute von Beaufort nur sehr selten. Die meisten von ihnen leben hier seit langer Zeit, und man muß zugeben, daß sie es gelernt haben, entspannt und locker zu leben . . . der Einwohner von Beaufort ist nicht so reich, wie er es gern wäre, aber er sieht keinen Sinn darin, sich abzurackern, um Geld zu verdienen, mit dem er sich im Alter ein Leben der Muße erlauben kann. Das süße Nichtstun hat er bereits.«

1981 wurde Lieth von Stein die Stelle des Chefs der innerbetrieblichen Rechnungsprüfer des größten Unternehmens der Stadt, einer Textilfabrik namens National Spinning, angeboten.

Lieth war in Winston-Salem geboren worden, der großen Industriestadt im mittleren Teil des Staates. Seine Frau Bonnie stammte aus dem Farmerdorf Welcome, ein Pünktchen auf der Landkarte, etwa eine halbe Fahrstunde südlich von Winston-Salem. In den vergangenen beiden Jahren hatten sie außerhalb von South Bend, Indiana, gelebt, wo Lieth im Finanzwesen gearbeitet hatte. Er hatte jedoch Feierschichten einlegen müssen, und er und Bonnie hatten sich gesagt, daß es an der Zeit war, nach Hause zurückzukehren.

Ihre erste Wahl wäre ein Wohnort in oder zumindest näher bei Winston-Salem gewesen. Wenn nicht dort, dann vielleicht im Gebiet Raleigh-Durham-Chapel Hill, wo es Kultur, fortschrittlichen Geist und ökonomisches Wachstum gab. Oder sogar in Charlotte, nicht gerade voller Charme, aber eine Stadt, die einer Metropole im Staat am nächsten kam.

Aber die erste akzeptable Stelle wurde Lieth von National Spinning angeboten, in dem rückständigen Nest Little Washington, vier Stunden Fahrt von der Familie und Freunden entfernt.

Es war ein guter Job, Chef der Rechnungsprüfung. Als Anfangsgehalt erhielt er über 40 000 Dollar pro Jahr – 1981 war das in Little Washington ein ziemlich hohes Gehalt –, und es gab Aufstiegsmöglichkeiten für ihn. Lieth, der sich darüber im klaren war, daß er nicht nur Bonnie, sondern auch ihre beiden Kinder aus erster Ehe versorgen mußte, verzichtete darauf, sich nach etwas Besserem umzusehen.

Und so zogen die vier – Bonnies Kinder Chris und Angela waren damals zwölf und elf Jahre alt – in ein kleines Haus an der Lawson Road in dem neuen Wohngebiet Smallwood, in denen neue Häuser 95 000 Dollar kosteten – das Luxuriöseste, was man in Little Washington finden konnte.

Aber Lieth fühlte sich nie recht wohl in dieser Stadt. Er wollte dort keinen Augenblick länger bleiben als unbedingt nötig, und gewiß war es nicht der Ort, den er sich zum Sterben ausgesucht hätte.

Er war ein kleiner Mann mit schütterem Haar und gestutztem rötlichen Bart, mit ausgeprägtem Sinn für Humor und hitzigem Temperament.

Bonnie war eine blasse, schüchterne, zarte Frau, die eine Brille mit dicken Gläsern trug und mit weicher, leiser Stimme sprach. Sie verzichtete auf Make-up und machte sich nicht viel aus modischer Kleidung.

Zusammen kauften sie sich ein kleines Boot mit Außenbordmotor, brachten es an den Wochenenden zum Fluß, nahmen Essen zum Picknick mit und verbrachten ganze Tage auf dem Wasser. Als die Kinder älter wurden, fuhren sie mit dem Boot zum kleinen Ort Chocowinity, am Südufer des Flusses, wo es ein Restaurant gab, bei dem man mit dem Boot vorfahren konnte wie anderswo mit dem Wagen. Bonnie und Lieth erkundeten gern neue Restaurants. Das zählte zu ihren liebsten Freizeitbeschäftigungen.

Aber sie waren keine geselligen Leute. Außerhalb der Arbeit hatte Lieth nur sehr wenige Bekannte in der Stadt, und Bonnies einzige gesellschaftliche Aktivität war die Mitgliedschaft in der Gesellschaft zur Verhinderung von Grausamkeiten an Mensch und Tier. Es gab niemanden in Little Washington, den Lieth oder Bonnie als engen Freund betrachtet hätten.

Ihre Verwandten, ihre Freunde, ihr wahres Leben waren vier Stunden entfernt in Winston-Salem und dem kleinen Ort Welcome. Little Washington war keine Stadt, in der man viel tun mußte, um aufzufallen, aber Bonnie und Lieth lebten so zurückgezogen, daß sie sogar nach sieben Jahren – sogar am Morgen des Mordes – den meisten in der Stadt so unbekannt waren wie am Tag ihrer Ankunft.

Bonnie erhielt Darvocat für ihre Brustschmerzen, dann Demerol, später, nachdem sie sich eines Morgens erbrechen mußte, auch Phenergan.

Wach- und Schlafphasen wechselten einander in unregelmäßigen Abständen ab, und ständig spürte sie einen starken Druck in der Brust. Ihr Kopf schmerzte, das Atmen fiel ihr schwer. Die schlimmsten Schmerzen kamen von der Stelle, an der man den Schlauch eingeführt hatte. Lieth war tot. »Wenigstens leidet er nicht«, hörte eine Krankenschwester Bonnie murmeln. »Er wollte mich retten.« Dann: »Die Polizei sagte, sie konnte nichts für meinen Mann tun. Er ist tot.«

Chris war mal da und dann wieder nicht. Aber sie würde nie vergessen, wie er neben ihr am Bett stand, als sie zu sich gekommen war und die Augen geöffnet hatte. Sie würde nie vergessen, wie fest er ihre Hand gedrückt, wie bitterlich er geweint hatte.

Jetzt schlief sie wieder, und als sie erwachte, waren zwei Polizisten da und stellten ihr Fragen. Es war schwierig, sie zu verstehen, zu denken, zu reden. Sie wollte einfach schlafen und nie mehr aufwachen. Aber Angela war unverletzt geblieben – das war die gute Nachricht.

Was ist geschehen in dieser Nacht? fragten die Polizisten ein ums andere Mal. Wie viele Eindringlinge waren es? Schwarze oder Weiße? Was haben Sie gesehen? Was haben Sie gehört? Woran können Sie sich erinnern?

Sie hatte nur einen gesehen, aber es konnten zehn oder fünfzehn gewesen sein. Sie wußte es nicht. Sie konnte sich nicht erinnern. Ihr Kopf schmerzte. Obwohl ihr Arzt ihre Verfassung als ›munter‹ bezeichnet hatte, konnte Bonnie nicht klar denken. Man hatte ihr gesagt, daß sie 40 Prozent ihres Blutes verloren hatte. Wieviel war das? Wie lange würde es dauern, bis sie es wiederhatte?

Unter den Verbänden, die ihre Stirn bedeckten, war Bonnies Gesicht ausgezehrt und abgespannt. Sie sprach so leise, daß die Zuhörer sie kaum verstehen konnten. Dennoch erschöpfte sie das Sprechen sehr.

Lieth war tot. Angela war unverletzt geblieben. Da war soviel Blut gewesen. So viel Rot, als der Polizist das Licht eingeschaltet hatte.

Sie versuchte die Fragen der Polizisten zu beantworten. Ein Mörder lief frei herum. Der Mann, der Lieth ermordet hatte. Der Mann, der versucht hatte, auch sie umzubringen. Diese Männer wollten ihn fassen. Sie zwang sich, ihnen zuzuhören, in die Tiefen ihrer Erinnerung herabzusteigen, zu sprechen.

Sie waren zum Abendessen ausgegangen. Kurz nachdem sie heimgekommen waren, ging Lieth zu Bett. Das mußte um 21 Uhr gewesen sein. Sie war aufgeblieben, um fernzusehen, den ersten Teil einer Serie über Ted Bundy, den Killer.

Einige würden es später als eine Ironie des Schicksals bezeichnen – und andere, weniger freundlich, würden es für verdächtig halten –, daß sie in den letzten Stunden vor der Ermordung ihres Mannes, nur mit ihrem Haushahn als Gesellschaft, einen Film über die Verbrechen Ted Bundys angeschaut hatte. Aber sie sah nichts Eigenartiges darin. Sie mochte einfach den Schauspieler, der Ted Bundy spielte. Harmon hieß er. Oder so ähnlich.

Als sie nach oben ging, lag Angela schon im Bett. Bonnie sagte der Polizei, daß der Ventilator neben Angelas Bett lief, das Radio angeschaltet und die Tür zu ihrem Schlafzimmer geschlossen war. Bonnie las noch eine halbe Stunde und schlief kurz nach Mitternacht ein. Sie erwachte von Lieths Schreien. Nie zuvor in ihrem Leben hatte sie solche Schreie gehört. So laut, so schrill. Sie wußte nicht, wie viele Schreie es waren, vielleicht zehn, vielleicht fünfzehn. Sie schrie ebenfalls, dann traf sie etwas am Kopf, und sie wurde niedergestochen. Sie fiel vom Bett.

Als sie auf dem Boden lag, wurde sie abermals mit dem Knüppel oder irgendeinem anderen harten Gegenstand geschlagen. Dann verlor sie das Bewußtsein. Es war furchtbar erschöpfend, all dies zu erzählen, denn in ihrer Erinnerung wirbelte alles durcheinander.

Sie wachte auf dem Boden liegend auf, kroch mühsam aufs Bett hinauf und spürte Lieths Hand in der Dunkelheit. Daran erinnerte sie sich deutlich: daß sie Lieths Hand ertastete. Die Hand war klebrig, und Bonnie wußte, daß die klebrige Flüssigkeit Blut war.

Sie versuchte, ans Telefon zu gelangen, das auf dem Nachttisch neben dem Bett stand, doch sie wurde von neuem ohnmächtig. Als sie das nächste Mal zu sich kam, war sie zu schwach zum Sitzen, doch sie schob sich mit den Hacken rückwärts über den Teppich bis zum Nachttisch. Dort riß sie das Telefon herunter, indem sie am Kabel ruckte. Als das Telefon in der Dunkelheit am Boden lag, drückte sie die Tasten, bis sie die Vermittlung in der Leitung hatte. Dann verlangte sie die Polizei.

Nein, sie konnte den Angreifer nicht beschreiben. Sie sagte: »Ich sah nur den dunklen Umriß einer Person.«

Chris verließ an diesem Morgen das Krankenhaus mit seinem besten Freund von der Uni, Jonathan Wagoner. Er bat Jonathan, ihn bei seinem Elternhaus vorbeizufahren. Dort hatte sich inzwischen eine große Menschenmenge angesammelt: Nachbarn, Polizisten, Freunde, Reporter, ein Aufnahmewagen vom Fernsehen. Und Angela, die immer noch auf der anderen Straßenseite herumlungerte.

Chris sah die blutgetränkten Bettlaken am Boot hängen. Jeder, der vorbeikam, konnte sie sehen. Chris wollte anhalten und herausfinden, wer sie dort aufgehängt hatte, um ihm in den Hintern zu treten, aber Jonathan schaffte es, ihn zu beruhigen. Er fuhr ihn vom Haus fort zum Parkplatz des Einkaufszentrums, das anderthalb Kilometer entfernt war.

Chris war depressiv, gereizt und nahe daran, die Kontrolle über sich zu verlieren. Steven Outlaw, ein alter Freund von der High-School sah ihn vor Frank's Pizza unruhig auf und ab gehen.

»Lieth ist tot?«

»Ja.«

»Wie geht's deiner Mutter?«

»Schlecht. Sieht schlimm aus. Sie stachen sie nieder und schlugen ihr auf den Kopf.«

»Was glaubst du, wer das war?«

»Ich weiß es nicht.« Mit zitternden Händen zündete sich Chris eine Zigarette nach der anderen an. »Aber wenn ich das jemals herausfinde, bringe ich sie um.«

Dann wandte sich Chris ab und ging in Scotts Bekleidungsgeschäft. Er sah sich an Ladentischen mit gestapelten Hemden und an Ständern mit Hosen um. Er sagte Jonathan, daß er stundenweise in einem Modegeschäft in Raleigh gearbeitet hatte. Dann begann er mit einem Verkäufer über Preise und Mode zu plaudern.

Jonathan Wagoner wußte nicht viel über Schockzustände, aber er nahm an, daß Chris unter Schock stand.

Sie kehrten zum Haus zurück, dort drängten sich immer noch die Menschen. Chris sprach mit einem Nachbarn, der soeben vom Krankenhaus zurückgekommen war, wo er Bonnie besucht hatte. »Was sagte sie?« fragte er.

Das fand der Nachbar merkwürdig. Er fragte nicht ›Wie geht es ihr?‹, sondern ›Was sagte sie?‹ Und warum war er nicht selbst dort?

»Hat sie gesehen, wer es war?« fragte Chris.

»Nein, sie sagte nur, daß er jung sein muß. Er wirkte stark. Sie hatte das Gefühl, daß er eine muskulöse Brust hat.«

»Jung, was meinen Sie mit jung?«

»Chris, entspannen Sie sich. Beruhigen Sie sich. Sie weiß es nicht. Sie konnte in der Dunkelheit nichts sehen.«

Aber Chris konnte sich anscheinend nicht beruhigen. »Ich werde den Kerl umbringen, wer immer es getan hat«, schwor er. »Ich kann nicht glauben, daß jemand meiner Mutter das angetan hat.«

»Er war immer noch durcheinander«, sagte Andrew Arnold später. »Immer noch aufgewühlt. Konnte nicht still stehenbleiben. Er sagte, er hätte die ganze Nacht gefeiert und ein paar Drogen genommen.«

Andrew fuhr Chris und Angela und Donna Brady zu Burger King. Keiner aß etwas. Sie bestellten nur Sodawasser und Kaffee. Chris wirkte jetzt nicht nur nervös, sondern wütend. Er hörte einige Leute in einer nahen Sitznische über den Mord sprechen.

»Die sollten aufhören, über uns zu reden!« Seine Stimme klang laut und schrill, und er trommelte ständig mit den Fingern auf der Tischplatte.

Er sagte, er müsse unbedingt weg, raus aus der Stadt. Er schloß sich wieder Jonathan Wagoner an, den er bat, gemeinsam mit ihm nach Greenville zu fahren, das etwa 40 Kilometer entfernt war. Jonathan studierte an der East Carolina University in Greenville und bewohnte dort ein Apartment. Chris sagte, er brauche Schlaf. Er wollte nicht über das Geschehen reden, und er wollte auch nicht jemand anders darüber sprechen hören.

Sie fuhren nach Greenville. Als sie im Apartment waren, schaltete Chris den Fernseher an, fand MTV, und dann legte er sich ohne ein weiteres Wort auf die Couch und schlief ein. Das muß der Schock sein, dachte Jonathan.

Chris schlief zwei Stunden lang, jedoch sehr unruhig. Er wälzte sich von einer Seite auf die andere. Als er aufwachte, war sein Gesicht schweißbedeckt.

So hysterisch ihr Bruder war, so ruhig wirkte Angela. Mehr noch: Sie wirkte gelassen und sogar gleichgültig.

»Sie ist genau wie ihre Mutter«, meinte Donna Brady, Angelas beste Freundin. »Keine von beiden würde jemals ihre Gefühle zeigen. Sie fressen alles in sich hinein.« Für Donna war Angelas offenkundiger Mangel an emotionaler Aufwallung nichts Verdächtiges oder auch nur Untypisches. Andere, die Angela weniger gut kannten, waren da anderer Meinung.

Sie und ihre Freunde saßen stundenlang auf dem Hof eines Nachbarn, genau gegenüber von ihrem Elternhaus. Bäume spendeten Schatten im dunstigen Schein der Julisonne.

Sie saßen im Schneidersitz im Gras, scherzten, lachten und rauchten Zigaretten. Jemand schlug vor, Bier zu besorgen. Ein anderer fragte nach einer Party an diesem Abend.

»Es sah wie ein Sit-in aus«, sagte ein Nachbar. »Oder als schauten sie sich einen großen Zirkus oder eine Parade an. Da waren keine Traurigkeit, keine Gedanken an Gefahr, kein Entsetzen darüber, daß ein grauenerregender Mord begangen worden war. Ich ging schließlich hinaus und sagte: ›Angela, warum bist du nicht im Krankenhaus bei deiner Mutter?‹ Und sie sagte: ›Oh, der geht's prima. Chris hat sie schon besucht‹.«

Die Kriminalbeamten waren jetzt fort. Ein einziger Polizist stand Wache vor der Haustür. Am frühen Nachmittag traten fünf oder sechs Nachbarn an ihn heran und sagten, es wäre schrecklich für Bonnie, wenn sie in ein Haus zurückkehren müsse, das aussehe wie der Tatort eines Verbrechens. Der Polizist stimmte zu und trat bereitwillig zur Seite, als sie mit Besen und Bürsten, Eimern und Reinigungsmitteln ins Haus gingen, um alle Blutflecke und das Pulver wegzuschrubben, mit dem die Fingerabdrücke abgenommen worden waren. Im Elternschlafzimmer war sogar an der Decke Blut, und sie entfernten es ebenfalls. Die Matratze war blutgetränkt, und so trugen zwei Nachbarn sie die Treppe hinab und aus dem Haus. Sie wuchteten sie auf die Ladefläche eines Kleintransporters und fuhren sie zur Müllkippe.

Als die Nachbarn mit der Arbeit fertig waren, hätte ein nicht informierter Besucher nicht sagen können, daß Lieth von Stein sich auch nur einen Zeh in diesem Haus angestoßen hätte.

An diesem Nachmittag las Lewis Young im Polizeipräsidium die Buchseiten, die er gefunden hatte. Es waren die letzten vier Seiten des Liebesromans *A Rose in Winter* von Kathleen Woodiwiss.

Young war bestürzt über den Text. Er wußte nicht, was auf den vorangegangenen 560 Seiten des Buchs passiert war, aber auf Seite 561 – der blutbefleckten Seite, die obenauf gelegen hatte, stieß Young auf einen jungen Helden namens Christopher, der einen Degen schwang, den Gutsherrn herausforderte und sagte: »Sie haben zu lange dieses Land geplündert und sind Ihrem Schicksal entkommen ... Ihre Stunde ist gekommen ... Tod, Mylord ... Tod!«

Young las Beschreibungen wie ›eine lange, blutbedeckte Klinge‹, ›ein Degen, der zuschlug, aufschlitzte, zustach und schnitt‹ und ›ein Dolch, zum Töten bereitgehalten‹.

Im Grunde handelte es sich bei dieser Romanszene um ein einziges Blutbad. Degen, Säbel und Dolche schienen überall zu sein. Eine Romanfigur ›hob einen Stock, schlug ihn auf den Kopf des Mannes und zerschmetterte ihm den Schädel‹. Der böse Gutsherr ›spürte nicht mehr den Stoß durch seine Rippen und ins Herz‹. Der siegreiche Held, Christopher, nahm die Heldin in die Arme, ›als sie zu ihm kam und leise vor Erleichterung schluchzte‹.

Angela fuhr mit Donna Brady zu deren Elternhaus. Donnas Eltern hatten angeboten, daß Angela und Chris so lange bei ihnen bleiben konnten, wie es nötig war. Angela, Donna, Andrew Arnold und Stephanie Mercer, die neben Angela in der Lawson Road wohnte, fuhren ein bißchen in der Stadt herum. Sie fuhren zum Einkaufszentrum, dann hinunter zum Fluß. Angela besuchte nicht ihre Mutter im Krankenhaus, die von der

Notaufnahme auf die Intensivstation verlegt worden war. Schließlich kehrten sie zu Donnas Elternhaus zurück.

Angela war sehr still. Donnas Vater würde ihre Stimmung später als ›düster und bedrückt‹ beschreiben. Auf andere wirkte sie kühl und gleichgültig. Donnas Vater sagte ihr, die Polizei hatte versucht, sie zu finden. Offenbar wollte ein SBI-Agent namens Lewis Young ihr ein paar Fragen stellen.

Young befragte sie um 16 Uhr 40. Angela war nicht im geringsten unhöflich, verhielt sich jedoch von Anfang an so, als hätte sie Besseres zu tun. Unter normalen Umständen hätte Angelas Verhalten keinen schlechten Eindruck gemacht.

Es waren jedoch keine normalen Umstände. Ihr Stiefvater war soeben ermordet worden, und ihre Mutter wäre fast ebenfalls ums Leben gekommen bei diesem Angriff, der erst vor zwölf Stunden stattgefunden hatte, und zwar nur ein paar Meter von dem Bett entfernt, in dem Angela geschlafen hatte, wie sie behauptete.

Etwas an ihrer lässigen Haltung und an ihrem Mangel an Betroffenheit störte Lewis Young. Es war, als würde Angela diese ganze Episode aus großer Ferne beobachten und an ihrem Ausgang nur sehr wenig Interesse nehmen.

»Sie war manchmal auf der Erde und manchmal auf dem Mars«, erklärte Young später. »Irgendwie verträumt. Wie: ›Lieth ist tot, machen wir weiter.‹ So als wäre sie auf dem Sprung, um in der Stadt einen Milch-Shake zu trinken. Sie wirkte, als wäre sie in Gedanken woanders.« Angela sagte Young, daß sie nichts wußte. Sie hatte während der ganzen Sache geschlafen. Sie hatte Sonntagnachmittag geritten, war an diesem Abend heimgekommen, hatte keinen angetroffen, war mit Donna Brady wieder ausgegangen und gegen 23 Uhr nach Hause zurückgekehrt. Ihre Mutter sah sich etwas im Fernsehen an und arbeitete an einem Entwurf für ein Plakat der Gesellschaft zur Verhinderung von Grausamkeiten an Mensch und Tier. Lieth schlief oben. Laut Angela nichts Ungewöhnliches. Lieth ging stets vor ihrer Mutter zu Bett.

Sie ging auf ihr Zimmer, schaltete den Ventilator und das Radio ein und las eine Weile. Ihre Mutter kam und schloß die

Tür, weil sie die Musik zu laut fand. Sie wünschten sich beide eine gute Nacht, Angela schaltete das Licht aus – aber nicht den Ventilator – und legte sich schlafen. Als sie erwachte, war da ein Polizist auf der Türschwelle und sagte, Verzeihung, jemand hat eingebrochen und Ihre Eltern niedergestochen. Vermutlich hatte sie wegen der Geräusche vom Ventilator nichts gehört. Außerdem habe sie einen sehr tiefen Schlaf, fügte sie hinzu.

Angela sagte das alles in gelangweiltem Tonfall, als finde sie das Thema uninteressant. Sie konnte sich nicht vorstellen, wer ihrer Mutter oder ihrem Stiefvater so etwas antun sollte, aber sie mutmaßte, daß der Mörder jemand von National Spinning gewesen sein könnte, vielleicht jemand, den Lieth gefeuert hatte. »Das ist nur eine Möglichkeit«, sagte sie. Nein, sie habe niemand besonderen im Sinn.

Der Rucksack? Nein, den Rucksack habe sie noch nie gesehen. Keiner in der Familie besitze so ein Teil. Sie habe keine Ahnung, wie der dort hingekommen sei.

Sie schaute nicht auf ihre Armbanduhr, aber Lewis Young hatte das bestimmte Gefühl, daß sie es wollte. Wie um anzudeuten: Wie lange dauert es denn noch? Sie wirkte weder traurig noch neugierig, weder ärgerlich noch ängstlich. Sie machte einfach den Eindruck, als hätte sie Besseres zu tun.

Die Abendzeitung brachte auf der Titelseite die Schlagzeile ›Mann in Washington ermordet, Ehefrau verletzt‹. Unter der Schlagzeile war das Haus der von Steins abgebildet. Ein Polizeisprecher wurde mit den Worten zitiert, daß das Ehepaar offenbar von Einbrechern angegriffen worden sei, Einzelheiten jedoch lägen nur ›bruchstückhaft‹ vor.

Ein leitender Angestellter von National Spinning beschrieb Lieth als ›dogmatisch und beliebt‹ und sagte, man würde ihn sehr vermissen. ›Er wurde von allen geachtet wegen seiner Sachkenntnis auf dem Gebiet der elektronischen Datenverarbeitung.‹

In dem Artikel stand, daß Mrs. von Stein ›unter Beobachtung‹ auf der Intensivstation des Beaufort County Hospital liege und an einer Stichwunde in der Brust, mehreren Verletzungen am Kopf und an Blutergüssen leide. Sie müsse Beruhigungsmittel nehmen und habe bis Redaktionsschluß noch nicht mit der Polizei gesprochen.

Angela rief einen Freund an, Steve Tripp, der in Greenville wohnte. Sie erklärte ihm, sie sei aufgeregt und ärgerlich, weil man sie wie eine Verdächtige behandele.

Zuerst habe ein Polizist gedacht, sie hätte Blut auf den Jeans, obwohl es nur Öl und Sattelseife sei.

Dann habe sie am Morgen und am Nachmittag zum Polizeirevier gehen und alle möglichen Fragen beantworten müssen. Jedesmal habe sie den Eindruck gehabt, die Beamten nähmen ihr nicht ab, daß sie während der ganzen Sache geschlafen habe. Man finde es ebenfalls merkwürdig, daß sie unverletzt davongekommen sei, obwohl sie nur ein paar Meter entfernt im Bett gelegen habe.

Sie wüßten nicht, sagte sie Steve, welch einen tiefen Schlaf sie habe. Sie sagte: »Die haben keine Ahnung, wo sie den Täter suchen sollen, und so nehme ich an, sie versuchen, die Schuld auf mich zu schieben.«

Um 21 Uhr 30 an diesem Abend hatte Lewis Young immer noch nicht Chris Pritchard für eine Befragung ausfindig machen können, und so kehrte er zur Lawson Road zurück, um mit einigen der Nachbarn der von Steins über die Familie zu reden. Die Version des Familienlebens, die er erhielt, unterschied sich ziemlich dramatisch von der, die Angela ihm früher am Tag gegeben hatte.

Man sagte ihm, daß Bonnie und Lieth extrem zurückgezogen gelebt hatten. Bonnie war zwar intelligent und voller Mitgefühl, aber auch sehr naiv – der Typ Mensch, der behaupten würde, alles sei prima, und das vielleicht sogar glauben würde, wenn für jeden sonst das genaue Gegenteil offenkundig war.

Lieth war immer sehr ›engstirnig‹ gewesen, getreu dem Motto: ›Wenn ich nein sage, meine ich nein‹. Ebenso schien er eine wahre Jekyll-Hyde-Persönlichkeit gewesen zu sein, besonders wenn er getrunken hatte, was oft genug vorgekommen war, zeigte er, welch unangenehmer Eigenschaften er fähig sein konnte!

An den Wochenenden begann er schon morgens mit dem Biertrinken. Einmal trank er innerhalb von zwei Tagen einen ganzen Kasten Bier leer und dazu ›eine halbe Flasche Schnaps, gleich aus der Flasche‹. Wenn er zum Abendessen in ein Restaurant gegangen war, hatte er sich vor dem ersten Bissen ein paar Schnäpse genehmigt und sich dann mit dem Kellner angelegt. Manchmal war es wirklich peinlich gewesen. Er hatte Wutanfälle bekommen, Essen auf den Boden geworfen oder war zornig aus dem Lokal gestürmt, weil er sich eingebildet hatte, schlecht bedient worden zu sein. »Er war Alkoholiker, und er wußte das«, sagte ein Nachbar. »Er schämte sich dessen nicht. Er pflegte zu sagen ›es wird mich umbringen‹. Er wußte, daß er relativ jung sterben würde.« Es folgte eine Pause. »Aber nicht auf diese Weise.«

Am schlimmsten war sein Verhalten gegenüber Bonnies Kindern gewesen. Es war nicht so schlecht gewesen, als sie noch jünger gewesen waren, doch ›was Liebe und Erziehung anbetraf, gab es das nicht‹ und ›sie waren nie wirklich wie eine Familie‹.

Als Chris und Angela zu Teenagern heranwuchsen, verlor Lieth alle Geduld mit ihnen, beschwerte sich ständig, daß sie ›eine Störung‹ seien, und lamentierte immer wieder, daß er den Tag herbeisehne, an dem sie ein für alle Mal aus seinem Haus heraus sein würden.

»Bonnie verdrängte das und klammerte sich an die guten Dinge, doch es tat ihr im Herzen weh, wie er ihre Kinder behandelte«, sagte der Nachbar.

Besonders feindselig und sarkastisch verhielt sich Lieth gegenüber Chris. Ein paar Jahre zuvor war Chris, zusammen mit einem Freund, wegen einiger kleinerer Dinge in dem benachbarten Ort Chocowinity mit dem Gesetz in Konflikt geraten – man hatte sie aufgrund des Besitzes von Alkohol und Feuerwerkskörpern festgenommen. Sein Name hatte in der Zeitung gestanden.

Aber Lieth hatte reagiert, als wäre Chris des *Mordes* angeklagt gewesen. Er empörte sich ›mehr, als Sie sich vorstellen können‹, und von da an ›ließ er Chris keinen Moment in Frieden. Er verlor jeden Blick für die Realität und hielt Chris ständig seine Verfehlung vor‹.

Chris seinerseits haßte Lieth. Der Stiefvater hatte ›diesen Jungen gegen sich aufgebracht, vermutlich ohne es recht zu bemerken‹. Ebensowenig war es Bonnie aufgefallen, weil sie sich einfach nicht vorstellen konnte, daß ihre Kinder fähig sein könnten, jemandem etwas Böses zu wünschen oder anzutun. Für sie waren die Kinder unschuldig wie die hilflosen Haustiere, die sie so liebte.

Die Nachbarn rieten Young, bei seinen Ermittlungen beide Kinder von Bonnie unter die Lupe zu nehmen. »Chris ist ein sehr sonderbarer Junge«, sagten sie. Und über Angela: »Es war, als lebte sie ihr ganzes Leben auf irgendeinem Plateau, das für niemanden sonst zugänglich war.«

Young erfuhr, daß Chris jetzt im Haus der Bradys war und befragt werden konnte. Bevor er ging, hörte Young noch eine letzte Meinung bezüglich Angela: »Es ist ausgeschlossen, daß dieses Mädchen bei alldem weitergeschlafen hat.«

Young führte sein erstes Gespräch mit Chris Pritchard um 22 Uhr 30 im Haus der Bradys.

Ein dürrer Junge, dachte Young. Er sah nicht wie neunzehn aus, eher wie sechzehn. Er trug eine Baseballmütze, ein Sweatshirt, das aussah, als hätte er eine Woche lang darin geschlafen, und fleckige und verknitterte Shorts. Er war unrasiert, hatte trübe Augen und rauchte eine Zigarette nach der anderen.

»Im Unterschied zu seiner Schwester war er schon eher in der Verfassung, die man erwarten konnte«, sagte Young später. »Er zeigte mehr Gefühle. Man konnte sagen, daß er aufgeregt war. Er zitterte sogar. Aber wie seine Schwester war er sehr weitschweifig beim Reden. Auch wenn ich vergessen hätte, was die Nachbarn gesagt hatten – Nachbarn sagen vielerlei Dinge, die nicht immer unbedingt stimmen –, störte mich, daß keiner dieser jungen Leute sich so verhielt, wie es hätte sein sollen. Ich meine, Chris war am Morgen um acht Uhr in die Stadt gekommen, und seither hatte ich versucht, ihn ausfindig zu machen, um ihn wegen eines Mordes zu befragen, der in seinem Elternhaus begangen worden war, aber erst um 22 Uhr 30 erreichte ich ihn. Das kam mir einfach nicht richtig vor. Es gefiel mir nicht.«

Außerdem konnte Young nicht den Text der blutbespritzten Buchseiten vergessen, den er am Nachmittag gelesen hatte.

Chris sagte Young, er bedauere, daß er nicht erreichbar gewesen sei, aber er wisse ohnehin nichts. Er habe sich für das Sommersemester in der Uni eingeschrieben und sei seit Anfang Juni kaum zu Hause gewesen. Das ganze Jahr über sei er kaum zu Hause gewesen. Er habe gerade sein erstes Semester beendet. »Ich hatte ein paar Probleme mit den Noten. Sie wissen ja, wie das so geht. Deshalb habe ich mich für das Sommersemester eingeschrieben.«

Zum letzten Mal hatte er ein Familienmitglied am Samstag abend gesehen, bei einer der wenigen Gelegenheiten, an denen er zum Abendessen nach Hause gekommen war. Er hatte das Essen selbst gemacht, mit seiner Schwester zusammen hatte er Hamburger für ein Barbecue gebraten. Es hatte gut geschmeckt, und jeder war zufrieden und entspannt gewesen. Nach dem Essen war er zur Uni zurückgefahren, weil er an einer Hausarbeit arbeiten mußte.

Sonntag nacht war er lange aufgeblieben – bis ungefähr halb vier –, hatte mit zwei Mädchen und einem Freund Karten gespielt und Bier getrunken. Als Angela angerufen hatte, war er so verkatert und verschlafen gewesen, daß er volle fünf Minuten gebraucht hatte, um zu verstehen, was sie sagte. Und dann hatte er nicht die Wagenschlüssel finden können und die Polizei auf dem Campus angerufen, um nach Hause gefahren zu werden.

Er war sich keiner Probleme in der Familie bewußt und hatte

keine Ahnung, welche Feinde sein Stiefvater oder seine Mutter gehabt haben könnten. Er wußte, daß sein Vater vor kurzem eine große Erbschaft gemacht und sich viel mit Aktien und Anlagepapieren beschäftigt hatte, aber er sagte: »Ich verstehe nichts von diesem Zeug.« Um wieviel Geld es ging, wußte er nicht. Es fiel Young auf, wie angespannt und zappelig Chris war. Er war furchtbar nervös, wie aufgedreht, und konnte nicht eine Sekunde lang stillsitzen. Sein Kopf ruckte, seine Hände und Beine zitterten. Er konnte sich anscheinend kaum auf die Fragen konzentrieren.

Und weder er noch seine Schwester hatten auch nur ein wenig Traurigkeit über den Tod ihres Stiefvaters oder Sorge um die Verfassung ihrer Mutter gezeigt.

Um halb sieben am nächsten Morgen erhielt Lewis Young einen Telefonanruf von einer Frau, die sich als die Frau von Bonnie von Steins Bruder vorstellte. Sie sagte, sie und ihr Mann hielten sich im Holiday Inn auf, zusammen mit anderen Mitgliedern von Bonnies Familie, die sofort nach Little Washington gereist waren, als sie die Nachrichten gehört hatten. Sie und ihr Mann wollten Young so schnell wie möglich sprechen. Das Gespräch sollte vertraulich sein; sie und ihr Mann wollten nicht, daß andere Familienmitglieder – und besonders Bonnie –, erfuhren, daß sie Kontakt mit der Polizei aufgenommen hatten. Young sagte ihr, daß er sie im Präsidium erwarten würde. Eine Viertelstunde später trafen sie ein.

Bonnies Bruder, George, war 1,80 m groß, ein dünner Mann mit Schnurrbart und einem winzigen Ziegenbärtchen. Auf Young machte dieser Mann spontan einen aufrichtigen und bescheidenen Eindruck. George arbeitete als Chemiker bei einer Farbenfabrik in High Point, einer Stadt in der Mitte des Staates, nicht weit von Greensboro und Winston-Salem entfernt.

Seine Frau Peggy, in Washington, D. C., aufgewachsen, war schlank und attraktiv, mit langen roten Fingernägeln und kurzem braunen Haar. Sie sprach wie ihr Mann offen und mit Gefühl. Beide machten keinen Hehl daraus, daß ihnen die Entscheidung, mit der Polizei zu sprechen, nicht leichtgefallen sei; sie hätten fast die ganze Nacht durch diskutiert und überlegt, was zu tun sein.

Das Problem war ihrer Ansicht nach Christ Pritchard und, in geringerem Maße, vielleicht Angela. Sie hatten Chris am vergangenen Tag gesehen und sofort gespürt, daß irgend etwas nicht in Ordnung war.

»Es ist schwer, es in Worte zu kleiden«, begann George Bates, »aber ich verstehe sein Verhalten nicht. Gestern verhielt er sich nicht, als wäre seine Mutter niedergestochen worden und fast ums Leben gekommen. Und er verhielt sich auch nicht wie ein Junge, dessen Stiefvater ermordet wurde.«

»Ich habe keine Träne in seinen Augen gesehen«, fügte Peggy Bates hinzu.

»Er wirkte nicht erschüttert, nicht einmal bestürzt«, sagte George Bates. »Auch nicht fassungslos. Er verriet nur seine übliche Nervosität, ging ziellos auf und ab und konnte nicht stillsitzen.«

Young hatte gedacht, Chris Pritchards Unruhe sei vielleicht eine Reaktion auf die schockierenden Neuigkeiten gewesen, die er früh am Morgen erfahren hatte. Aber Chris' Onkel sagte: »So ist er schon immer gewesen.«

Es fiel ihnen schwer, es auszusprechen, aber George und Peggy hatten dieses Gespräch gesucht, weil sie nach Chris' Verhalten seit ihrer Ankunft in Little Washington befürchteten, daß er etwas mit dem Verbrechen zu tun haben könnte.

Angelas Verhalten beunruhigte sie ebenfalls.

»Keiner von beiden hat eine Träne vergossen«, sagte George Bates. »Es war, als wäre *nichts* passiert. Es war, als ginge ich zu ihnen, und sie haben einige Freunde dabei, und es heißt ›Hey, wie geht's?‹ – die gleiche lässige Art. Als ob sie besprechen, daß sie Pizza oder sonstwas holen wollen.«

George Bates sah Lewis Young in die Augen. »Ich könnte vielleicht noch verstehen, daß jemand nicht weint, wenn er seinen Stiefvater verliert, aber *ihre Mutter liegt auf der Intensivstation. Ihre Mutter wurde fast ermordet!* Das war doch kein Autounfall! Jemand hat absichtlich versucht, ihre Mutter zu *ermorden*! Und die Kinder zeigen keinerlei Besorgnis. Warum weinen sie nicht? Warum sind sie jetzt nicht im Krankenhaus und beschützen ihre Mutter? An ihrer Stelle wäre ich dort Tag und Nacht.«

Dann sagte Peggy Bates: »Die ersten Personen, der Sie Ihre Aufmerksamkeit widmen müssen, sind Chris und Angela.«

Und George Bates meinte: »Wissen Sie, ich habe nichts Handfestes. Ich bin nur beunruhigt. Ich bin so beunruhigt, daß ich hier sitze und über meine Verwandten rede. Ich tue es ungern, aber ich möchte wenigstens, daß Sie jemanden ins Krankenhaus schicken, der für Bonnies Schutz sorgt. Denn wenn die jungen Leute etwas damit zu tun haben – Gott behüte! –, dann versuchen sie vielleicht sonst noch etwas.«

Ein Polizist war am Vortag zum Schutz von Bonnie eingeteilt worden und hielt Wache an der Tür zu ihrem Krankenzimmer. Young rief an, um sich zu vergewissern, daß dort noch jemand im Dienst war. Um zehn Uhr fuhr er dann zum Krankenhaus, um ein erstes Gespräch mit Bonnie zu führen und sich zu informieren, wie schwer sie wirklich verletzt war. Ihr Bruder mochte um ihr Leben bangen, und sie mochte – wie es den Anschein hatte – ein unschuldiges Opfer sein, aber sie war auch ›bereits ein wenig verdächtig‹, wie Young später sagte.

Lieth war erst seit einem Tag tot, aber schon ging das Gerücht über Bonnies mögliche Verwicklung in das Verbrechen wie ein Lauffeuer durch Little Washington.

Wenn Bonnie in der Stadt gut bekannt gewesen wäre, wenn sie viele Freunde und Bekannte gehabt und sich am gesellschaftlichen Leben beteiligt hätte, dann hätte sich der Verdacht vielleicht weniger schnell ausgebreitet. Aber wer hatte diese Bonnie von Stein wirklich gekannt? Jahrelang war sie eine Fremde im Ort gewesen. Von solch einer Person konnte man leicht das Schlechteste annehmen.

Was aber der Verbreitung dieses Gerüchtes mindestens genau soviel Vorschub leistete, war das Vorhandensein eines Zwei-Millionen-Erbes – und das sprach sich im Nu in der Stadt herum.

Die Gerüchte gingen schon um, bevor die Nachbarn das Blut von den Wänden im Schlafzimmer geschrubbt hatten. Selbst die Lokalzeitung bezog sich darauf. Sie zitierte einen Sprecher der Washingtoner Polizei, der gesagt hatte: »Ich habe Gerüchte über den Vorfall gehört, halte die meisten jedoch für Fehlinformationen oder böswillige Unterstellungen.«

Während Bonnie in ihrem Krankenbett lag und ein Schlauch in ihrer Brust steckte, äußerten in ganz Little Washington Leute, die diese Frau nie kennengelernt hatten, Zweifel daran, daß in jener Nacht wirklich Fremde in ihr Haus eingedrungen waren.

»Ich muß sagen, sie sah ziemlich schlimm verletzt aus«, erinnerte sich Lewis Young später, »besonders am Kopf. Es tat mir förmlich weh, sie auch nur anzuschauen. Wenn all dieses Geld im Spiel war, hatte sie offenbar ein Motiv, aber ich habe noch kein Verbrechen erlebt, bei dem sich eine Person selbst solche schwerwiegenden Verletzungen zufügte oder von jemand anderem zufügen ließ, nur um den Verdacht von sich abzulenken.«

Er bat sie, ihm von dem Wochenende zu erzählen. Sie begann damit, daß Chris am Samstag abend zu Hause gewesen war und Hamburger für sie alle gebraten hatte. Am nächsten Morgen hatten Bonnie und Lieth lange geschlafen und waren dann nach Greenville zum Frühstücken gefahren. Sie hatten im Waffle House gefrühstückt.

So etwas taten sie gern an Wochenenden, sie betrachteten es als Erholung und Entspannung. Rund 40 Kilometer mochten eine große Entfernung sein, nur um im Waffle House zu frühstücken, aber in Little Washington hatte man nur die Wahl zwischen McDonalds oder Burger King.

Sie hatte Angela gefragt, ob sie mitkommen wolle, aber Angela wollte unbedingt zum Reitstall. Angela liebte Pferde, das war schon immer so gewesen. Reiten war das einzige, was sie an einem Wochenende um halb neun aus dem Bett treiben konnte. Chris war schon am Vorabend zur Uni zurückgekehrt, nach dem Abendessen. Er hatte gesagt, er müsse an einer Hausaufgabe arbeiten.

So hatten sich Bonnie und Lieth allein auf den Weg nach Greenville gemacht. Nach dem Frühstück verweilten sie kurz in der Stadt und schauten sich Wohnmobile an. Lieth hatte vor kurzem eine große Erbschaft gemacht – Bonnie sprach von 1,3 Millionen Dollar –, und er plante, am Ende des Jahres seinen Job aufzugeben und sich ausschließlich der Verwaltung seiner Kapitalanlagen zu widmen. Da beide Kinder endlich auf der Uni waren, würden Bonnie und er frei sein, durch die ganze Welt zu reisen.

An diesem Nachmittag saßen sie ein paar Stunden am Computer, gaben Börsendaten ein und brachten Daten des Aktienmarktes auf den neuesten Stand. Dann zogen sie sich für ein paar ›private Minuten‹ ins Schlafzimmer zurück, wie Bonnie mit einiger Verlegenheit sagte.

Am Abend fuhren sie wieder nach Greenville, und weil ihr Lieblingsrestaurant, ›The King and Queen‹ geschlossen hatte, aßen sie im ›Sweet Caroline's‹. Vor dem Essen trank Lieth ein paar Wodka-Martinis und Bonnie einen Tom Collins. Lieth bestellte Huhn mit wildem Reis und Bonnie Steak vom Holzkohlengrill. Zum Essen tranken sie Wein, aber Bonnie beließ es bei einem Glas.

Als sie heimkehrten, ging Lieth sofort zu Bett. So war er. Er ging stets früh schlafen. Bonnie blieb auf – wie sie zuvor schon erwähnt hatte –, um sich die Ted-Bundy-Serie im Fernsehen anzuschauen. Nicht etwa, weil sie sich etwas aus Ted Bundy machte, sondern weil ihr zufällig der Schauspieler gefiel, der diesen legendären Verbrecher spielte. Ja, der Haushahn war bei ihr. Sie war auf dem Lande aufgewachsen, hatte ihr Leben lang Tiere gemocht und fand es ganz normal, sich dreizehn Katzen im Haus zu halten oder ihren Haushahn ins Wohnzimmer mitzunehmen, wenn sie fernsah.

Sie schaltete den Fernseher kurz nach 23 Uhr aus, als die Nachrichten begonnen hatten. Dann ging sie nach oben und weckte Lieth, um ihn zu fragen, ob er ein Glas Tee möchte. Er lehnte ab und schlief sofort wieder ein. Dann hatte Bonnie einen kleinen Plausch mit Angela – Bonnie wollte am nächsten Tag zum Strand fahren, und sie unterhielten sich über Badeanzüge und auch über eine von Angelas Musikkassetten, die Bonnie im Kassettenrekorder ihres Autoradios hören wollte.

Im Bett las sie dann noch eine Weile ein Taschenbuch, irgendeinen Liebesroman, an den Titel konnte sie sich nicht erinnern. Angela ließ noch ziemlich laut Musik laufen, und so stand Bonnie noch einmal auf, um die Türen von ihrem und Angelas Schlafzimmer zu schließen. Sie schlief dann bald ein. Irgendwann später hörte sie Lieths Schreie.

Während des Angriffs nahm sie ein ›Zischen‹ und ein ›dumpfes Geräusch‹ wahr, jedesmal wenn Lieth getroffen wurde. Bonnie erinnerte sich, daß der Angreifer beim Verlassen des Schlafzimmers die Tür ›leise‹ geschlossen und nicht zugeknallt hatte. Später hörte sie das gleiche ›Zischen‹ und das ›dumpfe Geräusch‹ auf dem Gang, und sie befürchtete, daß Angela ebenfalls umgebracht worden war.

Young fragte sie, ob sie inzwischen eine etwas deutlichere Vorstellung von dem Täter hatte als am Tag zuvor. Daraufhin beschrieb sie den Täter als einen großen, kräftigen Mann mit breiten Schultern, die ›förmlich in seinen Kopf übergingen, als hätte er keinen Hals‹. Sie glaubte sich zu erinnern, daß er eine Skimütze getragen hatte, die den größten Teil seines Gesichts verborgen hatte.

Young wollte mehr über Lieth erfahren. Bonnie beschrieb ihn als sanftmütigen Mann, der keine Waffen im Haus geduldet hätte. Von irgendwelchen Problemen an seinem Arbeitsplatz war ihr nichts bekannt. Sie hatte nicht den Verdacht, daß er irgendeine außereheliche Affäre hatte. Ihre Ehe bezeichnete sie als glücklich.

Ihrer Schilderung nach war Lieth freundlich zu ihren Kindern gewesen. Ein lautstarker Mann, der einen sofort wissen ließ, wenn ihn etwas ärgerte, der aber nicht nachtragend war. Nach ihren Worten hatte er sich mit Chris, Angela oder ihren Freunden gut verstanden. Sie sagte, daß sie wirklich eine glückliche Familie gewesen waren. Überhaupt nichts Außergewöhnliches, vielleicht davon abgesehen, daß Lieth in den letzten Jahren mehr getrunken hatte, als sie für gut hielt. Aber das führte sie auf den Streß zurück, den er durch die Krankheiten seiner Eltern und ihren Tod gehabt hatte – und durch den Tod eines Onkels, der fast wie ein Vater zu ihm gewesen war. In dieser

Zeit hatte er fast jedes Wochenende eine viereinhalbstündige Fahrt nach Winston-Salem auf sich nehmen müssen.

Young zeigte Bonnie ein Foto von dem grünen Segeltuchrucksack, der auf dem Gang von der Hintertür zur Küche gefunden worden war. Sie sagte, er gehöre keinem aus ihrer Familie und sie habe ihn noch nie gesehen.

Als nächstes fragte Young nach der Erbschaft. Nach Bonnies Worten hatten Angela und Chris gewußt, daß Lieth eine große Summe geerbt hatte, aber weil sie keine Familie waren, in der über solche Dinge offen diskutiert wurde, bezweifelte sie, daß beide Kinder eine Ahnung hatten, um wieviel Geld es sich handelte. Eines hatten die Kinder *gewußt*: wenn sie oder Lieth beide sterben sollten, würde alles, was sie hinterließen – und falls Lieths Lebensversicherung zu der Erbschaft hinzukam, belief sich die Gesamtsumme auf fast zwei Millionen Dollar –, in einem Treuhandvermögen verwaltet werden, bis Angela, das jüngste Kind, 35 Jahre alt war. Als Young die Witwe fragte, ob sie irgendwelche neuen Gedanken hatte, wer das Verbrechen begangen haben konnte, bekam er zur Antwort, möglicherweise stecke die North Carolina National Bank dahinter. Lieth hatte die Bank über seine Entscheidung informiert, das 1,3 Millionen-Konto aufzulösen, weil er unzufrieden mit ihren Leistungen und Gebühren war. Vielleicht, sagte Bonnie, hatte die Bank Lieths Ermordung arrangiert, um zu verhindern, daß er ihnen das Geld wegnahm.

Young hielt das für die lächerlichste Idee, die er jemals im Zusammenhang mit einem Mordmotiv gehört hatte. Vielleicht sind es die Folgen von Schock und Verletzung, die ihr eine solch weit hergeholte Idee einflüstern, kam es Young in den Sinn, als er den Verband an ihrer Stirn sah.

Er stellte noch eine Frage über das Buch, das sie im Bett gelesen hatte. Sie konnte sich nicht an den Titel erinnern, war sich aber ganz sicher, daß es nicht *A Rose in Winter* gewesen war.

4

Es war kurz nach 18 Uhr am Dienstag, dem 26. Juli, dem Tag, an dem Lewis Young sein erstes Gespräch mit Bonnie im Krankenhaus geführt hatte, als er einen Anruf von der Washingtoner Polizei erhielt. Man informierte ihn, daß man in der Aufregung im Zusammenhang mit der Ermordung Lieth von Steins ganz den Anruf eines Schweinezüchters namens Noel Lee vergessen habe. Der Mann hatte um halb fünf am Morgen des Mordtages ein Feuer neben der Landstraße 1565, der Grimesland Bridge Road, gesehen, kurz hinter der Grenze zum Pitt County.

Young versuchte Lee telefonisch zu erreichen, doch der Schweinezüchter war unterwegs. Um 23 Uhr rief Noel Lee zurück. Eine halbe Stunde später stand Lewis Young vor seiner Haustür.

Die Stelle, an der das Feuer gebrannt hatte, war nur einen halben Kilometer von Lees Haus entfernt, jenseits einer Kurve und einer Senke, am Rande eines bewaldeten, sumpfigen Gebiets. Mit einer Taschenlampe leuchtete Lee auf die Stelle, wo das Feuer gebrannt hatte. Ungefähr zweieinhalb Meter vom Straßenrand entfernt war ein verbrannter Fleck, nicht groß, allenfalls einen knappen Meter im Durchmesser und mehr oval als kreisförmig.

Young ging am Rande des Ovals in die Hocke und leuchtete die Stelle mit seiner Taschenlampe aus. Er sah etwas, das wie Asche aussah, stocherte ein wenig darin herum und nahm den schwachen Geruch von Benzin wahr. Er fand auch Stückchen von verbranntem Stoff, einen zum Teil versengten Schuh und ein angebranntes Jagdmesser mit einer Sechs-Zoll-Klinge. Er steckte alles in den für Beweismaterial vorgesehenen Plastikbeutel.

Dann leuchtete Young über den Rand des verbrannten Flecks hinaus. Er entdeckte ein angesengtes und verknittertes Stück Papier ungefähr einen Meter von der Asche entfernt. Auch das verstaute er in einem Plastikbeutel.

Es war dunkel und spät. Er bedankte sich bei Noel Lee für die

Hilfe. Ja, es war selbstverständlich richtig gewesen, anzurufen. Er entschuldigte sich, weil es so lange gedauert hatte, bis jemand auf den Anruf reagiert hatte. Lee winkte ab. Er hielt eine Entschuldigung für überflüssig. Er war sich nicht einmal sicher gewesen, ob er jemanden mit der Sache behelligen sollte, doch dann hatte er durch das Fernsehen von dem Mord erfahren und sich gesagt, was soll's, ruf mal an.

Früh am nächsten Morgen erhielt Young einen Anruf von George Bates, der erklärte, daß seine Befürchtung, Chris könne in das Verbrechen verwickelt sein, noch stärker geworden sei. Gestern habe er Chris zum Studentenwohnheim an der Uni in Raleigh zurückgefahren. Chris' Zimmergenosse hatte anscheinend die verschwundenen Wagenschlüssel unter einem Sesselkissen gefunden, und Chris wollte seinen Wagen holen. Laut George Bates benahm sich Chris den ganzen Weg über äußerst seltsam. »Mann, war der nervös! Er zitterte regelrecht!« Chris zeigte nicht die geringste Trauer über den Tod seines Stiefvaters, machte sich keine Sorgen um die Gesundheit seiner Mutter und schien nicht einmal neugierig zu sein, wie das alles passiert war. Statt dessen schwafelte er davon, wie tief er in die Drogenszene auf dem Campus hineingeraten sei und daß er ›von dem Stoff wegkommen‹ müsse.

Aber das wirklich merkwürdige war etwas anderes – und das war der Grund für George Bates' Anruf. Nachdem Chris die Wagenschlüssel erhalten hatte, war ihm anscheinend nicht klar, wo er sein Auto abholen sollte. Zunächst meinte er, der Wagen stehe am Rand des Campus, etwa einen Kilometer vom Studentenwohnheim entfernt. Während George Bates den Jungen dorthin fuhr, sagte dieser ein paarmal, er sei sich nicht sicher, ob er den Wagen gleich finden könne. »Ich war die ganze Nacht auf einer Party, und ich stand mächtig unter Strom.«

»Aber du hast nicht unter Strom gestanden, als du den Wagen vor der Party geparkt hast«, wandte sein Onkel ein. »Wie kommst du darauf, daß du ihn nicht finden kannst?«

Wie sich herausstellte, war Chris' weißer Mustang fast der

einzige Wagen auf dem ganzen Parkplatz, und so entdeckte ihn Chris sofort. Aber es kam George Bates sonderbar vor, und es beunruhigte ihn, daß Chris sich Sorgen gemacht hatte, er könnte seinen Wagen nicht finden. Es war vielleicht bedeutungslos – George Bates räumte ein, daß er mit allem, was er über Chris gesagt hatte, auf dem Holzweg sein konnte –, aber es war ein weiterer Punkt, den er seiner Ansicht nach mitteilen sollte.

Später an diesem Morgen, in der Washingtoner Polizeiwache, öffnete Young den letzten Plastikbeutel, nachdem er mit dem jungen Kriminalbeamten John Taylor bereits das Jagdmesser, den angebrannten Schuh und die ebenfalls angesengten Stoffstücke untersucht hatte.

Er zog das verknitterte und angesengte Stück Papier heraus und entfaltete es sehr behutsam. Er sah Linien und Vierecke und Zeichnungen von vierbeinigen Tieren. Über der längsten Linie stand LAWSON.

Die Linien waren anscheinend Symbole für Straßen, die Vierecke konnten Häuser symbolisieren, und die Tiere waren wohl Hunde. Letztere waren im Gegensatz zu den Linien und Vierecken nicht nur in Strichmännchenmanier gezeichnet, sondern gemalt, als sollten sie ein mittelalterliches Märchen illustrieren.

»Das ist Smallwood!« stieß Young hervor.

Obwohl nur das Wort LAWSON auf eine besondere Straße hinwies, erkannte Young schnell, daß die anderen Linien, die kreuz und quer und in verschiedenen Winkeln miteinander verbunden waren, Straßen in dem Viertel und der angrenzenden Gegend darstellten. Da war die Verlängerung der Market Street. Und hinter der Linie, über der das Wort LAWSON stand, war die Marsh Road eingezeichnet. Und die Linie dahinter mußte Northwoods darstellen.

Von den kleinen Vierecken längs der Linie, die die Lawson Road symbolisierte, war das fünfte von oben von mehr Einzelheiten umgeben als die anderen. Obwohl ein Teil der Karte verbrannt war, konnten Young und Taylor Markierungen sehen, die einen Zaun, einen Entwässerungsgraben und einen kleinen Schuppen auf dem Hinterhof darstellten.

Auf den Höfen zu beiden Seiten des fünften Hauses war jeweils eine Dogge gezeichnet.

Lewis Young wußte von der Zeit, die er bereits am Tatort verbracht hatte, daß das fünfte Haus dasjenige war, in dem Lieth von Stein ermordet worden war.

John Taylor fotografierte die Karte. Young schickte das Jagdmesser zu dem Pathologen, der die Autopsie bei Lieth von Stein durchgeführt hatte. Der Arzt stellte fest, was Young erwartet hatte: Die Klinge paßte sehr wohl zu den Stichwunden, die von Stein zugefügt worden waren.

Niemand, weder Young noch Taylor oder der Staatsanwalt vom Kreis Beaufort, würde jemals erklären können, warum die Karte nicht verbrannt war.

War sie einfach gleichgültig an den Rand des Stapels von blutiger Kleidung geworfen und dann von den Flammen weggeblasen worden, als das Benzin, das auf die Kleidung geschüttet worden war, in Brand geraten war?

Oder war die Karte auf einen nachträglichen Einfall hin zum bereits brennenden Feuer geworfen worden, bevor die Person, die das Feuer gemacht hatte, zu einem wartenden Wagen geeilt war?

Oder war die Tatsache, daß die Karte das Feuer fast unbeschädigt überstanden hatte – ein Feuer, das heiß genug gewesen war, um ein Jagdmesser teilweise zu schmelzen –, nicht mehr und nicht weniger als höhere Gewalt, wie der Staatsanwalt später vor den Geschworenen argumentieren würde?

Für einige Dinge auf der Welt gibt es eben keine Erklärungen. Aber das heißt nicht, daß sie folgenlos bleiben. Erst viele Monate später sollte sich herausstellen, welche Konsequenzen es hatte, daß die Karte nicht verbrannt war. Und dann würden die Folgen drastisch und immerwährend sein.

5

Welcome, North Carolina, Bonnie Lou Bates' Geburtsort, war eine jener im Süden gelegenen Kleinstädte, in denen die Kirche der Mittelpunkt allen gesellschaftlichen Lebens war; wo eine Mutter im Laufe ihres Lebens Dutzende Bettdecken nähte und füllte und Hunderte, wenn nicht Tausende Hühnerpasteten machte und wo sogar ein scheues, einfaches Mädchen wie Bonnie jeden im Umkreis von Kilometern kannte.

Obwohl Welcome nur etwa 16 Kilometer von Winston-Salem, einer der führenden Industriestädte des Staates, entfernt war, lag der Ort nicht nur in einem anderen Verwaltungsbezirk, sondern scheinbar auch in einer anderen Welt. Wenn man von Winston-Salem aus die 16 Kilometer südwärts fuhr, ließ man abrupt alle Spuren der Verstädterung hinter sich und gelangte in ein fast märchenhaftes Farmland.

Welcome hatte ungefähr dreitausend Einwohner, vielleicht sogar viertausend. Keiner wußte es ganz genau, denn der Ort war nicht eingemeindet. Es gab nur zwei Wege zu der Ortschaft, und an jedem passierte man ein Schild mit der Aufschrift ›Welcome to Welcome‹. Andere Straßenschilder gab es nicht, denn man setzte voraus, daß man bereits sein Ziel kannte, wenn man hierherkam.

Die Bewohner von Welcome waren für drei Eigenschaften bekannt: sie waren fleißig, freundlich und religiös (und sie wählten gewohnheitsmäßig die Demokraten).

Es gab kein Polizeirevier. Bei den seltenen Anlässen, bei denen dem Gesetz Geltung verschafft werden mußte, erledigten das der Sheriff vom Kreis Davidson und seine Beamten. Wenn man nach dem Zentrum von Welcome suchte, dann war man vermutlich beim Postamt an der richtigen Stelle.

In Welcome gab es seit langem zwei Restaurants, die das traditionelle North Carolina Barbecue servierten (geräuchertes und in Essig eingelegtes Schweinefleisch, nicht zu verwechseln mit dem klebrigen, mit Ketchup bedeckten Zeug, das man in Texas verzehrt). Zuerst waren es die Restaurants Pope's und

Dan's; später hießen sie Andy's und Kerley's. Die Familie Bates hatte stets das Kerley's vorgezogen.

Welcome hatte sich nie als Touristenattraktion betrachtet, denn der Ort lag nur etwas über 240 Meter über dem Meeresspiegel, war von niedrigen Hügeln und vielen Wasserläufen umgeben, und man mußte eine strapaziöse Fünfeinhalb-Stunden-Fahrt vom Strand aus machen, um dorthin zu gelangen. Wie Little Washington – obgleich viel mehr eine typische ländliche Kleinstadt – war Welcome kein Ort, an dem man sich gern aufhielt, es sei denn, man hatte dort Verwandte.

Es hatte in Welcome schon immer Einwohner namens Bates gegeben. Die meisten wohnten an der Hoover Road, die man fand, wenn man bei der Center Church Road abbog (nicht, daß es dort irgendwelche Schilder gab, die den Weg wiesen).

Bonnies Großvater Baxter Bates war Zimmermann gewesen. Die Familie erinnerte sich noch gut an die Geschichte, wie er sein erstes Auto gekauft hatte. Es war natürlich ein Ford Modell T. Ein Mann fuhr ihn auf den Vorhof, und Baxter Bates stieg sofort ein und bezahlte in bar.

Die Frau, die Baxter heiratete, Zealla Sowers, war in einer Blockhütte geboren worden, gleich dort an der Hoover Road. Die Familie wohnte immer noch in der Blockhütte, als Zealla ihr zweites Kind zur Welt brachte, George, der Bonnies Vater werden würde.

›Müßigkeit ist aller Laster Anfang‹, war Baxters Devise, und die verkündete er immer wieder. Am Morgen arbeitete er als Zimmermann und überließ das Bestellen der Felder seinen fünf Kindern. Zealla starb, als George elf Jahre alt war, und nach ihrem Tod mußten die Bates-Kinder noch schwerer arbeiten, weil eine Person weniger da war, um das Heim zu erhalten.

Bei der Arbeit auf den Feldern mit Tabak, Kartoffeln, Getreide und sogar Baumwolle sangen die Kinder. »Wenn wir arbeiteten, hallte das Echo unseres Gesangs durch die Hügel«, würde später eine von Bonnies Tanten sagen.

Sie sangen, aber sie redeten nicht. Jedenfalls nicht über persönliche Angelegenheiten. Es war immer eine Eigenschaft der Familie Bates gewesen, keine Gefühle zu zeigen. Das lehrte Baxter Bates seine Kinder, vielleicht damit er kein Weinen und Klagen hören mußte, als ihre Mutter dahinsiechte und schließlich an Magenkrebs starb.

»Man behielt seine Gefühle für sich«, sagte Bonnies Tante. »Es gab keine Zeit, darüber zu reden, wie man sich fühlte, oder zu weinen. Es war einfach zuviel Arbeit zu erledigen.«

Als Erwachsener gab George Bates senior, Bonnies Vater, diesen Wesenszug an seine fünf Kinder weiter. »Es ist besser, zu schweigen und für einen Narren gehalten zu werden, als zu reden und alle Zweifel zu beseitigen«, pflegte er ihnen zu sagen.

1941 heiratete George ein kleines, achtzehnjähriges Mädchen namens Annie Erris Moose aus Stony Point, North Carolina.

Annie war nur etwas über 1,50 groß, aber sie war hübsch und gewitzt und aus hartem Holz geschnitzt. Er hatte sie in einem Zeltlager der Methodistenkirche kennengelernt. Sie verliebte sich in ihn wegen seiner blauen Augen oder vielleicht wegen seiner Wortgewandtheit.

George Bates war Maurer. Mit eigenen Händen baute er die Methodistenkirche des Orts auf, Stein für Stein. Eine solche Leistung brachte einem in Welcome lebenslangen Ruhm ein. George sang im Kirchenchor, und Bonnies Mutter, die schließlich Polly Bates genannte wurde, war viele Jahre lang die Organistin der Kirche.

Es waren gute Leute, die Bates, solide, verläßlich, geachtet und beliebt. Bonnie war das zweitälteste der fünf Kinder, mit einer älteren Schwester namens Sylvia, zwei jüngeren Schwestern namens Kitty und Ramona und einem jüngeren Bruder, George junior.

Welcome war zu klein, um eine eigene Oberschule zu haben, und so besuchte Bonnie die High-School im nahen Lexington und machte 1962 das Abitur. Das Adjektiv, das die meisten ihrer Klassenkameradinnen benutzten, wenn sie Bonnie Widmungen in ihr Poesiealbum schrieben, war *nett*. In späteren Jahren wurde ihr klar, daß sie keinen großen Eindruck gemacht haben konnte.

Nach der High-School begann sie eine Schwesternausbildung in Winston-Salem. In ihrem ersten Monat im Krankenhaus stieß sie auf ein Mädchen, das mit ihr das Abitur gemacht hatte und jetzt an Leukämie starb. Dann war da der sterbende alte Mann mit dem hohen Fieber, dem sie Eispackungen machen mußte. Und da waren die siamesischen Zwillinge. Deprimiert von all dem Leid, kündigte sie nach einem halben Jahr.

Als nächstes arbeitete sie als Verkäuferin im Raylass-Warenhaus in Lexington. Ihrer Mutter fiel auf, wie Bonnie dort allmählich aufblühte. Niemals würde sie eine extrovertierte Frau werden, aber sie entwickelte wenigstens genug Selbstsicherheit, um sich auch einmal mit einem Fremden zu unterhalten.

Für kurze Zeit zog sie mit einem Freund, der dort Verwandte hatte, nach Decatur, Illinois, wo sie als Verwaltungsangestellte in einem Krankenhaus arbeitete. Für ein Mitglied der Familie Bates war das gewagt; keines der Kinder hatte jemals außerhalb des Kreises geschweige denn des Bundesstaats gewohnt. Ihre Eltern drängten sie, zurückzukommen. Nach einem halben Jahr kehrte sie heim. Sie hatte in Decatur fünfhundert Dollar gespart und kaufte sich dafür ihr erstes Auto, einen Mercury Monterey, der erste Wagen eines Familienmitglieds, der kein Ford war, und der erste mit Automatikgetriebe. Auf die ihr eigene stille Weise begann Bonnie ihren Horizont zu erweitern.

Der große Sprung war jedoch, daß sie sich für einen IBM-Computerkurs an der Wirtschaftsoberschule in Lexington einschrieb. Das führte zu einer Anstellung bei der Integon-Versicherungsgesellschaft in Winston-Salem. Plötzlich war Bonnie Lou Bates eine Pendlerin, die jeden Tag für ihren Bürojob in eine große Stadt fuhr.

Sie war eine außergewöhnliche Arbeiterin, zuverlässig, intelligent und immer lernbegierig. Nie hätte sie geahnt, daß sie so großen Ehrgeiz hatte. Fünfzehn Jahre blieb sie bei Integon, und sie baute noch die Datenverarbeitung mit auf. Als sie Integon verließ, zu diesem Zeitpunkt mit Lieth von Stein verheiratet, war sie stellvertretende Leiterin der EDV-Abteilung für Schadensregulierung, die einzige Person unter den leitenden Angestellten, die nicht studiert hatte.

Im Spätherbst 1965 passierte noch etwas Wichtiges in ihrem Leben. Bonnie fuhr in Winston-Salem über die Main Street, blickte in den Ausstellungsraum eines Autohändlers und entdeckte einen nagelneuen grünen 66er Chevy Chevelle SS 396 mit einem 360-PS-Motor. Sehr zu ihrer Überraschung war sie sofort vernarrt in den Wagen.

Sie wußte, daß der Chevy nicht zu ihr paßte. Es war ihr klar, daß es ein *Jungen*-Wagen, kein *Mädchen*-Wagen war, aber sie wußte ebenso, daß sie ihn haben mußte, und zwar auf der Stelle. Ihr Vater war entsetzt, ihre Mutter verlegen. Aber Bonnie Lou Bates, jetzt einundzwanzig und erwerbstätig, bestand zum ersten Mal in ihrem Leben auf etwas.

Der Verkäufer wollte ihr den Wagen nicht verkaufen. Er erklärte, dieses Auto sei nichts für eine Lady. Er wollte es eigentlich keinem verkaufen. Es war ein großer Blickfang, der Kunden anlockte, und er wollte ihn im Ausstellungsraum behalten. Aber Bonnie ließ sich nicht umstimmen. Sie machte einen Handel mit ihrem Vater. Er tauschte seinen 56er Ford ein, der wie alle anderen Objekte in seinem Besitz tadellos gepflegt war, und sie gab ihm ihren Mercury Monterey. Er unterschrieb den Ratenvertrag mit, und Bonnie brauste in ihrem nagelneuen Chevy Chevelle davon. Es war der heißeste Wagen, den Welcome seit Jahren gesehen hatte. Jeder drehte sich um, wenn er vorbeifuhr. Und dann... wenn die Leute sahen, wer ihn fuhr! War das wirklich...? Kann das sein...? Bonnie Lou Bates?

Im nächsten Sommer fuhr Bonnie mit Ramona langsam in dem Chevelle über die Hauptstraße von Lexington und versuchte Aufmerksamkeit zu erheischen. In Lexington mit seinen fünfzehntausend Bewohnern aufzufallen, war weitaus befriedigender, als in Welcome beachtet zu werden, wo einen ohnehin jeder kannte.

Als Flanierstrecke galt allgemein das sechs Blocks lange Stück Straße, das an jedem Ende von einem Drive-in-Restaurant begrenzt war. Man fuhr die Strecke ein paarmal auf und ab, fuhr auf den Parkplatz des einen oder anderen Restaurants und parkte neben dem schicksten Wagen, den man entdecken konnte. Dann sprach man seine Bestellung in ein kleines Mikrofon, das auf einem Pfosten befestigt war, der aus dem Boden ragte. Während man darauf wartete, daß die Kellnerin das Bestellte brachte, konnte man eine Unterhaltung mit dem Fahrer des schicken Wagens anfangen, neben dem man geparkt hatte.

Da Bonnies grüner Chevy Chevelle SS 396 mit dem 360-PS-Motor der weitaus schickste Wagen sowohl auf dem Parkplatz des ›Old Hickory‹ als auch auf dem des ›Bar B Que Center‹-Restaurants war, wurde sie in viele Unterhaltungen hineingezogen, obwohl sie scheu und einfach war. An diesem Juliabend sah sie einen Wagen, der ihr fast so gut gefiel wie ihrer, und sie parkte neben ihm auf dem Parkplatz des Old Hickory.

Im Wagen saßen zwei Oberschüler. Einer davon, Steve Pritchard, kannte Bonnies jüngere Schwester Ramona. Er war 16 und im Begriff, sein Studium zu beginnen. Obwohl schon 21 Jahre alt, hatte Bonnie bisher erst sehr wenige Verabredungen mit Männern gehabt. In Winston-Salem schenkte ihr keiner Aufmerksamkeit. Und in Welcome mangelte es einfach an jungen Männern.

Steve Pritchard hatte bereits eine harte Zeit hinter sich, mit einem Alkoholiker als Vater und einiger Zeit in Pflegeheimen und all dem Durcheinander, das die emotional abgeschirmte Bonnie Lou Bates nie gekannt hatte. Schon mit 16 kam er mit der Welt im allgemeinen und den Frauen im besonderen sehr gut zurecht. Er hatte Erfahrungen mit dem anderen Geschlecht, Bonnie nicht. Er sah gut aus, und Bonnie nicht. Und er konnte, wie Bonnies Mutter es formulierte, ›mit seinem Charme einem Ziegenbock die Hörner und einer Schlange die Haut abschwatzen‹.

Alle Mädchen, die Bonnie von der High-School her kannte, waren bereits verheiratet und hatten Kinder. Sie hatte einen guten Job und einen heißen Wagen, aber es sah aus, als würde sie noch mit 40 bei ihren Eltern wohnen.

Ramona machte Bonnie mit Steve Pritchard bekannt, und die beiden verabredeten sich und trafen sich regelmäßig. Im nächsten Sommer, einen Monat nachdem Bonnie 23 geworden war und als Steve noch 17 war, heirateten sie. Jeder in Bonnies Familie sagte ihr, daß Steve nichts tauge und sie verrückt sei. Sie entgegnete, Steve sei wundervoll und sie selbst sei nicht verrückt, nur einsam. Und außerdem über beide Ohren verliebt.

Obwohl sie nur ein paar Kilometer voneinander entfernt wohnten und sich fast jeden Tag trafen, schrieb sie ihm gelegentlich Briefe wie zum Beispiel den vom Januar 1967:

Hallo Tiger,

erwarte nicht zuviel von einem meiner Briefe, weil ich im Moment nicht ganz in Ordnung bin. Weißt Du, ich habe diesen wundervollen Menschen kennengelernt, den ich sehr liebe. Seinetwegen ticken mein Verstand und mein Herz nicht mehr ganz richtig. Ich erinnere mich nicht an seinen Namen, aber man nennt ihn Steve Pritchard oder so.

Hey, kennst Du ihn? Er hat schöne, große braune Augen und viele süße Sommersprossen auf der schönsten Nase aller Studenten der Uni West!

Ich gehe jetzt zur nächsten Seite über und ändere das Tempo ein bißchen. Vielleicht ergibt das ein wenig mehr Sinn.

Ich saß beim Feuer, aber ich fühlte mich zu einsam ohne Dich, und es konnte mich nicht wärmen. Das Feuer konnte mich nur außen wärmen. Steve, Du machst mir Sorgen. Du arbeitest zu lange und ruhst Dich zuwenig aus. Ich hoffe, Du bist stark genug, um es zu ertragen, denn wir werden es nie schaffen, wenn Du gezwungen bist, Dich ein Jahr oder zwei Jahre in einer Klapsmühle zu erholen. Ich liebe Dich zu sehr, um Dich auf diese Weise zu verlieren, also nimm's bitte leicht und mach Dich nicht zu kaputt.

Du und ich werden uns vermutlich vor unseren Eltern beweisen müssen, bis sie wirklich unser Verhalten akzeptieren können. Du weißt, daß ich Dich liebe, und ich weiß, daß Du mich liebst, aber es wird schwierig sein, sie zu überzeugen, daß unsere Liebe wirklich für ein Leben lang ausreicht. Ich nehme an, es läuft auf die alte Lösung hinaus – Zeit. Ich habe es einfach satt, auf alles zu warten. Ich weiß, daß alles, was mir viel bedeutet, das Warten wert ist, aber es ist so schwer. Viel schwerer als alles Warten zuvor.

Lächle jetzt für mich und laß uns an die gemeinsame Zukunft denken ...

Bis Freitag –

Ich liebe Dich
Bonnie

Im nachhinein betrachtet ist es eine riesige Überraschung, daß die Ehe fast fünf Jahre hielt. Im ersten Jahr studierte Steve noch. Sie wohnten in einem gemieteten Wohnmobil. Nach dem Studium wechselte Steve schnell von einem Job zum anderen. Erst arbeitete er für eine Ölgesellschaft, dann für eine chemische Reinigung und danach für einen Fotografen.

Im Laufe der Zeit stieg in Bonnie der Verdacht auf, daß er ebenso schnell wie von Job zu Job von Mädchen zu Mädchen wechselte, aber erst im Sommer 1972, als Chris dreieinhalb und Angela fast zwei Jahre alt waren, verließ Steve das neue Haus, das sie im Viertel Winchester Downs in Lexington gekauft hatten (obwohl sie es sich eigentlich kaum erlauben konnten). Steve ging aus dem Haus und in die Arme seiner jüngsten Eroberung, die draußen gewartet hatte. Die Scheidung war die erste in der Geschichte der Familie Bates, und so mitfühlend auch alle waren, es war eine Spur von ›ich habe es dir doch gesagt‹ in ihrem Mitleid.

Zuerst wollte Bonnie nicht einmal zugeben, daß es passiert war. Aber ihr Vater, der einen untrüglichen Instinkt für die Probleme seine Kinder hatte, kam eines Tages zu ihr und fragte, ob er irgendwie helfen könne. Bonnie brach zusammen und weinte sich alles von der Seele.

In den folgenden Jahren bewies sie, daß sie nicht nur nett, sondern auch hart und zäh war. Sie bezahlte jede Rechnung, die Steve ihr hinterlassen hatte, und leistete sogar die Hypothekenzahlungen für das Haus. Viel später würde sie in ihrer untertreibenden Art sagen, daß es ›ein paar recht magere Jahre‹ waren, nachdem sie von Steve verlassen worden war.

Steve zahlte keine Alimente. Er kam selten vorbei, um die

Kinder zu sehen. Obwohl sie von ihrer Familie umgeben war, ließ Bonnies Stolz es nicht zu, jemals um Hilfe zu bitten. Sie war eine geschiedene Mutter von zwei Kindern im Vorschulalter, im ländlichen North Carolina, zu einer Zeit, in der Frauen in solchen Umständen eine Seltenheit waren und bestenfalls mit Mißtrauen betrachtete wurden.

Sie war auch nicht der Typ, der keine Schulden beglich, selbst wenn sie von ihrem Ex-Mann gemacht worden waren. Bonnie machte Überstunden und lernte des Nachts, um dieses neue Gebiet der Datenverarbeitung zu meistern, und die ganze Zeit über sagte sie allen, es gehe ihr prima. Sie aßen viel Bohnen und Kartoffeln, aber sie hatten genug, um satt zu werden, wie Bonnie versicherte.

Ihre Mutter glaubte ihr, bis sie eines Abends vorbeischaute, weil sie wußte, daß Bonnie an Grippe erkrankt war, und die kleine Angela schlafend im offenen Kühlschrank fand, in dem sie offenbar vergeblich nach etwas Eßbarem gesucht hatte.

Wenn ein Mädchen aus einem so kleinen Ort wie Welcome das erste große Risiko seines Lebens eingeht und als Dreiundzwanzigjährige einen Studenten im ersten Studienjahr heiratet, der es dann wegen einer anderen Frau verläßt, muß es zusätzlich zu all seinen Problemen noch hinnehmen, daß es sich in den Augen vieler Leute zu einer verdammten Närrin gemacht hat.

Bonnie war eine Zeitlang verbittert und badete in Selbstmitleid. Sie hatte den Jungen geliebt, wie sie später streunende Katzen lieben würde. Viele Leute hatten ihre Liebe zu Steve für sonderbar gehalten. Später würden sie ihre Liebe für Katzen merkwürdig finden. Aber so war Bonnie. Wenn jemand hilflos oder unterdrückt wirkte, fühlte sie mit ihm. Wenn sie ihn füttern, umsorgen und ihm ein warmes Bett zum Schlafen geben konnte, tat sie das. Ihre Gefühle waren manchmal unergründlich, nicht nur für andere, sondern auch für sie selbst, aber in ihrem Kern war sie gütig und voller Nächstenliebe. Für viele, die mehr auf sich selbst fixiert waren, wirkte sie ein bißchen eigenartig.

Bonnie hatte eine Möglichkeit gesucht, zu lieben und dennoch sicher zu sein. Sie glaubte, Steve Pritchard wäre diese Möglichkeit. Sie hatte noch nicht genügend Erfahrungen gesammelt, um zu erkennen, daß ihr Ziel unmöglich zu erreichen war, und sie hatte nicht gespürt, daß Steve bestenfalls ein rastloser Jugendlicher war, der auf die große Chance wartete, die stets schon hinter dem nächsten Hügel oder in der Bar ein wenig weiter straßenabwärts lauerte.

Sie hatte gespielt und verloren, und es würde einige Zeit dauern, bis sie wieder spielen würde.

Vier Jahre lang führte sie praktisch kein Privatleben. Sie wurde zuviel von ihren Kindern und ihrer Arbeit gefordert, und es war anscheinend nie genug Geld oder Energie da. Sie hatte sich geweigert, das Haus in Lexington zu verkaufen, weil sie nicht wollte, daß Chris und Angela kurz nach dem Verlust ihres Vaters auch noch ihr Heim verloren – und weil sie zu stolz und stur war, um es aufzugeben.

Aber das bedeutete, daß sie jeden Morgen um sieben nach Winston-Salem fahren, die Kinder in eine Tagesschule bringen und dann den ganzen Tag bei Integon arbeiten mußte, manchmal bis spät in den Abend.

Zu oft holte sie Chris und Angela erst Stunden später ab, wenn alle anderen Kinder schon weg waren, fuhr erschöpft nach Hause, gab ihnen irgend etwas Billiges zu essen und sank dann ins Bett.

Es war dann fast wie ein Schock für sie, als einer von Integons leitenden Angestellten in der Finanzabteilung – der hoch angesehene und fleißige Lieth von Stein – Interesse an ihr zeigte.

Gegen Ende der Weltwirtschaftskrise zog Lieth von Steins Onkel Richard von New York City nach Winston-Salem. Für einen Spottpreis kaufte er eine chemische Reinigung namens Camel City Dry Cleaners & Laundry. Das Camel bezog sich nicht auf irgendeine Wüste in der Nähe, sondern auf die Zigarettenmarke, die zur Hauptstütze der Wirtschaft von Winston-Salem geworden war.

Während des Kriegs und danach wuchs das Geschäft. Richard kaufte eine zweite Reinigung hinzu, dann eine dritte. Es wurde ihm klar, daß er jemand für die Buchhaltung brauchte. Er überredete Lieths Vater – ein Absolvent der Brown University, der 1929 beim Börsenkrach alles verloren hatte –, New York zu verlassen und zu ihm nach Winston-Salem zu ziehen. Zusammen bauten sie Camel City Dry Cleaners zu einer regionalen Kette aus. Und Lieth von Stein, der im New Yorker Viertel Queens hätte aufwachsen sollen, wuchs statt dessen in Winston-Salem auf.

Er war ein Einzelkind und heiter und unbeschwert. Er spielte Football in der Schulmannschaft, obwohl er mit 1,68 relativ klein war, und mit seinen Klassenkameraden und Lehrern kam er gut zurecht.

Nach der High-School immatrikulierte er sich bei der North Carolina State University in Raleigh mit dem Ziel, Ingenieur zu werden. Er schaffte es nicht, brach das Studium ab, diente in der Armee (in Europa, nicht in Vietnam) und studierte schließlich auf einem kleinen, aber angesehenen College von North Carolina namens Guilford. Dann kehrte er nach Winston-Salem zurück und nahm eine Arbeitsstelle an. Er war 26, ein Jahr jünger als Bonnie, aber mit wesentlich besseren Karriereaussichten, als er sie zum ersten Mal bemerkte.

Ungeachtet ihrer schwierigen Lebensbedingungen hatte sich Bonnie zu einer attraktiven jungen Frau mit langem Haar, ausgeprägten Gesichtszügen und schneller Auffassungsgabe entwickelt. Eine Frau allerdings, die in der Überzeugung lebte, daß sie einfach immer nur ein kleines Mädchen vom Land bleiben würde, das gern hart arbeitete; für die sich also immer nur ihre Eltern und Kinder interessieren würden und vielleicht noch ihr Bruder und ihre Schwestern. Es war ihr klar, daß manche Männer ihre Gesellschaft suchen würden – obwohl sie nicht vielen begegnet war, seit sie von Steve verlassen worden war –, aber sie hätte nicht gedacht, daß sich ein so angesehener, wertvoller Mann wie Lieth von Stein für sie interessieren könnte.

Lieth brachte es nicht nur beruflich zu etwas, das Bonnie nie erreichen konnte, so hart sie auch arbeitete, sondern er kam auch aus einer viel höheren Gesellschaftsschicht. Für eine Frau, die in Welcome als Tochter eines Maurers aufgewachsen war, wirkte der Erbe der größten Kette von Reinigungen in Winston-Salem wie der Prinz eines Königreichs.

Sie hatte ihn bei der Arbeit gesehen, jedoch nie gedacht, daß er romantische Gefühle für sie hegen könnte. Sie hatte einfach angenommen, daß ihn nur ›feine junge Ladys‹ interessierten, wie sie später sagte. Und mit ihren beiden vaterlosen Kindern, die jeden Abend in der Tagesschule auf sie warteten, und nach vier Jahren Einsamkeit, Erschöpfung und Hungerleiderei betrachtete sich Bonnie von Stein nicht als ›feine junge Lady‹.

Erst Ende Oktober 1976, als Lieth sich bereits entschieden hatte, eine Stelle in Cincinnati in der Zentrale einer Warenhauskette anzunehmen, hatten sie ihre erste gesellschaftliche Begegnung. Bonnie war 32 und Lieth 30. Angela Pritchard war sechs und Chris war fast acht Jahre alt.

Bonnie brauchte ein Paar Stiefel für ein Kostüm zu Halloween, dem Abend vor Allerheiligen. Eine Kollegin nannte ihr ein Geschäft, wo sie die Stiefel günstig bekommen konnte. Lieth hörte die Unterhaltung – es war fast Feierabend – und machte Bonnie einen Vorschlag: »Ich fahre Sie raus zum Stiefelkaufen, und dann können wir in meinem Apartment noch etwas trinken.« Als sie dort waren, unterhielten sie sich, und schließlich fragte er sie, ob sie mit ihm zu Abend essen wolle. Sie erklärte ihm, daß sie das nicht konnte, weil sie ihre beiden Kinder von der Tagesschule abholen mußte.

»Holen Sie die Kinder ab, und dann gehen wir alle aus essen«, schlug Lieth vor. Sie erklärte ihm, daß die Kinder müde und verschüchtert und keine gute Gesellschaft in einem Restaurant sein würden. Dann sagte sie aus Höflichkeit – aber auch, weil ein Funke übergesprungen war –, wenn ihm die Fahrt nichts ausmache, könne er mit ihr in ihrem Haus in Lexington zu Abend essen.

Und so geschah es dann. Die Kinder waren um 20 Uhr 30 im Bett, und Lieth und Bonnie schauten sich eine Show im Fernsehen an.

In zwei Wochen mußte er nach Cincinnati, aber er fuhr zu

Halloween wieder nach Lexington, und dann an einem anderen Abend in der folgenden Woche und am Wochenende danach. Dann war er fort. Er ließ sich aus Höflichkeit ihre Adresse und Telefonnummer geben, aber für Bonnie war klar, daß sie ihn nie wiedersehen würde.

Zu ihrem Erstaunen begann er aus Cincinnati anzurufen. Er schrieb sogar gelegentlich einen Brief. Seine Eltern waren noch in Winston-Salem, und alle paar Monate besuchte er sie. Bei diesen Gelegenheiten verbrachte er auch einige Zeit mit Bonnie. Sie beide teilten das Interesse an Musik. Bonnies Großvater hatte Violinen und Mandolinen gebaut. Lieths Vater hatte sein Taschengeld aufgebessert, indem er in verschiedenen Jazz-Bands Saxophon und später (laut Familienchronik) kurze Zeit mit einem Glenn-Miller-Orchester gespielt hatte. Aber es war nicht nur die Musik, die die beiden verband.

An einem Freitag, ungefähr ein halbes Jahr nach seinem Umzug, rief Lieth an und sagte, er komme zu Besuch, und seine Eltern möchten gern Bonnie und ihre Kinder kennenlernen. Er schlug vor, im Red Lobster am Peters' Creak Parkway in Winston-Salem zu Abend zu essen. Da wußte Bonnie, daß sich etwas Ernsthaftes anbahnte.

Lieths Eltern mochten Chris und Angela von Anfang an. Sie sagten Bonnie, daß sie schon immer gern Enkelkinder gehabt hätten. Sie schauten sogar zu, als Chris in der Salem Baptist School, der Tagesschule, in einer Theateraufführung die Rolle des Pinocchio spielte.

Danach kam Lieth fast jedes Wochenende zu Besuch. Er begann in Bonnies Haus zu übernachten. Die Kinder waren begeistert. Nachdem sie seit Jahren nichts mehr von Steve gehört und gesehen hatten, gab es wieder einen Vater für sie. Sie verbrachten ruhige Samstage im Finch Park in Lexington, lagen am Rand des Teichs und beobachteten die Schwäne. Dann fuhren sie zu Kerley's, dem Restaurant, dessen Besitzer behaupteten, das beste Barbecue in North Carolina zuzubereiten.

Sie machten gemeinsam Urlaub, reisten zum Ocean Isle Beach an die Küste. Bonnies Mutter war altmodisch genug, diese außerehelichen Intimitäten zu mißbilligen. Auf der anderen Seite fand sie Lieth sympathisch, und es gefiel ihr, ihre Tochter wieder glücklich zu sehen.

Eigentlich wäre ›verrückt‹ eine bessere Beschreibung von Bonnies Verfassung. Die ganze Woche lang sagte sie sich, daß dies zu gut für sie war, um von Dauer zu sein, daß Lieth am Freitag anrufen und ihr sagen würde, daß er nicht kommen konnte. Oder daß er vielleicht einen Brief schicken und so liebenswürdig wie möglich erklären würde, daß er eine andere kennengelernt hatte. Eine aus seiner gesellschaftlichen Schicht. Eine, die nicht zwei Kinder am Hals hatte. Es war für sie, als wäre er vom Himmel gefallen, um sie vor einem Leben der Plage und des Kummers zu bewahren, und unwillkürlich befürchtete sie, daß ihn der Himmel eines Tages ohne Vorwarnung wieder zu sich holen würde.

Wie war es möglich, daß jemand so gut zu ihr war wie er? Eines Tages rief er aus Cincinnati an und sagte ihr, daß sie in der Mittagspause im Montaldo's einkaufen sollte, einem Kaufhaus, das sie immer für zu teuer gehalten hatte. Sie erklärte ihm, daß sie sich das nicht erlauben konnte. Er erwiderte, daß sie sich irre; er habe ein Konto auf ihren Namen eröffnet und 500 Dollar eingezahlt.

An einem Samstag fuhren sie nach Welcome, um Bonnies Eltern zu besuchen. Lieth war natürlich zu sehr Gentleman, um zu sagen, daß es im Haus an gewissen elementaren Dingen fehlte; nicht einmal bei Bonnie verlor er ein Wort darüber. Doch innerhalb von zwei Wochen sorgte er dafür, daß die Bates eine Waschmaschine und eine Klimaanlage bekamen.

Das hätte zu einer heiklen Sache werden können. Bonnies Eltern waren ebenso stolz wie ihre Tochter. Aber Lieth war so liebenswürdig und bescheiden und aufrichtig, als er Bonnies Eltern erklärte, es würde *ihm* ein gutes Gefühl verschaffen, zu wissen, daß sie im Sommer nicht schwitzen mußten und Bonnies Mutter mehr Zeit hatte, sich um ihre Orchideen zu kümmern, weil sie nicht so lange waschen mußte. Sie hatten schließlich das Gefühl, daß sie diesen wirklich feinen, netten jungen Mann nicht enttäuschen konnten und seine großzügige Geste annehmen mußten. Außerdem sahen sie, wie sehr er ihre

Tochter liebte. Sie sahen, wie gut er zu Chris und Angela war. Und sie spürten seinen Charakter unter der glatten Oberfläche. Dies war kein Steve Pritchard, herausgeputzt mit einem akademischen Grad. Es war für sie eine Ehre, diesen Mann zu kennen.

Langsam verschwanden Bonnies Ängste, irgendwann abgewiesen zu werden. Im August 1979 erklärte ihr Lieth, daß er eine neue Stelle bei einer Finanzgesellschaft in South Bend, Indiana, annehmen werde. Er fragte Bonnie, ob sie ihn heiraten wollte. Sie sagte ja.

6

Die Schlagzeile der Tageszeitung lautete: »Befragung der Frau keine Hilfe . . . Frau des Ermordeten kann Täter nicht beschreiben«. In dem Artikel wurde ein Polizeisprecher zitiert, der die Befragung von Bonnie als ›unergiebig‹ bezeichnet und gesagt hatte: »Sie hat der Polizei nichts gesagt, was wir nicht schon durch andere Aussagen wußten.« Das Verbrechen wurde immer noch als ›die Tat von Einbrechern‹ bezeichnet, die in das Haus eingedrungen waren, aber Einbruchdiebstahl verlor bereits die Glaubwürdigkeit als Motiv. »Wie die Polizei sagte, wurde offenbar nichts aus dem Haus mitgenommen«, hieß es in dem Artikel.

Bonnie sagte später, sie sei nie in der Lage gewesen, das Durcheinander ihrer Eindrücke in diesen ersten Tagen zu entwirren. Lieth war tot. Sie würde leben. Angela war unverletzt. Nichts sonst zählte. Sie wollte einfach nur in Ruhe gelassen werden. Und sie wollte, daß die Polizei den oder die Täter faßte. Sie wurde bereits ungeduldig. Warum stellte man ihr weiterhin Fragen? Warum schnappte man den Verbrecher nicht einfach, wer auch immer es war?

Und sie wurde von der Frage gequält, warum dies überhaupt geschehen war. Die Polizei hatte ihr gesagt, daß wenig, wenn überhaupt etwas, aus dem Haus mitgenommen worden war. Es war kein Einbruchdiebstahl gewesen, der schiefgegangen war. Es hatte den Anschein, daß es vorsätzlicher Mord war. Aber wer hatte Lieths Tod gewollt – oder ihren?

Es stimmte, daß sie kein geselliges Paar waren. Sie hatten sich wenige Freunde in Little Washington gemacht, wenn überhaupt welche. Aber ebensowenig hatten sie Feinde, es sei denn, jemand in der Firma hatte Lieth gehaßt oder gefürchtet. Jemand, über den er nie gesprochen hatte. Aber nicht einmal das konnte sie sich vorstellen. Ihr Kopf schmerzte noch, das Atmen fiel ihr schwer, und der Schlauch in ihrer Brust bereitete die größten Schmerzen.

Ihre Eltern, ihr Bruder, ihre Schwestern und deren jeweilige Ehemänner waren nach Little Washington gekommen. Bonnie hatte den Eindruck, daß die Verwandten alle um ihr eigenes Leben bangen mußten – nicht nur um ihres und das von Chris und Angela. Irgendwo dort draußen lauerte ein wahnsinniger Mörder. Ein Wahnsinniger, der Lieth und die anderen als Opfer ausgewählt hatte.

Ein uniformierter Polizist blieb auf Wache vor Bonnies Krankenzimmer. Vielleicht wußte der Mörder nicht, daß sie keine Beschreibung von ihm geben konnte. Wenn er erfuhr, daß sie noch lebte, würde er sicher versuchen, sie für immer zum Schweigen zu bringen. Jemand von der Leichenhalle kam zu ihr, und Bonnie erklärte ihm, daß die Leiche eingeäschert werden solle. Lieth hatte immer gesagt, daß er es so wünsche. Dann erhielt sie Besuch von einem Pfarrer. Er stellte für den Trauergottesdienst Fragen über Lieth. Weder Lieth noch Bonnie hatten die Kirche in Little Washington besucht, und so kannte der Geistliche sie nicht.

Die Ex-Präsidentin der Humane Society, der Gesellschaft zur Verhinderung von Grausamkeiten an Mensch und Tier, kam zu Besuch. Bonnie wollte sie nicht sehen. Sie wollte niemanden sehen. Aber die Ex-Präsidentin der Humane Society mußte Bonnie einfach sagen, was sie gehört hatte. Ihre Nachbarin hatte das jährliche Sommerfest besucht und dort Angela mit zwei Freundinnen gesehen. Sie fand es merkwürdig, daß

Angela, die man in tiefer Trauer erwartet hätte, überhaupt auf dem Sommerfest erschien, aber noch sonderbarer kam der Ex-Präsidentin der Humane Society vor – und deshalb war sie sofort zum Krankenhaus geeilt –, daß eine ›sehr, sehr vertrauenswürdige Person‹ gehört hatte, wie Angela zu einer ihrer Freundinnen gesagt hatte, »Lieth hat den Tod verdient«. Sie wollte Bonnie damit nicht aufregen – Gott wußte, daß Bonnie schon zuviel durchgemacht hatte –, aber sie fühlte sich verpflichtet, ihr das mitzuteilen.

Als Angela an diesem Abend mit ihrer Freundin Donna Brady die Mutter im Krankenhaus besuchte, fragte Bonnie, was Angela vielleicht gesagt hatte, das man so falsch ausgelegt hatte. Donna Brady gab sofort die Antwort. Sie erklärte, daß Angela gesagt hatte: »Der Mörder von ... Lieth hat den Tod verdient.«

Bonnie erkannte, daß es nach jedem Mord in einer kleinen Stadt – besonders wenn der Mordfall noch ungelöst war – Klatsch und Gerüchte gab. Der Besuch der Frau von der Humane Society machte ihr zum erstenmal bewußt, daß nach dem Mord in dieser Stadt einige der Gerüchte sehr häßlich werden konnten.

Der Trauergottesdienst fand drei Tage nach dem Mord statt, am 28. Juli, einem grauen, regnerischen Donnerstagmorgen. Am Nachmittag ging der Nieselregen in starken Regen über.

Bonnies Bruder und seine Frau hatten ihr ein schwarzes Nachthemd, einen schwarzen Morgenmantel und schwarze Pantoffeln mitgebracht. Es kam ihr in den Sinn, daß solche Dinge im Juli in Little Washington nicht leicht zu finden waren.

Chris hatte ein noch größeres Problem. Bei Scott's, im Einkaufszentrum, hatte er viele elegante Kleidungsstücke ausgewählt, um etwas Feines beim Trauergottesdienst zu tragen, aber als er mit seiner Kreditkarte bezahlen wollte, stieß der Automat die Karte wieder aus mit dem Hinweis, daß sein Konto überzogen war. So mußte er sich die Kleidung für den Trauergottesdienst von seinem Freund Jonathan Wagoner leihen.

Bonnie wurde mit einem schwarzen Wagen der Leichenhalle abgeholt. In der Leichenhalle, verdeckt von einem Schirm, saß sie außer Sicht der Presse und Öffentlichkeit. Obwohl der Geistliche sie zu Lieth ausgefragt hatte, sagte er manches Falsche. Zum Beispiel bezeichnete er ihn als einen Vietnam-Veteranen. Aber was machte das schon? Ihr Kopf schmerzte, sie konnte noch immer nicht richtig atmen, der Druck in ihrer Brust hatte nicht nachgelassen, und Lieth war nur noch ein Haufen Asche.

Sie kehrte ins Krankenhaus zurück, wo sie weitere vier Tage blieb. Ihre Eltern und Geschwister besuchten sie weiterhin. Chris und Angela schauten viel seltener vorbei – so selten, daß sowohl das Krankenhauspersonal als auch Mitglieder von Bonnies Familie Bemerkungen darüber machten.

Ihre offensichtlich schnelle Genesung war ebenfalls Anlaß zu Spekulationen. Bonnie war nie wehleidig gewesen. Es war fast eine Besessenheit von ihr, ihre Gefühle für sich zu behalten. Für Beobachter konnte das leicht als Gleichgültigkeit mißdeutet werden und zu peinlichen Fragen führen.

Die Krankenschwester notierte am Tag des Trauergottesdienstes ›Vorbereitung zur Teilnahme am Trauergottesdienst. Patientin zeigt keine Gefühle‹. Nach ihrer Rückkehr wurde vermerkt: ›Heiter und munter, spricht mit Besuchern‹. Dieses Verhalten, zusammen mit der Tatsache, daß niemand etwas über sie wußte, und der Tatsache, daß sie durch den Tod ihres Mannes um zwei Millionen Dollar reicher geworden war, führte zumindest bei einigen Leuten zu großem Gerede.

Für Bonnie, die nichts von diesem Klatsch wußte, zählten anscheinend nur noch drei Dinge: Wer konnte so etwas getan haben? Warum hatte die Polizei noch niemanden festgenommen? Würde der Mörder vielleicht an den Tatort zurückkehren?

Die Tage kamen ihr schon lang vor, aber die Nächte waren für sie noch länger. Ganz gleich, wer bei ihr war, sie fühlte sich einsam und hatte schreckliche Angst. Angst um sich und die Kinder. Angela wirkte zwar ruhig, sagte jedoch, daß sie ebenfalls Angst hatte. Ihrer Ansicht nach hatte der Mörder sie nur am Leben gelassen, weil er nicht gewußt hatte, daß sie nebenan war, und sie befürchtete, er könnte zurückkommen, um sie ebenfalls zu töten.

Bonnie wußte nicht, was sie darauf erwidern sollte. Sie war nicht in der Lage, Angela die Sorgen auszureden. Angela war vor allem eine praktisch denkende Frau, und praktisches Denken bot in diesem Fall keinen Trost. Gewalt war nie ein Teil ihrer Welt gewesen. Da sie nicht wußte, woher die Gewalt gekommen war, konnte sie nicht sicher sein, daß sie vorüber war. ›Polizei hat keine neuen Erkenntnisse in den Ermittlungen‹ lautete die Schlagzeile der Zeitung. Der Polizeipräsident bezeichnete den Mordfall von Stein als ›Fall von höchster Priorität‹ und versprach, ›daß die Ermittlungen nicht als zweitrangig zurückgestellt werden, obwohl sie nicht gut vorankommen‹.

Man hatte kein Tatmotiv, und offenbar war nichts aus dem Haus mitgenommen worden. Eine weitere Befragung von Mrs. von Stein war ergebnislos verlaufen, sie war weiterhin nicht in der Lage, den oder die Täter zu beschreiben oder der Polizei zu sagen, wie viele Leute in ihr Schlafzimmer eingedrungen waren. Die Befragung von Nachbarn hatte sich als gleichfalls unergiebig erwiesen.

Am Freitag, vier Tage nach dem Mord und einen Tag nach dem Trauergottesdienst für Lieth, besuchte Bonnies Ex-Mann, Steve Pritchard, Bonnie im Krankenhaus. Er hatte jetzt schütteres Haar und einen Vollbart und war wie stets sehr wortgewandt. Wenn er die Formulierung *symbiotische Beziehung* benutzte, wußte er anscheinend, was sie bedeutete. Obwohl er viel über finanzielle Schwierigkeiten redete, fuhr er einen neuen BMW.

Viele Jahre hatte er im Westen verbracht: South Dakota, Wyoming, irgendwo in dieser Gegend. Er war Lastwagenfahrer gewesen. Jetzt war er wieder in North Carolina, im Westen dieses Staats, und arbeitete auf andere Weise im Transportgeschäft. Sie wußte nichts Genaues, und es interessierte sie auch nicht.

Seit sie nach Washington gezogen waren, hatte er die Kinder

ein paarmal besucht. Angela hatte ihn wie einen völlig Fremden behandelt, was er für sie auch war. Sie hatte ihm offen ins Gesicht gesagt, daß sie ihn nicht als ihren Vater betrachtete. »Lieth von Stein ist mein Vater«, hatte sie gesagt.

Chris war gastfreundlicher. Offensichtlich sehnte er sich immer noch nach einer Art Beziehung zu Steve. Chris zuliebe hatte Bonnie die Besuche geduldet. Und Lieth hatte Steves Besuche aus dem gleichen Grund hingenommen. Lieth war sogar überraschend gut mit Steve ausgekommen; er hatte gesagt, er möge ihn, er sei ein netter Kerl, mit dem man sich zusammensetzen und über alles mögliche reden könne. Lieth hatte sogar darauf bestanden, daß Steve bei seinen Besuchen im Haus übernachtete, in Chris' Zimmer. Bonnie hätte Steve eher in seinem Wagen schlafen lassen, andererseits wollte sie auch nicht nachtragend sein.

Jetzt war sie jedoch nicht bereit, so zu tun, als freue sie sich darüber, ihren Ex-Mann zu sehen. In dieser Phase ihres Lebens war kein Platz für Verstellung.

Steve saß auf der Bettkante und sagte Bonnie, wie sehr er die Ereignisse bedauerte. Er sagte, wenn er sie nicht verlassen hätte, dann wäre nichts von alldem passiert.

»Entschuldige dich nicht«, sagte Bonnie. »Du hast mir den größten Gefallen meines Lebens getan.«

Er schaute sie verständnislos an.

»Wenn du mich nicht verlassen hättest, dann hätte ich nie die Gelegenheit gehabt, Lieth kennen und lieben zu lernen. Ich *danke* dir für das, was du mir angetan hast.«

»Nun, so kann man es wohl auch sehen«, sagte Steve Pritchard. Dann bat sie ihn, sich nicht auf ihr Bett zu setzen. »Man erlaubt hier nicht, daß sich Leute auf Krankenhausbetten setzen.« Und das war auch schon das Ende dieses Besuchs.

Bonnies anderer Besucher an diesem Tag war Lewis Young. Er erzählte ihr nichts von dem Feuer. Er sagte ihr nichts von der Landkarte. Er verschwieg den Verdacht ihres Bruders. Er erzählte ihr auch nichts von den blutbespritzten Seiten aus dem Buch *A Rose in Winter.*

Später sagte er, das Gespräch diente immer noch dem Sammeln von Hintergrundinformationen, aber es war ihm bewußt, daß trotz seines eigenen Eindrucks von der Schwere ihrer Verletzungen – ein Eindruck, der von den behandelnden Ärzten untermauert wurde – neun von zehn Leuten in Little Washington anscheinend bereits überzeugt waren, daß Bonnie die Ermordung ihres Mannes geplant und ihre Kinder bei der Tat geholfen hatten.

Er hatte viel über das Zusammenleben der Pritchard-Kinder und der von Steins gehört, und sehr wenig davon stimmte mit dem Bild überein, das Bonnie ihm bei dem ersten Gespräch vor drei Tagen gezeichnet hatte.

Er hatte von Klassenkameraden und Kommilitonen gehört, daß Chris ›ein bißchen seltsam‹ gewesen war, stets einen verrückten neuen Haarschnitt ausprobiert hatte, einen lauten Wagen fuhr und gern den Motor hatte aufheulen lassen, um die Aufmerksamkeit auf sich zu lenken. Außerdem hatte Chris ›sehr wenig Glück bei den Mädchen‹.

Angela hatte sich ›mit wilden Typen herumgetrieben‹, einschließlich einiger Freunde, die im Knast gesessen hatten, wie man Young erzählt hatte.

Und was Bonnie anbetraf, so hatte man ihm bereits in einigen Varianten die im Grunde gleiche Frage gestellt: Wie konnte jemand einen Mann so schnell töten, aber eine Frau nicht?

Und dies war eine Frau, die buchstäblich über Nacht – mit Lieths 700 000 Dollar der Lebensversicherung zuzüglich seiner Erbschaft von 1,3 Millionen – zu einer der reichsten Frauen im östlichen North Carolina geworden war.

Für eine Frau, die schon viele finanzielle und gefühlsmäßige Entbehrungen durchlitten und in deren häuslichem Leben an der Lawson Road es zunehmend Spannungen zwischen dem Mann und den Kindern gegeben hatte, mußte es ein unermeßlicher Reichtum sein – eine Goldader, für die Lieths Tod und sogar die eigenen schweren Verletzungen ein geringer Preis sein mochten.

Lewis Young war freundlich und zurückhaltend bei dem Gespräch mit Bonnie, doch er setzte sie unter Druck, um

Genaueres über die Beziehung zwischen ihrem Mann und ihr und zwischen ihrem Mann und ihren Kindern zu erfahren.

Abermals beteuerte Bonnie, daß sie eine liebevolle, wenn auch zurückgezogen lebende Familie waren. Wenn er etwas Gegenteiliges gehört hätte, könnten das nur Leute gesagt haben, die sie nicht gut kannten.

Young erkannte, daß er auf diesem Gebiet nicht vorankam, und so fragte er von neuem nach dem Angreifer. Bonnie erklärte, sie sei sehr kurzsichtig und ohne Brille habe sie nur den *Eindruck* gehabt, einen sehr starken, breitschultrigen Mann zu sehen, der eher ›methodisch‹ als in wilder Aufregung vorgegangen sei.

Sie fügte hinzu, sie sei sicher, daß sie auch getötet worden wäre, wenn sie nicht aus dem Bett gefallen wäre.

Sie sagte ebenfalls, sie habe ›drei laute Schläge‹ gehört, nachdem der Angreifer ihre Schlafzimmertür leise geschlossen hatte, und sie habe bei dem Geräusch gedacht, Angela werde ebenfalls ermordet.

Als er sie von neuem fragte, ob sie sich vorstellen konnte, wer für den Mord verantwortlich war, sagte sie, daß außer der North Carolina National Bank vielleicht irgendein Angestellter von National Spinning in Frage komme, der ihren Mann gehaßt oder gefürchtet habe. Als innerbetrieblicher Buchprüfer habe Lieth vielleicht eine Unregelmäßigkeit entdeckt, einen Betrug oder eine Veruntreuung von Geldern. Vielleicht hatte jemand erfahren, daß er mit Beweisen an die Öffentlichkeit gehen wollte, und hatte ihn ermordet, bevor er das tun konnte.

Young mußte einräumen, daß es dieser Theorie nicht ganz an Logik mangelte, doch frühere Ermittlungen hatten nichts ergeben, was sie untermauert hätte. Die einzigen irritierenden Dokumente, die bei der Durchsuchung von Lieths Büroschreibtisch gefunden wurden, waren Briefe von einer jungen Frau, die Lieth offenbar bei einer Dienstreise kennengelernt hatte. Aus den Briefen ging hervor, daß sich zumindest eine liebevolle Freundschaft entwickelt hatte. Die Briefe waren erst vor einem Jahr geschrieben worden, im Sommer 1987, kurz nachdem die Frau von North Carolina nach Kalifornien umgezogen war.

In einem Brief hatte die Frau erwähnt, sie werde bald zu Besuch in ihren Heimatstaat North Carolina kommen, und sie hatte die Möglichkeit eines Treffens mit Lieth, wenigstens für eine Nacht, in Wilmington angedeutet, einer Küstenstadt, die ungefähr 160 Kilometer von Little Washington entfernt lag.

Es gab keinen Beweis dafür, daß ein Rendezvous stattgefunden hatte, aber ein paar Wochen später schrieb die junge Frau, daß sie angesichts des Mittsommers an North Carolina und an Lieth denken müsse. ›Diese Sommertage bringen einige gute Erinnerungen wieder – das ist sicher‹, schrieb sie. Dann, nach der Frage, ob er am Strand gewesen war: ›Bestimmt fährt ein wilder Kerl wie Du an dem einen oder anderen Wochenende zu den Urlaubsorten.‹

Sie bedauerte auch, daß Lieth soviel Streß wegen seiner Mutter hatte, eine Bemerkung, die darauf schließen ließ, daß er zumindest mit ihr über sein Privatleben in einigen Einzelheiten gesprochen hatte. Sie war begierig darauf, mit ihm zu sprechen, und sie bat ihn, sie mit seinen Reiseplänen auf dem laufenden zu halten. ›Ich weiß, daß wir uns in naher Zukunft sehen werden‹, schrieb sie.

Vor Weihnachten hatte sie ihm eine Karte ins Büro geschickt und gefragt, wie die Dinge in Washington waren und ob er bereit sei, nach Los Angeles zu kommen. ›Wenn ja‹, schrieb sie, ›laß es mich bitte wissen‹, und sie fügte hinzu: ›Möge 1988 ein Jahr des Erfolges und der Reisen sein (nach L. A . . . hahaha)‹. Sie würde sich sehr freuen, wenn sie ihn in den Weihnachtsferien sehen könnte, und sie gab an, wann sie ihre Verwandten in Raleigh besuchen würde.

Nichts von dieser Korrespondenz ließ auf ehebrecherisches Verhalten von Lieth schließen, aber es war eindeutig, daß dieser abgekapselt lebende, schroffe, wortkarge Mann, der so wenig Freunde hatte und dessen Beziehung zu seinen Stiefkindern – laut einer Reihe von Quellen – so angespannt geworden war, eine junge Frau bezaubert hatte, die er außerhalb der Stadt kennengelernt hatte.

Mit 42 Jahren und über einer Million, die er seiner Ansicht nach erfolgreich selbst verwalten konnte, hätte er in Los Angeles leben können statt in Washington. Bonnies Spekulation, daß die größte Bank des Staats den Mord vielleicht arrangiert hatte, um zu verhindern, daß Lieth sein Konto auflöste, erschien Young nach wie vor als absurd.

Nach seinem zweiten Gespräch mit Bonnie hatte er das Gefühl, daß sie entweder immer noch weitaus hysterischer nach dem Angriff war, als sie es nach außen hin zeigte, oder daß sie verzweifelt versuchte, *irgend etwas* anzuführen, das seine Aufmerksamkeit von ihrer Familie und ihr selbst ablenkte.

Am Montag, dem 1. August, acht Tage nach ihrer Einlieferung, wurde Bonnie aus dem Krankenhaus entlassen. Der Arzt, der ihre Entlassung vorbereitete, schrieb:

›Die Patientin ist eine 44jährige weiße Frau, die nach einem Angriff, bei dem sie Schläge auf den Kopf und einen Messerstich in die rechte Brustseite erhielt, in die Notaufnahme eingeliefert wurde. Der Arzt der Notaufnahme traf die ersten Wiederbelebungsmaßnahmen und nähte mehrere Platzwunden an ihrer Stirn. Die Patientin wurde auf die Intensivstation verlegt ... Bei der anschließenden Untersuchung wurde ein Bruch des Mittelhandknochens festgestellt und ein Gipsverband angelegt. Die Patientin erholte sich sehr gut. Nach drei Tagen konnte der Tubus aus der rechten Brustseite entfernt werden. Die Lunge blieb klar. Die Platzwunden und die Kontusion ihrer Stirn und ihrer rechten Brustwand heilen gut. Das Röntgenbild der Brust zeigte heute morgen einen völligen Rückgang des Pneumothorax [Luft-, Gasansammlung im Brustfellraum, Anm. d. Übersetzers] mit einigen leichten reaktiven Brustfellveränderungen. Sie ist auf normaler Diät, in ambulanter Behandlung, und es geht ihr den Umständen entsprechend gut.‹

Bonnie zog in das Doppelzimmer im Holiday Inn, in dem sich ihre Eltern einquartiert hatten, und in den nächsten beiden Nächten schlief sie bei ihnen. Sie ließ das Bett möglichst weit von der Tür aufstellen und fragte ihren Vater wiederholt, ob er sich vergewissert hatte, daß die Tür abgeschlossen war.

Am Mittwoch ließ sie sich im Polizeipräsidium die Fingerabdrücke abnehmen. Sie war noch so schwach, daß sie ohne Unterstützung kaum gehen konnte, und emotional so benommen, daß selbst jedes noch so kurze Gespräch an ihren Nerven zehrte. Warum nahm man *ihr* die Fingerabdrücke ab? Was hatte man davon? Warum hatte man den Mörder noch nicht gefunden?

Lewis Young befragte sie abermals über das Wochenende, an dem der Mord geschehen war, ohne etwas Neues zu erfahren.

Am Donnerstag ging sie nochmals zum Polizeipräsidium, um einen Schlüssel für ihre Haustür abzuholen. Dann kehrte sie in Begleitung ihrer Eltern zum Haus Lawson Road 110 zurück.

Einige Leute in Bonnies Lage hätten vielleicht lange Zeit vor dem Haus verweilen und es aus der Sicherheit eines geparkten Wagens heraus anschauen müssen, bevor sie den Mut gesammelt hätten, es zu betreten. Andere wären zweifellos nie wieder auch nur in die Nähe des Hauses gegangen. Aber Bonnie hatte stets geglaubt – mit der stoischen Art, die manche Außenstehende zweifeln ließ, ob sie überhaupt irgendwelche Gefühle hatte –, daß man unangenehme Dinge besser sofort erledigt.

So stieg sie, begleitet von ihren Eltern, aus dem Wagen und ging zum Haus. Ihre Kleidung war im Schlafzimmer. Sie brauchte die Sachen. Sie schloß die Haustür auf. Sie ging geradenwegs zur Treppe. Es wurde ihr übel. Sie hatte das Gefühl, ohnmächtig zu werden.

Doch sie stützte sich auf den Arm ihres Vaters und stieg die Treppe hinauf. Sie mußte ein paarmal stehenbleiben, um Luft zu schöpfen. Zum ersten Mal, seit sie niedergestochen worden war, stieg sie eine Treppe hinauf.

Bonnie zuckte nicht zusammen, und sie kehrte nicht um. Sie holte Luft und ging weiter. Sie betrat das Schlafzimmer und ging zum Kleiderschrank, ohne nach links oder rechts zu blicken. Ihre Eltern halfen ihr dabei, die Sachen aus dem Schrank zu nehmen, die sie brauchte. Dann verließ sie das Schlafzimmer und das Haus. Ihre Eltern luden die Kleidungsstücke in den Kofferraum und fuhren Bonnie nach Welcome zum Haus ihrer Kindheit.

Noch am selben Tag befragte Young ihren Sohn zum zweiten Mal. Chris war nach Youngs Meinung ›ein großspuriger, kleiner Student‹. Nachdem er endlich seine Autoschlüssel gefunden hatte, traf Chris Pritchard in seinem weißen Mustang mit laut knatterndem Auspuff zu der Befragung ein. Wie seine Schwester verhielt sich Chris so, als sei das Beantworten von Fragen, die helfen sollten, den Mörder seines Stiefvaters aufzuspüren, eine ziemlich lästige Sache, zumal an einem Tag, den er wohl lieber am Strand verbracht hätte. Bei ihrer ersten Begegnung war der Junge noch so nervös und aufgeregt gewesen, daß er Young leid getan hatte. Beim zweiten Mal fand der Beamte ihn einfach unsympathisch.

Chris wiederholte, daß Lieth seines Wissens keine Probleme und keine persönlichen Feinde gehabt hatte. Er wußte von einigen geerbten Aktien, hatte jedoch keine Ahnung, wieviel sie wert waren. »Ich weiß nichts über dieses Zeug«, sagte er wie zuvor.

Er schilderte, daß er ›fünfzehn oder zwanzig Minuten‹ seine Wagenschlüssel gesucht hatte, bevor er hinaus zum Telefon gerannt war, um die Campus-Polizei anzurufen. Er sagte, sein Zimmergenosse habe schließlich die Schlüssel unter einem Sesselkissen gefunden. Abermals bezeichnete er seinen letzten Besuch zu Hause als Routinesache. Er und seine Schwester hatten Hamburger für die Familie gebraten. Dann war er zur Uni zurückgekehrt und hatte an seiner Hausarbeit schreiben wollen. In Raleigh hatte er jedoch einen Freund, James Upchurch, am Schnellimbiß getroffen, und sie waren auf Upchurchs Bude gegangen und hatten Bier getrunken. Ja, er hatte auch in der Sonntagnacht Bier getrunken und Karten gespielt. Wenn das nicht passiert wäre, so wäre er bestimmt um sieben Uhr am Montagmorgen aufgewesen, um die Hausarbeit zu beenden. Young erwähnte nichts von dem Messer, der verbrannten Kleidung und der Landkarte, die am Schauplatz des Feuers gefunden worden waren.

Er sagte auch nichts von den blutbespritzten Buchseiten, die er neben dem Bett gefunden hatte – Buchseiten, auf denen ein junger Held namens Christopher und seine Freunde einen teuflischen Gutsherrn mit Messer, Keule und Degen getötet hatten.

Ebensowenig erwähnte Young, daß Chris' Onkel den Verdacht hatte, Chris könnte in den Mord verwickelt sein.

7

Später würde sich Bonnie nicht mehr genau erinnern können, wie viele Tage sie tatenlos in dem Haus gesessen hatte, in dem sie aufgewachsen war. Sie schlief unten im Zimmer neben dem ihrer Eltern.

Das heißt, sie versuchte zumindest zu schlafen. Sie fand kaum Schlaf – und so würde es noch in vielen weiteren Nächten sein. Viele Stunden in der Nacht lag sie wach da und erschrak jedesmal, wenn eine Diele in dem alten Haus knarrte.

»Sie hatte so schreckliche Angst, daß sie sich nicht mal im Bett auf die andere Seite drehte«, sagte ihre Mutter später. »Die ganze Nacht über ließ sie das Licht an. Sie versuchte, eine tapfere Miene zur Schau zu stellen, aber wir wußten, daß sie innerlich starb.«

Tagsüber saß Bonnie im Sessel ihres Vaters, eingehüllt in Decken, sah fern und fror. Sie schaute sich Shows, Seifenopern und alles an, was die Leere mit Bewegung und Geräuschen füllte.

Ihre Mutter versuchte ständig, sie zum Essen oder Trinken zu bewegen, doch Bonnie hatte weder Hunger noch Durst. Leute schauten vorbei, um sie zu sehen, und sie erhielt viele Telefonanrufe. In Little Washington mochte sie eine Fremde gewesen sein, aber in Welcome war sie Bonnie Lou Bates und litt, und in Welcome litt man nicht einsam.

Während dieser ersten Wochen ihrer Genesung wurde Bonnies Verhältnis zu ihrem Vater enger als je zuvor. Er konnte die

Liebe zu seiner verletzten Tochter, seinen Schmerz über ihr Unglück nicht artikulieren, aber es reichte, daß er Tag und Nacht an ihrer Seite war. Bonnie hatte das Gefühl, daß sie aus seiner Kraft vielleicht wieder ihre zurückgewinnen konnte.

Er war ein gutaussehender Mann, gebräunt von der Arbeit im Freien und kräftig gebaut. Obwohl er über sechzig war, hatte er noch dunkles, volles Haar. Daß er wie alle in dieser Familie, Gefühle nicht zeigen oder bereden mochte, hieß noch lange nicht, daß er wortkarg oder verschlossen war. Im Gegenteil, in Welcome galt George Bates als humorvoll, als ein lustiger und gesprächiger Herr, der gern Geschichten erzählte, Limericks erfand und Lieder sang.

Bonnies Mutter neigte dazu, ihr Augenmerk auf den *Ernst* des Lebens zu richten, doch ihr Vater sah das Leben anscheinend mehr von der heiteren Seite und genoß die einfachen Vergnügen.

Zum Beispiel liebte George Bates Süßigkeiten. Er konnte an keiner Süßwarenhandlung vorbeigehen, ohne etwas zu kaufen. Er hatte sogar einen Bonbonautomaten im Schlafzimmer, aus dem die Worte ›Georges Bonbonautomat‹ ertönten, wenn die Kinder ihn mit Bonbons fütterten. Er war von Beruf Maurer, aber seine wahre Liebe galt der Arbeit mit Holz. Das schien ihm im Blut zu liegen. Schließlich war er der Sohn eines Zimmermanns und hatte das Licht der Welt in einer Blockhütte aus Holz von Bäumen erblickt.

Wenn George Bates in seiner Jugendzeit die seltene Gelegenheit zum Spielen gehabt hatte, war es sein liebster Zeitvertreib gewesen, durch die Wälder von Welcome zu wandern und mit einem Federmesser Gedichte in junge Bäume zu schnitzen, so daß die Worte und der Baum zusammen wachsen konnten. Er sprach nie darüber, welches Vergnügen ihm diese Art Zwiesprache mit der Natur machte. Aber tatsächlich stießen Familienmitglieder in einem abgelegenen Winkel des Waldes auf einen Baum, in den der junge George Bates vor Jahren eine Botschaft geschnitzt hatte.

Als er Bonnies Mutter kennenlernte, arbeitete er als Maurer in Fort Bragg in einer Militärkaserne.

Als er am 7. Dezember 1941 erfuhr, daß die Japaner Pearl Harbor angegriffen hatten, sagte er zu keinem etwas, sondern verschwand einfach im Wald hinter dem Haus, das er mit seiner jungen Braut teilte.

Im Wald schnitzte er in einen Baum, der noch fünfzig Jahre später dort stehen würde, die letzten beiden Zeilen des Gedichts ›Bäume‹ von Joyce Kilmer:

Gedichte werden von Narren wie mir erdacht.
Aber nur Gott hat einen Baum gemacht.

Als seine Frau mit dem zweiten Kind, Bonnie, schwanger war, wurde George Bates zum Wehrdienst einberufen. Er bekam Urlaub in der Grundausbildung, so daß er zur Geburt seines Kindes zu Hause sein konnte, aber dann mußte er sofort nach Europa, wo er sich als Infanterist durch Frankreich und Deutschland kämpfte.

In den Briefen, die er nach Hause schrieb, erwähnte er nichts von den Gefechten, sondern erzählte kleine Geschichten, zum Beispiel, daß es in einer Nacht so kalt gewesen war, daß er in einen Stall geklettert war und zwischen den Schweinen geschlafen hatte, um es warm zu haben. Bei einer anderen Gelegenheit, als seine ganze Einheit tagelang keine Essensrationen erhalten hatte, entdeckte er einen Kartoffelacker, buddelte Kartoffeln aus und aß sie roh, während seine hungernden Kameraden, die in der Stadt aufgewachsen waren, dabeistanden – ein wenig neidisch – und über diesen Jungen vom Land lachten, der Kartoffeln roh essen konnte.

Im Heimaturlaub hatte er die erste Gelegenheit, mit Bonnie vertraut zu werden, dem kleinen und etwas introvertierten Kind.

Eines Nachmittags im August 1945 waren sie auf dem Hinterhof und grillten Hähnchen und Würstchen über einem offenen Feuer, als das Radio die Nachricht sendete, daß der Krieg zu Ende war. George Bates war so überglücklich, daß er aufsprang und seinen Strohhut in die Luft warf. Nachdem er ihn aufgefangen hatte, war er immer noch außer sich vor Freude, und er warf den Hut ins Feuer, um diesen Augenblick zu feiern. Es war vielleicht der hemmungsloseste Gefühlsausbruch seines Lebens.

George Bates gewöhnte sich schnell und glücklich ans häusliche Leben. Er besaß 28 Morgen Land und machte sich daran, ein Haus für sich und seine wachsende Familie zu bauen. Es war ein eingeschossiges Backsteinhaus mit einem Dachboden, der schließlich zum Schlafzimmer für Bonnie und ihre drei Geschwister wurde.

Bonnie wuchs mit den Geschichten und Liedern ihres Vaters auf. Sein Lieblingslied, das sie nie vergessen würde, nannte er den ›Geographie-Song‹:

Maine ist eine Insel in Asien
Frankreich ist ein Fluß in Spanien.
Kokosnüsse wachsen auf einem Berg aus Schnee
Wüsten sind bedeckt mit Regen.
Krokodile kommen aus Chicago,
Silber wird in einer Mühle gemischt,
Gras ist ziemlich selten,
Der Äquator ist quadratisch
Und Kansas liegt südlich von Brasilien.

Er predigte die einfachen Tugenden und setzte sie in die Tat um – Ehrlichkeit, Fairneß und Nächstenliebe –, und es gab niemanden in ganz Welcome, der nicht gesagt hätte: »George Bates ist so nett, wie der Tag lang ist.«

Wie fast alle Familien in North Carolina, die Land besaßen, betrachteten die Bates ihres als Naturschutz, nicht nur als leere Fläche, über die man den Blick schweifen lassen konnte. Sie bauten Getreide, Süßkartoffeln, Wassermelonen, Honigmelonen und Erbsen an, eine schöne Ergänzung zu Georges bescheidenem Einkommen. Zu jeder Zeit lagerte ein großer Vorrat mit Eingemachtem im Keller.

Sie hielten ein paar Kühe, Schweine, Truthähne und Hühner, die sie schließlich schlachteten und aßen. Sie machten ihre eigene Butter, backten Kirschkuchen mit den Früchten von ihren eigenen Bäumen und stellten Marmelade aus ihren Erdbeeren her.

Im Sommer machte Bonnies Mutter am späten Nachmittag Eiscreme, damit sie frisch war, wenn George erhitzt und müde von seinem Tagewerk auf einem Bau heimkam. Dann setzte er sich auf die Veranda, schleckte Eis und sagte Polly, daß es ihn bis auf die Knochen abkühle. Es gab anscheinend nichts, was er wollte und nicht hatte. Seine Frau würde ihn später als den zufriedensten Mann bezeichnen, den sie je gekannt hatte.

Im Haus ihrer Kindheit, erfüllt mit diesen Erinnerungen und nicht nur geschützt von dem Dach, das ihr Vater vor so vielen Jahren errichtet hatte, sondern auch durch die Festigkeit und Dauerhaftigkeit seiner Liebe, bemühte sich Bonnie, ihre Panik unter Kontrolle zu halten.

In Welcome würde ihr nichts Schlimmes widerfahren, sagte sie sich. In der Aura der Güte und Liebe ihres Vaters war sie sicher. Rings um sie waren Objekte, die er aus Holz angefertigt hatte: Tische, Schränke, Truhen und Bücherregale, alles angefertigt von Bäumen, die George Bates auf seinem eigenen Land gefällt hatte.

In den meisten Tagen und Nächten im Anfang August waren nur sie drei zusammen: Bonnie, ihre Mutter und ihr Vater. Sie war dankbar für die Sorge und Aufmerksamkeit von Freunden und Nachbarn, aber sie fühlte sich nicht wohl genug, um häufiger Besuch zu empfangen.

Die Personen, die am meisten durch ihre Abwesenheit glänzten – wie schon während Bonnies erster Stunden im Krankenhaus –, waren ihre Kinder. Tag um Tag wußte anscheinend keiner ganz genau, wo sie steckten. Mal waren sie in Washington, mal in Greenville, am Strand, zu Besuch bei Ramona, die in South Carolina wohnte – überall, nur nicht bei ihrer Mutter.

Bonnies Vater sprach schließlich mit ihnen darüber. Er mißbilligte ihren offenkundigen Mangel an Mitgefühl, und er hielt ihnen vor, daß sie unaufmerksam, lieblos und sogar grausam waren.

Sie stritten das ab und führten an, sie seien einfach durcheinander, ängstlich und daher auf die Gesellschaft ihrer Freunde angewiesen. Ihrer Ansicht nach konnten sie jetzt nichts für ihre Mutter tun, der es jetzt in Welcome ja auch sicher besser gehe. Welcome war nicht ihre Heimat, und sie wollten nicht den ganzen Tag lang in Decken gehüllt auf die Glotze starren. Sie brauchten Lärm und Action und die Ablenkung durch Freunde.

Und was sollte das Theater wegen der wenigen Besuche im Krankenhaus? Sie hatten vorbeigeschaut, dort eine gewisse Zeit verbracht. Aber es war ja nicht so, als ob Bonnie im Sterben gelegen hätte oder so. Man hatte sich gut um sie gekümmert. Sie hatte jede Menge andere Gesellschaft gehabt.

Außerdem hatte es sie aufgeregt, sie mit einem Schlauch in der Brust und geschwollenem Kopf zu sehen und immer wieder die gleiche Frage von ihr zu hören – wer kann das getan haben?

Bonnie störte die Abwesenheit ihrer Kinder anscheinend weniger als ihren Vater. Beide Kinder waren ihrer Meinung nach ebenso erschüttert wie sie selbst, aber weil sie jung und unverletzt waren, fanden sie keine innere Ruhe und waren noch zu aufgewühlt, um lange an einem Platz zu verweilen.

Tatsache war, daß Bonnie überhaupt keine Gesellschaft wollte. Der Mensch, dessen Gesellschaft ihr am meisten bedeutet hatte, war für immer fort, und anstatt sich zu bemühen, auch nur eine Unterhaltung mit ihren Kindern in Gang zu halten, zog sie es vor, mit ihren Erinnerungen allein zu sein.

Sie versuchte, sich nur an die guten Zeiten zu erinnern, von denen es viele gegeben hatte, wenigstens bis zu den letzten achtzehn Monaten von Lieths Leben.

Die Dinge hatten sich im Februar 1987 verschlechtert, als Lieths Vater plötzlich an einer Schlagadererweiterung gestorben war. In den folgenden dreizehn Monaten waren Bonnie und Lieth an jedem zweiten Wochenende von Little Washington nach Winston-Salem gefahren – eine viereinhalbstündige Fahrt. Nach dem Tod von Lieths Vater hatte seine Mutter ständige Pflege gebraucht. Als einziges Kind hatte Lieth für sie sorgen müssen. Seine Mutter war jedoch immer schwächer geworden und ein halbes Jahr nach ihrem Mann gestorben.

Als nächstes mußte er sich um Onkel Richard kümmern, der ihm so nahestand, als wäre er fast ein zweiter Vater. Er war an einem Emphysem erkrankt, einer Luftansammlung im Gewebe, und rund um die Uhr mit Sauerstoff versorgt worden. Schließlich war ein Luftröhrenschnitt nötig. Abermals war Lieth für die Pflege verantwortlich. Richard starb dann im März.

Die Camel City Dry Cleaners & Laundry-Kette war zu dem größten Unternehmen dieser Art in Winston-Salem geworden. Die chemischen Reinigungen waren so erfolgreich, daß Lieths Vater – er hatte das Geschäft kurz vorher verkauft – eine Erbschaft von über einer Million Dollar hinterließ. Nach dem Tod seiner Mutter erbte Lieth die ganze Summe.

Die meisten Leute haben mehr Sorgen, wenn sie kein Geld besitzen, doch für Lieth begannen die Sorgen, als er welches hatte. Er war Buchprüfer von Beruf und hatte es von klein auf gelernt, jeden Cent zu achten, und so war es ein großer Streß für ihn, plötzlich eine so große Summe zu verwalten.

Das Treuhänderdepot der North Carolina National Bank in Winston-Salem verwaltete den Nachlaß, aber er war nicht zufrieden mit den Leistungen. Seit März verbrachte er – unterstützt von Bonnie – ganze Abende und Wochenenden mit dem Erstellen eines Anlageprogramms, bei dem er auf dem Papier mit seinen Aktien weitaus bessere Resultate erzielte als die Bank. Warum sollte er zehntausende Dollar pro Jahr der Bank für Gebühren bezahlen, damit sie tat, was er selbst besser konnte? fragte er Bonnie mehrere Male. Außerdem machte ihm die Sache Spaß.

Lieth abonnierte die Wettunterlagen von einem halben Dutzend Wettbüros, und während der Football- und Baseball-Saison wettete er auf fast jedes Spiel, das er sich im Fernsehen anschauen konnte. Er behauptete, daß ihm der Aktienmarkt genausoviel Spaß machte, obwohl er mehr Arbeit erforderte und weitaus mehr Geld auf dem Spiel stand.

Es war Streß, gewiß – besonders wenn man mit einer Summe spielte, die über fünfundzwanzigmal so hoch war wie das eigene Jahresgehalt –, aber Lieth arbeitete hart an Grundlagenforschung und hatte Vertrauen in seinen kaufmännischen Instinkt. Er behauptete – vielleicht fragwürdig –, niemals Geld auch nur bei den riskantesten Aktiengeschäften verloren zu haben. Dennoch brauchte er jedes Wochenende eine Kiste Budweiser, um seine wachsende Besorgnis zu dämpfen, und zunehmend wurde das Bier durch Wodka ergänzt.

Am Ende des Jahres wäre er jedoch zur vollen Pension berechtigt gewesen. Dann hätte er mit der Arbeit bei National Spinning – die ihm von Anfang an mißfallen hatte – aufhören und seine ganze Zeit der Verwaltung seines Geldes widmen können.

Er und Bonnie hätten von den Einkünften aus seiner Erbschaft gelebt, zuzüglich der Gewinne aus seinen Investitionen. Er sprach davon, ein Wohnmobil zu kaufen, das er als Büro benutzen konnte, wenn sie in Little Washington waren. Wenn es sie überkam, konnten sie einfach über Land fahren. Oder sogar eine Seereise machen. Wie wäre es mit einer Kreuzfahrt? Mit Fax und Funk und Laptop-Computern gab es keinen Grund, weshalb Lieth nicht ihr Geld auf der Fahrt zu einer karibischen Insel verwalten konnte. Plötzlich wirkten die Horizonte grenzenlos. Im Juli hatte es den Anschein, daß die langen Monate der seelischen Anspannung fast vorüber waren. Bald konnten er und Bonnie anfangen, richtig zu leben.

Das war seine Stimmung am letzten Tag seines Lebens gewesen, und Bonnie hatte sich erleichtert gefühlt. Lieth war durch den Tod seiner Eltern und seines Onkels so deprimiert, ausgelaugt und geistig erschöpft gewesen. Seine Nerven waren angegriffen gewesen, kein Wunder angesichts der immensen Belastungen. Während er sich nebenher um die Bestattung kümmerte, verrichtete er die ungeliebte Arbeit in einer Stadt, die er verabscheute, und mußte auch noch mit ihren nicht immer einfachen beiden Kindern im Teenageralter zurechtkommen.

Bonnie hatte das Gefühl, nach all den Fahrten in den vergangenen dreizehn Monaten mit verbundenen Augen von Washington nach Winston-Salem fahren zu können. Sie hatte Lieth auf jeder Fahrt begleitet, auch wenn die Kinder unbeaufsichtigt blieben, denn er hatte ihr gesagt, daß er sie brauche. Er konnte nicht allein mit all dem Kummer und Elend fertig werden. Sie war seine Frau, und ihr Platz war an seiner Seite, selbst wenn das jedes Wochenende neun Stunden Autofahrt bedeutete.

Hilflos hatte sie beobachtet, wie Lieths Depression schlimmer wurde, wie er zunehmend gereizt, streitsüchtig und sowohl körperlich als auch seelisch ausgelaugt wirkte. Wenn er von der Arbeit nach Hause kam, holte er sich sofort Bier aus dem Kühlschrank und trank, bis er zu Bett ging. Und er hatte sich angewöhnt, schon um 20 Uhr schlafen zu gehen. Das war nicht gesund, sie wußte das, und ebenso ungesund war es, an einem Wochenende eine ganze Kiste Bier plus eine halbe Flasche Jack Daniels oder Wodka oder ganze Flaschen Wein zu trinken.

Am letzten Tag seines Lebens war in ihr jedoch die Hoffnung aufgestiegen, daß das Schlimmste vielleicht hinter ihnen lag und sein Traum vom neuen Leben in Erfüllung gehen würde. Später sagte sie: »Es war ein Tag, der von Glück und dem Gefühl der Zusammengehörigkeit erfüllt war.« Sie – und andere – erinnerten sich, daß ihr letzter Abend mit Lieth einer der glücklichsten und romantischsten war, den sie je miteinander verbracht hatten.

Sie sagte, auf der Heimfahrt nach dem Abendessen in Greenville sei ihr in den Sinn gekommen: *Jetzt können wenigstens keine weiteren Familienmitglieder mehr sterben.*

Der Gedenkgottesdienst für Lieth fand in Winston-Salem statt. Bonnies Mutter, die Orchideen in einem Gewächshaus hinter ihrem Haus züchtete, machte ein Blumenarrangement und legte es um die Urne mit Lieths Asche. Nach dem Trauergottesdienst in der Kapelle der Leichenhalle war die Urne auf einen Friedhof gebracht worden. Wie begräbt man Asche? fragte sich Bonnie. Es kam ihr unnatürlich vor. Aber seit Tagen war anscheinend nichts natürlich gewesen. Sie wußte nicht mehr, was natürlich war, und sie bezweifelte, daß sie es jemals wieder wissen würde.

Es überraschte sie, wie viele Leute am Grabe standen. Leute, mit denen sie bei Integon zusammengearbeitet hatte, alte Freunde von Lieth aus der Studienzeit und sogar ihr Ex-Mann Steve Pritchard. Und natürlich Angela und Chris.

Aber das war nur ein Tag. Da waren all die anderen Tage, mit denen sie fertig werden mußte. Der Schauder in ihr ließ nicht nach. Ebensowenig die Schlaflosigkeit, die Trauer.

Und während die Tage vergingen, konnte Bonnie ihre Furcht nicht ganz loswerden, obwohl sich ihr Vater sehr bemühte, ihr die Angst zu nehmen, und obwohl Bonnie im Elternhaus Trost fand.

Sie konnte nicht darüber sprechen, weil sie die anderen nicht beunruhigen wollte, aber wenn sie eingehüllt in Decken im Arbeitszimmer ihres Vaters saß, wuchs ihre Furcht, statt nachzulassen, denn Bonnie stellte sich vor, daß derjenige, der versucht hatte, sie zu töten, wiederkommen würde.

Sie versuchte, ihre Furcht zu verdrängen, indem sie logisch betrachtete, was geschehen war. Aber es war nichts daran logisch gewesen. Wer konnte Lieth getötet haben? Und warum? Wer hatte sie fast ermordet?

Sie wurde es leid, darüber zu grübeln, aber diese Gedanken beherrschten sie.

Warum hatte es keine Festnahme gegeben? Wie schwierig konnte es sein, jemanden zu finden, der solch eine schreckliche Tat begangen hatte? Dies war nicht New York City, Los Angeles oder Detroit. Dies war im Viertel Smallwood in Washington, North Carolina, geschehen, wo nie zuvor so etwas passiert war. Es konnte gewiß nicht so schwierig sein, dieses Verbrechen aufzuklären.

Im Krankenhaus war – abgesehen davon, daß Angela unverletzt war – Bonnies einziger Trost die Gewißheit gewesen, daß die Polizei den Mörder schnell festnehmen und ins Gefängnis schicken würde. Aber diese Hoffnung hatte sich nicht erfüllt. Die Stunden waren zu Tagen und jetzt zu Wochen geworden. Was lief bei diesen sogenannten Ermittlungen falsch?

Selbst in ihrer geschwächten Verfassung ärgerte sie sich über die ihrer Meinung nach unfähige Polizei. Sie hatte Krimis gelesen. Sie hatte Fernsehkrimis gesehen. Sie wußte, daß Tatorte gesichert werden mußten, damit Spuren und Beweise gesammelt werden konnten. Aber ihre Nachbarn – *Voyeure*, wie sie fand – hatten schon wenige Stunden nach dem Mord die Erlaubnis erhalten, ihr Haus mit Schrubbern und Eimern zu betreten, nachdem sie der Polizei gesagt hatten, sie wollten im Elternschlafzimmer saubermachen, damit Bonnie der schlimme Anblick erspart blieb, wenn sie aus dem Krankenhaus heimkam.

Und die Polizei hatte sie gewähren lassen, hatte den Tatort praktisch jedem Humanitätsapostel oder Schaulustigen überlassen, der vorbeigekommen war. Das war nicht richtig, sagte sich Bonnie immer wieder. Ihrer Ansicht nach war nicht nur ihre Privatsphäre – der sie hohen Wert beimaß – verletzt worden, sondern es waren vielleicht mögliche wichtige Spuren verlorengegangen.

Und jetzt erhielt sie bei jedem Anruf bei der Washingtoner Polizei oder Lewis Young die gleiche unbefriedigende Antwort – es gibt nichts Neues, wir arbeiten daran, wir werden Sie auf dem laufenden halten; ein neues und noch trostloseres Gefühl reifte in Bonnie heran: *Wer immer dies tat, wird vielleicht nie gefaßt werden.*

Während Bonnie trotz der Augusthitze fröstelnd dasaß, mußte sie sich mit der Vorstellung vertraut machen, daß sie vielleicht den Rest ihres Lebens weder wissen würde, wer ihren Mann ermordet hatte, noch ob der oder die Täter eines Tages vielleicht von neuem versuchen würden, sie umzubringen.

8

Wenn man nicht am Strand oder vielleicht hoch oben im Bergland am Westrand des Staats weilt, ist der August in North Carolina höllisch. Das trifft besonders auf das dampfende Flachland im Kreis Beaufort zu, dem es sogar an jenen Freizeitmöglichkeiten der größeren Städte mangelt. Die Nacht ist mit den Geräuschen der Insekten erfüllt, und tagsüber ist die Sonne ein übler, möglicherweise sogar tödlicher Feind. Selbst den Fischen geht es schlecht. In den Flüssen Pamlico und Tar gehen Tausende von ihnen an Sauerstoffmangel zugrunde.

Man sehnt sich mehr nach Klimaanlagen als nach Sex, Essen oder Schlaf. Es herrscht Trägheit. Anscheinend ist wenig, wenn überhaupt etwas, so dringend, daß es nicht eine weitere Stunde, einen weiteren Tag und sogar einen Monat warten kann. Kurz gesagt, der Spätsommer ist nicht die beste Zeit, um die Ermittlungen in einem Mordfall voranzutreiben.

Lewis Young versuchte es, doch er stieß bald auf Probleme, die über das Wetter hinausgingen. Die Funktion des North Carolina State Bureau of Investigation besteht darin, örtliche Polizeibehörden zu unterstützen, wenn darum ersucht wird. Young, so findig und hartnäckig er auch war, hatte keine Befugnis, auf eigene Faust zu ermitteln. Er konnte nur handeln, wenn er darum gebeten wurde. Solange die Washingtoner Polizei nicht um Hilfe bat, konnte er sie ihr nicht aufzwingen.

Und im August 1988 herrschte auf der Polizeistation ein gewisses Durcheinander. Der Stadtdirektor (der bald sein Amt aus Gründen, die nicht mit dem Mordfall in Zusammenhang standen, niederlegen würde) versuchte direkte Kontrolle über die Ermittlungen auszuüben. Der Polizeichef bereitete sich auf seine Pensionierung vor. Und der Kriminalbeamte, der mit dem Mordfall von Stein betraut wurde, war nicht der junge und fleißige John Taylor, sondern ein älterer Mann, der oftmals zerstreut wirkte und selten Hinweisen nachging. Es wurden Befragungen durchgeführt, jedoch in einem bedächtigen Tempo, das mehr im Einklang mit der heißen Jahreszeit als mit der Schwere des Verbrechens war.

Dennoch trafen schleppend Berichte ein, die Lewis Young dann durchlas. Und dabei begann er ein gewisses Schema zu erkennen. Aber es war keines, das zu der Vermutung führte, daß ein ängstlicher oder verärgerter Angestellter der National Spinning Company oder ein habgieriger Filialleiter der North Carolina National Bank in das Verbrechen verwickelt war.

Bei Ermittlungen in Mordfällen sind die alten Regeln immer noch die besten, wie Young wußte. Und die älteste aller Regeln besagt, wenn man das Opfer identifiziert hat, sucht man zuerst nach Verdächtigen im engsten Familienkreis. Die Familie von Stein war anscheinend fast jedem in Little Washington unbekannt gewesen, aber nicht so unbekannt, um immun gegen häßliche Geschichten zu sein.

– Ein Ex-Kollege von Lieth bei der National Spinning Company bestätigte, daß Lieth sich über die schlechten Leistungen seines Stiefsohnes beim Studium aufgeregt und gesagt hatte: »Wenn er es dieses Semester nicht schafft, war's das. Ich werde nicht dafür zahlen, daß er durchrasselt.« Ein anderer Kollege sagte aus, Lieth habe oft ›phantasiert‹, wie schön sein Leben wäre, wenn seine Stiefkinder erwachsen und aus dem Haus sein würden.

– Chris' Zimmergenosse im ersten Semester sagte aus, Chris würde sich häufig mit Whisky betrinken und stundenlang vor seinem Computer hocken. Auch rauche Chris Marihuana, für Kokain fehle ihm nur das nötige Kleingeld. Chris verbringe mehr Zeit mit dem Lesen von Dungeons & Dragons Horrorbüchern als mit Studieren.

– Ein anderer ehemaliger Zimmergenosse sagte, Chris habe nie seine Eltern erwähnt, verfüge aber über eine Menge Geld, das er für Alkohol und Drogen ausgebe, so daß er sich »Geld leihen muß, um seine Rechnungen bezahlen zu können«.

Er beschrieb Chris als ›lässigen Typen‹, der ›leicht von anderen zu beeinflussen ist‹. Chris hatte ›fast jeden Abend‹ das Horrorspiel Dungeons & Dragons gespielt, zusammen mit einem großen, dünnen Typ namens Moog, zwei Jungen namens Daniel und Neal und einigen anderen. Meistens hatten sie das Spiel auf ihre Bude beschränkt, doch gelegentlich hatten sie Szenen in den Versorgungstunnels nachgespielt, die unter dem Campus verliefen. Zu ihrer Ausrüstung hatten Wurfpfeile und Messer gezählt. ›Chris hatte nie viel Glück bei den Mädchen‹ gehabt, ›konnte keine Puppe aufreißen‹ und unternahm so gut wie nichts, um das Studium zu schaffen. Er hatte Marihuana und mindestens zwei- oder dreimal LSD benutzt.

– Ein Freund von der High-School bestätigte, daß Chris sich am Mordtag sonderbar benommen hatte: Er hatte eine Zigarette nach der anderen geraucht, war auf seinem Stuhl hin und her gerutscht und hatte ›zappelig und nervös, aber nicht traurig‹ gewirkt. Der Freund hatte gehört, daß Chris regelmäßig Marihuana, Kokain und LSD nahm – wie im übrigen Angela auch. Ihm war zu Ohren gekommen, Lieth sei von Drogenhändlern ermordet worden, weil Chris ihnen Geld für Drogen schuldete.

– Ein anderer Freund von der High-School sagte: »Chris und Angela haben Lieth nicht geliebt.« Es habe oft Streit gegeben, und sie seien aneinandergerasselt, weil sie charakterlich grundverschieden seien. Chris habe oftmals gesagt: »Er ist wieder über mich hergefallen.« Er hatte ein engeres Verhältnis mit seiner Mutter als mit Lieth, doch selbst Bonnie, die nicht ›desinteressiert‹ an Chris war, ließ ihm oftmals seinen Willen. Lieth verhängte ein Ausgehverbot, und Bonnie hob es auf. Sie verbrachte viel Zeit mit dem Versuch, ›den Familienfrieden zu retten‹, hatte jedoch wenig Anteil an Chris' Leben. Laut Aussage dieses Freundes schenkte sie anscheinend ihren Tieren mehr Liebe als ihren Kindern. Chris beschrieb er als ›jemanden, der schön reden kann, Mist baut, aber meint, er kann sich aus allem herauswinden‹.

– Steven Outlaw, der Freund, mit dem Chris vor ein paar Jahren in Chocowinity festgenommen worden war, sagte aus, daß Chris und er als Teenager ›mit großem Ernst‹ das Horrorspiel Dungeons & Dragons – Kerker und Drachen – gespielt hatten, hauptsächlich weil ›für Teenager in Little Washington nicht viel los ist.‹ Nach seiner Aussage war Lieth ›sehr aufgeregt‹ wegen des Zwischenfalls in Chocowinity, und er ging sogar so weit, Steven Outlaw Hausverbot zu erteilen. »Lieth war altmodisch und herrisch. Er brüllte ›Bonnie, komm bitte rauf‹, und dann nahm er sie ins Gebet, und sie mußte runtergehen und Chris sagen, was Lieth ihm verbot. Sie mußte die Anweisungen von Lieth übermitteln. Sie bemühte sich sehr, zwischen ihnen und auch zwischen Lieth und Angela zu vermitteln, doch das klappte nicht immer.« Dann beschrieb Outlaw eine handgreifliche Auseinandersetzung zwischen Chris und Lieth, die in der Küche oder im Eßzimmer stattgefunden hatte, offenbar nachdem Lieth getrunken und Chris wegen seiner schwachen Schulleistungen sarkastisch gescholten hatte. »Lieth stand auf und holte aus, um Chris zu schlagen, aber Chris stieß ihn weg und rannte in die kleine Toilette im Erdgeschoß. Chris war jedoch so wütend, daß er ein Loch durch die Tür schlug.«

– Ein ehemaliger Freund von Angela bezeichnete Lieth als strengen Hausherrn, mit dem man nur schwer zurechtkommen konnte. Wenn Angela irgend etwas tun wollte, das Lieth mißbilligen würde – und er mißbilligte fast alles –, schmiedeten sie und ihre Mutter ein Komplott, wie sie es Lieth verheimlichen konnten. Nach Aussage des Freundes hatte seine Beziehung mit Angela geendet, als sie ihn mit einem anderen Mädchen erwischt hatte. Danach war sie vermutlich mit einem Jungen gegangen, der einige Zeit in der Besserungsanstalt in Raleigh gesteckt hatte. Vermutlich benutzte sie Hasch und Amphetamine. Vermutlich war Lieth nach dem Tod seiner Eltern drei Millionen Dollar schwer, aber laut Angela war er so geizig, daß der Reichtum wahrscheinlich ihr Leben nicht verändern würde. Der ehemalige Freund sagte aus, daß Angela und Chris selten Lieth mit Namen, sondern ihn einfach ›das Arschloch‹ genannt hatten. Er fügte hinzu, Chris sei von den Dungeons & Dragons-Horrorspielen ›besessen‹.

– Donna Brady erwähnte, daß Chris das Radio aus dem Wagen gestohlen worden war, er das jedoch aus Angst Lieth verschwiegen hatte. Sie sagte, Angela bezeichnete Lieth als ›ein Arschloch‹, weil er zu streng wegen ihrer Ausgehzeiten und der männlichen Gesellschaft sei; Donna Brady sagte ferner aus, Angela habe gesagt, der Mord könne nur von jemandem von der National Spinning Company begangen worden sein. Nach Donna Bradys Ansicht hatte Angela viel mit Bonnie darin gemein, daß sie ihre Gefühle verbarg, auch unter Umständen, wenn andere vielleicht das Gegenteil erwarteten, und das konnte leicht als Gleichgültigkeit mißverstanden werden. Sie sagte, Chris habe sich so sehr in die Welt der Dungeons & Dragons-Horrorspiele vertieft, daß er sogar auf dem Weg zum Gedenkgottesdienst für Lieth in Winston-Salem Bücher gelesen hatte, die Tips gaben, wie man ein besserer Spieler werden konnte. Laut Donna Brady hatte Chris am Tag des Mordes

Angela zur Seite genommen und gesagt: »Ich muß dir etwas sagen.« Angela hatte sich bei ihr nie dazu geäußert, und Donna hatte keine Ahnung, was Chris ihr erzählt haben mochte.

– Andere Bekannte bezeichneten Chris als ›umgänglich, ungekünstelt und angenehm‹ und erklärten: »Er konnte nie verstehen, daß er nach der Armut in der Jugend nicht mehr von all dem Geld bekam, das seine Familie jetzt besaß.« Diese Leute wußten allerdings auch nicht, weshalb Chris und Angela so wenig Zeit im Krankenhaus bei ihrer Mutter verbracht hatten. Sie fügten hinzu, daß Chris ›vernarrt‹ in Dungeons & Dragons war.

Und einer von Chris' besten Freunden von der High-School berichtete von einer ›ständigen Spannung‹ zwischen Chris und Lieth. Vor ein paar Jahren hatte Chris sich durch das Untertauchen in einem Fluß taufen lassen, ›nur weil er wußte, daß Lieth das nicht gefallen würde.‹ Dieser Freund sagte: »Ich hielt ihm vor, daß Lieth gar kein übler Kerl sei, aber er erwiderte, ich hätte keine Ahnung. Lieth war der Typ, der sich immer im Recht fühlte – niemals gab er anderen recht. Wenn man bei ihnen war, hatte man das Gefühl, daß Lieth keine Wärme oder Zuneigung für Chris aufbrachte, worauf Chris mit entsprechender Kälte reagierte. Angela erging es kaum anders. Das Problem dabei war, daß Bonnie immer auf Lieths Seite stand, denn für ihn hätte sie fast alles getan. Was auch immer Lieth sagte, sie stimmte ihm zu.« Außerdem sagte dieser Freund: »Chris versuchte zu sehr, eine Rolle zu spielen, die ihm nicht lag. Er versuchte krampfhaft, sich den anderen anzupassen. Und er hatte immer Schwierigkeiten mit Freundinnen.«

Soweit die Kommentare der Menschen, die mit der Familie bekannt waren. Anderswo in der Stadt hatten die Gerüchte groteske Blüten getrieben. In der drückenden feuchten Hitze war der Mord anscheinend das einzige Gesprächsthema in Little Washington.

Als die Leute von den dreizehn Katzen und dem Haushahn erfuhren, machten blutrünstige Geschichten von Teufelsanbetung und Tieropfern die Runde. Aber am weitesten verbreitet war die Ansicht, daß Bonnie selbst – möglicherweise mit Hilfe ihrer Kinder – Lieths Ermordung arrangiert oder sogar ausgeführt hatte. Wer hatte schließlich mehr durch seinen Tod zu gewinnen?

Lewis Young dachte eingehend über diese Möglichkeit nach. Vielleicht hatte Bonnie befürchtet, den Zugang zu dem Geld zu verlieren, das ihr Mann erst vor kurzem geerbt hatte. Young dachte an die Briefe, die in Lieths Schreibtisch gefunden worden waren, und er fragte sich, ob Lieth vielleicht eine heimliche Geliebte irgendwo in der Stadt oder woanders gehabt hatte. Er war zum Millionär geworden und hatte sich vielleicht von seiner einsiedlerischen Frau und ihren beiden lästigen Kindern trennen wollen. Vielleicht hatte sie ihn auch umgebracht, um einem Anschlag seinerseits zuvorzukommen. Später sagte Young: »Vielleicht wollte sie, daß es getan wird, und Chris arrangierte es für sie.«

Diese Theorie klang nicht schlecht, hatte jedoch einen entscheidenden Schönheitsfehler: Bonnie war selbst schwer verletzt worden. Ihre Brustwunde sah wirklich nicht nach einer selbstinszenierten Verwundung aus. Ihre Lunge war verletzt worden, sie hatte innere Blutungen erlitten, an denen sie gestorben wäre, wenn sie es nicht geschafft hätte, die Polizei anzurufen, und wenn die Notärzte nicht so schnell und umsichtig gehandelt hätten. So viel sie auch finanziell gewinnen mochte, diese Verletzungen machten es – wenigstens für Young – schwierig, zu dem Schluß zu gelangen, daß Bonnie selbst das Verbrechen arrangiert hatte.

»Ich konnte es nicht völlig als eine Möglichkeit ausschließen«, sagte Young später, »aber ganz gleich, um wieviel Geld es ging und wie sehr man den Mann loswerden wollte, es wäre ein höllisches Risiko gewesen.«

Aber was war mit Steve Pritchard, dem Truckfahrer und Bonnies Ex-Mann? Vielleicht hatte er verzweifelt Geld gebraucht, war ein Jahrzehnt lang eifersüchtig gewesen und hatte sich entschlossen, Bonnie und ihren neuen reichen Mann zu töten, damit deren Kinder – die auch *seine* Kinder waren –

das Vermögen erben konnten. Dann konnte er wieder ihr liebender Vater werden.

Auch damit hatte Young ein Problem: die Karte. Die skizzierte Landkarte, von der keiner etwas wissen sollte. Youngs großes Geheimnis. Sein bester Anhaltspunkt. Bonnie hatte ihm bereits gesagt, daß ihr Ex-Mann das Haus an der Lawson Road mehrmals besucht hatte. Steve Pritchard, der Lastwagenfahrer, hätte keine Lageskizze gebraucht, um seinen Weg zu finden.

Was war also mit der Karte? Lewis Young war sich im klaren darüber, daß er versuchen mußte, mehr darüber herauszufinden. Wer hatte sie gezeichnet? Wer hatte sie bei sich gehabt? Wer hatte versucht, sie zu verbrennen? Und warum an diesem besonders einsamen Abschnitt der Straße?

Eines der anderen Dokumente, die Lewis Young sorgfältig studierte, war der Bericht über Lieths Autopsie, die in Greenville von einem Pathologen namens Page Hudson durchgeführt worden war.

Der Abschnitt des Berichts, der sich mit Lieths Verletzungen befaßte, war aussagekräftig genug. Sechs Kopfwunden hatten die Kopfhaut aufgerissen und in einigen Fällen zu Schädelbrüchen geführt. Sie konnten durch Schläge mit einem Baseballschläger oder etwas Ähnlichem verursacht worden sein.

Acht Messerwunden waren zu sehen: eine in der linken Brustseite, eine hoch auf der rechten Seite des Rückens und sechs Stichwunden dicht beieinander in der linken Seite des Rückens. Wie Young bereits wußte, konnten sie von dem Jagdmesser stammen, das an der Feuerstelle gefunden worden war. Bei dem Stich in die Brust hatte das Messer das Herz durchbohrt, und das allein hätte zum Tod ›binnen weniger Minuten‹ geführt.

Der Tote hatte auch Blutergüsse und Schrammen an den Händen und Handknöcheln und einen Bruch des rechten Handgelenks davongetragen, was laut Dr. Hudson eindeutig darauf schließen ließ, daß Lieth versucht hatte, sich gegen den Angreifer zu wehren.

Der Mangel an Schwellungen oder Farbveränderungen im Körpergewebe wies darauf hin, daß alle Verletzungen ›zeitlich ziemlich dicht hintereinander‹ zugefügt wurden.

Aber ein Aspekt des Berichts beschäftigte Young so sehr, daß er am Freitag, dem 12. August, nach Greenville fuhr, um mit Dr. Hudson persönlich zu sprechen.

Page Hudson war 59 und gebürtig in Richmond, Virginia. Er hatte die Harvard-Universität absolviert und war 1968 der erste Oberste Leichenbeschauer geworden, den der Staat North Carolina je eingestellt hatte.

Diese Position füllte er achtzehn Jahre aus, bevor er als Professor der Pathologie an der East Carolina University und als Leiter der Autopsie des Pitt Country Memorial Hospital in Greenville fungierte, wohin auch Lieths Leiche gebracht worden war.

Dr. Hudson war ein großer Mann, nicht nur körperlich, sondern auch von seinem Ruf her. Er war 1,90 groß, hatte dichtes, weißes Haar und sprach – ohne anmaßend zu wirken – mit tiefer, gebieterischer Stimme. Er hatte als Chef-Pathologe über viertausend Autopsien durchgeführt. Darüber hinaus hatte er in seiner Eigenschaft als Oberster Leichenbeschauer des Staates die Akten von weiteren fünfzigtausend Autopsien überprüft und Hunderte Male vor Gericht ausgesagt.

Dr. Hudson machte bei Lewis Young kein Hehl daraus, daß ihm die Art und Weise mißfiel, wie die Washingtoner Polizei mit dem Tatort des Verbrechens umgegangen war. Es war nicht ungewöhnlich, würde er später sagen, »daß aus politischen Gründen oder welchen auch immer« die örtliche Polizei dazu neige, nicht um die Unterstützung des SBI zu ersuchen, sondern lieber »versucht, den Fall allein zu bearbeiten«.

In diesem Fall würde Dr. Hudson später sagen: »Wir haben es nicht mit einem gewöhnlichen häuslichen Streit zu tun, bei dem jemand dem Ehepartner ein Messer in den Körper stößt.« Daher hätte er es vorgezogen, daß erfahrene Labortechniker des SBI gerufen worden wären – besonders ein Mann namens Dennis Honeycutt (›der beste Ermittler an Tatorten von Kapitalverbrechen diesseits von Raleigh‹). »Nicht nur, weil die von

Steins reiche Leute waren«, betonte er, »sondern weil dieser Fall von Anfang an höchst kompliziert war.«

Wäre Honeycutt am Tatort aufgetaucht, so hätte man niemals die blutigen Bettlaken auf das Boot gehängt; den Nachbarn wäre nicht erlaubt worden, als Putzkommando das Haus auf den Kopf zu stellen.

»In einer perfekten Welt«, sagte Dr. Hudson später, »hätte der erste Beamte am Tatort oder der erste Kriminalbeamte die Körpertemperatur der Leiche gemessen, und zwar rektal. Und dann, weil man nicht einfach die Leiche nimmt und damit wegläuft – man muß Abmessungen und Fotos und all das machen –, wäre der Tote ein paar weitere Stunden am Tatort liegengeblieben. Jede halbe Stunde mißt man eine andere Temperatur, so daß man nicht nur einen Zeitpunkt hat. Statt eines einzelnen Zeitpunkts hat man viele, die darauf hinweisen, in welchem Tempo die Körpertemperatur fällt. Das hilft zurückzurechnen, wann sie 98,6 Prozent war, was wiederum hilft, den Zeitpunkt des Todes zu bestimmen.«

Und die Todeszeit war genau der Punkt, der Lewis Young Kopfzerbrechen bereitete. Wenn laut Autopsiebericht fast acht Stunden zwischen Lieths letzter Mahlzeit und dem Zeitpunkt des Todes vergangen waren, dann wären Hühnerfleisch und Reis – besonders der Reis – in höherem Maße verdaut gewesen, als es tatsächlich der Fall war.

Young befragte Dr. Hudson zu diesem Punkt. »Normalerweise«, antwortete der Pathologe, »hätte ich erwartet, daß sein Mageninhalt binnen einer Stunde oder zwei aus dem Magen heraus und im Dünndarm ist.«

Young fragte, ob man also einen früheren Todeszeitpunkt als den offiziell ermittelten in Erwägung ziehen solle.

»Unbedingt«, antwortete Dr. Hudson. Eine andere Möglichkeit sei, daß Lieth die Mahlzeit später zu sich genommen habe, als angegeben wurde. Aber Lewis Young hatte bereits den Kreditkartenbeleg des Sweet Caroline's Restaurants erhalten, der bestätigte, daß sich Bonnie richtig erinnert hatte.

Die einzige weitere Erklärung, sagte der Pathologe, war die Möglichkeit, daß Lieth von Stein zum Zeitpunkt seiner letzten

Mahlzeit und in den Stunden danach unter akutem Streß gestanden und sein Verdauungssystem nicht funktioniert habe.

Das wiederum stimmte nicht mit Bonnies Schilderung überein, wonach das Essen mit ihrem Mann in entspannter, herzlicher und sogar romantischer Atmosphäre stattgefunden hatte.

Und so verließ Lewis Young Greenville an diesem Freitag nachmittag mit einem weiteren Rätsel, das es zu lösen galt. Außer den blutbespritzten Buchseiten und der mysteriösen Landkarte, die er am Rand der Feuerstelle gefunden hatte, mußte er sich jetzt Gedanken über einen Magen mit unverdautem Reis machen.

Bonnie hatte große Angst vor der Rückkehr nach Little Washington, doch es ließ sich nicht vermeiden. Ihre Ärzte wollten ihre Brust röntgen. Sie selbst hielt es außerdem für angezeigt, persönlich mit Lewis Young über den Fortschritt der Ermittlungen zu sprechen. Mit den vagen Antworten, die sie bei ihren Telefonaten erhalten hatte, ließ sie sich nicht länger abspeisen.

Bonnie wußte, daß die Reise ihre panische Angst verstärken würde. Ihre Eltern würden sie im Auto mitnehmen, aber reichte deren Anwesenheit aus, um einen potentiellen Killer abzuschrecken?

Sie rief bei einer Sicherheitsagentur in Greenville an und bestellte Leibwächter, die sie während ihres Aufenthaltes in Little Washington ständig beschützen sollten. Die Firma reservierte für Bonnie ein Hotelzimmer in Greenville, so daß sie nicht in Washington zu schlafen brauchte. Man versprach, einen Mann im Nebenzimmer zu postieren und einen zweiten auf dem Gang vor der Tür. Selbst das konnte sie kaum beruhigen. Und wenn der ganze Secret Service zu ihrem Schutz aufgeboten wäre – sie hätte immer noch Todesängste ausgestanden, als sie die Grenze zum Kreis Beaufort überquerte.

Am Sonntag, dem 14. August, fuhr sie nach Greenville und traf sich am nächsten Morgen um zehn Uhr mit Young. Sie erklärte ihm, daß sie nicht verstehen konnte, warum noch kein

Tatverdächtiger festgenommen worden war. Sie fragte ihn, ob er irgendeinem ihrer Hinweise nachgegangen war – National Spinning oder North Carolina National Bank –, und sie beklagte sich von neuem darüber, daß die Washingtoner Polizei so schnell den Tatort für Außenstehende freigegeben hatte.

Young war wie üblich höflich und mitfühlend, ohne genauer auf ihre Klagen einzugehen. Er hatte eigene Fragen, die sich fast alle um Bonnie und ihre Kinder drehten.

Das ärgerte sie, weil sie es für weitere Zeitverschwendung hielt. Sie hatte bereits klargemacht, daß die Zeit mit Lieth von Liebe und Glück erfüllt gewesen war, und nun befragte der Kriminalbeamte sie zu dem gleichen Thema, anstatt nach dem Mörder zu suchen. Dennoch beantwortete Bonnie Youngs Fragen und schilderte von neuem, daß Lieth fast wie ein mittelalterlicher Ritter in ihr Leben gekommen war, um sie aus ihrem Gefängnis von Armut und Einsamkeit zu befreien.

Immerhin gab sie ein paar neue Einzelheiten bekannt. Ihr Leben an Lieths Seite sei so erfüllt gewesen, daß sie keine Zeit erübrigt hatten, Freundschaften mit anderen Leuten anzuknüpfen. Eine Zeitlang hatte Lieth als Teilzeitkraft an einem College der Gemeinde Unterricht gegeben, und als der Lehrer für das Fach Datenverarbeitung sich bei einem Autounfall schwer verletzte, hatte Bonnie ihn ersetzt.

Trotz ihrer Schüchternheit unterrichtete sie zwei Jahre lang an fünf Tagen und vier Abenden in der Woche verschiedene Klassen. Es war eine hektische Zeit. Nach Unterrichtsschluß mußte sie schnell nach Hause, das Abendessen machen und eine Viertelstunde nach dem Essen wieder für den Abendkurs zurück zum College. Dennoch sei es schön gewesen, wieder auf dem Gebiet zu arbeiten, auf dem sie einst Karriere gemacht hatte.

Nach einiger Zeit allerdings beklagte sich Lieth: Er fühlte sich vernachlässigt. Er wollte Bonnie zu Hause haben, damit sie sich um seine Mahlzeiten kümmerte, sich abends mit ihm unterhielt, denn er wollte nicht mit ihren Kindern alleinsein. Anfang 1986 zog Bonnie die Konsequenz und gab den Unterricht auf.

Selbstverständlich hatte Lieth ihre Kinder gemocht. Nur fand er den Umgang mit ihnen schwieriger, seit sie Teenager waren. Und es regte ihn auf, daß ihre Freunde und Freundinnen ständig im Haus ein- und ausgingen. Im Gegensatz zu Bonnie und Lieth waren Angela und Chris sehr gesellig – und es herrschte mehr Betrieb im Haus, als Lieth ertragen konnte. »Teenager machen einen verrückt«, pflegte er zu sagen und sich über das schüttere Haar zu streichen.

Dennoch beharrte Bonnie darauf, daß Lieth »absolut wundervoll« in seiner Beziehung zu Chris und Angela gewesen war. »Er liebte sie, als wären es seine eigenen Kinder. Er konnte nicht genug für sie tun.«

Zum Thema Chris sagte sie: »Und wenn Sie irgend etwas Schlechtes über meine Kinder hören, möchte ich, daß Sie es aus meinem Munde erfahren.«

Es hatte einige ›dumme Verfehlungen‹ auf einer Party vor dem Abschluß der High-School gegeben, und es waren alkoholische Getränke serviert worden.

Chris hatte vielleicht ein bißchen mehr getrunken, als er hätte trinken sollen, und er war dumm genug gewesen, gleich danach zur High School zu gehen und dort unangenehm aufzufallen, was dazu geführt hatte, daß man ihm bei der Schlußfeier ein unausgefülltes Zeugnis in die Hand drückte.

Ja, das war eine Enttäuschung, aber es war nur die Dummheit eines Teenagers, und sowohl sie als auch Lieth hatten ihn wissen lassen, daß sie ihn trotz seiner Fehler liebten.

Das hieß nicht, daß Lieth und Chris nie Krach miteinander hatte. Das waren jedoch Dinge, die Bonnies Ansicht nach in allen Familien vorkommen.

Sie erzählte Young, wie sehr Lieth sich für Chris bei dessen Festnahme eingesetzt habe. Wiederum war es nichts Ernstes gewesen – nur ein typischer Teenager-Streich. Als Sechzehnjähriger war Chris mit einem Freund an einem Freitag abend bei einem Footballspiel in Chocowinity festgenommen und wegen allerlei lächerlicher Dinge angeklagt worden, wie zum Beispiel ›Tragen einer versteckten Waffe, Bedrohung mit einer Waffe, Tragen von Waffen auf dem Campus einer staatlichen Schule, Besitz von Alkohol auf dem Campus einer staatlichen

Schule, Besitz von Alkohol durch einen Minderjährigen und Besitz von Feuerwerkskörpern.‹

Der Vorfall war nicht annähernd so ernst, wie diese Liste glauben ließ, erklärte Bonnie. Am Vortag waren Chris und sein Freund Steven Outlaw in Chris' Mustang durch Chocowinity gefahren, und Steven hatte nur aus Spaß eine Luftpistole auf einen anderen Teenager gerichtet, dem sie zufällig auf der Straße begegnet waren. Der andere Junge hatte übertrieben reagiert und bei der Polizei gemeldet, daß man ihn mit einer Handfeuerwaffe bedroht hatte. Bei dem Footballspiel wurde Chris' Wagen als derjenige identifiziert, in dem die Waffe gesichtet worden war. Beim Durchsuchen des Kofferraumes fand ein Polizeibeamter einige Wurfsterne und Wurfmesser, zwei Luftpistolen, ein Jagdmesser in einer Scheide, ein Beil, einige große Knallkörper und ein paar Flaschen Wein.

Chris erklärte Bonnie und Lieth, daß er den Wein nur für einen Freund gelagert hatte und daß die sogenannten ›Waffen‹ nur Spielzeuge waren, die er gelegentlich benutzte, wenn er mit Freunden Szenen aus dem Horrorspiel nachspielte.

Schließlich zahlte er eine kleine Geldstrafe – oder die Eltern zahlten sie für ihn, genau konnte sich Bonnie nicht erinnern –, und die Anklagen wurden fallengelassen. Die wahre Bedeutung dieser Episode, erklärte Bonnie, war der Beweis für Chris, daß Lieth in der Not zu ihm hielt und er auf ihn zählen konnte, wie es bei seinem richtigen Vater nie der Fall gewesen wäre.

Es hatte jedoch einen ›negativen Vorfall‹ gegeben, den sie vielleicht erwähnen sollte, weil ihn Young möglicherweise von anderer Seite in verzerrter Version hören würde. Es war beim Essen passiert, irgendwann im letzten Studienjahr, als Lieth vielleicht ein bißchen zuviel getrunken und Chris' Studienleistungen kritisiert hatte. Es gab eine ›Meinungsverschiedenheit‹. Plötzlich wurde Lieth zornig. Bonnie hatte ihn noch nie so wütend gesehen. Sein Gesicht verfärbte sich krebsrot, er ballte die Hände zu Fäusten, und Bonnie befürchtete, er wolle Chris schlagen. Ihr Sohn sprang schockiert vom Tisch auf und zog sich zurück. Und das war schon alles. Der Sturm legte sich so schnell, wie er aufgekommen war.

Die einzige Nachwirkung bestand darin, daß Lieth sie fortan bat, zwischen ihm und Chris zu vermitteln. Wenn er von Chris etwas wollte, sagte er es ihr, und sie gab die Anweisung weiter. Und wenn Chris etwas von Lieth wollte, konnte er es seiner Mutter sagen, und sie übermittelte es. Und weil er schon dabei war, wollte er es mit Angela ebenfalls so halten.

»Es sind deine Kinder«, sagte Lieth, »und ich finde, es ist deine Sache, sie zu erziehen. Mein Zorn ist so stark, daß ich nicht länger direkt mit ihnen umgehen kann.«

Aber das, erklärte Bonnie, war ein paar Monate vor Chris' Fortgang zur Uni passiert, zu einer Zeit, in der Lieth bereits unter schrecklichem Streß gestanden hatte.

Bonnie räumte ein, daß Lieth tatsächlich von Chris' schwachen Leistungen im ersten Semester enttäuscht war – aber Lieth hatte selbst Mühe beim Studium gehabt und daher Verständnis für solche Schwierigkeiten. Wie immer ermunterte und unterstützte er Chris, und Bonnie versuchte es ebenfalls.

Dann betonte Bonnie, daß sie nichts zu verbergen hatte und keine Familiengeheimnisse zurückhielt, und sie erzählte von zwei weiteren Zwischenfällen, die Chris betrafen.

Am Wochenende des 4. Juli, nur drei Wochen vor dem Mord, als Chris sich für das Sommersemester immatrikuliert hatte, wollte Angela ihn auf dem Campus besuchen und dort übernachten. Als sie dort eintraf, konnte sie Chris nicht finden, und keiner wußte, wo er war. Sie mußte die Nacht in ihrem Wagen verbringen. Am nächsten Morgen rief sie Bonnie und Lieth in Winston-Salem an und berichtete, daß weder ihr Bruder noch sein Mustang gefunden werden konnten. Nach einem Dutzend Anrufen bei allen Freunden und Verwandten, die ihnen einfielen, erstatteten Bonnie und Lieth Vermißtenanzeige bei der Polizei von Raleigh.

Als Chris Samstag nacht zum Campus zurückkehrte, stoppte ihn ein Sicherheitsbeamter der Uni und sagte ihm, daß er am besten sofort seine Eltern anrufen sollte. Sie waren immer noch in ihrem Haus in Winston-Salem und warteten am Telefon auf eine Nachricht. Chris entschuldigte sich dafür, daß er ihnen Sorgen gemacht hatte. Er erklärte, er habe mit einem Freund namens Moog einen von dessen Onkeln besucht, der weit abgelegen im Hügelland wohne, wo es kein Telefon gebe. Laut Chris hatten sie zum Abendessen Ziegenmilch getrunken, und es war ihm übel geworden. Erst am Abend des nächsten Tages war es ihm besser gegangen, und er hatte zur Uni zurückfahren können.

Lieth, sagte Bonnie, schüttelte nur den Kopf. Er wollte nicht einmal mit Chris sprechen, so überzeugt war er, daß die ganze Geschichte erlogen war. Bonnie hatte ebenfalls das Gefühl, daß Chris nicht die Wahrheit sagte. Und das regte sie auf, weil es – soweit sie wußte – das erste Mal war, daß er sie anlog.

Der zweite Vorfall war am Wochenende von Lieths Tod passiert. Chris traf spät am Freitag abend von der Uni ein und sagte, er wolle am Samstag das Abendessen machen. Er bat Bonnie, Rindergehacktes und Hamburgerbrötchen zu kaufen. Am späten Samstag vormittag fuhr er dann fort, um Freunde zu besuchen.

Als Bonnie am Nachmittag vom Supermarkt zurückkehrte, sagte ihr Lieth, daß er soeben einen merkwürdigen Telefonanruf erhalten hatte, von einer Frau, die sich als die Mutter eines fünfzehnjährigen Jungen aus Raleigh bezeichnet hatte.

Sie hatte gefragt, ob ein Chris Pritchard mit dieser Adresse ebenfalls ein Haus in Raleigh hatte, wo er vielleicht ihren Sohn mit Gartenarbeit beschäftigte. Der Junge hatte ihr einen Scheck über 35 Dollar gegeben, der von Chris unterzeichnet war, und sie gebeten, den Scheck für ihn einzulösen. Unten auf den Scheck hatte Chris die Anmerkung ›Gartenarbeit‹ geschrieben.

Lieth sagte der Anruferin, daß Chris Pritchard kein Haus in Raleigh besäße. Chris sei nicht zu Hause, aber er werde ihn wegen des Schecks befragen, sobald er heimkomme. Er notierte sich die Telefonnummer der Frau und versprach zurückzurufen, sobald er mehr Informationen erhielte.

Als Lieth Bonnie das erzählte, stieg in ihr die düstere Ahnung auf, daß Drogen im Spiel sein könnten. Aber wie immer bei Konflikten mit ihren Kindern wollte sie es im Zweifelsfall zu deren Gunsten auslegen. Und als Chris am Nachmittag heimkehrte, hatte er sofort eine Erklärung parat. In einem Lebensmittelgeschäft konnte er nicht bar bezahlen, der nächste Geldautomat war weit entfernt, und dieser Junge, der ihn und seine Freunde begleitet hatte, gab ihm Bargeld für die Lebensmittel; Chris hatte ihm dann einen Scheck ausgeschrieben. Als Bonnie fragte, warum auf dem Scheck ›Gartenarbeit‹ stand, erwiderte Chris, das wisse er auch nicht so recht.

Man soll seinen eigenen Sohn nicht der Lüge bezichtigen, sagte sich Bonnie, besonders wenn man nichts Konkretes hat. Man will ihm glauben und vertrauen. Aber sie und Lieth sprachen am Nachmittag über die Angelegenheit und beschlossen, Chris' Umgang mit seinem Geld besser zu überwachen. Sie baten ihn, seine Ausgaben zu notieren, denn die 50 Dollar pro Woche, die sie ihm zur Verfügung stellten, gab er anscheinend schneller aus, als er denken konnte. Bereitwillig versprach Chris, über seine Ausgaben Buch zu führen.

Am Abend, als Angela und ihre Freundin Donna Brady vom Baden zurückkehrten, kochte Chris schon eifrig. Er briet Hamburger, und Bonnie servierte dazu Pommes frites und Bohnen. Nach dem Essen war Chris ›ehrlich bestrebt‹, zur Uni zurückzukehren, um seine Hausarbeit voranzubringen. Das war nicht typisch für einen Samstagabend, wie Bonnie zugab – Anfälle von Arbeitswut packten Chris wahrlich selten –, aber nach dem Telefonanruf wegen des Schecks und der folgenden Unterhaltung hatte er sich vielleicht einfach gewünscht, von zu Haue fortzukommen.

Als sie mit ihm zum Wagen ging, um ihm auf Wiedersehen zu sagen, fiel ihr Blick auf das Armaturenbrett, und sie sah eine Lücke, wo sein Radio und der Kassettenrecorder angebracht waren. Chris erklärte, daß die Anlage gestohlen worden war, als er seinen Wagen auf dem Campus geparkt hatte.

»Mach dir deswegen keine Sorgen«, sagte er. »Vergiß es einfach. Ich werde es Lieth irgendwann in der nächsten Woche sagen.« Sie wollte Lieth nicht mit dieser neuen schlechten Nachricht belasten nach all dem Streß, unter dem er stand, besonders nicht, weil Lieth »sich bereits Sorgen um Chris machte.«

Sie war jedoch immer noch beunruhigt wegen des Schecks, und sie sagte zu Chris: »Sei vorsichtig. Wenn es irgend etwas gibt, über das du mit uns reden möchtest, wir sind hier. Wir lieben dich, und du weißt, daß du uns alles sagen kannst.« Chris sagte: »Ich weiß. Danke.« Und er küßte sie auf die Stirn.

Ein paar Tage später, als sie mit verbundener Stirn und einem Schlauch in der Brust im Krankenhaus lag, gestand Chris seiner Mutter unter Tränen, daß er gelogen hatte. Er gab zu, daß er den Scheck in Wirklichkeit ausgeschrieben hatte, um Marihuana zu kaufen, aber der Fünfzehnjährige hatte den Stoff nie ausgeliefert. Chris behauptete, keiner könne durch das Studentenwohnheim gehen, ohne an Drogen zu geraten. »Außer mir verkaufen alle auf der Uni Drogen.«

Er gestand ihr auch, daß die Geschichte, die er am 4. Juli erzählt hatte, nicht stimmte. Er und sein Freund Moog waren in Wirklichkeit nach Inman, South Carolina, außerhalb von Spartanburg, gefahren und hatten seine Tante Ramona, Bonnies Schwester, besucht.

Das regte Bonnie sogar noch mehr auf als das Geständnis hinsichtlich des Schecks, denn Ramona war eine der Personen, die sie in ihrer Verzweiflung über das Verschwinden ihres Sohnes angerufen hatte, und Ramona hatte beteuert, ihn nicht gesehen zu haben.

Als es ihr wieder etwas besser ging, stellte Bonnie Ramona zur Rede, die sich mehrmals für ihre Lüge entschuldigte. Sie erklärte, Chris habe neben ihr beim Telefon gestanden und sie angefleht, Bonnie nichts von seiner Anwesenheit zu verraten, weil er auf dem Campus bleiben und studieren sollte. Ramona hatte nicht gewußt, wie aufgeregt Bonnie war, sie habe ruhig und beherrscht wie immer geklungen. Ramona hatte verhindern wollen, daß Chris noch mehr Schwierigkeiten mit Lieth bekam, und so hatte sie ohne nachzudenken behauptet, von Chris seit Wochen nichts mehr gehört und gesehen zu haben.

Bonnies Treffen mit Young endete am frühen Nachmittag. Sie war erschöpft von der körperlichen und seelischen Anstrengung und frustriert wegen der offenkundigen Erfolglosigkeit des Ermittlers. Aber sie hatte immerhin das Gefühl, daß es ihr gelungen war, ein für allemal alle Fragen beantwortet zu haben, die die Behörden über ihre Familienverhältnisse hatten.

9

Neun Tage später befragte die Washingtoner Polizei Chris im Präsidium. Die Fragen waren etwas schärfer als die von Lewis Young.

Drogen? Nun ja, gab Chris zu. Vor ›einiger Zeit‹ hatte er Drogen genommen, einschließlich LSD.

Der Scheck?

Ja, den hatte er für Marihuana ausgestellt. »Drogen gibt es überall auf dem Campus«, erklärte Chris.

Er beschrieb sich als ›arroganten Hurensohn‹ und als ›sehr impulsiv‹, konnte sich jedoch nicht erinnern, jemals irgendeinem gesagt zu haben, daß er reich war. Er sagte, soweit er das beurteilen könne, sei er das auch nicht. Er wisse, daß Lieth über irgendein Treuhandvermögen verfüge, habe aber keine Ahnung, um welche Größenordnung es dabei gehe. Dies sei nicht seine Sache, sondern die seiner Eltern.

Nach seiner Aussage hatte er ›einen Kater‹ gehabt, war aber nicht betrunken gewesen, als Angela ihn angerufen und über den Mord informiert hatte. Er schilderte von neuem, daß er seine Autoschlüssel nicht gefunden hatte, die Vince Hamrick, sein Zimmergenosse, später unter einem Sesselkissen entdeckte.

Seinen Wagen hatte er nicht direkt beim Studentenwohnheim abgestellt, sondern ›auf dem äußeren Parkplatz‹, ungefähr vierhundert Meter vom Gebäude entfernt. Er hatte in der Sonntagnacht dort geparkt, nachdem er vom Abendessen in einem Lokal namens Wildflour Pizza zurückgekehrt war. Damit hatte er zwei Mädchen ärgern wollen, die in seiner Gesellschaft gewesen waren, Karen und Kirsten, die dadurch einen weiteren Weg zum Studentenwohnheim zurücklegen mußten. Diese Idee war ihm aus einer Laune heraus gekommen. Die Polizei hatte er nicht über das Telefon in seinem Zimmer angerufen, damit sein Zimmergenosse wieder einschlafen konnte.

Dann befragten sie ihn über das Horrorspiel Dungeons & Dragons. Zum ersten Mal wurde Chris lebhaft, als hätten sie endlich ein Thema gefunden, das sein Interesse weckte.

Er erklärte, daß es ein Rollenspiel und seit seinem elften Lebensjahr sein liebster Zeitvertreib sei. Man schuf eine Figur, die in einer mythischen Welt lebte, und fing alle möglichen Abenteuer mit ihr an. Das Spiel erforderte Phantasie und Kreativität, vor allem, wenn man es mit einer guten Gruppe machte. Auf der Uni hatte Chris es zwei- oder dreimal pro Woche gespielt. Für gewöhnlich dauerte jede ›Sitzung‹ ein paar Stunden, aber bis man ein ganzes Szenarium durchgespielt hatte, konnten Wochen vergehen. Zu den Mitspielern zählten ein gewisser Daniel Duyk, Neal und andere, von denen Chris nur die Vornamen wußte. Einer ihrer Mitspieler trug den Spitznamen Moog.

Ja, gelegentlich stiegen sie in einen Versorgungstunnel hinab. Zum einen waren die Schächte ein guter, sicherer Platz ›für allen möglichen Unsinn‹. Zum anderen hatten Chris und seine Mitspieler eine Karte von dem Tunnelsystem anfertigen wollen, die sie dann in eines der Dungeons & Dragons-Szenarien einbauen konnten.

In den Tagen nach ihrer Rückkehr von Little Washington zu ihrem Elternhaus in Welcome mußte Bonnie feststellen, daß sich ihr Befinden verschlechterte. Sie schlief immer noch unruhig, hörte in der Nacht oftmals Geräusche, die sie erschreckten. Am Tag hatte sie Schwindelanfälle und Atembeschwerden. Röntgenaufnahmen zeigten neue Flüssigkeit in ihrer Brusthöhle. Sie ließ sich zum Krankenhaus fahren, und man führte einen Katheter in ihren Rücken ein und saugte einen ganzen Liter blutiger Flüssigkeit ab.

Manchmal wurde ihr schwarz vor Augen, oder sie verfiel in Tagträume, fast als hätte sie epileptische Anfälle. Man hatte ein Elektroenzephalogramm gemacht, jedoch nichts Abnormales gefunden.

Sie sah und hörte wenig von Chris und Angela, es war, als befänden sich ihre Kinder auf einem anderen Planeten.

Der Anblick der Narben an ihrer Stirn stürzte sie in Depressionen, und so entschloß sie sich, einen Facharzt für plastische

Chirurgie aufzusuchen. »Ich bin nicht eitel«, sagte sie später, »aber als erstes sieht man jeden Morgen sein Gesicht, und es macht einen seelisch krank, jeden Tag an das Geschehen erinnert zu werden.«

Kurz vor Beginn des Herbstsemesters tauchten Chris und Angela unerwartet an der North Carolina State University auf. Einige Freunde begegneten ihnen im Wildflour Pizza, Chris' Lieblingslokal. Er war am späten Nachmittag bereits betrunken und prahlte, er hätte jetzt eine Feuerwaffe und würde Lieths Mörder finden und mit ihm abrechnen. Er sagte, er sei es leid, Leute flüstern zu hören, daß er und Angela in das Verbrechen verwickelt wären. Wenn er noch mehr von diesem Gerede hören würde, dann würde er noch mit ein paar anderen Leuten abrechnen.

Niemand nahm seine Drohung sonderlich ernst. Eines seiner Probleme war eben, daß ihn nur wenige Leute ernstnahmen. Zu groß war die Kluft zwischen seinen Worten und seinen Taten. Chris klopfte große Sprüche, die er aber kaum je in die Tat umsetzte. Nach einiger Zeit neigten sogar seine besten Freunde dazu, 90 Prozent seines Geredes als Übertreibung abzutun. Flüchtigere Bekannte ignorierten ihn ganz.

In seiner Trunkenheit begann er zu schluchzen, daß seine Mutter ihn jetzt wirklich brauche und er mit den Horrorspielen aufhören werde. Dann sprach er über Angela, die das ganze Ausmaß der Tragödie nicht wahrhaben wolle und sich verhalte, als sei nichts geschehen. »Das kann nicht die Lösung sein«, sagte er. »So schrecklich die Realität auch sein mag, man muß damit fertig werden. Es hat keinen Sinn, sich etwas vorzumachen.«

Chris und Angela übernachteten auf dem Campus, wo noch eine Party stattfand. Chris nahm LSD und hatte einen Horrortrip. Angstvoll schrie er, daß er nicht mehr atmen könne und sterben werde. Viele der Partygäste bekamen es jetzt mit der Angst. Einige wollten einen Krankenwagen bestellen und die Polizei anrufen. Chris brauchte Hilfe, und zwar schnell.

Aber sein Freund James Upchurch, dessen Spitzname Moog war, war auch auf dieser Party und konnte Chris wieder beruhigen. Hilfe von außerhalb war nicht nötig. Es war nur ein Horrortrip. Er hatte so was schon gesehen und wußte, wie man damit fertig wurde. Er war Chris' Freund, und er würde bei ihm bleiben. Alle anderen sollten Chris und ihn einfach in Frieden lassen.

Chris übergab sich und schrie und heulte fast gleichzeitig. Niemand auf der Party hatte jemals einen Menschen in so übler Verfassung erlebt. Aber Moog beteuerte, daß alles in Ordnung kommen würde. Es ist *nicht nötig*, Hilfe zu rufen, wiederholte er. Er wußte über schlimme LSD-Trips Bescheid. Sie waren unheimlich – sowohl für den, der sie durchmachte, als auch für die Zeugen –, aber nicht lebensbedrohlich. Moog wiederholte: *Ruft keinen Krankenwagen. Ruft nicht bei der Polizei an! Dadurch würde Chris nur eine Menge Schwierigkeiten bekommen.*

Schließlich hörte Chris auf, zu heulen, zu zittern und sich zu übergeben. Er schlief ein. Später, als Chris sich beruhigt hatte, verließ Moog die Party. Er wohnte nicht mehr auf dem Campus – für das Herbstsemester hatte er sich nicht eingeschrieben –, und keiner wußte genau, wo er die Nacht verbrachte. Ebensowenig erinnerte sich jemand, wo Angela übernachtete.

Als das Herbstsemester begann, war Chris sonderbar still und verschlossen. Sein Zimmergenosse Vince Hamrick erhielt auf seine Fragen, was denn in diesem Sommer passiert sei, nur die Antwort: »Ich möchte nicht darüber reden.« Wer beharrlich weiter fragte, sah Chris nur noch von hinten. Er wirkte wie gefangen in seiner eigenen Welt, in der er keine Gesellschaft haben wollte.

Angela schrieb sich in einer Wirtschaftshochschule in Greensboro ein, einer Stadt, die ungefähr anderthalb Fahrstunden von Raleigh und etwa eine halbe Fahrstunde östlich von Winston-Salem lag.

Auf ihre Weise – die sich sehr von der ihres Bruders unterschied – wirkte sie ähnlich erschüttert wie Chris. Später sagte sie: »Ich hätte es gar nicht erst mit der Schule versuchen sollen. Den ganzen Herbst vergeudete ich nur Sprit und Geld, um so oft wie möglich mit meinen Freundinnen und Freunden zusammenzusein.«

Sie sagte ebenfalls: »Nach und nach dämmerte mir, daß ich eine Tatverdächtige war, aber es war mir egal.«

Ende September rief ein Schulpsychologe bei Bonnie an und sagte ihr, daß Chris eine ›sehr schlimme emotionale Periode‹ durchmache und der Beratungsdienst der Universität nicht in der Lage sei, angemessen zu helfen.

Der Psychologe erklärte, Chris sei anscheinend immer noch verstört durch das Trauma wegen des Todes seines Stiefvaters und des Angriffs auf seine Mutter; eine Beurlaubung sei dringend erforderlich. Es fehle Chris an der notwendigen emotionalen Stabilität, um den Anforderungen eines neuen Studienjahres gewachsen zu sein. Er brauche eine Zeitlang das Zusammensein mit seiner Familie. Und eine intensivere Therapie, als die Universität sie bieten könne. Mit ziemlicher Sicherheit sei eine medizinische Behandlung gegen Depression und Angst erforderlich.

Bonnie erkannte, daß sie Welcome verlassen mußte und – wieder einmal allein – eine Art Unterkunft für sich und ihren Sohn finden mußte.

Sie wählte dazu Lieths Elternhaus in Winston-Salem. Der Umzug würde einfach sein, denn als Lieths Witwe besaß sie das Haus bereits.

Außerdem bot das Haus andere Vorteile. Es war nur zehn Minuten südlich des Stadtzentrums, am Rande einer scheinbar endlosen Fläche von Geschäften, Supermärkten und Restaurants. Und es war nur ungefähr einen Kilometer von der nächsten Auffahrt zum Highway 40 entfernt, der Hauptautobahn, die den Staat nach Osten und Westen durchquerte, und weniger als eine halbe Fahrstunde nördlich von Welcome.

Das Haus war bereits möbliert, und sie brauchte nichts aus

Washington abzuholen (was sie nicht zu ertragen glaubte) und nichts Neues zu kaufen (wozu sie sich ebensowenig in der Lage fühlte). Außerdem kannte sie das Haus gut, weil sie dort mit Lieth die Wochenenden verbracht hatte, an denen er sich um seine kranken und sterbenden Verwandten gekümmert hatte. Und Bonnies Vater sagte, daß er leicht einen Stall für ihre Tiere auf dem Hinterhof bauen konnte.

Darüber hinaus war es ein kleines Haus an einer belebten Straße – klein genug und mit nur wenigen Eingängen, so daß ein unbezwingbares Sicherheitssystem installiert werden konnte. Das Haus hatte kleine, dunkle Zimmer, in denen sich Bonnie sicherer fühlte, und es war von vielen anderen kleinen Häusern umgeben.

Das Haus war so unauffällig, daß es nur schwer zu finden war, selbst wenn man danach suchte.

Sogar wenn man eine Beschreibung davon erhalten hatte – oder eine Karte.

Und so zog Chris am Ende des Monats vom Studentenwohnheim in das kleine dunkle Haus um, das wie ein Banktresor gesichert war und in das sich seine Mutter zurückgezogen hatte.

Sie hielten Tag und Nacht die Vorhänge zugezogen und die Alarmanlage eingeschaltet. Zusätzlich zum äußeren Alarmsystem hatten sie drinnen noch sogenannte ›Bewegungsmelder‹ angebracht, die sie einschalteten, bevor sie zu Bett gingen.

Und beide, Mutter und Sohn, schliefen mit einer geladenen Waffe unter dem Kopfkissen. Obwohl sie Feuerwaffen verabscheute – und fürchtete –, kaufte die Frau, die kleine, harmlose Haustiere liebte und Mitglied der Gesellschaft zur Verhinderung von Grausamkeiten an Mensch und Tier war, Handfeuerwaffen für sich und ihre Kinder. Sie erkannte sich nun selbst kaum wieder. Aber jemand hatte ihren Mann getötet und versucht, sie umzubringen, und es gab keine Garantie, daß er es nicht von neuem versuchen würde.

Viel später versuchte sie ihre psychologische Verfassung schriftlich zu erklären: »Die Gefühle, die mich trieben, meine

Kinder mit Waffen auszurüsten, waren Zorn, Trostlosigkeit, Qual, Furcht, Unsicherheit, Einsamkeit, Verzweiflung. Meine geistige Verfassung zu diesem Zeitpunkt wird niemand verstehen, der nicht selbst einmal die Angst gespürt hat, die ich danach um meine Familie hatte. Mein Vertrauen in die Polizei war verloren, und mir war klar, daß sie nicht bereit war, uns zu schützen. Lieth hatte sein Leben verloren bei dem Versuch, sich und mich zu schützen. Wie konnte ich nur denken, ich allein könnte meine beiden Kinder schützen? Ich war mir nicht sicher, ob ich auf eine andere Person schießen konnte, wenn es sein mußte, aber vielleicht würden Chris oder Angela es in der Not schaffen.

Daß ich meinen eigenen Kindern Waffen in die Hand drückte, lief all meinen Überzeugungen und Grundsätzen zuwider, aber zu diesem Zeitpunkt wußte ich einfach nicht, was ich sonst tun sollte.«

Besonders schwer fiel es Bonnie in diesem Herbst, nach Einbruch der Dunkelheit auszugehen. Aber im November, als die Dunkelheit jeden Tag früher hereinbrach, begann sie sich zu zwingen, auch im Dunkeln auf die Straße zu gehen. Sie wußte, daß sie andernfalls völlig vereinsamen würde.

War Chris zu Hause, ging es ihr gleich besser, aber ihr Sohn war nicht oft daheim. Er hatte einen Job bei Triad Tires bekommen, einer der Filialen der Reifenfirma von Winston-Salem. Er arbeitete schwer, wechselte den ganzen Tag Reifen und wuchtete sie aus. Er kam schmutzig und abgearbeitet nach Hause, warf seine ölverschmierte Kleidung auf die hintere Veranda, stieg die Treppe hinauf und duschte; eine Stunde später ging er dann wieder aus.

Seit dem Umzug nach Winston-Salem hatte er ein paar neue Freunde gewonnen. Einer davon war Eric Caldwell, der auf der High-School mit Vince Hamrick befreundet gewesen war und an den meisten Wochenenden von der Appalachian Staate University in Boone, North Carolina, zwei Fahrstunden westlich von Winston-Salem, nach Hause kam. Ein anderer war ein

Cousin Erics namens John Hubard, der sich gerade zum Stadtpolizisten ausbilden ließ und nebenbei im Sicherheitsdienst eines nahen Einkaufszentrums arbeitete.

Bonnie freute sich darüber, daß Chris so schnell Freunde gefunden hatte, befürchtete jedoch, seine Angst und Depression, derentwegen er das Studium hatte abbrechen müssen, könnten außer Kontrolle geraten. In ihrer Besorgnis fragte sie den Arzt in Winston-Salem, der ihre Brust behandelte, ob er ihr einen Psychotherapeuten für Chris empfehlen könnte. Er nannte ihr ein paar Namen, doch als sie anrief, sagte man ihr, daß erst in Wochen, wenn nicht gar in Monaten ein Termin für einen neuen Patienten frei würde. Bonnie bezweifelte, daß Chris so lange ohne Behandlung auskommen konnte. Immer noch schwach und selbst seelisch erschüttert, unternahm sie einen für sie untypisch zwanglosen Schritt: Sie schaute in den Gelben Seiten unter der Rubrik ›Psychotherapie‹ nach und rief bei dem Therapeuten an, dessen Praxis am nächsten bei ihrem Haus lag. Er hatte sofort Termine frei und konnte Chris noch im Lauf dieser Woche empfangen.

Und so begann für Chris das, was Bonnie für eine Therapie hielt. Als erstes wurde Chris eine Droge namens Buspar verordnet, die ihm die Angst nehmen sollte und in etwa vergleichbar mit Valium war. Als Bonnie den Therapeuten ein paar Wochen später anrief und sich nach Chris' Verfassung erkundigte, sagte er ihr, er mache anscheinend gute Fortschritte, doch sie selbst hatte wenig oder gar keine Besserung bemerkt.

10

Es stimmte, was Bonnie argwöhnte: Verwirrung, Führungsschwächen und in einigen Fällen der Mangel an persönlicher Initiative seitens der Polizei von Little Washington hemmten den Fortschritt der Ermittlungen.

Lewis Young war befördert worden. Während er offiziell

noch der ortsansässige Agent für die Verwaltungsbezirke Beaufort und Hyde war, hatte er die Arbeit in einer SBI-Abteilung übernommen, die sich mit besonders heiklen Ermittlungen im ganzen Staat befaßte, zum Beispiel mit Fällen, in die Richter oder Polizeibeamte verwickelt waren.

Wegen seiner neuen Aufgaben mußte er mehr Zeit in Raleigh verbringen als in Little Washington. Dem Mordfall von Stein, so grauenhaft er auch war, konnte er nicht mehr seine volle Aufmerksamkeit widmen. In Youngs Abwesenheit wurde wenig erreicht.

Im späten Herbst munkelte man in Little Washington, daß Bonnie und ihren Kindern buchstäblich jedes Gewaltverbrechen im Süden seit dem Attentat auf Martin Luther King zuzutrauen war. Dennoch rief Bonnie zwei- oder dreimal pro Woche bei der Polizei an, erkundigte sich nach Fortschritten in den Ermittlungen, erklärte sich zur Hilfe bereit und bat um Einsicht in die Akten. Sie war überzeugt, auf irgendeine Einzelheit zu stoßen, die für die Ermittler unbedeutend sein mochte, bei ihr jedoch eine hilfreiche Erinnerung wecken konnte. Dies war nach Youngs Erfahrung nicht das Verhalten einer Person, die eine Verwicklung in einen Mord zu verbergen versucht.

Es gab jedoch Faktoren, die man nicht einfach abtun konnte, ganz gleich, wie schwer verletzt Bonnie gewesen war, ganz gleich, wie oft sie auch anrief und sich nach dem Fortschritt der Ermittlungen erkundigte.

Sie wurden für Lewis Young eine vertraute Litanei: die große Erbschaft; das Vortäuschen eines Einbruchs; der unverdaute Reis in Lieths Magen; die blutbespritzten Buchseiten.

Seiner Ansicht nach war sie unschuldig, doch der quälende Zweifel blieb.

Was Bonnies Kinder anbetraf – besonders Chris –, so war ihre Unschuld für Young nicht nur zweifelhaft; diesen jungen Mann hielt er für einen Verdächtigen. Und zwar nicht nur aufgrund ihres Verhaltens, sondern auch der Fakten wegen.

Es war wenig glaubhaft, daß Angela während eines so brutalen und sicher nicht geräuschlos ablaufenden Überfalls weitergeschlafen hatte. So großen Lärm konnte der Ventilator in ihrem Zimmer schließlich auch nicht machen. Auch war sie nicht von Drogen betäubt gewesen. Und ihr Bett stand nur ein paar Meter von der Stelle entfernt, an der Bonnie und Lieth angegriffen wurden. Bonnie erinnerte sich, daß Lieth ein paarmal laut geschrien hatte, als er um sein Leben gekämpft hatte. Young hatte sich einige Zeit in dem Haus aufgehalten. Die Wände waren nicht dick. Selbst bei geschlossenen Türen waren Geräusche von dem Nachbarzimmer zu hören. Es widersprach dem gesunden Menschenverstand, daß Angela bei all dem Lärm weitergeschlafen hatte.

Außerdem hatte der Beamte, der als erster das Schlafzimmer betreten hatte, in seinem Bericht vermerkt, daß Angela sich bei seinem Eintreten sofort im Bett aufgesetzt hatte, als ob sie bereits wach gewesen wäre. Angela hatte ein Telefon in ihrem Zimmer, und wenn sie schon wach gewesen war, hätte sie leicht Hilfe rufen können. Und da war die einmütige Ansicht derjenigen, die sie in den folgenden Stunden gesehen hatten – einschließlich Young –, daß sie weder geschockt noch traurig und nicht einmal sonderlich überrascht gewesen war.

Und dann war da das ungeschmolzene Eis. Keiner hatte sich die Mühe gemacht, es zu fotografieren oder auch nur in irgendeinem offiziellen Bericht zu erwähnen, aber es wurde zu einer der am meisten erzählten Geschichten in der Stadt: Als der erste Polizeibeamte das Schlafzimmer betreten hatte, waren ihm in dem Glas neben Angelas Bett *ungeschmolzene* Eiswürfel aufgefallen. Wenn sie sich vor dem Schlafengehen um Mitternacht einen Drink mit Eis eingeschenkt hatte, dann mußten die Eiswürfel doch lange – spätestens seit fünf Uhr – geschmolzen sein.

Sie war auch nicht zu Schaden gekommen. Als gesondertes Element deutet das Überleben nicht auf Schuld hin. Aber war es nicht bedeutsam, daß von drei anwesenden Personen im Haus allein Angela verschont geblieben war? Natürlich war es möglich, daß der Mörder nichts von ihrer Anwesenheit gewußt hatte. Ebenso war möglich, daß er von ihrer Anwesenheit gewußt, sich jedoch entschieden hatte, der jungen Frau nichts anzutun, weil er völlig überzeugt war, daß sie nie irgend etwas sagen würde, und er deshalb keine Bedenken hatte, sie unbehelligt zu lassen.

Und schließlich war da das Geld. Sowohl Angela als auch Chris hatten zumindest von der Existenz des neuen Reichtums gewußt. Welche komplizierten finanziellen Transaktionen Lieth auch immer in die Wege geleitet haben mochte, vielleicht hatten sie doch erwartet, nach Lieths und Bonnies Tod zwei Million Dollar zu besitzen.

Lewis Young hatte erlebt, daß viele Leute aus weniger handfesten Gründen ermordet worden waren.

Sein Verdacht gegen Chris erwuchs aus den vielen Berichten über Streitereien mit Lieth, über den Konsum schwerer Drogen, über ständiges Prahlen mit dem Reichtum seiner Eltern, über die aufrichtigen und ernsten Befürchtungen, die George Bates junior und dessen Frau Peggy geäußert hatten, und – mehr als alles sonst erwuchs sein Verdacht aus der Existenz der Karte.

Den ganzen Herbst hindurch, sogar wenn Lewis Young mit anderen Aufgaben beschäftigt war, ging ihm ein Gedanke durch den Kopf: *Der Mörder kann kein Einwohner von Washington gewesen sein, denn sonst hätte er nicht diese Karte gebraucht.*

Aber derjenige, der die Karte gezeichnet hatte, war vertraut mit der Stadt, mit dem Viertel Smallwood und dem Haus der von Steins.

Young hatte sich oft den Bericht über die Befragung von Chris Pritchard im späten August angesehen: Während sie Dungeons & Dragons gespielt hatten, waren sie unten in den Versorgungstunnels gewesen, *um eine Karte anzufertigen.*

Young sagte sich, daß er mehr über das Leben erfahren mußte, das Chris als Student geführt hatte.

Und so schaute Young im November, als er in Raleigh war, bei der Uni vorbei, um Vince Hamrick zu befragen, der zur Zeit des Mordes Chris' Zimmergenosse gewesen war. Es war bezeichnend für den Mangel an Einsatzfreude und Energie, unter dem die Ermittlungen von Anfang an gelitten hatten, daß seit dem Mord über drei Monate verstrichen waren, ohne daß jemand mit Chris Pritchards Zimmergenossen gesprochen hatte, der einzigen Person, die bei ihm weilte, als er den Anruf von seiner Schwester erhalten hatte.

Als Absolvent der Universität, die traditionell als die *wahre* University of North Carolina betrachtet wurde – die Chapel Hill Uni, 25 Meilen entfernt –, empfand Lewis Young unwillkürlich eine Spur jener Herablassung, mit der so viele Leute von Chapel Hill die North Carolina State University betrachteten.

Die University of North Carolina in Chapel Hill – allgemein einfach als ›Carolina‹ bezeichnet – galt als eine der zwei oder drei besten staatlichen Universitäten Amerikas. Die Gebäude auf dem Campus waren mit Efeu berankt, der Campus hatte gepflegte Rasenflächen mit Blumen, die ihre Blütenpracht im Frühjahr entfalteten, und er war sanft beschattet von hohen, stattlichen Bäumen, was zusätzlich den Eindruck von Traditionsverbundenheit vermittelte. Wenn man nach Chapel Hill ging, dann auf die *Carolina*. Wer dagegen die North Carolina State University absolvierte, wollte einfach nur einen akademischen Grad bekommen, der einem half, einen besseren Job zu finden.

Diese Einstellung war etwas unfair angesichts der hervorragenden Fakultät für Maschinenbau der NC State University – die Studentenzeitung hieß *The Technician*, und die Uni hatte sogar einen eigenen Atomreaktor auf dem Campus –, aber diese Uni hatte in erster Linie als Landwirtschaftsschule begonnen, und es gab Autoaufkleber in Raleigh und Chapel Hill, auf denen stand: ›Hupe, wenn du auf Carolina bist – Muhe, wenn du auf NC State bist.

Die Universität von Chapel Hill nahm nur ein Drittel derjenigen auf, die sich bewarben; die NC State dagegen nahm zwei Drittel auf. Einmal immatrikuliert, graduierten schließlich 75 Prozent der Studenten der Chapel Hill, im Gegensatz zu etwas über 50 Prozent der NC State. Und die Durchfallquote der NC State war doppelt so hoch wie die der Chapel Hill Uni.

Dann war da noch die traurige Berühmtheit der NC State auf sportlichem Gebiet. Im Gegensatz zur Uni Chapel Hill, die besonders im Basketball jahrelang Mannschaften hervorbrachte, die an nationalen Wettkämpfen teilnahmen, ohne die Uni zu blamieren, waren die sportlichen Leistungen der NC State zu einem Skandal geworden.

Besonders nach der Ankunft von Jim Valvano als Basketball-Cheftrainer Anfang 1980 war das sportliche Programm der NC State – trotz einiger Erfolge im Wettkampf – fast ständig in Kontroversen verwickelt. Es häuften sich die Anschuldigungen wegen finanzieller Unregelmäßigkeiten, Manipulationen der Noten und der Aufgabe jeglicher akademischer Maßstäbe, wenn es um die Zulassung von Athleten ging.

Die Sportler ihrerseits waren allzuoft in Straftaten auf dem Campus verwickelt, vom Diebstahl der Stereoanlagen aus dem Wohnheim bis zur Vergewaltigung und anderen Formen sexueller Verfehlungen.

Und es waren keinesfalls nur die Athleten, die mit dem Gesetz in Konflikt gerieten. Eine Untersuchung im ganzen Bundesstaat hatte ergeben, daß die Verbrechensrate auf dem Campus der North Carolina State University die höchste jeder Gemeinde im Staat war.

Drogen gab es in Hülle und Fülle auf dem Campus, wie Young wußte. Es herrschte Anarchie. Jungen aus Kleinstädten im ganzen Staat – wie zum Beispiel aus Little Washington – gingen auf die NC State und wurden einfach verschlungen von der Anonymität auf dieser Uni, besonders während des ersten Semesters. Es hatte zumindest den Anschein, daß Chris Pritchards emotionaler und geistiger Zusammenbruch und seine Verhaltensstörungen etwas ganz Alltägliches auf der NC State University waren.

Chris Pritchards Zimmergenosse während des Sommersemesters, Vince Hamrick, war ein stämmiger junger Mann mit schwarzem, krausem Haar. Auf Young wirkte er mürrisch und verschlossen. Ja, Chris hatte sein Studium abgebrochen. Nein, er wußte nicht, warum. Irgendwas mit psychologischen Problemen oder so. Klar, ein paar von ihnen hatten im Lauf des Sommers Dungeons & Dragons gespielt. Daniel Duyk und ein Typ namens Moog. Vince wußte es nicht genau, aber er hatte gehört, daß auch Moog aus dem Studium ausgestiegen war. Und Daniel, ja, Daniel hatte sich mit seiner Freundin verkracht und ebenfalls sein Studium abgebrochen.

Ja, für die D & D-Spiele hatten sie Degen verwendet – diese hölzernen japanischen Kampfkunst-Geräte –, waren in einen Versorgungstunnel hinabgeklettert und hatten ihre Rollen gespielt. Dort unten hatten sie auch ihre Namen an die Wände gesprüht.

Chris war vermutlich fünf- oder sechsmal in den Tunneln. Vince hatte damit aufgehört, als das Studium ihn zu sehr in Anspruch nahm. Vom Studieren hatte Chris anscheinend nie viel gehalten. Drogen, ja; Studium, nein. Chris hatte viel Marihuana geraucht. Er hatte versucht, damit aufzuhören, war jedoch rückfällig geworden. Er hatte auch ein paarmal LSD genommen. Chris lebte in den Tag hinein, ein Sponti-Typ, den die Zukunft nicht juckte. Er war leicht zu beeinflussen. Seine schlechten Noten hatten ihm anscheinend nichts ausgemacht. Er behauptete, sein Vater sei reich. Chris hatte mal in einer Aktentasche herumgeschnüffelt und irgendwelche Aktien gesehen, von denen er nichts wissen sollte. So hatte er herausgefunden, daß sie Millionen besaßen.

Im Juli hatte Chris nach Vinces Aussage ›'ne Menge Pot‹ geraucht. Am Wochenende des 4. Juli war er schließlich verschwunden. Seine Mutter hatte angerufen und ihn gesucht, aber Vince hatte keine Ahnung gehabt, wo Chris steckte.

Am Morgen des Mordtages war Chris so hinüber, daß Vince sich für ihn am Telefon melden mußte. Er hatte Chris geweckt, ihm den Hörer übergeben und war sofort wieder eingeschlafen. Doch erinnerte er sich nur vage, daß Chris von einem Angriff auf seine Eltern durch einen Einbrecher gesprochen und großes Theater um seine Autoschlüssel gemacht hatte, aber es war mitten in der Nacht gewesen, er – Vince – war völlig übermüdet, weil er bis spät in die Nacht aufgewesen war, und so war er gleich wieder eingenickt.

Später hatte er natürlich alles über die Sache gehört. Und als Chris zur Uni zurückgekehrt war, hatte er sich sonderbar verhalten. Er hatte nur gesagt, sein Stiefvater sei tot, die Polizei wisse nicht, wer der Täter war, und er wolle nicht darüber reden. Basta!

Nach diesem Gespräch mit Vince Hamrick war Young mehr denn je überzeugt, daß er trotz Bonnies Drängen, seine Energie sonstwo einzusetzen, die überlebenden Mitglieder der Familie genauer unter die Lupe nehmen mußte.

Ehe er nach Winston-Salem reiste und Mitarbeitern der North Carolina National Bank Handschellen anlegte oder jeden Angestellten der National Spinning Company festnahm, der jemals mit der Spesenabrechnung gemogelt hatte, wollte er sich lieber ein bißchen intensiver mit Bonnie, Angela und Chris befassen.

Besonders mit Angela und Chris.

Im November und bis in den Dezember hinein zwang sich Bonnie jeden Tag, nach Einbruch der Dunkelheit das Haus zu verlassen. Sie hatte nichts vor, kannte kein Ziel und hatte keine Gesellschaft, aber sie setzte sich in den Wagen, fuhr zu einem Einkaufszentrum, spazierte dort herum, schaute sich die Weihnachtsdekorationen an und kehrte dann allein zum dunklen Haus zurück.

Es fiel ihr zuerst unerträglich schwer, doch sie zwang sich dazu, wie sie sich gezwungen hatte, ins Haus an der Lawson Road und die Treppe hinauf ins Schlafzimmer zu gehen, in dem der Mord geschehen war. Natürlich nahm sie ihre Waffe mit in den Wagen. Sie legte sie auf den Beifahrersitz. Griffbereit. Ebenso griffbereit trug sie die Waffe im Rockbund, wenn sie in ihrem Wohnzimmer saß und sich etwas im Fernsehen anschaute oder ein Buch las. Und jede Nacht lag die Waffe griffbereit auf ihrem Nachttisch.

Lange Zeit war Bonnie nach Einbruch der Dunkelheit zu ängstlich, um auf den Hinterhof und zu dem Stall zu gehen, in dem sie ihre dreizehn Katzen und den Haushahn hielt. An dem Abend, an dem sie es schließlich tat – Ende November oder Anfang Dezember –, hatte sie anschließend das Gefühl, einen großen Schritt zurück in die Normalität gemacht zu haben.

Aber wieviel weiter konnte sie gehen, wenn sie nicht wußte, wer versucht hatte, sie zu töten, oder warum? Sie verbrachte viel Zeit damit, über die Möglichkeiten nachzudenken. Das Problem war, wenn man es logisch betrachtete, daß sie selbst die Person war, die das naheliegendste Motiv hatte, Lieths Tod zu wünschen.

Sie versuchte, sich in Lewis Youngs Lage zu versetzen. An seiner Stelle hätte sie zweifellos die überlebende Witwe, die zwei Millionen geerbt hatte, als Hauptverdächtige betrachtet – sei sie nun verletzt oder nicht.

Es ergab weniger Sinn für sie – eigentlich keinen –, daß jemand Chris oder Angela verdächtigen konnte. Aber so war es, vier Monate später, während die Polizei immer noch zauderte und die Gerüchte sich weiterhin ausbreiteten. Jedesmal wenn sie die Washingtoner Polizei oder Lewis Young anrief, hörte sie die gleichen ausweichenden Antworten auf ihre Fragen, und man hatte anscheinend nicht das geringste Interesse an irgendeiner Theorie, die sie selbst entwickelt hatte.

Immer wieder betonte sie, daß sie nicht verstehen konnte, wie ein einzelner Eindringling, nur mit einem Messer und einer Keule bewaffnet, ein verschlossenes, dunkles Haus mitten in der Nacht betreten konnte, ohne zu wissen, wie viele Leute darin waren – oder wußte der Täter, daß er auf mindestens drei Personen stoßen würde?

Jedesmal wenn sie diesen Punkt zur Sprache brachte, erhielt sie die gleiche Antwort. Sind Sie sicher, daß Sie nur eine Person gesehen haben? Und sie gab stets die gleiche Antwort: Ich habe nur eine gesehen, aber es können auch fünf Personen gewesen sein. Und wenn Sie nicht so viele mögliche Beweisstücke und Spuren hätten zerstören lassen, hätten Sie vielleicht eine bessere Vorstellung, wie viele Täter es waren, wer sie waren, warum sie kamen, wo sie jetzt sind und ob sie von neuem versuchen werden, mich oder meinen Sohn oder meine Tochter umzubringen oder nicht.

Da sie sich mit nichts anderem beschäftigte, sprach sie nur noch – wie ihr selbst bewußt wurde – von diesen Dingen. Wenn Angela von der Wirtschaftshochschule in Greensboro heimkehrte – inzwischen hatte Bonnie erkannt, daß es ein Fehler von ihrer Tochter gewesen war, dorthin zu gehen, denn sie war nicht in der Verfassung für ein Studium –, und sie und Chris mit der Mutter im Wohnzimmer saßen, gingen sie wie besessen jede Einzelheit jenes schrecklichen Abends durch und stellten endlose Spekulationen über das an, was sie nicht wußten. Dann hatten sie die Alarmanlage eingeschaltet, die Waffen waren griffbereit, und die Innenbeleuchtung brannte die ganze Nacht hindurch.

Am Wochenende kamen Angelas Freund Steve Tripp und ihre Freundin Laura Reynaud mit dem Wagen aus Greenville. Am Freitag abend aßen sie im Red Lobster, demselben Restaurant, in dem vor vielen Jahren Bonnie und ihre Kinder Lieths Eltern vorgestellt worden waren. Nach dem Essen liehen sie sich einen Videofilm aus. Nachdem sie sich zu Hause den Film angeschaut hatten, schalteten sie die Beleuchtung größtenteils aus, doch Bonnie hatte es sich zur Gewohnheit gemacht, darauf zu achten, daß das Haus nie völlig dunkel war. Laura schlief schnell ein. Steve, der neben Angela auf einer Ausziehcouch im Wohnzimmer lag, hörte leises Weinen.

»Was ist los?« fragte er Angela.

Sie wies auf ein Foto von Lieth, das auf dem Kaminsims stand und im schwachen Licht kaum zu sehen war.

»Ich dachte gerade daran, daß mein Vater tot ist und nie wiederkommen wird«, sagte sie.

Steve hielt sie in den Armen, bis sie nicht mehr weinte.

Am nächsten Tag ging Angela zu dem Friedhof, auf dem Lieths Urne bestattet war. Laura begleitete Angela. Später sagte Laura: »Angela heulte fast eine halbe Stunde lang. Sie sagte: ›Lieth war das Beste in meinem Leben.‹«

Bei anderen Gelegenheiten sprach Angela von Vergeltung. »Wenn ich den Täter fassen könnte, dann würde ich ihm das gleiche antun.« Bonnie wies sie dann freundlich darauf hin, daß die Todesstrafe nie gerechtfertigt ist und Lieths Mörder ›lebenslänglich‹ bekommen sollte, anstatt hingerichtet zu werden. Chris hatte bei diesen Gelegenheiten wenig oder gar nichts zu sagen. Oftmals verließ er einfach das Haus, wenn das Thema zur Sprache kam.

Für Bonnie war offenkundig, daß das ständige Gerede über den Mord und die Ermittlungen Chris aufregte und deprimierte, aber für sie war es alles, was ihr im Leben geblieben war. Manchmal hatte es den Anschein, daß sie nur weiterlebte, damit sie herausfinden konnte, wer versucht hatte, ihr Leben zu beenden.

Weihnachten nahte, und ihr Mut sank. Sie wußte nicht, wie sie die falsche Fröhlichkeit der Feiertage ertragen sollte. Jeder – ihre Eltern, Schwestern, ihr Bruder, Chris und Angela – würde auf Zehenspitzen um sie herumschleichen, weil er ahnte, welcher Schmerz in ihr tobte, und das würde alles noch verschlimmern statt verbessern. Sie würde lange Stunden herzlich und freundlich sein müssen, obwohl ihr selbst das Zähneputzen am Morgen gewaltige Willenskraft abverlangte.

Außerdem hatte das kleine Haus Lieths Eltern gehört. Bonnie hatte gehofft, daß ihr das Haus Trost verschaffen würde, aber es hatte sich als düster und freudlos erwiesen. Sie hatte das Gefühl, in ihrem eigenen Grab zu leben. Es war Jahre her, seit das Innere des Hauses renoviert worden war. Die Wände waren in einem blassen Grün angestrichen, das das schwache Licht des Winters aufzusaugen schien, das durch die kleinen Fenster hereinfiel. Sie konnte sich nicht dazu durchringen, Weihnachtsschmuck anzubringen. Der Gedanke an einen Weihnachtsbaum mit Kerzen und Schmuck war ihr unerträglich.

Ebensowenig konnte sie den Gedanken ertragen, daß die Ermittlungen nicht vorankamen.

Am 7. Dezember war Bonnie so verzweifelt, daß sie nach Little Washington fuhr, um von neuem persönlich mit Lewis Young zu sprechen.

Sie bestand darauf, von ihm alles zu erfahren, was SBI und Washingtoner Polizei unternommen hatten und was sie von nun an zu tun gedachten. Sie war den fortgesetzten Klatsch, die Gerüchte und versteckten Andeutungen leid, daß sie oder eines ihrer Kinder in das Verbrechen verwickelt sein könnten. Ihrer Ansicht nach war es längst zu spät, das Gerede zu stoppen. Nicht daß es überhaupt erst hätte anfangen sollen.

Bonnie begann sich zu fragen, ob jemand von der Polizei *wußte*, wer Lieth ermordet hatte, sich jedoch aus irgendeinem üblen Grund – politischer Druck, Bestechung, wie sollte sie das wissen? – entschieden hatte, den Täter zu decken.

Young konnte ihre Frustration verstehen und zeigte Mitgefühl, aber er erklärte ihr, daß viel Arbeit hinter den Kulissen erledigt worden war. Ja, er würde ihr gern alle Informationen über den Stand der Ermittlungen geben, aber zuerst müsse sie – und Chris und Angela – sich einem Verhör mit dem Lügendetektor unterziehen, das vom SBI durchgeführt werden würde.

Er erklärte ihr, daß sie nicht gesetzlich dazu verpflichtet war, ebensowenig ihre Kinder. Aber er fügte hinzu, erst wenn sie alle drei solch einen Test bestünden, könnten sie als Verdächtige ausgeschlossen werden. Und bis die Leute, die Lieth am nächsten gestanden hatten, nicht ausgeschlossen werden konnten, war es den Ermittlern unmöglich, ihre Suche über den ›engsten Kreis‹ hinaus auszudehnen.

Er trug die Bitte zögernd und entschuldigend vor, fast als wäre sie ihm peinlich, und Bonnie hatte das Gefühl, er erwartete, daß sie sich weigern würde. Das würde sie natürlich nicht! Wenn ein solches nötig war, damit die Ermittlungen vorankamen, dann würden sie und ihre Kinder *selbstverständlich* kooperativ sein. Jeder von ihnen würde jederzeit für jede Untersuchung des SBI zur Verfügung stehen. *Guter Gott, war das denn nicht von Anfang an klar?* Wenn Lewis Young das wollte, warum hatte er sie dann nicht schon vor Wochen gefragt?

Er sagte ihr, daß die Tests mit dem Lügendetektor in Greenville durchgeführt wurden. Bonnie und die Kinder mußten also den ganzen Weg von Winston-Salem nach Greenville auf sich nehmen.

Bonnie versicherte, das sei kein Problem. Sie sei sicher, Chris und Angela würden sich ebenfalls dem Test unterziehen. Die einzige Schwierigkeit sei die Planung des Termins. Da Chris bei Triad Tires arbeitete, gebe es nur einen Tag in der Woche, an dem sie alle frei hatten, den Dienstag.

Der für den Lügendetektor zuständige Beamte hatte bereits einen vollen Terminkalender; durch die Feiertage entstanden weitere Verzögerungen, und so wurde beschlossen, den Test erst am Dienstag, dem 17. Januar 1989, durchzuführen.

Sowohl Bonnie als auch Lewis Young hätten einen früheren Termin vorgezogen, und Bonnie bedauerte von neuem, daß er so viele Wochen hatte verstreichen lassen, bis er sie gefragt hatte. Abermals war Lewis Young höflich und rücksichtsvoll.

Er wußte, daß der Lügendetektor nicht unfehlbar war. Ergebnisse dieser Tests waren in North Carolina nicht als Beweismittel zugelassen, ebensowenig in den meisten anderen Staaten. Aber Young schätzte wie viele andere Gesetzesbeamte den Lügendetektor als nützliches Instrument für heikle Ermittlungen.

Der Lügendetektor jagt demjenigen Angst ein, der etwas zu verbergen hat. Schon oft hatte Lewis Young erlebt, daß Verdächtige sich weigerten, sich dem Test zu unterziehen, und statt dessen in die schützenden Arme eines Anwalts gelaufen waren.

Das Weihnachtsfest verlief so trostlos, wie Bonnie es befürchtet hatte. Wie stets versammelte sich die Familie Bates Heiligabend in Bonnies Elternhaus in Welcome, und all ihre kleinen Nichten und Neffen tollten herum, ohne Bonnies Trauer zu bemerken. Sie und Chris und Angela hatten sich wenig zu sagen. Dies war das erste Weihnachtsfest ohne Lieth, aber es war nur das erste von vielen, die folgen würden, wie ihnen allen klar war. Anfang Januar zwang sich Bonnie wieder zu tun, was getan werden mußte, und sie suchte einen Anwalt in Winston-Salem auf, der den Nachlaß für sie regelte.

Es war ein Routinetreffen (der Anwalt war seit vielen Jahren ein Freund der Familie), und gegen Ende des Gesprächs erkundigte er sich beiläufig, ob es Neuigkeiten bei den Ermittlungen gebe. Bonnie verneinte das und fügte hinzu, sie hoffe, daß die Dinge in Bewegung kämen, wenn sie und die Kinder erst einmal den Test mit dem Lügendetektor hinter sich hätten.

Dem Anwalt gefiel nicht, was er da hörte, und er hielt mit seinen Bedenken auch nicht hinterm Berg. Als sie fort war, holte er Erkundigungen ein und erfuhr, daß die Person, die

Bonnie am ehesten raten konnte, ob sie sich solch einem Test unterziehen sollte, ein Mann namens Wade Smith war, ein ehemaliges Mitglied des Repräsentantenhauses, jetzt Vorsitzender der Anwaltskanzlei Tharrington, Smith und Hargrove in Raleigh.

Wade Smith erklärte Bonnies Anwalt, daß niemand, unter keinen Umständen, ganz gleich, wie rein sein Gewissen auch sein mochte, seine Zustimmung zu einem Lügendetektor-Test geben sollte, ohne zuvor einen erfahrenen Anwalt für Strafsachen zu konsultieren; erst ein Anwalt, der sich ausführlich mit den Fakten beschäftigt hatte, konnte die Folgen absehen.

Das hieß mit anderen Worten, die Frau mußte zu ihm nach Raleigh kommen. Oder zu einem anderen Anwalt für Strafsachen. Aber sie oder ihre Kinder sollten um Himmels willen nicht unvorbereitet zu dem SBI-Lügendetektor in Greenville gehen.

Und so kam es, daß Bonnie von Stein am 6. Januar 1989 um 13 Uhr vor dem marmornen Portal der Anwaltskanzlei Tharrington, Smith und Hargrove im Zentrum von Raleigh stand.

Als sie die Halle mit hängendem Garten, Dachfenstern und Wasserfällen betrat, war sie zuerst ein bißchen eingeschüchtert. Das Gebäude sah weniger nach dem Sitz einer Anwaltskanzlei aus als nach der Halle eines Luxushotels auf Hawaii.

Sie fühlte sich jedoch besser, als sie Wade Smith kennenlernte. Er war 51, hatte kurzes weißes, krauses Haar und ein herzliches Lächeln, und er bewegte sich immer noch mit der Gelenkigkeit des kalifornischen Rugbystars, der er einst gewesen war.

Er strahlte Würde aus. Mit einer Beweisführung vor einem Schwurgericht einen Prozeß zu gewinnen machte ihm ebensoviel Spaß wie das Drachenfliegen oder das Malen mit Wasserfarben. Seine beiden Töchter waren erwachsen und längst aus dem Elternhaus, und seine Frau wirkte rastlos bei den verschiedensten Wohltätigkeitsvereinen mit, aber wenn man Wade ohne Schuhe und in Jeans in seiner Küche erwischte, konnte er immer noch irgendeinen witzigen Sketch nachspielen, eine eigene Parodie improvisieren, ein paar Akkorde auf seinem

Banjo oder der Gitarre greifen und dazu singen. Er trat auch mit einer Künstlergruppe im Gebiet Raleigh-Durcham-Chapel Hill auf, und er blieb einer der wenigen Menschen, in deren Gesellschaft man sich einfach über den glücklichen Zufall freut, daß man am Leben war.

Seit Monaten hatte Bonnie dieses Gefühl nicht mehr gehabt. Als sie sich in einen bequemen Sessel in seinem Privatbüro setzte, Wade um den Schreibtisch herumkam und sich ihr direkt gegenüber setzte, war Bonnie zumute, als fiele eine zentnerschwere Last von ihr ab. Er schaute ihr mit echtem Mitgefühl in die Augen. Zum ersten Mal seit der Ermordung ihres Mannes spürte sie, daß sie nicht nur mit einem Profi zusammen war, dessen Urteilsvermögen sie vertrauen konnte, sondern auch mit einem Menschen, dem – im Gegensatz zu jedem außer ihrem Vater – ihr Wohlergehen genauso am Herzen lag wie sein eigenes.

Und so begann Bonnie, »die« – so später Wade Smith – »wie die traurigste und einsamste Frau der Welt wirkte«, ihm ihre Lebensgeschichte zu erzählen.

Zweiter Teil

Mutmaßlich schuldig

Januar–Juni 1989

1

Als Wade Smith der Frau zuhörte, dachte er, natürlich ist sie eine Verdächtige. Er wußte nichts von den blutbespritzten Buchseiten, dem Reis im Magen oder den Berichten über Familienkräche. Er wußte nur, daß sie überlebt und durch den Tod ihres Mannes zwei Millionen gewonnen hatte, auch wenn sie schwer verletzt worden war. Allein wegen dieser Fakten würde jeder fähige Ermittler ihre Geschichte ernsthaft anzweifeln.

Wade hätte einer Person in Bonnies Lage empfohlen, einen Test mit dem SBI-Lügendetektor zumindest aufzuschieben, bis er einen privaten Test arrangieren konnte. Fiel das Ergebnis ungünstig aus, würde keiner es je erfahren. Dann konnte sie sich einfach weigern, den SBI-Test zu machen. Wenn sie andererseits den privaten Test bestand, konnte sie furchtlos in den offiziellen Test mit dem Lügendetektor gehen.

Da war jedoch etwas so Argloses und Ungekünsteltes an Bonnie von Stein, daß Wade geneigt war, auf seine normale Prozedur zu verzichten. Sie wirkte völlig aufrichtig und ohne jede List, und für sein geübtes Ohr und Auge – Wade Smith war oft genug angelogen worden – durch und durch vertrauenswürdig.

Er sagte, es sei nicht der Rat, den er normalerweise geben würde – er konnte sich nicht erinnern, jemals diesen Rat gegeben zu haben –, aber in diesem Fall, auf Grund seiner Einschätzung von ihr und weil sie es so sehr wünsche, rate er ihr zu dem Test mit dem Lügendetektor.

Ohne sich groß Gedanken zu machen – wie er später zugab –, sagte Wade Smith, er sehe kein Problem darin, daß sich auch Angela dem Test unterziehe. Schließlich war sie zur Tatzeit im Haus gewesen, und es war anscheinend offenkundig, daß sie an dem Verbrechen nicht beteiligt gewesen war.

Nach Wades Ansicht fiel Chris jedoch in eine andere Kategorie. Da er zur Tatzeit nicht anwesend gewesen war und deshalb nicht als mögliches Opfer betrachtet werden konnte, hielt Wade es für möglich, daß die Ermittler ihn durch eine andere Lupe betrachteten.

Bonnie hatte dem Anwalt nicht verheimlicht, daß Chris sein Studium wegen psychologischer Probleme abgebrochen hatte, die nach dem Mord begonnen hatten, und daß er zur Zeit in Winston-Salem in therapeutischer Behandlung war. Bonnie fügte hinzu, der Therapeut halte einen Test mit dem Lügendetektor für vielleicht zu anstrengend zu diesem Zeitpunkt, und das könne seine Genesung erschweren.

Wade erkannte sofort das Problem: Wenn Bonnie und ihre Tochter den Test mit dem Lügendetektor machten und ihr Sohn nicht, aus welchen gesundheitlichen Gründen auch immer, würde Chris sofort zu einem Verdächtigen werden, wenn er es nicht schon war. Man würde Druck auf den Jungen ausüben, damit er sich dem Test unterzog. Er mußte also einen eigenen Anwalt haben.

Bonnie hörte das nicht gern. Sie bezweifelte, daß sie oder ihre Kinder einen Anwalt brauchten, geschweige denn zwei. Aber wie es ihre Art war, betrachtete sie Wades Argumente mit kühlem Verstand und räumte ein, daß etwas daran war. Außerdem flößte Wade Smith' ganze Art ihr Vertrauen ein. Er strahlte etwas Beruhigendes aus und gab ihr ein Gefühl der Sicherheit.

Der Anwalt, den Wade Smith für Chris empfahl, war William Osteen, ein ehemaliger Generalbundesanwalt aus Greensboro.

Osteen, ebenfalls Absolvent der University of North Carolina in Chapel Hill, war in Kreisen der Republikaner so angesehen wie Wade bei den Demokraten.

Osteen hatte – wie einige Jahre später auch Lieth von Stein – das Guilford College in Greensboro besucht. Er wurde 1960 ins Repräsentantenhaus gewählt, der erste Republikaner seit 1928, der für ein politisches Amt im Kreis Guilford auserkoren wurde. Er war einer von nur neun Republikanern des Repräsentantenhauses und mit 30 Jahren der jüngste Gesetzgeber beider Parteien.

Nach zwei Jahren wurde er wiedergewählt, trat das Amt jedoch nicht an, denn er hatte feststellen müssen, daß die Politik seine große Liebe störte: die Arbeit als Rechtsanwalt. Dennoch ließ er sich 1968 dazu überreden, als Kongreßabgeordneter zu kandidieren. Er verlor knapp in einem harten Kampf gegen den Kongreßabgeordneten Richard Prior, wurde jedoch mit Richard Nixon zusammen fotografiert. Im folgenden Jahr wurde er Generalbundesanwalt.

In juristischen Kreisen war Osteen mindestens genauso hoch angesehen wie Wade Smith. Er war Seniorpartner eines Rechtsanwaltsbüros, das er Mitte der 70er Jahre in Greensboro gegründet hatte, nachdem er sein Amt als Generalbundesanwalt niedergelegt hatte. (1991 würde er aus dem Rechtsanwaltsbüro ausscheiden, um Richter an einem Bundesgericht zu werden.) Er war ein großer, außergewöhnlich gut aussehender Mann mit dichtem, grauem Haar. Er hatte Sinn für Humor und eine liebenswürdige Art, aber in Geschäftsangelegenheiten war er so forsch und direkt, daß niemand lange rätseln mußte, was er dachte oder wo er stand. Der Klang seiner Stimme ließ einen sofort wissen, daß er mehr gewohnt war, Anweisungen zu geben, als welche entgegenzunehmen.

Osteen war verheiratet und hatte drei Söhne, der jüngste besuchte *The Citadel*, die führende Militärakademie des Südens, der älteste, Bill junior, hatte in Chapel Hill studiert und war 1987 in das Anwaltsbüro des Vaters eingetreten.

Osteen, ein traditionsbewußter Mann, der die Familie hoch einschätzte, bewies im Gerichtssaal einen ebenso großen

Kampfgeist wie auf dem Tennisplatz. Aber jeder, der in irgendeiner Form mit ihm zu tun gehabt hatte, mußte anschließend zugeben, daß Bill Osteen äußerst fair und aufrichtig gewesen war.

Dieser Fall würde eine einfache Sache sein, erklärte ihm Wade. Ein junger Mann hatte eine schreckliche Familientragödie hinter sich – der Stiefvater war ermordet worden, es war niemand festgenommen worden, aber der Junge war in seinem Zimmer im Studentenwohnheim der North Carolina State University gewesen und konnte das Verbrechen nicht begangen haben. Aus gesundheitlichen Gründen würde er wahrscheinlich nicht den Test mit dem SBI-Lügendetektor zum gleichen Termin wie seine Mutter und Schwester machen können. Das würde zweifellos dazu führen, daß die Ermittler ihn in einem anderen Licht betrachteten. In diesem Fall könnte bei seiner Jugend und seiner psychischen Verfassung juristische Beratung hilfreich sein.

Wade vertrat die Mutter, die anscheinend eine wundervolle Frau war, ›das Salz der Erde‹. Er entschuldigte sich, daß er keinen komplizierteren Fall, keine größere Herausforderung anbieten konnte, und versprach, sich beim nächsten Mal um etwas Besseres zu bemühen.

Osteen sagte später, daß ihn die erste Begegnung mit seinem neuen Mandanten ›befremdet‹ habe. Schließlich benutzte er stärkere Worte: »Er stand offensichtlich unter Drogen. Er war mürrisch, unverschämt, ungezogen, flegelhaft – alles Negative in dieser Art verkörperte Chris.«

Chris war verspätet zu dem Termin eingetroffen, unrasiert, mit ungewaschenem Haar, in einem T-Shirt, das für eine Heavy-metal-Band warb, mit arroganter Miene und einer Alkoholfahne.

Bill Osteen war auf einer Farm aufgewachsen, auf der es weder fließendes Wasser noch eine Toilette im Haus gegeben hatte, und er erinnerte sich noch gut an den Tag, an dem das Haus elektrischen Strom bekommen hatte. Sein Vater war

Bewährungshelfer, und seine Mutter eine strenge Baptistin, die ihre Kinder schwören ließ, niemals einen Tropfen Alkohol zu trinken. Bill Osteen hatte sich zur Abstinenz verpflichtet, »weil die Mutter es so wollte«.

»Ich lege Wert auf ein Ziel im Leben«, lautete Osteens Credo. »Ich mag Leute, die sich für das Schicksal ihrer Mitmenschen interessieren. Es dauerte nicht lange, bis ich feststellte, daß Chris nicht auf dem Weg zu irgendeinem lohnenden Ziel war, und das mißfiel mir.«

Kurz gesagt, das Match zwischen Bill Osteen und Chris Pritchard wurde nicht im Himmel ausgetragen. Osteens Abneigung gegen Chris war so stark, daß er sich geweigert hätte, ihn juristisch zu vertreten, wenn sich ein anderer als Wade Smith an ihn gewandt hätte. Aber immerhin versprach die Sache kurz zu werden.

Er erklärte, daß er im Gegensatz zu Wade *niemals* von der Regel abwich, daß sich keiner seiner Mandanten einem staatlich durchgeführten Test mit dem Lügendetektor unterzog, bevor er einen privaten Test bestanden hatte.

Später sagte Osteen: »Ich war ehrlich gesagt ein wenig ärgerlich, weil Wade Smith Bonnie und Angela erlaubt hatte, sich auf den Test mit dem Lügendetektor einzulassen. Meiner Ansicht nach hätte sich keiner dem Test unterziehen dürfen, bevor wir wußten, wie das Resultat ausfällt. Ich fand, wir hätten unseren eigenen Test zuerst machen müssen.«

Als er diese Meinung äußerte, stimmte Chris ihm völlig zu. Und das war anscheinend die einzige Übereinstimmung zwischen dem Anwalt und seinem Mandanten.

Am 16. Januar, dem Tag vor dem Test mit dem Lügendetektor, ging Bonnie (aber nicht Angela, die erklärte, sie habe anderes an diesem Tag vor und brauche ohnehin nicht mit irgendwelchen Anwälten zu sprechen) mit Wade Smith die Prozedur durch, die sie wahrscheinlich erwarten würde.

Wade sagte, es sei nicht nötig, sie nach Greenville zu begleiten; sie würde gut allein zurechtkommen. Außerdem würde seine Anwesenheit an ihrer Seite das falsche Signal sein – ein Anzeichen darauf, daß sie beunruhigt war und sich deshalb einen der besten Anwälte des Staates genommen hatte. Wade sagte: »Im Augenblick – und höchstwahrscheinlich in der Zukunft – ist es besser, wenn meine Beteiligung nicht öffentlich bekannt wird.«

Bonnies Erinnerung an das, was sich am nächsten Tag in Greenville ereignete, unterschied sich sehr von der Lewis Youngs. Sie bestand darauf, daß sie ihm angekündigt hatte, nur sie und Angela würden sich dem Test unterziehen; der Therapeut habe Chris davon abgeraten, weil der Test für ihn eine zu große Belastung sei und seine Genesung erschwere.

Young bezeichnete jedoch Chris' Nichterscheinen als ›völlige Überraschung‹. Schließlich hatten sie die ganze Sache bis zu einem Dienstag Mitte Januar aufgeschoben, wenn Chris frei hatte.

Erst am vergangenen Freitag, dem 13. Januar, hatte Young mit Bonnie telefoniert, und nach seinen Notizen hatte Bonnie nichts davon erwähnt, daß Chris nicht zu dem Test gehen würde.

Überdies ging aus seinen Notizen vom 17. Januar, dem Tag des Tests, nur hervor: ›Christopher Pritchard hat abgesagt, er ist psychisch zu mitgenommen und hat starke Schuldgefühle, weil er nicht anwesend war, als Lieth ermordet wurde.‹

Um seine Behauptung zu untermauern, daß Bonnie ihn nicht im voraus informiert hatte, bot er die Notiz an, die von Bill Thompson stammte, der den Lügendetektor bediente, und der auf Chris Pritchards Akte geschrieben hatte: »Test wurde am 17. Januar um 8 Uhr 30 abgesagt.«

Laut Young erhärtete das seine Behauptung, daß Bonnie nicht im voraus angerufen hatte, um ihm mitzuteilen, daß Chris nicht zu dem Test erscheinen würde. Wenn sie angerufen hätte, wäre das zur Zeit des Telefonats notiert worden.

Auf jeden Fall änderte sich von diesem Tag an Youngs Verhalten gegenüber Bonnie. Er hatte sie eigentlich nicht mehr als Verdächtige betrachtet und tiefes Mitgefühl mit ihr entwickelt. Jetzt kam jedoch Verärgerung hinzu. Seiner Ansicht nach hatte sie nicht mit offenen Karten gespielt.

Im Gegensatz zu den meisten Bewohnern von Little Washington und sogar andern Ermittlern bezweifelte Young immer noch, daß Bonnie direkt etwas mit dem Verbrechen zu tun hatte, aber vom 7. Januar 1989 an hegte er den Verdacht, daß sie ihren Sohn deckte, ihn vor den Ermittlern abschirmte, weil sie befürchtete, sie könnten etwas herausfinden.

»Ich beneide Sie nicht«, sagte er an diesem Tag in bezug auf Chris. »Sie bewegen sich da auf dünnem Eis.«

Bonnie ärgerte sich über diese Bemerkung. Sie erwiderte, sie habe sich schon seit Juli auf dünnem Eis bewegt, seit der Nacht, in der ihr Mann ermordet worden war, und weder Lewis Young noch die Washingtoner Polizei hätten etwas unternommen, um ihr herunterzuhelfen. Sie sei nicht in der Stimmung, um sich häßliche Bemerkungen über ihren Sohn anzuhören. Chris' Arzt habe gesagt, der Test mit dem Lügendetektor wäre eine zu große Belastung. Chris sei so begierig darauf, den Test zu machen, wie sie selbst, aber sie könnten einen ärztlichen Rat nicht ignorieren.

Bonnie fand den Test ›erniedrigend‹. Sie sagte später: »Ich muß mich sehr aufgeregt haben, denn als es vorüber war, fühlte ich mich schmutzig. Ich kam mir wie eine unsaubere Person vor. Wenn ich auch nur die geringste Ahnung gehabt hätte, wie dieser Test verlaufen würde, hätte ich niemals zugestimmt. Ich würde es unter keinen Umständen wieder tun, und ich würde nicht zulassen, daß sich ein Mitglied meiner Familie diesem Test unterzieht.«

Die Ergebnisse hätten in ihrem Fall jedoch nicht besser sein können. Von den zehn Fragen, die man ihr stellte, wurden nur drei für die Auswertung benutzt:

»Haben Sie Lieth von Steins Tod geplant?«

»Haben Sie geholfen, seinen Tod zu planen?«

»Wissen Sie, wer ihn erstach?«

Auf jede Frage antwortete sie mit Nein. In dem Bewertungssystem, das das SBI von North Carolina benutzte, war das höchstmögliche Ergebnis plus 12, und das waren die Punkte, die Bonnie erzielte. »Sie schlug die Türen zu«, formulierte es Young. John Tayler sagte: »Sie fegte den Verdacht hinweg. Es sah aus, als hätte sie nie in ihrem Leben gelogen.«

Bei Angela war das Ergebnis etwas unklarer. Ihr stellte man folgende Fragen:

»Waren Sie an Lieths Ermordung beteiligt?«

»Wissen Sie, wer Lieth erstochen hat?«

Angela erhielt die Note plus fünf. Nur Wochen früher war jede Note zwischen minus sechs und plus sechs vom SBI North Carolina als ›nicht schlüssig‹ bezeichnet worden. Dann hatte man diese Einschätzung revidiert, so daß jeder Test mit einer Note über plus drei als ›bestanden‹ galt.

So ›bestand‹ Angela ebenfalls den Test mit dem Lügendetektor, doch allen Ermittlern blieb stets die Differenz zwischen ihrer Note und der ihrer Mutter im Gedächtnis haften.

Weitaus mehr Aufsehen jedoch erregte der Umstand, daß Chris den Test überhaupt nicht absolvierte; Wade hatte es vorausgesehen.

»Von diesem Tag an wurde mein Verdacht wirklich stark«, meinte Lewis Young.

Wenige Tage nach dem Test begann Bonnies rechtes Auge zu schwellen, und sie bekam Blasen auf der Nase. Die Beschwerden wurden als Gürtelrose diagnostiziert, ein äußerst schmerzvolles, den Körper enorm schwächendes Leiden, das durch ungewöhnlich großen Streß ausgelöst worden war. Bonnies Erkrankung war so schwer, daß sie den Rest des Monats ihr Haus nur noch für die Besuche beim Augenarzt verlassen konnte.

2

Am 1. Februar trat ein neuer Polizeichef sein Amt in Little Washington an. Er hieß John Crone, und noch bevor seine Ernennung offiziell wurde, sagte man ihm, daß die Lösung des Mordfalls von Stein oberste Priorität habe. Er war ganz offen zum Stadtdirektor gewesen: »Wissen Sie, ich bin kein Meisterdetektiv. Ich war nie Ermittler in Mordfällen.«

»Jetzt sind Sie es«, gab der Stadtdirektor zurück.

Crone war 42 Jahre; in den vergangenen acht Jahren hatte er als Captain bei der Polizei im Urlaubsort Ocean City, Maryland, gearbeitet – einem jener Orte mit fünftausend Leuten im Winter und bis zu dreihunderttausend im Juli. Zu seinen Aufgaben hatte gezählt, die auf Teilzeitbasis arbeitenden Polizisten zu rekrutieren und auszubilden, die angesichts der vielen Touristen gebraucht wurden. Keine dankbare Aufgabe. Außerdem war es in Ocean City Tradition, stets einen Polizeichef von außerhalb zu holen, so daß seine Chancen für eine Beförderung gering waren.

Crones Frau stammte aus North Carolina. Während eines Besuchs in ihrem Elternhaus sah sie in einer Zeitung eine Anzeige, mit der die Stadt Washington, North Carolina, einen Polizeichef suchte. Auf der Rückfahrt nach Ocean City fuhren sie durch Little Washington, die Stadt gefiel ihnen, und Crone bewarb sich um die Stelle.

Sein Werdegang allein hätte ihn qualifiziert. Der Sohn eines Physikers war in einem Vorort von Washington, D. C., aufgewachsen und hatte sieben Jahre als Polizist im Bezirk Columbia gearbeitet. Nach vier Jahren war er zum Sergeant befördert worden, 1977, geschieden und neu verheiratet, war er nach Denver gezogen, war jedoch nur ein Jahr später nach Maryland zurückgekehrt und hatte in Ocean City eine Stelle als Lieutenant angenommen.

John Crone war nicht nur ein erfahrener, sondern auch ein sympathischer Mann. Er wog ein paar Pfund mehr, als ihm lieb war, hatte schütteres blondes Haar, lächelte gern und selbstbewußt. Er trank viel Kaffee und schluckte Beruhigungspillen – wer drei Ehen und zwei Scheidungen hinter sich hat, kann kaum behaupten, ein streßfreies Leben geführt zu haben –, aber beruflich war er eher freundlich als einschüchternd.

Gleich nach Übernahme des Kommandos untersuchte Crone die Akte von Stein. Er bemerkte sofort, daß die Akte für einen Fall von solcher Bedeutung für die Gemeinde auffallend dünn war. Obwohl es in der Stadt nur zwei Mordfälle in den vergangenen beiden Jahren gegeben hatte, arbeitete anscheinend keiner von seiner Abteilung daran.

»Die ganze Sache ruhte«, sagte Crone später. »Ich kam in die Stadt, hatte keine Ahnung, wer für mich arbeitet, und da gab es einen sechs Monate alten Mordfall, den ich von heute auf morgen lösen sollte.«

Mit neun Mann Personal waren seine Möglichkeiten begrenzt, aber eine von John Crones ersten Entscheidungen war es, einen neuen Kriminalbeamten auf den Fall anzusetzen. In der Hoffnung, daß jugendliche Energie und eine frische Perspektive den Mangel an Erfahrung ausglichen, wählte er John Taylor, den 26jährigen, schwarzhaarigen Kriminalbeamten, der den Tatort fotografiert hatte. Taylor war kein Mann, der von Lewis Young an der Hand geführt werden mußte.

Die Wahl erwies sich als hervorragend. Taylor war ein schlanker und charmanter Mann, der viel langsamer sprach, als er dachte, hatte aber eine gewinnende Art. Im Umgang mit der Öffentlichkeit war er freundlich, unaufdringlich und direkt, ein Beamter, der wie Crone Verdächtige nicht einschüchterte, was nur dazu führte, daß diese sich dann aus Angst in Schweigen hüllten.

Außerdem war er gründlich und gewitzt. Taylor hatte in den Monaten, seit er den Tatort fotografiert hatte, schon viel über den Mordfall von Stein erfahren, und er zeigte das Talent, schnell noch mehr herauszufinden.

Taylor hatte einen Onkel, der Mitte der 70er Jahre Polizeichef in Little Washington gewesen war, und so wußte er, daß ihm der Job förderlich für die Karriere war. Besonders jetzt, da der neue Polizeichef ihn mit dem größten Fall betraute, den die Stadt seit Jahren erlebt hatte.

Später gestand er: »Ich betrachtete meine neue Aufgabe von Anfang an als die Chance meines Lebens...«

»Dungeons & Dragons«, sagte Crone nach dem Studium der Akten. »Als eines der ersten Dinge fiel mir auf, daß all diese Studenten dieses seltsame Spiel spielten, von dem ich nichts weiß.«

Er bemerkte ebenfalls, wie viele Verdächtige es noch ein halbes Jahr nach dem Verbrechen gab. »*Jeder* ist verdächtig«, sagte er. »Wir haben einfach keine Fakten.«

Die drei potentiell nützlichen Objekte, die er hatte, waren: das Messer, offenbar die Mordwaffe; der grüne Rucksack, von dessen Existenz alle Mitglieder des von-Stein-Haushalts nichts wußten, wie sie behaupteten; und die Karte, die mit dem Messer am Ort des Feuers gefunden worden war. Für Crone waren das blutrünstige – und blutbespritzte – Finale des Buchs *A Rose in Winter*, der unverdaute Reis und der Verdacht eines Onkels interessante Elemente, aber kein Beweismaterial.

Von den Dingen, die vielleicht als Beweisstücke taugten, stand die Karte ganz oben auf Crones Liste. Wie Lewis Young sagte er sich, daß derjenige, der diese Skizze angefertigt hatte, genaue Kenntnis von den Örtlichkeiten in Smallwood haben mußte; andernfalls wäre es demjenigen nicht möglich gewesen, die Anwesen in der Nähe des Hauses der von Steins zu kennzeichnen, auf denen es Hunde gab, und den Verlauf des Entwässerungsgrabens hinter dem Haus der von Steins richtig einzuzeichnen.

Und wie Lewis Young fiel ihm der Stil auf, in dem diese sonderbaren Hunde gezeichnet worden waren – ›Hounds of the Baskervilles‹ stand da – und nicht einfach das Wort Hund.

Ein weiterer Punkt, dem er große Aufmerksamkeit widmete, war das Wort LAWSON. Er wußte wie Young, daß SBI- oder FBI-Labortechniker vermutlich keinen verläßlichen Handschriftenvergleich auf der Basis eines einzigen Wortes in Druckschrift anstellen konnten, aber sein Gefühl sagte ihm, daß es nützlich wäre, Schriftproben von Mitgliedern und Freunden der Familie von Stein anzufordern.

Crone sagte später: »Ich wollte wenigstens die Liste der Verdächtigen verringern. Ich wollte wissen, wer die Karte gezeichnet und wer sie nötig gehabt hatte. Zum Beispiel war Steve Pritchard, der leibliche Vater, in vielerlei Hinsicht ein ziemlich ›guter‹ Verdächtiger, doch er war schon in dem Haus gewesen – hatte zwei- oder dreimal vor dem Mord darin übernachtet; folglich hätte er keine Karte gebraucht, wie schon Lewis Young festgestellt hatte. Das gleiche traf auf alle von Bonnies Verwandten zu. Und auf alle Freunde der Geschwister von der High-School. Keiner davon hätte die Karte gebraucht, um das Haus zu finden.«

So stimmte Crone mit Lewis Young darin überein, daß die Karte von jemand *gezeichnet* worden war, der die Örtlichkeiten kannte, und von jemand *benutzt* worden war, der sich sonst nicht zurechtgefunden hätte.

»Wir haben das ziemlich sichere Gefühl, daß die Tat geplant war«, sagte Crone. »Es war kein zufälliges, spontanes Ereignis. Aber der Plan klappte nicht wie vorgesehen. Man hatte nicht damit gerechnet, daß jemand das Feuer sehen und die verbrannten Tatwerkzeuge finden würde. Vielleicht war man so nachlässig beim Verbrennen der Karte, weil man annahm, wir würden die Reste des Feuers niemals finden. Wenn man einen Schritt weiter dachte, hatte vielleicht derjenige, der die Karte anfertigte, sich nicht die Mühe gemacht, seine Schrift zu verstellen, weil er annahm, wir würden sie niemals zu Gesicht bekommen. Ich hielt es ebenfalls für interessant, daß die Straße, an der das Feuer angezündet worden war, eine Nebenstraße war, die nach Raleigh führte. Die Karte war eindeutig das Beste, was wir hatten, aber jemand mußte etwas damit unternehmen.«

Polizeichef Crone entschied, daß John Taylor als erstes Chris Pritchard und seine Freunde von der NC State University genauer unter die Lupe nehmen sollte.

Anfang Februar veranlaßte Bill Osteen, der wegen des Verhaltens seines neuen Mandanten beunruhigt war, daß in Charlotte ein privater Test mit dem Lügendetektor durchgeführt wurde; und zwar von einem ehemaligen FBI-Beamten, in dessen Arbeit Osteen während seiner Jahre als Generalbundesanwalt beträchtliches Vertrauen entwickelt hatte.

Osteen verbürgte sich für die vertrauliche Behandlung der Ergebnisse. Die Polizei würde nie die Erlaubnis erhalten, sie einzusehen. Jedes Risiko war ausgeschlossen. Ganz gleich, was der Test ergeben würde, er konnte Chris nicht schaden.

Vor dem Test jedoch nahm Chris eine so hohe Dosis Buspar, sein Medikament gegen Angst, Erregungs- und Spannungszustände, daß die Testergebnisse bedeutungslos wurden. Nicht negativ in irgendeiner Art und Weise, wie Osteen Bonnie versicherte. Einfach ohne Bedeutung. Der Test mit dem Lügendetektor würde zu einem Zeitpunkt wiederholt werden müssen, an dem Chris keinerlei Drogen nahm.

Am Tag nach dem nutzlosen Test fuhr Chris zur Appalachian State University in Boone, zwei Fahrstunden westlich von Winston-Salem, um seinen Freund Eric Caldwell zu besuchen. An diesem Abend lernte er ein schlankes, hübsches Mädchen kennen, in das er sich sofort verknallte.

Die nächsten drei Tage über rief er sie mehrmals an. Er fuhr wieder nach Boone, um sie zu sehen. Am Valentinstag traf er mit einem Rosenstrauß ein und schenkte ihr eine Halskette und einen Armreif. Dafür hatte er 500 Dollar ausgegeben und von neuem sein Konto überzogen.

Besonders im Umgang mit Mädchen hatte Chris keine Kontrolle über sich, keine Beherrschung. Er rief ständig bei ihr an, besuchte sie unerwartet, kaufte Geschenk um Geschenk. Sein Werben hatte etwas Nervöses, sogar Verzweifeltes: als wäre er so ausgehungert nach Liebe und Zuneigung, daß ein Mädchen, das seine Glut auch nur mit lauwarmer Höflichkeit erwiderte, für ihn die Sonne, der Mond und die Sterne war, der einzige Grund für sein Weiterleben.

Früher oder später – für gewöhnlich früher – fanden sogar Mädchen, die Chris zuerst trotz seiner dürren Gestalt, seiner übergroßen Nervosität und sprunghaften Art für ganz nett gehalten hatten, die manische Art seiner Aufmerksamkeit zu aufdringlich, und sie zogen sich zurück; um so schneller, je härter er sie bedrängte. Mit seinem Verhalten sorgte er dafür, daß seine tiefsten Sehnsüchte unerfüllt blieben. Er stieß die Leute ab, nach denen er sich am meisten sehnte.

Das war einer der Gründe, weshalb er so besessen von ›Dungeons & Dragons‹ geworden war; in diesem Spiel, in einem entwickelten Szenarium, hatte die Figur, die man für sich schuf, alle Kräfte und Vorzüge, an denen es einem im wahren Leben mangelte. Im dunklen Königreich der Phantasiewelt konnte man stundenlang mächtig, sexuell anziehend, tapfer und reich sein.

Und wenn man bei dem Spiel die richtigen Drogen nahm, wurde die Illusion sogar noch überzeugender.

Im Februar erholte sich Bonnie langsam. An ihrem Auge blieb kein dauerhafter Schaden zurück. Sie ließ weiterhin Schönheitsoperationen an ihrer Stirn und ihrer Brust vornehmen. Mittags pflegte Bonnie mit einer ihrer Schwestern und ehemaligen Arbeitskolleginnen essen zu gehen. Sie nahm an einem Computerkursus teil, ließ die Wände im Haus heller anstreichen und einen neuen Teppichboden auslegen. Bonnie versuchte, sich Schritt für Schritt ein Leben aufzubauen, das wenigstens ein paar Elemente der Normalität enthielt.

Aber das Alarmsystem war immer eingeschaltet, die Waffen waren stets geladen, und die blauen Lämpchen der Bewegungsmelder in der Diele und auf dem oberen kurzen Gang glühten die ganze Nacht hindurch.

Bonnie brachte ihre Katzen zum Tierarzt, ging mit einem Sachbearbeiter der North Carolina National Bank essen (den sie nicht verdächtigte, ein Mordkomplott gegen ihren Mann geschmiedet zu haben) und suchte wieder ihren Nachlaßverwalter auf. An den Sonntagen fuhr sie die viereinhalb Stunden nach Welcome und unterrichtete in jener Sonntagsschule der Methodistenkirche, die ihr Vater Stein für Stein aufgebaut hatte. Oftmals blieb sie bei ihren Eltern zum Abendessen. Dann fuhr sie nach Winston-Salem zurück, und ihre Pistole lag nie weiter entfernt als im Handschuhfach. Da noch immer niemand festgenommen und nicht einmal ein Verdächtiger genannt worden war, fürchtete sie weiterhin um ihre Sicherheit und die ihrer Kinder. Der oder die Mörder waren nicht gefaßt worden; auch das dem Überfall zugrundeliegende Motiv war nicht ermittelt worden. Alles schien möglich. Bonnie hatte wenige ruhige Nächte.

In den Wochen nach ihrem erfolgreichen Test mit dem Lügendetektor wurde Bonnies Enttäuschung über die Washingtoner Polizei und das SBI zu heißem Zorn. Ihrer Ansicht nach tat die Polizei trotz aller gegensätzlichen Versprechen immer noch nichts, um den Mörder ihres Mannes zu finden.

Ihre Besorgnis wegen Chris' seelischer Verfassung wuchs noch. Weder seine Therapie noch die Medikamente oder seine neue Freundin von der Appalachian Uni schienen zu helfen. Er war schlechtgelaunt, nervös und stand anscheinend unter großer Anspannung. Er trank zuviel Bier und wurde rasch zornig. Manchmal schloß er sich mit seinen Computerspielen stundenlang in seinem Zimmer ein und fuhr dann zweifellos zu schnell und zu leichtsinnig – zu seinen Freunden, mit denen er oft die halbe Nacht verbrachte.

Chris war schon immer riskant gefahren, aber Bonnie befürchtete, daß er jetzt in seiner anfälligen Verfassung und unter Alkoholeinfluß einen Unfall bauen könnte.

Anfang März fuhr oder besser: raste Chris nach Little Washington.

Er übernachtete, wie immer häufiger in jüngster Zeit, in Eric Caldwells Haus. Sowohl Eric als auch Chris' neuem Freund in Winston-Salem, John Hubard, war aufgefallen, daß Chris soviel Zeit wie nur möglich weg von zu Hause, fort von seiner Mutter, verbrachte. Sie hielten Bonnie für eine äußerst nette

Person – es machte sogar Spaß, sich mit ihr zu unterhalten, obwohl sie eine Mutter war! –, und so konnten sie nicht verstehen, daß Chris sie offenkundig mied.

Vielleicht, so dachten sie, lag es an ihren ständigen Klagen darüber, daß die Ermittler nicht weiterkamen. Offensichtlich deprimierte Chris dieses Dauer-Lamento.

Oder lag es vielleicht daran, daß man nicht einmal an einem warmen Nachmittag ein Fenster öffnen konnte, ohne befürchten zu müssen, die Alarmanlage auszulösen? Und daran, daß man des Nachts, wenn man zur Toilette wollte, die richtigen Knöpfe auf dem Gang drücken mußte, wenn man nicht Alarm durch den Bewegungsmelder auslösen und von einer Beretta, einer .45er Automatik und einer 9mm-Automatik gleichzeitig erschossen werden wollte?

Am 8. März wollte Chris seinem Freund Eric die Stadt zeigen, in der er aufgewachsen war. Er fuhr die Strecke in dreieinhalb Stunden, mit stark überhöhter Geschwindigkeit. Während der ganzen Fahrt wirkte er wie aufgedreht.

Als sie am Ziel waren, blieben sie nur eine Stunde lang dort. Chris fuhr Eric über die Lawson Road und zeigte ihm das alte Haus, hielt aber nicht an. Eric erkundigte sich nach Einzelheiten des Verbrechens, doch Chris schnitt ihm brüsk das Wort ab und erklärte, darüber wolle er nicht reden. Basta!

Auf der Rückfahrt hielten sie an der NC State Uni, wo Chris Studienunterlagen abholte, die er zur Appalachian Uni schicken mußte, die er um die Zulassung zum Herbstsemester ersuchte. Er nahm Eric zu dem Lokal Wildflour Pizza mit, wo er sieben Glas Bier in anderthalb Stunden trank und sich ständig nervös umschaute, als fürchte er ungebetenen Besuch. Dann sprang er in den Wagen – alles andere als nüchtern – und raste nach Winston-Salem zurück.

Drei Tage später – der erste Duft des Frühlings erfüllte bereits die Luft –, fuhr Chris zur Appalachian Uni. Er, Eric und John mieteten sich im Econolodge Motel in Boone ein. Später stießen Chris' neue Freundin und zwei andere Mädchen hinzu. Zum Motel gehörte ein Hallenbad. Sie wollten ein wenig schwimmen, etwas trinken und sich einen schönen Samstagabend machen. Doch daraus wurde nichts. Chris' Freundin trank zuviel, und Chris trank noch mehr: Es kam zu einer scharfen und erbitterten Auseinandersetzung. Weinend zog sich das Mädchen auf eine Toilette zurück. Chris stieg zornig in seinen Wagen und fuhr davon.

Das war seine bevorzugte Reaktion auf seelische Belastungen: in den Wagen zu steigen und davonzurasen, ohne zu verraten, wohin, und erst zurückzukehren, wenn sein Zorn verraucht war. Seit Monaten warnte man ihn, daß er sich eines Nachts dadurch umbringen würde. Manchmal hatte es den Anschein, als wollte er genau das.

Während der zweiten Märzwoche erstellte John Taylor eine Liste mit allen Studenten der NC State University, die in den Berichten als Freunde von Chris Pritchard erwähnt worden waren. Dann gab er die Namen in den landesweiten Computer ein, um festzustellen, ob irgendeiner vorbestraft war, und es wunderte ihn, daß niemand das bisher getan hatte.

Einer hatte Vorstrafen: James Upchurch. Der große, dünne junge Mann mit dem Spitznamen Moog. Am Wochenende des 4. Juli, als seine Mutter ihren Sohn vermißt gemeldet hatte, war Chris Pritchard mit ihm nach South Carolina gefahren.

Während seiner Jahre auf der High-School im Caswell County, dem äußerst ländlichen Teil des Staates, war Moog zweimal wegen Einbruchs festgenommen worden.

Taylor rief im Caswell County an. Ein Kriminalbeamter dort beschrieb Upchurch als ›smarten Jungen‹ aus zerrütteten Familienverhältnissen, dessen Vater als Sozialarbeiter in Raleigh arbeitete und dessen Onkel einmal festgenommen worden war, weil er in großen Mengen Marihuana auf seiner Farm angebaut hatte. James Upchurch war in die örtliche High-School eingebrochen und hatte einen Computer gestohlen. Später war er in ein privates Haus eingebrochen und hatte unter anderem ein Jagdmesser gestohlen.

Kein schlechter Start, sagte sich John Taylor. Von sämtlichen Freunden Chris Pritchards hatte er bereits einen herausgefunden, der sowohl Verbindung zur Drogenszene hatte als auch vorbestraft wegen Einbruchs war. Und das war derselbe Freund, mit dem Pritchard mysteriös für zwei Tage verschwunden war, nur drei Wochen vor Lieths Ermordung.

Upchurch hatte für die Einbruchdiebstähle Bewährungsstrafen erhalten, doch die Bewährungshelferin in Raleigh teilte Taylor mit, Upchurch sei vor ein paar Wochen verschwunden und werde mit drei Haftbefehlen gesucht. Die Straftaten waren betrunkenes Fahren mit einem unversicherten Wagen und Nichterscheinen vor Gericht wegen Nichteinhaltung der Bewährungsauflagen. Die Bewährungshelferin sagte, als sie Upchurch zum letzten Mal gesehen hatte, waren beide Seiten seines Kopfs rasiert gewesen, und er hatte nur einen Streifen pinkfarbenes Haar in der Mitte gehabt. »Nun, dann wird er wenigstens nicht schwer zu finden sein, wenn er sich in Washington zeigt«, meinte Taylor.

Am 13. März einigten sich Crone und Taylor auf drei weitere Schritte:

– eine Schriftprobe von Chris Pritchards Handschrift besorgen

– James Upchurch suchen

– mehr über Dungeons & Dragons herausfinden.

Nach dem wenigen, was Crone über das Spiel gehört und gelesen hatte, konnte es die Phantasie gefährlich beeinflussen, ja, zur Gewalt verleiten; auch wenn es nicht gleich um Hexerei, Satanskult oder Okkultismus ging.

Am wichtigsten fand Crone jedoch eine Probe von Pritchards Handschrift. Er wollte sie, wenn auch unwissenschaftlich, mit dem LAWSON auf der Karte vergleichen.

Bei der NC State University sagte man, es gebe ein Dokument, auf das Pritchard LAWSON ROAD geschrieben hatte, aber man könne es nicht ohne richterliche Genehmigung freigeben.

Am 14. März erteilte Mitchell Norton, der Bezirksstaatsanwalt des Beaufort County, die Genehmigung.

Am 15. März fühlte sich Bonnie gut genug – und verzweifelt genug –, um wieder nach Little Washington zu fahren, wo sie Lewis Young oder den neuen Polizeichef mit einer einfachen Frage konfrontieren wollte: Was haben Sie in den zwei Monaten, seit meine Tochter und ich den Test mit dem Lügendetektor bestanden haben, unternommen, um den Mörder meines Mannes zu finden? Young hielt sich nicht in der Stadt auf, und der neue Polizeichef war nicht sofort abkömmlich, aber sie konnte mit John Taylor sprechen, der sie darüber informierte, daß ihm Crone die Leitung der Ermittlungen übertragen hatte.

Bonnie war bestürzt über Taylors Unerfahrenheit. Wieviel Vertrauen konnte sie in jemanden setzen, der so jung war?

Taylor gab ihr die Hand und sagte: »Ich habe nur eine Annahme – daß Sie nichts damit zu tun haben. Andere Vermutungen habe ich noch nicht.«

Das war ihr ein schwacher Trost. Natürlich hatte *sie* nichts damit zu tun. Aber wer war der Täter? Hatte die Polizei keinerlei Fortschritte erzielt?

»Mrs. von Stein«, sagte Taylor, »bevor wir Sie und Angela und Chris nicht ausschließen können, haben wir kein besonders gutes Gefühl, wenn wir sonstwo suchen.« Er wiederholte, *sie* sei seiner Ansicht nach auszuschließen, und fügte hinzu, das könne er jedoch noch nicht von ihren Kindern sagen.

Bonnie war sichtlich verärgert. Dies war genau das, was sie seit Monaten von Lewis Young gehört hatte, und sie wollte es sich jetzt nicht von einem jungen Mann anhören, der wie ein Polizeikadett oder ein zukünftiger Freund von Angela wirkte, nicht wie ein fähiger Kriminalbeamter einer Mordkommission.

Am nächsten Tag unternahm John Taylor die erste seiner vielen Fahrten nach Raleigh.

Er übergab die richterliche Verfügung dem entsprechenden Offiziellen der NC State University und erhielt eine kleine weiße Karte, auf der Chris Pritchard um Unterkunft auf dem Campus ersucht und das Wort ›Lawson‹ in seiner Adresse geschrieben hatte.

Der junge Kriminalbeamte wäre am liebsten in sein Auto gesprungen und so schnell wie möglich nach Little Washington zurückgefahren, damit er und sein Chef die Schriften vergleichen konnten.

Er hatte jedoch noch anderes auf dem riesigen und überfüllten Campus zu erledigen. Er befragte die beiden Mädchen, Karen Barbour und Kirsten Hewitt, in deren Zimmer Chris in der Mordnacht Bier getrunken und Karten gespielt hatte. Sie bestätigten, daß Chris und seine Freunde – einschließlich James Upchurch, bekannt als Moog – *verrückt* nach Drogen und Dungeons & Dragons-Spielen seien. Moog werde der Meister genannt. Er bestimmte das Szenarium für ein bestimmtes Spiel, und die anderen Spieler befolgten seine Anweisungen. Per Würfel entschied er den Ausgang gewalttätiger Konfrontationen.

Nach Aussage der Mädchen hatten Chris und Moog und die anderen mindestens einmal diese vorgegebenen Abenteuer gespielt, Toilettenpapier um Besenstiele gewickelt und das Papier in Brand gesteckt. Bei anderen Gelegenheiten waren sie unten in die Versorgungstunnel verschwunden.

Kirsten hatte eine besonders deutliche Erinnerung daran, daß Chris in der Mordnacht in ihrem Zimmer gewesen war, weil sie ihn immer wieder zum Gehen aufgefordert hatte. Von ein Uhr an hatte sie Chris und dessen Freund Daniel Duyk fast jede halbe Stunde aufgefordert: »Ich bin wirklich müde, könnt ihr nicht woanders hingehen?« Das Ungewöhnliche war, daß Chris, sonst rücksichtsvoll in solchen Dingen, sich strikt geweigert und darauf bestanden hatte, weiterzuspielen.

In den nächsten zweieinhalb Stunden hatte Kirsten ihn mit wachsender Ungeduld gebeten, endlich zu gehen. Schließlich hatte er nach der Uhrzeit gefragt. Als er erfahren hatte, daß es halb vier war, hatte er sich sofort verabschiedet und war gegangen. Für Kirsten hatte es den Anschein gehabt, als hätte er nur auf diesen besonderen Zeitpunkt gewartet.

Um 17 Uhr war Taylor wieder in Little Washington. Er ging sofort zu seinem Chef, legte die Karteikarte, die er in der Uni erhalten hatte, auf den Schreibtisch neben ein Foto, das er von der Karte gemacht hatte, die Lieths Haus und die Umgebung zeigte.

LAWSON LAWSON

Weder John Crone noch John Taylor waren Experten in Handschriftenanalysen. Aber in diesem Fall brauchten sie das auch nicht zu sein.

Die Schriften stimmten perfekt überein.

3

Nachdem Lewis Young die Übereinstimmung der beiden Handschriften gesehen hatte, entschied er, daß zwei aggressivere Verhörspezialisten des SBI mit Bonnie und ihren Kindern sprechen sollten.

Er rief Bonnie am 21. März an und erklärte ihr, es gebe einige neue Entwicklungen. Er könne noch nicht darüber sprechen, aber am nächsten Tag würden zwei SBI-Agenten namens Newell und Sturgell zu ihr kommen. Sie seien von einer Spezialabteilung, die nur die bedeutendsten Fälle im Staat bearbeite. Einer sei groß und dünn, der andere klein und dick. Ihre Spitznamen seien Der Dünne und Der Kloß.

Sie würden nicht nur mit ihr, sondern auch mit Angela und Chris sprechen; mit ihr um 14 Uhr, mit Angela um 16 Uhr und mit Chris nach 20 Uhr, wenn er die Arbeit bei Triad Tires beendet hatte.

Bonnie hielt das für gute Neuigkeiten. Neue Leute bedeuteten vielleicht frische Ideen, neue Methoden. Vielleicht wurde endlich doch irgendein Fortschritt erzielt. Es kam ihr nicht in den Sinn, daß sie entweder Wade Smith oder Bill Osteen über dies Treffen hätte informieren sollen.

Unbeobachtet von Anwälten, konnten Newell und Sturgell alle Regeln anwenden, für die sie sich entschieden. Und sie waren entschlossen, psychologischen Druck anzuwenden, ohne jedoch über die Grenzen des gesetzlich Erlaubten hinauszugehen.

Das Gespräch mit Bonnie fand im Polizeipräsidium von Winston-Salem statt. Sie befragten Bonnie zwei Stunden lang. Im Anfangsstadium war es nicht so schlimm. Sie stellten ihr die alten Fragen.

Aber bald wurden sie unhöflich, aggressiv und anklagend, wie Bonnie fand. Es war, als hätte sie sich nie dem Test durch den Lügendetektor unterzogen. Sie konnte nicht glauben, daß all dies von neuem geschah. Sie bedrängten sie und setzten ihr zu, als versuchten sie, eine Art Geständnis zu erzwingen. *Acht Monate waren seit Lieths Ermordung vergangen, und immer noch wurde sie wie eine Tatverdächtige behandelt.*

Der Dünne legte ihr einige Schwarzweißfotos vor und fragte, ob sie identifizieren konnte, was darauf zu sehen war. Es waren Fotos von vier Seiten des Buchs *A Rose in Winter*. Bonnie erklärte, daß sie sich vage daran erinnere. Der Schriftsteller war einer ihrer Lieblingsautoren. Sie hatte dieses Buch vor ein paar Jahren gelesen und später in Angelas Zimmer gefunden. Mit der Absicht, es noch einmal zu lesen, hatte sie es auf den Schreibmaschinentisch neben ihrem Bett im Schlafzimmer gelegt.

Aber das Buch war nicht auf dem Schreibmaschinentisch gefunden worden, erklärte man ihr. Es war auf dem Boden gefunden worden, und diese Seiten hatten gefehlt. Nur diese Seiten, mit Blut bespritzt, waren auf der Schreibmaschine gefunden worden, neben dem Bett, auf dem Lieth erstochen worden war.

»Na und?« fragte Bonnie. Die beiden Agenten sagten ihr, daß sie diese Buchseiten als möglicherweise ›wichtige‹ Beweisstücke betrachteten. Dann forderten sie Bonnie auf, den Text zu lesen. Sie las.

Wenn nicht jemand gerade diese Seiten gelesen hatte – eine Szene, in der ein Mann mit einem Dolch getötet wird – und die

Seiten aus dem Buch gerissen und neben das Bett gelegt hatte, auf dem Lieth ermordet worden war, warum waren sie dann mit Blut bespritzt?

Bonnie erwiderte ruhig, das wisse sie nicht. Sie hatte nicht in dem Buch gelesen. Wenn das der Fall gewesen wäre, hätte das Buch auf einem Stapel Zeitungen auf dem Boden neben ihrem Bett gelegen und nicht auf dem Schreibmaschinentisch. Sie hatte keine Ahnung, warum diese besonderen Seiten herausgerissen worden waren, warum sie woanders gefunden wurden und warum sie mit Blut bespritzt waren.

Ihrer Ansicht nach war es völlig plausibel, daß das Buch, das auf der glatten Vinylabdeckhaube der Schreibmaschine gelegen hatte – *es war nicht das Buch, das sie in dieser Nacht oder sonstwann in der jüngsten Vergangenheit gelesen hatte* –, während des Kampfes heruntergefallen war und sich die letzten Seiten beim Aufprall auf dem Boden gelöst hatten. Es war nur ein Taschenbuch, das Dutzende Male von verschiedenen Familienmitgliedern gelesen worden war – sie und ihre Schwestern tauschten oftmals ihre Lieblingsbücher aus –, und aus schlecht gebundenen Taschenbüchern fallen auch Seiten heraus, wenn kein Kampf um Leben und Tod in nächster Nähe tobt.

Bonnies Ansicht nach war es auch möglich, daß einer der ersten Streifenbeamten oder Notarzthelfer das Blut auf den Seiten gesehen, sie vom Boden aufgesammelt und auf die Schreibmaschine gelegt hatte. Oder vielleicht hatten das ihre Nachbarn getan, während sie am Nachmittag zerstört hatten, was vom Tatort übriggeblieben war.

Obwohl Bonnie später die Form ihrer Antwort als ›ziemlich milde und gleichgültig‹ bezeichnete, sagte sie dem Dünnen und dem Kloß, die Tatsache, daß man acht Monate nach dem Mord immer noch versuche, ein so absurdes Szenarium zu entwickeln, überzeuge sie, daß jede bisherige Versicherung, die man ihr gegeben hatte, gelogen gewesen war. Dieses Szenarium könne direkt aus dem Buch *Fatal Vision* (dt.: *Die Unschuld des Mörders*) stammen, in dem Jeffrey MacDonald angeklagt wird, Geschichten des *Esquire*-Magazins über Hexenkulte und die Manson-Familie als Inspiration für seine abstruse Geschichte von nächtlichen Eindringlingen im Drogenrausch benutzt zu haben. Ja, sie war überzeugt, daß man sie belogen hatte.

Lewis Young hatte versprochen, daß die Ermittlungen weiter ausgedehnt werden würden, wenn sie den Test mit dem Lügendetektor bestanden hatte. Nun, sie hatte den Test mit dem bestmöglichen Resultat bestanden. Jetzt aber, zwei Monate später, waren hier diese neuen Beamten, die anscheinend nicht nur zum Ausgangspunkt zurückkehrten, sondern sich noch schlimmer verhielten: Anstatt zu ermitteln, dachten sie sich groteske Szenarien aus, die in die Kategorie Fantasy gehörten und die sie jetzt als *Beweise* zu nutzen versuchten.

Der Kloß und Der Dünne wirkten ungerührt. Sie sagten, diese Buchseiten ließen den Schluß zu, daß sie vor der Ermordung ihres Mannes von einer Messerstecherei gelesen hatte – eine Szene, in der ein junger Mann namens *Christopher* mit einem Messer tötete – und daß sie auch zuvor allein vor dem Fernseher gesessen und sich eine Serie über einen Killer angeschaut hatte.

Sie steckten die Fotos zurück in einen Umschlag. Diese Seiten waren aus dem Buch entfernt worden, wiederholten sie. Diese Seiten waren mit Blut bespritzt worden. Bonnie starrte die Agenten an, immer noch in ihrer ›unbekümmerten‹ Art und Weise. Sie sagten, in Ordnung, sie könne jetzt gehen. Sie seien jetzt bereit, mit ihrer Tochter zu reden.

In Wirklichkeit betrachteten weder Newell noch Sturgell Bonnie als wahrscheinliche Tatverdächtige. Der Fundort und der Inhalt der Buchseiten konnten nur ein seltsamer Zufall sein. Aber selbst wenn die Seiten aus einer Art ritueller Absicht neben das Bett gelegt worden waren, war es unwahrscheinlich, daß Bonnie sie selbst dorthin gelegt oder auch nur davon gewußt hatte.

Wie die teilweise verbrannte Karte, die am Rand der Feuerstelle gefunden worden war, konnten die Buchseiten eine Art mystische Bedeutung haben. Aber Newell und Sturgell dachten nicht auf diesen Umwegen.

Ihre Taktik war einfach und gradlinig. Während sie Bonnie für unschuldig hielten, hatten sie wie Taylor, Crone und Young ernsthafte Zweifel an der Unschuld ihres Sohnes. Sie hielten es auch für durchaus möglich, daß Bonnie ihre Zweifel teilte und Chris vor ihnen zu schützen versuchte – zum Beispiel, indem sie ihn nicht den Test mit dem Lügendetektor machen ließ. Je mehr sie Bonnie zusetzten, desto schneller würde sie vielleicht ihren Sohn fallenlassen. Diese Annahme beruhte jedoch auf einer krassen Fehleinschätzung ihres Charakters.

Bonnie verließ das Büro, ging sofort zum Telefon und rief Wade Smith an. Sie war zornig. Zuerst hatte sie die Ermittler für einfach nur unfähig gehalten. Aber bei jeder neuen Beleidigung für sie und ihre Familie war in ihr der Verdacht gewachsen, daß es noch schlimmer war.

»Ich habe das Gefühl, man will einen Jeffrey-MacDonald-Fall gegen mich aufbauen«, sagte sie zu Wade Smith.

Er versicherte ihr, daß sie nach allem, was er bisher von ihr gehört hatte, und nach dem tadellosen Ergebnis des Tests mit dem Lügendetektor nichts in dieser Hinsicht zu befürchten hatte.

»Aber sie verfolgen nichts von den Dingen, um die sie sich kümmern sollten«, sagte Bonnie. Wer waren diese Männer überhaupt? Warum war der alte Polizeichef aus dem Amt ausgeschieden? Was ging in dieser Kleinstadt vor, die sie nie gemocht hatte?

Bonnie hatte das Gefühl, daß man irgend etwas vertuschen wollte, aber sie war nicht bereit, es tatenlos geschehen zu lassen.

Wade riet wie üblich zu Geduld und Vorsicht. Er sagte, die Befragung sei gewiß schwierig und sogar erniedrigend für sie gewesen. Er wußte, wie solche Dinge sein konnten. Aber es war jetzt vorüber, sie hatte alle Fragen beantwortet.

Er wußte, daß es Streß für sie war, aber leider war wirklich nichts dagegen zu machen. Sie hatte es geschafft, so lange durchzuhalten, und sie sollte versuchen, es noch etwas länger zu ertragen – zumindest, bis klar war, was als nächstes geschah.

Bonnie sagte, sie könne nicht warten. Sie würde auf eigene Faust handeln müssen. Sie wollte, daß Wade den besten Privatdetektiv im ganzen Bundesstaat auftrieb – ja, sogar den besten von ganz Amerika – und ihn mit der Lösung des Falles beauftragte. Es war ihr gleichgültig, wieviel das kostete. Sie konnte sich keine bessere Verwendungsmöglichkeit für das Geld vorstellen, das Lieth ihr hinterlassen hatte, als damit die Suche nach seinem Mörder zu finanzieren.

Wenn die Polizei unfähig oder nicht bereit war, den Mörder zu fassen, dann würde Bonnie Lou Bates aus Welcome, North Carolina, es einfach selbst tun müssen.

Angelas Befragung durch Newell und Sturgell dauerte nur eine halbe Stunde. Später erzählte sie Bonnie, daß man ihr die üblichen Fragen gestellt und sie die üblichen Antworten gegeben hatte – sie hatte während der ganzen Sache geschlafen, sie wußte nichts, und sie vermutete, daß vielleicht jemand von National Spinning für den Mord verantwortlich war.

Man hatte ihr ebenfalls die Fotos gezeigt. Sie hatte erklärt, keine Ahnung zu haben, weshalb die Seiten blutbespritzt und warum sie aus dem Buch herausgerissen worden waren. Sie sagte, sie könne sich nicht einmal an das Buch erinnern. Es habe viele Bücher im Haus und in ihrem Zimmer gegeben. Einige habe sie gelesen, einige nicht. Bei diesem Buch wisse sie es einfach nicht.

Chris' Befragung an diesem Abend dauerte länger. Newell und Sturgell begannen wie bei Bonnie und Angela und ließen Chris detailliert beschreiben, was er am Wochenende des Mordes getan hatte.

Nach seiner Aussage war er an diesem Freitag abend nach Hause gekommen, hatte entweder ferngesehen oder war mit Freunden ausgegangen, mit welchen wußte er nicht mehr. Am Samstag abend, nachdem er das Essen gemacht hatte, war er zur Uni zurückgekehrt. Zwischen 19 und 20 Uhr hatte er das Haus verlassen und war mit seinem Mustang weggefahren.

Am Sonntag hatte er im Wildflour Pizza Bier getrunken und

Pizza gegessen, wie fast jeden Tag. Um 22 Uhr 30 war er in Karens und Kirstens Zimmer gewesen, hatte Karten gespielt und noch mehr Bier getrunken. Er war bis 3 Uhr 30 geblieben, dann auf sein eigenes Zimmer gegangen und hatte geschlafen.

Er beschrieb Angelas Anruf. Als er danach die Autoschlüssel nicht in seinen Hosentaschen finden konnte, gab er die Suche auf, weil er seinen Zimmergenossen nicht von neuem wecken wollte. Er ging zum Auto, weil er hoffte, die Schlüssel dort zu finden, aber der Wagen war abgeschlossen. Dann kehrte er auf sein Zimmer zurück und setzte die Suche nach den Schlüsseln fort. Als er sie immer noch nicht fand, lief er zur Notrufsäule auf dem Campus und rief Hilfe. Er erklärte, daß er nach Hause, nach Little Washington, fahren mußte, weil sein Vater ermordet und seine Mutter niedergestochen worden waren.

Newell und Sturgell setzten ihn bezüglich des Wagens ein wenig unter Druck.

Wann war er in dieser Nacht zum letzten Mal gefahren?

Nicht später als 23 Uhr, sagte er.

Warum hatte er den Wagen so weit vom Studentenwohnheim geparkt?

Weil dieser Parkplatz besser beleuchtet war und ein Wagen dort nicht so leicht mutwilliger Zerstörung ausgeliefert war wie in der Nähe des Wohnheims. Nach Chris' Aussage hatte man Anfang des Monats seinen Wagen aufgebrochen, als er seine Tante in South Carolina besucht hatte, und Radio und Kassettenrecorder gestohlen.

Wo hatte er schließlich seine Wagenschlüssel gefunden?

Vince hatte sie unter einem Sesselkissen gefunden, irgendwann, als Chris auf dem Weg nach Hause gewesen war.

Kommen wir auf den Sonntag zurück. Sagen Sie uns noch einmal, mit wem Sie zusammenwaren.

Im Laufe des Tages mit Hamrick, Upchurch, auch bekannt als Moog, mit Karen und Kirsten und Daniel Duyk.

Wo sind die jetzt? Wo ist Upchurch? Wo ist Duyk?

Laut Chris hatten beide ihr Studium abgebrochen. Duyk arbeitete als Kellner. Chris hatte ihn vor sechs Wochen zum letzten Mal gesehen, als er durch Raleigh gefahren war.

Upchurch hatte er seit Monaten nicht mehr gesehen. Upchurchs Mutter lebte in Virginia Beach, Virginia, entweder getrennt oder geschieden von James Upchurchs Vater.

Okay, reden wir über Drogen.

Chris gab den Konsum von Marihuana, Kokain, LSD und Ecstasy zu. Er sagte, sein erster Zimmergenosse, nicht Vince, habe ihn dazu gebracht, Drogen zu nehmen.

Woher hatten Sie das Geld zum Kauf dieser Drogen?

Chris erklärte, daß er einen Job beim Herrenbekleidungsgeschäft Miller und Rhoades im Cabtres Valley Einkaufszentrum in der Nähe des Campus hatte.

Was hat man Ihnen gezahlt?

Vier Dollar pro Stunde, sagte Chris.

Welche Art Drogen können Sie bei einem Lohn von vier Dollar pro Stunde kaufen, besonders wenn Sie nur als Teilzeitkraft arbeiten?

Chris erklärte, daß er außerdem pro Woche 50 Dollar von zu Hause bekommen hatte, die er großenteils für Drogen verwendete. Viele seiner regulären Ausgaben hatte er mittels Kreditkarten bestritten, und seine Mutter hatte dann das Konto ausgeglichen. Und wenn er wirklich mal knapp an Bargeld war, konnte er sie immer fragen, sie würde ihm mehr geben.

Dann schossen sich die SBI-Beamten auf die Sonntagnacht ein. *Sagen Sie uns noch einmal, und lassen Sie sich Zeit dabei: Wer war wo wann? Wer war mit wem zusammen? Wer tat was zu welchem Zeitpunkt?*

Laut Chris waren nur er und Daniel Duyk zu Karen und Kirsten aufs Zimmer gegangen, nachdem sie im Wildflour Bier getrunken hatten. Moog und Vince hatten für das Studium gelernt.

Wie zum Teufel kann man für das Studium lernen, wenn man vier Stunden lang Bier getrunken hat?

Laut Chris hatten er und Daniel am meisten Bier getrunken; Moog und Vince hatten nicht soviel getrunken.

Kommt das oft vor? Daß fünf oder sechs von euch stundenlang Bier trinken und plötzlich spät am Sonntag abend zwei Jungs verschwinden, um für das Studium zu lernen?

Nein, gab Chris zu, das kam selten vor. Eigentlich war dieser Abend der erste, an dem Moog, besonders er, gesagt hatte, daß er für das Studium lernen müsse. Ehrlich gesagt, keiner von ihnen hatte in diesem Sommer viel fürs Studium getan.

Aber Sie mußten Samstagabend in aller Eile zur Uni zurück, um an einer Hausarbeit zu arbeiten?

Ja, sagte Chris, diese Hausarbeit sei sehr wichtig für ihn gewesen. Seine Leistungen seien schwach gewesen, und er habe eine gute Hausarbeit abliefern müssen.

Was war das Thema? Das Thema? *Ja, das Thema. Sie wissen doch, worum es bei dieser Hausaufgabe ging?* Oh, das war einfach eine dieser englischen Sachen. Ziemlich vage umrissen. Bei allem, was seither geschehen war, konnte er sich nicht genau an das Thema erinnern.

Sie haben die Hausarbeit nie fertiggeschrieben, wie?

Stimmt, sagte Chris. Nach Angelas Anruf habe er nicht mehr arbeiten können. Das sei für eine Zeitlang das Ende der Arbeit fürs Studium gewesen.

Aber der ganze Sonntag. Da haben Sie nicht gearbeitet, sondern Bier getrunken. Sie haben nicht an irgendeiner Hausarbeit geschrieben. Sie haben Karten gespielt und noch mehr Bier getrunken. Sie waren bis mindestens drei Uhr morgens auf. Wenn keiner ermordet worden wäre, wann hätten Sie dann die verdammte Hausarbeit geschrieben?

Das war ein Problem, gab Chris zu. Er hatte viele gute Absichten, wenn es ums Studium ging, aber er war einfach so nervös, impulsiv und flatterhaft, daß es ihm schwerfiel, sich ständig anzustrengen.

Sie befragten ihn über Dungeons & Dragons. Laut seiner Antwort hatte er mit Daniel, Vince und Moog gespielt. Es war ein Rollenspiel, das ins Mittelalter zurückführte. Einmal waren sie high gewesen und hatten in dem Tunnelsystem unter dem Campus gespielt. Er hatte ein hölzernes Schwert für seine Rolle benutzt, und einige andere hatten lange Stöcke oder Keulen aus Rattan mitgebracht, die Dinger der japanischen Kampfkunst. Er war sich nicht sicher, wem sie gehört hatten.

Was denken Sie? Wer hat Ihren Stiefvater ermordet?

Chris antwortete sofort darauf. Seiner Meinung nach war es jemand von der Treuhandabteilung der North Carolina National Bank. Man hatte es getan, um zu verhindern, daß Lieth sein Konto auflöste.

Sie glauben, daß eine solche Bank – ein Multimilliarden-Dollar-Unternehmen – wegen eines Treuhandkontos von einer lausigen Million einen Mordauftrag erteilt? Glauben Sie das wirklich?

Chris zuckte nur die Achseln.

»Hey, tun Sie mir einen Gefallen«, sagte einer der SBI-Agenten. Chris nickte eifrig, bemüht, ihnen zu gefallen.

Hier sind ein Bleistift und ein Blatt Papier. Zeichnen Sie mir eine Karte. Es muß nichts Tolles sein. Nur eine kleine Karte von der Umgebung des Hauses in Washington. Eine kleine Lageskizze, damit wir uns orientieren können.

Chris tat es bereitwillig und zeichnete schnell, wie ohne zu denken.

Newell und Sturgell schauten auf die Karte.

Nur noch eines. Ihre Straße. Lawson. Warum schreiben Sie nicht den Namen dazu, damit wir wissen, welche der Straßen es ist?

Kein Problem, sagte Chris. Und er schrieb LAWSON auf die Karte. Genauer gesagt, er schrieb das Wort zweimal.

Wie auf der Karteikarte der Uni stimmte die Schrift perfekt mit der überein, in der das Wort LAWSON auf das Original der Karte geschrieben war.

Bonnie sagte, Chris habe nach der Befragung ›nicht nervös oder aufgeregt‹ gewirkt. Sie erkundigte sich, welche Fragen man ihm gestellt hatte. Er antwortete: »Nur den üblichen alten Scheiß.«

4

Zwei Tage später, am Freitag, dem 24. März, fuhr John Crone mit seiner Frau nach Mooresville bei Charlotte, um übers Wochenende seine Schwiegereltern zu besuchen. John Crone war keine sehr unterhaltsame Gesellschaft. Er war geistesabwesend und in Gedanken vertieft. Seine Gedanken kreisten vor allem um Chris Pritchard.

Und am Sonntag nachmittag, auf der Rückfahrt nach Washington, als Crone über den I-70 durch Raleigh fuhr, bog er plötzlich vom Highway auf die Abfahrt ein und fuhr zu einem großen Einkaufszentrum namens North Hills Mall.

Crone ging sofort zu einer Buchhandlung. Er fragte nach irgendwelchem Material über ein Spiel namens Dungeons & Dragons. Ein Angestellter zeigte ihm eine ganze Abteilung der Buchhandlung, die sich ausschließlich dem Spiel und dem ganzen Drum und Dran widmete. Da standen Buch um Buch Anleitungen und Ratgeber, ein verwirrendes Angebot.

Er sah ein ›Handbuch für D & D Spieler‹, ›Experten-Regeln‹, ›So spielt man D & D richtig‹ und eine Fülle von Anleitungen, wie man Kerkermeister wurde, Anregungen für Rollen, eine Sammlung von Monstern und Schätzen. Da gab es Spielanleitungen für Spiele namens ›Auf der Suche nach dem Unbekannten‹, ›Das Burgverlies im Grenzland‹, ›Palast der Silberprinzessin‹, ›Die verlorene Stadt‹, ›Horror auf dem Hügel‹, und so weiter und so weiter, und alle Titelbilder zeigten verschiedene Krieger, die mit Schwertern und Messern gegen furchteinflößende Drachen oder andere knallig gezeichnete Monster kämpften.

Der Polizeichef kaufte einen ganzen Stapel Einführungs- und Anleitungsbücher, kehrte zu seinem Wagen zurück und setzte die Fahrt nach Little Washington fort. Er bat seine Frau, ihm aus dem Handbuch vorzulesen.

»Es ist ein anderer Ort, eine andere Zeit«, las sie. »Die Welt ist so, wie unsere vor langer Zeit gewesen war, mit Rittern und Burgen und ohne Wissenschaft und Technik ... Phantasie ist gefragt: Drachen sind Wirklichkeit. Werwölfe existieren. Monster aller Arten leben in Höhlen und alten Ruinen. Und Zauber funktioniert wirklich . . . Du bist ein starker Held, ein berühmter, aber an Geld armer Kämpfer . . . Du erkundest das Unbekannte, suchst nach Monstern und Schätzen. Je mehr du findest, desto mächtiger und berühmter wirst du . . . In Verliesen und Kerkern, unterirdischen Räumen und Gängen kannst du Monster und Schätze finden. Und *du* wirst sie finden, wenn du die Rolle einer Figur in einer Phantasiewelt spielst . . .«

Und dann wurde es konkreter: »Du trägst einen Rucksack . . . du besitzt ein wunderschönes Schwert, trägst einen Dolch in einem Stiefelschaft, nur für den Fall . . . Du wirst dir eine Karte von dem Verlies anfertigen, damit du dich nicht verirrst.«

Sie erklärte, daß es verschiedene Figuren gab, ›Diebe‹, ›Kämpfer‹ und ›Zauberer‹. Wenn eine Figur (oder eine Gruppe von Figuren) ein Abenteuer erfolgreich durchführte, indem sie eine Karte von einem ›Verlies‹ oder einer finsteren Höhle anfertigte und jedes Monster tötete, das sie auf der Suche nach Schätzen stoppen wollte, erhielt sie mehr Macht, die mit sogenannten ›Erfahrungspunkten‹ gemessen wurde.

Während seine Frau weiterlas, stellte John Crone fest, daß er schneller und schneller fuhr. Er hatte Mühe, sich auf die Straße zu konzentrieren. Als seine Frau das erste Abenteuer in Einzelheiten beschrieb, wurden seine Handflächen schweißfeucht.

Die Spieler dringen in eine Burg ein und töten den Burgherrn im Schlaf. Als einzige Waffen sind Messer und Keulen zugelassen, die in einem Rucksack mitgeführt werden müssen. Eine Prinzessin namens Aleena schläft in der Burg neben ihrem Vater, dem teuflischen Burgherrn. Die Spieler wissen nicht, ob sie Freund oder Feind ist, und so lassen sie die Prinzessin weiterschlafen. Wenn sie den Burgherrn töten und unentdeckt aus der Burg entkommen, erben sie all seinen Reichtum und entwickeln neue und größere Macht, die sie in weiteren Abenteuern einsetzen können. Je öfter sie auf den Burgherrn einstechen, desto mehr Erfahrungspunkte erhalten sie . . .

»O mein Gott«, stieß John Crone aus. »O mein Gott . . . o mein Gott . . . o mein Gott.«

Am Montag morgen ging Crone in seinem Büro auf und ab, versuchte gleichzeitig Kaffee zu trinken und – wild gestikulierend und laut – aus einem Dungeons & Dragons-Handbuch vorzulesen. *»Hören Sie sich das an!«* sagte er zu John Taylor. *»Und das! ... Und das!«*

Es war offenkundig, was geschehen war. Diese Jungen hatten sich so tief in ihre Dungeons & Dragons-Phantasiewelt verstrickt, daß sie sich entschlossen hatten, ein Abenteuer in die Tat umzusetzen.

»Sehen Sie, wir wissen, daß Pritchard die Karte gezeichnet hat«, sagte Crone. »Die Frage ist, wen brachte er dazu, den Mord auszuführen? Die Antwort muß sein, eine der Personen, mit denen er Dungeons & Dragons spielte. Welche? Ich denke, wir haben beide eine ziemlich gute Vermutung.«

»Upchurch«, sagte Taylor.

James Upchurch. Moog. Der einzige mit Vorstrafen. Der Junge, mit dem Chris am 4. Juli verschwunden war. Und ebenfalls der einzige, der gegenwärtig vermißt wurde.

»Ich kann es nicht glauben«, sagte Crone. »Mir will einfach nicht in den Kopf, daß diese Jungs acht Monate lang dort auf dem Campus gewesen sind und wir sie nicht längst festgenommen haben.«

»Das kann sich schnell ändern«, sagte Taylor.

Crone stimmte zu. »Fahren Sie nach Raleigh. Nehmen Sie sich diese Jungen vor. Finden Sie alles über Upchurch heraus und treiben Sie den Hurensohn selbst auf.«

»Das sollte nicht schwierig sein«, sagte Taylor. »Seine Bewährungshelferin sagte mir, daß der Junge sein Haar pink gefärbt hat.«

In der letzten Märzwoche begann John Taylor »viel Reifenprofil zwischen Little Washington und Raleigh abzufahren«, wie er es formulierte. Er verbrachte sehr viel Zeit auf dem Campus der NC State University. Er lernte viele von Upchurchs und Pritchards Bekannten kennen, und je mehr er von ihnen erfuhr, desto weniger gefielen sie ihm. Daniel Duyk zum Beispiel. Er war einer der Dungeons & Dragons-Spieler. Am Morgen des Mordtages war er mit Chris bis 3 Uhr 30 aufgewesen.

Taylor klopfte am Mittag an seine Tür, und Duyk öffnete in Unterwäsche. Warum zur Hölle waren diese Typen nicht in der Uni? Was trieben sie mittags in Unterwäsche? Taylor war sich nicht mal sicher, daß es *saubere* Unterwäsche war.

Duyk sagte, er kenne Pritchard nicht gut. »*Er war wirklich kein Freund von mir.* Moog ebenfalls nicht.« Keiner von ihnen. Er, Duyk, hatte nur einen Zettel am Schwarzen Brett in der Halle des Wohnheims gesehen, daß sich zu Beginn des Sommersemesters Interessierte für ein Dungeons & Dragons-Spiel zu einer gewissen Zeit in einem gewissen Raum treffen sollten. Daniel hatte seit dem siebten Semester D & D gespielt und ging daher zu dieser Versammlung, an der etwa ein halbes Dutzend Interessenten teilnahmen. Neben Pritchard und Moog noch zwei schwarze Jungs, ein Junge namens Vince, einer namens Neal und zwei andere. Duyk nahm an, daß es Moog gewesen war, der den Zettel ans Schwarze Brett geheftet hatte.

Nervös erklärte Duyk, wie das Spiel ablief. Sie waren alle Fortgeschrittene, und jede *action* dauerte fünfzig oder sechzig Stunden, ausgetragen in Abschnitten zu jeweils vier oder fünf Stunden: Sie hatten fast jeden Tag gespielt. Sie waren in die Versorgungstunnel hinuntergeklettert und hatten dort Graffiti an die Wände gesprüht, aber diese unterirdischen ›Höllenschächte‹ waren eigentlich kein fester Bestandteil des Spiels. Einmal hatten sie Fackeln mit in die Unterwelt genommen und bei anderen Anlässen falsche Samurai-Schwerter aus Moogs Besitz. Betrunken oder *high* hatten sie die Schwerter geschwungen und Duelle simuliert.

Laut Duyk hatte Chris Pritchard einmal damit geprahlt, im Haus seiner Eltern eine Aktentasche mit Papieren gefunden zu haben, aus denen hervorging, daß Bonnie und Lieth Millionäre waren. Das kam Duyk paradox vor, weil Chris immer sein Konto überziehen und den Kredit voll ausschöpfen mußte. Natürlich gab Chris, den Duyk als ›lieben Kerl, als wirklich netten, jedoch leicht beeinflußbaren Jungen‹ beschrieb, eine Menge Geld für Drogen aus. Chris hatte mit Upchurch, dessen Sucht noch größer war, schon jede Menge LSD genommen.

Taylor stellte Fragen zum Wochenende, an dem der Mord

geschehen war. Duyk sagte, er habe sich mit Chris, Vince Hamrick, Karen und Kirsten am Sonntag gegen 21 Uhr getroffen; sie seien zu den Mädchen auf die Bude gegangen, um Karten zu spielen. Vince sei mit im Zimmer gewesen und habe versucht zu lernen, während sie gespielt hatten. Irgendwann sei Vince verärgert gegangen. Vince regte sich immer über alles mögliche auf. Upchurch? Nein, Duyk konnte sich nicht erinnern, Upchurch in der Nacht gesehen zu haben. Um sieben oder acht Uhr am nächsten Morgen habe Vince angerufen und erzählt, daß Chris' Eltern überfallen und vielleicht sogar umgebracht worden seien und daß Chris sich von der Campus-Polizei habe heimfahren lassen müssen, weil er seine Autoschlüssel nicht hatte finden können.

Dann schaute Duyk John Taylor an und sagte: »Das klingt ziemlich verdächtig, nicht wahr?« Er fügte hinzu, er sei seit dem Mord mehrmals mit Chris zusammengewesen: Chris habe immer aufgeregt gewirkt und nie über das schreckliche Geschehen sprechen wollen.

Am Ende der Befragung sagte Taylor: »Denken Sie nach, Daniel. Graben Sie in Ihrer Erinnerung. Ich habe nicht zum letzten Mal mit Ihnen gesprochen. Ich gehe jetzt, aber ich werde wiederkommen.«

Duyk wirkte ziemlich bedrückt, als er das hörte.

Als nächstes besuchte Taylor einen Freund von Pritchard und Upchurch, der Matt Schwetz hieß. Taylor hatte den Namen Schwetz in einigen von Lewis Youngs Berichten gelesen.

Es regnete, doch Schwetz wollte Taylor nicht in seine Wohnung lassen. Er verharrte auf der Türschwelle und ließ Taylor im Regen stehen.

»Hören Sie, ich bin nicht hier, um Sie wegen einer Rauschgiftsache einzulochen. Ich will Ihnen nur ein paar Fragen stellen. Aber ich möchte nicht hier draußen herumstehen und naß werden.«

Schwetz schüttelte den Kopf.

»Ein Schritt«, sagte Taylor. »Ich will nur über die verdammte

Türschwelle, damit ich aus dem Regen heraus bin, während wir uns unterhalten.«

Schwetz verhielt sich, als hätte er so etwas schon gehört. Es mißfiel ihm sichtlich. Er gab den Weg nicht frei. Schließlich wich er gerade so weit zurück, daß Taylor wenigstens sein Notizbuch aus dem Regen heraushalten konnte.

Pritchard? Ja, er kannte Chris Pritchard. Welch ein Arschloch! Sie hatten früher miteinander getrunken, aber seit dem Herbst hatte er ihn nicht mehr gesehen. Er soll aus psychischen Gründen das Studium abgebrochen haben. Wäre nicht überraschend. Dieser Junge tickte wirklich nicht richtig. Er hatte 'ne Menge verschiedene Geschichten über den Mord erzählt. Einmal hatte sein Vater einen Einbrecher überrascht und war von ihm getötet worden. Ein anderes Mal hatte der Mörder angeblich zuerst Chris' Mutter vergewaltigt.

Taylor hatte das Gefühl, daß Schwetz selbst nicht richtig tickte. Der muß blau sein oder unter Drogen stehen, dachte er, als Schwetz auf einmal schwafelte, welch ein *prima* Kerl Pritchard war. Kümmerte sich immer um seine Freunde. Kaufte stets das teuerste Bier, kein billiges Gesöff. Ein Junge mit einer richtig positiven Einstellung. Redete immer über seine Verwandten, als liebe er sie über alles. Einmal sagte er, seine Familie besitze 35 Prozent von RJR Nabisco. Seine Schwester war dabei, als er das sagte. Sie korrigierte ihn, es seien nur 32 Prozent.

Dungeons & Dragons? Nein, nicht mit Schwetz. Versorgungstunnel? Nein, keine Ahnung davon. Er hatte Moog vor kurzem gesehen, aber nur von weitem. Wo? Daran konnte er sich nicht erinnern. »Wissen Sie, ich sehe 'ne Menge Leute, und da merke ich mir nicht, wer wo war.«

»Hören Sie«, sagte Taylor. »Man hat mir erzählt, daß Sie Upchurch und Pritchard mit Acid versorgt haben.«

O nein. Völlig ausgeschlossen. Acid? War das LSD? Er hatte davon gehört, wußte jedoch nichts darüber. Nein, nein; nicht Acid. Chris – und *das* war etwas, an das er sich erinnerte – hatte laut Schwetz nie Acid genommen. Oder LSD. Wie auch immer man es bezeichnete.

»Verlassen Sie nicht die Stadt«, sagte Taylor. »Ich werde wiederkommen. Und beim nächsten Mal mit einem Regenschirm.«

Am 29. März fuhr Taylor erneut nach Raleigh, um mit Vince Hamrick zu reden. »Er bedachte mich mit einem dieser ›Laßt-mich-allesamt-in-Frieden-Blicke‹«, sagte Taylor.

Vince sagte, in der Mordnacht habe er für einen Physiktest gelernt. Nach seiner besten Schätzung war Chris gegen Mitternacht eingetroffen. Wenn das deine beste Schätzung ist, dachte Taylor, dann ist sie nicht gerade gut. Vince konnte sich nicht erinnern, Daniel Duyk oder James Upchurch in der Sonntagnacht überhaupt gesehen zu haben. Karten? Nein, er erinnerte sich nicht, Karten gespielt zu haben. Und er erinnerte sich auch nicht, daß *er* sich am Telefon gemeldet hatte, als Angela angerufen hatte. Er war erst wach geworden, als Chris seine Sachen gepackt hatte, um nach Hause zu fahren. Autoschlüssel? Nein, er erinnerte sich nicht, daß Chris vergeblich seine Wagenschlüssel gesucht hatte. Aber eines wußte er: Chris liebte diesen Wagen und würde ihn *niemals* von einem anderen fahren lassen.

Sie hatten D & D gespielt, aber das war nach dem Mord irgendwie im Sande verlaufen. Seit jener Nacht habe er, Vince Hamrick, nicht mehr mit Moog oder Daniel Duyk gespielt, das sei sicher.

»Viel Glück für den Test, Vince«, sagte Taylor. »Aber graduieren Sie nicht zu schnell. Ich werde noch mit Ihnen sprechen wollen.«

Taylor sprach noch einmal mit Karen Barbour und Kirsten Hewitt. Ja, sie erinnerten sich an die Sonntagnacht. Sie hatten mit Chris und Moog, Daniel und Vince im Wildflour Pizza gesessen. Auf dem Rückweg zum Studentenheim hatten sie Bier gekauft. Karen hatte es gekauft, weil sie die einzige war, der es nach dem Gesetz erlaubt war. Ja, sie hatten es ungewöhnlich gefunden, daß Chris den Wagen auf dem äußeren Parkplatz abgestellt hatte, so weit vom Wohnheim entfernt.

Die Jungen waren für eine Weile verschwunden, vermutlich hatten sie Dungeons & Dragons gespielt. Das Kartenspiel hatte erst spät begonnen, vielleicht um 22 Uhr. Daniel wurde wütend, weil Vince Kirsten beim Kartenspiel Tips gab. Dann regte sich Vince über Daniel auf. Gegen 23 Uhr stürmte er wütend aus dem Zimmer, aber sie sahen ihn noch, denn sie hatten das Bier in Chris' und Vinces Zimmer gelassen, weil Vince einen Kühlschrank hatte, und jedesmal wenn einer von ihnen hinaufging, um Bier zu holen, sahen sie Vince beim Lernen. Upchurch sahen sie überhaupt nicht. Sie erinnerten sich genau daran, daß Kirsten die Jungen von ein Uhr bis halb drei ständig gebeten hatte, zu gehen. Um halb drei hatte sie in verzweifeltem Tonfall gesagt: »Können wir *bitte* mit dem Spielen aufhören?« Chris hatte nach der Uhrzeit gefragt Als Kirsten sie ihm genannt hatte, war er sofort gegangen. Das war ihnen merkwürdig vorgekommen.

John Taylor – 26, gutaussehend und lässig in Jeans – hatte ein gutes Verhältnis mit diesen beiden Mädchen aufgebaut. Sie sprachen gern mit ihm und fühlten sich nicht eingeschüchtert. Er war nicht einer jener Polizisten, die sofort Beklemmungen beim Gesprächspartner hervorriefen. So boten sie freiwillig zusätzliche Informationen an.

Nach Kirstens Aussage hatte Chris ihr einmal gesagt, er habe auf seinem Computer ein Programm erstellt, wie er ›zu einer Menge Geld kommen könne‹. Als sie das Programm sehen wollte, erklärte er, es sei geheim. Ihrer Ansicht nach hatte Chris seinen Stiefvater und dessen Geld verabscheut. Chris hatte gesagt, Lieth versorge mit dem Geld nur Bonnie, nicht seine Schwester oder ihn. Wenn sie so reich waren, beschwerte sich Chris, wie kam es dann, daß er und Angela keine bessere Kleidung oder bessere Autos besaßen?

Karen hatte gesehen, daß Chris Marihuana verkauft und LSD genommen hatte. Aber beide Mädchen machten klar, daß sie ihn mochten. Seine Gesellschaft war angenehm und lustig, auch wenn er besessen von Dungeons & Dragons war.

Bevor Taylor den Campus verließ, suchte er das Sicherheitsbüro auf und zeigte den Beamten ein Foto von James Upchurch, das er von der Bewährungshelferin erhalten hatte. Er erklärte, daß die Polizei von Washington und das SBI unbedingt mit dem jungen Mann sprechen wollten, und er bat um Unterstützung bei der Fahndung nach ihm. Er sagte, es sollte nicht sehr schwierig sein, ihn zu finden. »Ein Typ mit pinkfarbenem Haar. Den werden wir finden.«

Am 30. März rief ein Labortechniker des FBI Taylor an und informierte ihn, daß auf Grund der übermittelten Schriftproben Chris Pritchard ›höchstwahrscheinlich‹ das Wort LAWSON auf die Karte geschrieben hatte, die bei der Feuerstelle gefunden worden war.

5

Am nächsten Tag traf Bonnie zum jährlichen Abendessen der Gesellschaft zur Verhinderung von Grausamkeiten an Mensch und Tier in Little Washington ein. Es war das einzige gesellschaftliche Ereignis, das sie in die Stadt zurückbringen konnte, die sie jetzt fürchtete und verabscheute.

Am Nachmittag ging sie ins Polizeipräsidium, wo Lewis Young sie kühl begrüßte. Sie beschwerte sich über die grobe und beleidigende Art, in der sie von Newell und Sturgell in ein Kreuzverhör genommen worden war. Dann kündigte sie an, daß sie einen Privatdetektiv mit dem Fall beauftragen würde. Sie sagte den beiden Beamten, sie erwarte, daß sie mit dem Detektiv zusammenarbeiten würden.

Young antwortete ihr klipp und klar, daß es beim SBI nicht üblich war, mit Privatdetektiven zusammenzuarbeiten.

Bonnie erwiderte, daß SBI sei ihr inzwischen völlig schnuppe. In acht Monaten habe das SBI nichts erreicht.

Lewis Young hielt ihr vor, daß sie anscheinend die Situation verkannte. Sie ermittelten, und sie machten Fortschritte. Vielleicht war ihr Problem, daß es Fortschritte waren, die ihr Unbehagen bereiteten. Young mochte wie ein Bankier aussehen und ein ehemaliger Student von Chapel Hill sein, aber er war in einer strengen Polizistenfamilie aufgewachsen. Sein Vater war 38 Jahre lang Autobahnpolizist in North Carolina gewesen, und Young hatte als Junge fast im ganzen Staat gelebt und war jedesmal umgezogen, wenn sein Vater versetzt worden war. Polizeiarbeit, sagte er später, »lag mir im Blut«.

Allerdings hatte sie ihn auch ein bißchen Blut gekostet. Eines Abends, 1977, damals war Young noch Junggeselle, hatte er am Küchentisch gestanden und eine Scheibe Brot mit Erdnußbutter bestrichen. Durch das Fenster hinter ihm wurde ein Schuß auf ihn abgefeuert. Die Kugel hatte seinen Skalp gestreift und eine blutige Furche in seine Kopfhaut gerissen. Nur Zentimeter tiefer, und er wäre tot gewesen. Der Schütze war ein ehemaliger Washingtoner Polizeibeamter, den Young einst wegen Diebstahls verhaftet hatte, wie sich später herausstellte.

Eine Zeitlang aß Young keine Erdnußbutter mehr, aber sein Engagement für seine Arbeit wurde durch den Mordversuch eher noch verstärkt. Und wer schon einmal aus kurzer Distanz beinahe erschossen worden ist, läßt sich auch nicht von einer kleinen, zierlichen Frau einschüchtern, ganz gleich wie empört und entschlossen sie sein mag.

Young gab Bonnie zu verstehen, daß bereits Anklage gegen jemanden erhoben werden konnte. »Es gibt genug Indizienbeweise, um da eine gewisse Person vor Gericht zu bringen.« Nein, er war nicht bereit, den Namen des Verdächtigen zu nennen, aber er erinnerte sie ziemlich spitz daran, daß sich Chris immer noch nicht dem Test mit dem Lügendetektor unterzogen hatte. Er sollte das binnen zwei Wochen erledigt haben. Der Test konnte in Winston-Salem gemacht werden, so daß Chris sich nicht mit den Strapazen einer Reise nach Greenville herausreden konnte. Er kaufte Bonnie die neue Geschichte einfach nicht ab, daß irgendein anonymer Therapeut der Ansicht war, der Test sei zu belastend für den armen Jungen.

Lewis Youngs Tonfall hatte eine Schärfe, die Bonnie an ihm noch nicht erlebt hatte. Sie ärgerte und ängstigte sich. Young deutete anscheinend an, daß die Polizei, um den Fall loszuwerden, haltlose und unbeweisbare Anklagen gegen jemanden erheben wollte, der selbst nur ein Opfer war – ihr Sohn.

Als sie Wade Smith auf dem Rückweg nach Winston-Salem aufsuchte, riet er ihr von neuem zu Geduld. Da sie schon eine große Last zu tragen hatte, sagte er ihr bei diesem Treffen nichts von dem Unbehagen, das er über die Richtung verspürte, in die die Ermittlungen gehen konnten. Denn Osteen hatte in sehr vorsichtigen Formulierungen, und ohne das Vertrauen zwischen Anwalt-Mandant zu gefährden, bei Wade durchblicken lassen, daß er Bonnies Sohn für einen unverschämten, nicht sehr vertrauenswürdigen Lümmel hielt.

Diese Einschätzung stand in krassem Gegensatz zu dem Bild, das Bonnie von Chris gezeichnet hatte, und es kamen ihm erste Bedenken: Wenn der Junge, den Bonnie beschrieben und der Junge, den Osteen erlebt hatte, so verschieden wie Dr. Jekyll und Mr. Hyde waren, würde es dann vielleicht eines Tages eine ebensolche Diskrepanz zwischen Bonnies fester Überzeugung und den Ergebnissen der Ermittler geben?

Anfang April wurde die Suche nach Moog verstärkt. »Ein wirklich unheimlicher Bastard«, sagte Taylor. »Es hat den Anschein, als lebte er nirgendwo.«

Sie sprachen mit seinem Vater, der tatsächlich als Sozialarbeiter in Raleigh arbeitete. Nein, er hatte von James ziemlich lange nichts mehr gehört. Sie sprachen mit seiner Mutter, die tatsächlich in Virginia Beach, Virginia, wohnte. Nein, sie hatte von James ziemlich lange nichts gehört und gesehen.

Taylor fuhr fast jeden Tag nach Raleigh und zurück. Zusammen mit Upchurchs Bewährungshelferin, Christy Newsome, die nicht nur hübsch war, sondern sich auch als äußerst fähig erwies, besuchte er jedes Lokal, in dem ein Student der NC State University jemals ein Bier bestellt hatte: Sadlack's, The Watering Hole, The Brewery, The Fallout Shelter, Bourbon

Street, I Play Games. Taylor bezeichnete The Watering Hole als die ›übelste Kneipe, die ich je gesehen habe‹. »Ich wollte nicht mal reingehen. Nur Schwarze und Rockertypen. Aber Christy hatte Mumm. Sie ging rein und zeigte ein Foto herum, ohne auch nur über die Schulter zu blicken.«

Man hätte nicht gedacht, daß im Jahre 1989 in North Carolina ein Typ mit pinkfarbenem Haar und einem Rucksack – die Polizei hatte erfahren, daß Upchurch überallhin einen Rucksack mitnahm – so schwer aufzuspüren war. Aber selbst mit Hilfe der Polizei von Raleigh und den Sicherheitsbeamten der NC State University konnte Moog nicht gefunden werden.

Am 21. April, als Taylor wieder in Washington war, rief er Bonnie von Stein an. Von Anfang an hatte er sie mehr als jeder andere Ermittler mit Mitgefühl und Respekt behandelt. Das war keine Schauspielerei. Er mochte sie. Sie tat ihm auch leid, und er rechnete damit, daß sie am Ende noch schlimmere Qualen vor sich hatte, als sie bereits jetzt ertragen mußte.

Ganz gleich, was jeder sonst sagen oder argwöhnen mochte, er bezweifelte, daß sie irgend etwas mit dem Mord zu tun hatte oder ihre Kinder zu decken versuchte. Er erklärte Bonnie, er habe ein paar Fragen, die vielleicht wichtig sein konnten, aber er fügte hinzu, er könne ihr noch nicht seine Gründe für die Fragen nennen.

Er fragte, ob sie wisse, wo Chris' Freund James Upchurch, auch Moog genannt, stecke. Er erinnerte sie daran, daß dies die Person war, mit der Chris im Juli letzten Jahres verschwunden war.

Bonnie versprach, so bald wie möglich Chris zu fragen. »Ich wußte«, sagte sie später, »daß ich weder von John Taylor noch von Lewis Young eine offene Antwort bekommen hätte, wenn ich gefragt hätte, warum sie diesen jungen Mann suchten, und so fragte ich nicht. Ich konnte das nur überstehen, indem ich ihre Fragen unbesehen glaubte und alles tat, was ich konnte, um sie ehrlich zu beantworten.«

Taylors zweite Frage betraf eine Karte, eine Skizze von Örtlichkeiten. Er erzählte Bonnie – und zum ersten Mal erfuhr sie das von irgend jemand –, die Ermittler hätten Grund zu der Annahme, daß Chris irgendwann vor dem Mord eine Karte von dem Viertel Smallwood gezeichnet habe, auf der genau die Lage ihres Hauses markiert sei.

In ihrem ruhigen, sachlichen Tonfall erwiderte sie: »Nun, wenn das der Fall sein sollte, dann wäre das nichts Überraschendes. Er kann die Karte gezeichnet haben, damit sich Freunde, die außerhalb der Stadt wohnen oder einer seiner Cousins daran orientieren können.«

Aber später, als sie Chris befragte, behauptete er, sich nicht erinnern zu können, jemals eine Art Karte von dem Haus und der Umgebung angefertigt zu haben. Und als sie ihn zu Upchurch befragte, behauptete er, keine Ahnung zu haben, was aus dem Burschen geworden sei. Laut Chris hatte seit Monaten keiner mehr über Upchurch gesprochen.

Angela sagte jedoch freiwillig, daß sie Upchurch einmal getroffen hatte, als sie zur Uni gefahren war, um Chris zu besuchen. Bonnie fragte sie, was für ein Typ er war. Bonnie erinnerte sich später an Angelas Beschreibung: »ein netter, ruhiger junger Mann, der vielleicht ein kleines bißchen verrückt wirken mag.«

Taylors Fragen mochten für Bonnie nutzlos klingen, aber für den wesentlich erfahreneren Generalbundesanwalt Bill Osteen versprachen sie nichts Gutes.

Osteen war bereits verärgert, um es milde auszudrücken, daß Chris für den SBI eine Karte gezeichnet und den Straßennamen geschrieben hatte. Es mißfiel ihm ebenfalls, daß weder Chris noch Bonnie es für nötig gehalten hatten, ihn über das verschärfte Kreuzverhör durch das SBI zu informieren. Er hätte ein solches niemals zugelassen, jedenfalls nicht ohne seine Anwesenheit.

Diese Nachlässigkeit bringt Mandanten in unnötige Schwierigkeiten. Warum nimmt man sich einen Anwalt, sagte er Chris, wenn man ihm nicht mitteilt, daß man zu privaten Treffen mit Ermittlern geht, die einen als Hauptverdächtigen in einem Mordfall betrachten könnten?

Osteen hatte keine Ahnung, warum das SBI die Karte und den Namen LAWSON hatte haben wollen. Aber jetzt rief ein Kriminalbeamter aus Little Washington an und stellte weitere Fragen über die Karte, und Osteen erkannte, daß Chris zu einer Zielscheibe wurde. Ein weiterer Test mit dem Lügendetektor schien plötzlich sehr wichtig zu sein.

Osteen plante den zweiten Test für den 25. April. Chris hörte früh genug vorher auf, Buspar einzunehmen. Bonnie fuhr ihn nach Charlotte. Unterwegs unterhielten sie sich ein wenig, aber Chris wirkte überhaupt nicht angespannt, wie Bonnie sich erinnerte. Sie fand, daß sich seine psychische Verfassung gebessert hatte. Er wirkte viel weniger depressiv als im Winter, neigte auch kaum noch zu Tränen- oder Zornausbrüchen. Es hatte den Anschein, daß er normal arbeitete und lebte. Und Angela ging es anscheinend ebenfalls besser.

Bei dem Test mit dem Lügendetektor wurden Chris zwei Fragen gestellt, die als ›relevant‹ betrachtet wurden.

Erstens: Haben Sie die Ermordung Ihres Stiefvaters geplant?

Zweitens: Kennen Sie den Namen der Person, die Lieth erstach?

Beide Fragen beantwortete Chris mit Nein. In dem Bericht stand: »Auf Grund meiner Analysen der Aufzeichnungen des Lügendetektors bin ich der Ansicht, daß Mr. Pritchards psychophysiologische Reaktion bei der Beantwortung der relevanten Fragen *nicht* auf eine Täuschung hindeuten.«

Mit anderen Worten, er bestand den Test. Der Bediener des Lügendetektors gab Chris und Bonnie die gute Nachricht gleich nach der Auswertung des Tests. Beide zeigten sich wenig erleichtert. Für Bonnie war es natürlich keine Überraschung. Sie hatte keinen Moment etwas anderes erwartet. Aber Bill Osteen fiel ein Stein vom Herzen.

Zum ersten Mal seit ihrer Entlassung aus dem Krankenhaus hatte Bonnie das Gefühl, daß sie selbst sich ein paar Tage gönnen konnte, um etwas Neues zu sehen. Und so stieg sie um 4 Uhr 30 am Morgen des 26. April 1989 in Winston-Salem in einen Reisebus zu einem viertägigen Ausflug ins Disneyland.

6

Am Montag, dem 1. Mai, wurde entschieden, Chris und seine Mutter mit den Beweisen zu konfrontieren, die das SBI und die Washingtoner Polizei zusammengetragen hatten. Young rief Bonnie an und kündigte ihr an, daß er morgen nach Winston-Salem kommen und alle Beweisstücke mitbringen würde. Außerdem wolle er mit Chris und Angela sprechen. »Um 20 Uhr morgen abend im Büro des Sheriffs des Forsyth County in Winston-Salem. Die Polizei wird alle Karten auf den Tisch legen.«

Ohne Zögern sagte Bonnie: »Wir werden dort sein.«

Am nächsten Morgen um 10 Uhr 45 verließ Lewis Young das SBI-Hauptquartier in Greenville und ging zu seinem Wagen, bei dem ein junger Assistent des Staatsanwalts, ein Mann namens Keith Mason, auf ihn wartete. Es bestand die geringe Chance, daß Chris angesichts der Beweisstücke eine Aussage machen wollte, und für diesen Fall wollte der Staatsanwalt jemand aus seinem Büro dabeihaben.

Young war nur ein paar Schritte vom Wagen entfernt, als sein Sprechfunkgerät piepte. Er schaltete auf Empfang und erhielt die Nachricht, daß ein Anwalt aus Greensboro namens William Osteen sein Büro in Little Washington angerufen und ihn zu erreichen versucht hatte.

»Ich bin gleich wieder da«, sagte Young zu Keith Mason. Er wußte, daß er die meiste Zeit des Tages unterwegs sein würde, und wollte deshalb zurückrufen, bevor er losfuhr. Young hatte die meiste Zeit seiner Laufbahn in North Carolina verbracht, und der Name William Osteen war ihm nicht bekannt. Er rief die Telefonnummer in Greensboro an.

Das Timing des Anrufs war purer Zufall. Als Bill Osteen versuchte, Kontakt mit Lewis Young aufzunehmen, hatte er keine Ahnung, daß der SBI-Agent im Begriff war, nach Winston-Salem zu fahren, und hoffte, ein Geständnis von seinem Mandanten zu erhalten.

Osteen, der nichts von einem Vergleich der Schriftproben wußte, hatte sich gesagt, daß Chris, nachdem er den privaten Test mit dem Lügendetektor bestanden hatte, auch den SBI-Test machen könnte. Wenn Chris den offiziellen Test bestand – und nach den Ergebnissen des Tests in Charlotte war Osteen in diesem Punkt sehr zuversichtlich –, strichen die Ermittler Chris vielleicht von der Liste der Verdächtigen.

Und so stellte er sich Young als Anwalt vor, der »beauftragt war, Chris Pritchard bezüglich eines Tests mit dem Lügendetektor zu vertreten.«

»Wie ich hörte, will Chris Pritchard keinen SBI-Test machen«, sagte Lewis Young.

»Das ist nicht unbedingt so«, sagte Osteen.

»Nun gut«, erwiderte Young. »Ich werde ihn fragen, wenn ich ihn heute abend sehe.«

Es folgte kurze Stille.

»Heute abend?« fragte Osteen überrascht.

»Ja«, sagte Young, und er hatte bereits das flaue Gefühl, daß er mehr gesagt hatte, als er hätte sagen sollen. »Ich bin auf dem Weg nach Winston-Salem. Ich befrage Chris und seine Mutter und Schwester heute abend.«

»Nun, ich bedaure das, aber ich kann heute abend nicht dort sein«, sagte Osteen.

Den ganzen Weg nach Winston-Salem über quälte sich Lewis Young mit Selbstvorwürfen. *Mensch, du hättest den Mund halten sollen*, sagte er sich und sprach den Gedanken laut für Keith Mason aus. »Ich habe das vermasselt. Ich habe die Sache gründlich vermasselt.«

Osteen hatte nicht gesagt, daß er Chris anweisen würde, das Gespräch abzusagen, aber Young war überzeugt, daß der Anwalt genau das tun würde. »Dieser Anwalt wird den Jungen anrufen und ihm sagen, daß er *auf keinen Fall* heute abend mit uns reden soll.«

Dem konnte Keith Mason nur zustimmen. Im Gegensatz zu Lewis Young kannte Mason William Osteen. Er hatte mit dessen Sohn in Chapel Hill Jura studiert. Er erzählte Young, daß Bill Osteen ein ehemaliger Generalbundesanwalt war und zu den angesehensten und berühmtesten Anwälten des Staates zählte.

Um 17 Uhr hatte Lewis Young sich im Motel einquartiert, und er rief Bonnie an.

Sie gab ihm schnell die Antwort, die er erwartet hatte.

»Es tut mir leid, aber Chris wird heute abend nicht kommen. Sein Anwalt, Bill Osteen, will nicht, daß er befragt wird, es sei denn, Mr. Osteen kann dabei sein.«

»Seit wann ist Mr. Osteen mit diesem Fall betraut?« fragte Young.

»Ich habe ihn im Januar beauftragt, Chris zu vertreten«, sagte Bonnie. »Er wurde mir von dem Anwalt empfohlen, den ich zu diesem Zeitpunkt hatte, Wade Smith.«

Wade Smith! Young verschlug es die Sprache. »Als ich diesen Namen hörte«, sagte er später, »hörte ich alle möglichen Glocken läuten und sah jede Menge Dollars. Jeder Gesetzesbeamte im Staat weiß, wer Wade Smith ist. Er ist ganz einfach der berühmteste Anwalt für Strafsachen in North Carolina.«

Was zur Hölle machen diese Opfer *mit Anwälten wie Osteen und Wade Smith?* fragte sich Young.

»Wollen Sie damit sagen«, fragte Young mühsam beherrscht, »daß Sie sich und Ihre Kinder seit *Januar* von Wade Smith und diesem Osteen vertreten lassen?«

»So ist es«, erwiderte Bonnie. »Ein Anwalt für diejenigen, die zur Tatzeit im Haus waren, und einen anderen für Christopher, der das nicht war.«

»Sie haben mir nie gesagt, daß Sie irgendwelche Anwälte beauftragt haben!«

»Ich dachte, das geht Sie nichts an«, sagte Bonnie.

Inzwischen kochte Lewis Young vor Zorn wie selten. Bonnie hatte ihm nie etwas von William Osteen oder Wade Smith erzählt. Statt dessen hatte sie sich dumm und hilflos gestellt und ihn ein ganzes Jahr lang schikaniert, während sie im geheimen zwei hochkalibrige Anwälte des Staates beauftragt hatte. *Seit Januar* war Osteen mit im Spiel gewesen! Seit Chris sich vor dem Test mit dem Lügendetektor gedrückt hatte. *Verdammt!* Sie hatte ihm versprochen, daß Chris den Test machen würde. Und dann hatte sie sich in letzter Minute anders entschieden.

Jetzt hatte sie ihm versprochen, Chris werde zu einer Befragung erscheinen. Und an dem Tag, an dem das Gespräch stattfinden sollte, verhinderte ein Anwalt, den sie *im Januar* beauftragt hatte, daß es zustande kam.

»Ich nehme an, Blut ist tatsächlich dicker als Wasser«, sagte Young.

»Was meinen Sie mit dieser Bemerkung?«

»Ich meine damit, daß Sie die ganze Zeit von Chris' Verwicklung in das Verbrechen gewußt und alles getan haben, um ihn zu decken.«

»Ich versichere Ihnen, daß nichts mehr von der Wahrheit entfernt sein kann«, sagte Bonnie. »Angela und ich werden wie geplant um 20 Uhr dort sein.«

Lewis Young knallte den Hörer auf die Gabel. Soviel zu der armen, kleinen Bonnie. Heute abend würde diese kleine Lady eine andere und viel unangenehmere Seite von Lewis Youngs Persönlichkeit kennenlernen.

Als Bonnie an diesem Abend zu der Besprechung eintraf, bemerkte sie, daß Lewis Young nicht allein war. An seiner Seite waren nicht nur John Taylor, sondern auch die unangenehmen Männer, die sie im März kennengelernt hatte – Der Dünne und Der Kloß.

Young, immer noch wütend, sprang auf, bevor sie auch nur Platz nehmen konnte, und nahm einen dicken Stapel Papiere.

»Wissen Sie«, sagte er in einem ungewohnt barschen Tonfall, »ich kam nach Winston-Salem mit der festen Absicht, dieses Material mit Ihnen durchzugehen, aber jetzt werde ich das nicht tun. Ich werde niemals mehr mit Ihnen über den Fall sprechen.«

Er warf die Papiere auf den Tisch. Dann ergriff Newell das Wort. Oder vielleicht war es Sturgell; sie verwechselte die

Namen immer. Dann sprach wieder Lewis Young. Sie bedrängten Bonnie von allen Seiten. Chris war in das Verbrechen verwickelt. Sie hatten Beweise. Er hatte den Mord nicht selbst begangen – er war zur Tatzeit nicht im Haus –, aber er war beteiligt. Er hatte sie belogen. Sie konnten es beweisen. Nein, sie würden ihr nicht verraten, wie sie es beweisen konnten. Sie hätten es ihr gern gesagt, wenn sie keine Anwälte beauftragt hätte. Die Anwesenheit von Anwälten änderte alles. Das stellte sie und die Ermittler auf verschiedene Seiten des Zauns. Seit wann brauchen Opfer Anwälte?

Chris' Beteiligung war vielleicht unabsichtlich, sagten sie. Vielleicht war ihm damals nicht einmal klar, daß er Informationen weitergab, die zu der Ermordung ihres Mannes führten. Aber im nachhinein mußte es ihm klar sein, und er log. Sie waren bereit, eine inoffizielle Absprache zu treffen, nach der ein Angeklagter durch Schuldbekenntnis dem Gericht Prozeßzeit erspart und dafür eine milde Strafe zugesichert bekommt. Aber das würden sie nur mit demjenigen tun, der zuerst mit der Wahrheit herausrückte. Wenn Chris nicht ohne die Anwesenheit eines Anwalts mit ihnen sprechen wollte, dann hatten sie kein weiteres Interesse an einer Unterredung mit ihm. Sie würden einfach weitermachen und das Verfahren gegen ihn einleiten.

Dann sagten sie ihr, daß Chris in Gefahr sei. Sie bezeichneten ihn als Schwachstelle, die den Mörder entlarven konnte, der also einen triftigen Grund hatte, Chris schnell und für immer zum Schweigen zu bringen. In den Augen der Polizei waren Bonnie und Angela ebenfalls in Gefahr.

»Wir verstärken jetzt den Druck«, sagte einer von ihnen. »Wir gehen jetzt härter vor. Der Fall ist fast abgeschlossen. Jemand könnte jederzeit auf Sie losgehen. Wenn Sie keinen Schutz haben, sollten Sie sich welchen besorgen.«

Dies klang für Bonnie sehr nach einer Drohung – als ob man sie zur Aufgabe zwingen wollte. Sie hatten keinen Erfolg – die Einschüchterungstaktik würde niemals bei Bonnie Erfolg haben –, sondern brachten sie nur noch mehr gegen sie auf, als sie es seit dem vergangenen Juli ohnehin schon war.

»Ich weiß ganz genau, daß Chris es nicht getan hat«, sagte Bonnie. »Er hatte nichts mit alldem zu tun. Ich habe meinen eigenen Beweis dafür.«

Sie lächelten spöttisch, und einer der Polizisten sagte: »O ja, Sie haben wohl einen privaten Test mit dem Lügendetektor machen lassen. Für Ihren armen kleinen Liebling, der Angst vor einem *richtigen* Test hat.«

»Sie haben das bekommen, wofür Sie bezahlt haben«, meinte sein Kollege. »Wenn Sie dem Lügendetektor Geld geben, können Sie sicher sein, daß Sie das gewünschte Ergebnis bekommen. Aber es ist verdammt nichts wert.«

Dann wurden sie sogar noch persönlicher. »Sie sagen, Sie wollen die Wahrheit wissen!« schrie Lewis Young, wie es sonst gar nicht seine Art war. »Sie sagen, Sie wollen, daß der Schuldige gefunden wird! Aber offenbar nur, solange es nicht Ihr Sohn ist!«

»Das stimmt nicht«, widersprach Bonnie, und ihre Stimme verriet mehr Emotion als sonst. »Ich will, daß der Schuldige ins Gefängnis kommt, ganz gleich, wer es ist.« Und mit einem Anflug von Verzweiflung fügte sie hinzu: »Es ist nicht Chris. Ich sage es Ihnen noch einmal. Chris ist nicht in das Verbrechen verwickelt.«

Und sie wiederholten: Nur wer schnell gesteht, darf einen Handel erwarten. Dies war vielleicht Chris' letzte Chance.

Bonnie forderte sie auf, Mr. Osteen anzurufen, wenn Sie wirklich meinten, sie müßten mit Chris sprechen.

Sie wiederholten, daß sie sich nicht mit irgendwelchen Anwälten abgeben würden. Dann erklärte Lewis Young das Treffen für beendet. Er nannte das Hotel, in dem er übernachtete, und gab Bonnie eine Telefonnummer, unter der sie ihn erreichen konnte, wenn Chris zum Reden bereit war – ohne Anwalt.

»Ich habe den Eindruck«, sagte sie mit bebender Stimme, »daß Sie jemanden zum Sündenbock machen wollen, weil Sie nicht in der Lage sind, den wahren Täter zu finden.«

Sie nahm das Kärtchen mit der Telefonnummer, steckte es in ihre Handtasche und verließ das Büro. Angela wartete draußen. Jetzt hatte es den Anschein, daß die Beamten nicht mal mit Angela sprechen wollten. Nur mit Chris. Und mit Chris nur ohne Anwalt.

»Denken Sie daran«, rief Young ihr nach. »Es sind noch unbekannte Leute dort draußen. Unbekannte Leute, die jederzeit versuchen könnten, Sie umzubringen. Nehmen Sie das als Warnung. Ich sage Ihnen offiziell, daß Ihr Leben in Gefahr ist.«

»Ich heulte auf dem ganzen Weg zum Wagen«, bekannte Bonnie später. »Ich machte ein paar Schritte, und dann konnte ich wegen der Tränen nichts mehr erkennen. Angela dachte, ich würde ohnmächtig werden. Sie fragte mich, was los war, und ich versprach, ihr und Chris alles zu Hause zu erzählen.

Ich war selbst so aufgeregt und erinnere mich nicht, wie Chris reagierte, als ich es ihm sagte. Ich fühlte mich hilflos und am Boden zerstört. Als wäre ich von den Leuten vergewaltigt worden, auf die ich mich verlassen hatte.«

In diesem ganzen Aufruhr der Gefühle kamen ihr jedoch keinerlei Zweifel an Chris' Unschuld. Sie war überzeugt, daß ihr eigener Sohn sie niemals geschlagen und niedergestochen und niemals Lieth ermordet hätte.

Um 21 Uhr 40 setzte sie sich hin und machte Notizen über das Treffen, das sie noch frisch in Erinnerung hatte. Sie wollte Wade Smith als erstes am Morgen anrufen und für das Gespräch so gut wie möglich vorbereitet sein. Die Notizen spiegelten ihre Gefühle deutlich wider:

»Die Beamten waren so hartnäckig. So überzeugt davon, daß ich annehme, Chris habe den Tod seiner Familie gewollt und jemand auf die Idee zu der Tat gebracht. Ich befürchtete, daß Chris vielleicht auf völlig unschuldige Art und Weise tatsächlich eine Karte angefertigt hatte.

So sagte ich ihm an diesem Abend ›Chris, wenn es da etwas gibt . . . wenn du *jemals* eine Karte angefertigt hast – vielleicht nur, um Dungeons & Dragons zu spielen –, wenn dir jemals jemand Fragen bezüglich des Hauses gestellt hat . . . wenn du dich an *irgend etwas* erinnerst, dann ist es jetzt an der Zeit, es zu sagen.‹

Er ging für eine Weile auf sein Zimmer, und dann kehrte er zurück und sagte: ›Ich habe darüber nachgedacht, Mom, und es fällt mir einfach nichts ein.‹«

7

Crone und Taylor fuhren zur NC State University, zum Campus und der Umgebung, und weil ihre Stimmung nach dem ergebnislosen Treffen am 2. Mai düster war, waren ihre Fragen scharf.

Sie sagten sich jetzt, daß alle weiteren Versuche, offen mit der Familie zu verhandeln – Bonnies Hilfe zu gewinnen, damit Chris zum Reden gebracht wurde –, fruchtlos sein würden. Auf Bonnies Anweisung hin hatte sich die Familie zurückgezogen, sinnbildlich die Wagen im Kreis zu einer Wagenburg aufgefahren. Dieser Frau – diesem *Opfer* – hatten sie so sehr helfen wollen, doch sie war anscheinend bereit, den Mörder ihres Mannes unbestraft davonkommen zu lassen, um ihren Sohn zu retten.

So würden sie es jetzt eben auf die harte Tour versuchen müssen.

Sie befragten Daniel Duyk von neuem. Mit Crones Gelassenheit war es vorbei. Er sagte: »Ich weiß, daß Sie in *mindestens* einer Sache, die Sie uns gesagt haben, gelogen haben. Ich weiß, daß Chris Pritchard zumindest bei der Planung des Mordes beteiligt war. Jetzt will ich wissen – und Sie sagen mir verdammt noch mal besser die Wahrheit –, an wen Pritchard sich bei einer solchen Sache wenden würde. Mit wem würde er über so etwas reden? Wer war am engsten mit ihm vertraut? Wer hatte den meisten Einfluß auf ihn?«

Duyk sagte sofort: »James Upchurch.«

»Wo ist Upchurch?«

Duyk nannte Adressen rings um den Campus, wo Upchurch sich früher herumgetrieben hatte und wo er sich vielleicht jetzt aufhielt. Crone und Taylor mußten Duyk wirklich Angst eingejagt haben, denn plötzlich bemühte er sich, zu helfen.

»Daniel verhielt sich nie wirklich *schlecht*«, sagte Taylor später. Aber nachdem wir ihm sagten, daß Chris beteiligt war, wurde er viel kooperativer. Plötzlich erinnerte er sich an einen Zwischenfall, den es ein paar Monate vor dem Mord gegeben hatte, als er mit Chris, Upchurch und Vince Hamrick zusammengewesen war. Chris hatte vom Reichtum seiner Eltern geredet, und irgend jemand – entweder Upchurch oder Hamrick – hatte gesagt: »Wir sollten deine Alten abmurksen und uns das Geld unter den Nagel reißen.«

Crone und Taylor suchten Sicherheitsbeamte auf und erhielten eine Führung durch das Netz der Versorgungstunnel unter dem Campus. Sie sahen viele Wandschmierereien einschließlich der Initialen CWP, die Christopher Wayne Pritchard aufgesprüht hatte, wie er bekannt hatte, als er noch bereit gewesen war, mit der Polizei zu reden.

Fast drei Wochen lang verbrachte Taylor die meisten Tage und viele Nächte in Raleigh mit der Suche nach Upchurch. Jeden Tag hörte er einen neuen Bericht, wo Moog gerade erst gesehen worden war und wo er wahrscheinlich wieder auftauchen würde. Es war ein Versteckspiel zum Verrücktwerden, als wollte ihn Upchurch, der vermutlich aus der Stadt und sogar dem Staat hätte flüchten können, an der Nase herumzuführen. Als wäre die ganze Suche für Moog ein Spiel – ein weiteres Dungeons-&-Dragons-Szenario.

Taylor setzte Daniel Duyk etwas mehr unter Druck. Duyk sagte, ja, er habe etwas gehört: Upchurch sollte angeblich einen Job bei einem Anstreicher annehmen. Da war ein Aushang am Schwarzen Brett gewesen. Taylor überprüfte die Zettel am Schwarzen Brett, doch das Angebot des Anstreichers war verschwunden. Er schaute in den Gelben Seiten nach. Da gab es »ungefähr neuntausend Maler und Anstreicher«, wie er sagte. Raleigh war überhaupt nicht mit Little Washington zu vergleichen.

Christy Newsome, die Bewährungshelferin, hatte gehört, Upchurch wohne in einem Obdachlosenheim. Sie überprüften solche Unterkünfte in der Nähe des Campus. Kein Upchurch, und niemand erkannte ihn auf dem Foto wieder, das sie herumzeigten.

Es gab weiterhin Gerüchte und Informationen, wo er gesehen worden sein sollte. Da wohnte angeblich eine Hexe in der Boylan Street. Als Taylor die Frau aufsuchte, behauptete sie, Upchurch nicht zu kennen, und sie sah auch nicht wie eine Hexe aus, obwohl Taylor zugeben mußte, daß er vielleicht auch gar nicht eine richtige Hexe erkennen würde.

Ein Polizist von Raleigh informierte ihn, daß es vor nur zwei Tagen eine Prügelei zwischen einem jungen Schwarzen und Upchurch gegeben hatte. Dann rief ein Polizeiinformant an. Er hatte Upchurch vor wenigen Stunden gesehen, doch als er sich ihm genähert hatte, war Moog weggelaufen.

Dennoch: Sie kamen dem Ziel näher. Taylor spürte es. Am 19. Mai fand eine Razzia in einem Haus statt, in dem Upchurch bei einer Party auftauchen sollte. Eine große Party, aber kein Upchurch. Taylor fuhr noch einmal zur Wohnung von Matt Schwetz. Dort fand er einen Zettel an der Tür. ›Matt, habe soeben kurz vorbeigeschaut. Bin auf dem Weg zum Keller für eine Weile.‹ Darunter stand ›Der Killer‹.

8

Am 22. Mai wurde James Upchurch in der Nähe des Campus der NC State University festgenommen. Zuerst hatte er die Flucht ergriffen. Als er schließlich gefaßt wurde, gab er einen falschen Namen an. Ganz klar, daß dieser junge Mann etwas zu verbergen hatte.

Young und Taylor sprachen um 21 Uhr mit ihm in einem Verhörzimmer im fünften Stock des Polizeipräsidiums in Raleigh, in dem er wegen des Verstoßes gegen die Bewährungsauflagen angeklagt worden war.

Sein Haar war tatsächlich pink gefärbt, oder vielleicht war

es orangefarben, und es war das längste und strähnigste Haar, das Young und Taylor seit langem gesehen hatten. Aber abgesehen von seinem Äußeren war Upchurch – *nach all der Sucherei* – eine Enttäuschung. Sie hatten erwartet, daß er feindselig und verstockt war. Warum sonst hatte er sich so bemüht, ihnen zu entkommen?

Statt dessen hatten sie es mit einem freundlichen, mitteilsamen, intelligenten jungen Mann zu tun, der offen sprach und den Eindruck erweckte, daß er ehrlich daran interessiert war, ihnen zu helfen.

Ja, er hatte gehört, daß Chris Pritchards Stiefvater ermordet worden war. Schreckliche Sache. Pritchard hatte sich nie richtig davon erholt. Nach dem Mord war er ›paranoid und durcheinander‹ gewesen und hatte ein Messer mit langer Klinge auf dem Campus mit sich herumgeschleppt. Upchurch hatte Chris nicht mehr gesehen, seit er das Studium abgebrochen hatte.

Nach Upchurchs Aussage hatte er Chris Ende Mai oder Anfang Juni kennengelernt, als er am Schwarzen Brett einen Zettel gesehen hatte, auf dem um Dungeons-&-Dragons-Spieler geworben worden war. Chris war einer der acht oder neun Leute, die sich gemeldet hatten, und einer von ungefähr sechs Personen, die eine Gruppe bildeten, um das Spiel regelmäßig zu spielen. Als er Chris besser kannte, hielt er sich oft in dessen Zimmer auf, das zwei Stockwerke unter seinem im Studentenwohnheim war. Bei seinem ersten Besuch war die Bude voller Marihuanarauch. Jeder dort rauchte Pot.

Bald ›langweilte‹ sich Chris mit Marihuana und ging zu Kokain über, doch das war zu teuer, obwohl seine Familie ›über eine Million‹ besaß, wie er oftmals erzählte.

Nach dem Kokain nahm Chris LSD, hauptsächlich weil es billiger war. Nach seinem ersten LSD-Trip in Upchurchs Anwesenheit wurde Chris süchtig nach dieser Droge, und er bettelte bei Upchurch um mehr. Im Laufe des Sommers nahm Chris ›ständig‹ LSD. Er gab soviel für Drogen aus, daß er nicht mehr im voraus bezahlen konnte und Schulden bei Leuten machte, die Upchurch als ›zwielichtige ehemalige Knastbrüder‹ bezeichnete. Wie Upchurch traurig sagte, hatte Chris Probleme mit

Drogen gehabt. Upchurch hatte das besorgniserregend gefunden. Schließlich hatte er sich verpflichtet gefühlt, Chris auf die Gefahren der Sucht hinzuweisen.

Aber Drogen waren auf dem gesamten Campus der NC State University ein Problem. Upchurch erklärte, daß er aus einem kleinen Ort im Caswell County stammte und auf die Sodom-und-Gomorrha-Atmosphäre vorbereitet worden war, die er auf der Uni angetroffen hatte. Ein unsicherer Junge wie Chris, »jemand, der sich immer sorgte: ›Mag man mich? Werde ich akzeptiert?‹« konnte auf dieser Uni leicht den Boden unter den Füßen verlieren. Upchurch selbst war es gleichgültig, ob er gesellschaftlich akzeptiert wurde, wie er sagte. Er ließ sich nicht von anderen beeinflussen. Er war sein eigener Mann, sein eigener Herr. Der Typ – er sagte, er wolle nicht unbescheiden sein –, der Chris Pritchard stets hatte sein wollen.

Chris war seiner Ansicht nach zwar sympathisch und kontaktfreudig, aber auch sonderbar und exzentrisch. Er trieb alles bis zum Exzeß, und zwar auf angeberische Art und Weise. Wenn er zum Beispiel LSD hatte, rannte er durch das Studentenwohnheim, erzählte jedem davon. Und er überzog immer sein Konto.

Upchurch konnte sich genau an den Ausflug nach South Carolina erinnern, den er mit Chris unternommen hatte. Er bezeichnete Chris Verwandte dort als ›echte Bauern‹ und als ›sehr ungehobelte Leute‹, die Umgang mit Typen pflegten, ›die ständig darüber redeten, Leute zu kennen, die andere Leute umbringen würden‹.

Chris' Tante Ramona hatte Upchurch stolz ihren .357er Magnum an dem Abend gezeigt, an dem er mit Chris eingetroffen war. Upchurch hielt die ›Bauern‹ für eine miese Gesellschaft, und so verbrachte er die meiste Zeit in einem Motel mit einem Mädchen, das er kennengelernt hatte. Chris vertrieb sich seine Zeit mit einem Mädchen, dessen Brüder ›Kriminelle‹ waren. Chris versuchte in einen Drogen-Deal bei ihnen einzusteigen. Chris war ›der Typ, der ins Drogengeschäft wollte, um Geld zu verdienen‹. Chris erzählte Upchurch mehrmals, daß er an diesem Wochenende in South Carolina Leute kennengelernt hatte, ›die ihm alles und in jeder gewünschten Menge liefern konnten‹.

Chris mochte anscheinend seinen leiblichen Vater, Steve Pritchard, und offenkundig liebte er seine Mutter, die ihn mehrmals in der Woche auf der Uni anrief. Bei diesen Gelegenheiten schnorrte er immer Geld. Upchurch fügte hinzu, daß Chris und dessen Stiefvater seiner Meinung nach ›nicht gerade gut miteinander auskamen und selten miteinander sprachen‹.

Dennoch konnte er sich nicht vorstellen, daß Chris jemanden angeheuert hatte, um seine Eltern töten zu lassen. Einige der Typen, die Chris in South Carolina kennengelernt hatte, waren nach Upchurchs Meinung allerdings zu einem Mord fähig. Upchurch bedauerte, daß Chris anscheinend ein Verdächtiger war, aber er konnte verstehen, wie es dazu gekommen war, denn Chris war so ein merkwürdiger, verrückter Junge, bei dem man nie wußte, was er als nächstes tun würde. Außerdem hatte er ständig von dem vielen Geld seiner Eltern gefaselt und sich ausgemalt, wieviel leichter sein Leben sein würde, wenn er das Geld haben würde.

Zum Beispiel war er eines Abends mit Chris und einer Gruppe anderer Freunde im Golden-Corral-Restaurant gewesen, gleich außerhalb des Campus. Die Rechnung hatte über 100 Dollar betragen, und Chris hatte darauf bestanden, alle freizuhalten. Irgend jemand – Upchurch konnte sich nicht erinnern, wer – sagte zu Chris, wenn er weiterhin soviel Geld verprasse, werde er seine Eltern ›abmurksen‹ müssen, um an ihr Geld zu kommen. Chris hatte erwidert: »Ja, darüber habe ich schon ein paarmal nachgedacht.«

Aber das war nichts Ungewöhnliches, fuhr Upchurch fort. Alle zwei, drei Tage schlug irgend jemand Chris vor ›seine Eltern kaltzumachen und das Geld zu erben‹, doch das war anscheinend immer als Scherz gemeint.

An das Wochenende, an dem der Mord geschah, erinnerte sich Upchurch nur verschwommen. Er glaubte für eine Englischprüfung gelernt zu haben, war sich jedoch nicht ganz sicher. Chris hatte ihn vermutlich am Vorabend angerufen und ihn aufgefordert, auf seine Bude zu kommen und Karten zu spielen. Kirsten hatte ebenfalls angerufen und ihn eingeladen, aber er war nicht hingegangen, weil ihm das Kartenspiel keinen Spaß machte.

So oder ähnlich mußte es gewesen sein, aber er war sich nicht ganz sicher. Hinsichtlich dieses Wochenendes versagte seine Erinnerung. Er konnte einfach nicht genau bestimmen, was er getan hatte, wo er mit wem zusammen war. In entschuldigendem Tonfall sagte er, daß er sich an all diese Wochenenden im Sommer nur vage erinnern könne. Und er fügte hinzu – beschämt und reumütig –, daß auch er, James Upchurch, in diesem Sommer eine ziemliche Menge Drogen konsumiert hatte. Aus diesem Grunde konnte er sich nicht mehr genau an jede Einzelheit erinnern. Aber er wiederholte, daß er das Wochenende höchstwahrscheinlich mit Lernen verbracht hatte.

Nach seiner Aussage war er nach dem Mord so besorgt um Chris, daß er mit einigen Kommilitonen Kontakt aufnahm und um Unterstützung bei seinem Bemühen bat, Chris vom LSD abzubringen, denn er befürchtete, daß Chris nach dem Trauma anfällig für einen Horrortrip war.

Es hatte jedoch schon eine Nacht gegeben, in der Chris LSD genommen und tatsächlich einen üblen Trip gehabt hatte. Er hatte geschrien, er werde sterben, und um Hilfe gefleht.

Upchurch hatte fast die ganze Nacht bei ihm bleiben und ihm gut zureden müssen. Danach hörte Chris anscheinend mit dem Drogenkonsum auf, doch er trank weiterhin über alle Maßen, und natürlich verhielt er sich ›paranoid‹ und nahm überallhin dieses Messer mit langer Klinge mit, weil er befürchtete, jemand könnte versuchen, ihn zu töten – wie seinen Stiefvater.

Chris erzählte jedem, daß er das Studium abbrechen müsse, weil er unter psychischem Streß stehe und nach Hause zurückkehren müsse, ›um sich um die Mutter zu kümmern‹. Das war jedoch ›Blödsinn‹. Der wahre Grund war, daß Chris wieder durch die Prüfung gerasselt wäre und von sich aus die Uni verlassen wollte, bevor man ihn rauswarf.

Im September zog Upchurch zu Daniel Duyk und wohnte mit ihm zusammen. Sie diskutierten oft über den Mord und versuchten herauszufinden, was geschehen war. Sie waren sich ziemlich sicher, daß Chris den Mord nicht selbst begangen hatte, weil er anscheinend seine Eltern geliebt hatte – jedenfalls seine Mutter – und weil er auch nicht den Mumm dafür hatte.

Sie hatten über das Motiv gegrübelt, denn sie sagten sich, daß Chris' Eltern schlau genug sein mußten, um ihr Geld in einem Treuhandvermögen oder sonst irgendwie anzulegen, so daß weder Chris noch seine Schwester es auf einen Schlag nach dem Tod ihrer Eltern erhalten würden.

Sie kamen schließlich auf die Theorie, daß Steve Pritchard, den sie nie kennengelernt hatten, vielleicht die ganze Sache durchgeführt hatte. Vielleicht war er eifersüchtig, weil Bonnie wieder geheiratet hatte, und neidisch, weil sie all dieses Geld hatte. Möglicherweise sagte er sich, daß er als leiblicher Vater die Kontrolle über das Treuhandvermögen bekommen würde.

Upchurch hatte noch einen anderen Gedanken, den er fast widerstrebend preisgab: Vielleicht waren Angela und Daniel Duyk in die Sache verwickelt. Er hatte den Eindruck, daß Duyk in Angela verknallt war, aber er erinnerte sich, daß er sie einmal als ›teuflisch‹ bezeichnet hatte. Upchurch hatte ihn gefragt, warum er das sagte, und Duyk hatte erwidert: »Als ich mit ihr über den Mord sprach, zeigte sie keinerlei Gefühl.«

Auf seine eigenen Schwierigkeiten mit dem Gesetz angesprochen, sagte Upchurch, er sei in jüngeren Jahren ein wenig wild gewesen, aber seither wirklich gereift. Nach seiner Aussage hatten die Probleme mit der Bewährung begonnen, als er an einem Morgen verschlafen und sich nicht bei seiner Bewährungshelferin gemeldet hatte. Aus Angst, daß die Bewährung aufgehoben wurde, hatte er sich dummerweise versteckt. Als er dann hörte, daß die Polizei von Little Washington ihn suchte, um mit ihm über einen Mord zu reden, war er in Panik geraten. Nicht weil er etwas mit dem Mord zu tun hatte, sondern weil er befürchtete, daß die Washingtoner Polizei ihn wegen Nichteinhalten der Bewährungsauflagen festnehmen würde, wenn sie ihn fand.

Er entschuldigte sich für sein Versteckspiel. Nach seinen Worten lag das einfach daran, daß er sein Studium abgebrochen und sich von Ort zu Ort herumgetrieben hatte. Aber wenn er sonst irgendwie helfen könnte, würde er das gern tun. Er arbeitete jetzt für ›Triple A Student Painters‹ in Raleigh, eine Firma, die von Studenten in den Semesterferien Häuser anstreichen ließ, und er wohnte in der Marcom Street 3903 in einem

Apartment, das er sich mit seinem Cousin Kenyatta aus dem Caswell County, Kenyattas Freund Neal Henderson und einem anderen teilte.

»Es war eine große Enttäuschung«, sagte Taylor. »Es war so schwierig, ihn einzuschätzen. Man sah ihm nicht an, was er dachte. Er war gelassen und beherrscht, ein magerer Kerl mit wirklich lustiger Miene.«

Lewis Young sagte: »Ich stellte mit ernsthaft die Frage, ob wir auf der richtigen Spur waren. Nach dem Gespräch mit Upchurch war unser Verdacht ein wenig erschüttert. Ich nehme an wegen seines Verhaltens. Er war so freundlich, offen und gar nicht arrogant. Wir sahen eine Persönlichkeit, die der von Pritchard völlig entgegengesetzt war. Drogen, ja. Er hatte offenkundig ein Problem mit Drogen gehabt, und er hätte uns eine Woche lang darüber erzählt. Aber er wirkte nicht wie ein Verdächtiger in einem Mordfall.«

Dennoch war Young nach wie vor überzeugt, daß die Antwort schließlich in Raleigh gefunden werden würde. Er entschloß sich ›die Dinge an der NC State University in Bewegung zu halten. Wir wußten alle, daß wir nur einen brauchten, der auspackte. Auf Grund der Karte waren wir überzeugt, daß mehr als eine Person an dem Verbrechen beteiligt gewesen war. Und wenn einer auspackte, würde er uns die anderen nennen‹.

Am 1. Juni fuhr Polizeichef Crone mit John Taylor nach Raleigh, um persönlich mit Upchurch zu sprechen. Moog war aus der Haft entlassen worden, befand sich jedoch wegen Verstoßes gegen die Bewährungsauflagen unter einer Art Hausarrest: Er mußte einen elektronischen Fußreif tragen, so daß jederzeit überwacht werden konnte, wo er sich aufhielt.

Er wohnte noch in einem der Sylven Park Apartments in der Marcom Street – aber eigentlich kampierte er nur auf dem Wohnzimmerboden des Apartments, das sein Freund von der High-School, Neal Henderson, gemietet hatte. Überall am Boden lagen Spiele herum: Axis & Allies, Dungeons & Dragons und schließlich Gesellschaftsspiele, in denen es um den Ersten

Weltkrieg, den Bürgerkrieg, den Krieg von 1842 etc. ging. Was auch immer mit Schlachten, Blutvergießen und Horror zu tun hatte, es war da.

»Es sah aus, als hätten sie dreißig Spiele aus dem Schrank geholt und einfach auf den Boden geworfen«, sagte John Crone. »Das Apartment war ein Saustall.« Upchurch und sein Freund Henderson, ein schüchterner, linkischer Junge, dessen Aussehen und Gangart ein wenig an eine Taube erinnerten, hatten die beiden Beamten hereingelassen.

Upchurch wirkte überrascht – sogar ein wenig bestürzt –, als er die Kriminalbeamten von Little Washington wiedersah. Er hatte offenbar gedacht, er hätte diese Unannehmlichkeit hinter sich gebracht.

»Ich hatte das Gefühl«, sagte Crone später, »daß dieser Junge nicht der Mörder sein konnte. Aber bei seiner Beschäftigung mit all diesen Spielen – er war genauso besessen davon wie Chris Pritchard – dachte ich, daß er uns vielleicht verraten könnte, wer der Mörder war. So entschloß ich mich, mit ihm nach draußen zu gehen und ihn ein bißchen zu bearbeiten. Nicht körperlich natürlich – niemals körperlich. Nur um zu sehen, wieviel Druck nötig war, bis dem Jungen schlecht wurde. Weil er dann vielleicht redete.«

Crone und Taylor forderten Upchurch – wesentlich unfreundlicher als Young und Taylor vor einer Woche – auf, mitzukommen. Sie führten den Jungen mit den pinkfarbenen Haaren zu Crones Wagen und stiegen ein. Taylor nahm mit ernster Miene hinterm Steuer Platz. Upchurch saß neben ihm, Crone auf dem Rücksitz.

Als die Polizisten ihm eröffneten, daß sich ihr Verdacht auf Chris Pritchard konzentrierte, erklärte Upchurch wie schon bei seiner Aussage im Mai, er bezweifle, daß Chris' Bemerkungen, er wolle seine Eltern umbringen, ernst gemeint gewesen seien. »Falls Sie anderer Meinung sind, dann sollten Sie mit Daniel Duyk sprechen, dem einzigen wirklich ›Verrückten‹ in der Gruppe der Spieler.«

»Das reicht«, sagte Crone scharf. »Hören Sie damit auf.«

Upchurch hatte sie auf jede Spur und jede Richtung hingewiesen, die von ihm fortführte: von Kriminellen in South Carolina bis zu Daniel Duyk, von Chris und Angela bis zu Steve Pritchard, dem leiblichen Vater der beiden.

Crone wollte den Jungen erschüttern. »Zeigen Sie ihm die Fotos!«

Upchurch lächelte süffisant.

Taylor neigte sich zu Upchurch und hielt ihm das Foto von Lieth von Steins blutiger Leiche vors Gesicht.

»O Gott, das sieht aber schlimm aus.« Upchurch lächelte immer noch, versuchte aber wegzublicken.

»Sehen Sie sich das Foto an, verdammt!« fuhr Crone ihn an. »Dieser Mann wurde brutal geschlagen und mit einem Messer getötet.«

Upchurch schielte auf das Foto, wich jedoch weiter zurück, bis sein Rücken an der Wagentür lehnte.

»Wenn Ihnen schlecht wird«, sagte John Taylor, »öffnen Sie die Tür und kotzen Sie auf den Bürgersteig. Kotzen Sie nur ja nicht in den Wagen meines Chefs. Ich muß damit heimfahren.«

Upchurch wurde blaß und begann zu schwitzen, doch das Lächeln verschwand nie ganz aus seine Gesicht. Er hatte auch nichts Neues zu sagen. Das war nicht seine Sache. Er wußte nichts darüber.

Als sie mit ihm ins Apartment zurückkehrten, wandte sich Crone an Henderson, der wie ein Statist im Hintergrund wirkte. »Übrigens, falls es Ihnen keiner gesagt hat, wir versuchen hier herauszufinden, wer einen Mord begangen hat. Chris Pritchards Stiefvater wurde ermordet, und wir wissen bereits, daß Pritchard dabei geholfen hat. Wir nehmen jetzt jeden unter die Lupe, der bei diesem Dungeons-&-Dragons-Spiel mitgemacht hat. Wir denken, daß der Mord nur ein Szenarium war, das außer Kontrolle geriet. Jemand, der unter Drogen stand, ist vielleicht zu weit gegangen, ohne es wirklich zu wollen. Wir haben keinen Grund zu der Annahme, daß das Verbrechen vorsätzlich geplant war. Aber Tatsache ist, daß ein Mann ermordet wurde, und wir sind nahe daran, den Täter zu entlarven. Wenn jemand etwas weiß, sagen Sie ihm, daß wir bereit sind, mit der ersten Person, die auspackt, einen Handel zu machen. Unser

Schiff ist vor dem Auslaufen, und wir haben an Bord Platz für eine Person, nur für eine.«

Zur gleichen Zeit, da Taylor und Crone die beiden Jungen aushorchten, heckte Lewis Young eine neue Taktik aus.

Young war sich darüber im klaren, daß er es sich mit Bonnie von Stein für immer verdorben hatte, weil er sie beschuldigt hatte, ihren Sohn zu decken. Aber er war immer noch überzeugt, daß eine Zusammenarbeit mit ihr äußerst hilfreich wäre.

Und er blieb überzeugt, daß Chris das Bindeglied zu dem Mörder war. Vielleicht war seine Beteiligung auch ungewollt und eher zufällig. Möglicherweise hatte er seinen Beitrag zu einem D-&-D-Spiel geleistet und eine Karte angefertigt, und ein anderer war ohne Chris' Billigung oder sogar Wissen nach Little Washington gefahren und hatte die Launen der Phantasie in blutige Realität umgesetzt.

Wenn Bonnie ihren Sohn zu dem Geständnis überreden konnte, daß er die Karte angefertigt hatte und wem er sie gegeben hatte, dann hätte die Polizei einen Hauptverdächtigen.

Oder vielleicht war Chris' Beteiligung doch nicht zufälliger Natur. Es war möglich, daß er bei Bonnie ein Geständnis abgelegt und sie sich entschieden hatte, ihn zu schützen, weil er und Angela alles waren, was ihr geblieben war. Young könnte das beinahe verstehen, so sehr er es auch mißbilligte. In diesem Fall mußte eine Person ihres Vertrauens ihr klarmachen, daß Chris eines Tages ohnehin überführt werden würde; und dann müßte er mit einer härteren Bestrafung rechnen als jetzt, bei einem Geständnis.

Es war Lewis Youngs unorthodoxe Idee, mit Bonnies Anwalt Wade Smith zu sprechen. Bei keinem anderen Anwalt im Staat hätte Young solch einen Schachzug auch nur erwogen. Aber Wade Smith sollte anders sein. Nicht nur ›berühmt‹, nach allem was Young über ihn gehört hatte, sondern auch ›ein Gentleman‹. Young konnte ihm in gutem Glauben sagen, daß Bonnie kein Ziel der Ermittlungen war Und wenn er die Einzelheiten des Verdachts gegen Chris darlegen konnte, war Wade Smith vielleicht in der Lage, Bonnie zu überzeugen, daß es besser für ihren Sohn war, wenn er seine Rolle bei dem Verbrechen eingestand, welche es auch immer gewesen war.

Young rief seinen Chef in Raleigh an und erklärte ihm seinen Plan. Der Chef kannte Smith sehr gut. »Sie können ihm völlig vertrauen. Wenn er Ihnen etwas sagt, können Sie darauf bauen. Er wird Sie nicht hereinlegen. Reden Sie mit ihm, sagen Sie ihm, was Sie in der Hand haben, und wenn er zustimmt, Ihnen zu helfen, dann wird er das auch tun. Ich garantiere Ihnen, daß er keinem etwas hinter Ihrem Rücken erzählt.«

Ermuntert trat Young an Mitchell Norton heran, den Staatsanwalt vom Kreis Beaufort. »Es ist keine übliche Praxis«, räumte Young ein, »aber es ist auch kein üblicher Fall.« Norton stimmte zu. Er wußte, welch guten Ruf Wade Smith hatte, und er genehmigte, daß Young den Kontakt herstellte.

Und so betrat Young am 1. Juni um elf Uhr Wade Smith' Büro – ähnlich ehrfürchtig gestimmt wie Bonnie knapp fünf Monate zuvor.

Es war zweifellos ein beeindruckendes Büro. Da gab es Bücher, deren Autoren von Chaucer bis Thoreau reichten, und Biographien über Persönlichkeiten wie Winston Churchill und Pete Seeger.

Ein gerahmter Zeitungsartikel mit der Überschrift ›Eine Legende seiner Zeit‹ hing an der Wand. In dem Artikel wurde Wade Smith als ›ein Anwalt, der das Leben, die Musik und die Menschen liebt‹, beschrieben.

Und da waren Fotografien: Wade mit Prinz Charles, mit Senator Sam Ervin, mit dem Rockmusiker Bon Jovi. Und Aufnahmen, die Wade gemacht hatte, wie zum Beispiel von einem Sturm in der Serengeti.

Es gab auch viele Familienfotos: von seinen Eltern, seinen Töchtern in verschiedenen Stadien ihres Lebens, von seinen Enkeln und ein Foto von seiner Frau im Hochzeitskleid.

Es war ein schönes Büro mit einer gemütlichen Atmosphäre, die dem Besucher zu suggerieren schien: Wenn das Leben dem Mann, der hier arbeitet, soviel bedeutet, dann wird er sich bestimmt auch gewissenhaft um mich kümmern.

Lewis Young hatte wie Bonnie das Gefühl, daß es kein Fehler war, zu Wade Smith zu gehen.

Dennoch war seine Mission heikel. Er mußte all sein Beweismaterial darlegen, in der Hoffnung, daß Wade zu dem Schluß gelangte, es sei das beste für Bonnie, wenn sie ihren Sohn zur Kooperation überredete. Aber Young konnte seine Beweisstücke nicht preisgeben, bevor Wade versicherte, keine Einzelheiten an Osteen, Bonnie oder Chris zu verraten.

Diese Bitte brachte Wade Smith in eine etwas peinliche Lage. Er war nicht nur Bonnies Anwalt, sondern er hatte auch Osteen in den Fall hineingezogen. Trotzdem stimmte Wade zu, keine ›*näheren* Einzelheiten‹ an jemanden weiterzugeben, unter der Voraussetzung, daß dies Beweismaterial nicht seine Mandantin betraf. Er sicherte sich jedoch das Recht zu, bei Osteen oder Bonnie seine Meinung über das Beweismaterial zu äußern.

Das war genau das, was Young erhofft hatte: die Möglichkeit, einer unvoreingenommenen, intelligenten und einflußreichen dritten Partei zu zeigen, was er in Händen hatte. So sprach er über Lieths Reichtum und über Dungeons & Dragons. Dann über das Feuer in der Nacht und das Jagdmesser. Aber hauptsächlich über die Karte. Er zeigte Wade das Foto der Karte. Dann legte er ihm die Karteikarte mit Chris' Handschrift vor. Und schließlich zeigte er ihm die Karte, die Chris im März für das SBI angefertigt hatte.

Auf allen drei Schriftstücken stand das Wort LAWSON. Wade brauchte keinen Handschriftexperten des FBI, um zu wissen, daß die Handschriften übereinstimmten. Ebensowenig brauchte ihm jemand zu erklären, wie ernst die Konsequenzen für Chris waren.

»Wir möchten Pritchard auf unsere Seite holen«, sagte Young. »Es ist uns klar, daß er den Mord nicht selbst begangen hat. Aber wir glauben, daß er darin verwickelt ist und Dinge weiß, die er verschweigt. Sie wissen, wie das ist, Mr. Smith: Wer zuerst kommt, mahlt zuerst. Wir möchten ehrlich, daß Chris der erste ist, der auspackt und mit einem milderen Urteil rechnen kann, denn wir denken, daß es so letzten Endes leichter für seine Mutter sein wird.«

»Nichts von alldem ist für seine Mutter leicht«, sagte Wade Smith.

Nachdem Lewis Young sich verabschiedet hatte, saß Wade Smith lange allein in seinem Büro und nahm keine Telefonate entgegen. Dann führte er drei eigene Telefongespräche.

Er rief Bill Osteen an und informierte ihn über den Besuch vom SBI. Ohne in nähere Einzelheiten zu gehen, wie er es versprochen hatte, sagte er, daß sich die Dinge aus Chris' Sicht rapide verschlechterten. »Bill, ich denke, Sie müssen auf der Hut sein, denn ich halte es für sehr wohl möglich, daß Ihr Mandant ein Hauptverdächtiger ist.« Dann entschuldigte er sich. »Wenn ich eine Ahnung gehabt hätte, worauf das hinausläuft, hätte ich Sie natürlich eher gewarnt.«

Zu Bonnie sagte er in seinem beruhigendsten Tonfall, daß der SBI abermals bestätigt habe, sie selbst stehe nicht unter Verdacht. Das war die gute Nachricht. Die nicht so gute war, daß man viel an der Uni ermittelt hatte, weil die Straße anscheinend dorthin führte.

Welche Straße? fragte sich Bonnie. *Von welcher Straße sprach er?*

Immer drückten sie sich ihr gegenüber verschwommen aus, in Andeutungen, Unterstellungen und Vermutungen, nie offen und klar, was die einzige Art war, die sie verstand.

Wade hatte versprochen, ihr nichts von der Karte zu erzählen, und daran hielt er sich. Aber er sagte ihr: »Ich habe den Eindruck, daß die Ermittlungen an einem toten Punkt angelangt sind. Ohne Ihre Hilfe und ohne die Hilfe von Chris – man ist sich sicher, daß er helfen kann – befürchtet die Polizei, Lieths Mörder niemals zu finden. Wenn Chris irgend etwas sagen kann, das hilfreich ist, dann sollte er es besser früher als später sagen.«

Und dann versicherte er ihr, daß er für sie da sein werde, ganz gleich, was geschehen und wie sich die Dinge entwickeln würden.

Aber er dachte bereits: *Bonnie wird bald keinen Anwalt son-*

dern einen Psychiater brauchen. Einen guten. Einen, der sie auf das Schlimmste vorbereitet, auch wenn er nicht weiß, was es ist.

Und so führte er das dritte Telefonat mit der besten Kapazität auf diesem Gebiet, die er im engeren Umkreis kannte, einer Psychiaterin namens Jean Spaulding, die an der ärztlichen Fakultät der Duke University lehrte und auch eine Privatpraxis führte.

Er sprach zwanzig Minuten lang mit ihr, ohne sich detaillierter über den Verdacht gegen Chris auszulassen. Er sagte nur, er vertrete eine Mandantin, die ein schreckliches psychisches Martyrium durchlitten habe. Die laufenden Ermittlungen führten offensichtlich zu Ergebnissen, die sich als fast unerträglich schmerzlich für diese Frau erweisen könnten. »Es muß jetzt noch nichts unternommen werden, aber ich hätte gern, daß Sie sich zur Verfügung halten«, sagte Wade.

9

Am 2. Juni machte John Taylor sich abermals auf den Weg zur NC State University. Diesmal nahm er das einzige potentielle Beweisstück mit, das am Tatort gefunden worden war – den grünen Rucksack, den Bonnie, Angela und Chris nie zuvor gesehen hatten, wie sie behaupteten. Er sagte sich, daß es nichts schaden konnte, wenn er den Rucksack herumzeigte und fragte, ob einer ihn schon gesehen hatte oder sich an jemanden erinnern konnte, der solch einen Rucksack besaß.

In den nächsten drei Tagen zeigte Taylor den Rucksack jedem, mit dem er bereits gesprochen hatte.

»Die Reaktionen waren enttäuschend«, bekannte er. Daniel Duyk, James Upchurch, Neal Henderson, Vince Hamrick, Karen und Kirsten – keiner konnte den Rucksack identifizieren.

Aber dann, am 6. Juni, dem Tag, nach dem James Upchurch

auf Taylors Frage hin geleugnet hatte, den Rucksack jemals gesehen zu haben, entledigte sich Upchurch des elektronischen Fußreifs, mit dem überwacht wurde, wo er sich aufhielt, und verschwand.

Crone und Taylor fuhren am Freitag, dem 9. Juni, nach Raleigh, wo Lewis Young bereits der Polizei und Universitätsbehörde bei der Suche nach Upchurch half.

Moog hätte schon tausend Kilometer weit weg sein können. Aber soweit die Beamten wußten, hatte er sehr wenig Geld. Außerdem war er beim letzten Mal ebenfalls in der Nähe untergetaucht. Ein neues Versteckspiel? Oder Dungeons & Dragons? War Upchurch ein Dieb oder heldenhafter Zauberer, der von Agenten des Königs verfolgt wurde? Young rechnete fast damit, Upchurch unten in einem Versorgungstunnel oder Heizungskeller aufzuspüren, wo er ein hölzernes Schwert schwang oder einen Dolch aus seinem Rucksack zog.

Crone und Taylor hofften, von Neal Henderson einiges über ›Moog‹ Upchurch zu erfahren; er hatte ›Moog‹ nicht nur Unterkunft gewährt, sondern kannte ihn auch bereits von der gemeinsamen Schulzeit im ländlichen Caswell County her.

Sie trafen Henderson in der Nähe des Campus, in Wendy's Restaurant, wo er als Kellner arbeitete. Sie trafen um 14 Uhr 45 dort ein, als der Mittagsbetrieb nachgelassen hatte. Die drei setzten sich auf Plastikstühle in eine Nische.

Sie sprachen eine Dreiviertelstunde lang über Dungeons & Dragons. Henderson war anscheinend ebenso begierig darauf, über dieses Thema zu reden, wie zuvor Chris Pritchard und James Upchurch. Seine Miene hellte sich auf, er sprach vor Begeisterung schneller, und sein Energiepegel schien zu steigen.

Plötzlich wechselte Crone das Thema und fragte: »Was würden Sie denken, wenn Chris in den Mord verwickelt ist?«

»Ich weiß nicht«, erwiderte Henderson. »Wie kommen Sie darauf, daß Chris darin verwickelt ist?«

»Schon gut«, sagte Crone freundlich. Dann stellte er Fragen über Upchurch. Henderson sagte: »James kennt einige ziemlich zwielichtige Leute, die vielleicht auch einen Mord begehen würden«, aber wenn Upchurch sich in dieses Verbrechen habe verwickeln lassen, dann sei er ein für ihn ›untypisches Risiko‹ eingegangen.

Crone blickte auf seine Armbanduhr. Es war 15 Uhr 45. Er hatte eine Verabredung mit seiner Frau, und er bat Taylor, ihr etwas von ihm auszurichten. Taylor verließ das Lokal, um aus einer Telefonzelle auf dem Parkplatz des Restaurants zu telefonieren. Er mußte zehn Minuten lang warten.

Währenddessen schaute Crone wieder den gelassenen, braunhaarigen jungen Mann an, dessen Miene ausdruckslos war. *Verdammt, das führt hier zu nichts,* dachte Crone. *Ich werde einen letzten Versuch machen. Die alte Masche: »Wenn Sie etwas wissen, dann sagen Sie es, denn wenn wir feststellen, daß Sie etwas verschwiegen haben, bekommen Sie Schwierigkeiten.«* Er hatte nie in Mordfällen ermittelt, aber er hatte genug Fernsehkrimis und Kino-Thriller gesehen, um zu wissen, wie man das macht.

»So versuchte ich diese Masche bei ihm«, erklärte der Polizeichef später. »Ich sagte: ›Wir wissen *ganz genau,* daß Chris beteiligt ist!‹ Und ich merkte, daß ihm das einen Schrecken einjagte. Also setzte ich nach. Ich sagte: ›Unsere Staatsanwälte sprechen bereits mit seinen Anwälten, und er ist im Begriff, auszupacken. Wenn er das tut, bekommt jeder, der etwas weiß und verschweigt, große Schwierigkeiten.‹ Henderson saß nur mit verschränkten Armen da und sagte kein Wort. Aber ich spürte, daß er wie ein Fisch am Köder zu knabbern begann. Und so ruckte ich ein bißchen mit der Angel. Ich sagte: ›Wer auch immer schuldig gesprochen wird – wegen *welcher* Art von Beteiligung auch immer –, muß mit der Todesstrafe rechnen. Das ist in diesem Staat die Gaskammer.‹«

An diesem Punkt legte Crone eine Pause ein.

Neal Henderson sagte: »Und was ist, wenn ich sie einfach nur beraten habe?«

»Ich dachte: *Das kann doch nicht wahr sein! Habe ich das*

richtig gehört?«, bekannte Crone später. »Aber äußerlich blieb ich ruhig. Ganz der Polizeichef, cool, gesammelt. Ich hatte den größten Durchbruch im größten Fall meines Lebens im gottverdammten *Wendy's* Restaurant geschafft! Aber ich mußte dasitzen, als plauderten wir über den Preis von Cheeseburgern, weil ich diesen Jungen nicht kopfscheu machen wollte. Ich hatte so lange so viele Phantastereien mit angehört, daß ich mir nicht sicher war, wie ernstzunehmen das hier war.

So sagte ich. ›Nun, es kommt darauf an, welchen Rat Sie ihnen gegeben haben. In welchem Maß Sie beteiligt waren. Wenn Sie nur ein bißchen beteiligt waren oder wenn Sie etwas wissen, das uns helfen kann, dann könnten Sie das gleich hier und jetzt klären, indem Sie es uns sagen.‹«

Henderson saß immer noch stumm und mit verschränkten Armen da.

So fuhr Crone fort: »Andererseits, wenn Sie *wirklich* beteiligt waren, sollte ich besser den Staatsanwalt holen.«

»Er zögerte«, berichtete Crone später, »und dann sagte er mit ganz ruhiger Stimme: ›Ja, holen Sie besser den Staatsanwalt.‹«

»Ich dachte ›Allmächtiger! Ist das wirklich wahr? Und dann sagte ich mir: Jetzt darf ich das auf keinen Fall vermasseln.«

»Hören Sie«, sagte Crone zu Henderson. »Es ist eine Fahrt von zwei Stunden. Es ist spät am Freitagnachmittag. Ein Wochenende liegt vor uns. Sind Sie wirklich sicher, daß es sich lohnt?«

»Sagen wir so«, erwiderte Henderson immer noch in diesem fast unheimlich ruhigen Tonfall. »Ich kann Ihnen die ganze Sache verklickern. Ich will es einfach loswerden.«

In diesem Augenblick kehrte John Taylor zurück, nachdem er endlich Lewis Young erreicht hatte, der Crones Ehefrau von der Verspätung ihres Mannes erzählen würde. »Ich war gerade drei Schritte im Lokal, da kommt mir schon der Chef entgegen«, sagte Taylor.

»Kommen Sie einen Moment mit raus«, sagte Crone. Als sie vor dem Lokal waren, erklärte er: »Er sagt, er kann die ganze Sache aufklären!«

»Nehmen Sie mich nicht auf den Arm«, erwiderte Taylor. »Das ist doch Blödsinn.«

»Nein, ist es nicht. Der Junge will den Staatsanwalt! Ich sagte ihm ›Wenn Sie ein wenig wissen, sagen Sie's mir. Wenn Sie viel wissen, sollten Sie es besser dem Staatsanwalt erzählen.‹ Und er sagte: ›Holen Sie den Staatsanwalt!‹«

»Mann, oh Mann!« sagte John Taylor. »Ich kann es nicht glauben! Was haben Sie gemacht, haben Sie ihm unter dem Tisch Ihre Waffe auf die Eier gehalten?«

Sie gingen zurück, holten Henderson und setzten sich an einen der Tische vor dem Lokal, der von einem Sonnenschirm beschattet war.

Nachdem Henderson den ersten Schritt gemacht hatte, wollte er sein Herz ausschütten und sich alles von der Seele reden. Und das waren die Informationen, nach denen sie sich monatelang gesehnt hatten. Aber ohne die Anwesenheit eines Vertreters der Staatsanwaltschaft konnten sie ihn kein Wort sagen lassen, weil sie befürchten mußten, später beschuldigt zu werden, sein Recht verletzt zu haben, einen Anwalt zu nehmen, die Aussage zu verweigern oder welche verdammten Rechte solche Leute heutzutage auch immer hatten.

Diesmal ging Crone zum Telefon und rief Young an. »Wir sind bei Wendy's! Er sagte, er kann alles aufklären! Er will mit dem Staatsanwalt reden!« Young rief in Little Washington an und sprach mit Keith Mason. Mason und sein Chef Mitchell Norton sollten so schnell wie möglich nach Raleigh kommen, weil jemand im Fall von Stein ein Geständnis ablegen wollte.

Young brauchte nur fünf Minuten bis zum Restaurant.

Und dann waren sie zu viert und zwangen sich, nicht über das einzige Thema zu reden, das sie interessierte.

»Sie müssen einfach noch warten, Neal«, sagte Lewis Young. »Sie müssen warten, bis der Staatsanwalt hier ist. Wir wollen das ganz richtig machen.« Dann meldete sich Crones Frau über den Piepser. Crone sagte: »Sagen Sie ihr, sie soll einen Einkaufsbummel machen. Es dauert noch eine Weile.«

In den nächsten fünf Stunden saßen die drei Beamten mit Neal Henderson zusammen. Mitchell Norton war schwer zu finden gewesen, und dann trafen er und Keith Mason erst um 21 Uhr in Raleigh ein. Zuerst brachten sie Henderson nach Hause, damit er sich umziehen konnte. Dann fuhren sie ihn zum SBI-Büro.

Danach gingen sie alle in Captain Stanley's Fischrestaurant essen und bemühten sich, der Versuchung zu widerstehen, Henderson irgendwelche Fragen zu stellen. Sie verweigerten auch die Antwort auf die einzige Frage, von der Henderson anscheinend besessen war: Wie waren Sie dahintergekommen, daß Chris Pritchard an der Sache beteiligt war?

Die drei Kriminalbeamten wurden im Laufe der Zeit nervöser als Henderson. »Er blieb gefaßt«, sagte Crone. »Er versuchte, cool zu bleiben. Aber er hätte jeden Augenblick einfach aufstehen und weggehen können, und wir hätten ihn nicht daran hindern können. Jede Aussage von ihm wäre völlig freiwillig. Wir hatten keinen Beweis gegen diesen Jungen, nicht einmal einen *Verdacht.* Ich hatte keine Ahnung, was ihn überhaupt zum Reden bewogen hatte, aber ich hatte eine Heidenangst, daß er es sich plötzlich anders überlegen könnte. Wir wollten ihn natürlich bei uns behalten, aber er war nicht festgenommen. Es war wirklich eine merkwürdige Situation für uns alle. Mit jeder weiteren Stunde betete ich darum, daß der Junge sich's nicht anders überlegte.«

Dennoch bildete das Restaurant für diese heikle Situation nicht den ungeeignetesten Rahmen. Immerhin waren sie hier von Leuten umgeben, und obwohl keiner Appetit hatte, wurden sie durch das Essen abgelenkt. Erst als sie zum SBI-Hauptquartier zurückkehrten und Henderson in ein Verhörzimmer führten, hatte es den Anschein, als könnte er es sich anders überlegen.

Als Mitchell Norton dann endlich eintraf, kündigte er an, er selbst werde nicht mit Henderson sprechen, weil er befürchte, später als Zeuge benannt zu werden; das wiederum würde verhindern, daß er bei einem Prozeß als Ankläger auftreten konnte.

Nur sein Assistent, Keith Mason, würde mit Henderson reden

»O Junge!« seufzte Crone später. »Ich hatte es schwer, *das* zu schlucken. Wir warteten fünf Stunden lang, und dann wollte Norton nicht mal mit ihm sprechen!« Norton blieb auf der anderen Seite des Ganges und stellte sich nicht einmal vor, während Crone, Taylor, Young, Mason und Henderson in ein Büro gingen.

Unterdessen war es fast 22 Uhr geworden. Sechs Stunden waren vergangen, seit Neal Henderson sich bereit erklärt hatte, seine Beteiligung an der Ermordung Lieth von Steins zu gestehen. Bis jetzt hatte ihn keiner reden lassen. Henderson wirkte allmählich entmutigt.

Und er wirkte noch mutloser, als Keith Mason ihm freundlich und höflich erklärte, daß er ihm keine Strafmilderung zusichern konnte, ganz gleich, was er aussagen würde. Die Staatsanwaltschaft machte keine Versprechungen. Wenn er reden wollte, sollte er das tun, aber er mußte darauf vertrauen, daß es zu seinem Besten war, denn jedes Versprechen auf Strafmilderung würde seine Aussage in den Augen der Geschworenen weniger glaubwürdig erscheinen lassen. Selbstverständlich sollte ein Richter Hendersons Zusammenarbeit mit dem Gesetz bei dem Strafmaß berücksichtigen, aber *versprechen* konnte man ihm das nicht.

Henderson schüttelte den Kopf und schaute sich in dem Büro um. So spielte sich das nicht im Fernsehen ab. Im Fernsehen – und Henderson hatte viele Fernsehkrimis gesehen – trat man vor, erklärte, man wolle ein Geständnis ablegen, und die Polizei unterzeichnete ein Papier mit dem Versprechen, daß man glimpflich davonkam. Dann erzählte man seine Geschichte, die Cops benahmen sich anschließend wie Kumpel – oder behandelten einen wenigstens mit ausgesuchter Höflichkeit –, und die ganze Sache endete wenn nicht glücklich, so doch ohne erschreckende Konsequenzen. Es war etwas anderes gewesen, in der behaglichen Atmosphäre eines sonnigen Nachmittags mit John Crone zu sprechen, den Henderson wirklich nett fand.

Jetzt war es spät abends in einem Verhörzimmer, das einem

Alptraum zu entstammen schien, und irgendein Vertreter der Staatsanwaltschaft – ein junger Anwalt, der zwar so freundlich wie John Crone, jedoch ein völlig Fremder war – konfrontierte ihn mit der Tatsache, daß für ihn vielleicht überhaupt nichts Gutes heraussprang, wenn er auspackte.

»Henderson fühlte sich zunehmend deprimiert und aufgeregt. Er geriet fast in Panik. Genau das hatte ich zu vermeiden versucht. So sagte ich meinen Kollegen: ›Ihr solltet eine Weile rausgehen und mich mit dem Jungen reden lassen.‹ Ich sah Neal an, wie erschrocken er war, nicht nur durch Keith Masons Worte, sondern auch eingedenk der Tatsache, daß wir zu viert gegen ihn waren. Und schließlich war ich der erste gewesen, der mit ihm gesprochen hatte.«

Als die anderen gingen, fragte Crone den Jungen im freundlichen Tonfall, ob er verstehe, weshalb kein Handel möglich sei. Bedrückt antwortete Henderson: »Ja.« Dann erinnerte Crone ihn, daß er gesagt hatte, er wolle es loswerden, und daß zu diesem Zeitpunkt nicht die Rede von irgendeinem Handel gewesen war. »Sie können es sich immer noch von der Seele reden, Neal, damit Sie sich besser fühlen«, sagte Crone.

Henderson starrte auf den Boden und schwieg. Auf Crone wirkte er nicht nur enttäuscht und ängstlich, sondern auch niedergeschlagen und mutlos.

»Ich habe einen Sohn in Ihrem Alter«, sagte Crone. »Und ich sage Ihnen eines: Wenn Sie mein Sohn wären, würde ich Ihnen raten, das Richtige zu tun. Und ich denke, Sie wissen, was das Richtige ist.«

Henderson, der früh den Vater verloren und wie Chris Pritchard nur noch sporadisch und unbefriedigend Kontakt zu ihm gehabt hatte – schaute in Crones besorgtes und freundliches Gesicht auf.

Später sollte der Junge sagen: »Ich hatte mir Polizisten immer als Zwei-Meter-Männer mit Pokermiene vorgestellt. Crone war anders. Er war einfach ein netter Mann, der sich wirklich Sorgen um mich machte.«

Allein mit Crone, sagte Henderson: »Nun, ich nehme an, es gibt noch etwas Hoffnung.«

»Es gibt immer Hoffnung«, erwiderte Crone. »Es kann keine Versprechen geben, aber es gibt immer Hoffnung.«

Henderson nickte.

»Werden Sie reden?« fragte Crone ruhig.

Henderson nickte abermals.

»Nun, tun Sie mir einen Gefallen, Neal. Keine Lügen. Sagen Sie uns die Wahrheit oder überhaupt nichts. Versprechen Sie mir das?«

»Ja«, antwortete Henderson tonlos. »Ich werde die Wahrheit sagen.«

Crone legte eine Pause ein. Stille herrschte. Vom Gang her drangen gedämpft Stimmen herein.

»Wem wollen Sie Ihre Geschichte erzählen?« fragte Crone.

»Ihnen«, sagte Henderson. »Ihnen und auch John Taylor.«

Crone ging auf den Gang hinaus und informierte die anderen. Dann gingen Crone und Taylor in das Verhörzimmer, und Taylor las Henderson förmlich seine Rechte vor und ließ sich schriftlich bestätigen, daß er über seine Rechte belehrt worden war. Dann fragte Crone für die Akten, ob Henderson irgendeine Belohnung oder ein Handel versprochen worden war, ob er in irgendeiner Form bedroht oder zu seiner Aussage überredet worden war. Henderson bestätigte, daß das nicht der Fall war. Dann forderte Crone ihn auf, seine Geschichte zu erzählen. Wenn eine Frage nötig wäre, würde er, Crone, sie stellen. Taylor machte Notizen.

»Beim ersten Mal war das Geständnis einfach nur ein Gerippe«, sagte Crone. »Die ganze Sache kann keine fünf Minuten gedauert haben.« (Nach John Taylors Notizen dauerte dieses erste Gespräch zwanzig Minuten, aber nach dem Tag, den Crone hinter sich hatte, war es nicht überraschend, daß sein Zeitgefühl ein wenig durcheinander war.)

»Als Henderson fertig war, sagte ich ihm, daß Lewis Young fast ein Jahr lang an diesem Fall gearbeitet hatte und bestimmt eine Menge Fragen stellen wollte. Ich fragte ihn, ob er mit Lewis reden wollte. Henderson stimmte zu, und ich rief Lewis herein. Es war kurz nach 22 Uhr, und ganz plötzlich kam mir in den Sinn: Wo zum Teufel ist meine Frau? Ich rief schnell die Autobahnpolizei an und ließ eine Streife das Wendy's bei der Apex-Ausfahrt überprüfen, wo meine Frau warten wollte. Und sie schauten nach und riefen zurück, daß es kein Wendy's bei der Apex-Ausfahrt gebe.

Nun, verdammt, ich hatte keine Ahnung, wo meine Frau war. Ich rief meine Schwiegereltern in Mooresville an und fragte: ›Habt ihr was von Cindy gehört? Ich weiß nicht, wo sie ist. Hat sie angerufen? Ist sie da?‹ Zuerst dachte mein Schwiegervater, ich scherze. Dann geriet er in Panik. Und ich war inzwischen ebenfalls höllisch besorgt. Das größte Geständnis meiner gesamten Laufbahn, und ich konnte meine Frau nicht finden!

Nun, es war 23 Uhr, als die Autobahnpolizei zurückrief und sagte, ja, da ist ein Wendy's Restaurant, aber es befindet sich anderthalb Kilometer straßenabwärts, nicht gleich bei der Ausfahrt. So sagte ich: ›Schauen Sie bitte um Himmels willen dort nach.‹ Und man rief zurück und sagte, ja, Ihre Frau wartet dort seit Stunden, und sie ist ziemlich aufgeregt. So mußte ich mich von Mitchell Norton, dem Staatsanwalt, dorthin fahren lassen. Das konnte er wenigstens tun, denn er sprach ohnehin nicht mit Henderson. Wir trafen dort ein und fanden Cindy, die weinend mit ihren Eltern telefonierte.

Himmel, ihre Familie hatte sich die ganze Nacht Sorgen gemacht, und als wir endlich gegen zwei Uhr morgens in Mooresville eintrafen, begann meine Frau wieder zu heulen, und mein Schwiegervater war so sauer, daß er nicht mit mir reden wollte.

Ich hatte soeben ein Geständnis im größten Fall meines Lebens erhalten, aber es sah aus, als müßte ich in meinem Wagen schlafen.«

Young und Taylor befragten Henderson von 22 Uhr 20 bis 23 Uhr 30. Dann machten sie eine halbstündige Pause. Aber Lewis Young war noch lange nicht fertig.

Wie Crone gesagt hatte, war Lewis fast ein ganzes Jahr mit diesem Fall beschäftigt gewesen. Jetzt war zum ersten Mal jemand bereit und offenbar in der Lage, zu erzählen, was sich abgespielt hatte.

Young gierte regelrecht nach Einzelheiten. Ganz gleich, wie klein und scheinbar unbedeutend die Details waren, er war besessen von dem Wunsch, mehr zu erfahren.

Um Mitternacht machten sie weiter. Henderson war jetzt geistig und körperlich erschöpft. Aber Young war energiegeladen, und seine Kräfte wuchsen im Laufe der Nacht, denn er war wie aufgeputscht.

Die meiste Zeit über saßen nur Young und Henderson zusammen. Crone war nach Mooresville gefahren, und Taylor konferierte mit Mitchell Norton und Keith Mason über die nächsten Schritte, die angesichts von Hendersons Aussage unternommen werden mußten.

Es war 3 Uhr 25, als Young Neal Henderson schließlich gehen ließ. John Taylor fuhr den benommenen und erschöpften Jungen zu seinem Apartment. Man hatte entschieden, Henderson nicht zu verhaften, solange Upchurch noch frei herumlief. »Das hätte uns gerade noch gefehlt«, sagte Taylor zu dem Staatsanwalt. »Upchurch liest in der Zeitung, daß wir Henderson festgenommen haben, und wir müssen in Libyen suchen, um diesen Jungen wiederzufinden.«

Henderson war kein Ziel der Ermittlungen gewesen. Upchurch hatte keinen Grund zu der Befürchtung, daß Henderson reden würde.

Auf der Fahrt hatte der erschöpfte Henderson wenig zu sagen. Aber als Taylor vor dem Haus hielt, in dem Henderson wohnte, und ihn erinnerte, daß er die Wohnung nicht verlassen durfte und sie ihn in ein paar Stunden nach Little Washington fahren würden, wo er ihnen zeigen sollte, wo sich was abgespielt hatte – schaute Henderson zum Fahrersitz und sagte, als ob dadurch alles irgendwie in Ordnung käme:

»Verstehen Sie mich doch! Ich habe wirklich nicht damit gerechnet, daß es passiert. Als ich dorthin fuhr, habe ich nicht im Traum damit gerechnet, Blut zu sehen.«

10

Am folgenden Dienstag, dem 13. Juni, fuhr Bonnie, die noch keine Ahnung von Neal Hendersons Existenz hatte, von Winston-Salem nach Washington, um mit zwei Freundinnen kleine Porzellanpuppen zu machen, die sie jedes Jahr zu Weihnachten ihren Nichten und Neffen in Welcome schenkte.

Eine tröstliche Vorstellung: Porzellanpuppenformen; anständige ruhige, gottesfürchtige Leute um sich herum; all die alten Werte, mit denen sie aufgewachsen war. Und die in einem denkbar krassen Gegensatz standen zu der finsteren Phantasiewelt von Dungeons & Dragons und der irren Welt der Drogen.

Chris Pritchard verbrachte diese Nacht im Haus seines Freundes Eric Caldwell in Winston-Salem. Sie waren wie üblich bis spät in die Nacht hinein aufgewesen. Am nächsten Morgen um acht Uhr klingelte das Telefon. Bonnie war am Telefon. Erics Mutter sagte ihr, daß beide Jungen noch schliefen.

Bonnie rief an, weil sie soeben einen Anruf von Stephanie Mercer erhalten hatte, Tochter ihrer ehemaligen Nachbarin in Little Washington und eine enge Freundin von Angela. Stephanie hatte im Radio gehört, daß Chris und jemand namens James Upchurch wegen der Ermordung Lieths festgenommen worden seien.

Bonnie hatte gesagt: »Stephanie, ich glaube nicht, daß Chris verhaftet wurde. Er hat bei einem Freund übernachtet. Aber laß mich anrufen und mich vergewissern, daß mit ihm alles in Ordnung ist.«

So hatte sie angerufen.

Drei Stunden später telefonierte sie von neuem. Sie war von schrecklicher Angst erfüllt, aber das hatte sie vor Stephanie verborgen. So war Bonnie. Ihre wahren Gefühle zeigte sie nicht.

Diesmal sprach sie mit Eric und forderte ihn auf, Chris zu wecken, ganz gleich, wie lange sie in der Nacht aufgewesen waren.

Als ihr Sohn kurz vor zwölf Uhr ans Telefon kam, sagte sie: »Chris, du mußte gleich heimkommen. Stephanie rief heute morgen an und sagte, sie habe im Radio von deiner Verhaftung gehört. Wir wenden uns besser an Mr. Osteen.«

Chris traf zwanzig Minuten später ein, ungekämmt, verschlafen und mit einem Kater – in der gleichen Verfassung, in der er gewesen war, als er am Morgen nach der Ermordung seines Stiefvaters in Little Washington eingetroffen war.

Bei seiner Ankunft setzte Bonnie ihm ein belegtes Brötchen vor. Der Fernseher war eingeschaltet, und das lenkte ein wenig ab von dem Unbehagen, das entstand, weil keiner ein Wort mit dem anderen wechselte. Kurz nach zwölf Uhr rief Stephanie von neuem an und sagte, in den Zwölf-Uhr-Nachrichten habe man gerade durchgegeben, daß Verhaftungen vorgenommen worden seien, um 18 Uhr werde Polizeichef Crone eine Pressekonferenz geben.

Bonnie rief Bill Osteen an und berichtete ihm, was sie gehört hatte. Osteen erklärte, keiner von der Polizei habe Kontakt mit ihm aufgenommen, und er habe vor langer Zeit gelernt, nicht wegen irgendwelcher Radio- oder Zeitungsmeldungen in Panik zu verfallen. Er sagte Bonnie nicht, daß sie sich keine Sorgen zu machen brauchte, aber er wußte nichts von der Existenz irgendeines Beweises, der Chris' Verhaftung rechtfertigen würde, und so sprach er beruhigend auf die Mutter seines Mandanten ein und versicherte ihr, daß er zur Verfügung stehen würde, wenn irgend etwas Unerwartetes geschehen sollte.

Angela arbeitete um diese Zeit bei Action Video. Als sie aus der Mittagspause zurückkehrte, fand sie eine Nachricht vor, daß sie ihre Mutter anrufen sollte. Bonnie erklärte die Lage so gut sie konnte, aber wie es für sie typisch war, klang es viel weniger besorgt, als sie in Wirklichkeit war. Angela wollte wissen, ob sie früher Feierabend machen und heimkommen sollte, aber Bonnie sagte, sie sehe keinen Grund für so eine dramatische Reaktion.

Um 15 Uhr 10 schaute Bonnie aus dem Fenster und sah vier Männer in Anzügen und mit Krawatten aus zwei Limousinen steigen. Er erkannte Lewis Young, John Taylor, Sturgell und

Newell. Der Aufmarsch sah nicht nach einem Freundschaftsbesuch aus.

»Chris«, sagte sie. »Sie sind hier. Du mußt auf dein Zimmer gehen und Mr. Osteen anrufen.«

Als sie die Tür öffnete, fragte Lewis Young: »Können wir hereinkommen?«

»Was wollen Sie?« fragte Bonnie.

»Wir sind wegen Chris hier. Ist er auf der Arbeit?«

»Nein, er ist hier bei mir zu Hause. In diesem Augenblick ist er auf seinem Zimmer und telefoniert mit seinem Anwalt. Was wollen Sie von ihm?«

Lewis Young fand Bonnie ›ernst und aufgeregt‹, aber beherrscht.

»Bonnie«, sagte Lewis Young, »wir sind hier, um ihn wegen Mordes festzunehmen.«

Er sagte es nicht unfreundlich, aber keiner kann jemals solche Worte freundlich einer Mutter über ihren Sohn sagen. Besonders nicht, wenn es um die Ermordung ihres Ehemannes und um versuchten Mord an ihr selbst geht.

»Wohin bringen Sie ihn?«

»Zuerst ins Präsidium. Dann bringen wir ihn nach Washington. Er wird die Nacht im Gefängnis vom Kreis Beaufort verbringen.«

Bonnie ließ die vier Beamten in ihr Wohnzimmer eintreten. »Chris kann das nicht getan haben«, sagte sie. »Ich *weiß*, daß er es nicht getan haben kann.«

»Bonnie«, sagte Lewis Young, »Sie sollten ihm sagen, daß wir hier sind.«

Sie ging zu Chris und sagte es ihm.

Als sie ins Wohnzimmer zurückkehrte, fragte sie: »Was für einen Beweis haben Sie? Sie haben mir immer noch keinen einzigen Beweis gezeigt.«

»Wir werden uns jetzt nicht dazu äußern«, sagte Lewis Young. »Chris hat einen Anwalt. Mr. Osteen kann das mit dem Staatsanwalt besprechen.« Sie führten Chris, der keinen Widerstand leistete, aus dem Haus, und Bonnie folgte ihnen. Auf dem Zufahrtsweg legten sie Chris Handschellen an.

»Kann ich auf mein Zimmer zurückgehen und meine Zigaretten holen?« fragte er.

»Sie werden in meinem Wagen nicht rauchen«, erwiderte Lewis Young.

»Gehen Sie behutsam mit ihm um«, sagte Bonnie. »Ich habe zu viele Geschichten gehört, was Leuten in Polizeigewahrsam passiert. Ich mache Sie persönlich verantwortlich«, sagte sie zu Young.

»Bonnie«, entgegnete er, »es wird ihm nichts passieren.«

Sie setzten Chris auf den Rücksitz und starteten.

»Ich werde so schnell wie möglich dorthin kommen«, rief Bonnie.

Und dann sagte sie ein letztes Mal zu Lewis Young, wie schändlich sie es fand, daß die Polizei einen Unschuldigen am hellichten Tag aus ihrem Haus holte und ihn des Mordes beschuldigte, wenn sie *immer* noch keinen Beweis und nicht einmal andere Verdächtige in Betracht gezogen hatte.

Dritter Teil

Die schlimmste der Wahrheiten

Juni–Dezember 1989

1

Unter normalen Umständen ist die Fahrt über die von Reklametafeln gesäumte Straße von Winston-Salem nach Little Washington eine viereinhalbstündige Geduldsübung, die nur durch unvorhersehbare Fahrmanöver von schnellen Traktoren aufgelockert wird. Für Bonnie von Stein, die ihr kleines Haus am Samstag, dem 17. Juni, vor dem Morgengrauen verlassen hatte, um zum Gefängnis zu fahren, das sich im Kellergeschoß des Gerichtsgebäudes des Beaufort County befand und in dem ihr Sohn unter Mordanklage eingesperrt war, gab es keine normalen Umstände mehr.

Am vergangenen Tag hatte sie, entschlossen, die Fassung zu bewahren, zugeschaut, wie vier Kriminalbeamte Chris in Handschellen abgeführt hatten. Sie hatten ihr gesagt – dessen war sie sich *sicher* –, daß sie ihn zum Präsidium in Winston-Salem bringen würden.

Bonnie hatte schnell geduscht, sich hastig angezogen und war zum Präsidium gefahren.

Dort erklärte man ihr, daß Chris nicht da sei und auch nicht dagewesen sei. Man riet ihr, im Büro des Sheriffs nachzufragen; dort hatte man Chris ebenfalls nicht gesehen. Als Bonnie verwirrt und ängstlich auf einem Gang stand, näherte sich ihr ein gediegen gekleideter, gutaussehender Mann, Ende fünfzig.

»Verzeihen Sie«, fragte er, »sind Sie Mrs. von Stein?«

»Ja, das bin ich«, antwortete sie, »und ich versuche meinen Sohn zu finden, der soeben verhaftet wurde.« Sie hielt es für möglich, daß der Mann der Sheriff war.

»Nun, ich bin Bill Osteen«, sagte er, »und ich suche ihn ebenfalls.«

Erst jetzt wurde Bonnie richtig bewußt, daß sie Bill Osteen nie persönlich kennengelernt, sondern immer nur mit ihm telefoniert hatte.

Er war soeben aus Greensboro herübergekommen. Er machte schnell einen SBI-Agenten ausfindig und erfuhr, daß Chris bereits eingetroffen und wieder fortgebracht worden war.

Für Bonnie war diese Nachricht ein beinahe genauso großer Schock wie die Verhaftung. *»Das ist nicht fair«*, beklagte sie sich bei Bill Osteen. Ihrer Ansicht nach hatte man *versprochen*, ihn nirgendwohin zu bringen, bis sie im Präsidium eintreffen würde. Sie war *überzeugt*, daß John Taylor oder Lewis Young oder beide das gesagt hatten. Dies war für sie nur ein weiteres Beispiel dafür, wie man sie und ihre Familie verfolgte und Opfer wie Kriminelle behandelte.

Osteen war kein Mann, der sich vom Thema ablenken ließ. Er erklärte Bonnie entschieden, daß die Einzelheiten der Verhaftung keine Rolle spielten. Wichtig war, daß Chris jetzt eines Verbrechens angeklagt war, für das er mit der Todesstrafe rechnen mußte. Er erklärte ihr, daß sie sofort einen örtlichen Anwalt beauftragen müsse, und er erkundigte sich, ob sie irgendeinen Anwalt vorziehe, der in Little Washington oder in der Nähe praktizierte. Für Bonnie war der Anwalt namens Jim Vosburgh die erste Wahl.

Dieser Name war Osteen vage vertraut. Ein junger Anwalt dieses Namens war an der Aufdeckung eines Skandals bei der Präsidentenwahl im Jahre 1986 beteiligt gewesen. Wenn es sich um denselben Mann handelte, dann hatten sie zumindest jemanden, der vor einem Konflikt nicht zurückwich.

Osteen rief ihn an. Er war derselbe Vosburgh. Er erklärte sich gern bereit, als örtlicher Anwalt für Chris Pritchard zu dienen. Bonnie konnte am nächsten Morgen in sein Büro kommen.

Zuerst würde er an der Pressekonferenz teilnehmen, die Polizeichef Crone anberaumt hatte, um die Festnahme zu verkünden.

Bonnie würde sich später kaum noch erinnern, was sie den Rest dieses Tages getan oder mit wem sie geredet hatte.

Sie hatte eine Freundin in Little Washington angerufen, eine Kindergartenlehrerin namens Linda Sloan, die ebenfalls Mitglied der Gesellschaft zur Verhinderung von Grausamkeiten an Mensch und Tier war. Sie hatte vermeiden wollen, daß Linda die Nachricht von Chris' Verhaftung aus dem Fernsehen oder der Zeitung erfuhr. Sie hatte Linda ebenfalls versichern wollen, daß Chris gesagt hatte ›Mom, ich habe es nicht getan‹ und daß sie überzeugt war, er hatte die Wahrheit gesagt.

Sie rief auch ihren Vater an, um ihm die Hiobsbotschaft mitzuteilen. Er nahm es mit stoischer Ruhe hin; natürlich nicht, als hätte er es irgendwie erwartet, sondern wie eine weitere der schrecklichen Überraschungen, die es im Leben geben konnte und mit denen man einfach fertig werden mußte. Er bot an, sie nach Little Washington zu begleiten, doch Bonnie bestand darauf, diese erste Fahrt ins Gefängnis allein zu machen.

An diesem Abend saß sie mit Angela zusammen, und jede versuchte die andere zu trösten, indem sie wiederholte, welch ein Skandal die Verhaftung sei. Jede versicherte der anderen, daß alles gut ausgehen werde, denn die Polizei könne jemanden ohne Beweise festnehmen, aber nicht ewig gefangenhalten. Ihm einen Prozeß zu machen oder gar ihm ein Verbrechen nachzuweisen – das wäre der Polizei niemals möglich.

Um vier Uhr morgens packte Bonnie mit einem Optimismus, den sie später als fast hysterisch erkannte, Kleidung für sich und Chris, in der Hoffnung, daß sie irgendwie mit John Crone und Lewis Young oder irgendeinem Richter die Dinge ein für allemal klären konnte; ja, sie hoffte, die Beamten würden sich für ihre Grausamkeit und Begriffsstutzigkeit noch entschuldigen und ihr den Sohn zurückgeben. Und für diesen Fall sollte Chris saubere Kleidung für die Heimfahrt haben.

Bonnie traf um halb elf am Samstag morgen in Jim Vosburghs Büro ein. Die Washingtoner *Daily News* war bereits erschienen, und die Schlagzeile der Titelseite lautete: ›Von Steins Stiefsohn unter Mordverdacht‹. Unter der Schlagzeile war ein Foto von Chris zu sehen, der am vergangenen Abend aus Lewis Youngs Wagen gestiegen war und eine Baseballmütze, ein T-Shirt der NC State University, Shorts, Freizeitschuhe und Handschellen getragen hatte.

Er wirkte nicht wie ein Zwanzigjähriger, sondern wie ein Sechzehnjähriger, der in einem sommerlichen Ferienlager eintraf – abgesehen von den Handschellen.

Neben dem Foto war ein Bild, das Upchurch in dem Sweatshirt der Cornell University zeigte. Es war aber nichts sonst an Moog, das an einen Studenten einer Eliteuniversität erinnerte. Er starrte mit ausdrucksloser Miene in die Kamera, das strähnige Haar reichte ihm fast bis auf die Schultern, und er wirkte nicht wie ein Student der NC State University in der Ära nach Reagan, sondern wie ein Anhänger des Manson-Kults.

Auf dem ganzen Weg von Winston-Salem hatte sich bei Bonnie Panik mit Empörung gemischt. Da war natürlich die Furcht vor dem Unbekannten: vor dem Abgrund, der sich plötzlich unter ihr geöffnet hatte und in den ihr Sohn gestürzt war. Aber da war auch Zorn über die Art und Weise, wie man Chris förmlich aus Winston-Salem entführt hatte, Ärger darüber, daß John Crone selbstständig, angeberisch und eitel eine Pressekonferenz gegeben und die Nachricht von den Verhaftungen hinausposaunt hatte, und Wut, weil jemand einem Fotografen der Washingtoner *Daily News* einen Tip gegeben hatte, damit er Chris bei seiner Ankunft in Handschellen hatte fotografieren können.

Diese fortwährenden Gemeinheiten wollte sie auf der Stelle gestoppt haben, sagte sie zu Jim Vosburgh, noch bevor sie Platz genommen hatte. Später würde sie Wade Smith anrufen, und er würde ihr ebenfalls raten, was sie unter den neuen Umständen sagen und tun sollte, aber Vosburgh war im Gegensatz zu Wade Smith oder Bill Osteen rund um die Uhr hier in Washington und kannte persönlich jeden ihrer Gegner bei der Polizei. Er sollte ihnen unmißverständlich klarmachen, daß sie Beleidigungen nicht mehr hinnehmen würde.

Vosburgh schaute sie mitfühlend an und dachte: *O Gott, auf diese Frau kommen schlimme Zeiten zu.*

Jim Vosburgh hatte seine Ein-Mann-Praxis in einem langen, schmalen Büro eines Geschäftshauses neben der Mecca-Billardhalle an der Market Street in Little Washington, und gleich um die Ecke war das Gerichtsgebäude.

Er fuhr mit einem 1986er Ford-Ranger-Kleintransporter zur Arbeit, der mit CB-Funk und Gewehrträger ausgerüstet war, und er hatte die Art Praxis, bei der Mandanten manchmal das Honorar nicht per Scheck, sondern mit selbstgebranntem Schnaps, Schinken vom Land oder Ziersträuchern bezahlten, die nur noch eingepflanzt werden mußten.

Vosburgh war 56, selbstherrrlich, redegewandt und recht bodenständiger Art. Wenn man am Freitag- oder Samstagabend ein paar Stunden in Hörweite von ihm an der Bar der Brentwood Lounge verbrachte – und es war leicht, in Hörweite seiner lauten Stimme zu gelangen –, dann wußte man genau, was er über diesen und jenen im Kreis Beaufort dachte. Auch war er kein Mann, der nach Worten suchen mußte, wenn man ihn bat, über sich selbst zu reden.

Mit der Lage seines Büros war Vosburgh sehr zufrieden. Wenn er spät an warmen Frühlingsabenden arbeitete, konnte er auf ein paar kühle Budweiser in die Mecca-Billardhalle gehen und immer noch sein Telefon klingeln hören. Während seiner ersten Jahre in Little Washington hatte es Monate gegeben, in denen Vosburgh zwar nicht mehr Zeit in der Billardhalle als im Büro verbracht hatte, wohl aber mehr Geld mit Poolbillard als mit Rechtsfällen verdient hatte.

Zwei Türen weiter auf der anderen Straße des Büros gab es Jimmys Zeitungs- und Imbißstand, wo man nicht nur auf die schnelle ein Sandwich essen und Kaffee trinken, sondern auch herausfinden konnte, was *wirklich* in der Stadt los war, ohne die Zeitung kaufen zu müssen.

Wenn Vosburgh nicht selbst sprach, hörte er aufmerksam zu. So wußte er einen vollen Tag vor Ausstellung des Haftbefehls, daß Chris Pritchard festgenommen und der Ermordung seines Stiefvaters angeklagt werden würde.

Vosburgh hatte Lieth flüchtig gekannt. Einmal war Lieth in sein Büro gekommen und hatte sich erkundigt, wie eine Einzelperson eine Firma amtlich eintragen lassen konnte. Bei zwei anderen Gelegenheiten hatten sie nebeneinander auf Barhockern oder an Tischen der Brentwood Lounge gesessen, der Bar und des Restaurants, das von Leuten mit gehobenen Berufen besucht wurde.

Er hatte den Eindruck gehabt, daß Lieth ›still und zurückgezogen‹ gewesen war, doch das war fast jeder im Vergleich zu Vosburghs Überschwenglichkeit. Lieth war jedoch nicht leicht zugänglich gewesen. »Wenn man sein Freund werden wollte, mußte man sich sehr bemühen«, sagte Vosburgh. Er hatte sich nie bemüht, und anscheinend hatte das keiner sonst in Little Washington getan. Lieth hatte keinen zur Freundschaft ermuntert.

Vosburghs einziger anderer Kontakt mit der Familie von Stein resultierte aus einem unbedeutenden Autounfall, in den Angela verwickelt gewesen war. Sie war eines Verkehrsvergehens angeklagt worden, und Vosburgh hatte einen Freispurch erwirkt und später Schadensersatz bei dem Fahrer des anderen Wagens geltend gemacht.

Der jüngere seiner beiden Söhne war in Chris' Klasse auf der High-School gewesen. Die beiden Jungen waren nicht befreundet gewesen, und Jim Vosburgh erinnerte sich an Chris nur als ›einen sehr energiegeladenen, unreifen Jungen, der immer eine schnelle spöttische Bemerkung von sich gab, ohne beleidigend zu werden.«

Es fiel ihm schwer, den Jungen, den er in Erinnerung hatte, mit den Anklagen in Einklang zu bringen, die gegen ihn erhoben wurden.

Am Morgen von Chris Pritchards Festnahme erhielt Vosburgh einen Anruf vom Büro des Staatsanwalts und wurde informiert, daß er in der regelmäßigen Rotation aller Anwälte des Kreises an der Reihe war, als Verteidiger für jemand zu dienen, der keinen Anwalt bezahlen konnte.

Vosburgh wurde als Pflichtverteidiger für James Upchurch aus dem Caswell County bestellt, der soeben des Mordes an Lieth von Stein angeklagt worden war.

Eine Reihe von Gedanken schoß Vosburgh durch den Kopf. Für sein Geschäft und den einzigen Ernährer seiner Frau und Kinder würde es weitaus besser sein, wenn der Mandant oder dessen Familie den Anwalt bezahlen konnte, der sich mit der komplexen, mühsamen und zeitraubenden Verteidigung eines Mandanten in einem Mordfall abgab.

Vosburgh wußte vor dem Ende des Tages, daß Chris Pritchard ebenfalls des Mordes angeklagt werden würde. Außerdem wußte er durch den Klatsch am Gericht, am Imbißstand und in der Billardhalle, daß Chris' Mutter, die er als intelligente und nette Frau in Erinnerung hatte, hartnäckig die Unschuld ihres Sohnes beteuerte.

Darüber hinaus wußte Vosburgh, daß Chris' Mutter geerbt hatte, und zwar eine Riesensumme. Und es war ihm bekannt, daß jeder, der wegen der Ermordung Lieth von Steins festgenommen wurde, einen Anwalt des Kreises Beaufort brauchte.

Vosburgh hatte keine Ahnung, ob Bonnie in dieser Hinsicht sofort an ihn denken würde, doch er hielt es für durchaus möglich. Deshalb informierte er das Büro des Staatsanwalts, daß er wegen seiner früheren beruflichen Zusammenarbeit mit der Familie von Stein in einen Interessenkonflikt kommen würde, wenn er als Pflichtverteidiger von einer Person dienen würde, die des Mordes an Lieth von Stein angeklagt war.

So wurde der Kelch an den nächsten auf der Liste weitergereicht, und Vosburgh wartete auf das Klingeln des Telefons.

Der Anruf kam um 17 Uhr. Die Stimme am anderen Ende fragte: »Ist das der Jim Vosburgh, der sich im Madison County einen Namen gemacht hat?«

Das war er in der Tat.

Am Wahltag 1960, als Vosburgh noch Jurastudent und aktives Mitglied der Jungen Republikaner war, reiste er zur Grenze von Tennessee, zum äußerst ländlichen (und demokratischen)

Kreis Madison, um die Wahl zu überwachen. Er hatte gehört, daß in der Gemeinde Upper Spring Creek, die nur dreihundert registrierte Wähler hatte, über fünfhundert Stimmen abgegeben worden waren und keine für einen Republikaner. Vosburgh sagte sich, daß es den Interessen Richard Nixons nicht gut dienen würde, wenn sich so etwas wiederholte.

Die Einzelheiten wurden durch das häufige Wiedererzählen ein wenig verschwommen, aber der wesentliche Punkt war, daß Vosburgh einige Dinge sah, die ihm nicht zusagten, und daß seine Reaktion den County Sheriff, einen überzeugten Demokraten, veranlaßte, ihn festzunehmen und zu beschuldigen, er hätte sich als FBI-Agent ausgegeben.

Schließlich wurde die Anklage fallengelassen, aber die mit dem Zwischenfall verbundene Publicity machte eine Reihe prominenter Republikaner des Staates einschließlich William Osteen auf den Namen Vosburgh aufmerksam.

Jetzt, fast 30 Jahre später, war Osteen am Telefon. Er erklärte, daß er Chris Pritchard seit Januar juristisch vertrat, obwohl noch keine Anklage erhoben worden war. Vosburgh war natürlich sofort bereit, mit einzusteigen.

An diesem Abend besuchte er die Pressekonferenz, die John Crone auf der Washingtoner Polizeiwache gab. Vosburgh ging in die überfüllte Halle, die von Scheinwerfern des Fernsehens hell erleuchtet war, und sah Crone, der in einer frisch gebügelten Uniform schneidig aussah und es genoß, im Mittelpunkt der Aufmerksamkeit zu stehen. Nie zuvor in seiner Laufbahn hatte Crone Gelegenheit gehabt, eine so dramatische Ankündigung zu machen.

Er erklärte, daß Christopher Wayne Pritchard, ehemals wohnhaft in Washington und jetzt in Winston-Salem, und James Bartlett Upchurch III aus Blanch, Caswell County, unter dem Verdacht festgenommen worden waren, Lieth von Stein ermordet zu haben.

Er sagte, die Behörden ›haben die Aussagen eines Zeugen, der uns den Tathergang genau schilderte‹, und er fügte hinzu, daß ein dritter Verdächtiger, kein Bewohner von Washington, bald festgenommen werden würde.

Crone gab keine Auskunft, ob der Zeuge und der dritte Verdächtige identisch waren, aber er betonte, daß weder Bonnie von Stein noch ihre Tochter Angela in das Verbrechen verwickelt waren. Der Polizeichef erklärte, der erste Durchbruch in dem Fall sei vor zwei Monaten gelungen und man habe die Ermittlungen auf Chris Pritchard konzentriert. Der große Durchbruch sei erst vor zwei Tagen gelungen, aber er, Crone, werde keine Fragen über Einzelheiten der Ermittlungen beantworten und kein Motiv nennen.

Er sagte jedoch, daß Pritchard, der mehrmals mit Ermittlern gesprochen hatte, vor sechs Wochen die Kooperation aufgegeben und zu diesem Zeitpunkt einen Anwalt aus Greensboro namens William Osteen beauftragt hatte.

Bei diesem Punkt begann Vosburgh, der so schnell Notizen gemacht hatte wie die Reporter, Fragen zu stellen.

Pritchard hat keinen Fluchtversuch unternommen, oder? fragte Vosburgh. *Er stand seit elf Monaten zur Verfügung und hat nicht versucht, wegzulaufen, nicht wahr?*

John Crone war lange genug in Washington, um Vosburgh zu kennen, und er weigerte sich, irgendwelche von Vosburghs Fragen zu beantworten, ganz gleich, wie laut er sie stellte, denn Vosburgh war ein Anwalt und kein Reporter.

Als Crone ihm keine Fragen beantwortete, entschloß sich Vosburgh, das selbst zu tun – eindrucksvoll, wiederholt und bejahend. Er stellte sich als Pritchards örtlicher Anwalt vor, der erst an diesem Nachmittag den Auftrag erhalten hatte, Pritchard juristisch zu vertreten, und er erklärte den versammelten Reportern, daß Pritchard in der Tat elf Monate lang den Ermittlern zur Verfügung gestanden, mit seiner Mutter in Winston-Salem gewohnt, nie zu fliehen versucht und sich niemals geweigert hatte, mit den Ermittlern zusammenzuarbeiten.

Dann verließ Vosburgh die Pressekonferenz, stieg in seinen Kleintransporter und fuhr die paar Blocks von der Polizeiwache zum Gefängnis des Kreises Beaufort, das sich im Kellergeschoß des Gerichtsgebäudes befand.

Vosburgh sah Chris Pritchard zum ersten Mal um 20 Uhr und hatte wie Bill Osteen vor Monaten sofort einen negativen Eindruck.

»Die meisten Jungen seines Alters und seiner Herkunft bekommen einen Schock, wenn sie zum ersten Mal das Innere eines Gefängnisses sehen. Aber Chris wanderte in dem orangefarbenen Overall, den man ihm gegeben hatte, herum und verhielt sich, als wäre er im Umkleideraum der Syracuse University«, sagte Vosburgh später. »Ich hatte das Gefühl, daß er sich für schick hielt. Er wirkte nicht sehr besorgt. Er stellte mir nicht einmal irgendwelche Fragen. Es war, als hätte man ihn wegen Randalierens auf einer Party in eine Ausnüchterungszelle gesteckt – ihn nicht unter Mordverdacht eingesperrt.«

An diesem ersten Abend war Vosburgh bereit, Chris zuzubilligen, daß sein Mangel an angemessener Reaktion vielleicht auf den Schock zurückzuführen war, den ihm allein die Festnahme versetzt hatte. Er nahm an, daß Chris am nächsten Tag den organgefarbenen Overall nicht mehr ganz so schick fand, wenn er die Realität erkannte und ihm klar wurde, daß ihm möglicherweise die Todesstrafe drohte.

Am Samstag morgen verbrachte Vosburgh eine halbe Stunde mit Bonnie in seinem Büro, drückte sein Mitgefühl aus, umriß in groben Zügen den Zeitablauf und die Art und Weise des kommenden Verfahrens und hörte sich ihre Litanei der Beschwerden über das Verhalten der Washingtoner Polizei und des SBI an.

Bei dem Gespräch hatte Vosburgh – wie Bill Osteen tags zuvor – den Eindruck, daß Bonnie anscheinend nur das Umfeld der Festnahme im Auge hatte, anstatt den Kern des Dilemmas ihres Sohnes zu erkennen. Er hatte dieses Verhalten schon erlebt. Oftmals neigen Festgenommene oder ihre Angehörigen dazu, sich zu sehr auf die Begleiterscheinungen zu fixieren. Was im Mittelpunkt lag, war ihnen einfach zu schrecklich, um es klar ins Auge fassen zu können.

Am Mittag begleitete Vosburgh Bonnie zum Gefängnis zu ihrem ersten Gespräch mit Chris seit seiner Festnahme.

Bonnies größte Sorge war anscheinend, daß ihrem Sohn während der Nacht etwas zugestoßen sein könnte. Wie behandelten sie ihn? Wie groß war seine Angst? Mit welchen gefährlichen Verbrechern hatte man ihn zusammen eingesperrt? Was würde als nächstes geschehen? »Der arme, arme Junge«, sagte sie immer wieder.

Chris stand nicht auf, um sie zu begrüßen. Statt dessen schaute er zu seiner Mutter auf und fragte: »Hast du mir Zigaretten mitgebracht?«

»Ich weiß nicht, wie das mit Ihnen ist, Chris«, sagte Vosburgh, »aber ich finde, Ihre Mutter hätte eine Umarmung verdient.«

Chris starrte den Anwalt an und regte sich immer noch nicht. Vosburgh neigte sich zu seinem neuen Mandanten und hob die Stimme: »Gottverdammt, Junge, sie ist Ihre Mutter. In den vergangenen 24 Stunden hat sie sich solche Sorgen um Sie gemacht, daß sie nicht schlafen und essen konnte. Sie stehen jetzt auf und nehmen sie in die Arme!«

Da erhob sich Chris, ging zu Bonnie und umarmte sie kurz. Danach ließ er sich wieder auf seinen Stuhl sinken. »Was ist mit Zeitschriften?« fragte er. »Hast du mir was zu lesen mitgebracht? Und ich brauche Münzgeld für die Verkaufsautomaten.«

An diesem Nachmittag ging Bonnie allein zu ihrem Haus an der Lawson Road. Sie brauchte einen Fotoapparat. Sie war entschlossen, alles zu dokumentieren, was etwas mit dem Versagen der Washingtoner Polizei und des SBI zu tun hatte, die nicht den Tatort abgesichert hatten. Ihr Schock und ihr Zorn über das Geschehen der vergangenen 24 Stunden waren so groß, daß ihr auf einmal aller Sinn für Logik abhanden kam.

Sie ging ins Haus und fotografierte elf Monate nach dem Mord alles, was ihrer Ansicht nach ein Beweis für die Unfähigkeit der Polizei war. Dann telefonierte sie in ihrer Verzweiflung mit Wade Smith. Er hatte es ihr oftmals angeboten, doch jetzt rief sie ihn zum ersten Mal zu Hause an.

Sie wollte mit dem, was sie hatte, an die Öffentlichkeit gehen. Sie war entschlossen, die Fehlinformation zu korrigieren, die seit Monaten in den Zeitungen verbreitet wurde. Sie wollte alles ein für allemal klarstellen. Der Staatsanwalt sprach in den Medien bereits von einer Anklage, und Bonnie hatte das Gefühl, daß sie zurückschlagen mußte.

Beruhigend sagte Wade Smith: »Bonnie, lassen Sie uns erst eine Entscheidung treffen, wenn wir wissen, wie die Beweisführung ist. Zu diesem Zeitpunkt würden wir blindlings handeln.«

»Aber ich muß etwas sagen. Ich *weiß*, daß mein Sohn unschuldig ist.«

Es wurde Wade Smith klar, daß er nach seinem Gespräch am 1. Juni mit Lewis Young viel mehr wußte als sie, und es drängte ihn, Bonnie einzuweihen. Doch er entschied sich anders, weil er bezweifelte, daß sie die Wahrheit seelisch verkraften konnte.

So sagte er: »Bonnie, das ist alles in Ordnung. Sie können das glauben, solange Sie es glauben *wollen*. Aber seien Sie vorbereitet. Es könnte der Tag kommen, an dem Sie die Wahrheit akzeptieren müssen.«

Wenn sie ihn in diesem Augenblick gefragt hätte, was er mit seinen Worten meinte, hätte er es ihr gesagt. Wenn sie gefragt hätte, wäre das ein Anzeichen für ihre Bereitschaft gewesen, die Wahrheit zu hören. Aber Bonnie fragte nicht.

Und so rief Wade Smith nach dem Telefonat mit Bonnie die Psychiaterin Jean Spaulding an und erklärte ihr, daß sie jetzt bald von Mrs. von Stein hören würde.

Während Bonnie mit Wade Smith telefonierte, war Jim Vosburgh wieder im Gefängnis, um ein weiteres Gespräch mit seinem neuen Mandanten zu führen und ›ihm einige sehr detaillierte Fragen zu stellen, die auf dem basierten, was ich gehört hatte‹, wie er es später formulierte. »Chris Pritchards Antworten waren vage und ausweichend. Das, zusammen mit seinem verdammten Verhalten, begann mich wirklich zu ärgern. Alles an seinem Benehmen wirkte falsch.«

Vosburgh legte sich die Beweise zurecht, wie er sie gehört

hatte. Die Einzelheiten von Neal Hendersons Geständnis wurden vom Büro des Staatsanwaltes geheimgehalten, aber Vosburgh wußte, daß einige belastende Behauptungen gemacht worden waren. Er hatte auch Kenntnis von der Karte, die man bei der Feuerstelle gefunden hatte. Er machte Chris darauf aufmerksam, daß es ernsthafte Probleme gab.

»Bis dahin hatte er anscheinend gedacht, es gebe keine Grundlage für eine Anklage gegen ihn«, sagte Vosburgh später. »Es war, als hätte er die ganze Sache für ein politisches Komplott gehalten, mit dem er leicht fertig werden konnte. Aber auch bei meinen eindringlichen Worten zuckte er nur die Achseln. Ich konnte ihn nicht aus seiner Gleichgültigkeit reißen.« Dieser Junge, sagte sich Vosburgh, steckte bis zum Hals in Schwierigkeiten, doch er wirkte völlig desinteressiert an seinem Schicksal, das ihn noch in die Gaskammer führen konnte.«

2

Am Montag morgen, dem 19. Juni, ging Bonnie nach einer unruhigen, fast schlaflosen Nacht im Holiday Inn zur Voruntersuchung ins Bezirksgericht; vielleicht würde Chris ja auf Kaution freigelassen werden.

Als sie mit Angela und deren Freundin Stephanie Mercer im Gerichtssaal saß und auf das Verfahren wartete, hatte sie ein unheimliches Gefühl, »als ob mir jemand Löcher in den Hinterkopf starrte«, sagte sie später.

Sie wandte den Kopf und sah ein paar Reihen entfernt einen Mann, der sie anstarrte. Sein Haar war zu einem langen Pferdeschwanz gebunden, und er trug ein kragenloses Hemd, wie man es häufig bei Pflegepersonal im Krankenhaus sieht. Aber nicht das war es, was sie so aufregte. *Er war ungewöhnlich breitschultrig und hatte scheinbar keinen Hals.*

Zum ersten Mal seit der Nacht nach dem Angriff auf sie sah Bonnie jemanden, dessen Gestalt jener Person glich, die versucht hatte, sie umzubringen. Jim Vosburgh saß neben Bonnie und merkte, daß sie bleich wurde und ihr Schweiß ausbrach. Er hatte keine Ahnung, was los war, befürchtete aber, sie würde ohnmächtig werden.

Der Anblick dieses Mannes machte Bonnie so sehr zu schaffen, daß sie aufstand und den Gerichtssaal verließ. Ihr schauderte, und es war ihr fast übel. *Diese breiten Schultern, der Kopf, der fast halslos daraus aufragte* – das war genau der Eindruck, den sie von dem Angreifer gehabt hatte, als sie auf dem Boden im Schlafzimmer gelegen und zu ihm aufgeblickt hatte.

Es stellte sich heraus, daß dieser Mann, ein Bewohner von Little Washington, wegen einer ganz anderen Sache in den Gerichtssaal gekommen war und nicht das geringste mit dem Mord zu tun hatte.

Es stellte sich ebenfalls heraus, daß es keine Voruntersuchung gab. Mitchell Norton, dem Staatsanwalt, war es gelungen, das Verfahren einem höheren Gericht zu übertragen, und das bedeutete eine Verzögerung von mindestens ein paar Tagen.

Vosburgh erklärte Bonnie die Absicht der Behörden: Sie wollten Chris so lange wie möglich in Untersuchungshaft behalten, weil sie hofften, daß er zusammenbrechen und ein Geständnis ablegen würde.

»Er *kann* nicht zusammenbrechen«, sagte Bonnie. »Er ist unschuldig.«

An diesem Abend aß John Taylor in einem Little Washingtoner Restaurant namens Stage House, das nicht gerade ein Mekka für Feinschmecker, aber schummrig beleuchtet war. Ein paar Tische entfernt saß Angela mit Donna Brady und den anderen Freundinnen Laura und Stephanie und mit Stephanies Bruder Glen. Gerade als Taylor gehen wollte, kam Angela zu seinem Tisch. Grinsend überreichte sie ihm ein rotes Zettelchen, auf dem er las:

»Hallo, John! Du solltest wissen, daß jeder hier (außer Glen)

Dich mächtig sexy findet (schöner strammer Hintern). Eine Schande (seufz), daß Du verheiratet bist, oder kannst Du eine Ausnahme machen? Es wäre vielleicht ein Erlebnis, das Du nie vergessen wirst. Ich weiß, daß wir albern sind, aber –

Wir sind heiß auf dich!
Stephanie, Donna, Angela, Laura

Taylor faltete das Zettelchen zusammen und steckte es in die Tasche. Er lächelte den Mädchen zu, als er das Restaurant verließ. Er fand, daß es eine seltsame Botschaft von der Schwester eines jungen Mannes war, den er gerade erst unter Mordverdacht verhaftet hatte.

Später sagte Angela, sie hätte die Botschaft nur aus Spaß abgeliefert, ›nur ein Spielchen mit ihm getrieben‹, weil sie John Taylor fast als Freund betrachtete – ganz gleich, was er von Beruf war.

Aber es war auch eine Tatsache, daß man seit dem Tag, an dem Chris Pritchards Schrift mit der auf der Karte verglichen worden war, Angela nur noch wenig Aufmerksamkeit gewidmet hatte. Seit Neal Hendersons Aussage hatten die Ermittler überhaupt nicht mehr an sie gedacht. Und seit Chris' Festnahme hatte sogar Bonnie Angela wenig Aufmerksamkeit gewidmet. Es war möglich, daß sie sich einfach ein wenig nach Beachtung sehnte.

Am Dienstag, dem 20. Juni, trafen Bill Osteen und sein Sohn aus Greensboro ein und brachten einen harten und erfahrenen Privatdetektiv namens Tom Brereton mit.

Brereton war ein stämmiger, irischer Katholik aus New York, der die Fordham University absolviert und zwanzig Jahre lang beim FBI gearbeitet hatte. Sowohl Osteen als auch Wade Smith hielten ihn für einen der besten Privatdetektive des Staats. Außerdem war er eine Persönlichkeit, angesichts der Jim Vosburgh fast angenehm zurückhaltend wirkte.

Die beiden Osteens, Vosburgh und Brereton besuchten Chris

am Nachmittag. Vosburgh, der Chris seit seiner Untersuchung mindestens zweimal am Tag gesehen hatte, war jetzt beunruhigt über das Verhalten seines neuen Klienten, und er sagte zu Osteen: »Da ist wirklich etwas Unheimliches an diesem Jungen.«

»Das brauchen Sie mir nicht zu sagen, Vos«, erwiderte Osteen. »Ich konnte ihn von Anfang an nicht ausstehen.«

Das Treffen mit Chris dauerte die meiste Zeit des Nachmittags. Später bezeichnete Bill Osteen es als eines der beunruhigendsten, die er jemals mit einem Mandanten gehabt hatte. »Nichts stimmte«, sagte Osteen später. »Keine Reaktion war richtig.«

Der Sheriff hatte Osteen und seinen Begleitern erlaubt, ein leeres Büro neben dem Gefängnis für das Gespräch mit Chris zu benutzen. Chris kam mit Fußfesseln und beschwerte sich, daß er damit kaum gehen könne. Aber es hatte den Anschein, daß ihm die Fußfesseln in Wirklichkeit nichts ausmachten; er wirkte fast *stolz* darauf, ein so gefährlicher Typ zu sein, der so gefangengehalten werden mußte.

Er trug auch Gummisandalen, die er abstreifte, als er sich gesetzt hatte. Dann nahm er die Haltung ein, die Vosburgh inzwischen als Chris' charakteristische Fötushaltung kennengelernt hatte: Er zog die Knie bis unters Kinn und schlang die Arme um die Beine.

Bonnie war beim Beginn des Treffens anwesend, aber Chris' Begrüßung bestand wie gewöhnlich nur in der gereizten Äußerung, daß er mehr Zigaretten brauche und sie *immer noch nicht* kapiert habe, wie viele 25-Cent-Münzen für die Verkaufsautomaten nötig waren.

Noch mehr störte die Anwesenden – Bonnie ging früh, damit Chris allein mit seinen Anwälten sprechen konnte – die Veränderung seines Verhaltens und seines Energiepegels, als Dungeons & Dragons erwähnt wurde.

Als Tom Brereton seine erste unverblümte Frage stellte – »Was zur Hölle hat dieser Dungeons-&-Dragons-Blödsinn zu bedeuten?« – verschwanden Chris Pritchards Verdrossenheit und seine Gleichgültigkeit, und er wurde zu einem völlig anderen jungen Mann, der begeistert war und lebhaft und detailliert schildern konnte.

»Es war, als hätte man ihn umgeschaltet«, sagte Brereton später. »Man drückte den D-&-D-Knopf und erhielt eine ganz neue Person mit zwei voneinander getrennten Seiten seiner Persönlichkeit.« Bill Osteen fand die Veränderung ›unglaublich‹. Osteens Sohn bezeichnete sie als ›schockierend‹.

Wenn Chris über Dungeons & Dragons sprach, hatte es den Anschein, die Außenwelt und all ihre Bewohner verschwanden einfach in irgendeinem schwarzen Loch tief in seiner Psyche. Gerade so, als wären die Außenwelt und all ihre Bewohner überhaupt nicht real, sondern nur ein langweiliger, glanzloser Abklatsch der *wahren* Realität, der Welt von Dungeons & Dragons.

In dieser Welt verwandelte sich Chris Pritchard, der dürre Junge, der Drogen nahm, sexuell unausgefüllt und mit dem Studium nicht zurechtgekommen war, auf wundersame Weise in eine dynamische und gebieterische Person, und seine Begeisterung bildete einen so krassen Gegensatz zu dem Verhalten, das er bei allen anderen Umständen zeigte, daß die drei Anwälte und der Privatdetektiv fast den Eindruck hatten, er sei von einem Geist besessen oder irgendwie verzaubert.

»Ich war erschüttert«, sagte Osteen. »Was um Himmels willen war hier los? Für diese Jungs oder zumindest für Chris war dies kein Spiel mit erfundenen Figuren. Sie *waren* die Figuren.«

Als Bill Osteen an diesem Abend nach Greensboro zurückfuhr, dachte er einen Schritt weiter über Dungeons & Dragons nach.

»Haben wir es mit einem Mandanten zu tun, der weiß, was er tut?« fragte er seinen Sohn und Tom Brereton. »Oder ist er irgendwie verhext? Oder könnte diese ganze Sache eine Art abgekartetes Spiel sein, weil alles in diesem Spiel anscheinend auf Täuschung aufgebaut ist? Könnte ihn jemand anders so in diese Rolle hineinmanövriert haben, daß er als Schuldiger überführt werden mußte?«

Was so etwas möglich? Osteen wußte es nicht, und weder sein Sohn noch Brereton konnten ihm da helfen. Aber alle drei mußten sich jetzt mit der Möglichkeit befassen, daß sie – ganz zufällig – in eine sorgfältig geheimgehaltene Welt des Okkulten gestolpert waren.

Für Bonnie brachten die Wochen nach Chris' Verhaftung noch mehr Frust, Erschöpfung und Streß als die Wochen zuvor.

Da sie sich noch um Angela in Winston-Salem kümmern mußte – »arme, kleine Angela«, würde sie später sagen, »so schrecklich vernachlässigt bei alldem« –, war sie gezwungen, zwischen ihrem Haus dort und dem Holiday Inn in Little Washington zu pendeln.

Sie blieb im Holiday Inn, weil sie nie wieder im Haus an der Lawson Road wohnen konnte und weil sie trotz der sieben Jahre in der Stadt niemanden kannte, in dessen Haus sie sich als Gast wohl gefühlt hätte.

Am Ende des Monats war Chris immer noch im Gefängnis, und Bonnie erkannte, daß sie nicht länger ohne Hilfe mit ihrem Schicksal fertig werden konnte.

Und so fuhr sie am Freitag, dem 30. Juni, um 17 Uhr 30 die anderthalb Stunden von Winston-Salem nach Durham zum University Tower, der groß und grün am Stadtrand aufragte. Bonnie hatte ihren ersten Termin bei einer Psychiaterin.

Jean Gaillard Spaulding war 42 Jahre alt. Sie war teils Schwarze, teils Kaukasierin, teils Amerikanerin. Sie hatte langes, schwarzes Haar, hellbraune Haut, große, runde Augen, mit denen sie Patienten aufmerksam und fast liebevoll anschaute, sie lächelte so oft und herzlich wie wahrscheinlich kaum eine andere Psychiaterin und sie hatte einen feinen Sinn für modische Kleidung wie jede Frau in North Carolina.

Ihre Ururgroßmutter war eine Sklavin in Charleston gewesen und hatte vier Kinder von einem weißen Mann geboren, der sie im Alter von 14 Jahren gekauft hatte. Jean Spaulding war in Birmingham, Alabama, geboren worden und die ersten fünf Jahre von ihrer Mutter getrennt gewesen, die in einem Tuberkulose-Sanatorium in Illinois gewesen war. Später war Jean in einem Viertel der Mittelschicht in Detroit aufgewachsen.

Sie graduierte 1968 cum laude am Barnard College der Columbia University. Sie nahm aktiv an den Antikriegsdemonstrationen in diesem Frühjahr teil und besetzte mit anderen ein Universitätsgebäude, bis sie von der Polizei vertrieben wurde. (Ihr Aktivismus hatte im neunten Semester begonnen, als ihre Familie vor einem Woolworth-Kaufhaus in Detroit demonstriert hatte). Nach dem Besuch der Columbia University boten ihr viele medizinische Fakultäten Stipendien an, doch sie nahm schließlich das Angebot der Duke University an, weil sie soeben einen Mann aus Durham geheiratet hatte. So wurde sie die erste schwarze Frau (und die dritte schwarze Person), welche die medizinische Fakultät der Duke University besuchte.

Sie war so attraktiv wie intelligent und hatte in eine der angesehensten und erfolgreichsten schwarzen Familien North Carolinas eingeheiratet. Ihr Mann, Kenneth Spaulding, war Anwalt und ein ehemaliges Mitglied des Repräsentantenhauses wie Bill Osteen und Wade Smith.

Zusätzlich zu der Arbeit in ihrer Privatpraxis lehrte Dr. Spaulding an der medizinischen Fakultät der Duke University und hielt Vorlesungen über Themen wie ›Depressionen in der Pubertät‹ und ›Selbstmord Heranwachsender‹. Sie kümmerte sich sehr um ihre Patienten, beschäftigte sich in Gedanken oft mit ihnen, verlor nie das Mitgefühl, auch nicht nach Feierabend. Ihre Herzlichkeit und ihr Einfühlungsvermögen waren instinktiv, spontan und aufrichtig.

Wade Smith war überzeugt, daß er mit Jean Spaulding die beste Wahl getroffen hatte; wenn jemand Bonnie helfen konnte, dann diese Psychiaterin, in die er das größte Vertrauen hatte.

Auf Grund der Informationen, die sie von Wade Smith erhalten hatte, war sie der Ansicht, daß ihre neue Patientin unter ›mehrfachen Traumata‹ litt.

Bonnie von Stein war das Opfer eines brutalen Angriffs, bei dem sie schwer verletzt worden war. Sie war die Witwe eines ermordeten Mannes und die Mutter eines Sohns, der unter Mordverdacht stand. Dann war da noch die ungelöste Frage bezüglich Angela, ihres anderen Kindes. Angela wurde zwar nicht eines Verbrechens beschuldigt, aber es gab immer noch Leute, die sie verdächtigten. Und schließlich war Bonnie selbst eine Verdächtige gewesen.

Beim ersten Gespräch bat Dr. Spaulding Bonnie, über sich und ihre persönliche Geschichte zu reden. Es wurde Dr. Spaulding bald klar, daß nicht das Gesagte, sondern das Unerwähnte die Fenster öffnete, durch die Einblicke gewonnen werden konnten.

Bonnie begann mit ihrer Heirat im Jahre 1966. (In Wirklichkeit hatte sie 1967 geheiratet.) Sie erwähnte nicht den Namen ihres ersten Mannes, sondern sprach von ihm nur als ›ein Mann aus Lexington, den ich acht oder zehn Monate kannte‹. Nach ihren Worten war er viel jünger als sie und ›sehr unreif‹.

Bonnie erwähnte die Geburt von Chris und Angela und sagte, im Juli 1971 (in Wirklichkeit war es 1972 gewesen) habe ihr Mann sich entschlossen ›auszuziehen‹ und ›sich scheiden zu lassen‹. Nach der Scheidung habe sie die Raten für ihre beiden Wagen weiterbezahlt, ›weil sie ihre Kreditwürdigkeit nicht gefährden wollte‹. Sie sagte, ihr Ex-Mann habe keine Unterhaltszahlungen geleistet, und sie betonte, *sie* sei für die Kinder verantwortlich gewesen.

Bonnie erzählte, wie sie Lieth kennengelernt hatte, wie attraktiv und scheinbar ›unerreichbar‹ er auf sie gewirkt hatte. Als sie die Zeit der jungen Liebe beschrieb, wurde sie ziemlich verlegen, und sie errötete fast, als sie von den ersten gemeinsamen Wochenenden erzählte. Sie sprach sehr ausführlich über den Fortschritt der Beziehung, dachte offenbar nostalgisch an glücklichere Tage. Sie erzählte von der Hochzeit, dem Umzug nach Little Washington, von ihrem beruflichen Werdegang; es hatte den Anschein, als würde Bonnie in der ganzen Sitzung nichts von den Ereignissen erwähnen, die überhaupt zu dieser Zusammenkunft geführt hatten.

Um ein wenig nachzuhelfen, fragte Jean Spaulding, was mit Lieth geschehen war. Bonnie sagte, ›er wurde getötet‹. Das war es. Sie sagte nicht ›ermordet‹, sondern ›getötet‹.

»Sie sagte es fast, als wäre er bei einem Autounfall ums Leben gekommen«, sagte Dr. Spaulding. Bonnie beeilte sich, das Thema hinter sich zu bringen, und fuhr fort, indem sie betonte, daß Lieth am 1. Januar ›vollen Anspruch‹ auf die betriebliche Altersversorgung der Firma gehabt hätte. Dann beschrieb sie Lieths Familiengeschichte – seine Eltern, seinen Onkel, den Streß, den er durch ihre Krankheiten gehabt hatte –, aber aus Dr. Spauldings Sicht ›wich sie immer vom Kern ab . . . tastete sich darauf zu und ging dann zu etwas anderem über.«

Dr Spaulding befragte sie über die Kinder. Bonnies Sohn hatte vor zwei Jahren die Abschlußprüfung der High-School bestanden. Schnell ging Bonnie zu Chris' Festnahme über. Am meisten regte sie sich anscheinend darüber auf, daß John Crone eine Pressekonferenz gegeben hatte. Dr. Spaulding beschrieb Bonnie als ›erregt‹, während sie über die ›Ungerechtigkeit‹ sprach, mit der die Verhaftung ihrer Ansicht nach erfolgt war. Wie Osteen und Vosburgh gewann Jean Spaulding den Eindruck, daß Bonnie mehr über den Ablauf der Verhaftung erschüttert war als über das, was die Festnahme an sich bedeutete.

Als die Sitzung zu Ende war, hatte Bonnie immer noch nicht direkt über Lieths Ermordung oder darüber gesprochen, daß Chris unter Mordverdacht stand.

Am selben Nachmittag suchte Tom Brereton das kleine Haus im südlichen Winston-Salem auf, in dem Bonnie und Angela wohnten.

Als er auf die Haustür zuging, befürchtete er, sich in der Adresse geirrt zu haben. Dies sollte das Haus von Lieth von Steins Eltern gewesen sein, die ihrem Sohn über eine Million Dollar hinterlassen hatten, die jetzt Bonnie gehörten. Brereton konnte kaum verstehen, daß sich jemand, der so reich war, mit einem so kleinen und schlichten Haus zufriedengab. Und warum hatten von Steins Eltern mit all ihrem Geld so bescheiden gelebt?

Das einstöckige Haus war so unscheinbar, die Umgebung so

unauffällig, daß Brereton auf den Zettel schaute, auf den er die Adresse notiert hatte, und sich vergewisserte, daß er sich nicht geirrt hatte. Er selbst bewohnte ein schönes Backsteinhaus an einer schattigen Straße in einem Viertel in Greensboro, das im Vergleich zu diesem Haus fast wie der Buckingham-Palast wirkte. Und er mußte mit dem Gehalt eines FBI-Agenten vier Töchter großziehen.

Er klingelte. Angela öffnete die Tür. Er stellte sich vor und erklärte, daß er der von Mr. Osteen beauftragte Privatdetektiv war, der für Chris' Verteidigung arbeiten sollte. Angela schaute ihn mit einer Mischung aus Verständnislosigkeit und Gleichgültigkeit an. Ihre Mutter war nicht zu Hause. Aber er wollte auch nicht zu ihrer Mutter. Er wollte Material sehen, das Chris in seinem Computer gespeichert hatte, besonders die Beschreibung der Dungeons & Dragons-Figuren, die Chris in vielen Monaten entwickelt hatte. Angela schaute Brereton an, als spreche er Chinesisch.

Es war nicht Tom Breretons Art, bei der Bearbeitung eines Falls Zeit mit unnötigen Nettigkeiten zu vergeuden, doch dieses Mädchen wirkte so lustlos und verwirrt, daß er sich gezwungen sah, irgend etwas zu sagen, um eine menschliche Verbindung herzustellen. So klagte er über die Hitze.

Nach dieser harmlosen Bemerkung verschwand Angelas verständnislose Miene, und ihr Gesicht nahm plötzlich und bemerkenswert einen Ausdruck von Bitterkeit an. Ja, sie fand es ebenfalls heiß, aber es wäre nicht so schlimm, wenn ihre Mutter eine Klimaanlage installieren lassen würde. »Selbst die Katzen leben besser als wir«, beklagte sie sich.

Jetzt schaute Brereton verwirrt drein. Angela wies zum Hof. »Meine Mutter ließ dort draußen ein Häuschen für die Katzen bauen«, erklärte Angela. »*Das* hat eine Klimananlage, aber wir sind nur Menschen, und so müssen wir hier wohnen und schwitzen.«

Als Brereton später die Ereignisse des Tages bei Bill Osteen schilderte, war der Privatdetektiv der Meinung, daß sie Angelas Verhalten Aufmerksamkeit schenken sollten. Zuerst hatten sie erlebt, daß Chris seine Mutter behandelt hatte wie irgendeine dumme und unfähige Bedienstete. Und jetzt hatte sich Angela einem völlig Fremden gegenüber abfällig über ihre Mutter geäußert. Für den erfahrenen Tom Brereton war klar, daß da etwas in der Familie nicht stimmte. Es hatte fast den Anschein, daß beide Kinder enttäuscht waren, weil sie noch lebte. Dieser Gedanke ließ Brereton nicht los.

Bonnie lebte, besaß zwei Millionen Dollar und war offenbar nicht bereit – abgesehen von ihrer Bereitschaft, für Chris' Verteidigung zu bezahlen –, etwas davon auszugeben, um ihren Lebensstandard und den ihrer Kinder zu verbessern.

Diese Kinder ärgerten sich, weil sie nicht das bekommen hatten, was ihnen ihrer Meinung nach zustand. Gewiß, Chris' Freunde auf der Uni fanden, daß seine Mutter in punkto Geld großzügig war, aber das *große* Geld oder einen bedeutenden Wechsel im Lebensstil, nachdem Lieth zum Millionär geworden war, hatte es nicht gegeben.

Wo waren die neuen Wagen, die Urlaube in der Karibik, die elegante Kleidung, das neue Haus? Smallwood war ja nicht schlecht, und auch gegen das Haus an der Lawson Road war nichts einzuwenden, aber keiner konnte es als luxuriös bezeichnen.

Nach Lieths und Bonnies Ansicht, ob sie richtig war oder nicht, hatten die Kinder es wirklich verdient. In den ersten sechs oder sieben Jahren ihres Lebens hatte es Abende gegeben, an denen diese Kinder hungrig ins Bett hatten gehen müssen. Und wenn sie etwas zu essen bekommen hatten, dann waren es zu oft nur Bohnen oder Makkaroni gewesen. Wie die Kinder es sahen – oder vielleicht gesehen hatten –, hätte wenigstens etwas von einer Million *ausgegeben* und nicht in irgendein verdammtes Treuhandvermögen gesteckt oder zum Kauf von Aktien und festverzinslichen Wertpapieren benutzt werden sollen, von deren Besitz die Freunde nie etwas erfuhren.

Lieth war so geizig gewesen, daß es genausogut gar keine Erbschaft hätte geben können. Und selbst jetzt hatten die Kinder weniger von der Erbschaft profitiert als die Katzen.

Den wahren Fund dieses Tages machte Tom Brereton jedoch durch Chris Pritchards Computer. Es war eine Biographie und Beschreibung der Dungeons-&-Dragons-Figur, die Chris selbst spielte und die er ›Dimson, die Wanderin‹ genannt hatte.

Brereton, der in den Fall einbezogen worden war, weil er mehr über Dungeons & Dragons wußte als Bill Osteen, und der sich in Erinnerung halten mußte, daß er Chris *helfen* sollte, statt ihn zu hängen, fand das, was er auf dem Bildschirm des Computers sah, als er die von Chris genannten Daten eingegeben hatte, nicht nur bizarr, sondern auch bedrückend.

Da war zuerst ein Abschnitt ›Hintergrundinformationen‹, in dem stand:

»Dimson begann ihr Leben in der Unterwelt. Aber weil durch einen unglückseligen Unfall die Höhle einstürzte, war Dimson dazu verdammt, das Leben der Oberirdischen zu führen.

Sie wurde von einer Familie von Räubern gefunden, die sie aufzog und sie die Lebensweise der Oberirdischen lehrte. Sie wurde gut versteckt von der Familie, so daß sie nicht geächtet werden konnte, und man brachte ihr die alte Kunst des Verkleidens bei. Sie schwor, daß kein anderes Lebewesen sie jemals sehen würde, wie sie wirklich war.

Sie wurde zu einer Meisterin der Verkleidungskunst und kann jetzt als jede Art Elfe auftreten, männlich oder weiblich. Sie redet nicht viel, damit keiner sagen kann, ob sie weiblich oder männlich ist. Wenn sie andere manchmal wissen läßt, daß sie weiblich ist, hat sie einen Vorteil, weil man sie für schwach hält. Sie mag keinen körperlichen Kampf, aber sie ist sehr wohl in der Lage, sich zu behaupten. Sie zieht es vor, den Feind von hinten anzugreifen, um ihre Fähigkeiten beim Dolchstoß optimal zu nutzen. Sie mag es auch nicht, in die Enge getrieben zu werden, und wenn das der Fall ist, kämpft sie wie rasend und hört erst auf, wenn ihre Gegner tot sind.

Ihr einziger Nachteil: Wenn der Himmel nicht wolkenverhangen ist, bewegt sie sich nicht frei im Tageslicht. Kein

Oberirdischer hat sie jemals ohne Verkleidung gesehen, doch sie bevorzugt ihren Umhang. Wenn jemand wagt, ihre Kapuze runterzuziehen, ist er zu einem scheußlichen und schmerzhaften Tod verdammt. Wenn ihr jemand entkommt, muß er ihre Rache fürchten, denn sie hat viele Namen.

Sie hat keine Freunde, was ihr nichts ausmacht. Sie bevorzugt die Einsamkeit und Ruhe, wenn sie nicht unterwegs ist und nach einer Möglichkeit sucht, die ganze Zunft der Räuber und Diebe zu vernichten.«

Wenn entweder Brereton oder Osteen ein Psychologe mit Erfahrung im Interpretieren der unterschwelligen Bedeutung einer Phantasie gewesen wäre, dann wäre er fasziniert von einer Reihe von Elementen gewesen, die in dieser Beschreibung von Dimson enthalten waren.

Da war die Verwirrung sexueller Identität; der ›scheußliche und schmerzhafte Tod‹, der jedem drohte, der sie demaskierte, ›der unglückselige Unfall‹ in ihren frühen Jahren, ›der zu einem Einsturz der Höhle führte‹, was man auf den Schock im Leben des jungen Chris, dessen leiblicher Vater ihn verließ, beziehen konnte; die Formulierung ›sie war verdammt, das Leben der Oberirdischen zu führen‹; und ihre Entschlossenheit, ›daß kein anderes Lebewesen sie jemals sehen würde, wie sie wirklich war‹.

Auch der Name selbst: Dimson. Dim-son. Dim son. (Schwacher Sohn). Hatte Lieth nicht klargemacht, daß er Chris' Leistungen schwach fand? Oder hatte Chris sich nicht zumindest selbst so bewertet?

Natürlich war weder Brereton noch Osteen Psychologe. Wie Bonnie neigten sie mehr zu den direkten, nüchternen Auslegungen von Daten und Fakten. Und auf diesem Gebiet sahen sie etwas, das ihnen überhaupt nicht gefiel.

Da gab es einen Abschnitt in der Beschreibung von Dimson mit dem Titel ›Besondere Fähigkeiten und Zauberkräfte‹. Da waren viele Phrasen, die nur Bedeutung im Zusammenhang mit dem Spiel hatten wie: ›darf ohne Strafe mit zwei Waffen kämpfen ... Einblick in 12 ... entdeckt Geheimtüren ... kann mit einer 1–4 Chance überraschen, wenn dem Trupp gut voraus, und einer 1–2 Chance, wenn eine Tür geöffnet werden muß: kann nur in einer 1 überrascht werden in 8.‹

Aber eine von Dimsons Eigenschaften sprang förmlich ins Auge: in dem Abschnitt ›Besondere Fähigkeiten‹ wurde Dimson die Fähigkeit zugesprochen, ›eine Lüge zu erzählen, die unentdeckt bleibt‹.

3

Bonnie sah Jean Spaulding wieder am 7. Juli. Die Psychiaterin begann die Sitzung mit der Frage, wie sich die bisherigen Ereignisse auf Bonnie selbst ausgewirkt hatten. Bonnie sagte sehr ruhig, die vergangenen Monate November und Dezember seien schwer gewesen. Sie hatte Angst gehabt, nach Einbruch der Dunkelheit das Haus zu verlassen. Sie hatte ›Furcht vor der Dunkelheit‹ gehabt. Aber dann hatte sie sich einfach gezwungen, auszugehen. Sie hatte sich an die Philosophie ihres Vaters gehalten, die lautete: »Du schaffst es, indem du es schaffst.« Sie hatte sich entschlossen, sich ihrer Furcht zu stellen, und danach waren die Dinge besser geworden.

Es war eine unvollständige Antwort auf einen sehr kleinen Teil einer sehr großen Frage, aber Dr. Spaulding drängte Bonnie nicht. Sie war bereits zu der Erkenntnis gelangt, daß Bonnie einem nur das sagte, was sie sagen wollte. Sie bemühte sich, gewissenhaft und genau bei ihren Aussagen zu sein, aber sie war nicht geneigt, Einblick in emotionale Tiefen zu geben.

Bonnie erzählte weiter, ›man‹ – damit meinte sie die Polizei – habe sie eine Zeitlang für eine Verdächtige gehalten. Hier gewann Dr. Spaulding einen ersten Einblick in etwas, das auf Verärgerung hinwies, aber sie fragte sich ›Wo ist der Zorn?‹ Ihr Mann war ermordet worden, sie war fast selbst gestorben, und dann hatte sie erfahren, daß *sie* verdächtigt wurde? Man hätte ein stärkeres Gefühl als Ärger erwarten können.

Als nächstes beschrieb Bonnie ihre Verletzungen. Dabei ›setzten bei ihr *alle* Emotionen aus‹. Trotzdem war die Schilderung bedrückend. Für Jean Spaulding war sie auch beruhigend. Zum ersten Mal erfuhr sie vom vollen Ausmaß von Bonnies Verletzungen, und dadurch war für Dr. Spaulding klar, daß Bonnie nicht in das Verbrechen verwickelt sein konnte.

Bonnie erzählte weiter. Im Haus ihrer Eltern hatte sie Probleme mit Flüssigkeit in der Brust, und der Arzt wollte sie ins Krankenhaus einweisen. Bonnie weigerte sich hartnäckig. Sie gab jetzt offen zu, daß ihre Kraft und ihr Durchsetzungsvermögen aus ›Furcht‹ entstanden waren. Sie hatte schrecklich Angst gehabt, irgend etwas Entsetzliches würde ihr zustoßen, wenn sie ins Krankenhaus zurückkehrte. Sie fand das jetzt vernunftswidrig – und für Bonnie war dies ein großes Eingeständnis –, aber sie hatte die tiefe Furcht gehabt, im Krankenhaus zu *sterben*.

»Als ich das hörte«, sagte Dr. Spaulding später, »war ich vom Ausmaß des Traumas überzeugt, das sie erlitten hatte.«

Dann erzählte Bonnie, daß jemand namens Lewis Young im vergangenen August Chris für schuldig befunden hatte. Es hatte eine Karte gegeben, auf der ihr Haus und die Umgebung eingezeichnet waren, und sie hatte Chris befragt, aber er hatte ihr versichert, sich nicht zu erinnern, jemals irgendeine Karte angefertigt zu haben.

Bonnie sprach jetzt hektisch, und es war ziemlich verwirrend für Dr. Spaulding, die noch nicht mit den Einzelheiten des Falls vertraut war. Sie unterbrach mit einer Frage über die Karte. Bonnie erklärte, daß sie seit Monaten Gerüchte über eine zum Teil verbrannte Karte gehört hatte, die angeblich von Chris angefertigt worden war. Man hatte die Karte irgendwo zusammen mit blutigen Kleidungsstücken und einem Messer gefunden. Vor kurzem hatte Bonnie erfahren, daß der Junge, der ein Geständnis abgelegt hatte, behauptete, nur der Fahrer gewesen zu sein.

Bonnie war sich immer noch nicht sicher, ob sie einen oder vielleicht zwei Eindringlinge in ihrem Schlafzimmer gesehen hatte, aber sie war der festen Überzeugung, daß es nicht ihr Sohn gewesen war.

Sie betonte das: »Es war *nicht mein Sohn.*«

Angela hatte in ihrem Zimmer geschlafen, und ihr Sohn hatte tief und fest im Studentenwohnheim in Raleigh geschlafen.

Als sie im Krankenhaus zu sich gekommen war, hatte sie Chris gesehen – sie nannte ihn wiederum nicht mit Namen, sondern ›mein Sohn‹. Er hatte an ihrem Bett gestanden, ihre Hand gehalten und geweint.

Dann beschrieb sie von neuem ihre Verletzungen. Sie sprach von Schlägen auf die Stirn, von der Messerwunde in ihrer Brust, vom großen Blutverlust. Sie hatte ›eine mangelhafte Erinnerung‹ und verfiel in ›einen Dämmerzustand zwischen Tagträumen und Schlaf‹.

Als sich die Sitzung dem Ende näherte, redete Bonnie über den Test mit dem Lügendetektor. Daß es *erniedrigend* für sie war. Daß sie drei Tage später eine Gürtelrose um ihr Auge bekommen hatte. Obwohl Bonnie den Test mit dem bestmöglichen Ergebnis bestanden hatte, notierte Dr. Spaulding: »Sie regte sich *sehr* über den Test mit dem Lügendetektor auf.«

Am 1. August, sechs Wochen nach seiner Festnahme und nachdem er viele Science-fiction-Romane gelesen und unzählige Zigaretten geraucht hatte, wurde Chris Pritchard für eine Kaution von 300 000 Dollar, die seine Mutter zahlte, aus dem Gefängnis des Beaufort County entlassen.

Bei der Verhandlung gab Staatsanwalt Norton, ein stämmiger Mann mit buschigem Schnurrbart und quälend langsamer Sprechweise, zum ersten Mal zu, daß die Anklage nicht behauptete, Chris sei an dem Mord selbst beteiligt oder auch nur am Tatort gewesen.

Norton wiederholte jedoch, daß der Staat vorhabe, die Todesstrafe für Chris zu fordern, eine Erklärung, die zu Spekulationen in der Presse führte, daß Chris Upchurch und Henderson gedungen hatte, um Lieth und vermutlich auch Bonnie ermorden zu lassen.

Bonnie traf Chris am frühen Nachmittag im Büro des Friedensrichters. Draußen hatten sich Reporter der Medien des Kreises Beaufort versammelt.

»Es war eine lächerliche Szene«, sagte Bonnie später. »Kameraleute und Fotografen stolperten förmlich übereinander, hielten Chris Mikrofone vor den Mund und fragten ihn, ob er froh war, wieder frei zu sein.« Weder Bonnie noch Chris gaben irgendeinen Kommentar ab. Sie beantworteten keine einzige Frage.

In der Washingtoner Zeitung *Daily News* stand: ›Schick bekleidet mit anthrazitfarbener Hose, hellgrauer Sportjacke, weißem Hemd und purpurner Krawatte, Arm in Arm mit seiner Mutter, überquerte Pritchard die Market Street, und der Anwalt James Vosburgh ging voran.«

In dieser Nacht teilten Bonnie, Angela und Chris ein Zimmer im Holiday Inn. Einige mochten es sonderbar finden, daß ein junger Mann in Chris' Alter in einem Bett neben seiner Mutter und Schwester schlief, aber weder Bonnie noch Angela sahen etwas Ungewöhnliches darin. Bonnie hatte das Bedürfnis nach körperlicher Nähe, obwohl sie und ihre Kinder durch eine emotionale Kluft getrennt waren.

»Ich hatte immer noch Angst«, sagte Bonnie später. »Nicht nur um meine Sicherheit, sondern auch um die meiner Kinder. Je näher sie waren, desto besser fühlte ich mich. Und wenn wir auch keine tiefen Unterhaltungen führten, klammerten wir uns in gewissem Maße aneinander.«

Am nächsten Morgen war Bonnie wieder im Gericht, um die Festsetzung der Kaution für James Upchurch zu hören. Die Kaution für Moog wurde auf 500 000 Dollar festgesetzt, und weil weder er noch irgendwelche Verwandten sie zahlen konnten, wurde er ins Gefängnis zurückgebracht. Bonnie war nicht ins Gericht gegangen, weil sie besorgt wegen des Ausgangs der Verhandlung war – Vosburgh hatte ihr zuvor versichert, daß Upchurch niemals die Kaution zahlen konnte –, aber sie hatte zum ersten Mal die Person sehen wollen, die beschuldigt wurde, ihren Mann ermordet zu haben. Sie dachte, das könnte irgendeinen Schock des Wiedererkennens auslösen.

Aber da war nichts. Es war eher ein Schock, daß *nichts* sie an die Person erinnerte, von der sie fast getötet worden wäre. Upchurch war groß und dünn und hatte ungewöhnlich schmale Schultern und einen langen, schlanken Hals.

Sie sah Neal Henderson nicht, weil er bereits bei einer nicht bekannt gemachten Verhandlung, die früher und in einem anderen Verwaltungsbezirk stattgefunden hatte, freigelassen worden war.

Am nächsten Tag, dem 3. August, fuhren Bonnie und Chris nach Winston-Salem. Nach nur einer Übernachtung zu Hause fuhr Bonnie zum Ocean Isle Beach am südlichen Ende der Wasserlinie North Carolinas. Dies war der Strand, zu dem sie und Lieth immer gefahren waren. Sie hatte ein Apartment mit drei Zimmern für eine Woche gemietet. Chris und Vince Hamrick fuhren zusammen hin. Einen Tag später trafen Angela und Donna Brady ein.

»Wir entspannten uns und gingen getrennte Wege«, sagte Bonnie. »Gelegentlich trafen wir uns zu den Mahlzeiten. Es wurde nicht über Chris' Lage geredet. Nach sechs Wochen im Gefängnis wäre es schrecklich für den armen Jungen gewesen, wenn jeder über seine Probleme lamentiert hätte. Es waren stärkende Tage, eine Zeit der Erholung und Rehabilitation.«

Als sich die Woche dem Ende näherte, fuhren die anderen nach und nach weg. Allein spazierte Bonnie kilometerweit über den Strand.

Chris war auf Kaution frei. Bill Osteen hatte alles fest unter Kontrolle, und ein so fähiger Privatdetektiv wie Tom Brereton beschäftigte sich mit dem Fall, und Bonnie sagte sich, daß es nicht vermessen war, zu hoffen, daß wirklich bessere Tage vor ihr lagen.

Bill Osteens Anwaltsbüro war im dritten Stock des Sparkassengebäudes in der Innenstadt von Greensboro. Das Büro hatte weder den rustikalen Charme von Jim Vosburghs kleinem, schmalem Büro neben der Billardhalle in Little Washington noch den feudalen Charme von Wade Smith' Büro in Raleigh. Es war schlicht und zweckmäßig, ganz offensichtlich ein Raum, in dem die Arbeiten schnörkellos und sachlich von einem Mann geleitet wurden, der sein Geschäft gut verstand.

Während Bonnie, Chris und Angela am Strand waren, verbrachte Bill Osteen viel Zeit in seinem Büro und dachte über die nächsten Schritte nach. Chris war kein potentieller Verdächtiger mehr, er war jetzt ein Angeklagter. Und in ein paar Monaten würde es einen Prozeß geben. Ein Prozeß, in dem Chris zum Tode verurteilt werden konnte. Bill Osteen fühlte sich unbehaglich bei den Gedanken an das, was er bereits über Chris wußte, aber noch größere Sorgen machte ihm die Frage, wieviel er immer noch *nicht* wußte.

Er sagte: »Wir mußten uns entscheiden, ob wir ihm empfehlen, auszusagen. Um diese Entscheidung treffen zu können, mußten wir wissen, was er sagen würde. Und wir hatten das Gefühl, daß es keinen uns bekannten Anwalt und keinen Ankläger gibt, der härter vorbereitete Fragen stellen kann als wir, um Leute dorthin zu bringen, wo sie sein sollten, damit sie sich auf fraglichen Gebieten selbst schützen können; damit sie Antworten geben können, die nicht nur der Wahrheit entsprechen, sondern auch vernünftig klingen. Oftmals kann man eine wahre Antwort geben, aber sie klingt so verdammt grotesk. Wir wollten nicht überrascht werden, und unser Mandant sollte ebenfalls vor Überraschungen sicher sein. So beschlossen wir, unseren Mandanten regelrecht in die Zange zu nehmen, als wäre einer von uns der Ankläger. Getreu der Devise: ›Wenn Sie die Beantwortung unserer Fragen schaffen, dann brauchen Sie nicht zu befürchten, daß irgendein Ankläger Ihnen eine Falle stellt.‹«

Damit es wirklich gut wurde, ließ Osteen viele Fragen von Tom Brereton stellen. Osteen sagte später zu seinem Sohn: »Es war an der Zeit, den Baum zu schütteln, um zu sehen, was herunterfällt.«

Natürlich besteht immer die Gefahr, daß auf dem Boden eine Schweinerei entsteht, wenn zuviel vom Baum fällt.

Die Sitzung begann am Montag morgen, dem 14. August, um halb zehn, an dem Tag, an dem Bonnie vom Strand zurückkehrte.

»Zu Anfang dachten wir, daß Chris in der Lage war, uns ehrliche Antworten zu geben; Antworten, die wirklich vernünftig klangen. Aber nach und nach ergaben die Dinge nicht mehr soviel Sinn. Mir kamen immer neue Fragen in den Sinn. So begannen wir uns förmlich einzuschießen.«

Tom Brereton erinnerte sich jedoch, daß von Anfang an beabsichtigt war, den Baum nicht nur zu schütteln, sondern ihn zu entwurzeln.

»Bill hatte mich beauftragt, auf den Jungen loszugehen«, sagte Brereton später. »So hatte ich an diesem Morgen die volle Absicht, ihn mürbe zu machen. Ich wollte ein Geständnis von ihm. Als ich ihn im Gefängnis gesehen hatte, war mir klar gewesen, daß sein lässiges Auftreten nur Schau war. Sein Charakter war schwach. Wenn ihm erst klar wurde, daß er nicht mehr über den Dingen stand und nichts mehr unter Kontrolle hatte, dann kam der wahre Chris Pritchard zum Vorschein. Vielleicht konnte ›Dimson, die Wanderin‹ eine unentdeckbare Lüge erzählen, aber Chris Pritchard war nicht in der Lage, mich zu leimen.«

Osteen begann das Treffen mit seiner üblichen ruhigen und geschliffenen Art und Weise.

»Chris«, sagte er, »wir haben uns nach besten Kräften bemüht, all die Dinge, die Sie uns gesagt haben, zu verarbeiten und eine Möglichkeit zu finden, sie zu akzeptieren. Aber ehrlich gesagt, es fiel uns schwer. Jetzt gehen wir die Dinge methodisch durch, und diesmal werden Sie uns die Wahrheit sagen.«

Dann erklärte Osteen, wegen einiger Gerichtstermine könne er gelegentlich bei der Befragung nicht anwesend sein, aber sein Sohn und Tom Brereton seien gut vorbereitet, um dann weiterzumachen.

Osteen begann mit der Karte. Chris sagte, die einzige Karte, die er je angefertigt habe, sei diejenige, um die ihn das SBI im März gebeten habe.

»Ja«, sagte Brereton. »Und Sie schrieben das Wort LAWSON darauf.«

»Na und?« erwiderte Chris. Brereton neigte sich vor. »Experten-Analysen der Schrift zeigen, daß es *genau dieselbe* Handschrift wie auf der ersten Karte ist, die Sie anfertigten. Diejenige, die Sie Upchurch und Henderson gaben, damit sie zu Ihrem Haus fahren und Ihre Eltern ermorden konnten.«

»Ich habe ihnen nie irgendeine Karte gegeben.«

»Reden Sie keinen Scheiß!«

»Ich habe ihnen keine gegeben!«

»Chris«, sagte Osteen sanft, »die Schrift auf dieser Karte, die man an der Feuerstelle fand, ist identisch mit der Schrift auf der Karte, die Sie im März anfertigten.«

»Ich kann nichts dafür, wenn das so ist. Ich habe keine Karte für Henderson oder Upchurch angefertigt.«

»Vielleicht für jemand anders«, sagte Osteen.

Chris schwieg und dachte anscheinend nach. »Nun«, sagte er dann, »wissen Sie, ich *könnte* eine Karte gezeichnet haben, vielleicht – ich meine, ich erinnere mich nicht, aber ich halte es für möglich – für eines unserer D-&-D-Spiele. Wissen Sie, eine Skizze für ein Szenario. Oder ich hätte eine für einen Freund anfertigen können. Ich hatte so einen Freund, ich erinnere mich. Brian. Er wollte nach Washington kommen, aber er wußte nicht, wo wir wohnten. Es kann sein, daß ich eine Karte für ihn angefertigt habe.«

»Und haben Sie jemals bei Ihrem Freund Brian oder bei sonst jemand über die Möglichkeit geredet, Ihre Eltern zu ermorden?« fragte Osteen.

»Nein. Nein, nie.«

»Nicht im Ernst, meine ich«, sagte Osteen. »Ich meine, vielleicht einfach im Scherz.«

»Nein, nein, ich würde nie auch nur Scherze mit so etwas machen. Das wäre ein wirklich makabrer Scherz.«

Chris war so klein und dünn und gekleidet wie ein kleiner Junge, als befände er sich in einer Tagesschule und nicht in Bill Osteens Konferenzzimmer, in dem Tom Brereton ihn anstarrte, nur durch die Breite des Konferenztischs von ihm getrennt.

»Wissen Sie«, sagte Chris, »Upchurch machte ein paar Witze darüber. Wirklich üble, makabre Witze. Aber ich ignorierte ihn einfach. Mit so etwas spaße ich nicht.«

»Aber Sie sprachen davon, daß Ihre Eltern Geld haben«, sagte Osteen.

»Das weiß ich nicht. Ich bin mir da nicht sicher.«

»Um Himmels willen, bestreiten Sie nicht *das*«, unterbrach Brereton.» Zehn Leute haben mir bereits gesagt, daß Sie darüber sprachen.«

»Nein, nein. Sehen Sie, ich wußte ja gar nichts davon. Von dieser ganzen Sache mit der Erbschaft. Ich wußte nicht mal, daß eine Erbschaft existierte. Keiner hat mir je etwas davon erzählt.«

»Blödsinn!« sagte Brereton. »Ihre eigene Mutter hat mir und Mr. Osteen ebenfalls gesagt, sie habe Ihnen sehr genau erklärt, daß es eine ziemlich große Erbschaft gebe, ein Treuhandvermögen angelegt werde und Sie und Ihre Schwester das Geld bekommen, wenn der Jüngere von Ihnen 35 Jahre alt wird.«

»Nein, nein«, sagte Chris. »Ich wußte nichts davon. Ich hörte erst von der Erbschaft, nachdem all dies geschehen war.«

»Nun, Chris«, sagte Osteen und bereitete sich darauf vor, zum Gerichtsgebäude zu gehen, »wenn Sie an dieser Behauptung festhalten, muß ich mich fragen, wer von Ihnen beiden, Sie oder Ihre Mutter, die Wahrheit sagt. Und ich sage Ihnen ganz offen, daß mir die Beantwortung dieser Frage nicht schwerfällt.«

Als Osteen das Konferenzzimmer verlassen hatte, schaltete Brereton einen Gang höher.

»Henderson sagt, er fuhr Ihren Wagen. Das steht in seiner Aussage bei der Polizei. Warum würde er das sagen, wenn es nicht stimmt?«

»Das ist mir ein Rätsel«, murmelte Chris.

»Das reicht nicht«, sagte Brereton.

»Hören Sie, ich weiß nicht, warum Henderson das gesagt hat, in Ordnung?«

»Er hat es gesagt, weil es zufällig *wahr* ist«, sagte Brereton.

Chris schwieg und schüttelte den Kopf.

»Keine Antwort?« fragte Brereton.

Chris schüttelte von neuem den Kopf.

Brereton zeigte ihm Fotos von dem Baseballschläger und dem Messer. Chris leugnete, die Dinge jemals zuvor gesehen zu haben.

»Haben Sie Henderson jemals zu Ihrem Haus mitgenommen?« fragte Brereton.

»Nein, nie.«

»Und Upchurch?«

»Auch nicht. Nun, nicht nach Hause. Wir waren mal im vergangenen Juni auf dem Weg zum Strand, und da entschlossen wir uns eines Nachts, hier runterzufahren, und auf der Rückfahrt stoppten wir in Washington. Wir waren aber nicht bei mir zu Hause. Wir fuhren vorbei, und ich zeigte ihm das Haus, aber wir hielten nicht an.«

»Sie geben also zu, daß Upchurch Ihr Elternhaus sah?«

»Nun, ja, aber was soll's? Es war mitten in der Nacht.«

»Es war ebenfalls mitten in der Nacht, als Lieth ermordet wurde.«

Chris schwieg dazu.

»Und Upchurch, der bei Ihrem Elternhaus war, hat eine Karte mit Ihrer Schrift, auf dem das Haus eingezeichnet ist, und die ganze Zeit, in der er weg ist, ist Ihr Wagen ebenfalls weg.«

»Ich habe nie gesagt, daß mein Wagen weg war.«

»Das brauchten Sie auch nicht. Sie müssen wissen, Chris, daß ich seit über zwanzig Jahren im Geschäft bin. Ich habe mir von viel besseren Scheißern als Ihnen Scheiß anhören müssen.«

»Es ist kein Scheiß«, sagte Chris, doch er wirkte etwas unsicherer. »Es hapert nur etwas mit der Erinnerung – ich nahm 'ne Menge Drogen. Es gibt Dinge, an die ich mich manchmal nicht erinnern kann.«

»Wie zum Beispiel die Kenntnis von der Erbschaft?« fragte Brereton.

»Nun ... nun, ja, eigentlich ist das ein gutes Beispiel. Ich glaube, daß ich mich jetzt an so etwas erinnere. Ich glaube, ich habe mal was bei Vince, meinem Zimmergenossen, erwähnt. Daß meine Großeltern Lieth allerhand Geld vererbt haben oder so. Aber ich schwöre bei Gott, daß er die einzige Person ist, der ich es jemals erzählt habe.«

Am späten Vormittag kehrte Osteen vom Gericht zurück. Er setzte die Befragung über das Geld fort.

»Chris, wie können Sie Ihrem Zimmergenossen etwas von der Erbschaft erzählt haben, wenn Ihre Mutter *Ihnen* davon erst nach dem Mord erzählt hat?«

Chris schüttelte den Kopf. »Ich weiß es nicht. Ich nehme an, das ist der Beweis dafür, daß ich mich manchmal schlecht erinnern kann.«

»Ihr Problem ist nicht *Ihr* Erinnerungsvermögen«, sagte Brereton, »sondern das anderer Leute. Und einige davon können sich verdammt gut erinnern. Ich habe ein paar Aussagen von einigen Ihrer Freunde auf der Uni. Nehmen wir zum Beispiel Daniel Duyk. Er sagte Ihnen, wenn Ihre Eltern tot wären, hätten Sie genug Geld und könnten ihm etwas leihen, damit er ein Restaurant eröffnen kann. Und wie Sie vielleicht wissen, erlaubte mir Upchurchs Anwalt eine Befragung im Gefängnis. Er sagte nicht viel, was ich glaubte, aber in puncto Geld erzählte er mir das gleiche. Sie wollten alles Geld haben.«

»Vielleicht hörten sie das von Vince«, sagte Chris. »Ich glaube, ich erzählte ihm von den chemischen Reinigungen, von den Camel City Dry Cleaners. Und Vince ist aus Winston-Salem. Er wußte, daß diese Geschäfte viel wert sind.«

»Vince juckt mich nicht«, sagte Brereton. »Ich rede davon, was *Sie* zu *Daniel* sagten. Zum Beispiel, wenn Ihre Eltern tot wären, hätten Sie eine Menge Geld und könnten eine tolle Villa mit einem langen Zufahrtsweg und einen schnellen Wagen kaufen, und sie könnten dorthin fahren, Drogen nehmen und Dungeons & Dragons spielen, und eines Tages würden Sie dann ein Buch schreiben – einen Roman, sagten Sie ihm. Ein gutes Buch, einen Bestseller, mit dem Sie noch mehr Geld machen würden.«

Chris fühlte sich jetzt sichtlich unbehaglich.

»Hören Sie, ich trank viel Bier. Ich rauchte 'ne Menge Pot.

Ich warf mir LSD rein. Da habe ich vielleicht etwas von diesen Dingen gefaselt. Wie ich schon sagte, ich kann mich schlecht erinnern.«

»Chris«, sagte Bill Osteen, »denken Sie jetzt genau nach. Ich frage Sie noch einmal: Haben Sie jemals bei irgendeinem den Eindruck erweckt – und das heißt nicht, daß Sie wollten, was geschehen ist –, also haben Sie jemals bei irgend jemand den Eindruck erweckt, daß Sie finanziell besser dran wären, wenn Lieth und Bonnie tot wären?«

Chris antwortete nicht auf diese Frage. Statt dessen sagte er: »Es ist möglich, daß ich dieses Wort geschrieben habe. *Lawson.* Es kann sein, daß ich das auf die Karte geschrieben habe. Ich glaube, es war vielleicht James, der die Karte angefertigt hat. Upchurch. Vermutlich hat er die Skizze für ein neues D-&-D-Spiel gemacht, das wir gerade anfingen, und ich habe vielleicht das Wort darauf geschrieben.«

»Es ist also ›möglich‹«, sagte Brereton. »Und wann haben Sie das ›möglicherweise‹ getan?«

»Oh, das weiß ich nicht. Ungefähr acht oder neun Tage vorher.«

»Ungefähr acht oder neun Tage vor *was?*«

»Sie wissen doch, bevor Lieth – bevor es geschah.«

»Hör zu, du blöder kleiner Hurensohn!« schrie Brereton ihn an. »Ich lasse mich von dir nicht verscheißern! Ich will wissen, was los war! Du kannst vielleicht einen netten Mann wie Mr. Osteen verarschen, aber ich bin kein netter Mann, und mich verarschst du nicht!«

Chris wirkte jetzt ängstlich.

»Upchurch hat diese Karte benutzt«, sagte Brereton, »um zu deinem Elternhaus zu gelangen, deinen Stiefvater und deine Mutter zu ermorden, damit du eine Million erbst.«

»Nein!« sagte Chris. »Er sollte nur ein paar Dinge stehlen.«

Einen Augenblick lang herrschte Totenstille.

»Also gut, ich werde Ihnen die Wahrheit sagen«, brach Chris dann das Schweigen. »Ich habe die Karte angefertigt. Und ich gab sie ihnen. Und ich lieh ihnen auch meinen Wagen. James hatte gesagt, wenn er ins Haus rein und was klauen könnte, was wir zum Pfandhaus bringen könnten, hätten wir alle mehr Geld für Drogen. Ich erzählte ihm von einigen Sachen, Fernseher, Videorecorder, Computer, Stereoanlage. Und vielleicht ein paar Geldscheine im Taschenbuch meiner Mutter. Aber die Sachen waren *unten* im Haus. Er sollte überhaupt nicht die Treppe raufgehen. Er sollte keinem etwas tun. Etwas muß außer Kontrolle geraten sein. Ich weiß nicht, was passierte, weil ich seither mit keinem von ihnen gesprochen habe.«

Bill Osteen mußte abermals vor Gericht erscheinen. Es war fast 13 Uhr, als er zurückkehrte.

»Sie zeichneten also die Karte für sie«, sagte er, »damit sie zum Haus gelangen und einige Dinge stehlen konnten. Wissen Sie, Chris, das unterscheidet sich wesentlich von der Geschichte, die Sie bisher erzählt haben.«

»Wir wollten nur Geld«, sagte Chris. »Damit wir mehr Drogen kaufen und mit dem Spiel weitermachen konnten.«

Das war der Augenblick – bei der Erwähnung von Dungeons & Dragons, von Chris gewohnheitsmäßig nur als ›das Spiel‹ bezeichnet –, an dem Tom Brereton von seinem Stuhl aufsprang. Er schlug mit einer Faust auf den Konferenztisch und hielt die andere Faust dicht vor Chris Pritchards Nase.

»Dies ist das echte Leben, Junge!« schrie er. *»Das ist kein verdammtes Spiel mehr!«*

Und Chris schaute zu Brereton auf und sagte überraschend für alle: »Okay, ich habe es getan. Ich habe es geplant. Das wollen Sie hören. Jetzt haben Sie es gehört.«

Während Osteen, Brereton und Bill junior Chris Pritchard anstarrten, heulte er eine halbe Minute lang.

Bill Osteen junior, noch im ersten Jahr in einer privaten Anwaltspraxis, hatte plötzlich das Gefühl, am Rand eines tiefen

Abgrunds zu stehen und auf etwas Finsteres und Unfaßbares in der Tiefe zu blicken.

»Es war ein so eigenartig *fremdes* Gefühl«, sagte er später. »Die ganze Sache war seltsamer und fremder als alles, was ich in meinem ganzen Leben erfahren hatte. Ich erinnere mich, daß ich mich schrecklich traurig fühlte, als ich daran dachte, wie sehr Bonnie Chris liebte, wieviel Vertrauen sie in ihn hatte, wie überzeugt sie gewesen war, daß er nichts mit alldem zu tun gehabt hatte.«

Chris gewann schnell seine Fassung wieder. Er zündete sich eine Zigarette an, stand auf und schritt in Sandalen, T-Shirt und Shorts im Konferenzraum auf und ab.

»Ich hatte nicht vor, Ihnen das zu sagen«, erklärte er. »Ich wollte es keinem jemals erzählen. Und ich weiß nicht, warum ich es Ihnen jetzt sage.«

Und dann setzte er sich wieder und erzählte ihnen die Einzelheiten.

Als er fertig war, ließen sie ihn in einem Vorzimmer warten und sprachen miteinander.

»In meiner Heimat würde man ihm Handschellen anlegen und ihn abführen«, sagte Tom Brereton. »Aber wir arbeiten *für* den Bastard, nicht gegen ihn.«

»Und ich befürchte, daß unsere wahre Arbeit erst beginnt«, sagte Osteen. »Wir müssen ihn immer noch beim Prozeß verteidigen.«

»Wie zur Hölle können wir das tun?« fragte Brereton. »Was ist, wenn der Hurensohn als unschuldig betrachtet wird?«

»Ich weiß es nicht«, sagte Osteen. »Er ist schlimm dran. Aber ganz gleich, was er uns gesagt hat, er hat immer noch eine Chance, freigesprochen zu werden. Es ist unsere Aufgabe, einen Freispruch zu erwirken. Aber was passiert, wenn er frei ist? Was geschieht, wenn er unbestraft als Mörder davonkommt und weiß, daß wir es wissen? Und was passiert mit Bonnie?«

Es kam Bill Osteen in den Sinn, daß Chris soeben den Mordversuch an seiner Mutter gestanden hatte. Er hatte sie töten wollen, um ihr Geld zu bekommen. Wie konnten sie sicher sein, daß er es nicht wieder versuchte?

»Allmächtiger, ich kann damit nicht zurechtkommen«, sagte Brereton. »Dieser Junge läuft frei herum, und ich verbringe den Rest meines Lebens auf den Knien und bete, daß er keine anderen Leute mehr umbringt.«

»Wir müssen schon vorher beten«, sagte Osteen. »Wir wissen, was er getan hat. Wie können wir ihn da heute abend nach Hause zu Bonnie gehen lassen? Wer weiß, was er tun wird. Und sie hat ihm eine Waffe gegeben.«

»Zu seinem eigenen Schutz«, sagte Brereton.

»Ich denke folgendes«, sagte Osteen. »Zu seinem und zu Bonnies Schutz können wir ihn nicht nach Hause gehen lassen. Wir müssen ihn sofort in die Obhut eines Psychiaters geben. Ich weiß nicht, ob er Bonnie umbringen wird, aber ich befürchte, es besteht die Möglichkeit, daß er sich selbst umbringt.«

Nach zwei Stunden hektischen Telefonierens fanden sie einen Psychiater aus Chapel Hill namens Billy Royal, der ein erfahrener Mann in Strafsachen war. Unterdessen war Chris unheimlich und unnatürlich ruhig geworden, als hätte er erkannt, daß für ihn jetzt das Spiel vorüber war.

Osteen erklärte Billy Royal, daß ein junger Mandant soeben seine Beteiligung an der Ermordung seines Stiefvaters und den versuchten Mord an seiner Mutter gestanden hatte. Osteen fügte hinzu, er fühle sich nicht qualifiziert, um die gegenwärtige Verfassung des Mandanten zu beurteilen, aber es wäre möglich, daß sie selbstmörderisch oder gemeingefährlich sei. Dr. Royal, dessen Arbeit zum großen Teil daraus bestand, angeklagte Verbrecher einzuschätzen und festzustellen, ob sie verhandlungsfähig waren, erklärte sich bereit, Chris sofort zu empfangen.

Nachdem Bill Osteen die Wahrheit gesucht und gefunden hatte, stand er vor dem größten ethischen und moralischen Dilemma seiner langen und hervorragenden Laufbahn.

Chris war auf dem Weg nach Chapel Hill, und Bill Osteen führte ein Telefongespräch von anderthalb Stunden mit Jim Vosburgh. Sie sahen sich mit drei häßlichen Fakten konfrontiert:

Erstens blieb es Chris Pritchards Recht, weiterhin seine Unschuld zu erklären, was er wahrscheinlich auch tun würde. Das würde Osteen und Vosburgh in die wenig beneidenswerte Lage bringen, zu versuchen, einen Freispruch für einen Mandanten zu erreichen, der nicht nur einen Mord an seinem Stiefvater, sondern auch einen Mordversuch an seiner Mutter begangen hatte, die nach wie vor von seiner Unschuld überzeugt war.

Zweitens konnte Osteen Chris nicht erlauben, seine Aussage zu seiner Verteidigung zu beeiden, weil das ein Meineid sein würde. Ein Anwalt kann an der Geschichte, die ihm sein Mandant erzählt, viele Zweifel haben, aber wenn er *weiß*, daß sein Mandant unter Eid lügen will, kann er ihn nicht – nach Osteens ethischen Maßstäben – in den Zeugenstand treten lassen. Aber Geschworene – besonders in einem Mordprozeß – bewerten meistens die Aussageverweigerung eines Angeklagten als Eingeständnis der Schuld, ganz gleich, wie oft sie darauf hingewiesen werden, das nicht zu tun. Der gesunde Menschenverstand diktiert einem, daß ein Unschuldiger die Möglichkeit *verlangt*, seine Geschichte zu erzählen, besonders wenn sein Leben auf dem Spiel steht. Bei dem Prozeß würde Chris Pritchards Schweigen schwer gegen ihn zählen, doch Osteen konnte nicht zulassen, daß er redete.

Drittens – und vielleicht am schlimmsten von allem – war Osteen und Vosburgh klar, daß sie *Bonnie nicht die Wahrheit sagen konnten.*

Der Staat hatte immer noch die Last, die Anklagen gegen Chris ohne berechtigten Zweifel zu beweisen. Natürlich würde Bonnie als Zeugin aufgerufen werden. Sie war schließlich das einzige Opfer des Angriffs, das überlebt hatte. Und wenn Bonnie aussagte, würde sie die Wahrheit sagen, dessen war sich Osteen sicher. Er hatte sie gut genug kennengelernt, um überzeugt zu sein, daß sie keinen Meineid leisten würde, nicht einmal, um ihren Sohn zu retten.

Deshalb würde Chris *jede* Chance auf einen Freispruch verlieren, wenn Bonnie die Wahrheit wußte.

Sie konnte Chris mit ihrer Aussage nur helfen – und sowohl Osteen als auch Vosburgh glaubten, daß es gewaltig helfen würde –, wenn sie den Geschworenen ehrlich sagen konnte, daß ihr Sohn unmöglich irgend etwas mit dem Verbrechen zu tun haben konnte. Aber Bonnie war ein Opfer in Chris Pritchards Mordplan gewesen und konnte es vielleicht wieder werden. Hatten sie nicht eine Verpflichtung ihr gegenüber? Konnten sie Bonnie unwissend lassen, nachdem sie wußten, daß ihr Sohn versucht hatte, sie zu ermorden?

Diese Fragen würden sich Osteen und Vosburgh selbst und gegenseitig oftmals in den folgenden Monaten stellen.

Aber jetzt sagte Osteen, er werde die arme Frau anrufen und ihr sagen, daß sie Chris nicht zum Abendessen erwarten sollte.

4

Bonnie war bei einer Nachbarin und trank Tee, als Osteen kurz nach 17 Uhr anrief.

»Ich bedaure, Ihnen das sagen zu müssen, aber Chris wird heute abend nicht heimkommen«, sagte Osteen.

»Was meinen Sie damit?« Einen Augenblick lang dachte sie, ihr Sohn wäre tot.

»Wir hatten heute eine sehr harte Sitzung«, fuhr Osteen fort, und seine Stimme klang nicht schroff, aber ein wenig rauh und nüchtern. Auf seine Weise war er mehr die Stahlfaust, Wade Smith mehr der Samthandschuh.

»Tom Brereton und ich hielten es heute für nötig, Chris einige sehr harte Fragen zu stellen. Wir gingen ziemlich hart mit ihm um. Am Ende der Sitzung war er sehr aufgeregt. Ehrlich gesagt, ich hätte mich unbehaglich gefühlt, wenn ich ihn in seiner Verfassung hätte heimgehen lassen, und so schickte ich ihn zu einem Psychiater in Chapel Hill.«

Osteen erklärte, daß der Psychiater Bill Royal hieß und ihm von jedem empfohlen worden war, den er befragt hatte. Er sagte, Chris habe einen Termin um 19 Uhr bei Dr. Royal, und der Psychiater werde gewiß so bald wie möglich danach anrufen und irgendwelche anderen Fragen beantworten, die sie vielleicht haben werde.

Irgendwelche *anderen* Fragen? Sie hatte noch gar keine Fragen gestellt. Doch sie fühlte sich zu benommen, um damit anzufangen. Es kam ihr vor, als hätte sie einen Schlag auf den Kopf erhalten wie in der Mordnacht.

Fast wie in Trance nahm sie Bleistift und Papier und schrieb den Namen des Psychiaters auf. Schließlich schaffte sie es, zu fragen: »Aber was ist passiert? Was hat das ausgelöst?«

»Wie ich schon sagte, Bonnie, Tom war ziemlich hart mit seinen Fragen. Ehrlich gesagt, als er in einige grundlegende Einzelheiten ging, war es anscheinend ein wenig zuviel für Chris. Ich möchte jetzt nicht ins Detail gehen, aber am Ende des Treffens hatten wir alle das Gefühl – mein Sohn war hier auch dabei –, daß Chris in einer Verfassung war, in der die Gefahr bestand, daß er sich etwas antun könnte.«

Nach dem Telefonat kehrte Bonnie in ihr Haus zurück. Sie saß allein da, während an dem schwülen Abend die Dämmerung und Dunkelheit hereinbrachen. Sie wußte, daß es unsinnig war und sie nicht in größerer Gefahr war als zu jeder Zeit seit dem Angriff, aber sie ging in ihr Schlafzimmer, holte ihre Pistole und legte sie auf die Lehne des Sessels, in den sie sich setzte und auf den Anruf von Dr. Royal wartete.

Es war 22 Uhr, als der Anruf kam, und die Nachrichten waren schlecht. Billy Royal war 62 Jahre alt, in North Carolina geboren worden und aufgewachsen, ein leise sprechender Mann mit freundlicher Art und einer Stimme, die besonders am Telefon verhallte, bevor er den Satz zu Ende sprach. Seine Stimme klang nicht nach scharfer Autorität wie bei Bill Osteen, nach herzlicher Freundlichkeit wie bei Jim Vosburgh oder nach beruhigender Beherrschung wie bei Wade Smith. Seine Stimme klang müde, resigniert und sogar ein wenig traurig über alles, was er im Laufe der Jahre beruflich erfahren hatte. Diese

Stimme verriet auch ziemlich oft eine Spur von feinem Humor, guter Laune und Freude über die Aspekte des Lebens, die nichts mit gerichtsmedizinischer Psychiatrie zu tun hatten, aber das waren Eigenschaften, die Bonnie niemals leicht ergründen würde, und jetzt schon gar nicht.

Billy Royal – und Billy war sein Vorname, nicht William – sagte ihr, daß er Chris in die psychiatrische Abteilung des Memorial Hospital in Chapel Hill eingewiesen hatte. Nach einem ausführlichen Gespräch mit Chris und einer Unterhaltung mit William Osteen hielt er Chris für selbstmordgefährdet.

Er fügte hinzu, daß Chris gegenwärtig in Sicherheit war und Bonnie ihn erst am nächsten Tag besuchen sollte.

Früh am nächsten Morgen rief Osteen Wade Smith an. Wie Wade sich später erinnerte, sprach Osteen ›hypothetisch‹. Mit verschwommenen und indirekten Formulierungen versuchte er, einiges von den Ereignissen des vergangenen Tages anzudeuten und das Dilemma zu beschreiben, in dem er steckte.

In diesem Gespräch wurden die Informationen so unklar und verhüllt übermittelt, daß man beim Lesen einer Niederschrift ihrer Unterhaltung große Schwierigkeiten hatte, das Thema zu erkennen, und schon gar nicht wußte, zu welchen Schlüssen sie gelangten.

»Wade, es gibt da einige Dinge, die ich Ihnen nicht sagen kann«, erklärte Osteen.

»Bill, sagen Sie mir nichts, was ich Bonnie verschweigen soll, denn ich muß sie über etwas informieren, das ich für relevant für ihr Wohlergehen halte.«

Osteen schwieg.

Nach vielleicht einer halben Minute Stille sagte Wade Smith: »Ich nehme an, es muß allerhand geben, was ich nicht weiß.«

»Das stimmt, Wade. Damit werden wir uns abfinden müssen. Ich werde Dinge wissen, die Sie nicht erfahren können. Aber in Wirklichkeit möchte ich, daß Sie etwas verstehen: Es ist denkbar, daß Chris es tat. Ich werde Ihnen nicht mehr erzählen, aber ich sage Ihnen, es *ist* denkbar, und Sie müssen jeden Schritt unternehmen, den Sie in dieser Hinsicht für nötig halten. Ich möchte nicht, daß Sie Scheuklappen haben.«

Und so mußte Wade ebenfalls einen Kampf mit seinem Gewissen, den ethischen Maßstäben und seiner Auffassung von beruflicher Pflicht austragen.

»Ich mußte einen Balanceakt vollführen«, sagte er später. »Ich hatte die Pflicht, meiner Mandantin Dinge zu sagen, die ich über den Fall erfuhr. Ich konnte nichts von ihr geheimhalten. Aber der ethische Zwang, der von mir verlangte, meiner Mandantin Informationen zu geben, ist nicht wie der ethische Zwang, der Bill davon abhielt, mir Dinge zu sagen, die er von seinem Mandanten erfuhr. Trotzdem konnte ich die Dinge nicht sehr lange zurückhalten, und ich konnte nichts verschweigen, was Bonnie gefährdete.«

Wade Smith sagte sich, daß es im Augenblick das beste war, dafür zu sorgen, daß Jean Spaulding in Kenntnis über die Richtung gesetzt wurde, in die sich die Ereignisse anscheinend bewegten.

Nach dem Gespräch mit Wade Smith rief Osteen Bonnie an. Er sagte ihr, er habe erfahren, daß Chris in die Klinik eingewiesen worden sei und Dr. Royal höchstwahrscheinlich die richtige Entscheidung getroffen habe. Aber er sagte ihr auch, daß sie sich vor einem Besuch bei Chris unbedingt mit ihm treffen müsse.

Sie traf um 13 Uhr 30 in seinem Büro ein.

Osteen wirkte mitfühlend und besorgt, aber seine ersten Worte kamen Bonnie seltsam vage vor.

»Einige der Dinge, die wir für richtig hielten, wie wir hofften, müssen wir jetzt in Frage stellen«, sagte er. »Gewisse Fakten erwiesen sich nicht als das, was wir erwartet hatten. Bonnie, es gibt im Augenblick keinen Anlaß für Sie, unbesorgt zu sein, aber oftmals halten wir Dinge für gegeben, wenn sie es nicht sind.«

Sie nickte nur, hörte kaum zu und begriff nicht die Bedeutung hinter seinen Worten. Sie wußte nur, daß Chris eine neue und akutere Art Schmerz erlitt und daß sie alles tun wollte, was in ihrer Macht stand, um diesen Schmerz zu lindern.

Aber dann sagte Osteen – keineswegs verschwommen –, daß er sie zu sich gebeten hatte, weil er ihr etwas äußerst Wichtiges sagen mußte. Er wollte sichergehen, daß sie verstand, wie lebenswichtig es für Chris' Interessen war.

Osteen sagte: »Ab sofort und bis Sie von mir etwas Gegenteiliges hören, ist es unbedingt erforderlich, daß Sie unter keinen Umständen Chris jemals irgendwelche Fragen über *irgend etwas* im Zusammenhang mit den Ereignissen des 25. Juli 1988 stellen.«

Bevor Bonnie auch nur die Möglichkeit hatte, nach dem Grund für dieses neue Verbot zu fragen, fügte Osteen hinzu, er könne ihr keine Erklärung geben. Er könne ihr nicht mehr sagen, als er bereits gesagt habe, aber es sei unbedingt erforderlich, daß sie seine Anweisungen genau befolge.

»Sie und Chris können über alles sonst reden, aber unter keinen Umständen über irgendeinen Aspekt der Ereignisse im Zusammenhang mit dem Wochenende, an dem Lieth ermordet wurde.«

Wie sich Bonnie später erinnerte, nahm sie einfach an, daß Osteen, der wußte, wie skrupellos ein Ankläger sein kann – nur wollte, daß keine mehrdeutige Bemerkung, die sie und Chris vielleicht austauschten, jemals zu irgend etwas verdreht werden konnte, das böse klang.

»Er machte mir sehr klar, daß dies wichtig für Chris' Verteidigung ist«, sagte sie, »aber er deutete in keiner Weise an, daß er Chris für schuldig hielt. Und meine Gedanken, glauben Sie mir, waren woanders als bei Spekulationen über Mr. Osteens Gründe. Ich stand immer noch unter Schock. Ich wollte einfach nur nach Chapel Hill zu meinem Sohn.«

Und so begann mit diesem Treffen eine wochenlange Kette von gescheiterten Kommunikationsversuchen, verwirrenden Wortklaubereien, vagen Andeutungen und Halbwahrheiten, übermittelt in einer verschlüsselten Sprache, als ob man zumindest den Anschein von Mehrdeutigkeit wahren wollte. Zusammen mit dem starken und anhaltenden Wunsch einer liebenden Mutter, nicht die schlimmste aller möglichen Wahrheiten über ihren Sohn zu hören, führte das zu einer Reihe von Mißverständnissen und falschen Erkenntnissen, die fast ulkig gewesen wären, wenn die Sache nicht mit solch hartnäckigen gesetzlichen und ethischen Problemen belastet gewesen wäre und nicht so tragische Konsequenzen gedroht hätten.

Bonnie fuhr von Greensboro nach Chapel Hill. Die Fahrt dauerte eine Stunde. Das Memorial Hospital war ein großer, moderner verwirrender Gebäudekomplex, doch der psychiatrische Flügel wirkte beruhigend. Bonnie fand, daß die Anlage in vielerlei Hinsicht eine ordentlichere und geordnetere Version des Studentenwohnheims der NC State University war, besonders weil die meisten der Patienten anscheinend in Chris' Alter waren.

Sie setzten sich in einen kleinen Gesellschaftsraum und unterhielten sich. Als Bonnie eintraf, war es später Nachmittag, und sie blieb bis nach dem Abendessen. Sie saß mit Chris und ein paar anderen Patienten zusammen und fand die Unterhaltung so vernünftig und beherrscht wie bei jedem normalen Abendessen.

Nicht so beruhigend war Chris selbst. Er wirkte äußerst nervös. Er konnte die Arme und Beine nicht ruhighalten. Er rauchte eine Zigarette nach der anderen und zündete mit zitternden Händen die neue an der Kippe der alten an.

Bonnie sagte: »Er wirkte in sich zurückgezogen, verzweifelt und wie um Entschuldigung heischend. Als bedauerte er, daß er in dem Krankenhaus sein mußte und mir soviel Sorgen machte.«

Bonnie wollte ihn nicht durch zu viele Fragen noch mehr unter Druck setzen – oder überhaupt mit einer Frage. Es war offenkundig, daß er – aus welchem Grunde auch immer – bereits unter mehr Streß stand, als er ertragen konnte.

»Ich wollte ihn einfach beruhigen«, sagte Bonnie später. »Er sollte sehen, daß ich da bin, ihn liebe und ihm wünsche, daß er gesund wird und sich besser fühlt.«

Es stellte sich heraus, daß Dr. Royal, der Chris ins Memorial Hospital eingewiesen hatte, nicht zum Personal gehörte und an diesem Abend nicht anwesend war. Bei ihrem ersten Besuch fand Bonnie keinen Arzt, mit dem sie über Chris' Verfassung reden und der ihr sagen konnte, wie er behandelt werden würde.

An diesem Abend rief Dr. Royal Bill Osteen an und gab ihm eine Empfehlung, welche die Dinge noch mehr komplizierte. »Wir müssen Chris und seine Mutter zusammen lassen«, sagte er. »Wenn er sich nicht hinsetzt und ihr erzählt, was er getan hat, kann sich sein Zustand unmöglich bessern.«

Nach Dr. Royals Ansicht waren Schuldgefühle wegen seiner Rolle bei dem Verbrechen und wegen der vielen Lügen seither der Grund für seine Selbstmordgedanken.

Es lief auf folgendes hinaus: Nachdem Chris am vergangenen Tag eine entscheidende Barriere durchbrochen hatte, indem er die Wahrheit bekannt hatte, stand er jetzt am Rande eines Abgrunds, der in den Selbstmord führte, und man konnte erst beginnen, ihn von dort fortzuholen, wenn er ein volles Geständnis bei seiner Mutter und Schwester abgelegt hatte.

»Das kann ich nicht zulassen«, sagte Osteen. »Das geht nicht. Ich kann es einfach nicht erlauben.«

»Das Problem ist«, sagte Dr. Royal, »daß wir vom psychiatrischen Standpunkt aus möglicherweise über eine Sache von Leben und Tod sprechen.«

»Es mag melodramatisch klingen«, erwiderte Osteen, »aber vom juristischen Standpunkt aus *weiß* ich, daß wir über eine Sache von Leben und Tod sprechen.«

Billy Royal rief am nächsten Tag wieder an. Er sagte: »Es besteht die akute Gefahr, daß Chris Selbstmord begeht, wenn er das nicht mit seiner Mutter klärt.« Und er fügte hinzu, der beste Ort für solch ein Geständnis würde die überwachte Abteilung der Psychiatrie sein.

Osteen wiederholte jedoch, daß er solch ein Gespräch nicht zulassen konnte. Er erinnerte Dr. Royal daran, daß er, Osteen, ihn beauftragt hatte, und er nicht die Freiheit hatte, etwas zu tun, zu sagen oder zu veranlassen, das gegen seine ausdrücklichen Anweisungen verstieß, ganz gleich welche persönlichen Gefühle er habe mochte.

»Nun, in Ordnung«, erwiderte Dr. Royal. »Aber ich möchte in den Akten meine berufliche Meinung vermerkt haben, daß dieser Junge eine Zeitbombe ist, die bald explodieren kann.«

Chris blieb acht Tage im Memorial Hospital. Er wurde nicht behandelt, und Billy Royal sah keine Verbesserung seines Zustands. Dennoch entschied man, ihn am 23. August zu entlassen. Am Abend vor der Entlassung rief Billy Royal wieder Osteen an.

Nach Dr. Royals Meinung brannte Chris immer noch darauf, seiner Mutter die Wahrheit zu sagen, und bis er das tat, bestand nicht nur die Gefahr, daß er Selbstmord beging, sondern auch die Gefahr, daß er anderen etwas antat – besonders für Bonnie. Wenn er sich nicht von dem inneren Druck befreien konnte, indem er seiner Mutter sagte, daß er vor einem Jahr versucht hatte, sie zu töten, bestand das Risiko, daß er sie statt dessen jetzt töten würde.

Osteen, normalerweise kein Mann, der von Selbstzweifeln gequält wurde, rief wieder Vosburgh an. Obwohl das Problem, was in punkto Bonnie zu tun war – eine andere Beschreibung der Unvereinbarkeit dessen, was für Chris psychisch und juristisch am besten war –, beiden Anwälten seit dem Abend seiner Einweisung ins Memorial Hospital zu schaffen gemacht hatte, quälte es sie jetzt noch mehr, weil seine Entlassung bevorstand.

Sie sprachen bis spät in die Nacht hinein miteinander, tauschten ihre Meinungen aus, änderten ihre eigenen Ansichten, korrigierten sich gegenseitig und fanden sich schließlich am Ausgangspunkt wieder.

»Wir müssen sicherstellen, daß Bonnie nicht zuviel erfährt«, sagte Osteen.

»Ja, aber sie wird wieder mit diesem Kerl zusammenleben«, sagte Vosburgh. »Wir wissen bereits, daß er selbstmordgefährdet ist. Wir wissen, daß man ihm im Krankenhaus nicht half, so daß er so schlecht dran ist wie bei seiner Einlieferung. Selbst wenn er Bonnie nicht umbringt, was wird es bei ihr anrichten, wenn er heimkommt und Selbstmord begeht?«

»Und was wird es bei uns anrichten, wenn wir ihr sagen müssen, daß er Selbstmord beging, weil wir ihn nicht mit ihr reden ließen?« erwiderte Osteen.

»Verdammt, Bill, wir haben eine Pflicht ihm gegenüber als unserem Mandanten, nichts preiszugeben, was seiner Verteidigung schaden kann.«

Schließlich sagte Osteen: »Vos, wenn dieses Thema bei meinem Jurastudium behandelt wurde, muß ich zu dieser Zeit durch Abwesenheit geglänzt haben.«

»Bill, wenn dieses Thema behandelt worden wäre, hätte ich am nächsten Tag ein Theologiestudium angefangen.«

5

Wie geplant wurde Chris am 23. August entlassen. Zwei Tage später half er Bonnie, Angela zu einem kleinen College im südwestlichen Virginia zu bringen, wo sie sich für das Herbstsemester eingeschrieben hatte.

Auf Billy Royal, der ihn fast täglich im späten August sah, wirkte Chris depressiv. Seit seiner Entlassung aus dem Krankenhaus trank er ständig und zeigte ›beträchtliche Stimmungsschwankungen‹. Chris sagte, wenn er keine juristischen Probleme hätte, könnte er sich eine Zukunft für sich vorstellen, in der er ›einen Bestseller schreiben und eine große Villa und einen schnellen Wagen haben würde‹. Er sagte ebenfalls: »Sie haben keine Ahnung, wie schwer es für mich ist, mit meiner Mutter zusammenzuleben und sie weiterhin belügen zu müssen.«

Am 29. August bat Dr. Royal Bonnie zu sich, weil er hoffte, einen besseren Einblick in die Psyche des Sohns zu bekommen, wenn er die Mutter kennenlernte.

Billy Royal hatte weißes Haar, einen gestutzten Bart und einen schlurfenden Gang, und wenn er sprach, neigte er dazu, zu murmeln und gelegentlich vom Thema abzuschweifen, wie Bonnie bereits gemerkt hatte. Wenn man jedoch über seine Zerstreutheit hinwegsah, stellte man fest, daß er eine Ruhe ausstrahlte, die einem das Gefühl der Sicherheit gab, und daß er auch nach 30 Jahren Praxis noch starkes Mitgefühl für diejenigen aufbrachte, die ihn aufsuchten.

»Ich glaube an das Gute in allen Menschen«, sagte er einmal. Am meisten schätze er bei einer Person ›Sinn für Humor in dieser verrückten Welt, die keiner versteht‹. Er fügte hinzu, die meisten Leute, die von Patienten als böse beschrieben werden, ›sind für gewöhnlich Staatsanwälte‹.

Bill Royal hatte sein Medizinalpraktikum in San Francisco absolviert, seine Assistenzzeit als Psychiater in Chapel Hill, und 1963 hatte er dann mit einem Partner die erste psychiatrische Privatpraxis in Durham eröffnet.

Eine erste Ehe war nach fast zwanzig Jahren gescheitert, und er hatte vor kurzem wieder geheiratet, eine viel jüngere Frau, die ebenfalls den Arztberuf ausübte. Aus erster Ehe hatte er vier erwachsene Kinder, mit denen er in engem und liebevollem Kontakt blieb, und aus der zweiten Ehe eine Tochter im Babyalter.

Er war ein großer Ballett-Fan, Verehrer der Romane William Faulkners, an denen er ›diese südliche Verrücktheit und das eigenartige Verhalten der Personen‹ schätzte.

Er war Inhaber eines Flugscheins für einmotorige Maschinen und hatte Tausende Stunden in der Luft über seinem Heimatstaat verbracht, aber wenn er zu einer psychiatrischen Tagung nach New York City reiste, nahm er lieber den Bus als eine Linienmaschine, selbst wenn er in Pittsburgh umsteigen mußte, ›weil Leute in Bussen bessere Geschichten zu erzählen haben‹.

Am Abend des 29. August war er für Bonnie nur ›ein sonderbarer Kauz‹. Sie sagte: »Ich kam überhaupt nicht gut mit ihm zurecht. Er regte mich auf. Er gab mir das Gefühl, daß er *mich* durch ein Mikroskop betrachtet. Er stellte alle möglichen persönlichen Fragen, die meiner Meinung nach nichts mit Chris' Verfassung zu tun hatten. Zum Beispiel befaßte er sich eingehend mit Steve Pritchard und unserer Scheidung. Ich dachte, er betrachtete mich als mögliche Patientin. Er fragte mich sogar, ob ich einen Psychiater brauche, was ich ziemlich beleidigend fand. Ich kann nicht sagen, daß ich ihn mochte, und ich fragte mich, ob er wirklich in der Lage war, Chris zu helfen.«

Am nächsten Tag suchte Bonnie zum erstenmal seit Wochen wieder Jean Spaulding auf.

Die Sitzung begann mit Bonnies Erklärung, daß sie und Chris am Strand gewesen waren und ›eine sehr ruhige Woche‹ zusammen verbracht hatten. Erst danach erwähnte Bonnie im fast gleichen Tonfall, daß Chris sechs Wochen lang im Gefängnis gewesen war und nach seiner Entlassung acht Tage in einer psychiatrischen Klinik wegen ›Depressionen‹ verbracht hatte. »Dann berichtete sie mir, daß ein Junge ein Geständnis abgelegt hatte«, sagte Dr. Spaulding. »Zu diesem Zeitpunkt benutzte sie nicht den Namen. Sie sagte: ›Ein Junge hat gestanden, und nach seiner Aussage soll Chris gesagt haben: ›Ich hasse meine Eltern. Bringen wir sie um, und wir werden reich sein.‹ Sie glaubte das nicht. Das hielt sie für völlig aus der Luft gegriffen. Sie konnte einfach nicht glauben, daß Chris fähig war, so etwas zu sagen oder gar zu tun.«

Eric Caldwell, der schüchterne und bebrillte Computerfan, der Chris' engster Freund geworden war, übernachtete in der Sonntagnacht des Wochenendes vor dem Tag der Arbeit (in den USA der 1. Montag im September) in Chris' Haus. »Wir blieben bis fünf Uhr morgens auf«, sagte Eric später. »Er war in Gedanken wohl ganz mit dem Verbrechen beschäftigt. Er machte allerhand Andeutungen, und ich zog viele Schlußfolgerungen daraus, aber nichts wurde direkt gesagt. Aber er erzählte mir es, ohne es auszusprechen. Als ich am Morgen des Tages der Arbeit einschlief, wußte ich, daß er es getan hatte.«

Am Montagabend sprach Chris offen und deutlich darüber. Er rief Eric zu Hause an und erzählte ihm alles, was er bereits in Bill Osteens Anwaltspraxis zugegeben hatte, und alles, was er Billy Royal gesagt hatte.

Chris sagte, daß er während des Gesprächs auf seinem Bett sitze und eine geladene Pistole in der Hand halte.

»Ich habe meine Mutter belogen«, sagte er. »Ich darf ihr nicht die Wahrheit sagen. Aus welchem Grund soll ich weiterleben? Selbst wenn ich mich nicht töte, werde ich die Todesstrafe bekommen. Warum warten, wenn ich mich jetzt selbst töten und meiner Mutter all das zusätzliche Leid ersparen kann? Ganz zu schweigen von den Kosten?«

Eric hatte schon Leute vom Selbstmord abgehalten. Er hatte die Tat einmal selbst erwogen, sie jedoch nicht ausgeführt und später ein Gedicht verfaßt, das beschrieb, wie nahe er einem Selbstmord gewesen war.

Er sprach über zwei Stunden mit Chris am Telefon. »Du hast mein Gedicht gelesen«, sagte er. »Und dann hast du gesagt, du teilst meine Meinung, daß nichts blöder ist als Selbstmord. Wie kannst du jetzt an Selbstmord denken?«

»Du verstehst das nicht«, sagte Chris. »Mein gottverdammter Anwalt läßt nicht zu, daß ich meiner Mutter die Wahrheit sage. Und ich kann nicht mit ihr umgehen, wenn ich es ihr nicht sagen darf. Der verdammte Anwalt läßt mir keine Wahl.«

Am Dienstag hatte Chris um 19 Uhr einen planmäßigen Termin bei Dr. Royal. Er erzählte dem Psychiater, daß er am Wochenende seine Schuld bei seinem besten Freund eingestanden hatte. Dann hatte er eine ehemalige Freundin angerufen und es ihr ebenfalls gesagt.

Dr. Royal fragte ihn, ob er sich besser fühlte, nachdem er so engen Freunden endlich die Wahrheit gesagt hatte.

»Nein«, antwortete Chris. »Aber vorher hat es auch nicht geholfen.« Er erklärte, daß er während der acht Tage im Memorial Hospital drei anderen Patienten seine Schuld gestanden hatte.

Es ist, wie ich es gesagt habe, dachte Billy Royal. *Die Bombe tickt und kann bald explodieren.*

Als Chris fort war, rief Dr. Royal Osteen an. Dies, sagte er, war das Resultat der Strategie, Bonnie unwissend zu lassen: Chris hatte bereits ein Geständnis bei mindestens fünf Leuten abgelegt, von denen drei geisteskrank waren.

Für Osteen war dies vielleicht die schlimmste Nacht von allen. Im August hatte er ein Geständnis von seinem Mandanten erhalten, das seine Möglichkeiten beim Prozeß stark einschränkte. Um etwas Hoffnung auf eine erfolgreiche Verteidigung zu wahren, hatte er dann darauf bestanden, daß Bonnie die Wahrheit nicht erfahren durfte. Obwohl man ihm gesagt hatte, daß dadurch das Leben von Mutter *und* Sohn gefährdet sein konnte.

Es war keine leichte Zeit für Bill Osteen gewesen. Zu keinem Zeitpunkt war er sicher gewesen, daß sein Kurs richtig war. Es war weder ein Selbstmord noch ein Mord passiert, doch jetzt hatte der kleine Idiot damit angefangen, ein Geständnis bei Freunden, Freundinnen und *völlig Fremden aus einer Klapsmühle* abzulegen.

Jeder davon konnte jeden Augenblick beim SBI oder der Washingtoner Polizei oder dem Büro des Staatsanwalts vom Kreis Beaufort anrufen und – nur aus dem Gefühl heraus, seine Bürgerpflicht zu erfüllen – melden, was Chris erzählt hatte.

Was würde für alle daraus werden? Chris würde in der Todeszelle landen, Bonnie vermutlich in einer psychiatrischen Klinik – wenn nicht in einer Leichenhalle –, und Osteen würde sich den Rest seines Lebens vorwerfen, daß ihm die Kontrolle über den Fall und den Mandanten entglitten war.

Er verbrachte eine fast schlaflose Nacht und erwachte mit dem Gedanken, den Fall niederzulegen, bevor weiterer Schaden entstand. Sollte jemand anders den Fall übernehmen und die harten Entscheidungen treffen, die noch getroffen werden mußten. Er hatte sich nach besten Kräften bemüht, aber vielleicht war er für diesen Mandanten und für diese Umstände tatsächlich der falsche Mann.

Er rief Jim Vosburgh an. »Sitzen Sie, Vos?« fragte er.

Das war eine Frage von Osteen, die Vosburgh bereits fürchten gelernt hatte.

Osteen berichtete von Chris' fünf Geständnissen. »Und das sind nur die fünf, von denen wir bis jetzt Kenntnis haben. Es könnten mehr sein. Beim Prozeß könnte er vor den Geschworenen ein Geständnis ablegen, während wir den Standpunkt vertreten, daß die Anklage seine Schuld nicht bewiesen hat.«

»Wissen Sie, Bill, mit diesem Jungen stimmen nur zwei Dinge nicht«, sagte Vosburgh. »Er hat eine Schraube locker und ein großes Maul, und beides arbeitet ständig.«

Nach einer langen und qualvollen Unterhaltung gelangten sie jedoch zu dem Schluß, daß sie sich nicht einfach davonstehlen konnten. Ganz gleich, wie sehr Chris sie anwiderte, wie sehr sie sein Verbrechen verabscheuten, wie bestürzt sie über sein gegenwärtiges selbstzerstörerisches Verhalten waren, ganz gleich wieviel Angst sie vor dem hatten, was jeder neue Tag bringen konnte, keiner der beiden Anwälte fühlte sich wohl bei dem Gedanken, einen jungen Mann im Stich zu lassen, der in so offenkundiger und vielleicht letzter Verzweiflung seines Lebens war.

Sie konnten auch nicht Boonie im Stich lassen. Es war schlimm genug, daß sie die Wahrheit von ihr ferngehalten hatten und ihr immer noch verschwiegen. Es würde noch schlimmer sein, sie allein zu lassen.

»Und schließlich«, sagte Osteen später, »konnte ich es nicht mit meiner Ethik vereinbaren, einen Mandanten zu verlassen, der schlimmer dran war als zu Beginn meiner Vertretung. Ich wußte, daß ich keine Wunder vollbringen kann und Entscheidungen traf, die schrecklich falsch sein konnten und dann entsetzliche Konsequenzen haben konnten. Aber immerhin kannten ich und Jim Vosburgh Bonnie und Chris. Wenn ich das Mandat niedergelegt hätte und die Dinge völlig danebengegangen wären, hätte ich mich für den Rest meines Lebens gefragt, ob es vielleicht etwas geändert hätte, wenn ich den Fall behalten hätte. Letzten Endes waren Jim und ich der Ansicht, daß wir Bonnie – und sogar Chris – unser Wissen schuldeten, wenn schon nicht unsere Weisheit. Aber es verging kein Tag, damals oder später, an dem wir beide uns nicht wünschten, den anderen Weg gewählt zu haben.«

Chris erzählte Billy Royal, daß er mit den Geständnissen begonnen hatte, um zu sehen, was geschehen würde, wenn Leute, die ihm nahestanden, die Wahrheit erfuhren. Würde man ihn ausstoßen oder ihn trotz des Verbrechens akzeptieren? Nach Dr. Royals Meinung waren diese ersten Geständnisse eine Übung für den Moment gewesen, an dem er endlich die Erlaubnis erhalten würde, Bonnie die Wahrheit zu sagen.

Stärker denn je fühlte Dr. Royal, daß dieser Moment nicht länger hinausgezögert werden durfte. Die Lage hatte einen solchen kritischen Punkt erreicht, sagte er Osteen, daß er sich trotz der Anweisungen des Anwalts verpflichtet fühlen könnte, seinen eigenen ethischen Maßstäben und seiner beruflichen Verantwortung entsprechend etwas zu unternehmen, um den psychologischen Druck zu mildern, der seinen Patienten zu zerstören drohte.

Dr. Royal erinnerte sich, daß Osteen an diesem Mittwochnachmittag, dem 6. September, um 15 Uhr 15 zurückrief, um ihm zu sagen, daß der Augenblick der Enthüllung gekommen war, ungeachtet der juristischen Konsequenzen. Er fügte jedoch hinzu, er halte es für seine Pflicht, Bonnie zuerst die Wahrheit zu sagen, und das würde er am nächsten Morgen in seinem Büro tun.

Dr. Royal arrangierte dann getrennte Treffen mit Bonnie und Chris für den nächsten Nachmittag und Abend und bestellte sie gemeinsam für 20 Uhr. In dieser gemeinsamen Sitzung, wenn die Wahrheit endlich heraus war, konnte er ihre Reaktionen einschätzen und ihnen zu helfen versuchen, mit der – zumindest für Bonnie – neuen und entsetzlichen Situation fertig zu werden.

Er würde zuerst mit Bonnie sprechen, damit er ihre Reaktion auf Osteens Enthüllungen sehen konnte. Er wollte ihr ebenfalls sagen, wie Chris von Schuldgefühlen gequält worden war, die ihn fast zum Selbstmord getrieben hätten, und ihr nahezulegen, daß ihre völlige und bedingungslose Vergebung – wenn sie dazu fähig war – das größte Geschenk sein würde, das sie ihrem Sohn jemals machen konnte.

Als nächstes würde er dann mit Chris sprechen, um ihn über Bonnies Reaktion zu informieren und zu helfen, den jungen Mann auf die zweifellos aufregendste Begegnung seines Lebens vorzubereiten.

Der 7. September wurde für alle Beteiligten wenn nicht der schlimmste, so der verwirrendste Tag des Jahres. Bonnie würde ihn später als ›der Tag, an dem mir das Herz schwer wurde‹, beschreiben.

Dr. Royal erinnerte sich, daß Osteen am Vortag gesagt hatte, er werde Bonnie ›alles erzählen, was Chris mir preisgegeben hat‹.

Osteen erinnerte sich jedoch nur, daß er gesagt hatte: »Die Zeit ist gekommen, dafür zu sorgen, daß Bonnie erfährt – wenn sie es nicht schon weiß –, daß die Dinge nicht so stehen, wie sie gehofft hat.« Osteen konnte sich nicht entsinnen, erklärt zu haben, daß er die völlige Wahrheit enthüllen würde.

Er war immer noch der Meinung, daß Bonnie nur so viele Einzelheiten erfahren sollte, daß sie daraus Schlußfolgerungen ziehen und trotzdem beim Prozeß auf eine Weise aussagen konnte, die Chris' Chancen auf einen Freispruch nicht verderben. So würde er andeuten, durchblicken zu lassen und nahelegen, und Bonnie würde – so hoffte er – die richtigen Schlüsse ziehen, ohne daß deutliche Worte gesprochen wurden.

Wie auch immer er es formulierte – weder Osteen noch Bonnie machten sich Notizen über das Gespräch –, was er sagte, hatte große Wirkung.

»Er erklärte keine genaueren Einzelheiten«, sagte Bonnie später, »aber er sagte, er habe das klare Gefühl, daß Chris in das

Verbrechen verwickelt war. ›Ich kann Ihnen gewisse Dinge, die ich weiß, nicht erzählen‹. Und er wiederholte, wie wichtig es für Chris' Verteidigung war, keine genaueren Informationen mit mir zu teilen. Er bedauerte das sehr, aber er sagte: ›Es ist das beste, wenn Sie über nichts reden, was etwas mit diesem Wochenende zu tun hat‹. Er sagte, es sei eine peinliche Situation für ihn, und er bringe mich ebenfalls in eine peinliche Lage, aber er wisse, daß ich auf dem Weg zu Dr. Royal sei, und Dr. Royal dürfe auch nicht mit mir über den 25. Juli reden und ich dürfe ihn nichts in diesem Zusammenhang fragen.«

So verwirrend der Tag auch war und werden würde, es gab einen Punkt der Klarheit. Bonnie sagte später: »Dies war ein schlimmer Tag. Ich spürte, daß sich Mr. Osteens Einschätzung der Lage verändert hatte. Bis dahin hatte ich geglaubt, daß er Chris in keiner Weise beteiligt wähnte. Jetzt hatte ich das sichere Gefühl, daß er seine Meinung geändert hatte, aus Gründen, in die ich nicht eingeweiht werden konnte. Nach allem, was tatsächlich gesagt wurde, hatte ich ein *Gefühl,* spürte eine Veränderung der Einstellung, und das machte mir angst.«

Es kam Bonnie jedoch noch immer nicht in den Sinn – oder sie konnte es noch nicht akzeptieren –, daß eine ›Beteiligung‹ von Chris mehr als ungewollt gewesen sein konnte. Sie sagte sich, daß Osteens neues ›Gefühl‹ nur widerspiegelte, daß die strategischen Probleme, die Chris' Verteidigung aufwarf, vielleicht größer waren, als er erwartet hatte.

So verließ Bonnie Osteens Büro und fuhr nach Chapel Hill zu ihrem Termin um 16 Uhr bei Billy Royal mit mehr Angst, als sie vor dem nahenden Prozeß gehabt hatte, aber mit unvermindertem Vertrauen in Chris' Unschuld.

Als sie Dr. Royals Praxis betrat, spürte Bonnie jedoch, daß irgend etwas nicht in Ordnung war. »In diesem Augenblick, in dem ich mich setzte, wurde mir klar, daß er mir sagen wollte, was mit Chris los war, was Chris so aufregte. Es hatte den Anschein, er wollte die Dinge zur Sprache bringen, über die ich nach Mr. Osteens Anweisungen nicht sprechen durfte. Ich unterbrach ihn sofort. Aber als ich ihm sagte, daß er mit mir nicht über das Wochenende des Mordes reden konnte, wirkte er bestürzt. Er sagte, er könne Chris nur mit Erfolg behandeln, wenn Chris und ich über die Dinge reden würden, die sich in ihm aufgestaut hatten. So sagte ich, ›Mr. Osteen hat mir soeben ausführlich erklärt, daß es gewisse Dinge gibt, über die wir nicht sprechen können.‹ Ich dachte, daß er vielleicht in ein Privatbüro gehen und Mr. Osteen gleich anrufen würde. Ich erinnere mich nicht, wie es zum Ausdruck gebracht wurde, aber ich hatte den Eindruck, daß er mir immer noch genau das sagen wollte, was er mir laut Mr. Osteen nicht sagen sollte. Offenbar hatte er Mr. Osteen erklärt, daß er genau dies tun würde. Und Mr. Osteen dachte, Dr. Royal erklärt zu haben, daß es nicht möglich war. Es kam zu einem Punkt, an dem ich es für besser hielt, das Treffen abzubrechen. Ich sagte ihm, ich würde mit Chris zusammen wiederkommen wie geplant, aber ich verließ seine Praxis mitten im Gespräch, fuhr zum Einkaufszentrum in Chapel Hill und kaufte etwas zu essen. Ich war schrecklich aufgeregt und durcheinander. Ich wußte nicht, was los war und was als nächstes geschehen würde. Ich wußte nur, was Mr. Osteen so stark betont hatte: daß es gefährlich für Chris sein konnte, wenn über gewisse Themen gesprochen wurde. Und nichts und niemand hätte mich dazu bringen können, etwas zu tun, das Chris gefährden würde.«

Billy Royals Erinnerungen an den Nachmittag und seine Interpretation klingen anders. Seine Notizen geben wieder, daß Bonnie das Treffen begann, indem sie sagte, sie habe große Erfahrung mit Computern und folglich gelernt, verschiedene Arten von Daten in verschiedenen Karteien zu speichern und nicht die Dinge durcheinanderzubringen. Dr. Royal erinnert sich, daß er bei diesen Worten gedacht hat: *Sie hat es erfahren, und so verarbeitet sie es. Sie schiebt es beiseite, damit sie weitermachen und Chris irgendwie helfen kann.*

Dr. Royal erinnert sich weder daran, daß Bonnie die Sitzung vorzeitig verließ, noch daß er mit Osteen telefonierte. Er kann sich auch nicht entsinnen, über irgend etwas, das Bonnie ihm sagte, bestürzt gewesen zu sein.

Er hatte das Gefühl, daß Bonnie nicht gern über das sprach, was sie soeben über Chris erfahren hatte, bevor sie Gelegenheit hatte, mit Chris selbst zu reden, und daß sie keine Art Vorbereitung auf das gemeinsame Treffen am Abend wollte und brauchte. Seiner Ansicht nach hatte sie die Information erhalten, sie verarbeitete sie und um 20 Uhr würde sie auf das Gespräch mit Chris vorbereitet sein, nachdem sie jetzt das Schlimmste über ihn wußte. Unter diesen Umständen fand Dr. Royal ihre Ruhe und ihre offenbar unverminderte Sorge um Chris' Wohlergehen äußerst bemerkenswert.

Er hatte keine Ahnung, daß Bonnie das Schlimmste noch lange *nicht* wußte.

Als Chris um 19 Uhr eintraf, war seine erste Frage: »Wie kann ich meine Mutter ansehen?« Er hielt es für unmöglich, ihr auch nur in die Augen zu schauen, nachdem sie jetzt wußte, daß er die Ermordung ihres Mannes geplant, sie ebenfalls zu töten versucht und sie seither immer belogen hatte.

Es hatte den Anschein, daß er über alles reden wollte, nur nicht darüber, es Bonnie zu sagen. Er erklärte, er würde gern im Wald sitzen und mit Katzen spielen. Er erzählte, daß er sich eine Frau und ein Kind wünschte. Er fragte: »Was hat es für einen Sinn zu leben, wenn ich im Gefängnis sein muß, bis ich 70 bin?« Nach seinen Worten hatte ihn Osteen ›zur Sau gemacht‹, weil er anderen von seiner Beteiligung erzählt hatte. Chris war äußerst aufgewühlt. Er weinte und wechselte die Themen noch schneller und wirrer als sonst. An einem Punkt brach er in tränenreiche Hysterie aus, und Dr. Royal sagte ihm, er werde ihm ein Medikament namens Serentil verschreiben, das seine Angst verringern und die Symptome der Depression reduzieren würde.

»Ich bin ein Planer«, sagte Chris und sprach schneller, als Dr. Royal es je von ihm gehört hatte. »Ich schaue voraus. Ich hätte wirklich was Großes werden können, wenn ich nur nicht all diese Probleme hätte.« Er bezeichnete sich als ›geil‹ auf Musik, Auto fahren, gutes Essen und Lernen, und er erzählte, daß er im Gefängnis 29 Bücher gelesen hatte und zur Zeit ein Buch über das Gehirn las.

»Er war ein seltsamer Junge«, sagte Billy Royal später. »Für einige Dinge hatte er viel Gefühl, für andere überhaupt keins.«

Bonnie kehrte um 20 Uhr zurück. Chris hatte fürchterliche Angst. Jetzt würde ihm seine Mutter gegenübertreten und wissen, welche mörderischen Wünsche er in seinem Herzen gehegt hatte und welche grauenvollen Taten daraus entstanden waren, für die er verantwortlich war.

Und sie würde erfahren, daß er so gefühllos gewesen war und so lange gelogen hätte, während sie ihm weiterhin Vertrauen und Liebe geschenkt hatte, was er beides nicht verdiente.

Bonnie betrat das Büro, und Chris sank in Fötushaltung auf dem Stuhl zusammen, hielt die Hände vors Gesicht und fürchtete sich davor, sie anzuschauen. Seine Schultern hoben und senkten sich unter krampfartigem Schluchzen.

»Er war regressiv und infantil«, sagte Dr. Royal. »Ich hatte den Eindruck, daß Bonnie Bescheid wußte und ihm jetzt zum ersten Mal gegenübertrat, seit sie es erfahren hatte. Dies war der Punkt, zu dem Chris hatte gelangen wollen, den er jedoch zugleich die ganze Zeit gefürchtet hatte. Er vermied jeden Sichtkontakt mit ihr. Er war wie ein Kind, das von der allmächtigen Mutter erwartet, daß sie alles wieder gut macht. Er war schutz- und hilflos.«

Billy Royal hatte das Gefühl, daß dies der vielleicht entscheidendste Moment im Seelenleben von Bonnie und Chris war und daß er sich dabei im Hintergrund halten sollte, damit sich die Dinge von selbst entwickelten.

Bonnie machte zwei Schritte in das Büro, schaute auf ihren Sohn und verharrte in schockiertem Schweigen. Sie war nicht darauf vorbereitet. Chris in solch einer Verfassung zu sehen erschreckte sie, wie ihre Anwesenheit Chris in Furcht versetzte.

»Ich wußte, daß er litt«, sagte Bonnie später. »Er litt Seelenqualen. Aber ich wußte nicht, was los war. Ich hatte ihn nie so gesehen und habe ihn auch später nie wieder so erlebt.«

Während Billy Royal die Szene schweigend beobachtete, ging Bonnie langsam auf ihren Sohn zu.

Als sie sich näherte, zwang Chris sich, zu ihr aufzusehen. Tränen rannen ihm über die Wangen, und er sagte: »Mutter, es tut mir leid. Es tut mir so leid.« Und dann schlug er wieder die Hände vors Gesicht.

Bonnie sagte später: »In diesem Augenblick nahm ich diesen ganzen kleinen Ball, zu dem er sich zusammengekugelt hatte, in die Arme und sagte: ›Chris, ich weiß nicht, was du durchmachst, aber ich bin hier, ich liebe dich, und ich will, daß du das weißt.‹«

Für Billy Royal war das ein herrlicher Akt der Vergebung von Bonnies Seite, der gut das Leben ihres Sohnes retten konnte.

Für Chris war es die Absolution, nach der er sich gesehnt hatte, die er jedoch wegen seiner juristischen Gefährdung nicht offen hatte suchen dürfen. Nachdem ihm seine Mutter ihr Verzeihen zugesichert hatte, konnte er alles verkraften.

Aber für Bonnie waren ihre tröstenden Worte und Taten nicht mehr als die instinktive Reaktion einer Mutter, die ihr Kind leiden sieht. Als er sie um Verzeihung bat, hatte sie keine Ahnung, was ihm leid tat.

»Es konnte viele Gründe für Chris' Verfassung geben«, sagte sie später. »Und vieles, was ihm leid tat: seine Selbstmordtendenzen, die Tatsache, daß er ins Krankenhaus eingewiesen werden mußte, was mich aufregte. Und es war sogar möglich, daß Mr. Osteen an diesem Nachmittag die Möglichkeit angedeutet hatte, daß Chris vor langer Zeit durch einen schrecklichen Fehler oder ein Mißverständnis versehentlich etwas getan hatte, das zu den grauenvollen Ereignissen des 25. Juli beigetragen haben konnte. Und so tröstete ich ihn, so gut ich konnte, aber ich ahnte nicht, warum er so sehr Trost brauchte.«

Als Bonnie ihm weiterhin versicherte, daß sie ihn liebte, wurde er ruhiger. Und dann, als sie das Gefühl hatte, er könnte vielleicht mehr sagen, als sie wegen Bill Osteens strikten Verbots hören durfte, erzählte sie ihm von ihrem Besuch bei Osteen am Nachmittag und seiner Mahnung, wie wichtig es war, daß sie und Chris nicht über das Wochenende des Mordes redeten. Sie fügte schnell hinzu, daß alles, was Chris vielleicht zu Dr. Royal gesagt hatte, vertraulich bleiben mußte. Unter keinen

Umständen sollten sie ihr irgend etwas sagen, das sie laut Mr. Osteen nicht wissen durfte.

Für Billy Royal war das ein phantastischer Beweis für die Aufteilung bestimmter Fakten in Karteien, von der Bonnie an diesem Nachmittag gesprochen hatte. Erst vor ein paar Stunden hatte sie erfahren, daß ihr einziger Sohn versucht hatte, sie zu ermorden, doch sie war nicht nur bereit, ihm zu vergeben, sondern hatte auch genug Geistesgegenwart, ihn selbst in einem emotional so aufgeheizten Augenblick daran zu erinnern, daß sein Anwalt sie angewiesen hatte, nicht über Einzelheiten des Mordes zu reden.

Daß Bonnie tapfer und stark genug war, um solch ein Gespräch aufzuschieben, bis es keine Gefahr mehr für Chris beim Prozeß sein würde, beeindruckte Dr. Royal sehr, und er erzählte an diesem Abend seiner Frau davon. »Einfach bemerkenswert«, sagte er. »Sie konnte ihm vergeben, obwohl sie gerade erst die Wahrheit erfahren hatte.« Für Billy Royal gab es keinen Zweifel daran. »Wie auch immer Osteen es formuliert hatte, mir war klar, daß er es ihr gesagt hatte.«

Bonnie sagte jedoch später, daß man ihr in Wirklichkeit nichts Wesentliches gesagt hatte. Sie wußte nur, daß der Anwalt, in dessen Einschätzungsvermögen sie blindes Vertrauen hatte, besorgter war als zuvor. Aber nichts, was gesagt worden war, hatte ihr Vertrauen in Chris' Unschuld erschüttert. Nur Fakten konnten das bewirken, und man hatte ihr immer noch keine Fakten gesagt.

»Es wurde ziemlich unheimlich«, sagte Dr. Royal später. »Es war verrückt für uns alle. Keiner konnte jemandem etwas sagen. Niemand konnte über das wahre Problem sprechen. Es war wie ein Schachspiel, bei dem man nicht die Züge des Gegners sehen durfte. Oder das Hütchenspiel, bei dem die Position der Hütchen immer verändert wird und man nie erraten kann, unter welchem Hütchen die kleine Kugel liegt. Ich fand das verrückt, aber es war verboten, etwas daran zu ändern. Vielleicht war es schwierig für uns alle, zu begreifen, daß man über das Problem schweigen mußte oder riskierte, das System zu zerstören, obwohl jeder das Problem kannte, das verschwiegen wurde.«

Eric Caldwell und John Hubard kamen am Samstag abend, dem 9. September, zu Besuch. Fünf Tage lang hatte Eric in stummem Entsetzen gelebt. Er hatte ein Geheimnis gekannt, welches das Leben seines besten Freundes beenden konnte, aber zugleich das Verlangen gehabt, es mit Bonnie zu teilen, die wie eine zweite Mutter für ihn geworden war.

Seit Chris Pritchards Geständnis hatte Eric nicht mehr richtig geschlafen. Er war von Schuldgefühlen und auch von Furcht erfüllt gewesen. Er fragte sich ständig: *»Was mache ich, wenn man herausfindet, daß ich es weiß?«* Jeden Tag rechnete er mit einem Anruf des SBI oder der Washingtoner Polizei oder der Staatsanwaltschaft von Beaufort. War es nicht logisch, daß man in Vorbereitung des Prozesses Chris' Freunde befragte? Von Chris und Vince Hamrick wußte Eric, wie sehr man sich vor den Festnahmen auf dem Campus der NC State University umgehört hatte, und er befürchtete, daß es nur eine Frage der Zeit war, bis dieselben Kriminalbeamten oder neue nach Winston-Salem kamen, um Chris' Freunde dort zu verhören.

Sollte er warten, bis die Polizei zu ihm kam? Hatte er als Bürger nicht die Verpflichtung, Kontakt mit ihr aufzunehmen? Bill Osteen und Billy Royal konnten mit Recht sagen, daß ihre berufliche Beziehung zu Chris verhinderte, die Wahrheit mit jemandem zu teilen, aber für Eric waren es nur Freundschaft und ein Gefühl der Loyalität, was ihn zum Schweigen veranlaßte. Und das Schweigen bereitete ihm großes Unbehagen.

Am 9. September sah er Bonnie zum erstenmal nach Chris' Geständnis wieder. Und plötzlich, als John Hubard und Chris auf den Hof hinausgingen, um Zigaretten zu rauchen, war Eric mit Bonnie allein.

Er war verlegen, zurückhaltend, fast verschlossen. Bonnie bemerkte schnell die Veränderung.

»Du und Chris' Psychiater, ihr denkt anscheinend, ich wüßte viel mehr über all das, als ihr mir sagt«, bemerkte sie.

Eric wußte nicht, was er erwidern sollte. Er spürte das starke Verlangen, seine seelische Belastung zu mildern, indem er sein Wissen mit Bonnie teilte. Wenn Bonnie die Wahrheit wußte, konnte *sie* entscheiden, was zu tun war oder nicht. Aber sie würde wenigstens Bescheid wissen. Und nach Erics Meinung hatte sie nun wirklich ein Recht darauf.

Schließlich war sie es gewesen, die geschlagen und niedergestochen worden war. Und es war ihr Mann gewesen, der ermordet worden war. Und jetzt setzte sie sich weiterhin kraftvoll für Chris' Verteidigung ein, gab ein kleines Vermögen für die Rechnungen von Anwälten und Ärzten aus und würde dem Trauma eines Prozesses ausgesetzt sein, bei dem Chris' Anwälte behaupten würden, er habe die Tat nicht begangen, die er bei ihm, Eric, gestanden hatte.

»Ich habe das Gefühl«, sagte Bonnie, »du weißt viel mehr, als du mir sagst.«

»Nun . . .« begann er. Dann blickte er fort. Er wollte sie nicht belügen, aber er konnte ihr auch nicht die Wahrheit sagen. Oder konnte er das doch? Er wollte es. Er wünschte es verzweifelt. Aber er würde seinen besten Freund verraten. Sie *wußte*, daß er ihr etwas verschwieg, das war ihm nach ihrer Bemerkung klar.

»Nun . . .« begann er von neuem. Dann verstummte er.

Bonnie ergriff das Wort. »Chris quält sich mit vielem«, sagte sie. »Mit vielen Schuldgefühlen.«

»Ja, das tut er«, sagte Eric.

»Eric«, sagte sie. »Ich glaube, die Polizei und die Anwälte haben Chris eingeredet, daß er etwas damit zu tun hat, obwohl es in Wahrheit gar nicht stimmt. Viele Leute haben ihm das Gefühl gegeben, schuldig zu sein, obwohl er es nicht ist.«

Eric wußte nicht, was er erwidern sollte. Und bevor er irgend etwas sagen konnte, kehrten Chris und John ins Wohnzimmer zurück und seine private Unterhaltung mit Bonnie war vorüber.

6

Eine Anhörung zum Vorverfahren mit dem Staatsanwalt und den Anwälten von Chris und James Upchurch fand am 18. September in Little Washington statt. Chris mußte wie die anderen Angeklagten daran teilnehmen.

Bei dem Hearing war nicht so bemerkenswert, was gesagt oder entschieden wurde. Wichtiger waren zwei andere Aspekte: Mitchell Norton bekam einen Vorgeschmack darauf, wie es sein würde, wenn er eine Verhandlung gegen Bill Osteen führen würde, und Bonnie konnte zum ersten Mal Neal Henderson sehen.

Seit Wochen hatte Jim Vosburgh einen psychologischen Krieg gegen Norton geführt. Jedesmal, wenn er den Staatsanwalt vom Kreis Beaufort gesehen hatte, war er darauf aus gewesen, einen neuen Leckerbissen von Weisheit fallen zu lassen, den er soeben von dem legendären Osteen gehört hatte. Oder er hatte einige neue (und vielleicht übertriebene) Geschichten von Wortgefechten im Gerichtssaal erzählt, bei denen Osteen mit seinen Fähigkeiten und seinem Geschick einen Gegenspieler fertiggemacht hatte.

Vosburgh sagte zum Beispiel: »Wissen Sie, Mitchell, Bill freut sich wirklich auf die Verhandlung. Er bekommt nicht mehr oft Gelegenheit, gegen jemanden in den Ring zu steigen, der über so wenig Erfahrung wie Sie verfügt.«

Mitchell Norton spitzte dann die Lippen, furchte die Stirn und schüttelte den Kopf. Dies war eine der Reden, die dazu beigetragen hatten, Jim Vosburgh so unbeliebt zu machen, aber sie blieb nicht ohne Wirkung.

Norton war zufällig im selben kleinen Weiler wie Billy Royal aufgewachsen: Salemburg. Er hatte nicht die Universitäten Wake Forest oder Chapel Hill oder auch nur die NC State besucht, sondern die East Carolina University in Greenville, eine bemerkenswert tiefe Stufe auf der akademischen Leiter. Er hatte seinen akademischen Grad nicht auf der Uni Chapel Hill oder Duke oder an einer der landesweit renommierten juristischen Fakultäten erworben, sondern auf der Cumberland School of Law der Samford University in Alabama.

Er war vierzig Jahre alt, ein langsamer Redner, jedoch ein harter Arbeiter, und verheiratet mit einer Frau, die er auf der High-School kennengelernt hatte. Er hatte ein rundes Gesicht mit fliehendem Kinn, und er trug einen buschigen braunen Schnurrbart. Mitchell Norton hatte nie eine Privatpraxis gehabt. Nach seiner Graduierung hatte er eine Stelle als stellvertretender Staatsanwalt in Washington angenommen. Nach zehn Jahren in dieser Funktion war er schließlich zum Staatsanwalt gewählt worden. Aber dies war ein wenig bevölkerter, weitgehend ländlicher Bezirk, der selten von Anwälten mit Bill Osteens Ansehen besucht wurde.

An den Wänden seines Büros hingen große Bilder von Robert E. Lee und Stonewall Jackson. Sie hatten ihm als Inspiration dienen sollen, aber in diesem Fall waren sie nur störende Erinnerungen daran, was selbst den größten Männern passieren kann, wenn sie übertroffen werden.

In einem Jahr mußte sich Mitchell Norton zur Wiederwahl stellen. Wenn er verlor, würde er zum ersten Mal seit fünfzehn Jahren aus dem Staatsdienst ausscheiden. Und es war ihm nur zu bewußt, daß er ein äußerst anfälliger Kandidat sein würde, wenn er bei dem größten Mordfall scheiterte, den er je verhandelt hatte.

Norton machte sich keine Sorge wegen Wayland Sermons, dem 44jährigen örtlichen Anwalt, der als Upchurchs Pflichtverteidiger bestellt worden war; ebensowenig sorgte er sich wegen Frank Johnston, einem Washingtoner Anwalt mit mehr Erfahrung, der mit Sermons zusammenarbeiten würde. Wayland und Frank waren äußerst fähig und außerdem nette Kerle, aber Norton kannte sie seit Jahren und hatte viele Fälle gegen sie verhandelt. Ob er gewinnen oder verlieren würde, bei Wayland und Frank würde es nicht peinlich sein.

Das gleiche konnte er nicht bei Bill Osteen sagen, dessen Renommee einen langen Schatten über den Kreis Beaufort warf und besonders auf Mitchell Nortons Selbstvertrauen. Es würde schon schlimm genug sein, den Fall gegen Pritchard zu verlieren. Aber wenn er vor seinen eigenen Leuten lächerlich gemacht wurde, konnte es das Ende seiner Karriere im öffentlichen Leben bedeuten.

Nichts, was Osteen am 18. September im Gericht sagte oder tat, wies darauf hin, daß er über mythische Kräfte verfügte, aber diese erste Anhörung war in Wirklichkeit nur ein Aufwärmen vor dem Spiel, ein Warmlaufen, bei dem – bildlich gesprochen – Osteen sich nicht einmal die Mühe machte, den Trainingspullover auszuziehen.

Aber selbst unter diesen Umständen spürte Mitchell Norton, daß Osteen bei all seiner Untertreibung einschüchternd wirkte. Und von diesem Tag an, mit Vosburghs ständigen Sticheleien, die entmutigend waren, betrachtete der Bezirksstaatsanwalt Chris Pritchards Anwalt als einen Mann, den er nicht nur als Gegenspieler respektierte, sondern zu fürchten begann.

Furcht von einer ganzen Art empfand an diesem Tag Bonnie. Alle drei Angeklagten, Upchurch, Henderson und Chris, mußten im Gericht anwesend sein, während über die verschiedenen Anträge gesprochen wurde. Bonnie hatte Upchurch bei dessen Kautionsverhandlung schon einmal gesehen. Als sie jetzt zum ersten Mal einen Blick auf Neal Henderson erhaschte, geriet sie noch mehr in Panik als im August im Gericht, wo sie den Mann gesehen hatte, der scheinbar keinen Hals besaß und sie angestarrt hatte.

Neal Henderson hatte genau die passende Gestalt. Er war breitbrüstig, und sein Kopf schien fast übergangslos über den breiten Schultern aufzuragen, als hätte er keinen Hals. *Dies war die Person, an die sie sich erinnerte, der stämmige und scheinbar halslose Mann, der über ihr aufgeragt war und ihr mit einer Keule oder einem Knüppel auf den Kopf geschlagen hatte.*

Bonnie hatte wieder das Gefühl, vor Furcht ohnmächtig zu werden. Sie sprang auf und flüchtete aus dem Gerichtssaal. Sie ging in Jim Vosburghs Büro und blieb dort. *Das war der Mann, den sie in ihrem Schlafzimmer gesehen hatte! Der Mann, der sie zu töten versucht hatte.*

Mitchell Norton und das SBI behaupteten, Henderson hätte nur den Wagen gefahren, und James Upchurch, Upchurch allein, hätte den Mord begangen.

Aber natürlich behaupten sie das, sagte sich Bonnie. Henderson hatte schließlich als erster ausgepackt, und er würde gegen Upchurch und Chris aussagen. Da war es nur klar, daß Lewis Young und John Crone und die restlichen glauben wollten, Henderson hatte nur den Wagen gefahren. So war er kein Mörder. So konnte man als Gegenleistung für seine Aussage ihren Sohn zum Tode verurteilen, und Henderson würde mit der mildesten Strafe, die möglich war, belohnt werden.

Während Bonnie, immer noch zitternd, in Vosburghs Büro saß, malte sie sich aus, welche Verschwörung im Gange war.

Sie wußte jedoch eines, und diesmal nicht logisch bedingt, sondern sie *spürte* es so stark wie noch nie etwas in ihrem Leben: *Es war die Gestalt von Neal Henderson, nicht von James Upchurch, die sie gesehen hatte, als sie benommen, verletzt und blutend vom Boden in ihrem Schlafzimmer aufgeblickt und nach der Hand ihres sterbenden Mannes getastet hatte.*

In einem Versuch, ihre Fassung wiederzugewinnen, schrieb Bonnie in Vosburghs Büro ihren Eindruck von den Ereignissen des Morgens nieder. Es war so typisch für sie, daß sie selbst in Notizen, die nur für sie selbst bestimmt waren, nicht die Macht der Gefühle zugab, die alle im Gerichtssaal in ihrer Nähe gesehen hatten.

Sie schrieb: »Alle drei Angeklagten waren anwesend. Ich hielt Ausschau nach Neal Henderson. Meine körperliche Reaktion war unerwartet. Es machte alles noch verwirrender, denn der Umriß seines Oberkörpers ist der gleiche der Person, die am 25. Juli in meinem Schlafzimmer war. Alle Gefühle sagen mir, daß ich diese Person sehr fürchte. Die breiten Schultern, der Kopf auf dem massigen Oberkörper, als hätte die Person keinen Hals – dieser Anblick macht das Bemühen, nüchtern und sachlich zu bleiben, fast unmöglich ... Ich ging auf die Toilette, um mich so gut wie möglich unter Kontrolle zu bekommen. Dann teilte ich Mr. Osteen meine Besorgnis mit. Ich weiß nicht, ob das richtig war. Ich *brauchte* einen Rat von Wade

Smith, was ich tun sollte, ohne Chris' Anwalt unnötig hineinzuziehen. Mr. Osteen hielt es für ratsam, daß ich nicht in den Gerichtssaal zurückkehrte, und so ging ich zurück in Mr. Vosburghs Büro. Ich traf dort um 12 Uhr 19 ein . . .«

Um 14 Uhr hatte sie sich wieder genug unter Kontrolle, um zu der nachmittäglichen Sitzung zurückzukehren.

Zwei Tage später, am 20. September, trafen sich Osteen und Vosburgh mit Billy Royal in dessen Büro in Chapel Hill, um Chris' geistige Verfassung einzuschätzen und die Möglichkeit zu erkunden, auf Unzurechnungsfähigkeit zu plädieren.

Wie es seine Art war, begann Billy Royal langsam und vom Thema abschweifend. Eine Zeitlang redete er davon, daß er eine beruflich sehr solide Beziehung zu Chris aufgebaut und genügend Zeit und Gelegenheit gefunden hatte, sich eine Meinung über den Patienten zu bilden.

Chris' Selbstmordtendenzen ließen anscheinend nach, und er war ›nicht mehr in der akuten Gefahr, sich oder anderen etwas anzutun‹. Langfristig betrachtet, würde Chris jedoch ein ›strukturiertes Umfeld‹ brauchen.

Osteen und Vosburgh erinnern sich, daß Dr. Royal dann sagte, eine Verteidigung auf Unzurechnungsfähigkeit komme nicht in Frage. Ganz gleich, wie instabil Chris jetzt wirken mochte, es gab keine dokumentierte Geschichte von Geisteskrankheit vor Ausführung des Verbrechens. Dr. Royal konnte bei dem Prozeß nur aussagen, daß Chris Pritchard emotionale Probleme zweifelsfrei schon vor der Planung des Mordes bestanden hatten und daß man seine Verfassung als mildernde Umstände bewerten sollte.

»Da wir gerade davon sprechen«, sagte Vosburgh. »Der Richter wird Sie an diesem Punkt fragen, ob die Möglichkeit besteht, daß er jemals wieder so etwas tun könnte.«

»Das kann ich nicht sagen«, antwortete der Psychiater. »Es wäre vielleicht möglich.«

»Moment mal!« rief Vosburgh. »Ist das die Antwort, die Sie vor Gericht geben würden?«

»Wenn der Prozeß morgen wäre und ich unter Eid stünde, wäre das die einzige Antwort, die ich geben kann.«

Später sagte Vosburgh: »Ich hatte das Gefühl, einen Schlag mit einem Baseballschläger erhalten zu haben. Ich kippte fast um. Ich wußte nicht mehr weiter. All die Stunden hatten wir investiert, um von diesem Knaben Chris analysieren zu lassen, und dann kommt er mit seiner besten Antwort: ›Ich weiß nicht, ob er jemals wieder versuchen wird, seine Mutter zu ermorden, aber es wäre vielleicht möglich‹. Ich kann Ihnen sagen, wir alle drei – Bill junior war ebenfalls anwesend – waren nach dieser Konferenz niedergeschmettert. Osteen sagte: ›Gentlemen, es sieht aus, als gehen wir in einen Prozeß mit einem Mandanten, der nicht unter Eid aussagen kann, mit mindestens fünf Leuten, die jeden Augenblick der Staatsanwaltschaft mitteilen können, daß unser Mandant ein Geständnis abgelegt hat, und jetzt mit dem von uns beauftragten Psychiater, der feststellt, daß unser Mandant nicht geisteskrank ist, aber möglicherweise wieder zu morden versucht.‹«

Um 19 Uhr hatte Billy Royal wieder eine Sitzung mit Chris. Chris erklärte dabei, wie groß seine Angst gewesen war, vor Gericht erscheinen zu müssen. Es wurde ihm anscheinend klarer, was in der Zukunft bedrohlich näher rückte. »Selbst wenn ich nicht die Todesstrafe bekomme«, sagte er, »werde ich für zwanzig Jahre ins Gefängnis kommen. Wie ist das Leben mit 41?« Er sagte, es sei ein sehr schlimmer Tag gewesen. Der Anblick von Neal Henderson habe seine Mutter stark aufgeregt.

Er wirkte begierig darauf, das Thema auf Mädchen zu lenken. »Ich werde ihnen alles sagen, um an sie ranzukommen.« Aber er erklärte, er wünsche in Wirklichkeit ein eigenes Kind. »Jemand zum Liebhaben. Jemand, der ein Teil von mir ist.«

Zwei Tage später, am 22. September, war er wieder bei Billy Royal. Dr. Royal war besorgt wegen Chris' Verfassung und wollte sie genauer ergründen.

Chris hatte keine Erinnerungen aus der Kinderzeit an seine

Schwester und konnte sich nicht erinnern, jemals von seiner Mutter bestraft worden zu sein. Aber er wußte, daß er sich schon als 7jähriger Pornomagazine angesehen, als Kind regelmäßig masturbiert und einmal eine Erfahrung in Fellatio mit einem älteren Cousin gehabt habe, und er und seine Mutter hatten sich geistig immer gut verstanden.

»Wie würden Sie sich als Kind im Vergleich zu anderen Kindern sehen?« fragte Dr. Royal.

»Ich war schlauer. Ich war einer, der weglief, kein Kämpfer. Aber stets ein Denker. Ich bin auf einer anderen Stufe als andere Leute. Ich kann mich auf zwei Dinge gleichzeitig konzentrieren.«

Am folgenden Mittwoch, dem 27. September, als Dr. Royal Chris wiedersah, hatte sich dessen Verfassung anscheinend verschlechtert. Kaum daß er Platz genommen hatte, nahm er sofort seine Fötushaltung ein und erklärte, er habe vergessen, worüber er habe sprechen wollen.

»Ich habe das Gefühl, als müßte ich mit Dingen um mich schmeißen«, sagte er. Er hatte Angst vor dem Gefängnis und befürchtete dort vergewaltigt, geschlagen und bestohlen zu werden. An einer Wochenendparty zu Angelas 19. Geburtstag hatte er zwölf Flaschen Bier in acht Stunden getrunken. Er hatte das Gefühl, schreien zu müssen, er fand, daß er auf geborgter Zeit lebte, er wollte wegrennen, wußte jedoch, daß er ins Gefängnis kommen und niemals eine Frau und Kinder haben würde.

»Ich werde ein 61jähriger alter Knacker sein, wenn man mich freiläßt.« Dann verfiel er wieder in seine Phantasie, in einer großen Villa zu wohnen und sich um Bonnie und Angela zu kümmern. Er sprach von einem Anwesen, das so groß war wie das der Kennedys in Massachusetts. Er würde ein Gestüt mit vielen Pferden für Angela und seine eigenen Kinder haben. Sie würden ›eine große, glückliche Familie‹ sein.« Er sagte: »Ich könnte ein verdammt guter Vater sein.« Und dann: »Ich nehme mir eher das Leben, als mich vergewaltigen zu lassen.«

Er sagte: »Ich war ein Arschloch, aber das bin ich nicht mehr. Jetzt behandele ich Mädchen, wie es sein sollte, ich schenke ihnen Rosen, gehe mit ihnen spazieren und rede mit ihnen. Früher versuchte ich einfach, ihnen an den Schlüpfer zu gehen.«

Er sagte, daß er sich selbst in der Gesellschaft von anderen Leuten einsam fühlte. »Ich muß mit dem Wissen leben, daß ich den Tod meines Vaters verursacht habe. Aber ich kann daran nichts ändern. Ich kann ihn nicht zurückbringen.« Die einzige Person, bei der er sich sicher fühlte, war seine Mutter. Aber jetzt, weit davon entfernt, sich zu einem Geständnis gezwungen zu sehen, fürchtete er sich vor dem Tag, an dem sie endlich die Wahrheit erfahren würde.

Er wiederholte, daß er nicht ins Gefängnis gehen konnte. Seiner Ansicht nach brauchte er Behandlung in einer Anstalt. Er hatte sich stets unsicher gefühlt, seit sein leiblicher Vater wegging, seine Mutter immer arbeiten und er soviel Zeit bei seinen Großeltern verbringen mußte. »Ich bin jetzt nicht sehr stabil«, sagte er, »und es wird nicht helfen, wenn ich ins Gefängnis komme.«

Am 2. Oktober erzählte Chris Dr. Royal, daß der Prozeßtermin auf den 2. Januar 1990 festgelegt worden war. »Jetzt weiß ich, welchen Zeitrahmen ich habe, um mein Leben vollzustopfen. Ich muß die Zeit ausleben, solange ich sie noch habe, und das will ich tun. Aber ich habe völlig die Kontrolle über mich verloren. Meine Träume sind zerstört. Ich bin gut mit Worten, mit der englischen Sprache. Ich könnte ein verdammt gutes Buch schreiben. Und genau das will ich tun, einen Roman schreiben. Mein erstes Buch würde von meinem Leben und dem Prozeß handeln. Das zweite würde mehr journalistisch sein – über die teuflischen Drogen.«

Er fügte hinzu, er habe eine Menge nervöse Energie und ein ständiges Verlangen nach Sex. Er wiederholte, seine Mutter sei ›überzeugt‹, daß Neal Henderson die Person in ihrem Schlafzimmer gewesen war.

Dr. Royal hatte den Eindruck, daß Chris angespannter, nervöser und niedergeschlagener wurde, weil ihm klar war, daß er am 2. Januar tatsächlich vor Gericht stehen würde und sogar seine eigenen Anwälte bereits wußten, daß er schuldig war.

»Während dieser ganzen Zeit«, sagte Eric Caldwell, »trank er viel, und dann wurde er depressiv. Wenn er Depressionen hatte, sagte er mir, daß er seiner Mutter immer noch die Wahrheit sagen wollte, es jedoch nicht über sich brachte. Aber es war sonderbar: Er sagte niemals, daß er es Angela sagen wollte.«

Am 6. November suchte Bonnie wieder Jean Spaulding auf. Fast sofort sprach sie über Henderson. »Sie beschäftigte sich wieder mit seiner Schulter. Henderson war so groß wie der Angreifer. Das war noch frisch in ihrer Erinnerung. Einen Monat später war es noch sehr, sehr frisch.«

Aber sie erwähnte immer noch nichts – nicht einmal zwei Monate später – von Bill Osteens Sinneswandel, der sie am 7. September so erschüttert hatte. Zu keinem Zeitpunkt, nicht einmal bei ihrer eigenen Psychiaterin, drückte sie den geringsten Zweifel an der Unschuld ihres Sohnes aus. Dr. Spaulding, die sich im klaren darüber war, daß ein Experte wie Wade Smith überzeugt sein mußte, daß die Anklage gegen Chris wohlfundiert war, erkannte in Bonnies Fall ein klassisches Beispiel für einen Verleugnungsmechanismus.

»Ich meine das nicht im negativen Sinne«, sagte Dr. Spaulding später. »Es ist eine Methode, um sich gegen widrige Umstände zu verteidigen, gegen den Konflikt zur Wehr zu setzen, um weitermachen zu können. Und wenn wir ihre Mutterinstinkte berücksichtigen, die sehr stark waren, setzte sie sich zäh zur Wehr, denn dies ist die Frau, die all die vielen Stunden arbeiten, die Rechnungen ihres Ex-Mannes bezahlen und ihren Kindern das Haus und den Unterhalt sichern mußte.«

7

Bill Osteen und die acht oder neun Personen, bei denen Chris bis Ende November ein Geständnis abgelegt hatte, *wußten*, daß er schuldig war. Aber selbst in Bonnies Familie hegten inzwischen einige diesen Verdacht. Chris' Onkel und Tante natürlich, die von Anfang an ihren Verdacht bei Lewis Young ausgesprochen hatten, und auch sein Großvater.

Bonnies jüngere Schwester, Ramona, erinnerte sich an ein Abendessen in Little Washington, als Bonnie noch im Krankenhaus gewesen war. Bei diesem Essen hatte George Bates senior zu ihr so deprimiert wie nie zuvor gesagt: »Ich wette mit dir, daß die Jugend darin verwickelt ist.« Ob er eines von Bonnies Kindern meinte oder beide Kinder, war nicht klar, und Ramona fragte nicht.

Ramona erinnerte sich auch an eine spätere Episode. »Es war im Sommer, aber vor Chris' Festnahme. Wir waren angeln, und plötzlich lag Vater am Boden. Zuerst dachte ich, er hätte einen Schlag erlitten, aber er sagte: ›Nein, alles in Ordnung, ich brauche nur Ruhe. Mir geht zu vieles im Kopf herum.‹ Nach einer langen Pause hatte er hinzugefügt: ›Ich hasse den Gedanken, daß Chris es getan hat, aber in meinem Herzen weiß ich, daß er es getan hat.‹«

Peggy Bates erinnerte sich ebenfalls an einen Augenblick, ungefähr zu der Zeit, als Chris verhaftet wurde. Sie saß im Schatten eines Baumes hinter dem Haus in Welcome und hatte gerade eine Holztreppe hinab zum Gewächshaus angebracht, in dem Bonnies Mutter Orchideen züchtete.

»Wir sprachen irgendwie über Chris«, sagte sie, »und sein Großvater sagte, er wisse ohne Zweifel, daß Chris schuldig sei. Das war das einzige Mal, daß ich das von ihm hörte, aber es gab Andeutungen in anderen Unterhaltungen. Er wußte es verflixt genau.«

Und Bonnies Bruder, George junior, erinnerte sich an sein Gefühl: »Ja, er war überzeugt, daß Chris etwas mit dem Verbrechen zu tun hatte. Schon vor der Festnahme. Er sagte: ›Da ist was faul im Staate Dänemark. Da ist was faul im Staate Dänemark.«

Bonnies Vater, der wußte, wie fest Bonnie an Chris' Unschuld glaubte – diesen Glauben *brauchte* –, äußerte bei ihr nie ein Wort von seinem Verdacht. Es hätte Bonnie das Herz gebrochen, wenn sie das von ihm gehört hätte. Statt dessen tat er weiterhin, was er seit dem Tag des Mordes getan hatte: Er war für sie da, gab ihr Liebe und war ihr eine Stütze.

Ungeachtet seines Gefühls, daß Chris schuldig war – oder vielleicht gerade deshalb –, wollte George Bates nicht, daß seine Tochter den Prozeß allein ertragen mußte. Er wußte, wie selbständig sie war und wie sehr sie darauf achtete, ihre Probleme vor anderen zu verbergen, doch in diesem Fall würde sie eine Ausnahme machen müssen. Er würde mit Bonnie und Chris nach Elizabeth City reisen und vom ersten bis zum letzten Prozeßtag bei ihnen bleiben.

Bonnie versuchte ihn zu überzeugen, daß dies nicht nötig sei und sie wirklich allein zurechtkäme; daß er sich in seinem Alter keinem solchen Streß aussetzen sollte. Aber George Bates ließ sich nicht umstimmen. Er hatte seine Entscheidung getroffen.

Und ausnahmsweise einmal beharrte Bonnie nicht auf ihrem Standpunkt. In Wahrheit fürchtete sie sich so sehr vor dem, was vor ihr lag, daß ihr die Ankündigung ihres Vaters Trost und Erleichterung brachte.

Am 30. November trafen Bonnies Eltern früh am Morgen von Welcome aus ein. Ihre Mutter setzte sich auf den Beifahrersitz von Bonnies Wagen, und Bonnie umarmte ihren Vater und sagte, sie würde ihn am nächsten Tag sehen. Sie und ihre Mutter fuhren nach Elizabeth City, um eine Unterkunft für sie, ihren Vater und Chris für die Dauer des Prozesses zu finden.

Die Fahrt dauerte fast sechs Stunden. Elizabeth City, noch weniger über einen modernen Highway zu erreichen als Little Washington, hatte 16 500 Bewohner und befand sich am Rand eines weiten Marschlands, das Great Dismal Swamp genannt wurde. In diesem Gewirr von Zypressen und Geißblatt, das sich fast sechzig Kilometer von Norden nach Süden erstreckte, lebten Bären, Beutelratten und eine Fülle giftiger Schlangen.

Elizabeth City, eine nicht gerade idyllische und charmante Stadt, war ein Randgebiet von North Carolina, der Heimat von Richter Thomas Watts, der bei dem Prozeß den Vorsitz haben würde.

Wie in Little Washington bot das Holiday Inn die größte und beste Unterkunft. Aber Bonnie wollte nicht dort wohnen. Richter Watts hatte bereits erklärt, daß das Holiday Inn die beste Unterkunft bot, und er hatte angeboten, dort für alle Prozeßteilnehmer Zimmer zu reservieren.

Mitchell Norton, Lewis Young und John Taylor würden im Holiday Inn unterkommen, die Presseleute ebenfalls. Auch *Neal Henderson,* immer noch auf Kaution frei, würde im Holiday Inn absteigen, wenn er zu seiner Zeugenaussage kommen würde.

Es war für Bonnie unmöglich, im Holiday Inn zu wohnen, obwohl ihr Vater bei ihr war. Statt dessen wählte sie ein Motel namens Goodnite Inn. Es war klein und nicht sehr schön. Aber es war nur knapp zwei Kilometer vom Gericht entfernt, eine Fahrt von fünf bis acht Minuten, je nach Verkehr, und es lag in einer gutbürgerlichen Gegend. Das Personal war höflich, der Preis vernünftig – 38,95 $ für ein Doppelzimmer, das im Holiday Inn 54 $ kostete.

Bonnie und ihre Mutter übernachteten in dem Motel. Es war ruhig und sauber und wirklich annehmbar. Am Morgen ließ Bonnie ein Zimmer reservieren, in dem sie, ihr Vater und ihr Sohn von Sonntagnacht bis Donnerstagnacht ein paar Wochen lang wohnen würden, beginnend vom 1. Januar 1990 an. Auf der Rückfahrt hielten Bonnie und ihre Mutter in Burlington, um sich Stoff und Töpferwaren anzusehen, und unterbrachen die sonst anstrengende Reise. So trafen sie erst nach Einbruch der Dunkelheit in Welcome ein und fuhren über die schmale zweispurige Straße, die durch dunkles Farmland führte, zu Bonnies Elternhaus.

Schon von weitem spürte Bonnie, daß etwas nicht in Ordnung war.

Der Zufahrtsweg vor dem Haus war voller Autos.

Das konnte nicht sein.

Da hätte nur der eine Wagen parken sollen, der ihren Eltern gehörte.

Aber da standen das Auto ihres Bruders George, die Wagen ihrer Schwestern Kitty und Sylvia und sogar Ramonas Kombi aus South Carolina.

Da stimmte etwas nicht.

Ihr Gefühl sagte ihr, ›daß etwas Schlimmes in der Luft lag‹, wie sie es später formulierte.

Chris! O Gott, der Streß war zu groß gewesen, und ihr Sohn hatte Selbstmord begangen!

Bonnie parkte, so schnell sie konnte, und sie und ihre Mutter stiegen hastig aus dem Wagen.

Die Haustür wurde geöffnet, und Bonnies Bruder kam aus dem Haus.

»Was ist los?« fragte Bonnies Mutter.

»Komm herein, und ich werde es dir sagen.«

»Nein, sag es mir auf der Stelle!«

Bonnie wartete nicht. Sie wußte die Antwort, als sie ihren Bruder aus dem Haus kommen sah. Wenn jemand ins Haus kam, wurde er immer von George Bates senior, Bonnies Vater, begrüßt. Aber diesmal nicht.

Bonnie lief an ihrer Mutter und ihrem Bruder vorbei ins Haus und rief: »Wo ist mein Vater? Wo ist mein Vater?«

Er war nicht da. Er war am Nachmittag im Wald hinter dem Haus gewesen und hatte einen abgestorbenen Baum gefällt, eine Tätigkeit, die er seit über einem halben Jahrhundert zu verrichten pflegte.

Doch an diesem Tag, dem 1. Dezember 1989, genau einen Monat vor dem Mordprozeß, in dem sein Enkel angeklagt werden würde, hatte er den Baum falsch gefällt, und der Stamm war auf ihn gestürzt und hatte ihn erschlagen.

Er war dort im Wald in den Armen seines einzigen noch lebenden Bruders gestorben – nur ein paar hundert Meter von dem Baum entfernt, in den er am Pearl-Harbour-Tag die Zeilen des Gedichts von Joyce Kilmer in den Baum geschnitzt hatte.

Später würde Bonnies Mutter sagen: »Es kam alles, weil er sich so sehr vor diesem Prozeß fürchtete.«

Und ihrem einzigen Sohn, Bonnies Bruder, würde sie sagen: »Es war nicht nur der Prozeß. Chris, und was er getan hat, sind schuld an seinem Tod.«

8

Es störte die Leute, daß Bonnie nicht weinte. Sie weinte nicht, als sie vom Tod ihres Vaters erfuhr, sie weinte nicht später an diesem Abend und auch nicht an den folgenden zwei Tagen, als ihr Vater im offenen Sarg lag und fast alle Einwohner von Welcome und auch die Hälfte der Bewohner von Lexington kamen, um ihm die letzte Ehre zu erweisen. Sie weinte auch nicht bei der Beerdigung und dem Gottesdienst, der am Sonntag nachmittag in der schlichten Kirche stattfand, die George Bates mit eigenen Händen erbaut hatte.

»Welchen Sinn hat das Weinen?« fragte sie später. »Es ändert nichts.«

Anstatt zu weinen oder zu beten oder zu trauern, wurde Bonnie sogar noch geschäftiger als sonst. Sie telefonierte viel. Sie war es, die bei der Zeitung die Todesanzeige aufgab und alle Fakten und notwendigen Einzelheiten aus dem Leben ihres Vaters mitteilte, damit der Nachruf geschrieben werden konnte. Und Bonnie war diejenige, die Bill Osteen und Jim Vosburgh anrief und erklärte, sie müsse wegen eines familiären Todesfalls darum bitten, daß die folgende Anhörung später in der Woche stattfinden würde als geplant.

Die letzte Anhörung vor dem Prozeß fand am 4. Dezember im Pitt County Courthouse in Greenville statt.

Während Bill Osteen auf den Beginn wartete, hörte er, daß Mitchell Norton etwas zu ihm sagte.

»Wie bitte?«

»Ihr Mandant ist eine Niete«, sagte Norton.

Zu Nortons Überraschung wirkte Osteen bei dieser Bemerkung nicht beleidigt. Statt dessen nickte Osteen zustimmend.

»Ich denke, Sie haben den Kern der Sache getroffen«, erwiderte Osteen. »Chris *ist* eine Niete, ein Versager.«

Bill Osteen wünschte nichts mehr als eine inoffizielle Absprache, nach der ein Angeklagter durch Schuldbekenntnis dem Gericht Prozeßzeit erspart und dafür eine milde Strafe zugesichert bekommt. Er war zunehmend besorgter geworden, denn ob er nun den Prozeß gewinnen oder verlieren würde, das Ergebnis konnte er nicht als befriedigend betrachten. Bill Osteen hatte sich noch nicht die beste Taktik überlegt, wie er mit dem Staatsanwalt über eine inoffizielle Absprache reden sollte.

Jetzt erkannte er instinktiv Nortons Bemerkung als eine Chance. Er nickte abermals. »Ja, Mitchell. Ich denke, Sie und ich haben die völlig gleiche Meinung über Chris. Und weil er solch eine Niete ist, kann jede Rolle, die er vielleicht bei der ganzen Sache spielte, unbeabsichtigt gewesen sein. Er ist nicht wie die Leute, die das Verbrechen ausführten. Das waren keine Nieten. Das waren Teufel.«

Der Bezirksstaatsanwalt unterbrach Osteen nicht.

»Wissen Sie«, fuhr Osteen fort, »vielleicht sollten wir uns nach diesem Hearing ein paar Minuten zusammensetzen und überlegen, ob wir vielleicht etwas zu besprechen haben.«

Mitchell Norton konnte kaum glauben, was er da hörte. Ja, es war indirekt, unverbindlich, gab nichts preis und gefährdete in keiner Weise Osteens Position, aber es gab keinen Zweifel: Chris Pritchards Anwalt sprach von einer inoffiziellen Absprache.

Für Norton war das fast zu schön, um wahr zu sein. Denn Mitchell Norton war fast genauso begierig auf eine inoffizielle Absprache, was Osteen jedoch nicht wußte.

Mitchell Norton hatte wie Osteen gewisse Probleme. Zu den größten Problemen zählte Neal Henderson. Norton hatte inzwischen viele Stunden in der Gesellschaft seines Hauptzeugen verbracht. Er glaubte Hendersons Geschichte. Aber er war auch zu dem Gefühl gelangt, daß dieser junge Mann aus dem Kreis Caswell mit seinem Intelligenzquotienten von 160, seiner Leidenschaft für Dungeons & Dragons, obskure Comichefte und Rockgruppen wie Blue Oyster Cult (›Diese verdammte Drogenmusik‹, fand Norton) und mit seinen kalten grauen Augen, dem ausdruckslosen Gesicht und der kühlen, tonlosen Stimme ein schrecklicher Zeuge sein würde.

»Er ist ein Plastikmensch«, hatte Norton bei seinem Assistenten Keith Mason und Lewis Young und John Taylor geklagt, die ebenfalls bei der Vorbereitung des Prozesses halfen. »Er geht wie ein Roboter und redet wie ein Roboter, und keiner wird glauben, was er sagt.«

Und Henderson war alles, was er hatte. Er besaß keine Spur von Beweisen. Um James Upchurchs Schuld zu beweisen, hatte er nur Neal Hendersons Wort. Um Chris Pritchards Schuld zweifelsfrei zu beweisen, hatte er nur Henderson und die Karte.

Aber selbst wenn er die Geschworenen überzeugte, daß Chris Pritchard tatsächlich die Karte angefertigt hatte (und kein Experte konnte das mit Sicherheit sagen), konnte Chris behaupten, das nur zum Spaß gemacht zu haben, als Teil eines Dungeons & Dragons-Spiel. Dann würde ihm seine Mutter, die sofort das Mitgefühl der Geschworenen gewinnen würde, Schützenhilfe leisten. Bonnie würde sagen, daß ihr Sohn unmöglich irgend etwas mit dieser Tragödie zu tun haben konnte.

Und dann würde sie sagen, daß der Umriß des Mörders, den sie gesehen hatte, zu der Gestalt von Neal Henderson paßte und nicht zu der von Upchurch.

Norton wußte natürlich nicht, daß Osteen Chris nicht aussagen lassen würde. Er hatte auch keine Ahnung von den verschiedenen Freunden, bei denen Chris bereits ein Geständnis abgelegt hatte. Dennoch hatte Norton schlaflose Nächte verbracht. Der ganze Fall – und damit seine Karriere – konnte leicht in die Binsen gehen.

Schließlich hatte er überlegt, ob er Osteen auf die Möglichkeit eines Handels ansprechen sollte. Norton sagte sich, daß er auf diese Weise eine viel größere Chance haben würde, zumindest eine Verurteilung bei dem Prozeß zu erreichen.

Unglücklicherweise hatte alles von Osteens Taten oder seinem Verhalten darauf hingewiesen, daß er voller Selbstvertrauen wie der Teufel kämpfen würde und siegessicher war. Wenn Norton die Frage nach einer inoffiziellen Absprache stellte, würde das vielleicht alles nur noch verschlimmern. Erstens würde es als Zeichen von Schwäche betrachtet werden. Und wenn Osteen zuversichtlich war, zu gewinnen, warum sollte er dann auf einen Handel eingehen? Zweitens konnte sich Osteen beleidigt fühlen. Sein Mandant behauptete, unschuldig zu sein, und Osteen würde diese Position vertreten. Er würde vielleicht verärgert über die Unterstellung sein, daß sein ganzes Gehabe nicht mehr als eine ausgeklügelte Farce war; daß er in Wirklichkeit nur nach einer Möglichkeit gesucht hatte, um die schlimmsten Konsequenzen zu verhindern, die seinem Mandanten drohten.

Aber jetzt... aber jetzt... *hatte Osteen die Frage selbst gestellt.*

Sie trafen sich sofort nach der Anhörung in einem kleinen schlichten Raum: nur Osteen, Norton und dessen fähiger und freundlicher Assistent Keith Mason.

Osteen begann mit den Worten: »Ich habe dies nicht eher zur Sprache gebracht, weil mein Mandant und ich mehr als bereit für den Prozeß sind, aber ich denke, daß die Ethik mir gebietet, jede Möglichkeit einer Beilegung dieser Anklagen zu erkunden. Wenn Sie irgendwelche Vorschläge haben, lassen Sie mich das wissen. Wenn nicht, machen wir weiter.«

Keith Mason antwortete als erster: »Womit können Sie uns helfen?«

»Es ist keine Frage der Hilfe«, sagte Osteen. »Wir haben eine sehr gute Chance, bei dem Prozeß zu gewinnen, denn es gibt einige wirklich große Schwachpunkte in Ihrer Anklage, die wir alle bereits kennen. Aber wenn Sie meinen, es könnte irgendeine Basis für Diskussionen geben, lassen Sie es mich wissen. Wenn nicht, dann eben nicht.«

»Und ich möchte hinzufügen, daß ich noch nicht mit meinem Mandanten darüber gesprochen habe«, fuhr Osteen fort. »Ich bin nicht bevollmächtigt, eine offizielle Diskussion darüber zu führen. Ich frage nur, was Sie davon halten würden, wenn die Sache aus unserer Sicht denkbar wäre.«

Norton nagte an seinem Schnurrbart und sagte dann: »Nun, ich bin ebenfalls nicht darauf vorbereitet, in diese Art Diskussion einzutreten, aber wie Sie verpflichtet sind, alle Möglichkeiten für Ihren Mandanten zu erkunden, bin ich als Vertreter des Staats den Wählern gegenüber verpflichtet, alle Alternativen zu erwägen, die vielleicht in gutem Glauben gemacht werden.«

Dann sagte Osteen, vielleicht sollten sie das Thema eine Weile ruhen lassen und es nicht überhastet weiterverfolgen. Vielleicht sei es kein passendes Gesprächsthema, auch nicht auf inoffizieller Basis.

Aber er fügte hinzu, daß Mrs. von Stein ihren Mann zum gleichen Zeitpunkt verloren hatte, an dem sie fast selbst ums Leben gekommen war, und daß sie gerade erst und auf so tragische Weise ihren Vater verloren hatte und jetzt aussagen würde, daß die Silhouette der Person, die sie in ihrem Schlafzimmer gesehen hatte, zu der Gestalt des Hauptzeugen, Mr. Henderson, passe und nicht zu der des Angeklagten Mr. Upchurch.

Die Geschworenen, die zwangsläufig großes Mitgefühl mit Mrs. von Stein haben würden, könnten gut zu dem Schluß gelangen, daß Mr. Henderson an Mr. Upchurchs Stelle auf der Anklagebank sitzen sollte. Und außerdem hatte Mrs. von Stein genug gelitten. Die Geschworenen würden Mrs. von Stein unter keinen Umständen weiteres Leid zufügen wollen, indem sie ihren Sohn für ein solch abscheuliches Verbrechen verurteilen würden.

Und dann fügte er hinzu, daß die Weihnachtstage nahten. Wenn es eine Möglichkeit gebe, überhaupt irgendeine, daß Mitchell Norton ihm helfen könne, das Martyrium dieser armen Frau zu beenden, »dann muß ich das einfach wissen. Ich versuche hier, Leuten das Leben und die Gesundheit zu retten.«

Norton stimmte zu, daß sie als gute christliche Gentlemen und im vorweihnachtlichen Geist vielleicht ein wenig darüber nachdenken sollten. »Es kann nicht schaden, weiterhin darüber zu reden«, sagte er, »solange keiner denkt, jemand lege sich auf irgend etwas fest.«

»Nur theoretisch«, sagte Osteen, »was würde Ihre Position bezüglich der Strafe sein?«

Abermals war Mitchell Norton vor Überraschung wie betäubt. Dies war keineswegs theoretisch. Dies war real.

»Nun, ich weiß nicht«, sagte er und sprach noch langsamer als sonst. »Ich muß sagen, darüber habe ich nie richtig nachgedacht.«

»Hier ist meine Position«, sagte Osteen. »Ich möchte, daß Sie nicht für eine bestimmte Strafe plädieren. Damit ich für eine so milde Strafe wie möglich plädieren kann, aber sie strikt in den Händen von Richter Watts lasse.«

»Ich nehme an«, sagte Norton, »vieles, was meine Zustimmung finden könnte, hängt von dem ab, was Pritchard sagen würde.«

»Er würde sagen, daß es sich in großem Maße so abgespielt hat, wie Neal Henderson sagt.«

Und dann fuhr Bill Osteen nach Greensboro und ließ Mitchell Norton so aufgeregt zurück, daß er kaum noch sein Auto steuern konnte.

»Der Gedanke, einen Handel mit jemand zu machen, gefiel mir nicht«, sagte Norton später. »Aber die Gefahr, daß alles danebengehen konnte, war zu groß. Die Einsätze waren so hoch. Und ich war Staatsbeamter. Ich hatte Verantwortung gegenüber Leuten in einem Gebiet aus fünf Verwaltungsbezirken. Ich sage Ihnen, ich konnte die ganze Nacht nicht schlafen. Ich schaute mir wieder die Fotos vom Tatort an. Ich sah, mit welcher Brutalität Lieth ermordet worden war. Und ich fragte mich, wer ist moralisch schlimmer, der Kerl, der die Karte angefertigt oder der Kerl, der den Baseballschläger geschwungen und mit dem Messer zugestochen hat? Ich glaubte ehrlich, daß wir mit der Karte Hendersons Aussage *erhärtet* und vielleicht eine Verurteilung von Pritchard erreicht hätten. Aber bei Upchurch war ich mir nicht annähernd so sicher. Und er war allem Anschein nach und meinem Gefühl nach gefährlich. Er war der Typ, der so etwas wieder tun konnte, besonders wenn er einmal mit so etwas davongekommen war.«

Der Beweis für Nortons Einschätzung kam am 20. November in Form eines Briefes, den Upchurch an einen Freund geschickt hatte und der in Lewis Youngs Hände gelangt war.

Upchurch hatte den Brief irrtümlich an ein Sportartikelgeschäft an der Hillsborough Street in Raleigh adressiert und anscheinend die Adresse des Geschäfts mit der seines Freundes verwechselt. Vor kurzem war in das Geschäft eingebrochen worden, doch die gestohlenen Sachen waren sichergestellt worden. Als ein Hilfssheriff am 20. November in das Geschäft ging, um die gestohlenen Dinge abzuliefern, zeigte ihm der Besitzer einen Briefumschlag, der zahlreiche Zeitungsausschnitte enthielt, die den Mord an Lieth von Stein betrafen, und einen Brief, der offenkundig für einen anderen Empfänger bestimmt war, jedoch Straße und Hausnummer des Sportartikelgeschäfts enthielt.

Der Hilfssheriff übergab das Material dem SBI. Ein Zeitungsausschnitt betraf den Wert von Lieths Besitz. Upchurch hatte den geschätzten Wert von zwei Millionen Dollar unterstrichen, schrieb jedoch: »Er war vermutlich zehnmal soviel wert.«

Er bat den Freund, ihm LSD ins Gefängnis zu schicken. Der Freund sollte die Droge unter die Briefmarken der Briefe kleben, die durch das Büro des Pflichtverteidigers geschickt wurden, anstatt direkt an ihn zu schicken, weil die Wärter manchmal die Umschläge wegwarfen, bevor sie ihm seine Post in die Zelle brachten.

In dem Brief bezog sich Upchurch offenbar auf eine frühere Unterhaltung und drängte seinen Freund, keine näheren Einzelheiten, die er über einen Baseballschläger oder ein Messer genannt hatte, preiszugeben. Er schrieb, es sei seine Strategie, vor dem Staatsanwalt ›unwissend zu wirken‹. Upchurch wollte nur verbreitet haben, daß Henderson lüge und er das beweisen könne.

Außerdem schrieb Upchurch, daß er es genoß, im Mittelpunkt der Aufmerksamkeit zu stehen. »Es ist mein letztes Spiel gegen SIE, und der Gewinner bekommt alles. Entweder gewinnt man Millionen Dollars oder verliert sein Leben ... nichts von allem ist real, es ist nur ein Teil vom SPIEL DES LEBENS, und jemand hat die Einsätze erhöht ... Es sieht aus, als werde ich in einem Jahr ein sehr reicher Mann sein.« Nachdem Mitchell Norton das gelesen hatte, fühlte er sich noch mehr verpflichtet, alles Erforderliche zu tun, um eine Verurteilung Upchurchs zu erreichen – selbst wenn das einen Handel mit Chris Pritchard bedeutete.

Nach seiner Rückkehr von Greenville nach Greensboro rief Bill Osteen Bonnie an, um ihr zu sagen, daß er sich mit ihr und Chris am Sonntag, dem 17. Dezember, um 17 Uhr 30 treffen wollte.

Bonnie hielt es für ungewöhnlich, daß Osteen ein Treffen an einem Sonntagabend haben wollte, und noch ungewöhnlicher fand sie, daß Jim Vosburgh den ganzen Weg von Little Washington auf sich nahm, um an dem Gespräch teilzunehmen.

Es war ein kalter Nachmittag gewesen, und es war bereits dunkel, als sie sich trafen. Da Sonntag war, lag die Innenstadt Greensboros trotz der Weihnachtszeit verlassen da. Die Heizung wurde in dem Gebäude mit Osteens Büro an Sonntagen abgestellt, und er mußte ein Heizgerät einschalten, um seinen Konferenzraum zu erwärmen. Er stellte ein anderes Heizgerät in das Empfangszimmer vor dem Konferenzraum, weil er wußte, daß Bonnie während vieler Gespräche mit Chris dort allein warten mußte. Im Konferenzraum wurde über Dinge gesprochen, die Bonnie immer noch nicht wissen durfte.

Bonnie und Chris nahmen an demselben Konferenztisch Platz, an dem Chris im August ein Verbrechen gestanden hatte, das Bonnie ihm immer noch nicht zutraute. Vosburgh war ebenso anwesend wie Bill Osteen junior.

Bill Osteen senior eröffnete das Gespräch. »In Vorbereitung eines Prozesses dieser Art müssen wir alle Möglichkeiten im besten Interesse des Mandanten erkunden.« Er fuhr fort, daß der Prozeß sehr nahe sei und Chris einige große Entscheidungen treffe müsse. Erst vor ein paar Tagen habe sich die Möglichkeit ergeben, mit Mitchell Norton eine Vereinbarung zu treffen, wodurch Chris sich schuldig bekennen und versprechen könne, wahrheitsgemäß auszusagen, um eine mildere Strafe zu bekommen, als er vielleicht erhalten würde, wenn er beim Prozeß für schuldig befunden wurde.

Bonnie war sich nicht ganz sicher, ob sie Osteen richtig verstanden hatte. Hatte er wirklich gesagt, Chris könne sich *schul-dig* bekennen?

Dann wurde sie gebeten, in das Empfangszimmer zu gehen, weil sie Dinge mit Chris allein zu besprechen hatten.

Als sie draußen war, kam Osteen zur Sache: die Zeit war knapp. Norton würde einem Handel zustimmen. Aber Chris mußte sich schnell entscheiden. Wenn sie einen Handel machten, dann mußte das rasch geschehen, denn Norton konnte ebenso eine Vereinbarung mit Upchurchs Anwälten treffen. Wenn der Bezirksstaatsanwalt einen Handel mit Upchurch machte, wo blieb dann Chris? Die Antwort war klar: in der Todeszelle.

»Es ist unsere Pflicht«, sagte Osteen, »Ihnen die Möglichkeiten zu erklären, aber sie sind nicht schön. Im bestmöglichen Fall können Sie freigesprochen werden.« Dann erklärte er die Probleme, die den bestmöglichen Fall am unwahrscheinlichsten machten: Erstens konnte er Chris nicht erlauben, zu seiner Verteidigung unter Eid auszusagen; zweitens konnte Norton einen Handel mit Upchurch machen; drittens konnte jeden Augenblick eine der zahlreichen Personen, bei denen Chris ein Geständnis abgelegt hatte, vom SBI oder der Washingtoner Polizei ausfindig gemacht werden.

»Chris«, sagte Osteen, »Sie sind ein junger Mensch, und dies ist eine Entscheidung, die sich auf den Rest Ihres Lebens auswirken oder es Ihnen vielleicht sogar wegnehmen wird. Wir wollen, daß Sie sich diese Entscheidung sehr sorgfältig überlegen. Aber zugleich ist uns klar, daß wir nicht viel Zeit haben.«

Alle drei Anwälte gaben Chris ihre Einschätzung über den

Prozentsatz, nicht schuldig befunden zu werden, und über die Aussicht auf die Todesstrafe, wenn er schuldig gesprochen wurde.

Ausnahmsweise einmal war Chris nicht rotzig und arrogant. Er wirkte nicht mal unreif. »Ich glaube«, sagte Jim Vosburgh später, »ich erlebte zum ersten Mal, daß er keine Rolle spielte. Endlich erkannte er, wie ernst die Dinge waren.«

Die Schätzungen eines Freispruchs reichten von 10 bis 25 Prozent. Für das Vermeiden der Todesstrafe bei einer Verurteilung zwischen 30 und 50 Prozent. Chris hatte während der Dungeons & Dragons-Spiele genug zehnseitige Würfel geworfen, um sich bei diesen Schätzungen unbehaglich zu fühlen.

Gerade als Chris im Begriff war, nach der vermutlichen Länge seiner Strafe zu fragen, wurde Bonnie wieder in den Konferenzraum gebeten. Sie hörte Osteen sagen, daß für Beihilfe an einem Mord mit vermutlich einer fünfzigjährigen Gefängnisstrafe zu rechnen war. Ein Schuldspruch wegen Beteiligung an einem Mordkomplott würde weitere zehn Jahre bedeuten. Die höchste Strafe, die für alle Verbrechen zusammen ausgesprochen werden konnte, war lebenslänglich plus zwanzig Jahre.

Chris fragte, was das ›in wirklicher Zeit‹ bedeutete. Die Schätzungen variierten hier, weil es schwierig war, eine bedingte Haftentlassung vorauszusagen, aber Bill Osteen sagte Chris schließlich, er müsse sogar bei dem günstigsten Handel mit mindestens zwanzig Jahren Gefängnis rechnen.

Bonnie stand vor einem Rätsel. Wovon redeten sie? Warum wurden diese Fragen gestellt? *»Wirkliche Zeit ... lebenslänglich plus zwanzig Jahre?«*

Osteen wandte sich ihr zu und erklärte, er könne ihr immer noch nicht die Einzelheiten mitteilen, die zu diesem Punkt geführt hatten, doch es sei nötig, daß Chris in wenigen Tagen entscheide, ob er die soeben beschriebene Vereinbarung annehmen oder sich dem Prozeß stellen würde, der ihm möglicherweise die Todesstrafe bringen würde.

»Es war eine prekäre Situation«, sagte Vosburgh später, »denn wir hatten gewaltige Angst um Bonnie. Das war natürlich nichts Neues – wir hatten jeden Tag seit dem August emotionelle Gymnastik bei Bonnie gemacht –, aber jetzt hatte *sie* auch gewaltige Angst, und sie konnte sie nicht mehr verbergen. Es war ein wirklich dramatischer Augenblick. Jeder fühlte sich unbehaglich, weil Bonnie die einzige anwesende Person war, die nicht wußte, was los war.«

»Chris?« Bonnie hatte Mühe, die Worte herauszubringen. »Warum ist das etwas, das du auch nur erwägen würdest?«

»Ich weiß es nicht«, sagte er, ohne sie anzusehen. »Es gibt viele Dinge zu erwägen.«

Bill Osteen wollte immer noch nicht, daß Bonnie ihrem Sohn direkte Fragen stellte. »Ich finde, Chris, Sie sollten heimgehen und sorgfältig darüber nachdenken. Ganz gleich, wie Sie sich entscheiden, ich kann keine Garantie geben, daß ich eine Vereinbarung zustande kriege, aber ich kann es erst versuchen, wenn ich weiß, was Sie wollen.«

»Ich halte mich an Ihren Rat«, sagte Chris. Dann sah er Bonnie an und fügte hinzu: »Ich kann meiner Mutter keinen Prozeß zumuten.«

Sofort protestierte Bonnie und erklärte, es gehe ihr nur um das Beste für Chris. »Mr. Osteen«, sagte sie, »dies ist vielleicht die wichtigste Entscheidung, zu der Chris jemals gezwungen sein wird. Als seine Mutter möchte ich ihm dabei helfen, aber das kann ich nicht, wenn ich nicht alle betreffenden Fakten kenne.«

Aber Osteen schüttelte den Kopf und wiederholte, daß die Lage immer noch so labil und der Ausgang so ungewiß war und deshalb gewisse Einzelheiten – zum Beispiel alles, was mit dem Wochenende des 25. Juli 1988 zu tun hatte – immer noch nicht mit ihr geteilt werden konnten.

Dann sagte Osteen, Chris solle die Entscheidung nicht an diesem Abend treffen. Er sollte heimkehren, erst einmal darüber schlafen und am Morgen anrufen. Er, Osteen, würde auf den Anruf warten. Sobald Chris sich einverstanden erklärte, dann würde Osteen sofort mit Mitchell Norton verhandeln. Wenn Chris sich gegen den Handel entscheiden würde, nun dann müßten sie sich eben auf den Prozeß gefaßt machen.

Aber keiner hatte den geringsten Zweifel, was Bill Osteen vorzog.

Als Bonnie und Chris schweigend in den kalten Dezemberabend hinausgingen, sagte Osteen zu Jim Vosburgh: »Ich nehme an, wir haben den beiden soeben Weihnachten verdorben.«

»Vergessen Sie Weihnachten«, sagte Vosburgh. »Was ist mit dem Rest ihres Lebens?«

Auf der Heimfahrt fragte Bonnie nur: »Chris, setzt dich irgend jemand unter Druck? Bedroht dich jemand?«

Chris verneinte das. Er äußerte sich nicht näher.

»Ich kann nicht verstehen, wie du auch nur so etwas in Erwägung ziehen kannst.«

Er schwieg.

»Ich kann nur helfen, wenn ich alle Einzelheiten weiß.«

Er blieb stumm.

»Ich will dir nur sagen, Chris« – und hier zitterte Bonnies Stimme ein wenig – »auch wenn ich es nicht verstehe, werde ich dich unterstützen, wie auch immer du dich entscheidest.«

Bonnie rief Wade Smith am Morgen an und berichtete ihm von dem Treffen und den Nachwirkungen. »Ich verstehe das nicht«, sagte sie wiederholt. »Ich verstehe das nicht. Warum würde Chris bereit sein, für ein Verbrechen, das er nicht begangen hat, ins Gefängnis zu gehen? Warum will Mr. Osteen, daß mein Sohn auch nur erwägen soll, sich schuldig zu bekennen?«

Und Wade Smith, immer noch an die Beschränkungen gebunden, die ihm seit dem Sommer aufgezwungen waren, konnte nur sagen – und es war unmöglich, das sehr beruhigend zu sagen: »Bonnie, Sie müssen einfach Bill Osteen vertrauen. Sie müssen einfach glauben, daß er das Richtige tut.«

Chris hatte an diesem Morgen einen Termin bei Billy Royal. Chris sagte unter anderem: »Ich sagte ihnen, sie sollten meine Schwester ebenfalls töten. Aber schmerzlos.«

Wenn jeder tot war, erklärte er Royal, dann würde keiner von ihnen jemals erfahren, wie schlecht er auf der Uni wirklich gewesen war. Wenn sie tot waren, dann würde er sie nie wieder enttäuschen. Und wenn sie tot waren, konnten sie ihn nie verlassen. Er brauchte dann nie wieder zu befürchten, abgewiesen zu werden.

An diesem Nachmittag rief Chris Osteen an und teilte ihm seine Entscheidung mit: Er wollte den Handel.

Am Abend sagte er Bonnie, wie er sich entschieden hatte.

»Warum . . . warum . . . warum?« fragte sie immer wieder. Seine einzige Antwort war: »Weil es das Richtige ist.«

Später in der Woche rief Osteen an und erklärte, daß er ein Treffen mit Mitchell Norton für den Tag nach Weihnachten vereinbart hatte, um die Einzelheiten auszuarbeiten. Er bestellte Bonnie, Chris und Angela für den Abend des 26. Dezember nach Washington. Wenn alles in Ordnung war, konnte Chris die Vereinbarung unterschreiben, und dann konnte Bonnie all die Fragen stellen, die sie beantwortet haben wollte.

Und dann war wieder Weihnachten, und Bonnie fühlte sich verpflichtet, eine glückliche Miene aufzusetzen.

Aber für wen? Lieth war tot, ihr Vater war tot und in ein paar Wochen – sie wußte es jetzt – würde ihr der Sohn ebenfalls genommen werden. Aber sie hatte immer noch das Gefühl, nicht nach dem Grund fragen zu dürfen, nicht nur wegen Osteens Anweisung, sondern auch aus Sorge um Chris.

»Wenn wir eine Diskussion angefangen hätten und ich ihm einige gezielte Fragen gestellt hätte, wäre das vielleicht der Anlaß für ihn gewesen, sich das Leben zu nehmen«, sagte sie später.

»Dann wäre ich dafür verantwortlich gewesen.«

So lächelte sie sich durch die Feiertage. »Ich mag nicht von Leuten umgeben sein, die sich gehenlassen«, sagte sie. »Und ich wollte mich auch selbst unter Kontrolle halten.«

Als Weihnachtsgeschenk gab sie Chris Zubehör für seinen

Computer, damit er seine Dungeons & Dragons in Farbe statt in Schwarzweiß spielen konnte.

Am frühen Abend des 26. Dezember hatte Osteen eine Vereinbarung mit Norton erreicht, doch sie konnte erst am nächsten Morgen getippt und zur Unterschrift vorgelegt werden.

Die Vereinbarung setzte fest, daß Chris beim SBI ein volles Geständnis über das Ausmaß und die Art seiner Beteiligung bei dem Verbrechen ablegen, ehrlich und voll und ganz alle Fragen beantworten und später beim Prozeß wahrheitsgemäß bezeugen würde.

Als Gegenleistung wurde die Mordanklage fallengelassen, und es wurde ihm erlaubt, sich schuldig zu bekennen, bei dem Mord Beihilfe und Vorschub geleistet zu haben. Und Beihilfe und Vorschub geleistet zu haben bei Körperverletzung mit einer tödlichen Waffe mit dem Vorsatz zu töten und ernsthafte Verletzungen zuzufügen – letzteres war der versuchte Mord an Bonnie.

Zusätzlich erklärte sich Mitchell Norton einverstanden, daß er kein bestimmtes Strafmaß vor Richter Watts fordern würde.

Beide Seiten waren sich darüber im klaren, daß die mögliche Höchststrafe lebenslänglich plus zwanzig Jahre sein würde, was ›in richtiger Zeit‹ vermutlich mindestens zwanzig Jahre vor der bedingten Haftentlassung bedeutete.

Das war die gute Nachricht, die Osteen Bonnie, Chris und Angela mitteilen konnte, als sie an diesem Abend in Little Washington eintrafen. Wenn Chris die Vereinbarung am nächsten Morgen unterzeichnet hatte, konnten sie sich alle in Jim Vosburghs Konferenzzimmer treffen, und Chris konnte seiner Mutter und Schwester die Wahrheit sagen.

9

Jim Vosburghs Privatbüro war wie der Mann selbst: groß, gemütlich, leicht unordentlich und mit Material gefüllt, aus dem Unterhaltungsgeschichten sprudeln können. Es sah eigentlich nicht nach dem Büro eines Rechtsanwalts aus, sondern wie ein Laden voller Souvenirs eines ganzen Lebens.

An den Wänden hingen alle Diplome und Anerkennungsschreiben, die er je erhalten hatte, einschließlich seiner Schulzeugnisse und einer Urkunde eines Gesangvereins, dessen Mitglied er seit fünfzehn Jahren war.

Als Bonnie, Chris und Angela um halb zehn eintrafen, führte Vosburgh sie in das spartanisch eingerichtete Konferenzzimmer, wo nur Regale mit Gesetzesbüchern die zweckmäßige Einrichtung ergänzten.

Zu dieser frühen Stunde war es in der Billardhalle nebenan ruhig. Ebenso still waren Bonnie und ihre Kinder. Chris und Mitchell Norton hatten die Vereinbarung unterzeichnet. Der Handel war abgemacht. Jetzt mußte Chris nur noch seine Geschichte erzählen: erst hier, dann in Nortons Büro und schließlich beim Prozeß. Danach würde er viele Jahre lang gezwungen sein, mit den Konsequenzen seiner Taten fertig zu werden.

Bill Osteen war grimmiger und abgespannter, als Bonnie, Chris oder Jim Vosburgh ihn je gesehen hatten. Sie setzten sich an Vosburghs Konferenztisch, Chris an ein Ende, Bonnie ans andere. Angela saß an der Seite, Vosburgh und Osteen gegenüber.

»Chris«, sagte Osteen, »der Zeitpunkt ist gekommen, an dem Sie Ihrer Mutter und Schwester sagen, was Sie getan haben.«

Aber jetzt, nach all diesen Monaten – nach all der Sehnsucht, von seinem Gefängnis aus Täuschung und Schweigen befreit zu werden –, geriet Chris in Panik. Er erstarrte. Schließlich schüttelte er den Kopf. Leise sagte er: »Ich kann es nicht.«

Bill Osteen hob nicht die Stimme. Das brauchte er auch nicht. Seit Monaten hatte ihn gequält, daß er Bonnie die Wahrheit vorenthalten und Entscheidungen um Leben und Tod treffen mußte, Entscheidungen, bei denen er sich viel sicherer geben mußte, als er in Wirklichkeit war. Jetzt war es fast, als suche er Erlösung von den Wochen der Qualen, die seine Entscheidungen verursacht hatten, und er war nicht bereit, auch nur noch einen Augenblick Verzögerung hinzunehmen.

»Chris«, sagte er ruhig. »Ich lasse Sie nicht aus diesem Raum, bevor Sie Ihrer Mutter erzählt haben, was wirklich geschah.«

Chris sah erst Osteen an, dann Jim Vosburgh. Dann blickte er vor sich hin auf den Tisch. Er atmete tief und krampfartig. Plötzlich rang er um Atem. Vosburgh befürchtete, daß Chris in Ohnmacht fallen würde. »Verdammt, Chris!« sagte Vosburgh. »Sie sagen jetzt Ihrer Mutter die Wahrheit!«

Und dann begann Chris Pritchard zu reden und zu weinen und hastig zu erzählen, und es begann das, was Vosburgh später als ›der herzzerreißendste, emotionsgeladenste Tag, den ich je als Anwalt erlebte‹ bezeichnete.

Dies ist die Geschichte, die er erzählte:

Es begann während des ersten Sommersemesters, als Chris im Studentenwohnheim einen Aushang sah, mit dem neue Spieler für ein Dungeons & Dragons-Spiel gesucht wurden. Er meldete sich und lernte Upchurch und Henderson kennen, die sich bereits gut kannten.

Sie spielten das Spiel wie besessen. Sie nahmen auch Drogen. Viele Drogen. Chris hatte im Frühjahrssemester und zu Beginn des Sommers stark getrunken und mit dem Rauchen von Marihuana angefangen. Als er Upchurch kennenlernte, begann er mit LSD. Er schätzte, daß er in dem Monat vor dem Mord ungefähr achtzehn LSD-Trips eingeworfen hatte.

Er erzählte Moog und den anderen Dungeons & Dragons-Spielern, daß sein Stiefvater Millionen Dollars geerbt hatte. Er behauptete, seine Familie habe sieben Autos, drei Häuser und zwei Millionen in bar. Er war sich nicht sicher, ob er von zwei Millionen gesprochen hatte. Vielleicht hatte er auch mal von fünf Millionen geredet oder gar von zehn. Es war dieser verrückte Sommer voller Drogen und Alkohol. Jeder würde alles sagen oder tun. Niemand schenkte dem wahren Leben Beachtung. Keiner hielt inne, um nachzudenken.

Er erzählte Moog und Henderson, Daniel und Vince – und jedem sonst, mit dem er zufällig spielte oder trank –, daß er nach dem Tod seiner Eltern das Geld erben würde. Dann würde er eine große Villa im Wald nördlich von Raleigh kaufen und er und all seine Freunde könnten darin zusammen wohnen. Sie würden Ferraris und teure Stereoanlagen und die besten Computer haben, mit denen sie die raffiniertesten und kompliziertesten Dungeons & Dragons-Szenarien durchspielen konnten.

In der letzten Woche des Sommersemesters nahm Chris gar nicht mehr an den Vorlesungen teil. Er trank nur, nahm Drogen und spielte Dungeons & Dragons – und er träumte von dem Tag, an dem ihm Lieths Geld gehören würde.

Moog wurde sein Mentor, sein bester Freund. Moog war schließlich der ›Kerkermeister‹. Am 4. Juli fuhren sie zusammen zu Ramonas Haus und machten ein paar große Partys. Moog zog ihn tiefer und tiefer in den Konsum von LSD und in das Spiel hinein.

Mittwoch nacht, am 20. Juli, wurden die Dinge ernst. Chris, Moog, Daniel und Vince aßen zu Abend im Golden Corral am Western Boulevard, nicht weit vom Campus entfernt. Daniel und Vince gingen zur Salatbar. Chris war allein mit Moog.

Chris stellte aus heiterem Himmel die Frage: »Was hältst du von Vatermord?« Er meinte den Mord an einem Familienvater, obwohl das Wort eigentlich die Ermordung eines leiblichen Vaters bezeichnet und er Steve Pritchard nicht im Sinn hatte.

»Nun, dann solltest du besser nicht an Gott glauben«, antwortete Moog.

Chris wußte nicht, warum er die Frage stellte. Aber auch in seinem Drogennebel fragte er sich, wie viele Dungeons & Dragons-Erfahrungspunkte er bekommen würde, wenn er seinen Stiefvater und seine Mutter umbringen würde.

Später an diesem Abend ging er auf Moogs Zimmer, und sie sprachen weiter über das Thema.

»Was wäre, wenn meine Eltern tot wären? Schon bald. Wenn ich jemand hätte, der sie umbringt?«

»Wie?«

»Das weiß ich nicht.«

»Würde ein Feuer genügen?«

»Klar. Ein Feuer wäre das richtige.«

Am nächsten Tag fragte Moog: »Wie würde das Feuer gelegt werden?«

»Brandstiftung.«

»Das wäre verdächtig. Aber wenn eine Sicherung durchbrennt, wäre das was anderes.«

Chris fragte Moog, wie er so etwas machen konnte. Einfach. Benzin in den Sicherungskasten schütten und ein brennendes Streichholz daranhalten.

»Das können wir tun«, sagte Chris. »Aber angenommen, sie wachen auf?«

»Schlaftabletten. Du mußt ihnen ein paar Schlaftabletten ins Essen mischen.«

An diesem Abend fragte Chris: »Wie wäre es am Wochenende?« Er versprach Moog 50 000 Dollar von dem geerbten Geld, plus jeden neuen Wagen seiner Wahl. Moog wünschte sich einen Porsche. Chris war einverstanden. Also ein Porsche. Moog verabredete sich mit Chris für Samstag 13 Uhr hinter dem Sav-A-Center-Laden, gleich außerhalb des Campus.

Chris fuhr Freitag abend nach Hause. Er stahl den Schlüssel für die Hintertür aus dem Küchenschrank, damit er und Moog in der nächsten Nacht leise ins Haus gelangen konnten. Am Samstag sagte er Bonnie, er besuche Freunde. Statt dessen raste er nach Raleigh zurück und holte Moog ab. Sie kauften in Raleigh eine Schachtel Sicherungen. Einige davon wollten sie zertrümmern und nahe bei dem Sicherungskasten verstreuen, damit es aussah, als wären die Sicherungen explodiert und die Ursache des Brandes. Dann fuhren Chris und Moog nach Little Washington.

Sie fuhren über eine Nebenstraße, damit der Wagen nicht auffiel. Um 15 Uhr setzte Chris Moog bei einem verlassenen Schuppen ab, in dem einst Tabak getrocknet worden war und der etwa anderthalb Kilometer vom Haus der von Steins entfernt war. Moog würde dort allein warten, bis Chris ihn nach dem Abendessen abholen würde. Wenn alle schliefen, würden sie zum Haus zurückkehren und das Feuer legen.

Moog gab Chris einen Plastikbeutel mit blauem Pulver, das ein gemahlenes Schlafmittel namens Sominex war. Er mixte das Pulver mit dem Fleisch, als er die Hamburger formte. Er briet die Hamburger, und sie aßen. Donna Brady war zu Besuch und aß mit ihnen. Während des Essens lief der Fernseher. Lieth sah an den Wochenenden gern fern. Als das Essen vorüber war, verabschiedete sich Chris und erklärte, er müsse zur Uni zurück, um an dieser verdammten Hausarbeit zu arbeiten. Statt dessen fuhr er zu dem Schuppen, wo Moog auf ihn wartete. Gemeinsam versuchten sie die Sicherungen zu zertrümmern, doch es gelang ihnen nicht. Sie rauchten beide Marihuana. Moog sagte, dies sei keine so gute Idee. Chris war nicht schläfrig, obwohl er einen Hamburger mit dem Schlafmittel gegessen hatte. Außerdem sollte er auf der Uni sein, wenn die Morde geschahen. So konnte ihn niemand verdächtigen. Sie fuhren zurück nach Raleigh, anstatt das Haus niederzubrennen.

Auf der Rückfahrt fand Moog, daß Brandstiftung keine gute Idee war. Zu kompliziert. Zu vieles konnte schiefgehen. Zu leicht aufzuklären, wenn es klappte. Chris schlug einen vorgetäuschten Einbruch vor, in dessen Verlauf Moog nach oben gehen und Bonnie und Lieth töten konnte. So würde es wie ein Einbruch aussehen, der außer Kontrolle geraten war.

Diese Idee gefiel Moog. Er sagte, eine Machete wäre in diesem Fall die beste Tatwaffe. Er könne ihnen im Schlaf den Kopf abhacken. Ein Schlag reichte. Keiner würde Schmerzen spüren. Das gefiel Chris. Er wollte nicht, daß sie litten.

Als sie in Raleigh eintrafen, war jedoch der Army-Navy-Laden geschlossen, in dem man Macheten kaufen konnte. So fuhren sie in das Lokal namens Wildflour und tranken Bier.

Moog wollte in der nächsten Nacht nach Little Washington zurückkehren und die Morde begehen. Chris sollte auf dem Campus bleiben und bis spät in die Nacht aufbleiben, immer in Anwesenheit von anderen, damit er ein hieb- und stichfestes

Alibi hatte. Aber Moog würde mit Chris' Mustang fahren müssen, weil er keinen eigenen Wagen besaß. Chris fand das nicht gut, denn Moogs Führerschein war eingezogen worden. Der ganze Plan konnte scheitern, wenn er wegen eines Verkehrsvergehens gestoppt und ohne Führerschein erwischt wurde.

Chris schlug vor, daß jemand anders den Wagen fuhr. Kein Problem, sagte Moog. Neal Henderson konnte den Wagen fahren. Dann hatte Chris Bedenken, es könnte zu laut sein, wenn Moog seinen Eltern mit einer Machete den Kopf abhackte. Angela würde vielleicht aufwachen. In diesem Fall war Chris damit einverstanden, daß sie ebenfalls getötet wurde.

Der Macheten-Laden hatte auch an Sonntagen geschlossen. Statt dessen mußten sie zu einem Geschäft gehen, das geöffnet hatte. Dort konnte Chris nur ein Jagdmesser für Moog kaufen. Moog fand, daß es nicht mit einer Machete zu vergleichen war, doch er versprach, sein Bestes zu tun.

Dann fuhren sie zu Hendersons Apartment. Moog erklärte die Einzelheiten, und Henderson war gern bereit, den Wagen zu fahren. Chris fertigte eine Karte an. Er riet ihnen, sich zu beeilen, denn er hatte wirklich eine Hausarbeit zu machen, die er am nächsten Tag abliefern mußte, und wenn seine Eltern nicht ermordet waren, hatte er keine Entschuldigung.

Gegen 23 Uhr an diesem Abend kehrte Chris mit Vince, Karen und Kirsten vom Lokal Wildflour Pizza ins Studentenwohnheim zurück, und Chris gab Moog die Wagenschlüssel. Dann ging er nach oben, um Karten zu spielen, damit er ein Alibi hatte. Moog riet ihm, bis mindestens drei oder vier Uhr aufzubleiben. Den Wagen wollte er vor Tagesanbruch auf dem Parkplatz abstellen. Chris konnte sich nur noch erinnern, daß er Moog als letztes sagte, auf welcher Seite des Betts Lieth schlief und daß er ihn besser als ersten tötete.

Dann war Angela am Telefon und sagte ihm, daß er schnell nach Hause kommen sollte.

Chris hatte Henderson nach dem Mord überhaupt nicht gesehen, und Moog nur einmal. Moog hatte er im späten Sommer auf der Uni getroffen. Moog hatte über den Mord sprechen wollen. ›Du hast mir nie gesagt, daß die Hintertür ein Fenster aus Plexiglas hat‹, und ›ich habe noch nie soviel Blut gesehen‹. Chris schrie ihn an, den Mund zu halten. Das war die Nacht, in der er seinen schlimmen LSD-Trip hatte und Moog bei ihm blieb, damit er nichts bei der Polizei ausplauderte.

Chris verstummte. Er schaute seine Mutter und seine Schwester an. Weder Bonnie noch Angela sagten ein Wort. Osteen brach das Schweigen und fragte Bonnie und Angela: »Hat jemand von Ihnen irgendwelche Fragen?«

Bonnie sagte nur, sie hoffe, daß Chris sich jetzt besser fühlen könne, nachdem er endlich die Wahrheit gesagt hatte. Angela sagte überhaupt nichts.

Abermals brach Osteen das Schweigen.

»Chris«, sagte er, »ich hoffe, Ihnen ist klar, welch ein besonderer Mensch Ihre Mutter ist. Nach all den Dingen, die Sie ihr soeben erzählt haben, gilt ihre erste Sorge immer noch Ihnen.«

10

Bonnies Erinnerung an die Ereignisse während des Rests des Tages und der Nacht würden sich als sehr verschieden von den Notizen erweisen, die sie zu diesem Zeitpunkt machte. Es hat fast den Anschein, daß sie sich für zwölf Stunden in eine Art Amnesie stürzte.

Nach ihren Worten hatte das Treffen in Vosburghs Büro nur eine halbe oder dreiviertel Stunde gedauert und war so kurz gewesen, weil die Ankläger auf Chris gewartet hatten. Sie erinnerte sich, daß sie mit Angela benommen und wie betäubt zum Holiday-Inn zurückkehrte. Angela stellte keine Fragen, aber sie sagte: »Chris ist mein Bruder, und ich liebe ihn, und ich weiß, daß er das nicht getan hätte, wenn er keine Drogen genommen hätte.«

Bonnie erinnert sich an keine andere Unterhaltung mit

Angela über das, was sie soeben gehört hatten. Angela blieb nicht lange im Hotel. Vermutlich verbrachte sie den Tag mit Freundinnen. Bonnie erinnert sich, daß sie den Nachmittag allein im Hotelzimmer verbrachte und sich fragte, wie sie es jemals ihrer Mutter und den anderen Mitgliedern der Familie sagen konnte.

»Ich erinnere mich nicht, ob Angela und ich zusammen zu Abend aßen oder ob sie mit einigen Freunden essen ging«, sagte Bonnie später. Sie erinnerte sich, daß sie später am Abend mit Angela im Hotelzimmer saß und irgendeinen Fernsehfilm sah. Sowohl Bonnie als auch Angela können sich nicht erinnern, daß in all diesen Stunden, seit Chris sein Geständnis in Vosburghs Konferenzzimmer abgelegt hatte, ein einziges Wort über Chris' Tat gewechselt wurde.

Es war einfach zu schmerzlich, über einige Dinge zu sprechen, sagte Bonnie später. Und was hätte es genutzt, wenn sie darüber gesprochen hätten? Das hätte nichts geändert. Dadurch wäre Lieth nicht lebendig geworden. Es wäre ein Zeichen von Schwäche gewesen, wenn sie ihren Schmerz geteilt hätten. Und jetzt war Bonnie mehr denn je entschlossen, stark zu sein.

Sie erinnert sich, daß Chris um 22 Uhr 30 ins Hotel kam, begleitet von Bill Osteen, der nur sagte, es sei ein langer aufreibender Tag gewesen und er sei müde.

Chris trat einen Schritt ins Zimmer und sagte mit Tränen in den Augen: »Ich verstehe nicht, wie ihr beide in einem Zimmer mit mir sein könnt.«

Bonnie erinnert sich, daß sie und Angela ihm versicherten, er sei ihrer Ansicht nach nicht fähig, jemandem etwas anzutun. Was er getan habe, müsse durch Drogen und seelische Probleme verursacht worden sein. Er weinte und sagte, er verstehe nicht, wie er es hätte tun können, ganz gleich unter welchen Umständen. Dann sagte er zu Bonnie: »Ich liebe dich und Angela, und ich habe Lieth geliebt.«

Danach erklärte er, daß er Hunger habe. »Er ging dann essen«, sagte Bonnie später. »Ich weiß nicht, ob Angela mitging. Vermutlich nicht. Als er zurückkehrte, wurde sehr wenig gesprochen. Wir fühlten uns alle ausgelaugt, und es war uns nicht zum Reden zumute.« Sie schalteten das Licht aus und legten sich schlafen.

»Es war ein Schlaf nicht nur in völliger seelischer Erschöpfung, sondern auch eine von der schlimmsten Art Depression, die ich je erlebt habe«, sagte Bonnie später.

Bonnies Notizen erzählen jedoch eine ganz andere Geschichte. Demnach verließen sie und Chris und Angela gemeinsam Vosburghs Büro und aßen zu Mittag in dem Little Washingtoner Restaurant Golden Corral: eine sonderbare Wahl, denn im Golden Corral in Raleigh hatte Chris zum ersten Mal die Idee ausgesprochen, seine Eltern zu ermorden.

Auch wenn man Bonnie ihre Notizen vorliest, kann sie sich nicht an ein solches Essen oder auch nur an Chris' Anwesenheit erinnern. Ebensowenig kann sich Angela an irgend etwas erinnern, das sie am Rest des Tages sagte oder tat. Chris kann sich nur vage entsinnen, daß er vielleicht irgendwo zu Mittag aß, aber er weiß nicht mehr, wo oder mit wem oder ob irgend etwas gesprochen wurde.

Nach Bonnies Notizen kehrte Chris um 13 Uhr 15 in Jim Vosburghs Büro zurück, damit er um 13 Uhr 30 im Büro des County Sheriffs seine offizielle Aussage machen konnte.

Danach ging Bonnie zum Hotel zurück, anscheinend allein. Dort versuchte sie aufzuschreiben, was Chris soeben gestanden hatte. »Es war soviel schlimmer, als ich je befürchtet hatte«, begann sie. Doch dann hielt sie im Schreiben inne.

Sie rief Wade Smith am frühen Nachmittag an, konnte ihn jedoch nicht erreichen. Nach ihren Notizen rief Wade Smith um 16 Uhr zurück, aber sie konnte nicht offen mit ihm reden, weil Linda Sloane, ihre Freundin von der Gesellschaft zur Verhinderung von Grausamkeiten an Mensch und Tier, im Zimmer war.

Bonnie kann sich an all dies nicht erinnern, aber Linda erinnert sich an den Nachmittag und den Abend. Ein paar Tage vorher hatten sie und Bonnie verabredet, im Holiday Inn Weihnachtsgeschenke auszutauschen und anschließend zusammen im Speiseraum des Hotels zu essen.

Und das taten sie. Als Linda am späten Nachmittag im Hotel eintraf, verrieten weder Bonnie noch Angela, die ebenfalls anwesend war, Anzeichen dafür, daß sie einen ungewöhnlich aufreibenden Tag hinter sich hatten.

Alles wirkte normal. Linda fragte Bonnie, wie sie sich fühlte, und erhielt zur Antwort: »Gut. Ich fühle mich gut. Die Dinge klären sich.«

Sie saßen im Hotelzimmer und tauschten Geschenke aus. Dann gingen sie zu dritt in den Speiseraum und aßen. Bonnie sagte nur, Chris beantworte bei der Polizei einige Fragen, und sie sorgte sich, daß er vielleicht kein gutes Abendessen bekommen würde, wenn man ihn zu lange aufhielt.

Tage später las Linda Sloane in der Zeitung, daß Chris ein Geständnis abgelegt und sich schuldig bekannt hatte, und da wurde ihr klar, daß Bonnie die Wahrheit den ganzen Nachmittag und Abend gewußt hatte, als sie zusammengewesen waren.

Selbst nachdem die Geschichte in der Zeitung erschienen war, sagte Bonnie nie ein Wort darüber. Sie erzählte Linda – ihrer vielleicht besten Freundin in Little Washington – auch niemals, daß Chris im August ins Krankenhaus eingewiesen wurde.

Über einige Dinge sollte einfach nicht gesprochen werden. Einige Dinge waren zu persönlich, um sie mit jemandem zu teilen. Und vielleicht, wie Linda Sloane später sagte, »kann es helfen, einige Dinge unwirklich erscheinen zu lassen, indem man nicht darüber redet.«

Die andere Diskrepanz zwischen Bonnies Erinnerung und ihren Notizen betraf das, was nach Chris' Rückkehr ins Hotelzimmer geschah. Alle Restaurants in Little Washington hatten bereits geschlossen, und so gab sie nach ihren Notizen Chris und Angela ihre Autoschlüssel, damit die beiden zum Waffle House in Greenville fahren konnten, zu dem Lokal, in dem Bonnie zum letzten Mal mit Lieth gefrühstückt hatte.

Chris und Angela kehrten erst nach Mitternacht zurück. Später konnte sich keiner von beiden an irgendwelche Worte erinnern, die sie gewechselt hatten.

Das offizielle Verhör dauerte von 14 Uhr 25 bis 22 Uhr 10. Anwesend waren Lewis Young, John Taylor, Mitchell Norton, Keith Mason und Bill Osteen. Young tippte später ein Protokoll von 34 Seiten, basierend auf den Notizen, die er bei Chris' Aussagen gemacht hatte. Osteen machte sich ebenfalls handschriftliche Notizen.

Einige Dinge, die Chris sagte, würden später beunruhigende Fragen aufwerfen. Unter anderem:

– Er lernte Moog während des Sommersemesters kennen.

– Er wußte nicht, ob Moog jemals Angela kennengelernt hatte.

– Als er am Freitag abend vor dem Mord nach Little Washington kam, ging er mit seinen Freunden Jonathan Wagoner, Steven Outlaw und Tiffany Heady aus.

– Zu Hause stahl er einen Schlüssel. Youngs Notizen besagen, daß es der Schlüssel für ›die neue Hintertür ... die äußere Hintertür‹ war. Osteens Notizen bestätigen das. Er zitiert Chris: »Ich nahm mir den Schlüssel für die neue Hintertür.« Im Frühjahr hatten Bonnie und Lieth die zuvor offene hintere Veranda eingefriedet. Eine neue Tür mit einem neuen Schloß war eingebaut worden. Die ursprüngliche Hintertür, die von der Veranda zur Küche führte, war zu einer Innentür geworden, die nicht mehr direkt zugänglich von außen war.

– Moog sollte nach seiner Rückkehr auf den Campus Chris' Autoschlüssel auf einen Sessel in seinem Zimmer legen. Wenn sie nicht dort lagen, wenn Chris über die Morde informiert wurde, würde er wissen, daß sein Wagen noch nicht auf den Parkplatz zurückgebracht worden war und er sich eine Geschichte ausdenken mußte, daß er seine Schlüssel nicht finden könne.

– Angela sollte ein Opfer sein. Er hatte keine Ahnung, warum sie verschont wurde.

– Er hatte nie das Buch *A Rose in Winter* gelesen und nicht einmal etwas davon gehört.

– Abgesehen von einer Gelegenheit im August, hatte er Moog nach dem Mord nur gesehen, um ›Hallo‹ zu sagen. Er hatte nie wieder über den Mord mit ihm gesprochen und nie wieder Dungeons & Dragons mit Moog oder Henderson gespielt.

Zu diesem Zeitpunkt warf keine dieser Aussagen irgendwelche Fragen aus. Im nachhinein können sie jedoch von störender Bedeutung sein.

Bonnie, Chris und Angela fuhren am nächsten Tag nach Winston-Salem zurück. Sie sprachen immer noch nicht über das, was Chris getan hatte.

»Ich bin einfach nicht der Typ, der in eine lange Diskussion über ein unangenehmes Thema geht, wenn ich weiß, daß wir eine vierstündige Fahrt nach Winston-Salem vor uns haben«, sagte Bonnie später.

Angela sagte: »Ich habe nie irgendwelche Fragen gestellt, weil ich Chris nicht aufregen wollte. So wurde ich einfach erzogen.«

Und als sie in Winston-Salem waren, gingen sie getrennte Wege.

An diesem Abend kam Eric Caldwell zu Besuch. Er hatte Chris bereits gesehen und wußte, daß er bei Bonnie ein Geständnis abgelegt hatte. Jetzt wollte er sehen, wie sie damit fertig wurde. Seit Monaten hatte er gewußt, daß Bonnie irgendwann die Wahrheit erfahren würde. Nun wollte er ihr sagen, wie sehr er bedauerte, daß er an der allgemeinen Täuschung teilgenommen hatte, die jeder für nötig gehalten hatte.

»Wie geht es Ihnen?« fragte er.

»Ich bin sehr überrascht«, sagte Bonnie.

»Sie hatten keine Ahnung? Sie haben wirklich nie etwas geahnt?«

»So ist es«, sagte Bonnie. »Es kam mir nie in den Sinn, daß die Ereignisse in diese Richtung gehen würden.«

Eric sagte ihr, wie schwer ihm das Schweigen gefallen war. Ihrer Ansicht nach hatte er das richtige getan. Er war loyal zu Chris gewesen, und sie bewunderte ihn deshalb. Es gab nichts, was ihm leid tun mußte, nichts, was sie ihm zu verzeihen brauchte. Chris konnte von Glück sagen, daß er einen solchen Freund hatte.

Ihre größte Sorge war im Moment, wie sie es ihrer Familie sagen sollte, erzählte sie Eric.

»Sie sagten mir das über meinen Vater«, sagte sie. »Jetzt muß ich ihnen das von dem nächsten Tod in der Familie sagen. Denn das ist es: ein weiterer Tod in der Familie.«

Ihr einziger Trost war, daß Chris zwar lange gebraucht hatte, um seinen Mut zu sammeln und sich für das richtige zu entscheiden, aber letzten Endes ehrbar gehandelt hatte.

»Chris hat sich schuldig bekannt, weil er nicht länger mit seinen Gewissensbissen leben konnte«, sagte Bonnie zu Eric.

»Er hat sich nicht schuldig bekannt, um der Todesstrafe zu entgehen. Er brauchte das Bekenntnis, weil er ohne nicht mehr leben konnte. Er wollte, daß wir es wissen. Bei einem Prozeß freigesprochen zu werden und es uns niemals sagen zu können war etwas, mit dem er nicht leben konnte. So handelte er am Ende mit Ehre.«

Dies waren die Gedanken, an die Bonnie sich klammerte.

Eric würde jedoch später sagen, daß er über Chris' Motive für das Schuldbekenntnis widerwillig zu einer anderen Meinung gelangt war. »Er sagte mir, laut Osteen hätte er nur eine dreißigprozentige Chance gehabt, davonzukommen. Chris sagte: ›Wenn Osteen vierzig oder fünfzig Prozent gesagt hätte, dann hätte ich es darauf ankommen lassen.‹ Nach Chris' Worten betrachtete er die Sache wie beim Dungeons & Dragons-Spiel, wenn man zwei zehnseitige Würfel wirft.« Bonnie beharrte darauf, daß er sich aus Trauer und Reue schuldig bekannt hatte, aber Chris bezeichnete es einfach als eine Sache der Prozente.

»Meine größte Befürchtung war, daß Chris nicht wirklich bereute, was er getan hatte«, sagte Eric.

Bonnie sagte es ihrer Mutter, dem Bruder und den Schwestern. Später würde sie sagen: »Sie waren alle so schockiert wie ich.«

Dann fuhr sie an Neujahr allein nach Elizabeth City, obwohl Chris nicht unter Anklage stand.

Vierter Teil

»Die drei Ds«

Januar 1990

1

Der 2. Januar hatte sich Bonnie als das Datum eingeprägt, an dem der lange verhinderte Marsch zur Gerechtigkeit beginnen würde. Keine Sondereinheitskommando-Taktik des SBI und der Washingtoner Polizei mehr. Keine weitere Einschüchterung, keine Lügen mehr, keine Behandlung mehr wie Kriminelle statt wie Opfer.

Im Gerichtssaal in Elizabeth City, vor dem strengen, aber fairen Richter Thomas Watts, mit Bill Osteen und Jim Vosburgh als Verteidiger, würde Chris endlich eine Chance bekommen, seine Unschuld zu beweisen. Und Bonnie würde zum ersten Mal beim Hören *aller* Beweise erfahren, was ihr und Lieth wirklich widerfahren war. So hatte Bonnie gedacht.

Jetzt sollte es nicht sein. Jetzt wurde nicht über Chris verhandelt. Nun würde er nur kurz vor Gericht erscheinen und für die Anklage gegen James Upchurch aussagen.

Und die Anklage – gegen die Bonnie so lange und so hart und so vergeblich gekämpft hatte – vertrat nun *ihre* Interessen. Nach so vielen Monaten der Verachtung ihrer Taktiken und ihrer Unfähigkeit, ihrem hartnäckigen Glauben an das, was ihrer Meinung nach nicht wahr sein konnte, stellte Bonnie plötzlich fest, daß sie *in der Mannschaft der Anklage* war.

Das war etwas, das sie überhaupt nicht erwartet hatte. Aber

es kam ihr nicht in den Sinn, ihren Plan, jede Sitzung des Prozesses zu besuchen, zu ändern. Selbst wenn Chris' Schicksal nicht mehr auf dem Spiel stand, blieb dies der Prozeß gegen den Mann, der ihren Mann ermordet und sie zu ermorden versucht hatte.

Und obwohl Bonnie mehr denn je überzeugt war, daß es Henderson und nicht Upchurch gewesen war, den sie in jener Nacht in ihrem Schlafzimmer gesehen hatte, mußte sie jetzt mit Chris' Eingeständnis fertig werden, daß er mit Upchurch, nicht mit Henderson, ihren Tod geplant hatte.

Einige Leute waren überrascht, weil Bonnie immer noch so entschlossen war, den ganzen Prozeß zu verfolgen. Ja, natürlich würde sie aussagen müssen. Ja, sie würde dabeisein wollen, wenn Chris aussagte. Aber warum setzte sie sich der Qual aus, jeden Tag anwesend zu sein? Warum wartete sie nicht einfach auf einen Anruf Ende Januar oder Anfang Februar, bei dem sie über das Urteil informiert wurde?

Sie wußte jetzt, daß ihr Sohn für viele Jahre ins Gefängnis kommen würde. Warum nutzte sie da nicht die letzte Möglichkeit, einige Zeit mit ihm zu verbringen?

Eine Antwort war, daß sie das nicht wollte. Und der Prozeß bot eine perfekte Fluchtmöglichkeit. Nachdem sie jetzt endlich die Wahrheit wußte und ihr Verleugnungsmechanismus nicht mehr funktionierte, konnte sie die Realität nur meiden, indem sie Chris mied. Indem sie jede Woche in Elizabeth City verbrachte, bis Chris verurteilt wurde, konnte sie sich das Trauma einer solchen Begegnung ersparen.

Bewußt sah sie natürlich ihre Wahl nicht als Ausweichen, sondern als eine letzte Möglichkeit, ihre Liebe zu ihrem Mann zu bezeugen. »Es wird andere Gelegenheiten geben, mit Angela und Chris zusammenzusein«, sagte sie. »Aber das war die letzte Geste, die ich für Lieth noch machen konnte. Ich mußte einfach in Elizabeth City sein. Ich hatte vor langer Zeit akzeptiert, daß Lieth tot war und ich nichts daran ändern konnte, aber ich konnte dort beim Prozeß sein und auf jede Weise helfen, sicherzustellen, daß die Leute bestraft wurden, die für seinen Tod verantwortlich waren.

Und wie auch immer es ausging, ich brauchte das Gefühl, soviel wie möglich über die Ereignisse dieses Wochenendes zu wissen.«

Bezüglich Chris sagte sie während dieser wenigen hektischen und traumatischen Tage zwischen seinem Geständnis und dem Beginn des Prozesses: »Ich hatte nie ein richtiges Gespräch mit ihm.« Sie wirkte überrascht darüber, daß jemand denken konnte, sie halte eine offene Diskussion – vielleicht auch noch eine *emotionale* Diskussion – über die Tatsache, daß Chris versucht hatte, sie zu ermorden zu lassen, für nötig.

»Bei dem bedeutsamsten Gespräch, das wir hatten, fragte ich ihn, ob ich seinen Wagen verkaufen sollte. Ich fragte ihn einmal, wovor er sich im Gefängnis fürchte, und er sorgte sich vor sexuellem Mißbrauch, aber ich bemühte mich, nichts von dem wieder zur Sprache zu bringen, was er mir bereits über das Verbrechen erzählt hatte, weil er aussagen mußte und das schon hart genug für ihn sein würde. Außerdem hatte er mir das Wesentliche bereits in Mr. Vosburghs Büro gesagt.«

Richter Thomas Watts war erst fünfzig, sah aber mindestens zehn Jahre älter aus. Er hatte schütteres Haar, trug eine Brille und litt seit seiner Geburt an der Bluterkrankheit. Er ging am Stock und trug ein Hörgerät. Sein Großvater war baptistischer Geistlicher gewesen, und er war im westlichen North Carolina, in den Ausläufen der Blue Ridge Mountains, aufgewachsen.

»Ich bin Bluter«, sagte er einmal. »Einer der wenigen, die es bis zu diesem Alter schaffen. Als ich geboren wurde, sagte man meinen Eltern, daß ich eine Lebenserwartung von unter einem Jahr habe. So lebe ich mit der Philosophie, daß jeder Sonnenaufgang ein weiterer auf der Habenseite ist. Ich hatte kranke Knie, Gelenkkrankheiten, und es gab damals keine Behandlungsmöglichkeiten, außer das blutende Gebiet stillzulegen und mit Eis zu kühlen. Ich verbrachte vielleicht vierzig Prozent meiner ersten zehn Jahre im Krankenhaus.«

Wegen seiner körperlichen Gebrechlichkeit wurde Thomas Watts in frühen Jahren zu einer Leseratte, und es blieb seine

Gewohnheit, Bücher zu verschlingen. Er wuchs als Demokrat auf und betrachtete Franklin D. Roosevelt immer noch als einen der größten Helden. Er absolvierte das Davidson College, dann die juristische Fakultät der Wake Forest University und arbeitete als Bezirksstaatsanwalt, bevor er 1982 zum Richter ernannt wurde.

Thomas Watts hatte schottisches Blut in sich und besaß sogar einen Kilt, den er bei Volksfesten in den Bergen trug. Er war seit 27 Jahren mit derselben Frau verheiratet und hatte eine 25jährige Tochter, die Öffentlichkeitsarbeit machte. Aber das Gesetz war vielleicht seine größte Leidenschaft. Er las darüber, dachte gründlich darüber nach und behandelte es mit einem Respekt, der an Ehrfurcht grenzte.

Seine Lieblingskrawatte war bedruckt mit der Statue der Justitia des Old-Bailey-Gerichts in London. »Diese Statue«, sagte er einmal, »hat drei einzigartige Dinge an sich. Sie hat die Waagschalen, und die Justiz sollte Waagschalen haben, um einen Fall fair und genau auszubalancieren und abzuwägen. Aber sie hält auch in der rechten Hand ein Schwert, weil die Justiz die Macht haben sollte, Strafen zu verhängen, wenn es nötig ist. Das ist ihre Stärke: die Würde und Macht, die Regeln einer ordentlichen und zivilisierten Gesellschaft in der Öffentlichkeit durchzusetzen. Aber das einzigartigste an der britischen Justitia – die sich völlig von den Statuen der Justitia unterscheidet, die man in den Vereinigten Staaten sieht – ist die Tatsache, daß sie keine verbundenen Augen hat. Ihre Augen sind offen, damit sie die Wahrheit sehen kann. Und das faßt meine Philosophie zusammen: die Justitia sollte die Augen offen haben und stets nach der Wahrheit suchen.«

Jim Vosburgh stand am 2. Januar um zehn Uhr vor Richter Watts und sagte: »Euer Ehren, wir haben eine Vereinbarung mit der Staatsanwaltschaft getroffen. Wir möchten nicht mehr auf nicht schuldig plädieren, sondern im Sinne der Vereinbarung, deren Niederschrift dem Gericht vorliegt.«

Richter Watts hatte eine tiefe, rauhe Stimme und sprach mit

dem starken Akzent des westlichen North Carolina – mehr ein langsames Dehnen, als der kräftigere, reinere südliche Akzent im östlichen Teil des Staats. Er forderte Chris Pritchard auf, vorzutreten, die Hand auf die Bibel zu legen, die ihm hingehalten wurde, und zu schwören, die Wahrheit zu sagen.

Chris sah blaß und nervös aus und fühlte sich mit Anzug und Krawatte sichtlich unbehaglich. Er stand auf und leistete den Eid. Dann schaute Richter Watts auf ihn herab mit einer Miene, die keine Spur von Sympathie widerspiegelte.

»Bleiben Sie bitte stehen, Mr. Pritchard«, sagte der Richter, »und beantworten Sie meine Fragen laut und verständlich, damit der Gerichtsschreiber und wir alle hören können, was Sie sagen. Als erstes frage ich Sie: Können Sie mich hören und verstehen?«

»Jawohl, Sir«, sagte Chris keineswegs laut.

»Ist Ihnen klar, daß Sie das Recht haben, die Aussage zu verweigern, und daß alles, was Sie aussagen, gegen Sie verwendet werden kann?«

»Jawohl, Sir.«

»Stehen Sie unter dem Einfluß von Alkohol, Drogen, Medikamenten oder anderen Rauschmitteln?«

»Nein, Sir.«

»Wie lange ist es her, seit Sie zum letzten Mal irgendwelche berauschenden Substanzen irgendwelcher Art genommen haben?«

»Ich habe gestern abend ein Bier getrunken, Sir.«

»Ist das noch in Ihrem Körper?«

»Nein, Sir.«

»Spüren Sie noch Auswirkungen?«

»Nein. Ich trank das Bier zum Essen.«

Richter Watts fragte Chris, ob er seinen Fall voll und ganz mit seinen Anwälten besprochen hatte (ja), ob er zufrieden mit ihrem juristischen Beistand war (ja), ob ihm klar war, daß er sich schuldig bekenne, zwei schwere Verbrechen begangen zu haben – Anstiftung und Beihilfe bei Mord, Anstiftung und Beihilfe bei vorsätzlicher Körperverletzung mit der Absicht zu töten (ja). Dann fragte Richter Watts, ob Chris klar war, daß die mögliche Höchststrafe für den ersten Anklagepunkt entweder Lebenslänglich oder fünfzig Jahre war (ja), daß er fünfzehn Jahre dieser Strafe verbüßen mußte (ja), daß die Höchststrafe für den zweiten Anklagepunkt zwanzig Jahre war und er davon sechs Jahre verbüßen mußte (ja) und daß er das Recht hatte, sich nicht schuldig zu bekennen und jede dieser Anklagen durch die Geschworenen klären zu lassen, wobei er bei diesem Prozeß das Recht hatte, durch seine Anwälte jeden Zeugen ins Kreuzverhör nehmen zu lassen, der gegen ihn aussagte (ja). Und daß er bei einem Schuldbekenntnis diese Rechte und alle anderen verfassungsmäßigen Rechte bezüglich einer Verhandlung vor dem Schwurgericht aufgab (ja).

»Bekennen Sie sich schuldig der Anstiftung und Beihilfe bei der Ermordung von Lieth von Stein?« fragte Richter Watts.

»Jawohl, Sir.«

»Sind Sie in diesem Anklagepunkt schuldig?«

»Ja, Sir.«

»Bekennnen Sie sich schuldig der Anstiftung und Beihilfe eines bewaffneten Angriffs mit dem Vorsatz, Bonnie von Stein zu töten?«

»Ja, Sir.«

»Und sind Sie in diesem Anklagepunkt schuldig?«

»Ja, Sir, das bin ich.«

Der Richter akzeptierte den Antrag der Verteidigung und erlaubte Chris, unter den ursprünglichen Kautionsbedingungen auf freiem Fuß zu bleiben, bis er verurteilt werden würde.

Später in der Woche, nachdem die Geschworenen ausgewählt waren und sich das Gericht auf den folgenden Montag vertagte, bat Wade Smith Bonnie in sein Büro. Wie zuvor Lewis Young hatte sich Mitchell Norton an Wade um Hilfe gewandt, weil er ein ernsthaftes Problem fürchtete.

Wade Smith erklärte Bonnie, daß Norton sie als eine seiner ersten Zeuginnen aufrufen würde und der Staatsanwalt äußerst besorgt war, was sie über den Umriß der Person in ihrem Schlafzimmer sagen würde. Ihr Beharren, daß es nicht Upchurch gewesen sein konnte, würde die Anklage von Anfang an schwächen.

Sie traf wie erwünscht am Freitag, dem 5. Januar, um neun Uhr in Wades Büro ein. Zu ihrer Überraschung waren Mitchell Norton, Lewis Young und John Taylor bereits da. Wade Smith sagte ihr, daß die drei seit halb neun da waren.

Er erklärte, er sei fast fertig mit den drei Mitgliedern der Anklage, und dann könnten sie alle zusammen reden. Bonnie setzte sich ins Wartezimmer und machte Notizen. Dies gefiel ihr nicht. Auch wenn sie jetzt theoretisch ein Mitglied des Anklage-Teams war – oder es zumindest unterstützte –, wollte sie nicht, daß die Ankläger hinter ihrem Rücken mit ihrem Anwalt sprachen und sie nicht hören konnte, was gesagt wurde.

9 Uhr 30, schrieb sie. Er bat um etwa zehn Minuten mit den anderen.

9 Uhr 37 – Konferenz ist immer noch ohne mich im Gange.

9 Uhr 50 – selbe Situation. Ich sitze immer noch im Wartezimmer und warte. Dies ist keine Überraschung, was die Gruppe der Ankläger anbetrifft. Überraschend ist Mr. Smith.

9 Uhr 55 – während die Minuten vergehen, werde ich zunehmend bestürzt.

10 Uhr – Alle vier gehen an mir vorbei und betreten den Aufzug. Mr. Smith sagt »Bonnie, wir sind gleich für Sie bereit. Gehen Sie nicht weg!« Ich antworte nur mit einem Nicken. In diesem Augenblick traue ich meiner Stimme nicht ganz. Ich will wirklich nicht meine Bestürzung zeigen.

10 Uhr 05 – Es ist an der Zeit, die aufgestaute Spannung loszuwerden. Ich bitte Mr. Smith' Sekretärin um eine Tasse Tee, um die Zeit totzuschlagen und meine wachsende Frustration zu beruhigen.

10 Uhr 55 – Endlich bittet mich Mr. Smith in sein Büro.

Inzwischen war Bonnie nur noch von einem Gedanken beherrscht: Was hat diese Verschwörung zu bedeuten? »Ich spürte, daß sie etwas von mir verlangen würden, das ich nicht tun konnte. In diesem Augenblick fühlte ich mich betrogen. Andererseits vertraute ich Wade Smith immer noch.«

Wieder einmal fühlte sich Wade Smith in der unbehaglichen Lage, abzuwägen, was im besten Interesse seiner Mandantin war und was sie vielleicht selbst für das beste hielt. Wade Smith befürchtete, wenn der Mann, der des Mordes an Lieth angeklagt war, wegen Bonnies Zeugenaussage freigesprochen wurde, würde sie in den folgenden Jahren von Zweifeln und Furcht gequält werden.

Sie wußte jetzt von Chris, daß Upchurch mit ihm das Mordkomplott geschmiedet hatte. Upchurch war am Abend vor dem Mord mit ihm zusammengewesen, hatte in dem Schuppen gewartet und geplant, das Haus niederzubrennen. Upchurch hatte die Machete kaufen wollen. Upchurch war gegen Einbruch vorbestraft. Upchurch hatte zu fliehen versucht, als die Polizei nach ihm gefahndet hatte, im Gegensatz zu Henderson, der freiwillig mit der Polizei zusammengearbeitet hatte.

Wenn es auch an Beweisen mangelte, war Wade Smith überzeugt, daß Upchurch verurteilt werden würde, besonders weil jetzt Hendersons Aussage durch Bonnies Sohn erhärtet wurde. Das einzige Hindernis für eine Verurteilung war anscheinend Bonnies Beharren, daß die Person, die sie gesehen hatte, nicht Upchurch gewesen sein konnte.

Als Norton um ein Treffen mit ihm und seiner Mandantin vor ihrer Aussage als Zeugin bat, sagte sich Wade Smith, daß eine solche Konferenz vielleicht sowohl ihren Interessen als auch denen der Justiz dienen würde.

Während der zwei Stunden, die Bonnie brütend und ärgerlich verbracht hatte, war Wade Smith von Norton, Taylor und Young über jeden Aspekt ihrer Beweisführung und den Mangel an Beweisen aufgeklärt worden.

Ein neuer Faktor war besonders beunruhigend für sie. Die Geschichte, die Chris erzählt hatte, unterschied sich in wesentlichen Punkten von Hendersons Aussage. Die Anklage fühlte sich fast wie betrogen. Das Mordkomplott konnte sich nicht so abgespielt haben, wie Chris es schilderte, wenn Hendersons Geschichte in allen Einzelheiten stimmte. Die grundsätzlichen Punkte der beiden Geschichten waren ähnlich, doch besonders auf dem Gebiet der Wahl der Zeitpunkte gab es große Widersprüche.

Norton befürchtete, daß Chris' Geständnis mehr Probleme gebracht als gelöst hatte. Deshalb mußte Bonnie dringend ihre Ansicht korrigieren, daß Upchurch nicht die Person sein konnte, die sie in ihrem Schlafzimmer gesehen hatte.

Es war schon schlimm genug, betonte Norton, daß sie vermutlich den Geschworenen erzählen würde, wie sie im September bei Hendersons Anblick in Panik geraten und entsetzt aus dem Gerichtssaal gelaufen war, während der Anblick von Upchurch keinerlei Reaktion bei ihr ausgelöst hatte.

Lewis Young argumentierte, Bonnies zunehmend fester werdende Überzeugung, Henderson sei der Mann, den sie in ihrem Schlafzimmer gesehen hatte, resultiere aus der Tatsache, daß sie nichts von der Beteiligung ihres Sohnes wissen wollte und das stets verdrängen würde. Obwohl Chris ein Geständnis abgelegt hatte, würde sie weiterhin nach Möglichkeiten suchen, um das Ausmaß seiner Schuld zu reduzieren und zu entschuldigen. Und sie würde Neal Henderson niemals verzeihen, daß er als erster mit dem Finger auf ihren Sohn gezeigt hatte. Nach Youngs Meinung sah Bonnie Henderson als den Angreifer, weil er mit dem Gesetz zusammengearbeitet hatte, nicht weil sie sich ehrlich erinnerte, ihn gesehen zu haben.

Sie konnte nicht das geringste über die Gestalt oder Größe des Angreifers sagen, als Young sie zum ersten Mal im Krankenhaus befragte. Diese ganze Sache mit dem ›halslosen Mann‹ war nach Youngs Ansicht erst nach Hendersons Aussage aufgekommen, die zu Chris' Verhaftung geführt hatte. Jetzt war es ihr, wie Young meinte, gleichgültig, ob Upchurch verurteilt wurde. Ihr eigener Sohn war gefaßt worden, und alle anderen Chips konnten hinfallen, wo sie wollten.

Bonnie bestand natürlich darauf, daß sie dem Gedenken an Lieth absolute Ehrlichkeit und Ehrbarkeit schuldete. Sie war nicht der Typ, der sich Druck beugte. Je härter man sie bedrängte, desto stärker würde sie sich widersetzen, wie sie bereits gezeigt hatte. Das war es, was Wade Smith die meiste Zeit des Morgens Norton, Taylor und Young erklärte.

Schließlich kamen sie überein, daß Wade Smith und nur er versuchen würde, Bonnie zu der Erkenntnis zu verhelfen, daß sie sich bezüglich der Identität des Angreifers nicht so sicher sein konnte, wie sie sich wähnte.

Und so führte Wade Smith Bonnie in sein Büro und schloß die Tür.

Es war die vielleicht merkwürdigste Begegnung, die er jemals mit einem Mandanten oder einer Mandantin gehabt hatte. Nachdem er sich für die lange Verzögerung entschuldigt hatte, erklärte Wade Smith, daß er so genau wie möglich die Umstände nachstellen wolle, die in der Mordnacht in ihrem Schlafzimmer geherrscht hatten.

Es war bereits ein aufregender Morgen nach einer sehr aufregenden Woche eines sehr aufregenden Monats nach fast anderthalb Jahren unablässiger Qual gewesen, die aus einem so schrecklichen Augenblick entstanden war, wie man ihn nur erleben konnte, und jetzt wollte die einzige Person, in die Bonnie absolutes Vertrauen hatte, diesen Augenblick neu inszenieren.

Er bat Bonnie, sich auf den Boden zu legen. Dann trat er hinter seinen Schreibtisch und zog die schweren Vorhänge vor dem Fenster zu. Er schaltete das Licht aus. Er bat Bonnie, die stark kurzsichtig war, ihre Brille abzunehmen.

Dann ragte er über ihr auf wie der Mann, der versucht hatte, sie zu töten.

»Was müßte anders sein, damit *ich* wie die Person aussehe, die in dieser Nacht in Ihrem Schlafzimmer war?« fragte Wade.

Bonnie sagte, er müßte einen dickeren Oberkörper und weniger Hals haben. Selbst im abgedunkelten Büro und ohne ihre Brille fand Bonnie, daß Wade Smith – der breitbrüstig war und die kräftige Gestalt eines ehemaligen Rugbyspielers hatte – keine Ähnlichkeit mit der Gestalt hatte, die sie gesehen hatte.

Aber wenn er ein Stück zurücktrat und die Verzerrung durch ihre Kurzsichtigkeit zunahm, war sie sich vielleicht nicht mehr ganz so sicher.

Wade Smith trat zwei Schritte zurück.

Bonnie fand, daß er immer noch nicht wie der Angreifer aussah. Er mußte dicker sein und weniger Hals haben.

So ging Wade Smith zu seinem Schrank, holte seinen Mantel heraus und zog ihn an. Er zog die Schultern hoch und den Kopf ein, so daß sein Hals fast unter dem Mantelkragen verschwand. Dann hielt er die Hände hoch über Bonnie, als wollte er mit einem Baseballschläger zuschlagen.

»Wie ist es jetzt?«

»Nun, das kommt vielleicht etwas näher heran«, sagte Bonnie zweifelnd.

»In Ordnung«, sagte Wade Smith. »Sie sehen, Sie können nicht völlig sicher sein, was *genau* Sie in dieser Nacht sahen. Unter den richtigen Umständen kann selbst *ich* wie die Person aussehen, von der Sie angegriffen wurden.«

»Nun, ich bin mir nicht sicher«, sagte Bonnie.

Das war genau der springende Punkt, erklärte er ihr. Sie konnte es nicht mit Sicherheit sagen. Und da sie sich nicht ganz sicher war, konnte sie ehrlich aussagen, daß es zumindest möglich war, daß die Person, die sie in jener Nacht in ihrem Schlafzimmer gesehen hatte, James Upchurch gewesen war. Und das war alles, was jeder von ihr hören wollte. Nur das, nicht mehr. Sie sollte nur die Möglichkeit offenlassen, damit die Anklage gegen Upchurch nicht völlig zusammenbrechen würde.

Wade Smith wiederholte die Bewegungen, hob die Hände und zog den Kopf ein, so daß sein Hals fast unter dem Mantelkragen verschwand.

»Ja«, sagte Bonnie, »unter diesen Umständen und in dieser Haltung kann ich ehrlich sagen, daß Sie einige Ähnlichkeit mit der Person haben, die ich sah.«

Wade Smith bat sie, auf dem Boden liegenzubleiben. Dann holte er Mitchell Norton in sein Büro und wiederholte die kleine Demonstration.

Schließlich durfte Bonnie aufstehen und ihre Brille aufsetzen.

Wade Smith zog seinen Mantel mit der Miene eines Chirurgen aus, der soeben eine besonders komplizierte und gefährliche Operation ausgeführt hatte. Er zog die Vorhänge auf. Sein Büro war wieder von Licht erfüllt.

Er bat Bonnie, im Vorzimmer zu warten, während er noch ein paar Minuten mit Mitchell Norton sprach. Er wollte dem Ankläger einschärfen, wie wichtig es war, die Frage so genau zu formulieren, daß Bonnie das Gefühl hatte, ihm ehrlich die Antwort geben zu können, die er brauchte – das sagte er Bonnie zu diesem Zeitpunkt aber nicht. Bedrängen Sie Bonnie nicht zu sehr, gehen Sie nicht zu weit, warnte er. Ehrlichkeit stand ganz oben auf der Liste von Bonnies Tugenden. Die Wahrheit hatte sie in diesem Fall sehr verletzt, aber sie war alles, was ihr geblieben war, und sie klammerte sich daran. »Wenn Sie sehr behutsam sind und es richtig anstellen, können Sie Bonnie zu der Aussage bringen, daß es möglich ist. Wenn Sie jedoch eine Frage zuviel oder falsch stellen, kann das ganze Kartenhaus zusammenfallen.«

Von 12 Uhr 20 bis fast 15 Uhr besprach Bonnie in einem fensterlosen Konferenzzimmer mit Norton Young und Taylor ihre Zeugenaussage. Die Atmosphäre war von Anfang an gespannt.

»Sie gingen die Fragen durch, die sie mir vielleicht bei meiner Aussage stellen würden«, sagte Bonnie später. »Sie wollten hören, welche Antworten ich geben würde. Schließlich gerieten wir in Streit. Ich wollte volle Antworten geben, aber Mr. Norton wollte lange, komplizierte, suggestive Fragen stellen, um ein ›Ja‹ oder ›Nein‹ als Antwort zu bekommen.«

Norton gewann den Eindruck, Bonnie wurde jedesmal feindseliger, wenn er erwähnte, daß es zwischen Chris und Lieth Konflikte gegeben hatte. »Sie leugnete es einfach«, sagte er. »Sie sagte einfach immer wieder ›es war nicht so schlimm‹. Ich spürte ein echtes Problem mit ihr, weil sie so lange auf der anderen Seite gewesen war und jetzt einfach nicht akzeptieren konnte, daß wir recht gehabt hatten.«

Manchmal gingen Young und Taylor aus dem Konferenzzimmer und ließen Bonnie mit Mitchell Norton allein. Dann hatte Bonnie den Eindruck, daß der Staatsanwalt, der nie richtig freundlich gewesen war, feindseliger wurde.

»Wenn ich nicht die Fragen beantwortete, wie er das wollte«, schrieb Bonnie später in ihren Notizen, »sagte er Dinge wie ›Sie verteidigen anscheinend Ihren Sohn. Dies kann die Dinge für Chris bei der Verurteilung nur härter machen. Die Geschworenen werden Sie ansehen und denken, wer profitiert am meisten von Lieths Tod?‹«

Bonnie fand es schwerer als sonst, sich unter Kontrolle zu behalten. *Wer profitiert am meisten? Wie wäre es mit ›wer hat am meisten erlitten‹?* Dies erinnerte sie an jenen schlimmen Abend im Mai in Winston-Salem, als Lewis Young sie angeschrien hatte. Aber warum behandelte Mitchell Norton sie jetzt so, wenn sie nicht mehr auf verschiedenen Seiten waren?

Dann sagte Norton: »Es gibt viele Leute in Washington, die immer noch denken, daß Sie und Angela in das Verbrechen verwickelt sind.«

»Es interessiert mich nicht im geringsten, was die Leute denken.«

»Aber es könnte Anklage erhoben werden«, fuhr Norton unbeirrt fort. »Es gibt Indizien, die das rechtfertigen.«

»Mr. Norton«, sagte Bonnie, »Ihr Problem war von Anfang an, daß alles, was Sie haben, ›Indizien‹ sind. Sie hatten nie irgendwelche Fakten.«

»Sie klingen wie eine Mutter, nicht wie ein Opfer.«

»Unglücklicherweise bin ich beides.«

Bonnie ärgerte sich sehr über Nortons Verhalten. Sie hatte keine Gegenwart, konnte sich nur eine sehr kleine Zukunft für sich vorstellen, und jetzt versuchte dieser Mann, ihr auch noch ihre Vergangenheit zu nehmen.

2

Am Montag morgen, dem 8. Januar, stand Mitchell Norton vor den Geschworenen und sprach langsam und zähflüssig zur Eröffnung.

Er sagte, was die Geschworenen hören würden, berge einige Widersprüchlichkeiten in sich. »Widersprüchlichkeiten, was Zeit, Ort, Ablauf der Ereignisse anbetrifft. Aber keine Sorge, das ist normal, der natürliche Gang der Dinge, nicht nur bei Prozessen wie diesem, sondern auch in unserem alltäglichen Leben. Leute sehen Dinge nicht auf die gleiche Art und Weise, hören und deuten Dinge anders, erinnern sich nicht genau wie andere. Er fügte hinzu, daß in diesem Fall die Widersprüchlichkeiten vielleicht entstanden waren, weil die erste Festnahme erst fast ein Jahr nach dem Mord erfolgt war. Er forderte die Geschworenen eindringlich auf, sich nicht auf Ungereimtheiten zu konzentrieren, sondern das große Bild im Auge zu behalten.

Es wird von Drogenkonsum die Rede sein – LSD, Marihuana, Kokain. Es wird Elemente der Verdrängung in diesem Fall geben, Leute, die verzweifelt vergessen wollen, was geschah. Aber die Beweise werden zeigen, daß es sich um kaltblütigen, geplanten, brutalen Mord handelt. Vieles wird ungewöhnlich klingen, manches bizarr, aber wenn Sie sich klarmachen, worauf alles hinausläuft, haben Sie ein grundlegendes Motiv und einen viel einfacheren Fall: Habgier. Schnelles, leicht verdientes Geld – darauf läuft alles hinaus.«

Dann beschäftigte sich Norton mit dem Leben im Haushalt von Stein-Pritchard zur Zeit des Mordes. »Lieth von Stein stand unter großem Streß. Wegen dieser Anspannung und wegen des Todes seiner Eltern war Lieth manchmal nervös und gereizt. Der Sohn, Chris, besuchte die North Carolina State University. Lieth von Stein bezahlte die Rechnungen. Die Leistungen seines Sohnes auf der Uni waren schlecht. Chris gab viel Geld aus. Bisweilen war die Beziehung sehr gespannt.«

Da war es: das unglückliche Familienleben, aus dem man den Vorsatz folgern konnte, der jedes Argument wirkungslos machen würde, daß die ganze Tragödie das fast zufällige Ergebnis eines Phantasiespiels einiger Jungen war, das außer Kontrolle geriet.

Norton beschrieb dann den Mord: »Lieth schrie aus Leibeskräften.« Bonnies Beschreibung von dem Eindringling gab er wieder als ›eine schattenhafte Gestalt, eine Person, die sehr merkwürdig und breitschultrig wirkte‹.

Der Ankläger beschrieb dann, wie Bonnie ›verzweifelt glauben wollte, daß es nicht wahr war (daß Chris den Mord geplant hatte) und sie ihren Sohn bis vor zwei Wochen unterstützte und für unschuldig hielt‹. Er fügte hinzu: »Chris Pritchard wird Ihnen persönlich von seinem Drogen- und Alkoholkonsum erzählen, von der Tatsache, daß er in einer eigenen Welt lebte, einer Welt aus Pizza, Bier, Alkohol, Drogen und einem Spiel namens Dungeons & Dragons. Das Spiel hat Einfluß auf den Fall«, sagte Norton, »aber es handelt sich nicht um ein Dungeons & Dragons-Spiel, das außer Kontrolle geriet. Dungeons & Dragons beeinflußte die Art, wie Chris Pritchard, Neal Henderson und James Upchurch dachten und lebten. Dieses Spiel hat sie zusammengebracht. Es basiert auf mittelalterlichen Schauplätzen, auf Kämpfen mit Keulen, Dolchen, Messern und Knüppeln zu einer Zeit, bevor Feuerwaffen erfunden waren. Und sie waren es gewohnt, in dieser ichbezogenen Scheinwelt zu leben und so zu denken. Was mache ich? Schnelles, leicht verdientes Geld.«

Norton sagte, Chris habe ›in der Hoffnung, seine Erbschaft beschleunigt zu bekommen‹ James Upchurch den Schlüssel besorgt, damit er ins Haus gelangen und Chris' Mutter und Stiefvater töten konnte.

Und Norton sagte, der Täter sei Upchurch, Upchurch allein gewesen. Der arme Neal Henderson habe nur einen Wagen gefahren, ohne zu wissen, was geschehen würde. Norton sagte »Henderson war so intelligent, daß man ihn in die zweite Klasse nahm, als er in den Kindergarten kam. Als er in die fünfte Schulklasse kam, nahm man ihn in die achte. Die anderen Jungen waren größer als er. Sie machten sich über ihn lustig, weil er schlauer als sie war. Er sehnte sich danach, akzeptiert zu werden. Er suchte nach Freunden und wandte sich der Musik, Fantasy und Dungeons & Dragons zu.«

Und weil sich Henderson nach Freunden gesehnt hatte, war er bereit gewesen, den Wagen zu fahren und zu warten, während James Upchurch ins Haus ging und Lieth von Stein ermordete.

Als Jim Vosburgh erklärt hatte, daß er nicht in der Lage sein werde, Upchurch als Pflichtverteidiger zu vertreten, war der nächste Name auf der Liste Wayland Sermons gewesen, ein großer, schwarzhaariger, 34jähriger Absolvent der University of North Carolina in Chapel Hill und der juristischen Fakultät der Wake Forest University. Sermons sah gut aus, war elegant gekleidet und sprach mit sanfter, leiser Stimme.

Jetzt hatte Sermons, dessen Vater fünfzehn Jahre lang in der Gesetzgebung des Staats gedient hatte, zum ersten Mal in seiner Laufbahn die Verantwortung für ein Menschenleben. Als Assistent diente ihm Frank Johnston, ein fähiger Washingtoner Anwalt, der zehn Jahre älter als er war.

Johnston forderte die Geschworenen auf, sich nicht nach Nortons Vorschlag zu richten und statt dessen sehr genau auf jeden Widerspruch zu achten. »Achten Sie auf jede Ungereimtheit, untersuchen Sie Widersprüche, wägen Sie ab und zerreißen Sie Unstimmigkeiten.« Er sagte – und Bonnie mußte ihm in diesem Punkt zustimmen –, daß der Staat »keinen Beweis hat, keinen wirklichen Beweis. Er hat nur viele Indizien.«

Er forderte die Geschworenen auf, sich über Neal Henderson dieselben Fragen zu stellen, die sich Bonnie selbst gestellt hatte. »Warum brauchte er elf Monate, bis er Gewissensbisse bekommt und sich entscheidet, auszupacken? Wir glauben, daß es einen Grund dafür gibt. Wir glauben, daß er ausreichend Gelegenheit hatte, sich zurechtzulegen, zu analysieren und zu entscheiden, welche Aussage er machen und welche Geschichte er erzählen muß, um sich ins beste Licht zu rücken.«

Johnston sagte, er sei zuversichtlich, daß am Ende des Prozesses die Geschworenen berechtigten Zweifel an Upchurchs Schuld haben würden.

3

An diesem Nachmittag wurde Bonnie in den Zeugenstand gerufen. Sie trug ein schlichtes schwarzes Leinenkleid mit großem, weißem Kragen. Obwohl es ihr erst viel später klar wurde, hatte sie dieses Kleid gekauft, um es bei der Beerdigung von Lieths Vater zu tragen. Sonst hatte sie nur dreimal dieses Kleid getragen: Bei den Beerdigungen von Lieths Mutter, Lieths Onkel und dann vor weniger als sechs Wochen bei der Beisetzung ihres Vaters.

»Es war keine bewußte Entscheidung, dieses Kleid anzuziehen«, sagte sie später, »aber es mußte etwas mit der Art und Weise zu tun haben, wie ich diese Zeugenaussage betrachtete.«

Mit diesem Kleid und ihrer dicken, randlosen Brille, mit langsamem Gang und leiser Sprache sah sie ganz wie ein Opfer aus, das noch im frühen Stadium der Genesung war und sich vielleicht nie ganz erholen würde. Eine Lokalzeitung beschrieb sie am nächsten Tag als ›eine kleine, dunkelhaarige Frau, deren schmales, leidendes Gesicht von grauen Strähnen umrahmt ist‹.

Als sie einen kurzen chronologischen Überblick über ihr Eheleben mit Lieth gab – wenig mehr als Namen, Orte und Daten –, mußte Richter Watts sie mehrmals erinnern, laut genug zu sprechen, damit die Geschworenen sie verstehen konnten. Diese ersten Momente waren schwierig, denn sie sprach leise, und Mitchell Norton stellte auf seine langsame und gewundene Art und Weise seine Fragen: »Nachdem Lieths Vater starb, Mrs. von Stein, gab es da irgend etwas in Lieths Leben?«

Es wurde festgestellt, daß Lieth im Juli 1987 über eine Million Dollar von seinen Eltern geerbt hatte.

Bonnie – entschlossen, sich nicht an dem Bild zu beteiligen, das sie als verzerrtes Porträt ihrer Familie betrachtete –, sagte: »Vor dem Tod von Lieths Eltern kamen Lieth und Chris so gut zurecht, wie ein liebender Vater und Sohn nur zurechtkommen können.« Und: »Lieth und Angela waren gute Kumpel.«

»Gab es nach den Todesfällen eine Veränderung?« fragte Norton.

»Im großen und ganzen gab es keine Veränderung in der Beziehung.«

»Aber es gab Probleme auf einer besonderen Basis?« setzte Norton nach.

»Das waren Ausnahmen.«

Dann gab Bonnie auf Nortons Frage hin zu, daß Chris' Leistungen beim Studium an der NC State University im ersten Semester ›mittelmäßig‹ waren. Zum zweiten Semester sagte sie: »Ich glaube, er war nicht so gut wie im ersten Semester.«

»Wenn er also ein mittelmäßiges erstes Semester hatte, war das zweite Semester schlechter?«

»Ich glaube, ja«, sagte Bonnie. Sie wußte natürlich, daß es in Wirklichkeit eine Katastrophe gewesen war, doch sie war entschlossen, Mitchell Norton jeden Zoll dieses widerwärtigen Gebiets erarbeiten zu lassen.

Dennoch mußte sie zugeben, daß es ›fast einen Kampf‹ zwischen Lieth und Chris gegeben hatte, bei einem Streit über seine Leistungen, ›irgendwann während des frühen Sommers 1988‹. Der Zwischenfall hatte sich laut Bonnie in der Küche abgespielt.

»Wir waren beim Abendessen«, sagte sie. »Lieth, Chris, Angela und ich. Ich erinnere mich nicht an Einzelheiten der Unterhaltung. Aber Lieth stand am Tisch auf und forderte Chris zu einem Faustkampf heraus. Chris wollte nichts davon wissen.« Sie fügte hinzu, daß sie später zu Lieth gesagt hatte: »Chris hat sich erwachsener benommen als du.«

Und dann fuhr sie fort: »Zu diesem Zeitpunkt entschied Lieth, daß ich an seiner Stelle für die Disziplin bei den Kindern sorge.« Sie räumte ein, daß Chris und Angela Lieth ›gelegentlich‹ als ›Arschloch‹ bezeichnet hatten.

»Sagten sie das, weil er das manchmal war?« fragte Norton, aber einem Einspruch wurde stattgegeben, bevor Bonnie antworten konnte.

Am nächsten Morgen wurde Bonni über Einzelheiten der Mordnacht befragt. Sie schilderte nochmals ausführlich den

Verlauf des Abends. Norton fragte, ob sie die Kleidung des Täters erkannt habe.

»Nein. Alles sah dunkel, schwarz für mich aus. Es war ja dunkel.«

»Konnten Sie irgend etwas von den Gesichtszügen erkennen?«

»Nein, nichts. Er hatte die Hand über den Kopf erhoben, hielt etwas und schlug damit zu. Er war massig, groß und hier breit« – Bonnie wies auf ihre Schultern und den Oberkörper. »Es sah aus, als hätte er keinen Hals, als säße der Kopf direkt auf den Schultern.«

Am Tisch der Verteidigung saß James Upchurch mit schlanker Gestalt und langem Hals. Die Geschworenen würden Neal Henderson mit der massigen Gestalt und dem kurzen Hals erst sehen, wenn er als Zeuge aufgerufen werden würde.

Mitchell Norton wollte nicht über Schultern und Körper sprechen. Er wollte über das reden, was Bonnie *nicht* gesehen hatte. »Konnten Sie überhaupt etwas erkennen?« fragte er. »Nase, Mund, irgend etwas?«

»Nein.«

»In Ordnung. Nun, nachdem die Person Sie auf Hand und Stirn schlug, konnten Sie sich nach Ihrer Aussage an nichts mehr erinnern. An was erinnern Sie sich dann wieder? Lieth schrie. Ihr Daumen war gebrochen. Sie hatten Schläge auf den Kopf erhalten.«

»Ich erinnere mich, daß ich bei Bewußtsein war und auf dem Boden lag. Jemand stand vor mir, vor meinen Füßen, und es war die Person, die ich vorher gesehen hatte. Wieder hatte er die Hände erhoben und hielt damit etwas. Und ich wurde wieder geschlagen.«

»Wohin diesmal?«

»Ich weiß es nicht.«

»Sie wissen nicht, wo Sie geschlagen wurden?«

»Ja, das weiß ich nicht.«

»Wo waren Sie?«

»Ich glaube, ich lag rechts neben dem Bett, an der Seite, auf der ich schlafe, und mit dem Kopf nahe bei der Wand.«

»Wissen Sie, wie Sie auf den Boden gelangten, Mrs. von Stein?«

»Nein.«

»Erinnern Sie sich, daß Sie einen Schlag auf die Brust erhielten?«

»Nein, daran erinnere ich mich jetzt nicht, Sir.«

»Erlitten Sie Verletzungen an der Brust?«

»Man stach mir in die Brust. Ich hatte innere Blutungen, und meine Lunge kollabierte.«

»Und Sie kamen ins Krankenhaus?«

»Ich war sieben Tage dort, glaube ich.«

»Und was war mit Ihrer Kopfverletzung?«

»Ich hatte lange, offene Wunden am Kopf. Eine auf der rechten Seite von der Augenbraue bis zum Haaransatz.«

Norton ließ sie dicht vor die Geschworenen treten, und dann mußte sie die Narben zeigen, die nach all den Schönheitsoperationen geblieben waren. Und sie mußte auf ihrer Brust die genaue Stelle der Stichverletzung anzeigen.

Dann sagte sie aus, daß sie vermutlich aufgrund der Kopfverletzung einige ›Anfälle‹ gehabt hatte. »Wenn ich unter der Dusche stand oder über den Highway fuhr, war es plötzlich, als stünde ich neben mir und beobachte jemand anders, der etwas völlig anderes tat. Man erklärte mir das als eine Art Tagtraum. So etwas habe ich vor dem Angriff nie gehabt.«

Norton fragte: »Wie oft sahen Sie in dieser Nacht die Person dort im Schlafzimmer?«

»Zweimal, erinnere ich mich. Als ich aufwachte, sah ich die Person nahe beim Fußende des Betts stehen, und dann sah ich sie wieder, als ich auf dem Boden zu mir kam und sie vor meinen Füßen stand.«

»Und was geschah als nächstes, als Sie auf dem Boden lagen?«

»Ich hörte ein zischendes Geräusch und verlor das Bewußtsein.«

»Wie oft hörten Sie das zischende Geräusch?«

»Jedesmal bevor jemand geschlagen wurde.«

»Wie oft wurden Sie oder Lieth nach Ihrer Erinnerung geschlagen?«

»Vier- oder fünfmal.«

»Wissen Sie, wie lange Sie bewußtlos waren?«

»Nein.«

»Woran erinnern Sie sich als nächstes?«

»Ich erinnere mich, daß jemand sehr leise die Schlafzimmertür schloß. Und ich hörte das gleiche Zischen und dumpfes Krachen hinter der geschlossenen Tür. Und da dachte ich: Jetzt wird Angela angegriffen.«

»Was machte Lieth? War Ihnen bewußt, wo Lieth zu diesem Zeitpunkt war?«

»Nein.«

»Erinnern Sie sich, daß Sie irgend etwas von ihm hörten, überhaupt irgendwelche Geräusche von Lieth?«

»Zu diesem Zeitpunkt hörte ich nichts von ihm.«

»Irgendwann später hörten Sie etwas von ihm?«

»Ja.«

»Und wann war das?«

»Nach dem Zischen und den dumpfen Geräuschen jenseits der Schlafzimmertür verlor ich das Bewußtsein. Und dann kam ich zu mir und war verwirrt. Ich lag auf dem Boden und wußte nicht, warum. Ich dachte, ich hatte vielleicht einen Alptraum und war aus dem Bett gefallen. Ich griff zum Bett, um mich hinaufzuziehen, und spürte Lieths Hand. Sie war sehr feucht und klebrig. Es war ein sehr unangenehmes Gefühl, und seine Hand hing einfach herunter.«

»Konnten Sie zu diesem Zeitpunkt irgendein Geräusch von Lieth hören?«

»Ich glaube, ich hörte ihn atmen.«

»War Ihnen zu diesem Zeitpunkt bewußt, daß Sie geschlagen worden waren?«

»Nein, zu diesem Zeitpunkt war mir das nicht klar.«

»Was war mit der Brustwunde?«

»Als ich die Hand ausstreckte und mich aufs Bett ziehen wollte, konnte ich mich nicht bewegen. Und da war das feuchte, ekelhafte, warme Gefühl an meinem Hals. Und ich tastete nach dem Kopf und spürte, daß da ein Loch war, so kam es mir vor. Mir wurde klar, daß etwas – etwas Schreckliches passiert war und ich zum Telefon gelangen mußte. Ich erinnere mich, daß ich auf das Telefon zukroch, aber ich konnte nicht aufstehen. Ich konnte mich nur bewegen, indem ich mich mit den Hacken abstieß und kroch. So kroch ich zum Telefon. Es stand auf dem Aktenschrank neben dem Schreibtisch.«

Norton fragte, wie sie es geschafft hatte, zu telefonieren.

»Ich weiß es nicht«, sagte Bonnie. »Ich erinnere mich, daß ich hinkroch und versuchte ans Telefon heranzukommen. Dann war ich neben dem Aktenschrank, kam aber nicht an das Telefon heran. Ich konnte mich nicht hoch genug aufsetzen, um ans Telefon zu gelangen. So griff ich zwischen Schreibtisch und Aktenschrank und riß an der Telefonschnur, und der Apparat fiel auf mich.

Ich erinnere mich, daß ich wieder zu mir kam. Das Telefon lag auf mir. Ich versuchte anzurufen, die Vermittlung zu bekommen. Ich versuchte 911 anzurufen. Ich konnte mich nicht erinnern, wo die jeweiligen Tasten auf dem Telefon waren. Ich hörte nur das Besetzt-Zeichen und alle möglichen merkwürdigen Geräusche.

Schließlich legte ich den Hörer auf und dachte: Ich muß die Null finden. So drückte ich eine Taste nach der anderen. Ich drückte eine Taste und legte dann auf, bis ich die Null und die Vermittlung haben würde.«

»Können Sie Ihre gefühlsmäßige Verfassung zu diesem Zeitpunkt beschreiben?«

»Ich dachte nur daran, daß ich jemand erreichen mußte«, sagte Bonnie mit ruhiger Stimme. »Ich mußte Hilfe bekommen. Ich erinnere mich an keine anderen Gefühle zu diesem Zeitpunkt.«

»Sahen Sie während des Angriffs zu irgendeinem Zeitpunkt jemals mehr als eine Person?«

»Nein.« Das hieß nicht, daß sie überzeugt war, daß tatsächlich nur eine Person dagewesen war, aber die ehrliche Antwort auf die Frage lautete: *»Nein.«*

»Sind Sie in der Lage, diese Person zu identifizieren, Mrs. von Stein?«

Sie zögerte. Dann gab sie sehr leise die ihrer Ansicht nach

einzig wahre Antwort auf die Frage, die er gestellt hatte: »Nein.«

Norton sagte sich, daß er die schlimmste Phase jetzt hinter sich hatte. Bei dem Rest handelte es sich seiner Ansicht nach nur noch um Einzelheiten, die nicht so wichtig waren. Aber für Bonnie beinhalteten sie eine quälende erste öffentliche Beschreibung von einigen der schlimmsten Augenblicke ihres Lebens.

»Ich erinnere mich, daß jemand an die Tür klopfte«, sagte sie. »Ich nahm an, daß es die Polizei war, weil die Dame am Telefon sagte, die Polizei sei unterwegs. Ich erinnere mich, daß ich ›herein‹ sagte. Aber die Polizisten konnten mich nicht hören. Sie klopften weiter an. Schließlich öffnete jemand die Tür und schaltete das Licht ein.

Er schaltete das Licht ein und sagte etwas, das wie ›O mein Gott, so etwas habe ich noch nie gesehen‹ klang. Und er prallte regelrecht zurück. Alles – alles war voller Blut. Das ganze Schlafzimmer sah rot aus. Ich erinnere mich, daß ich nach Lieth fragte. Jemand sagte mir, daß man Lieth nicht mehr helfen konnte. Irgendwann fragte ich nach Angela. Dann hörte ich ihre Stimme. Und das war ein schönes Geräusch.«

Bonnie legte eine Pause ein. Sie konnte nicht weitersprechen. Sie konnte sich einfach nicht zwingen, noch mehr zu sagen. Der Augenblick war ›unerträglich‹, sagte sie später.

Aber dann wurde es noch schlimmer. Aus keinem ersichtlichen Grund – Bonnie nahm später an: »Er war einfach darauf aus, mich so erbärmlich wie möglich wirken zu lassen« – zeigte ihr Mitchell Norton eines der schlimmsten und blutrünstigsten Fotos, die John Taylor vom Tatort gemacht hatte: eines, das in Farbe Lieths blutige, übel zugerichtete Leiche auf dem Bett zeigte.

»Wer ist diese Person?« fragte Norton.

An diesem Punkt begann Bonnie zu weinen. »Das *war* mein Mann, Lieth«, sagte sie.

Sie hielt die Hand vor die Augen und weinte leise. Sie hatte sich fest vorgenommen, nicht zu weinen, aber wenn man sich so vieles vornimmt wie Bonnie, kann man manchmal unmöglich alles einhalten.

Auch als Bonnie sich wieder gefaßt hatte, ließ Norton nicht locker.

»Glauben Sie, daß Ihr Sohn so etwas getan haben kann?« fragte er.

»Nein.«

»Glauben Sie, daß Ihr Sohn unschuldig ist?«

»Ja.«

»Haben Sie mit Ihrem Sohn gesprochen?«

»Ja.«

»Hat er ursprünglich geleugnet, das getan zu haben?«

»Ja.«

»Glauben Sie *jetzt*, daß Ihr Sohn nichts damit zu tun hatte?«

»Nein.«

»Haben Sie mit Ihrem Sohn über die Ereignisse jener Nacht gesprochen?«

»Ja.«

»Hat er bei Ihnen gestanden, daß er, zusammen mit anderen, nicht nur Ihre Ermordung, sondern auch die Lieth von Steins plante und ausführte?«

»Ja.«

»Sagte er Ihnen, wer bei der Planung dieses Mordkomplotts beteiligt war?«

»Ja.«

»Was sagte er Ihnen?«

»James Upchurch und Neal Henderson und er selbst, Chris Pritchard.«

»Sagte er Ihnen etwas über den Plan? Was jede Person tun sollte?«

»Ja.«

»Was sagte er Ihnen?«

»Der Plan sah vor, daß Mr. Henderson Christophers Wagen nach Washington fahren sollte. Mr. Upchurch sollte ins Haus gehen und uns töten, und Chris sollte auf der Uni bleiben.«

»Wann gab Chris die Dinge bei Ihnen zu, die Sie uns soeben gesagt haben, Mrs. von Stein?«

»Am 27. Dezember 1988.« In der folgenden Pause wurde den Geschworenen klar, daß Bonnie erst vor weniger als zwei Wochen die Wahrheit erfahren hatte.

»Und von Juli 1988 bis Dezember 1989 hat Ihr Sohn nie angedeutet, nie zugegeben, daß er an dem Verbrechen beteiligt war?«

Bonnie bestätigte es.

»Und bis zum 27. Dezember glaubten Sie oder wollten glauben, daß Ihr Sohn so etwas nicht tun kann und nicht tun würde?«

»Ja.«

Dann ließ Norton sie aussagen, daß der Gesamtbetrag, den Angela und Chris geerbt hätten, ungefähr zwei Millionen Dollar war und daß weder sie noch Lieth einem der beiden Kinder Einzelheiten über das Treuhandvermögen erklärt hatten. Dann war Mitchell Norton mit ihr fertig.

Wayland Sermons, der jüngere von Upchurchs Verteidigern, führte das Kreuzverhör durch. Er begann, indem er Bonnie über ihr Familienleben befragte.

Bonnie erklärte, Lieths Millionenerbe habe zu keiner Änderung ihres Lebensstils geführt.

»Sie erwähnten einen Kampf beim Abendessen.«

»Ja.«

»Und das war etwas, das nicht von Chris, sondern durch Lieths Zorn ausgelöst wurde, ist das korrekt wiedergegeben?«

»Ja.«

»Führte das zu irgendwelchen Feindseligkeiten oder einer Entzweiung zwischen Ihnen und Lieth?«

»Nein.«

»Für kurze Zeit?«

»Nein.«

»Aber ich glaube, Sie deuteten an, Lieth ließ von Ihnen die Kinder disziplinieren, weil es Ihre sind, ist das korrekt?«

»Nicht weil es meine sind, sondern weil ich diplomatischer im Umgang mit ihnen war als er.«

»Okay. Und so verhinderte das seinen persönlichen Umgang mit den Kindern, nicht wahr?«

»Ja.«

Sie sagte dann aus, daß sowohl Chris als auch Angela Lieth ›gelegentlich‹ als ›Arschloch‹ bezeichnet und ihm das auch ins Gesicht gesagt hatten.

Bei der Beantwortung weiterer Fragen sagte Bonnie aus, daß Chris sie in der Vergangenheit angelogen hatte; sie wußte nicht, warum die Schnur des Telefons in der Küche in der Mordnacht ausgestöpselt war; und Chris hatte allein, ohne Hilfe von Angela, am Abend vor dem Mord die Hamburger zubereitet.

Sermons kam auf die Mordnacht zurück. »Sie sprachen mit Angela, und sie hatte einen Ventilator und ein Radio eingeschaltet. Dann schlossen Sie die Tür von Angelas Zimmer und gingen zu Ihrem Schlafzimmer. Sie ließen Ihre Tür offen, ist das richtig?«

»Ja.«

»Und als Sie zu lesen begannen, konnten Sie Angelas Radio hören, und Sie standen auf und schlossen die Tür Ihres Schlafzimmers?«

»Ja.«

»Wissen Sie, ob die Tür massiv ist oder nicht?«

»Sie ist nicht massiv.«

»Sie ist dünn? Innen hohl?«

»Ja.«

»Und die Tür von Angelas Zimmer ist von der gleichen Art, also nicht massiv und innen hohl? Ist das richtig?«

»Ja.«

Sermons stellte fest, daß sie tatsächlich dreizehn Katzen im Haus hatte, und dann befragte er sie über den Haushahn.

»War das Ihr Liebling?«

»Ja, ich brachte ihn gelegentlich ins Haus. Er saß jeden Abend ungefähr eine Stunde bei mir vor dem Fernseher.«

Dann fragte er nach Schlüsseln. »Wissen Sie, ob Chris einen Schlüssel für die Hintertür hatte?«

»Zur Hintertür der Veranda? Nein.«

»Er hatte keinen Schlüssel?«

»Er hatte keinen Schlüssel.«

»Haben Sie seither von ihm gehört, daß er einen Schlüssel hatte?«

»Ja.«

Dies war etwas Neues. Bis zu dieser Antwort hatten die Anwälte beider Seiten Chris' Geschichte akzeptiert, die besagte, daß er den Schlüssel zur Hintertür gestohlen hatte. Jetzt erklärte Bonnie, daß er *keinen* Schlüssel zu der neuen, äußeren Tür gehabt hatte. Von Sermons' Standpunkt aus war jedoch anscheinend nichts damit zu gewinnen, wenn er das Thema weiterverfolgte.

Statt dessen beschäftigte er sich mit dem Mord selbst, stellte fest, wie laut es zugegangen sein mußte, und deutete an, daß Angela bei dem Lärm nicht weitergeschlafen haben konnte. Er erinnerte Bonnie an ihre erste Befragung im Krankenhaus, bei der sie gesagt hatte, daß Lieth ›mindestens fünfzehnmal aus Leibeskräften‹ geschrien hatte.

Dann brachte er die Sprache auf Henderson und erinnerte Bonnie, daß sie den Angreifer ›als sehr breitschultrig und fast halslos‹ beschrieben hatte. Er überreichte ihr ein Foto von Henderson. Sie sagte, sie erkenne ihn, weil sie ihn während des Vorverfahrens gesehen habe.

»Können Sie uns sagen, wann Sie Mr. Henderson zum allerersten Mal sahen?«

»Ich sah ihn im Gerichtssaal im Beaufort County, als ich dort bei einer Anhörung war.«

»Und das war das allererste Mal am hellichten Tag, bei irgendeiner Art Licht, an dem Sie Mr. Henderson jemals sahen?«

»Ja.«

»Mrs. von Stein, können Sie uns sagen, ob Sie zu diesem Zeitpunkt irgendwelche Gefühle des Wiedererkennens hatten, als Sie Mr. Henderson sahen?«

Mitchell Norton sprang auf und legte Einspruch ein, doch Richter Watts entschied, daß Bonnie antworten konnte.

»Ich erkannte Mr. Henderson nicht«, sagte sie. »Ich erkannte die Tatsache, daß er eine Statur hat, die mir Angst einjagte. Ich war so aufgeregt, daß ich den Gerichtssaal verließ und erst nach der Mittagspause zurückkehrte.« Dann beschrieb sie, daß sie das gleiche Gefühl ein paar Wochen zuvor gehabt hatte, als sie jemand mit ähnlicher Statur gesehen hatte.

Sermons fragte, ob der Anblick von James Upchurch eine ähnliche Reaktion bei ihr auslöste.

»Nein.«

»Er jagte und jagt Ihnen keine Angst ein?«

Bonnie bestätigte es.

»Sie haben keine Angst oder andere beunruhigende Gefühle, wenn Sie Mr. Upchurch sehen?«

»Ich habe keine Angst, wenn ich ihn sehe.«

»Mrs. von Stein, paßt Ihrer Meinung nach die Statur des Angeklagten James Upchurch zu dem Umriß, den Sie in Ihrem Schlafzimmer sahen?«

»Unter den Verhältnissen, in denen ich ihn gesehen habe – nein.«

Sermons stellte dann Chris' Ehrlichkeit in Frage und verwies darauf, daß Chris bei mindestens vier Befragungen durch Kriminalbeamte gelogen hatte. »Erst am 27. Dezember begann Chris eine Geschichte zu erzählen, die sich von den Geschichten bei den vier anderen Malen unterschied, ist das richtig?«

»Das ist richtig.«

»Wußten Sie zu diesem Zeitpunkt, daß Chris viermal zuvor gelogen hat?«

»Nein.«

»Und ich glaube, Sie sagten, Sie wollten nicht glauben, daß er zu so einer Tat fähig sein würde, ist das korrekt wiedergegeben?«

»Ja.«

»Und nachdem er am 27. Dezember das Geständnis ablegte?«

»Nachdem er es mir sagte, mußte ich ihm glauben.«

Bei der abermaligen Vernehmung der Zeugin nach dem Kreuzverhör sagte Bonnie, sie glaube Chris jetzt, »weil ich mir einfach nicht vorstellen kann, daß er mir solch eine schreckliche Geschichte erzählt, wenn er nicht getan hat, was er behauptet.«

Aber Nortons Hauptsorge war Bonnies Aussage, daß sie beim Anblick von Upchurch keine Angst hatte und er ihrer Meinung nach nicht der Person ähnelte, die sie in ihrem Schlafzimmer gesehen hatte. All seine Vorarbeit drohte nutzlos zu werden.

»Sie haben Mr. Upchurch in der Atmosphäre eines Gerichtssaals gesehen?« fragte er.

»Ja.«

»An einem gut beleuchteten Ort wie hier?«

»Ja.«

»Hatten Sie Ihre Brille an?«

»Ja.«

»War Mr. Upchurch mit Anzug und Krawatte gekleidet?«

»Ja.«

»Trug er ein weißes Hemd?«

»Ich erinnere mich nicht an die Farbe des Hemdes. Sie war hell.«

»In Ordnung. Mrs. von Stein, haben Sie Mr. Upchurch jemals in einem dunklen Zimmer gesehen, in dem die Vorhänge zugezogen waren, das Licht ausgeschaltet war und nur ein wenig Licht vom Gang her fiel?«

»Nicht, daß ich wüßte.«

»Haben Sie ihn jemals von Kopf bis Fuß in schwarzer Kleidung gesehen?«

»Meines Wissens nicht.«

»Glauben Sie, es wäre schwieriger für Sie, James Upchurch zu identifizieren, wenn er dunkle Kleidung anhätte und in einem dunklen Zimmer wäre?«

»Ich glaube, das wäre schwieriger.«

»Würde es *noch* schwieriger sein, ihn zu identifizieren, wenn Sie in einem dunklen Raum die Brille abnehmen und er dunkel gekleidet ist, Mrs. von Stein?«

»Ich glaube, dann könnte ich ihn unmöglich identifizieren.«

»Und wenn Sie auf dem Boden liegen und zu einer Person aufblicken, die in einem dunklen Raum von Kopf bis Fuß dunkel gekleidet ist, wäre es dann sogar *noch* schwieriger, diese Person als James Upchurch zu identifizieren?«

»Ja.«

»Und wenn Sie auf dem Boden liegen, weil Ihnen jemand auf den Kopf geschlagen hat, Ihr Mann schreit, und Sie bemerken eine Person, die von Kopf bis Fuß dunkel gekleidet ist, in einem dunklen Zimmer, in das nur ein wenig Licht vom Gang her fällt, wäre es dann für Sie *noch* schwieriger, James Upchurch zu erkennen oder zu identifizieren?«

»Ja.«

»Als Sie ihn im Gerichtssaal sahen, Mrs. von Stein, hielt er da jemals einen Baseballschläger, einen Knüppel oder sonst etwas über Ihren Kopf?«

»Nein.«

»Und wenn Sie auf dem Boden liegen, nachdem man Ihnen mehrmals auf den Kopf geschlagen hat, wenn Sie aus der Brust bluten, Ihren Mann mehrmals aus Leibeskräften schreien hören, in einem dunklen Raum, in den nur ein wenig Licht durch die Tür fällt, und der Angeklagte von Kopf bis Fuß schwarz oder dunkel gekleidet ist, würde es dann nicht *noch* schwieriger für Sie sein, James Upchurch oder wer auch immer im Zimmer war, zu identifizieren?«

»Einspruch. Die gleiche Frage.«

»Abgewiesen.«

»Ja.«

»Nun, Sie haben gesagt, daß die Person, die Sie sahen, anscheinend breitschultrig war und scheinbar keinen Hals hatte.« Er sprach so langsam und schwerfällig, daß Bonnie sich ernsthaft fragte, ob einer der Geschworenen sich noch an den ersten Teil seiner Frage erinnern konnte, wenn er endlich zum Ende kam.

»Wenn Sie auf dem Boden liegen, aufblicken, mehrmals Schläge auf den Kopf erhalten haben, aus der Brust bluten, Ihren Mann aus Leibeskräften schreien hören und aus tiefem Schlaf erwachend eine Person sehen, die von Kopf bis Fuß dunkel gekleidet ist, etwas über ihr Gesicht gezogen hat, in dem verdunkelten Raum, in den nur ein wenig Licht fällt, einen Schläger oder Knüppel in den Händen hält und die Hände über den Kopf hebt« – hier hob Mitchell die Hände hoch über den Kopf, wie es Wade Smith in seinem Büro getan hatte, während Bonnie auf dem Boden gelegen hatte –, »wenn die Person so die Hände mit dem Schläger über den Kopf hält, wie Sie beschrieben haben, was geschieht dann mit den Schultern und dem Hals?«

»Einspruch!«

»Abgewiesen.«

»Ihre Schultern und Ihr Hals gehen anscheinend einfach ineinander über.«

Dann war Wayland Sermons wieder an der Reihe.

»Mr. Hendersons Anblick machte Ihnen angst, ist das richtig?«

»Ja.«

»Und Mr. Upchurchs Anblick löste bei Ihnen keinerlei Angst aus, ist das richtig?«

»Ja.«

Und dann Mitchell Norton: »Aber bei den Umständen, über die er Sie soeben befragt hat, lagen Sie nicht auf dem Boden, oder?«

»Einspruch!«

»Stattgegeben. Ich denke, das hatten wir schon.«

»Die Wahrheit ist, daß Sie nicht sagen können, wer in Ihrem Schlafzimmer war!« sagte Norton.

»Einspruch!«

»Einspruch abgewiesen.«

»Ich kann keine bestimmte Person identifizieren«, sagte Bonnie leise. »Ich wünsche, ich könnte es.«

4

Es gab eine Zeugenaussage von einem der Beamten, die als erste am Tatort gewesen waren. Als er Lieth sah, fiel ihm auf, daß das Blut des Toten bereits ›fast geronnen‹ war. Dies ließ auf einen beträchtlich früheren Todeszeitpunkt schließen als den, den man nach der Zeit von Bonnies Anruf angenommen hatte.

Dann trat John Taylor in den Zeugenstand und blieb dort scheinbar endlose anderthalb Tage. Mitchell Norton war so langsam und schwerfällig bei dem Zeugenverhör, daß Richter Watts einmal außer Hörweite des Staatsanwalts Keith Mason zur Seite rief und sagte: »Können Sie Mitchell nicht dazu bringen, ein bißchen schneller zu machen?«

»Euer Ehren«, sagte Mason. »Ich werde es versuchen, aber er ist nun mal ein guter alter Junge aus dem Kreis Sampson und spricht schon so schnell, wie er kann.«

Mit Page Hudson, dem großen und äußerst autoritären Pathologen mit der tiefen Stimme, der die Autopsie durchgeführt hatte, sprach Norton vielleicht tatsächlich ein wenig zu schnell – oder stellte zumindest eine Frage zuviel.

Zuerst fragte er, ob Tests durchgeführt worden waren, die auf Alkohol im Blut hingewiesen hatten.

Dr. Hudson bestätigte, daß eine Blutprobe durchgeführt worden war, man jedoch keinen Alkohol im Blut festgestellt hatte.

»Haben Sie auch den Mageninhalt untersucht?«

»Ja, das habe ich.«

»Was haben Sie gefunden?«

»Ich fand eine ziemlich große Menge Nahrung, ziemlich unverdauten Reis und Fleisch, höchstwahrscheinlich Hühnerfleisch.«

Norton stellte die Frage, die er einfach stellen mußte, weil sie sonst bestimmt von Sermons oder Johnston gestellt worden wäre. »War irgend etwas ungewöhnlich an dem Mageninhalt?«

»Einfach die Tatsache, daß er unverdaut war, halte ich für bemerkenswert«, sagte Dr. Hudson. »Es sah aus, als wäre der Reis erst vor einer Stunde oder so gegessen worden.«

»Angenommen, Mr. von Stein hatte gegen 20 oder 21 Uhr gegessen, und der Angriff fand gegen vier Uhr morgens statt, was wäre dann daran so ungewöhnlich?« Er kannte die Antwort, aber er wußte ebenso, was seine nächste und – am wichtigsten – seine übernächste Frage sein würde.

»Ich hätte erwartet, daß die Nahrung gut verdaut ist, daß sie in diesem Zeitraum bereits den Magen verlassen hat.« Norton fragte Dr. Hudson, ob er eine Erklärung habe, warum der Reis noch unverdaut gewesen war, wenn Lieth bis ungefähr vier Uhr morgens gelebt hatte.

»Im großen und ganzen lassen sich diese beiden Fakten nicht miteinander vereinbaren«, erwiderte der Pathologe.

Aber hier, aufgrund des Autopsieberichts und der Gespräche mit Dr. Hudson vor dem Prozeß, schlug Mitchell Norton vor, den offenkundigen Widerspruch zu klären. Wie war es mit Streß? fragte Norton. Lieth hatte unter starkem Streß gestanden. Konnte das seine Verdauung verlangsamt haben? In seinem Bericht hatte Dr. Hudson geschrieben, daß starker Streß wirklich für viele Stunden die Verdauung beeinträchtigen kann. Sie hatten ausführlich darüber gesprochen.

»Es stimmt«, sagte Dr. Hudson, »daß unter starkem Streß, besonders unter emotionaler Belastung, die Verdauung einfach für Stunden aussetzen kann. Aber es muß wirklich *starker* Streß sein.«

»Sorgen wegen der Familie?« fragte Norton. »Sorgen um finanzielle Dinge? Würden solche Sorgen diesen Streß auslösen, von dem Sie sprechen?« Norton war überzeugt, daß Dr. Hudsons bejahende Antwort das ganze Thema beenden würde. Die Geschworenen wußten bereits über den Streß der Familie und den Druck, der durch den neuen ererbten Reichtum entstanden war. Wenn Dr. Hudson sagte, dies reiche, um den Verdauungsprozeß zu stoppen, war die Frage mit dem Reis erledigt.

»Ich würde sagen, nein«, antwortete Page Hudson.

Später würde Mitchell Norton sagen: »Diese Antwort traf mich wie ein Hammerschlag auf den Kopf.« Bei all den Gesprächen über Streß hatte er einfach angenommen, sie redeten von der gleichen Art Streß: von alltäglichem, gewöhnlichen Streß, der durch zuviel Arbeit oder Familienprobleme entsteht. Er war jedoch nicht auf die Möglichkeit vorbereitet, daß Page Hudson unter Streß etwas anderes verstand.

»Nach meiner Erfahrung«, fuhr Dr. Hudson fort, und die Geschworenen wußten von seiner Erfahrung, weil Mitchell Norton sie in seinen einleitenden Fragen so hervorgehoben hatte, »und nach dem, was in der Fachliteratur steht, würde diese Art relativ mäßiger Streß nicht die Verdauung über einen Zeitraum von sechs Stunden verlangsamen, oder was immer die Zeitspanne war.«

Norton war zu entgeistert, um auch nur zu unterbrechen. Als Dr. Hudson seine Antwort beendete, erklärte Norton, er habe keine weiteren Fragen.

Frank Johnston war sofort auf den Füßen. Später würde er sagen: »Ich hatte zum erstenmal einen Zeugen des Staats bei einem bedeutenden Prozeß auf meiner Seite. Es hatte für mich den Anschein, daß die Aussage des Arztes ein Widerspruch zu der Version der Ereignisse war, die der Staatsanwalt darlegte.« Er wollte sichergehen, daß auch der schwerfälligste der Geschworenen das begriff.

»Würden Sie es für *sehr* unwahrscheinlich halten, daß jemand um 20 Uhr oder 20 Uhr 30 Hühnerfleisch und Reis ißt und diese Mahlzeit um drei oder vier Uhr morgens nicht völlig verdaut und noch im Magen ist?«

»Nach meiner Meinung ist das sehr unwahrscheinlich«, sagte Dr. Hudson. »Der Befund läßt auf einen früheren Todeszeitpunkt schließen.« Er fügte hinzu: »Normalerweise hätte ich erwartet, daß die Nahrung binnen einer Stunde oder zwei Stunden aus dem Magen heraus und im Dünndarm ist.«

Eine Stunde oder zwei Stunden! Johnston konnte sein Glück kaum fassen.

Und es wurde noch besser. Bei den viertausend Autopsien, die Page Hudson persönlich durchgeführt hatte, gab es nach seiner Erinnerung ›keine einzige‹, bei der Streß die Verdauungstätigkeit dermaßen beeinträchtigt hatte, daß sogar etwas leicht Verdauliches wie Reis so unverdaut war, wie es hier der Fall war.

Mitchell Norton konnte bei der abermaligen Vernehmung des Zeugen nur ein wenig retten, indem er feststellte, daß Dr. Hudson nie Lieth von Stein kennengelernt und keine Kenntnisse über seine Persönlichkeit oder Psyche hatte.

Das war nicht viel. *Eine Stunde oder zwei Stunden*! Wenn Page Hudson recht hatte, und keiner im Gericht des Pasquotank County zweifelte an, was der oberste Leichenbeschauer des Staats sagte, dann wäre Lieth von Stein gegen Mitternacht tot gewesen. Jetzt hatten Upchurchs Verteidiger die Aussage eines Experten, die erhärtete, was der Augenzeuge berichtet hatte, der Beamte, der von geronnenem Blut gesprochen hatte.

Wenn die Geschworenen diesen Befund akzeptierten, war es unmöglich, James Upchurch zu verurteilen. Lieth mußte demnach Stunden vor Bonnies Anruf bei der Polizei tot gewesen sein, aber nach den Aussagen, die Chris Pritchard und Neal Henderson machen würden, hatten Upchurch und Henderson den Campus der NC State University erst weit nach 23 Uhr verlassen.

Als Page Hudson selbstsicher aus dem Gerichtssaal schritt, stellte sich Bill Osteen, der soeben in Elizabeth City eingetroffen war, weil nun die Aussage seines Mandanten anstand, dem Pathologen vor und bat um Beantwortung einer Frage, die niemand bei dem Zeugenverhör geäußert hatte.

Osteen fragte, ob nach Dr. Hudsons Expertenmeinung die Verletzungen, die Lieth und Bonnie zugefügt wurden, mehr auf zwei Angreifer hindeuteten als auf einen.

Ja, sagte der Pathologe, sie deuteten gewiß darauf hin. Und das hätte er auch vor den Geschworenen gesagt, wenn jemand danach gefragt hätte.

Am nächsten Tag trat Chris in den Zeugenstand. Er erzählte die Geschichte seines akademischen Niedergangs und Falls bei seinem ersten Semester auf der Uni, und er berichtete von ›nicht existierenden‹ Leistungen im zweiten Semester. Er gab zu, daß diese schwachen Leistungen Lieth ›krank‹ gemacht hatten.

Chris beschrieb, wie er Henderson und Upchurch kennenlernte, nachdem er sich auf einen Aushang hin gemeldet hatte, mit dem Fans von Dungeons & Dragons gesucht worden waren.

Plötzlich sah er eine Möglichkeit, über sein Lieblingsthema sprechen zu können, und er nutzte die Gelegenheit schnell. Nach seiner Aussage war Dungeons & Dragons »ein Rollenspiel, bei dem eine Person oder eine Gruppe von Leuten mit anderen zusammenkommt, sie sich sozusagen ihre eigene kleine Welt schaffen und gewisse Figuren spielen, mit denen man sich gern identifiziert. Man kann schon als Dreizehnjähriger Feuerwehrmann, Soldat oder Ritter sein.«

Das Spiel mit Schwerterkämpfen und Hexerei handelte von mittelalterlichen Zeiten, fand eigentlich jedoch auf einem völlig anderen Planeten statt. Chris redete sich jetzt in große Begeisterung, schwärmte von »Barden, Zauberern, Räubern, Kämpfern. Dies sind die allgemeinen Klassen«, sagte er. »Es gibt auch Unterabteilungen. Kämpfer von Unterabteilungen zum Beispiel, die . . .«

Aber da stoppte Richter Watts seinen geistigen Höhenflug, indem er einem Einspruch wegen mangelnder Relevanz stattgab.

Hinsichtlich des Mordes sagte Chris, das Mordkomplott sei ›ungefähr fünf Tage vor dem 25. Juli‹ geplant worden, als er Upchurch im Golden Corral die Frage bezüglich des ›Vatermords‹ gestellt habe. Er habe Upchurch informiert, daß seine Eltern um die fünf Millionen Dollar besäßen. »Wir sprachen darüber, was wir machen würden, wenn wir reich wären oder nachdem wir mit der Schule fertig sind – ich meine mit dem Studium. Daniel wollte Schriftsteller werden, ich wollte ebenfalls Bücher schreiben, und James wünschte sich ein eigenes Restaurant. Ich sagte: ›Nun, wenn etwas meinen Eltern passieren sollte, kann ich James zu seinem Restaurant verhelfen. Wir können dann alle drei in einem großen Haus im nördlichen Raleigh wohnen, in einem wirklich noblen Viertel, und wir haben dann eine wirklich prima Stereoanlage;‹ und jeder wollte schickte Autos und so was haben.«

Ja, während dieses Gesprächs hatten sie alle Bier getrunken und Marihuana geraucht. Nein, er hatte es zu diesem Zeitpunkt nicht ernst gemeint. »Es war nur eine Träumerei mit offenen Augen.«

Er gab zu, daß es dann jedoch ernst wurde. Er erzählte die gleiche Geschichte wie in Vosburghs Büro: die weiteren Pläne, der Ausflug, um den Schlüssel zu stehlen, das Sominex-Pulver, Upchurchs Warten auf ihn in dem Schuppen.

»Haben Sie und James darüber gesprochen, was mit Ihrer Schwester Angela geschehen würde?« fragte Norton.

»Wir haben über sie geredet. James sagte etwas wie ›Was ist mit deiner Schwester?‹ Und ich sagte: ›Wenn sie da ist, dann sie auch. Aber wenn sie nicht da ist, dann ist das auch prima.‹«

»Was war Ihre Reaktion auf das Gerede, eine Machete zu besorgen?« fragte Norton.

»Ich sagte: ›Ist der Army-Laden geöffnet?‹ Wissen Sie, ich wollte vor allem, daß es schmerzlos abläuft. Aber der Laden war geschlossen.«

Dann erzählte Chris vom Kauf des Jagdmessers. Er hatte Upchurch darauf hingewiesen, daß ein Fahrer mit Führerschein nötig war, sie hatten sich mit Neal Henderson getroffen, und er, Chris, hatte die Karte angefertigt.

»Was beabsichtigten Sie mit der Ermordung Ihrer Eltern?« fragte Norton. »Was versprachen Sie sich davon?«

»Eine große Erbschaft.«

»Und haben Sie mit James darüber gesprochen?«

»Ja, Sir, ich versprach ihm einen Wagen und fünfzigtausend Dollar.« Chris fügte hinzu, daß Henderson fünfzigtausend Dollar und einen Ferrari bekommen sollte. Kein schlechtes Geschäft für Henderson, dachten einige: er bekam das gleiche wie der Mörder und fuhr dafür nur den Wagen. Aber Norton wollte nicht die Aufmerksamkeit auf Henderson lenken.

»Wer hatte die Idee zu dem Plan?« fragte er.

»Ich hatte die Idee, meine Eltern zu töten.«

»Welche Rolle spielte James Upchurch dabei.«

»Er war ein gleichwertiger Partner bei der Planung und steuerte wie ich einige Ideen bei. Wissen Sie, wir waren uns ebenbürtig. Ich meine, keiner von uns redete dem anderen was ein oder schrieb ihm etwas vor.«

Nach Chris' Aussage hatte er die Hunde auf der Karte gezeichnet, »damit James nicht zufällig einen Hund zum Bellen veranlaßte, weil das vielleicht die Eltern oder Nachbarn geweckt hätte.« Sie beschlossen, daß die Morde gegen zwei Uhr stattfinden sollten, »weil meine Eltern für gewöhnlich gegen elf oder zwölf Uhr schlafen gehen und um zwei Uhr ziemlich tief schlafen würden.« Er hatte die beste Stelle ausgesucht, an der Upchurch abgesetzt werden sollte, damit er überwiegend in Deckung von Bäumen hinten ans Haus gelangen konnte, ohne andere Häuser passieren zu müssen.

Am Sonntagabend ging er zum Wildflour, trank ›eine Menge Bier‹ und aß Pizza. Um 23 Uhr war er mit seinem Zimmergenossen, Vince Hamrick, in seinem Zimmer. Upchurch schaute vorbei.

»Er sagte, er müsse einige Hausaufgaben machen. Ich sagte ›viel Glück‹. Und das war alles.«

Während dieses Geständnisses wirkte Chris gelassen, ja distanziert. Später erklärte er: »Ich nahm soviel von diesem Medikament, um mich zu beruhigen, daß ich im Zeugenstand fast zweimal einschlief.«

Und weder Bonnie noch Angela – die sich entschieden hatte, die Uni zu verlassen, um die Zeugenaussage ihres Bruders zu hören, obwohl sie bei der Aussage ihrer Mutter nicht anwesend war – zeigten irgendwelche Anzeichen von Gefühlsregungen.

»Warum haben Sie es getan, Chris?« fragte Norton zum zweiten Mal.

»Ich weiß ehrlich keine Antwort auf diese Frage«, sagte Chris. »Es gingen mir viele Gründe durch den Kopf, aber ich weiß ehrlich nicht, warum ich auf diese Idee kam.«

»Welche Gründen gingen Ihnen durch den Kopf?«

»Nun – Geld. Ich würde viel Geld erben. Ich würde nichts

mehr sonst zu tun brauchen. Ich würde nicht mehr studieren müssen. Ich konnte herumsitzen, ein Haus kaufen und immer Drogen nehmen. Ich konnte D & D spielen, sooft ich wollte. Und ich mußte an diesem Montag eine Hausarbeit abliefern, die ich noch nicht einmal angefangen hatte.«

Nach seinen Worten hatte er in den Wochen vor dem Mord große Mengen Drogen konsumiert. Alkohol, Marihuana, Kokain, Ecstasy und besonders LSD.

»Welche Wirkung hatte LSD auf Sie?«

»Ich sah Farben. Ich fühlte mich unbesiegbar. Meine Gedanken rasten förmlich. Und ich hatte unglaubliche Energie für sechs oder sieben Stunden. Wenn ich Marihuana nahm, klang die Musik besser, das Fernsehprogramm war interessanter, besonders die Werbung. Bei Ecstasy fühlte ich mich sehr heiter und abgeklärt. Da wollte ich mich einfach hinsetzen und über das Leben nachdenken. Im allgemeinen dachte ich über Politik nach. Ja, ich dachte über Weltpolitik nach.«

Norton, der jetzt in gewissem Sinne die Art Unterhaltung mit Chris führte, zu der Bonnie sich nicht hatte durchringen können, sagte: »In Ordnung. Nun, Sie sagten auch etwas von einer fälligen Hausarbeit. Gewiß meinten Sie nicht, daß Sie wegen einer Hausarbeit den Tod Ihres Vater wollten, oder?«

»Ich meine, das war ein Gedanke, der mir als einer der Gründe in den Sinn kam, denn ich war sehr aufgeregt, weil ich die Arbeit nicht gemacht hatte. Es regte mich sehr auf, weil es meine Eltern aufregen würde. Ich hatte bereits zwei Gespräche mit meinen Eltern über meine schlechten Leistungen gehabt. Ich wußte, daß ich nach einem dritten Gespräch vermutlich das Studium abbrechen mußte.« Chris sagte, Angelas Anruf sei ›ein Schock‹ für ihn gewesen.

»Warum ein Schock? Dies war etwas, das Sie geplant hatten. Sie hatten Schlüssel besorgt. Sie hatten ein Auto zur Verfügung gestellt. Sie hatten ein Messer zum Töten besorgt.«

»Ja, Sir. Aber es war wie das Spiel. In dem Spiel setzt man sich hin und plant die Dinge. Ich wußte, daß dies passieren würde. Aber auf einer tieferen Ebene glaubte ich es nicht.«

Das änderte sich, als er Bonnie im Krankenhaus sah. »Sie sah schlecht aus. Sie war geschlagen worden und verletzt – sie hatte einen Schlauch in der Seite und einen in der Brust.«

»Haben Sie Ihre Mutter umarmt, haben Sie sie geküßt?«

»Ich war einfach glücklich, weil sie lebte.«

»Aber Sie hatten ihren Tod geplant?«

»Ja, Sir.«

Jetzt wirkte Chris zum ersten Mal bei dem Prozeß verstört. Er bewegte sich unruhig auf seinem Platz, begann ein wenig zu schwitzen und sah sich unruhig im Gerichtssaal um, wobei er jedoch jeden Blickkontakt vermied.

»Gingen Sie zu der Beerdigung?« fragte Norton.

»Ja, Sir.«

»Hatten Sie zu dieser Zeit irgendwelche Gefühle wegen des Mordes?«

»Ja, Sir, die hatte ich. Starke Gefühle.« Und jetzt füllten sich seine Augen mit Tränen, und er hielt eine Hand vors Gesicht.

»Welche Art Gefühle?« fragte Norton.

»Unglaubliche Reue«, sagte er und kämpfte sichtlich gegen Tränen an. »Ich war zutiefst angewidert.«

»Dachten Sie an die Polizei?«

»Ja, Sir, ich dachte an die Polizei. Wie ich mich von ihr fernhalten konnte. Ich wollte nicht verhaftet und ins Gefängnis gesteckt werden. Ich wollte nicht, daß meine Mama erfuhr, was ich getan hatte. So täuschte ich die Polizei, so gut ich konnte. Ich belog meine Familie und meine Freunde.«

Bonnie und Angela saßen ruhig und mit ausdruckslosen Mienen da, als Chris kurz und unterdrückt schluchzte. Er atmete tief durch. Er sah sich wieder im Gerichtssaal um, schaute jedoch weder zu seiner Mutter noch zu Angela. Dann faßte er sich anscheinend wieder.

Nach seiner Aussage hatte er seit der Rückkehr zur Uni im August überhaupt keinen Kontakt mehr mit Neal Henderson gehabt und ebenso Upchurch zu meiden versucht. »Ich hatte Angst vor ihm und verabscheute ihn.«

Es hatte jedoch eine Begegnung gegeben. Im August. Chris traf Upchurch auf einer Party, und er wollte ihn sprechen. »Wir gingen in ein Zimmer«, sagte Chris. »Ich weiß nicht mehr, wo das war. Es war im Studentenwohnheim. Und er sagte: ›Du hast mir nicht erzählt, daß das hintere Fenster aus Plexiglas ist. Ich mußte das Fliegenfenster aufschneiden und das Glas des Seitenfensters einschlagen, um an die Tür zu gelangen.‹ Und bevor ich etwas erwidern konnte, sagte er. ›Da war überall Blut.‹ An diesem Punkt fuhr ich ihn an, den Mund zu halten. Ich wollte kein Wort mehr hören. Ich sagte ihm, er soll es vergessen und dafür sorgen, daß Neal es ebenfalls vergißt. Und ich ging aus dem Zimmer.«

»Warum wollten Sie nicht hören, was im Haus passierte, Chris? Warum wollten Sie, daß er den Mund hält?«

»Weil mich die ganze Sache anwiderte. Ich wollte nichts darüber hören. Kein Wort mehr. Und ich hatte Angst vor dem Jungen.«

»Warum hatten Sie Angst vor ihm?«

»Weil er derjenige war, der ins Haus gegangen war und meine Eltern getötet hatte.«

Als Chris am nächsten Morgen wieder im Zeugenstand war, befragte ihn Mitchell Norton über Angela.

»Sie sagten, daß Sie bei dem ursprünglichen Plan, dem Plan, Feuer zu legen, nicht besonders über Angela sprachen, ist das richtig?«

»Ja, Sir.«

»Wie war es bei dem Plan mit dem vorgetäuschten Einbruch? Redeten Sie da über Angela?«

»Ja, Sir, das taten wir.«

»Was wurde zu dieser Zeit besprochen?«

»Sie sollte ebenfalls ermordet werden.«

»Gab es irgendeinen besonderen Grund dafür?«

»Nein, Sir, keinen besonderen Grund.«

»Was, wenn überhaupt etwas, hatten Sie durch Angelas Tod zu gewinnen?«

»Die gesamte Versicherungssumme«, sagte Chris.

Beim Kreuzverhör setzte Wayland Sermons Chris wegen der Lügen unter Druck, die er vor der ersten Befragung durch Lewis Young bis zu dem Augenblick, an dem seine Anwälte die Absprache ausgehandelt hatten, von sich gegeben hatte. »Am 25. Juli um 10 Uhr 45 sagten Sie nicht die Wahrheit, Mr. Pritchard, oder?«

»Ja, Sir, ich sagte nicht die Wahrheit.«

»Am 1. August 1988 um 17 Uhr 50 bei der Washingtoner Polizei sagten Sie nicht die Wahrheit, stimmt das?«

»Ja, Sir, das stimmt.«

»Am 24. August 1988 um 11 Uhr 40, wieder bei der Washingtoner Polizei, logen Sie abermals, stimmt das?«

»Ja, Sir, das stimmt.«

Dann ging Sermons in die Einzelheiten von Chris' Aussagen. Immer wieder gab Chris tonlos zu. »Ich log ... ich log ... ich log.«

Schließlich fragte Sermons: »Vor Ihrer Aussage am 27. Dezember, wußten Sie da, daß Neal Henderson vorbereitet war, auszusagen, Sie hätten ihn gebeten, Ihren Wagen nach Washington zu fahren?«

»Ja, Sir.«

»Und wußten Sie, daß Mr. Henderson behaupten würde, Mr. Upchurch hat den Mord und den Mordversuch begangen?«

»Ja, Sir.«

»Und wußten Sie, daß Sie bei einer Verurteilung für Mord mit dem Tod, in diesem Fall in der Gaskammer von North Carolina, rechnen mußten?«

Seine Miene spiegelte jetzt sichtlich Qual wider. »Ja, Sir.«

»Stimmt es, daß Sie durch Ihr Geständnis nicht mehr mit dieser Möglichkeit rechnen müssen?«

»Ja, Sir.«

»Und Sie wußten zu dem Zeitpunkt, an dem Sie den Handel machten, daß er Ihnen das Leben rettet, stimmt das?«

»Ja, Sir.«

»Sie wußten, daß Ihr Leben auf dem Spiel stand, wenn Sie den Handel nicht machen, nicht wahr, Mr. Pritchard?«

»Ja, Sir.«

Es war klar, worauf Sermons hinauswollte, selbst für Bonnie. Wenn Chris so oft bei so vielen Leuten gelogen hatte, um sich zu retten, warum sollte er nicht ein weiteres Mal lügen und fälschlich Upchurch belasten, um der Todesstrafe zu entgehen?

Wenn Bill Osteen Norton nicht zugesichert hätte, daß Chris' Aussage auf Upchurchs Schuld hinweisen würde, hätte es keinen Handel gegeben.

Außerhalb des Gerichtssaals, am Ende des Tages, war Wayland Sermons noch weniger gnädig, als er zu Reportern der Presse sprach. Er sagte: »Chris hat offenkundig einen Grund, zu lügen. Es ist nicht das erste Mal, daß jemand falsch aussagt, um sein Leben zu retten.« Er sagte voraus, daß die Geschworenen die Geschichte ›durchschauen‹ würden, die Chris erzählt hatte.

»In vier Tagen der Zeugenverhörung bezieht die Anklage ihren einzigen Beweis aus dem Mund eines Menschen, der siebzehn LSD-Trips in dreißig Tagen eingeworfen hatte«, sagte Sermons.

5

Am Dienstag, dem 16. Januar, wurde Neal Henderson in den Zeugenstand gerufen. Er war gut gekleidet, wirkte gefaßt und zurückhaltend. Selbst Bonnie fand, daß er einen guten Eindruck machte.

Sie geriet nicht in panische Angst wie im September, als sie ihn zum ersten Mal gesehen hatte. Seither hatte sie sich bei folgenden Anhörungen zumindest ein wenig an seinen Anblick gewöhnt. Außerdem war sie völlig von der Geschichte in Anspruch genommen, die er erzählte, wie sie später sagte.

»Sprechen Sie so laut, wie Sie können, Mr. Henderson«, sagte Richter Watts. »Es ist wichtig, daß all diese Leute hören, was Sie zu sagen haben. Und es ist wichtig, daß *ich* höre, was Sie zu sagen haben. Und ich habe eine schwere Erkältung.«

Henderson begann seine Aussage. Er war einundzwanzig und wohnte bei seiner geschiedenen Mutter und seiner Schwester in Danville, Virginia, wo er als Kellner bei einem Wendy's Restaurant arbeitete. Zuvor hatte er bei Wendy's in Raleigh gearbeitet.

In der fünften Schulklasse fand man ihn so begabt, daß man ihn in die achte Klasse aufnahm. Dann besuchte er die Bartlett-Yancey-High-School in Yanceyville, der Hauptstadt des Caswell County (Nur wenige im Gerichtssaal hatten jemals den kleinen Bezirk und dessen kleine Hauptstadt gesehen).

Zwei Dinge passierten laut Henderson auf der High-School. Er lernte James Upchurch kennen und wurde besessen von Dungeons & Dragons. Sein vorletztes Studienjahr verbrachte er in Durham auf der staatlichen Sonderschule für Studenten mit besonderer Begabung in Mathematik oder Naturwissenschaften.

Dann kam die Geschichte von Kleinstadtjungen aus dem ganzen Staat, die zur NC State University gingen und von deren Größe und Unpersönlichkeit überwältigt wurden.

Am Ende des ersten Semesters rasselte Neal Henderson – mit einem Intelligenzquotienten 160 und den besten Noten in den Annalen des Caswell County – durch die Prüfung und verließ unbemerkt und unbeweint die Uni.

Er wohnte jedoch weiterhin in der Nähe des Campus, weil er begierig darauf war, Dungeons & Dragons zu spielen, und weil er nicht nach Hause gehen und sein Scheitern bei seiner Mutter eingestehen wollte. Irgendwann im Sommer 1988 – er war sich nicht sicher, wann – erwähnte James Upchurch, sein Kumpel aus dem Caswell County, daß der neueste Mitspieler, Chris Pritchard, der Erbe eines Vermögens von vielleicht zehn Millionen Dollar war.

Nach Hendersons Aussage hatten Upchurch und Chris ihn ›ungefähr zwei Wochen, vielleicht auch drei‹ vor dem 25. Juli besucht. Dies war der erste ernsthafte Widerspruch bei den Zeitangaben. Aber Mitchell Norton konnte nichts dagegen tun. Chris hatte bereits ausgesagt, daß Henderson erst am Tag vor dem Mord von dem Mordkomplott erfahren hatte.

»James und Chris kamen zu mir«, sagte Henderson. »Wir

plauderten ein paar Minuten lang über Dungeons & Dragons. Dann sagte James, er und Chris hätten einen Plan, wie Chris schnell an sein Erbe herankommen konnte. Ich sagte zu ihnen ›Oh, habt ihr einen Raub vor?‹, und James schüttelte den Kopf und sagte ›Nein. Wir werden seine Eltern ermorden, damit er das Geld erbt.‹«

»Und was sagten Sie daraufhin?«

»Ich sagte wörtlich ›Ist das nicht ein bißchen extrem?‹ Chris lachte. James sagte: ›Nein, nein, das ist unser Ernst. Laß mich das erklären.‹ Und dann erzählten sie mir ihren Plan.«

Henderson – der den Geschworenen wie ein ›Plastikmensch‹ vorkommen würde, wie Mitchell Norton befürchtete, und der auf Upchurchs Verteidiger wie ein ›Roboter‹ wirkte – sagte mechanisch, daß Upchurch ›am meisten sprach‹, während Chris dabeisaß und eine Karte anfertigte.

Der Plan sah vor, daß Upchurch ins Haus gelangte, genügend kleine Wertgegenstände stahl, um einen Einbruch vorzutäuschen, »und dann nach oben ging und Chris' Eltern tötete. Ich glaube nicht, daß wir zu diesem Zeitpunkt über die Methode oder so etwas sprachen.«

Das erste Treffen dauerte laut Henderson eine Stunde. Sie gingen die Karte in allen Einzelheiten durch und zeigten ihm, wo er Upchurch absetzen sollte, wie Upchurch die Sackgasse, an deren Ende er parken sollte, und den Weg finden würde, den er zu Fuß vom Wagen zum Haus der von Steins und zurück machen mußte. Aber es wurde kein Datum festgelegt.

»Sie baten mich, den Wagen zu fahren. Sie sagten ›fahr den Wagen runter, setze James ab, nimm ihn wieder auf und fahre ihn zurück!‹

Sie versprachen ihm »entweder zweitausend oder zwanzigtausend Dollar, ich bin mir nicht ganz sicher.« Henderson sagte: »Kein Problem, ich fahre den Wagen gern.«

›Zwei oder drei Tage‹ später schaute er auf Upchurchs Zimmer im Studentenwohnheim vorbei und traf ihn dort mit Chris an. »Sie saßen zusammen und besprachen etwas«, sagte Henderson. »Wenn ich mich richtig erinnere, redeten sie über Dungeons & Dragons. Als ich eintraf, ging die Unterhaltung zu dem

Plan über. Hauptsächlich ging es darum, was nachher passieren würde. Chris sagte, er würde nach der Tat sehr deprimiert sein, und er hörte einen Vorschlag von jemandem, höchstwahrscheinlich von James, einen Ausflug zum Strand zu machen, um sich aufzuheitern. Er wollte all seine Freunde einladen. Jeder würde zum Strand kommen – jeder, den er finden konnte. Dann würde er sich viel besser fühlen und jedem einen Wagen kaufen.

»Wissen Sie, James war besorgt, daß sich die Leute fragen würden, warum er ein Auto bekam, wenn nur er eines erhielt. Chris hielt das für kein Problem. Er würde jedem einen Wagen kaufen.

›Vielleicht drei oder vier Tage danach, am späten Abend, kam ich zufällig in James Zimmer vorbei und ging hinein. Er war allein, und wir sprachen über den Plan. Er holte ein Baseballschlagholz aus dem Schrank und legte es auf eines der Betten. Er sagte, er habe nachgedacht, wie er es tun würde, und er werde hauptsächlich den Baseballschläger als Waffe benutzen. Er zeigte mir auch das Messer, das er bekommen hatte.« Dies war ebenfalls ein Widerspruch zu Chris' Geschichte. Chris hatte ausgesagt, daß er Upchurch das Messer erst am Tag vor dem Mord gekauft hatte.

»Er sagte, er wollte etwas haben, mit dem er jemanden mit einem Treffer bewußtlos schlagen konnte. Er war sich überhaupt nicht sicher, ob er es nur mit einem Messer schnell genug machen konnte. Aber ein guter Treffer mit dem Baseballschläger sollte seiner Meinung nach reichen. Seit ich ihn kenne, hat er immer so einen Baseballschläger gehabt. Dann zog er die Schublade seines Schreibtischs auf und nahm ein Paar Handschuhe heraus. Von der Art, wie ein Schlagmann sie benutzt. Und er schwärzte die Handschuhe, ich glaube mit Schuhcreme. Es waren schwarzweiße Handschuhe, und er schwärzte die weißen Stellen. Dann sagte er ›wir treffen uns an einem Tag in der nächsten Woche.‹ Ich glaube, dieses Treffen fand am Donnerstag oder Freitag statt. Er sagte, Chris sei bereits zu Hause oder würde am nächsten Tag dorthin fahren, um herauszufinden, welche Pläne die Familie für das kommende Wochenende hatte, und um einen Hausschlüssel zu besorgen, glaube ich. James fragte mich nach meinen Plänen für das Wochenende, und ich sagte ihm, daß ich Sonntag abend nichts vorhatte. Er bat mich, mir den Sonntagabend und die Nacht frei zu halten – das würde vermutlich die Nacht sein, in der wir hinfahren würden.«

Henderson erwähnte nichts von irgendeinem früheren Plan, das Haus niederzubrennen. Er sagte nur, am Sonntag, dem 24. Juli, sei Upchurch morgens zu ihm in die Wohnung gekommen, um ihm die Karte zu geben, die Chris zwei oder drei Wochen zuvor angefertigt hatte.

»Er sagte mir, er würde mich später in dieser Nacht treffen, ungefähr um 23 Uhr 30 oder 24 Uhr, und er erklärte mir, wo der Wagen geparkt sein würde: auf einem äußeren Parkplatz am Sullivan Drive. Ich sollte die Karte nur bis zu dieser Nacht behalten und sie mir einprägen.«

Laut Hendersons Aussage blieb er den Rest des Tages in seinem Apartment und verbrachte viel Zeit mit seiner Freundin Kenyatta, James Upchurchs Kusine. Um eine Ausrede zum Fernbleiben in dieser Nacht zu haben, erzählte er Kenyatta, er habe soeben LSD genommen. Er wußte, daß sie das wütend machte. Sie würde ihm die Tür weisen und ihm verbieten, wiederzukommen, bevor die Wirkung der Droge abgeklungen war.

Um ungefähr 23 Uhr 30 traf Henderson Upchurch bei Chris Pritchards Wagen. Upchurch trug einen Rucksack aus grünem Segeltuch und einen Baseballschläger. »Der Rucksack enthielt einige Kleidungsstücke, die er anziehen würde«, sagte Henderson aus. »Während der Fahrt zog Upchurch einen schwarzen Pullover, schwarze Turnschuhe und eine schwarze Haube oder Skimütze an.«

Als sie in Washington eintrafen – auf einer Seitenstraße, damit Chris' lauter, weißer Mustang nicht auffiel –, »bat mich James, auf die Lawson Road im Viertel Smallwood einzubiegen. Er wollte das Gebiet vor dem Haus sehen. So bog ich ab. Wir fuhren vorn an Chris' Haus vorbei. James zählte fünf Häuser und sagte: ›Das ist es.‹«

Laut Hendersons Aussage war es inzwischen halb drei.

Aber für Richter Watts war es jetzt 17 Uhr 20, und er vertagte die Verhandlung auf den nächsten Morgen.

An diesem Abend fuhr Bonnie von Elizabeth City aus eine halbe Stunde lang zu einem Restaurant im Hafenviertel. Dies hatte sie noch nicht getan, und sie würde es auch nicht wieder tun. Normalerweise aß sie eine schnelle, einfache Mahlzeit allein in der Nähe ihres Motels. An einigen Abenden ließ sie sich von einem Restaurant Essen ins Hotel liefern und aß allein in ihrem Zimmer.

Aber Neal Hendersons ruhiger Vortrag über die Umstände, die zur Ermordung ihres Mannes und fast zu ihrem eigenen Tod geführt hatten, war Bonnie nahegegangen und hatte sie tief beeindruckt. Aufgewühlt hatte sie zugehört, als dieser völlig Fremde beschrieben hatte, wie lässig und gedankenlos – fast gleichgültig er bei einem Plan mitgemacht hatte, der absurd gewirkt hätte, wenn die Konsequenzen nicht so tragisch gewesen wären.

Bisher hatte Bonnie es für nötig gehalten, ihre Trauer zu verleugnen, sogar vor sich selbst. Bisher hatte sie einen Kampf mit der Polizei ausgefochten. Und sehr lange Zeit hatte sie ihren Sohn verteidigt, der gelogen hatte.

Aber jetzt ging es allmählich dem Ende zu. Henderson würde morgen den Rest seiner üblen Geschichte erzählen. Und es würden andere Zeugen aussagen. Und vielleicht einige Zeugen von Upchurchs Anwälten. Und dann würde möglicherweise ein Urteil folgen: Leben oder Tod.

Bonnie war sich nicht sicher, ob es ihr noch etwas ausmachte, sie fand es ebenso unwichtig wie die Frage, warum Lieth den Reis nicht verdaut hatte. Ihr Leben war irreparabel zerbrochen. In nur einer Woche oder in zwei Wochen würde ihr der Sohn weggenommen werden, weniger brutal, aber ebenso endgültig, wie ihr Mann ihr weggenommen worden war.

Sie fühlte sich erschöpfter denn je, besonders durch die Anstrengung, ihre Gefühle zu verbergen.

Am nächsten Tag erzählte Neal Henderson den Rest seiner Geschichte.

Sie parkten den Wagen am Ende der Sackgasse hinter dem Haus der von Steins. »Wir beide stiegen aus«, sagte Henderson. »James wies mich an, ungefähr eine halbe Stunde zu warten, dann würde er sich mit mir an dieser Stelle treffen. Er hatte den Pullover angezogen. Er hatte die Skimütze dabei, setzte sie jedoch nicht auf. Er zog die Handschuhe an. Er hatte eine Taschenlampe, und er knipste sie an. Sie leuchtete nicht gut. Die Batterien waren anscheinend schwach.«

Mitchell Norton gab Henderson ein Foto von dem Baseballschläger.

»Das ist der Schläger, den James in dieser Nacht bei sich hatte«, sagte Henderson. »Ich erinnere mich, daß er den Griff mit Klebeband umwickelte. Und da ist ein Kreis von schwarzen Dreiecken um den Schläger, den er aufgemalt hat. Ich erinnere mich daran, wie er das malte.«

Dann überreichte Norton ihm den Baseballschläger. Dies war für Norton einer der heikelsten Momente des Prozesses. Als Henderson seine Geschichte zum ersten Mal John Crone und Lewis Young erzählt hatte, war der Baseballschläger schon erwähnt worden. Nach seiner Aussage hatte Upchurch den Schläger vielleicht aus dem fahrenden Wagen geworfen, auf der Rückfahrt nach Raleigh. Später hatte Henderson das korrigiert und gesagt, er sei sich nicht sicher, aber es sei möglich, daß Upchurch bei seiner Rückkehr zum Wagen, nach dem Mord, den Schläger schon nicht mehr bei sich gehabt hatte.

Am Tag nach dieser Aussage hatte Crone einen Baseballschläger in dem kleinen, bewaldeten Gebiet jenseits der Lawson Road gefunden, der offensichtlich einige Zeit den Elementen ausgesetzt gewesen war. Der Schläger war zu einem Labor zur Untersuchung geschickt worden, doch der Bericht war negativ gewesen. Es gab keine Spuren von Blut, keine Haare, keine Fasern daran – nichts, was auf irgendein Verbrechen hinwies.

Nur Neal Henderson konnte den Zusammenhang zu dem Verbrechen herstellen. Und jetzt sagte er: »Ja, das war ganz bestimmt der Schläger, den James Upchurch bei sich hatte.«

Diese schwachen und verblichenen Spuren des Aufgemalten waren Beweis genug, obwohl er zugab: »Da ist kein Klebeband dran, und er ist viel dunkler und mit Dreck behaftet.«

Dann identifizierte er die Überbleibsel der Kleidung, die an der Feuerstelle gefunden worden waren. Er erinnerte sich, daß Upchurch in jener Nacht solche Sachen getragen hatte.

Aber das war alles. Es gab keinen Beweis, der sowohl Upchurch als auch Henderson mit dem Tatort in Verbindung brachte. Es gab nur Hendersons unbestätigte Geschichte und einen alten Baselballschläger, der vielleicht ein Jahr lang im Gelände gelegen hatte, das fast ein Sumpf war. Selbst der Rucksack, der beim Tatort gefunden worden war, konnte nicht eindeutig als Besitz von Upchurch identifiziert werden. Henderson sagte: »Er hatte immer einen solchen Rucksack. Darin hatte er seine Schulbücher oder Dungeons & Dragons-Bücher.« Aber das war wiederum nur Hendersons unbestätigte Behauptung. Laut Henderson bereitete Upchurch sich für die Tat vor – zog eine Verkleidung an, die direkt aus einem Dungeons & Dragons-Handbuch stammen konnte. »Wir fuhren durch ein Waldstück hinter dem Haus. Als ich langsam fuhr, sprang er raus. Ich stoppte überhaupt nicht. Er verschwand in der Dunkelheit. Ich fuhr zurück zu der anderen Straße und parkte, wo ich zuvor geparkt hatte.«

Die Straße hinter dem Haus, einen Block von der Lawson Road entfernt, war die Marsh Road. Dort stieg Upchurch nach Hendersons Aussage aus dem Wagen. Er wäre dann keine fünfzig Meter von der Hintertür des Hauses entfernt gewesen.

Die ›andere Straße‹, auf die sich Henderson bezog, eine unbefestigte Straße mit Schlaglöchern, die nach nur ein paar hundert Metern als Sackgasse endete, war die American Legion Road. Vom Ende, wo Henderson geparkt hatte, wie er sagte, bis zum Haus der von Steins betrug die Entfernung ungefähr achthundert Meter durch ein großes Feld, durch Wald, über eine kleine Straße namens Northwoods Road, über einen Hinterhof oder zwei Höfe zur Marsh Road und dann durch das bewaldete Gebiet, das an den Hinterhof der von Steins grenzte.

»Wie lange blieben Sie dort?« fragte Norton.

»Ich bin mir nicht sicher. Es kam mir wie eine Ewigkeit vor, aber es war vielleicht eine halbe Stunde. Ich kann es einfach nicht genau sagen. Ich sollte bis zu seiner Rückkehr warten, aber das tat ich nicht.«

»Warum nicht, Neal?«

Bonnie schmerzte es, als sich Mitchell Norton, der ihr gegenüber so beleidigend gewesen war, sich regelrecht *väterlich* Henderson gegenüber verhielt.

»Bis dahin sah es nicht danach aus, daß etwas Schlimmes passieren würde, und ich machte mir keine großen Sorgen«, sagte Neal. »Aber als ich da saß, dachte ich, daß etwas schiefgeht oder klappt. In jedem Fall würde es nicht sehr gut sein. Ich hatte eine Heidenangst.«

»Was taten Sie?«

»Ich entschloß mich, nicht länger zu warten. Ich stieg aus und machte mich auf die Suche nach ihm. Ich konnte einfach nicht mehr allein da herumsitzen. Ich wußte nicht, was los war. Ich mußte es herausfinden. So ging ich an der Smallwood-Parzelle vorbei und hoffte Upchurch zu sehen. Dann machte ich kehrt und ging zurück. Ich sah immer noch nichts von ihm.«

Laut seiner Aussage fand er eine *andere* unbefestigte Straße – nicht diejenige, wo er warten sollte, nicht die Straße, auf der er schon mit Upchurch gewesen war und wo er ihn bei der Flucht vom Tatort erwarten sollte. Diese andere Straße, mehr ein Feldweg, der durch ein Feld mit hohem Mais verlief, hieß Airport Road und führte zu einer Start- und Landebahn. Obwohl sie etwa 150 Meter näher bei der Lawson Road war als die American Legion Road, lag sie *auf der anderen Seite* der vierspurigen Verlängerung der Market Street, der Hauptstraße, die am Eingang zur Smallwood-Parzelle vorbeiführte.

Henderson sagte, er sei vielleicht ›ein paar hundert Meter‹ die Airport Road hinuntergefahren – *eine Straße, von deren Existenz James Upchurch vermutlich gar nichts wußte,* habe den Motor ausgeschaltet und gewartet.

Das ergab keinen Sinn. Es hatte nie Sinn ergeben und würde nie welchen ergeben. Warum sollte der Fahrer eines Fluchtfahrzeugs es fast achthundert Meter von der Stelle fortfahren, an der

der Mörder, der zu Fuß flüchtete, es zu finden erwartete? Was war das, ein Versteckspiel? Hendersons neue Position auf der Airport Road war weit von der Route entfernt, auf der er Upchurch angeblich auf dem Rückweg zum Wagen erwartet hatte.

Aber dies war von Anfang an seine Geschichte gewesen, und Mitchell Norton mußte sich damit abfinden wie mit Page Hudsons Zeugenaussage über den Reis in Lieths Magen.

»Warum gingen Sie zur Airport Road, anstatt zur Legion Road zurückzukehren?« fragte er.

»Ich wolle ihn sehen, wenn er in Richtung Legion Road ging. Ich sagte mir auch, daß er mich vielleicht sieht. Ich dachte, er würde mich sehen, wenn ich auf der Hauptstraße hin und her fuhr. Und wenn er mich dabei sah, würde er wissen, wo ich hingefahren bin.«

Für Bonnie war das die am wenigsten plausible Zeugenaussage, die sie bis jetzt gehört hatte. Der Fahrer eines Fluchtwagens, der bei einem Mord benutzt wurde, entscheidet auf eigene Faust, die Position zu verändern, und er *nimmt an*, daß der Mörder mitten in der Nacht herausfindet, wo er ihn finden kann, während er in einer Gegend vom Tatort flieht, die keiner von ihnen je zuvor gesehen hatte.

Auf die Frage, wie lange er dort im Wagen gewartet hatte, sagte Henderson: »Es war nicht sehr lange, zehn Minuten, vielleicht etwas mehr oder weniger. Ich bin mir nicht sicher.«

»Und was haben Sie gedacht?«

»Nun, ich hoffte, daß wir nicht erwischt werden. Aber ich hoffte auch, daß er nichts Schlimmes tun würde. Ich wußte nicht, was ich denken sollte. Es war alles so verwirrend.«

»Und während Sie dort saßen und dachten, sahen Sie da James Upchurch?«

»Ja. Zuerst hörte ich, wie er zum Wagen rannte. Ich hörte *jemand* rennen, schaute mich sofort um und sah, daß er es war. Und ich sah, daß er von der Hauptstraße aus kam.

Er traf beim Wagen ein und riß die Tür auf. Er sprang herein und sagte: ›Ich hab' es getan! Ich kann nicht glauben, daß ich's getan habe! Ich will nie mehr im Leben soviel Blut sehen! Laß uns verschwinden!‹«

Dies war ebenfalls ein wenig unwahrscheinlich. Warum waren Upchurchs erste Worte nicht: ›Was zum Teufel machst du *hier*, du solltest doch am Ende der Legion Road warten?‹

Und weil der ganze Angriff in fast völliger Dunkelheit stattgefunden hatte, wie konnte er das Blut gesehen haben?

Henderson fuhr, wie er sagte, mit überhöhter Geschwindigkeit los. Er suchte die Straße nach Raleigh, verfehlte jedoch die richtige Abbiegespur und gelangte auf eine dunkle Straße, die er noch nie gesehen hatte.

»Als wir von dieser Straße abbogen, wies mich James an, eine dunkle Stelle zu suchen, wo er seine Kleidung wechseln konnte. Er sagte, er habe Blut auf seinen Sachen. Und irgendwo war ein Feldweg rechts oder links der Straße. Ich erinnere mich nicht, wo. Ich fuhr in den Feldweg. Dort gab es kein Licht, keine Häuser. Er stieg aus und ging ein paar Meter vor den Wagen, wo einige Büsche waren. Und er wechselte seine Kleidung und warf die alten Sachen in den Kofferraum. Er warf alles, was er hatte, in den Kofferraum.«

»Sagte er etwas über die Ereignisse im Haus?«

»Er sagte, jemand hätte Lärm gemacht, als er im Haus war. Und er hätte gedacht, die ganze Nachbarschaft würde wach werden.«

Doch nicht einmal Angela, nur ein paar Schritte entfernt, war aufgewacht.

»Als er zum Wagen zurückkehrte«, fragte Norton, »brachte er da irgend etwas mit? Können Sie sich erinnern, ob er etwas bei sich hatte?«

»Er hatte das, was er anhatte, und das Messer.«

»Erinnern Sie sich an den Baseballschläger?«

»Nein, Sir.«

Das Baseballschlagholz war ein Problem für Mitchell Norton. Aber er entschloß sich, Hendersons widersprüchliche Aussagen direkt anzugreifen. Er fragte Henderson, warum er über den Baseballschläger zwei widersprüchliche Dinge gesagt hatte.

»Zu diesem Zeitpunkt versuchte ich einfach, der Polizei

Anregungen zu geben, wo sie suchen sollte«, sagte Henderson. »Ich sagte den Beamten, daß ich mir nicht sicher war. Vielleicht hatte James den Schläger dabei, vielleicht auch nicht. Ich konnte mich einfach nicht erinnern.« Laut Henderson hatten er und Upchurch schließlich ein Schild entdeckt, das auf die Straße nach Raleigh hinwies.

»Ich hatte immer noch Angst«, sagte Henderson. »Ich hörte keine Polizeisirenen, und so nahm ich an, daß niemand hinter uns her war. Aber jemand war getötet worden.«

»Haben Sie sich unterhalten?« fragte Norton.

»Nein, keiner von uns war in der Stimmung zum Reden. Ich machte mir meine Gedanken. Und er sagte nichts. Als wir dann aber aus dem Kreis Beaufort raus waren, wies mich James an, eine andere Stelle zu suchen und von der Straße abzubiegen.«

»Woher wußten Sie, daß Sie den Kreis Beaufort verlassen hatten?«

»Ich glaube, da war ein Schild, das auf den Beginn des Pitt County hinwies. Und dann fuhr ich bei jeder Kreuzung langsamer, und wir suchten auf beiden Seiten nach einem dunklen Platz, wo es keine Häuser gab. Schließlich fanden wir einen. Er war ganz leer. Wir sahen ein Haus in der Ferne, aber nichts nahe bei der Straße. Ich fuhr bis zu einer stockdunklen Stelle, beim Beginn einer Kurve. Ich stoppte, stieg aus und ging zwischen Büschen austreten. James fragte nach den Schlüsseln, weil er den Kofferraum öffnen wollte. Ich ging zu ihm und schloß den Kofferraum auf. Er nahm das Messer heraus. Dann den Pullover, die Jeans, Schuhe und einen Kanister Benzin. Er warf die Sachen auf den Boden und schüttete das Benzin darüber. Dann zündete er es an. Ich weiß nicht, ob er ein Feuerzeug oder ein Streichholz benutzte. Ich schenkte ihm keine Aufmerksamkeit. Ich stand mit dem Rücken zu ihm, aber ich hörte, daß das Benzin Feuer fing. Er ging nach vorne zum Wagen, nahm die Karte heraus und warf sie auf das Feuer.«

»Dann stiegen Sie in den Wagen und fuhren heim. Aber Sie waren erst in Greenville, als Sie sich entschlossen, haltzumachen und zu tanken.«

»Die Tankstelle hatte auch eine Waschanlage, und als ich ausstieg, um den Sprit zu bezahlen und etwas zu essen, bemerkte ich, daß der Wagen sehr dreckig war. Er war mit Schlamm bedeckt. Und James kam in das Tankstellengebäude, und ich sagte zu ihm: ›Laß uns den Wagen durch die Waschanlage fahren.‹

Keiner von uns sagte danach viel, wenn überhaupt etwas. Ich dachte an das, was James gesagt hatte, als er zum Wagen gekommen war. Ich wußte nicht, was ich tun sollte, so befolgte ich einfach, was James mir sagte, und fuhr nach Raleigh zurück. Ich schaute immer wieder in den Rückspiegel und lauschte auf Polizeisirenen, aber ich hörte nichts. Und je näher wir bei Raleigh waren, desto mehr wuchs in mir die Überzeugung, daß wir alles hinter uns hatten. Vielleicht konnte ich den Wagen einfach parken und alles vergessen.«

Nach Hendersons Aussage war die Sonne bereits aufgegangen, als sie in Raleigh eintrafen. Von ihrem Standpunkt aus keine vorteilhafte Situation. Ein Campus ist an einem Montagmorgen im Sommersemester ein betriebsamer Ort. Viele Leute sind auf, duschen und bereiten sich auf Vorlesungen vor. Viele Leute konnten einen Mustang bemerken, der auf einen Parkplatz des Campus fuhr.

»James sagte mir, er werde sofort auf sein Zimmer gehen, und ich sollte auf Chris' Bude gehen und die Autoschlüssel in den Toilettenschrank legen. Das tat ich, und dann ging ich in mein Apartment. Ich konnte nicht durch die Vordertür, weil sie abgeschlossen war, und so klopfte ich ans Fenster, und Kenyatta ließ mich herein. Ich ging hinein, legte mich hin und sagte ihr, ich hätte die Nacht in den Versorgungstunneln unter dem Campus verbracht.«

»Warum sagten Sie ihr das?«

»Sie sollte nicht wissen, wo ich die ganze Nacht gewesen war. Und daß ich in einem Tunnel gewesen war, hielt ich für eine plausible Erklärung.«

Das war vielleicht nicht überall eine plausible Erklärung, aber offenbar auf der NC State University.

»Kenyatta ging dann einkaufen, und ich lag eine Zeitlang da und schlief schließlich ein. Am Nachmittag, als Kenyatta in der

Wohnung war, kam James. Und er erzählte uns, er hätte gehört, daß in der Nacht Chris' Eltern angegriffen worden waren. Chris' Vater sei ermordet worden, und seine Mutter liege schwerverletzt im Krankenhaus. Und er schlug vor, ich solle später auf sein Zimmer kommen, damit wir über D & D reden konnten.«

»Dungeons & Dragons?«

»Jawohl, Sir. Ich ging rüber zu seinem Zimmer und fragte ihn, ob er sonst noch etwas gehört hatte. Er sagte: ›Mach dir keine Sorgen. Soweit ich weiß, hat die Polizei keinen Verdacht.‹ Er erklärte, er hätte es wie einen Einbruch arrangiert. Ich bat ihn, mich zu informieren, wenn irgend etwas passierte oder wenn er etwas herausfinden würde. Dann kehrte ich heim und ging zur Arbeit.«

Nach seiner Aussage hatte Henderson nie wieder mit Chris Pritchard gesprochen. Und im Laufe der Zeit sah er James Upchurch immer weniger. Aber er wurde immer besorgter.

»Es war nicht so schlimm, wenn ich beschäftigt war, wenn ich arbeitete oder sonstwie in Aktion war. Aber wenn ich Freizeit hatte, erinnerte ich mich an seine Worte in jener Nacht und an das, was ich getan hatte. Ich konnte keinem davon erzählen, mit niemandem darüber reden. Und das ging monatelang so.«

Ende April begegnete er dann Upchurch auf der Straße, und Upchurch sagte, er brauche für ein paar Wochen eine Unterkunft. So zog Upchurch bei ihm ein. Und dann kamen eines Tages John Taylor und John Crone und suchten nach Upchurch. Das war lästig, aber was noch schlimmer war – viel schlimmer –, war der Tag Anfang Juni, als Taylor mit Upchurchs grünem Rucksack wiederkam.

»James gab bei mir zu, daß er den Rucksack vergessen hatte«, sagte Henderson. »Dann erklärte er, daß er bald gehen würde. Die Polizei war hinter ihm her, und er wollte aus der Stadt verschwinden. Ich sollte mir keine Sorgen machen. Er sagte wörtlich: ›Sieh mal, du hast nur den Wagen gefahren. Wenn es zum Schlimmsten kommt und Chris ein Geständnis ablegt, steht dein Wort gegen seines, und keiner wird Chris mehr glauben als dir, also mach dir keine Sorgen. Aber ich verschwinde aus der Stadt.‹«

»War Bonnie von Stein irgendwie bei der Planung des Verbrechens oder der Ermordung ihres Mannes Lieth von Stein beteiligt?« fragte Norton.

»Nein, Sir.«

»War Angela Pritchard irgendwie an der Planung des Verbrechens oder der Ermordung Lieth von Steins beteiligt?!«

»Nein, Sir. Es waren nur James Upchurch, Christopher Pritchard und ich.«

Und das war seine Geschichte, so unwahrscheinlich und widersprüchlich sie auch sein mochte. In vielen Aspekten unterschied sich seine Aussage von der Version, die Chris geliefert hatte.

Er hatte die Autoschlüssel in einen Toilettenschrank gelegt? Chris hatte mehrfach gesagt, daß die Schlüssel unter einem Sesselkissen gefunden worden waren.

Sie hatten den Campus erst gegen Mitternacht verlassen und waren nach dem Sonnenaufgang zurückgekehrt? Chris hatte gewollt, daß die Morde um zwei Uhr begangen wurden, wenn Lieth und Bonnie im tiefsten Schlaf lagen. Er hatte seinen auffälligen weißen Mustang vor der Morgendämmerung auf dem Campus zurückhaben wollen.

Sie hatten zum Tanken – *und zum Wagenwaschen* – in Greenville gestoppt? Chris hatte früher ausgesagt, daß er den Wagen am Sonntagabend aufgetankt hatte. Und bevor er Upchurch die Schlüssel gab, sagte er ihm, die Benzinuhr sei defekt, aber er könne gut hin und zurück fahren, ohne tanken zu müssen. Für alle Fälle hatte er Moog jedoch zwanzig Dollar für Benzin gegeben. Vermutlich würde ein Fahrer mit Hendersons Intelligenz *vor* einem Verbrechen tanken, wenn das nötig war, und nicht hinterher.

Über diese Einzelheiten hinaus gab es eine außerordentliche Diskrepanz hinsichtlich der Dauer von Hendersons Beteiligung. Hatte sie sich über Wochen erstreckt oder nur auf die letzten 24 Stunden beschränkt?

Frank Johnston hatte beim Kreuzverhör eine Fülle von Ansatzpunkten, und er setzte Henderson ›hart und aggressiv‹ zu, wie Bonnie es in ihren Notizen bezeichnete.

»Sie sagen, Sie fuhren ein paar hundert Meter über diese Straße?«

»Nicht mehr als ein paar hundert.«

»Und Sie parkten dort?«

»Ja, Sir.«

»Hatten Sie die Scheinwerfer an oder aus?«

»Das Licht war aus, Sir.«

»Stimmt es, daß es unmittelbar südlich der Stelle, an der Sie parkten, ein Maisfeld gibt, zwischen der Airport Road und der Parzelle Smallwood?«

»Ich glaube, ja.«

»Und stimmt es, daß zu dieser Zeit Mais wuchs?«

»Ich glaube, ja.«

»Und Sie sagen, Sie fuhren über diese Straße, weil Sie hofften, James zu *sehen* oder von *ihm* gesehen zu werden?«

»Ich fuhr über die Straße, weil ich hoffte, James zu sehen. Ich hoffte, James würde mich sehen, wenn ich hin und her fahre.«

»Nun, Sie fuhren nur einmal hin und her.«

»Wenn er auf der Straße war, hätte das gereicht.« Henderson wirkte jetzt etwas sicherer.

»Und Sie sagen uns, Sie erwarteten, daß er über diese Straße spaziert, mit all seinen Sachen, ein paar hundert Meter zur Airport Road, anstatt durch ein Feld zu gehen, das ihm zur Tarnung gedient hätte?«

»Ich wollte den Wagen parken, wo ich ihn parken und wo ich warten sollte.«

»Aber das taten Sie nicht?«

»Das tat ich nicht. Ich bekam es mit der Angst zu tun und verließ die Stelle.«

Für Bonnie beantwortete das immer noch nicht die Frage, wie Upchurch – nach einem Mord auf der Flucht und über eine längere und deckungslosere Route als nötig – es geschafft hatte, einen Wagen zu finden, der an einer unerwarteten Stelle stand, ein paar hundert Meter entfernt auf einer Straße, die mehr ein Feldweg durch ein Feld von hohem Mais war. Und wenn er einen Wagen hatte sehen können, warum hätte er annehmen sollen, daß es Chris Pritchards Wagen mit Neal

Henderson hinter dem Lenkrad war, statt zum Beispiel ein Polizeiwagen?

Bonnie beschäftigte sich ebenfalls mit zwei anderen seiner Antworten. Henderson gab zu, daß er bei seinem ersten Gespräch mit Lewis Young Chris' Wagen als schwarz beschrieben hatte. Der Wagen war nicht nur weiß, sondern Henderson hatte auch auf der Rückfahrt angehalten, um ihn durch die Waschanlage zu fahren. Wie konnte er dann denken, daß der Wagen schwarz war?

Nach seiner ursprünglichen Aussage vor John Taylor und John Crone hatten Henderson und Upchurch auf der Rückfahrt nach Raleigh nicht viel geredet, sondern Radio gehört. Aber Wochen zuvor war das Radio aus Chris' Wagen gestohlen worden.

Als Frank Johnston sich dem Ende des Kreuzverhörs näherte, wurde er bei jeder Frage sarkastischer.

»Stimmt es, Mr. Henderson, daß viele Sie als ›Genie‹ bezeichnen?«

»Einige sagen das«, antwortete Henderson, »einige nicht. Es kommt darauf an, wen Sie fragen.«

»Und stimmt es, daß Sie vom Zeitpunkt der Tat an elf Monate brauchten, bis Sie irgendeine Aussage bei der Polizei machten?«

»Elf Monate scheint zu stimmen.«

»Und stimmt es, daß Sie zusätzlich sechs oder sieben Wochen brauchten, bis Sie auspackten?«

»Ja, Sir.«

»Und während all dieser Zeit hatten Sie gewiß ausreichend Gelegenheit, über Ihre Lage nachzudenken und zu überlegen, was zu Ihrem Besten ist, nicht wahr?«

»Ja, Sir.«

»Stimmt es, daß die Staatsanwaltschaft auf Grund Ihres Geständnisses die Anklagen gegen Sie reduziert und zugestimmt hat, andere Anklagen fallenzulassen?«

»Das war die Abmachung, ja, Sir.«

»Und stimmt es, daß Sie wegen dieser Abmachung nicht mit der Todesstrafe zu rechnen brauchen?«

»Ja, Sir.«

»Und stimmt es, daß man Ihnen erklärt hat, die Strafe, die Sie bekommen, stehe im Ermessen des Richters?«

»Ja, Sir.«

»Und stimmt es, daß es entscheidende Bedeutung für das Strafmaß haben wird, wie Sie vor Gericht auftreten und was Sie sagen?«

»Man sagte mir, das Urteil würde ganz im Ermessen von Richter Watts liegen.«

»Sagte man Ihnen, Mr. Henderson, wenn Sie die Fakten bestätigen, die die Staatsanwaltschaft bestätigt haben will, hilft Ihnen das bei dem Urteil?«

»Nein, Sir. Man sagte mir, ich soll wahrheitsgemäß aussagen. Und das habe ich getan.«

Jetzt zeigte Johnston das grauenvolle Foto, das Lieth von Steins Leiche am Tatort zeigte.

»Ich bitte Sie, dies noch einmal anzusehen. Stimmt es, daß Sie Mr. von Stein zum letzten Mal am 25. Juli 1988 in diesem Zustand gesehen oder ihn in diesen Zustand *versetzt* haben?«

»Nein, Sir. Das stimmt nicht. Ich tat es nicht, und ich konnte dies nicht tun.«

»Und stimmt es, daß bei keinem dieser Augenblicke, über die Sie ausgesagt haben, James Upchurch bei Ihnen war?«

»Nein, Sir. Das stimmt nicht. Er war mit mir zusammen, und er tat, was ich sagte.«

6

Bonnie fuhr zum Wochenende nach Hause. Am Samstag suchte sie Billy Royal auf. »Diesmal sprach *er* mit *mir*«, sagte sie.

Jetzt konnte Dr. Royal offen mit ihr reden, und er versuchte zu erklären, wie sich ihr Sohn entwickelt hatte und was ihn vielleicht zu dem verzweifelten Punkt getrieben hatte, an den er im Juli 1988 gelangt war.

Bonnie wollte es einerseits wissen, andererseits jedoch nicht. Sie brauchte eine Erklärung, aber sie wollte nicht zuviel wissen. Die Verteidigungsmechanismen, die ihr nicht nur erlaubt hatten, die vergangenen achtzehn Monate zu überleben, sondern auch die schlimmen Jahre nach der Scheidung von Steve Pritchard, brachen nicht alle auf einmal zusammen.

Außerdem hatte sie mit Dr. Royal kein so enges Verhältnis wie mit Jean Spaulding. In ihren Notizen heißt es: »Ich bat Dr. Royal um seine Einschätzung von Chris. Er redete mit vielen ›äh‹ und doppeldeutigen Worten um den heißen Brei herum. Ich bat ihn, mir offen und direkt die Gründe für Christophers Beteiligung und seine offenkundige Distanziertheit zu mir zu nennen. Er hielt wieder einen langen, bedeutungslosen Vortrag, daß jeder Mensch unter gewissen Umständen zu fast allem fähig ist. Endlich kam er zum Kern der Frage. Seiner Ansicht nach hatte es sich stark auf Chris ausgewirkt, daß sein Vater ihn verlassen hatte, als er sehr jung gewesen war. Seit dieser Zeit hatte er die Furcht, mich zu verlieren. Er hat ständig Sicherheit durch mich gesucht und stets befürchtet, abgelehnt zu werden. Lieth kam in sein Leben und füllte die fehlende Vaterfigur aus. Er und Lieth hatten ein paar Probleme, aber gewiß nicht mehr und vielleicht sogar weniger als die meisten Väter und Söhne. Chris hatte immer das Gefühl, viele Freunde zu brauchen. Laut Dr. Royal hat Chris in Phantasien geschwelgt, ein großer Schriftsteller zu werden, mir und Angela ein Heim zu bieten (wobei wir von ihm abhängig waren). In einer anderen Phantasie ist er verheiratet, und wir leben alle zusammen in einer gewaltigen Villa. Ich, Lieth, Chris, seine Frau und Angela. Sein Verlangen nach einer Familie ist anscheinend manchmal überwältigend und grenzt fast an Verzweiflung.

1987, als Lieths Vater starb und wir an den Wochenenden soviel Zeit in Winston-Salem verbrachten, spürte Chris einen Verlust. Der Verlust von Lieths Mutter verstärkte bei Chris nur das Gefühl der Unsicherheit. Er sah, daß Lieths Eltern ihn verließen. Er wußte auch, daß anscheinend viel Geld im Spiel war. Sein Umzug zur Uni war eine weitere Trennung von der Familie. Weil die enge Beziehung zu mir und Abhängigkeit von mir wegfielen, fühlte er sich schlecht. Seine Leistungen beim Studium sackten ab.

Chris wurde immer mehr in das D & D-Spiel hineingezogen. Das erlaubte ihm, sich von den wahren Gefühlen und den Realitäten abzulenken. Er konnte aus sich hinausschlüpfen und die Figur werden, die er spielte. Dann kam der zunehmende Konsum von Alkohol und schließlich von Drogen. Diese Kombination wurde eine tödliche Kraft: Chris' Verlust von Selbstvertrauen und Selbstachtung, D & D, Alkohol und Drogen.

Chris verehrte Moog in gewissem Maße. Er sprach oft darüber, wie clever Moog war und wie gut er alle D & D-Figuren im Kopf behalten konnte. Moog war der ›Kerkermeister‹. Dr. Royal meint, als Chris bei Moog von Vatermord sprach, war Moog von der Idee fasziniert und verlor sie nicht mehr aus den Augen. Obwohl mehrmals über den Plan gesprochen wurde, war es für Chris nie etwas aus dem wahren Leben, sondern etwas wie ein großes Spiel.

Dr. Royal ist der Meinung, daß Chris durch die Ermordung seiner ganzen Familie zu beweisen versuchte, von keinem abhängig zu sein. Er konnte ohne einen von uns überleben.«

In den Notizen fehlt jeder Ausdruck von Gefühlen über Chris' Tat. Dies war ihr Sohn. Er hatte versucht, sie ermorden zu lassen und hatte ihr für immer den Mann genommen, den sie geliebt hatte. Doch sie selbst konnte nur überleben, indem sie Dr. Royal nur Einblick in Form von Daten gab, die sie verarbeiten konnte.

Billy Royal machte später einige andere Beobachtungen. Dazu zählte, daß Bonnies Zorn auf Steve Pritchard, weil er sie verlassen hatte, sowohl auf Chris als auch auf Angela übergegangen war. Chris wurde außergewöhnlich unsicher, weil Bonnie soviel arbeiten mußte und manchmal eine Woche lang auf Ausbildungskursen fort war. Abend für Abend waren Chris und Angela die letzten Kinder, die aus der baptistischen Kindertagesstätte abgeholt wurden. Besonders in Chris entwickelte sich eine chronische Angst, daß seine Mutter nie zurückkehren würde.

Billy Royal sagte ebenfalls hinsichtlich Dungeons & Dragons, daß dieses Spiel Chris in die Lage versetzte, die Dinge selbst unter Kontrolle zu halten, anstatt abhängig zu sein. Bei D & D konnte er Dinge ›tun‹, die dramatisch von den Wertmaßstäben abwichen, mit denen er aufgezogen worden war.

»Er entschloß sich, sein Schicksal selbst in die Hand zu nehmen«, sagte Dr. Royal, »und sich von allen zu lösen, die ihm nahestanden, bevor sie die Möglichkeit hatten, ihn zu verlassen.«

Aber am Samstag im Januar, als Bonnies Gespräch sich dem Ende näherte, traf Chris zu seiner regelmäßigen Sitzung ein. Dies würde eine seiner letzten Sitzungen mit Billy Royal sein. In wenig mehr als einer Woche würde er verurteilt und für viele Jahre im Gefängnis sein, wo weder Billy Royal noch jemand wie er Chris helfen würde.

Chris traf ein, Bonnie schaute ihn an und begann plötzlich zu weinen. Fast gleichzeitig brach Chris in Tränen aus.

Es war, als könnte sie ihn jetzt, vielleicht zum ersten Mal, als den verletzlichen, ängstlichen und zornigen kleinen Jungen sehen, der er immer gewesen war.

7

Seine Anwälte entschieden, James Upchurch nicht zu seiner Verteidigung aussagen zu lassen.

Vielleicht war ihre Entscheidung von der Angst diktiert, daß die Geschworenen ihn unsympathisch finden und ihm nicht glauben würden. Er hatte zwar sein Haar geschnitten und trug jeden Tag ordentliche und dezente Kleidung, doch selbst bei dem Prozeß um sein Leben konnte er nicht auf sein Grinsen verzichten, das jedem Kriminalbeamten aufgefallen war, der mit ihm gesprochen hatte.

Lewis Young bezeichnete das Grinsen als ›unheimliches Lächeln‹, gepaart mit ›diesem verrückten Starren‹. Frank Johnston bezeichnete es als ›eine Eigenheit der Mimik, die in seiner Lage negativ wirkt‹. In jedem Fall war ein des Mordes Angeklagter, der stumm und hämisch grinste, schlimm genug. Ein Angeklagter, der die Geschworenen angrinste, während er seine Schuld bestritt, würde noch schlimmer sein.

Wayland Sermons sagte später, es habe einen anderen Grund für die Entscheidung gegeben, Moog die Aussage verweigern zu lassen. »Wir hatten das Gefühl, wenn er einige Pluspunkte sammeln würde, dann würden sie durch Regeln für das Kreuzverhör in North Carolina überschattet werden. Diese Regeln schrieben vor, daß die Anklagevertretung einem Angeklagten oder jedem Zeugen, der in den Zeugenstand tritt und schwört, die Wahrheit zu sagen, *jede* Frage stellen kann, die entweder sachbezogen ist oder die Glaubwürdigkeit des Aussagenden betrifft.

Die Staatsanwaltschaft brauchte drei Wochen, um den Fall darzulegen. Drei Wochen, in denen der Staatsanwalt den Geschworenen umständlich Informationen gab. Und wir hatten das Gefühl, er würde drei weitere mühsame Wochen den Angeklagten fragen: ›Stimmt es, daß dies geschah?‹ Und wir dachten an den Schaden, der daraus entstehen würde, wenn immer wieder die Antwort lauten würde: ›Nein, das stimmt nicht. Ich habe das nicht getan.‹ Wir sahen einfach keinen Vorteil darin. Vor den Geschworenen war es einfach eine Wiederholung dieser Punkte, ob er nun ja oder nein oder ›Ich war in Hawaii‹ sagte.«

Das Risiko war natürlich – wie es bei Chris der Fall gewesen wäre –, daß es fast immer gegen den Angeklagten spricht, wenn er die Aussage verweigert, ganz gleich wie oft die Geschworenen auch belehrt werden, das nicht gegen ihn zu werten. Die Unschuldvermutung ist eine ausgezeichnete abstrakte Auffassung, doch in der wahren Welt des Gerichtssaals gibt es weitaus häufiger eine Schuldvermutung. James Upchurch hatte tagelang gehört, wie zwei ehemalige Freunde seine Planung und Ausführung eines Mordes geschildert hatten. Warum *verlangte* er – oder jeder unschuldige Angeklagte

– dann nicht das Recht, persönlich den Geschworenen zu sagen, was nicht stimmte?

Da Upchurch sich entschieden hatte, die Aussage zu verweigern, wurden die Schlußplädoyers am Montag, dem 22. Januar, gehalten. Jetzt lag es an seinen beiden Pflichtverteidigern, den Standpunkt zu vertreten, daß die Verhandlung nichts ohne berechtigten Zweifel bewiesen hatte.

Frank Johnston sprach als erster. Er hatte nichts im voraus schriftlich ausgearbeitet und nicht einmal kurz umrissen. Das tat er nie. Es war seine Methode, die schwachen Punkte der Staatsanwaltschaft ›zu durchdenken‹ und sich darauf zu konzentrieren. Und da gab es eine Fülle schwacher Punkte, aus denen er auswählen konnte.

»Ich finde, dieser Fall fällt nicht in den Bereich von gutem gesundem Menschenverstand«, sagte er. »Ich bin der Ansicht, er fällt in den Bereich des Übernatürlichen, in den Bereich von Phantasie, Science-fiction und Film. Dies ist kein Fall, bei dem man einfach sagen kann, es muß so gewesen sein, weil Neal Henderson und Chris Pritchard das behaupten.«

Dann begann er einen Indizienbeweis der Staatsanwaltschaft nach dem anderen zu zerpflücken. Die Widersprüche, die unbeantworteten Fragen, die Elemente, für die es keine vernünftige Erklärung gab.

Er begann mit Angela und deutete an, ohne es offen auszusprechen, daß sie vielleicht auch zu den Angeklagten zählen sollte. »Angelas Schlafzimmer war nur ein paar Schritte von Mr. und Mrs. von Steins Schlafzimmer entfernt.«

Er erinnerte die Geschworenen, daß die Türen von Angelas Schlafzimmer und Elternschlafzimmer ›nicht massiv, sondern innen hohl waren und keinen so guten Schallschutz boten, wie es eine solide Tür sollte‹. Und daß Bonnie von Schreien aufgeweckt worden war. Trotzdem hatte Angela die Schreie nicht gehört. Irgendwie hatte sie es geschafft, bei all dem Lärm weiterzuschlafen.

»Und was sagte der Beamte, der mit ihr sprach?« fragte er. »Angela zeigte keine Gefühlsregung und keinerlei Interesse an der Situation.«

Bonnie, erwacht von den Schreien, sah jemanden vor sich. »Und wie identifizierte sie diese Person? Sehr breitschultrig, ohne Hals. Sehr breitschultrig, ohne Hals. Nun, das ist interessant. Merken Sie sich, was sie schilderte. Nach ihrer Aussage fiel Licht durch die Tür. Im Schlafzimmer war kein Licht an. Es war völlig dunkel. So hatte der Eindringling offensichtlich irgendwo ein Licht eingeschaltet. Sie sagte uns, daß irgendwo auf dem Gang Licht brannte – oder fiel es aus Angelas Schlafzimmer? Was auch immer die Quelle des Lichts war, der Umriß der Person mußte sich davor abzeichnen, wenn sie auch vielleicht sein Gesicht nicht erkennen konnte. Und seine Silhouette zeichnete sich vor dem Licht ab. Deshalb ist sie in der Lage, diese Beschreibung zu geben. Breitschultrig, ohne Hals. Aber nicht nur breitschultrig. *Sehr* breitschultrig. Das prägte sich ihr deutlich ein. Und man stellte ihr die genaue Frage: ›Mrs. von Stein, sieht der Angeklagte von Statur oder Größe aus wie die Person, die Sie in Ihrem Schlafzimmer sahen?‹ und ihre Antwort lautete: ›Nein.‹

Die Staatsanwaltschaft sagt, nun, wenn man in einem völlig dunklen Raum ist und jemand vor einem steht, der einen Baseballschläger in den hocherhobenen Händen hält, wie kann man da sagen, wer die Person war? Nun, das kann man nicht. Aber wenn das der Fall ist, warum sieht sie dann Neal Henderson und James Upchurch im Gerichtssaal in Washington, North Carolina, unter den gleichen Umständen und ungefähr zur gleichen Zeit, und die Statur und das Äußere von *Neal Henderson* versetzt sie in so panische Angst, daß sie den Gerichtssaal verlassen und in ein Anwaltsbüro gehen muß?

Die Anklage würde behaupten, daß das egal ist. Aber Neal Henderson paßt zu dem Bild. Sie haben ein Foto von Neal Henderson gesehen. Sie haben ihn erkannt und identifiziert. Sie haben ihn im Zeugenstand gesehen. Sie können sehen, daß es einen starken Unterschied zwischen seiner Statur und der von James Upchurch gibt. Aber die Anklage wird Ihnen einzureden versuchen, diesem Punkt keine Bedeutung beizumessen, weil er belanglos sei.

Nun, Sie verurteilen diesen Mann für einige schrecklich

schwere Verbrechen. Und es ist nicht belanglos, sondern wichtig. Es muß in Erwägung gezogen werden, ernsthaft in Betracht gezogen werden, von jedem einzelnen von Ihnen.«

Als nächstes sprach er über den Baseballschläger. »Wer ist die einzige Person, die behauptet hat, daß dieser Baseballschläger im Haus der von Steins war? Neal Henderson. Was sagt Bonnie von Stein? Sie sagte, sie hörte ein zischendes Geräusch, auch noch nachdem jemand das Zimmer verließ und die Tür schloß. Wenn Sie dieses Baseballschlagholz so fest schwingen, wie Sie wollen, werden Sie kein zischendes Geräusch hören. ›Oh, wir fanden einen Baseballschläger elf Monate später im Wald.‹ Die Wissenschaftler, das SBI, das FBI, keiner kann über den Baseballschläger irgend etwas sagen, außer daß es ein Baseballschläger ist, der im Wald gefunden wurde – keiner außer Neal Henderson.

Wer kennt seine Gedankengänge, seine Verteidigungstaktik? Niemand kann das beantworten. Aber ich finde es äußerst merkwürdig, daß ein Baseballschläger, der in einem Waldstück bei Smallwood gefunden wurde, nur von Neal Henderson identifiziert werden kann. Ein Baseballschläger, der nicht von Bonnie von Stein identifiziert werden konnte. Ein Baselballschläger, der jederzeit nach dem 25. Juli dorthin gelegt worden sein kann. Kein Blut daran, keine Fasern, nichts, was ihn mit diesem Fall in Verbindung bringen kann außer der Aussage des guten Neal: ›Ja, ich sah, daß James ihn zwei oder drei Tage vor der Tat aus seinem Schrank holte. Ich sah, daß er etwas darauf malte.‹

Aber ist nicht vorstellbar, ergibt es keinen Sinn, daß dieser Baseballschläger dorthin gelegt wurde oder einfach schon dort gewesen sein kann?«

Dann äußerte er Zweifel über Bonnie. »Sie müssen Bonnie von Steins Zeugenaussage in der Gesamtheit dieser Situation werten. Was geschieht hier? Was ist los? Haben Sie in jüngster Zeit irgendeinen guten Alfred-Hitchcock-Film gesehen? Ihr Mann geht zu Bett. Sie schaut sich etwas im Fernsehen an. Die Ted Bundy Story. Kennen Sie diese Geschichte von dem Mann, der über dreißig Frauen umgebracht haben soll? Sie läßt sich von ihrem Haushahn beim Fernsehen Gesellschaft leisten. Die Tochter kommt heim. Geht nach oben, um sich schlafen zu legen.

Aber was geschieht als nächstes? Sie sagt, nun, ich war eine Zeitlang bewußtlos. Wann passierte es? Wurde Lieth irgendwann früher am Abend angegriffen und getötet, und wurde Bonnie dann drei, vier, fünf Stunden später angegriffen?

Was wissen wir? Wir wissen, daß sie die Polizei um 4 Uhr 27 anrief. Wir wissen, daß der Gentleman das Feuer etwa 16 Kilometer entfernt im Pitt County sah und zwar ungefähr um Viertel vor fünf. Diese Zeiten stehen mit Sicherheit fest. Aber was wissen wir über den guten Lieth?

Das Blut war fast geronnen. Fast geronnenes Blut. Er liegt auf dem Bett. Glauben wir, daß Mrs. von Stein stundenlang ohnmächtig war und der Angreifer wartete, bis sie das Bewußtsein wiedererlangte, bevor er sie wieder angriff? Will uns die Anklage das einreden?

Es ist wie ein Spiel ›Der Meisterdetektiv‹, das uns die Anklage einreden will. Haben Sie das Spiel jemals gespielt? Man zieht kleine Karten. Auf einer steht, daß das Messer in der Küche ist, und so schiebt man seinen ›Detektiv‹ auf das Feld ›Küche‹. Man versucht herauszufinden, wer etwas tat. Die Anklage will, daß Sie all diese Kärtchen ziehen und diejenigen, die nicht ins Puzzle passen, einfach wegwerfen und vergessen.

Und wo ist Angela die ganze Zeit? Sie liegt sicher in ihrem Bett, schläft während all der Schreie, bei all dem Lärm, bei allen Schlägen. Was sagte Bonnie dem Beamten Taylor? Ja, ich kann ihm gesagt haben, daß Lieth fünfzehnmal geschrien hat. Ich hörte gellende Schreie, und ich schrie ebenfalls. Die Schallisolierung war so schlecht, daß sie die Tür zum Schlafzimmer ihrer Tochter schließen mußte, damit sie nicht deren Radio hörte.

Man bringt sie in aller Eile ins Krankenhaus. Und sie ist eindeutig verletzt. Sie hat einige Platzwunden und Beulen an der Stirn, wo sie nach ihrer Aussage geschlagen wurde. Sie hat eine Messerwunde in der Brust.«

Er legte eine Pause ein und hoffte anscheinend, daß die

Geschworenen von allein die relativ unbedeutenden Verletzungen mit den mörderischen Wunden verglichen, die Lieth zugefügt worden waren.

»Dann kommen Detective Taylor und die Beamten der Washingtoner Polizei zum Tatort. Und was finden sie? Nichts. Nichts. Und was findet das SBI? Nichts. Was findet das FBI? Nichts. Es gibt keinen Beweis, der in diesem Fall den Angeklagten James Upchurch belastet. Keinen einzigen.

Die Anklage hat ungefähr 117 Indizien angeführt, und keines davon beweist, daß der Angeklagte in diesem Haus war oder mit Neal Henderson an diesem Abend zusammen war oder irgend etwas mit dem Verbrechen zu tun hat. Es gibt nur die Aussagen von Neal Henderson und Chris Pritchard.« Johnston behauptete, daß keiner von beiden glaubwürdig war. »Warum sagen sie Ihnen nicht die Wahrheit?« fragte er. »Wen schützen sie?« Es war keine Frage, die er zu beantworten versuchte, denn er hoffte, daß die Geschworenen vielleicht selbst auf ein paar vorsichtige Antworten kamen – wenigstens auf genug, um berechtigten Zweifel an James Upchurchs Schuld zu haben.

Johnston fuhr fort, es sei äußerst wichtig, in Erinnerung zu behalten, daß Neal Henderson überdurchschnittlich intelligent war. »Ich weiß nicht, wie es bei Ihnen allen ist, aber die meisten von uns begegnen nicht jeden Tag Genies. Und ich weiß nicht, wie ich den Verstand eines Genies bewerten und ergründen kann. Da bin ich überfordert. Wir haben hier eine Person, die enorme geistige Fähigkeiten hat, nicht nur im Planen, Konzentrieren und im Erfassen von Situationen, aber wir wissen nicht einmal, womit wir uns beschäftigen müssen. Wir kennen nicht die Verästelungen. Vielleicht sind einige von Ihnen Genies und durchschauen die verschlungenen Gedankengänge, aber ich bezweifle, daß uns gesunder Menschenverstand helfen kann, Gedankengänge von Genies nachzuvollziehen.«

Henderson war nach Johnstons Ansicht nicht nur ein Genie, sondern auch ein gefühlloser, roboterhafter Mann.

»Denken Sie an Neal Hendersons Auftreten im Zeugenstand«, sagte Johnston. »Haben Sie jemals jemanden gesehen, der mehr wie ein Roboter wirkte . . .? ›James wies mich an, es zu tun. James sagte mir, ich soll die Hand ins Feuer halten, und so tat ich es. Ich tue alles, was James mir sagt. Ich treffe keine eigenen Entscheidungen. Wissen Sie, ich wäre gar nicht darin verwickelt worden, wenn ich nicht einige Freunde gebraucht hätte.‹

Er spielte Dungeons & Dragons mit zwei Gruppen, lebte mit seiner Freundin zusammen, aber er brauchte Freunde? Klingt das nach einem Einsiedler, der keine Freunde hat?«

Und er war für Johnston nicht nur ein Genie und ein Roboter, sondern auch ein Lügner, wie zum Beispiel seine Erwähnung des Radios zeigte. Sie hatten angeblich nicht geredet auf der Rückfahrt nach Raleigh, sondern nur Radio gehört. *Es hatte jedoch kein Radio in dem Wagen gegeben.*

»Wenn man die Wahrheit erzählt«, sagte Johnston, »kann man sie fünfzehnmal sagen, und es bleibt die gleiche Version. Aber wenn man lügt, kann man etwas durcheinanderbringen. Man verwechselt manches. Man verwickelt sich in Widersprüche. ›Nun, ich denke, der Wagen war schwarz.‹ Wenn er sich an jede Straße erinnert, über die er nach Raleigh fuhr, und noch jede kleine Einzelheit von dieser Karte im Kopf hat, kann er sich nicht mal an die Farbe des Wagens erinnern?«

Von allen Lügen war nach Johnstons Meinung die absurdeste die Schilderung, wie er den Wagen von der American Legion Road zur Airport Road fuhr, während Upchurch angeblich im Haus der von Steins gewesen war und das Verbrechen begangen hatte.

»Er will Ihnen weismachen, daß der Angeklagte Mr. von Stein ermordet, mit blutbefleckter Kleidung auf die hell beleuchtete Market Street schlendert und von dort aus zur Straße geht.

Nun, würde jemand auf geradem Weg durch ein Waldstück gehen, wo er nicht gesehen wird, oder würde er über eine hell beleuchtete Straße zum Fluchtwagen gehen, über eine der Hauptstraßen von Washington? Und nach Neal Hendersons Aussage wußte dieser Angeklagte nicht einmal, daß der Wagen dort war! Er hatte keine Ahnung davon, daß Henderson woanders wartete. Ergibt das einen Sinn für Sie?«

Dann zählte Johnston auf, was er für den eklatantesten Widerspruch hielt.

»Dr. Page Hudson ist ein Experte mit hervorragender Ausbildung und Erfahrung, der beste Experte, den Sie sich bei jedem Fall denken können. Von hohem Ansehen, mit enormer Erfahrung, großem Pflichtbewußtsein und starkem Verantwortungsgefühl.

Mit Dr. Hudson kommen wir zu einer Situation, die völlig und unwiderruflich unerklärbar ist. Mit Dr. Hudson ist diesem Fall der Boden entzogen.

Was sagt er über den ärztlichen Befund? Es ist unbestritten, daß Lieth von Stein um 20 Uhr 30 oder 19 Uhr 30 im Sweet Caroline's zu Abend aß. Er aß Hühnerfleisch und Reis. – Ich würde erwarten, sagte Dr. Hudson, daß Hühnerfleisch und Reis binnen einer Stunde oder zwei Stunden nach dem Verzehr völlig verdaut und aus dem Magen ist. Wenn von Stein das Essen um 20 Uhr beendete und er zwischen drei und vier Uhr ermordet wurde, reden wir von etwa sieben Stunden. Von mindestens sieben Stunden. Das ist höchst unwahrscheinlich. Sehr ungewöhnlich.

Nun, sagt die Anklage, Moment mal, kann der Verdauungsprozeß nicht verlangsamt oder gestoppt worden sein, weil er all diesen Streß hatte? ›Ja, das ist möglich‹, sagt Dr. Hudson, ›aber es ist völlig ungewöhnlich, daß der Verdauungsprozeß durch Streß nicht mehr funktioniert. Das ist einfach unwahrscheinlich. Und schon gar nicht durch Streß wegen einer finanziellen Sache oder einem Sterbefall in der Familie vor langer Zeit.‹ Und ich wiederhole: Erschöpft sich dieser Streß vielleicht in Bonnies Aussage, daß Lieths Eltern starben und er sich deswegen aufregte. Der Tod seiner Eltern lag ein Jahr zurück – ein Jahr oder länger – und der Tod seines Onkels vier oder fünf oder sechs Monate. Und trotz Streß konnte er sich an seinen Computer setzen und planen, wie er am besten sein Geld anlegte und wie er sein Leben verbesserte.

Was in Ordnung ist. Ich kritisiere ihn nicht. Aber es gibt keinen Beweis, daß er bei Ärzten in Behandlung war, daß er Verdauungsprobleme hatte und übernervös war. Nichts dergleichen.

Da ist ein großes Loch in dem Fall. Gesunder Menschenverstand? Das ergibt keinen Sinn. Was ist die Antwort? Ich weiß es nicht. Aber ich finde, es sagt uns etwas über den Fall. Wir bekommen die Wahrheit nicht heraus. Wenn man all diese Indizien gehört und diesen Fall in seiner Gesamtheit verfolgt hat, weiß man immer noch nicht, was geschah. Ich bezweifle, daß *irgend jemand* von den Geschworenen es weiß.

Nun, *irgendeiner* weiß die Wahrheit. Aber wir wissen nicht einmal, wer das ist. Ich weiß nicht, was die Wahrheit ist. Aber ich weiß, daß wir sie nicht in diesem Gerichtssaal gehört haben.«

Johnston hatte fast zwei Stunden lang gesprochen. Nach einer kurzen Pause sprach Wayland Sermons kürzer und zurückhaltender. Er sagte: »Die Anklage verbrachte fast zwei Wochen mit der Darlegung, daß Lieth von Stein auf schreckliche Weise starb. Das steht außer Frage. Niemand hier sagt Ihnen etwas anderes. Keiner bestreitet das. Man hat Ihnen entsetzliche Fotos gezeigt. Zweifellos wird Mr. Norton wieder damit vor Ihnen herumstolzieren. Aber ist das ein Beweis für die Schuld des Angeklagten? Nein, ganz und gar nicht. Lassen Sie sich durch diese Taktik nicht weismachen, daß es irgendeinen Schuldbeweis gibt. Genauso schrecklich wie Lieth von Steins Tod war, ist der Gedanke, daß ein Unschuldiger wegen der unbestätigten Aussage zweier geständiger Mörder vielleicht für schuldig befunden wird. Es gibt absolut *nichts*, was den Angeklagten mit dem Verbrechen in Zusammenhang bringt, das er laut Anklage begangen haben soll. Absolut nichts. Sie haben die Macht über das Leben dieses jungen Mannes. Das steht außer Frage, Mr. Norton entscheidet das nicht. Richter Watts entscheidet das nicht. Wir entscheiden das nicht. Sie alle entscheiden es.«

Dann deutete er wie Johnston an, daß Neal Henderson den Mord begangen hatte, und er wies darauf hin, daß eine von Lieths schlimmsten Kopfverletzungen an der linken Seite des Gesichts war, wie es auch sein mußte, wenn ein Rechtshänder eine Keule auf jemand schwingt, der ihm gegenübersteht.

Henderson, erinnerte Sermons die Geschworenen, war Rechtshänder. Upchurch nicht.

Er wies ebenfalls auf Hendersons mangelndes Erinnerungsvermögen hin, weil er nicht den Dialog nach dem Verbrechen zwischen ihm und Upchurch beschreiben konnte. »Er sagte, sie sprachen nichts. Es war ihnen nicht nach Reden zumute. Sie hörten Radio. Nun, ich behaupte, daß er uns das aus diesem Grund sagte: er machte diese Fahrt und fuhr zurück, im Wagen war es völlig still, und er war mit seinen eigenen Gedanken beschäftigt. Und dann stellte sich heraus, daß es kein Radio gab.

Die Bemerkungen, die Henderson Upchurch zugeschrieben hatte – ›Ich kann nicht glauben, daß ich es getan habe . . . Überall war Blut‹ – weisen auf gar nichts hin. Als Henderson seine Geschichte zum ersten Mal erzählte, war jedem mit dem Fall Beschäftigten klar, daß viel Blut geflossen war.«

Als nächstes beschäftigte sich Sermons mit der Rückgabe von Chris Pritchards Autoschlüsseln. Er hielt den Geschworenen die Szene vor Augen. »Sie fahren bei Sonnenaufgang nach Raleigh. Es ist sieben Uhr am Montagmorgen im Sommersemester auf der NC State University. Sie parken den Wagen an der gleichen Stelle, wo sie ihn sieben Stunden zuvor fanden, und dann ist es Henderson, nicht Upchurch, der die Schlüssel zurückbringt, ›weil James es ihm sagte‹, obwohl Henderson anderthalb Kilometer entfernt in einem Apartment wohnt und James Upchurch nur zwei Etagen über Chris Pritchards Zimmer.«

Aber was war der wahre Grund? »Weil Henderson gezwungen war, zu sagen, er sei hochgegangen und habe die Schlüssel zurückgebracht, falls jemand ihn an diesem Morgen sah. Er hatte keinen Grund, auf dem Campus zu sein, es sei denn, er brachte nach der Rückkehr aus Washington die Schlüssel zurück.«

Dann sprach Sermons über Chris. »Sie alle haben ihn in Erinnerung. Ich denke, es ist Ihnen klar, daß Chris Pritchard bereit war, alles zu sagen und zu tun, um sein Leben zu retten. Das gab er bei mir im Zeugenstand zu. Chris Pritchard lügt. Warum sah er sich gezwungen, über diese Verschwörung mit Upchurch zu lügen? Ich behaupte, daß es niemals eine Verschwörung mit Upchurch gab, daß er das Mordkomplott mit Neal Henderson schmiedete.

Denken Sie an die Geschichte, die Henderson erzählte. Angeblich verlangte Kenyatta, daß er das Apartment verließ. Woher wußte er, daß sie ihn hinauswerfen würde? War das eine genau voraussehbare Reaktion? Ich finde, das ist zu weit hergeholt. Ich meine, daß in Wirklichkeit das geschah, was Chris Pritchard über die Wirkung von LSD sagte. Man sieht Farben. Man fühlt sich unbesiegbar. Man bekommt unglaubliche Energie.

Ich behaupte, daß Mr. Henderson die Wahrheit sagte, als er erklärte ›Ich nahm LSD‹; und daß er Kenyatta die Wahrheit sagte, als er ihr erzählte ›Ich nahm LSD‹. Und daß er nach dem Konsum von LSD losfuhr und diesen Mord beging.«

Dann beschäftigte sich auch Sermons mit der unglaubwürdigen Geschichte von Hendersons Standortwechsel. Er hatte den Wagen aus seiner Sicht an einem perfekt guten Platz geparkt: am Ende einer Sackgasse, die jeder, der aus dem Haus der von Steins flüchtete, über eine freie Fläche und ein Waldstück erreichen konnte, wobei er nur ein geringes Risiko einging, gesehen zu werden.

»Aber Neal Henderson sagt, er bekam es mit der Angst zu tun. Er wußte nicht, was los war. Er konnte es nicht ertragen, zu warten. So fuhr er zurück zur gut beleuchteten und befahrenen Verlängerung der Market Street, vorbei an der Lawson Road, wendete, fuhr wieder die Verlängerung der Market Street hoch und bog in einen langen, schmalen Feldweg namens Airport Road ein, der von Bäumen und hohem Mais gesäumt war. Und dort hoffte er, der Angeklagte würde ihn *sehen*.

Würde Upchurch in der Dunkelheit der Nacht in einer Gegend, in der er noch nie war, irgendwie auf Henderson stoßen, der ein paar hundert Meter entfernt auf der Airport Road war? Oder würde er über den Hinterhof, über die freie Fläche und durch den Wald flüchten zu der Stelle, an der Henderson warten sollte? Warum sollte Moog vorn aus dem Haus gehen, über die Lawson Road zur gut beleuchteten Verlängerung der Market Street, dort im Wald seinen Baseballschläger wegwerfen und über die Straße rennen, um seinen Fluchtwagen zu suchen, weil er *ahnte*, daß sein Dungeons & Dragons-Partner auf eigene Faust den Standort veränderte?

Ich finde, Sie sollten das in Frage stellen«, sagte Sermons. »Sie sollten diesen Punkt sehr sorgfältig betrachten.«

Dann bat er die Jury aus drei Männern und neun Frauen, einen letzten Punkt zu bedenken: »Weibliche Intuition, den Eindruck, Gegenwärtiges schon einmal erlebt zu haben.

Sie alle wissen, wie das Gefühl ist, etwas schon gesehen zu haben oder in einer gleichen Situation gewesen zu sein. Mrs. von Stein sagte aus, daß die Silhouette massig, breitschultrig und halslos war. Schauen Sie sich Neal Henderson an. Sie sahen ihn im Zeugenstand. Er ist massig, breitschultrig und fast halslos.

Ich behaupte, daß Mrs. von Steins weibliche Intuition an jenem Tag im Gericht richtig war, als sie in panische Angst vor Neal Henderson geriet, den Gerichtssaal verließ und ins Büro ihres Anwalts ging. Sie sagte Ihnen ebenfalls, daß sie bei anderer Gelegenheit beim Anblick des Angeklagten Upchurch keine Angst empfand. Das sollten Sie stark bewerten.«

Er schloß das Plädoyer mit berechtigten Zweifeln an der Schuld des Angeklagten ab und zitierte das oberste Gericht North Carolinas, daß ein berechtigter Zweifel bestand, wenn die Geschworenen »›nach Abwägung aller Fakten und Bewerten aller Beweise . . . nicht sagen können, daß sie völlig von der Schuld des Angeklagten überzeugt sind.‹

Hat die Anklage Beweise präsentiert, welche die Geschworenen völlig von der Schuld James Upchurchs überzeugt haben? Völlig und *bleibend*? Das bedeutet nicht nur, daß Sie das Gefühl haben, die Anklage hat die Schuld bewiesen, wenn Sie sich zur Beratung zurückziehen, sondern daß Sie später diese Überzeugung behalten und ein gutes Gefühl dabei haben . . . in dieser Woche, der nächsten, im nächsten Monat und nächsten Jahr.

Wenn nicht«, schloß er, »sollte Ihr Urteil ein Freispruch sein.«

Als die Geschworenen den Gerichtssaal zum Mittagessen verlassen hatten, sprach Richter Watts: »Ich sage das zur Mitschrift. Mr. Johnston, ich war äußerst beeindruckt von Ihren Darlegungen vor den Geschworenen. Mr. Sermons, ich war äußerst beeindruckt von *Ihren* Darlegungen vor den Geschworenen. Ich finde, daß beide Gentlemen in diesem Fall ihre Sache sehr gut gemacht haben und daß sie öffentlich dafür gelobt werden sollen.«

8

Mitchell Norton war sich im klaren, daß ganz abgesehen vom Mangel an Beweisen seine Beweisführung alles andere als dynamisch gewesen war. Er wußte, daß Richter Watts seinen langsamen Vortrag bemängelt hatte. Keith Mason und Lewis Young hatten ihm darüber hinaus gesagt, daß die Geschworenen von seinem Stil alles andere als begeistert waren. Und so begann er sein Schlußplädoyer etwas unkonventionell mit einer Entschuldigung:

»Ich war in den vergangenen Wochen nicht hier, um Sie zu ärgern. Ich war nicht hier, um den Richter zu langweilen. Wir waren nicht hier, um diesen Prozeß in die Länge zu ziehen. Wir waren hier zur Beweisführung für die Anklage. Wenn ich also etwas gesagt oder getan habe, was Sie geärgert hat – Ihnen mißfällt meine langsame Sprechweise, und Sie mögen möglicherweise meinen buschigen Schnurrbart nicht –, dann legen Sie mir das zur Last, nicht Lieth von Stein. Er kann nicht für sich sprechen. Ich muß für ihn sprechen. Deshalb bin ich hier.«

Dann griff Norton die Frage des berechtigten Zweifels an: »Wenn Anwälte darüber reden, wollen sie manchmal eine so schwere Last daraus machen, daß Sie das Gefühl haben, sie in eine Schubkarre legen und herumfahren zu müssen. Aber in Wirklichkeit ist es nur eine Sache des gesunden Menschenverstandes – guter, alter, einfacher, alltäglicher Menschenverstand.

Lassen Sie mich bitte ein Beispiel anführen. Das Pasquotank County hier ist ein Jagdgebiet – hier werden Rotwild und Enten gejagt. Angenommen, ich wäre in der Rotwild-Saison draußen und ich entdecke einen Hirsch, der auf einem Feld steht. Ich lege mein Gewehr an, ziele, schieße, und der Hirsch fällt. Und ich schaue Mr. Sermons und Mr. Johnston an und sage: ›Oh, sehen Sie, welch schönen Hirsch ich geschossen habe.‹ Und sie schütteln den Kopf und sagen: ›O nein, Sie haben diesen Hirsch nicht erschossen. Dieser Hirsch starb an einem Herzanfall.‹ Nun, ich nehme an, das ist möglich. Aber ist es vernünftig? Hat es etwas mit gesundem Menschenverstand zu tun?«

Das kann man beweisen, dachte Bonnie. Man braucht nur zu gehen und nachzusehen, ob es ein Kugelloch gibt, und schon weiß man, ob das Tier erschossen wurde oder an einem Herzanfall starb. Wie in diesem Fall die Rätsel durch Beweismaterial hätten gelöst werden können, wenn die Washingtoner Polizei im Umgang mit dem Tatort nicht so schlimm versagt hätte.

Aber jetzt beschäftigte sich Norton mit diesem Punkt: »Ich sagte Ihnen zu Beginn, daß es keine Fingerabdrücke gibt, die irgend jemand belasten. Ich sagte Ihnen, daß es Widersprüchlichkeiten geben wird. Das sagte ich Ihnen gleich zu Anfang. Ich wies auch darauf hin, daß die Beweisführung in diesem Fall ungewöhnlich, eigenartig ist. Mr. Johnston sagte, wir können uns nicht auf gesunden Menschenverstand verlassen, dieser Fall ist übernatürlich. Er redete von Ted-Bundy-Morden, Haushähnen und Alfred Hitchcock.

Aber nein. Das Motiv in diesem Fall ist nicht ungewöhnlich und eigenartig. Es ist nicht übernatürlich. Es ist kein Dungeons & Dragons-Spiel, das außer Kontrolle geriet, obwohl Dungeons & Dragons eine Rolle in diesem Fall spielt. Das hat die jungen Leute zusammengebracht. Das hat sie auf Gedanken an mittelalterliche Zeiten mit Dolchen und Messern und Schwertern gebracht, an die Tage, bevor Feuerwaffen erfunden wurden. Damit fing es an.

Aber das Motiv, der Grund für das Verbrechen, ist uralt. Geldgier. Chris Pritchard wollte sich kein Geld erarbeiten, wollte nicht studieren. Er wollte schnell an Geld kommen, an schnelle Autos, an ein leichtes Leben. Wann? Nach Arbeit und Mühe und langer Zeit? Nein – sofort. Das Motiv in diesem Fall ist Gier. Gier nach schnell und leicht verdientem Geld.«

Dann sprach Norton über die Widersprüche: »Diese Fälle kommen nicht abgepackt in schönen kleinen Paketen. Sie kommen manchmal verbogen und verdreht durch die Zeit und falsche Erinnerungen. Leute sehen und hören Dinge unterschiedlich. Sie erinnern sich unterschiedlich an Dinge. Vielleicht erinnern sich einige an ein kleines Spiel in der Kinderzeit. Wir nannten es ›Gerüchteküche‹. Wir könnten es gleich hier mit Ihnen versuchen. Sie wissen, wie es geht. Man nimmt eine Reihe von Fakten und Sätzen, neigt sich zum Nachbarn und flüstert sie ihm ins Ohr, und der Nachbar flüstert es seinem anderen Nachbarn weiter und so weiter und so weiter bis zum Ende der Reihe.

Sie werden überrascht sein, was am Ende dabei herauskommt, wie sehr sich der Text verändert hat. Ich sage nicht, daß jemand gelogen hat, daß jemand etwas verschwiegen oder verfälscht hat, aber es ist eine alltägliche Erfahrung des Lebens.

Es ist nur möglich, von jedem zu jeder Zeit genau dasselbe zu hören, wenn man ihm ein Drehbuch gibt und ihn vorlesen läßt. Aber das taten wir in diesem Fall nicht. Es gab keine Drehbücher.«

Dann sprach er über das, was vielleicht in seinem eigenen Drehbuch stand. Er hatte eine eigene Version vom ›Leben mit Lieth und Bonnie‹, und die Tatsache, daß Bonnie ihn fast auf jedem Schritt des Weges bekämpft hatte, verhinderte nicht, daß er seine Version jetzt vor dem Schluß des Prozesses zum besten gab.

»Bonnie von Stein«, sagte er, »ist in einer einzigartigen Lage. Sie ist eine Frau – jetzt eine Witwe –, eine Mutter. Sie ist auch ein Opfer in diesem Fall. Sie war ungefähr neun Jahre lang mit Lieth von Stein verheiratet. Chris Pritchard war zehn Jahre alt, als Lieth sie heiratete, ihre Kinder aufnahm und für sie sorgte. Aber Sie hörten von Bonnie, daß es Probleme gab. Probleme mit dem Studium. Probleme wegen des Ausflugs nach South

Carolina, als sie eine Vermißtenmeldung aufgab. Und wer war mit Chris Pritchard in South Carolina? James ›Moog‹ Upchurch. Und als Chris zurückkehrte, änderten Lieth und Bonnie die Art und Weise, wie Chris mit dem Geld umgehen durfte. Er mußte über seine Ausgaben Buch führen.

Und Bonnie von Stein berichtete Ihnen, daß es fast zu Schlägereien kam und Lieth ihr danach die Aufgabe übertrug, die Kinder in Zucht und Kontrolle zu halten. Chris Pritchards Autoradio war gestohlen worden. Er wollte nicht, daß Lieth das erfährt. Er ließ es von Bonnie verschweigen, weil sie Lieth nicht aufregen wollten.

Seine Eltern, seine ganze Familie starben Anfang 1987, der Vater, die Mutter, der Onkel starben, und Lieth und Bonnie von Stein mußten zwischen Winston-Salem hin und her fahren, um den Nachlaß zu regeln. Lieth hatte eine Million geerbt. Nun, von diesem Streß möchte ich etwas haben. Den würde ich mal gern auf mich nehmen.

Aber denken Sie darüber nach. Streß ist eine Veränderung des Lebens. Bonnie sagte, er stand unter großem Streß. Chris fiel in der Uni durch, war in einer Welt aus Pizza, Bier, Drogen und Dungeons & Dragons gefangen ohne das geringste Verantwortungsgefühl. Eine ichbezogene, egoistische Welt der Zügellosigkeit, ein ständiges Sichgehenlassen. Der Wunsch nach einer Villa im nördlichen Raleigh, nach jeder Menge Drogen, nach beliebigem Spielen von Dungeons & Dragons.

Erinnern Sie sich, was Chris sagte? ›Sie (die Eltern) hatten zweimal mit mir wegen meiner schlechten Leistungen beim Studium gesprochen. Ich wußte, daß ich beim dritten Mal das Studium abbrechen mußte und kein Geld mehr bekommen würde. Ich hätte mir eine Arbeit suchen müssen.‹ Aber es bekümmerte ihn nicht sehr, denn er hatte bereits eine Lösung des Problems gefunden. Er wollte Lieth töten. Ihn töten, um das Geld zu bekommen. Ja, das ist kaltblütig. Ja, das ist herzlos. Ja, das ist grausam.«

Dann lenkte Norton abrupt das Gespräch auf Bonnie. Er redete über ihre Verletzungen, wie schwer sie gewesen waren, und er wies darauf hin, daß sie noch die Narben hatte. »Dies ist wichtig«, sagte er, »weil die Verteidigungsanwälte Ihnen gegenüber andeuteten, daß diese Frau hier«, – er wies auf Bonnie, – »etwas mit der Ermordung ihres Mannes zu tun hat oder Informationen vorenthält.«

Norton bezeichnete das als die unerhörteste Behauptung, die er je gehört hatte.

Er sagte den Geschworenen nicht, daß ihm Bonnie immer noch nicht ganz geheuer vorkam und ein leichter Zweifel an ihrer Geschichte bei ihm blieb. Das würde er erst nach dem Prozeß aussprechen.

Jetzt ging er auf Bonnies problematische Aussage ein, daß der Angreifer breitschultrig und fast halslos gewesen war. Norton behauptete, Bonnie *wolle* glauben, daß Henderson es gewesen war, weil er Chris in so große Schwierigkeiten gebracht hatte und sie Henderson deswegen hasse.

»Als sie Henderson sah, wußte sie, daß er ausgesagt und ihren Sohn und dessen Freund belastet hatte. Deshalb *wollte* sie einfach das Schlimmste über ihn glauben.«

Er verwies wieder darauf, daß es dunkel gewesen war und Bonnie keine Brille aufgehabt und am Boden gelegen hatte. Wieviel hatte sie da erkennen können? Und er bezog sich auf Bonnies Aussage, auf die Antwort, die sie so widerstrebend gegeben hatte: »›Ja, er hätte es gewesen sein können.‹

Warum sollte man James Upchurch etwas anhängen? Warum sollte die Anklage etwas Falsches über ihn sagen? Hat die Verteidigung irgendeinen Beweis, irgendeinen Hinweis, warum die Anklage sich entschieden hatte, James Upchurch etwas anzuhängen? Nicht im geringsten.

Chris und Upchurch waren Freunde. Sie fuhren zusammen zum Strand. Sie fuhren zusammen nach South Carolina. Sie spielten zusammen Dungeons & Dragons. Sie gingen zusammen im Wildflour Pizza essen.

Neal Henderson spielte auch Dungeons & Dragons mit Chris, aber es gibt keinen anderen Hinweis darauf, daß sie überhaupt gesellschaftlich miteinander verkehrten.«

Während seines Plädoyers wirkte Norton mehr wie ein Verteidiger, nicht wie ein Ankläger: Er verteidigte zum Beispiel sich selbst. Da gab es so viele Probleme, so viele Schwachstellen – die Widersprüche, der Mangel an Beweismaterial, die unwahrscheinliche Geschichte von Hendersons Standortwechsel, Bonnies Eindruck von dem Angreifer und schließlich das Rätsel mit dem unverdauten Hühnerfleisch und Reis.

»Was ist mit dem unverdauten Essen? Dr. Hudson bezeichnete das als ungewöhnlich. Seiner Ansicht nach hätte der Reis in etwa zwei Stunden verdaut und aus dem Magen heraus sein müssen. Folglich müßte Lieth zu einem früheren Zeitpunkt als etwa um vier Uhr gestorben sein. Aber Dr. Hudson konnte nicht den genauen Todeszeitpunkt sagen. Dazu war er nicht in der Lage. Und es gibt nicht den geringsten Beweis, daß Lieth von Stein vor dem Zeitpunkt starb, den Neal Henderson und Bonnie von Stein nannten – abgesehen vom unverdauten Hühnerfleisch und Reis.

Aber was sagte Dr. Hudson sonst noch darüber? Unter starkem Streß, unter großer seelischer Belastung, kann die Verdauung einfach für Stunden aussetzen. Nun hat Dr. Hudson Lieth von Stein nie kennengelernt. Er weiß nichts über Lieths Persönlichkeit und seine Gefühle. Sie alle wissen, wie verschieden die gleichen Dinge auf verschiedene Leute wirken. Dinge, die mich berühren, sind Ihnen vielleicht gleichgültig. Etwas, das Sie vielleicht für unbedeutend halten, kann auf mich eine verheerende Wirkung haben.

Der Arzt hat seiner Aussage nach viertausend Autopsien gemacht und bei weiteren viertausend assistiert. Aber wie viele hat er an einem Mann durchgeführt, der in einem Zeitraum von dreizehn Monaten seine gesamte Familie verlor? Wie viele der Leichen, die er öffnete, hatten vor dem Tod eine Million Dollar geerbt? Wie viele hatten ein Kind, das auf der Uni durchrasselte und das er vermißt melden mußte? Wie viele hatten an der Börse spekuliert? Wie viele standen unter großem Streß? Wie viele hatten Reis zum Abendessen gegessen? Und wie viele hatten acht Stichwunden und waren mit einem Baseballschläger niedergeschlagen worden?

Page Hudson ist ein sehr guter Pathologe. Einer der besten auf diesem Gebiet. Aber wie viele Autopsien führte er bei Lieth von Stein durch? Nur eine. Eine einzige. Und er wußte nichts über seine Persönlichkeit und Psyche.

Und betrachten Sie es von einem anderen Standpunkt, weil Sie sich auch dieser Möglichkeit stellen müssen. Wenn der Reis in zwei Stunden verdaut und aus dem Magen heraus sein muß, wie behauptet wird, dann war Lieth um 23 Uhr tot. Und wenn Lieth von Stein um 23 Uhr tot war, dann muß Bonnie von Stein das wissen. Dann muß sie beteiligt sein.

Und wenn Lieth von Stein um 23 Uhr tot war – denken Sie darüber nach –, wenn er um 23 Uhr tot war, was um alles in der Welt veranlaßte dann Neal Henderson, von Raleigh nach Washington zu fahren, fünfeinhalb Stunden bei der Leiche zu hocken, bis halb fünf oder so zu warten, dann das Haus zu verlassen und sich der Kleidung zu entledigen?

Ergibt das einen Sinn? Und nachdem er fünfeinhalb Stunden gewartet hat, zerstört er alles sonst, läßt aber das einzige Beweismaterial, das ihn oder sonst jemand mit dem Verbrechen in Verbindung bringen kann, zurück: die Karte. Die Karte, die direkt zu Chris Pritchard führt. Die Karte, die von ihm angefertigt wurde, wie ein Vergleich der Schrift zeigte. Wenn Henderson all diese Zeit gehabt hätte, darüber nachzudenken und zu planen, dann wäre sorgfältiger mit der Karte umgegangen worden, als es der Fall war.

Und wenn Bonnie von Stein beteiligt war, wenn sie das Verbrechen plante, ergibt es dann einen Sinn, daß sie ihren eigenen Sohn darin verwickelt, ihn der Todesstrafe aussetzt oder lebenslänglich plus zwanzig Jahre? Warum hatte sie keinen Killer angeworben? Das wäre viel billiger gewesen, als all die Anwaltskosten zu bezahlen.

Und was ist mit der Eitelkeit von Frauen? Würde sie sich selbst Verletzungen zufügen oder zufügen lassen, wie es die Verteidigung andeutet, Verletzungen, die zu Narben am Kopf führen? Würde sie sich so schwer verletzen oder verletzen lassen, daß sie fast stirbt und mit kollabierter Lunge ins Krankenhaus gebracht wird, wo sie sieben Tage lang in stationärer Behandlung ist?

Und dann streute man weitere versteckte Andeutungen aus.

Man sagte, nun, Angela schlief bei alldem weiter, sicher und gemütlich in ihrem Bett. Aber es gibt nicht den geringsten Beweis, daß Angela irgend etwas anderes weiß, als die Tatsache, daß sie erwacht und von den Polizisten aufgefordert wird, nach unten zugehen. Sie haben die auf Band aufgenommene Aussage der Mutter gehört: ›Lassen Sie sie nicht herein, sie soll dies nicht sehen.‹

Man sagt, oh, Angela war ruhig und zeigte keine Gefühle. So kann man es beschreiben. Aber was ist mit Schock? Würde diese Verfassung nicht ebenso zu einem Schock passen?«

Die Widersprüche bei den Geschichten, die Chris und Henderson erzählt hatten, waren nach Nortons Meinung leicht zu erklären. Chris war durcheinander. »Und warum ist Chris durcheinander? Nun, anderthalb Jahre hat er bei seinen Anwälten, jedem sonst und selbst bei seiner Mutter bis zum Dezember 1989 geleugnet.

Der einzige Punkt, in dem sich die Aussagen dieser Jungen wesentlich unterscheiden, ist der Zeitpunkt, an dem das Mordkomplott stattfand. Chris versucht sich nach anderthalb Jahren bei all seinem Drogenkonsum und dem Belügen seiner Mutter zu erinnern. Versetzen Sie sich in seine Lage. Sehen Sie es so, als müßten Sie zu Ihrer Mutter oder Ihrem Vater gehen und sagen: ›Ja, Mama, ich habe für Geld – für dreißig Silberlinge – deinen Tod geplant.‹

Wenn Sie ein Gewissen haben, denken Sie daran, wie schwierig das sein würde. Und denken Sie daran, daß er selbst nach seiner Verhaftung erst im Dezember 1989 seiner Mutter die Wahrheit sagte. Bis dahin leugnete er.

Er bekam, was er wollte. Die Hälfte von dem, was er wollte. Das war der Tod Lieth von Steins. Aber als er erst bekommen hatte, was er wollte, stellte er fest, daß er es überhaupt nicht wollte. Als er seine Mutter umarmte und küßte und ihre Tränen sah, sagte er: ›Auf einer anderen Ebene verabscheute ich, was ich getan hatte.‹

Da ist also das Leugnen, und da sind die Drogen. Er rauchte dreimal am Tag Marihuana; jede Woche nahm er Kokain; er nahm LSD und hatte mindestens siebzehn Trips. Chris Pritchard hat wegen seines Drogenkonsums einfach die Zeiten und die Orte durcheinandergebracht. Es ist fast ein Wunder, daß er sich überhaupt noch an so vieles erinnert.«

Und der Mangel an Beweisen? Norton versuchte auch dieses Problem in den Griff zu bekommen. »Es gibt auch kein Beweisstück, das Neal Henderson mit dem Verbrechen in Zusammenhang bringt. Und trotzdem hat Neal Henderson am 9. Juni, ohne irgendein Versprechen, eine Drohung oder Belohnung eine Aussage gemacht, mit der er den eigenen Kopf in die Schlinge steckte. Das ist gewiß eine seltsame Art und Weise, jemandem etwas anzuhängen, wenn man nicht mal ein Tatverdächtiger ist: die Beteiligung an einem Mord zu gestehen.«

Außerdem, fügte Norton hinzu, gab es ein Beweisstück: der grüne Rucksack, der keinem aus der Familie von Stein gehörte. Nein, es konnte nicht völlig zweifelsfrei bewiesen werden, daß Upchurch den Rucksack zum Haus gebracht hatte, aber es gab eine Zeugenaussage, daß er einen solchen Rucksack besaß, eine Aussage, daß er darin Dungeons & Dragons-Bücher herumgetragen hatte, und eine weitere Aussage, daß Upchurch an dem Tag die Stadt verlassen hatte, an dem John Taylor mit dem Rucksack in Raleigh aufgetaucht war.

Und dann, nach ein paar spöttischen Worten über die Behauptung der Verteidigung, der Fall enthalte ›übernatürliche‹ Elemente, schloß Mitchell Norton sein Plädoyer, indem er wirklich mystisch wurde.

»Was veranlaßte Noel Lee an diesem Tag, die Schweinefarm zu verlassen?« fragte er. »Was führte dazu, daß die Karte dem Feuer entging? War es Glück? War es Schicksal? War es eine andere Macht, die ausgerechnet die Karte vor dem Feuer rettete? Das einzige, was die Ermittlungen in Gang hielt und auf die Spur von Pritchard, Henderson und Upchurch führte, war die Karte.

Wie ich schon sagte, ich weiß nicht, was diese Karte rettete. Ich weiß nicht, ob es Glück oder Schicksal war oder wie auch immer Sie es bezeichnen wollen. Diese Karte verbrannte nur zum Teil. Und ausgerechnet auf dem unverbrannten Teil blieben das Haus der von Steins und die anderen wichtigen Markierungen erhalten. Irgend jemand bewirkte das. Etwas oder jemand wollte, daß dieser Fall gelöst wird.

Diese Karte hielt den Fall in Gang. Ich weiß nicht, was ich dazu sagen soll. Ich weiß nicht, was die Karte vor dem Feuer rettete. War es Glück? War es Schicksal? Oder war es irgendeine andere Macht?

Man will Ihnen etwas von übernatürlichen Dingen erzählen? Schauen Sie sich die Karte genau an. Schauen Sie auf die Brandmale auf der Karte. Sehen Sie das Gesicht des Todes? Oder sehen Sie etwas Unheimliches, wenn Sie die Karte umdrehen?«

An diesem Punkt drehte Mitchell Norton die Karte um und hielt sie wie eine Maske vors Gesicht. Er blickte die Geschworenen durch zwei Löcher an, die in die Karte gebrannt waren.

Und während er die Karte so hielt, dicht an sein Gesicht gedrückt, ragten zwei diagonale Zacken des geschwärzten, angebrannten Papiers über seinen Kopf wie die Hörner des Satans.

An den Mienen der Geschworenen konnte Bonnie nicht ablesen, was sie dachten. Aber sie sagte sich, daß sie keine andere Wahl hätte, als James Upchurch freizusprechen, wenn sie zu den Geschworenen gezählt hätte.

Für Bonnie galten einfach nur Beweise. Echte Beweise, nicht die unbestätigten Aussagen zweier Verschwörer, die Absprachen getroffen hatten, um ihr Leben zu retten – selbst wenn einer der beiden ihr Sohn war.

Weil es keinen einzigen Beweis dafür gab, daß James Upchurch in ihrem Haus gewesen war, war Bonnie überzeugt, daß ihr nichts anderes übrigbleiben würde, als den Mann freizusprechen, der des Mordes an ihrem Mann und des versuchten Mordes an ihr angeklagt war.

Die Geschworenen begannen am Dienstag, dem 23. Januar, um 9 Uhr 55 mit den Beratungen. Nach zweieinhalb Stunden gingen sie zum Mittagessen. Um 13 Uhr 50 wurden die Beratungen fortgesetzt. Kurz nach 17 Uhr vertagte Richter Watts, ohne daß ein Urteil gefunden war.

Als Bonnie den Gerichtssaal verließ, näherte sich ihr Wayland Sermons. Er hatte eine ungewöhnliche Bitte. Es war natürlich ungewiß, wie der Urteilsspruch lauten würde. Aber wenn – *wenn* – das Urteil schuldig lautete, dann durften sowohl Anklage als auch Verteidigung in einem weiteren Verfahren zur Festsetzung des Strafmaßes Zeugen aufrufen. Die Geschworenen würden anschließend in einer weiteren Beratung entscheiden, ob James Upchurch zum Tode verurteilt werden sollte oder nicht.

Die natürliche Sache bei fast jedem Verbrechen, für das es die Todesstrafe geben konnte, war es, daß trauernde Angehörige von Opfern in den Zeugenstand treten wollten, um zu bitten, flehen oder zu fordern, daß die Jury den Mörder zum Tode verurteilte.

Sermons fragte Bonnie, ob sie das Gegenteil tun würde. Würde sie, wenn es dazu kommen sollte, in den Zeugenstand treten und die Geschworenen bitten, das Leben des Mannes zu verschonen, der des Mordes an ihrem Mann und des versuchten Mordes an ihr für schuldig erklärt worden war?

Ohne auch nur einen Augenblick zu zögern, stimmte sie zu.

Bonnie hielt nichts von der Todesstrafe. Sie hielt sie für falsch in jedem Fall. Und wenn sie immer falsch war, dann konnte hier keine Ausnahme gemacht werden.

Sie hätte antworten können, daß sie persönlich die Todesstrafe für falsch hielt, es jedoch nicht über sich bringen konnte, sich für den Mann einzusetzen, der so brutal ihren Mann ermordet hatte und sie fast ebenfalls ermordet hätte.

Aber es kam ihr nie in den Sinn, abzulehnen. Wenn Upchurch schuldig gesprochen wurde, sollte er bestraft werden. Das würde fair sein. Aber keiner, unter keinen Umständen, sollte vom Staat zum Tode verurteilt werden.

Bonnie kannte viele Leute – Wade Smith zählte dazu –, die die gleiche feste Überzeugung hatten wie sie.

Aber wer war jemals in ihrer Lage gewesen? Sie wurde gebeten, sich bei den Geschworenen für den Mann einzusetzen, der schuldig erklärt wurde, mitten in der Nacht in ihr Haus und ihr Schlafzimmer gegangen zu sein und den Mann getötet zu haben, den sie geliebt hatte?

Unter solchen Umständen hätten viele Leute ungeachtet ihrer Einstellung zur Todesstrafe zweifellos solch eine Bitte abgelehnt. Bonnie jedoch war anders. Wenn sie an etwas glaubte, dann kämpfte sie mit aller Kraft dafür – ob es nun die Unschuld ihres Sohnes oder das Leben eines Fremden war, der laut Schuldspruch versucht hatte, sie zu ermorden.

Kurz nach 16 Uhr am Mittwoch, nach zehneinhalbstündiger Beratung, verkündete die Jury das Urteil.

James Upchurch wurde in allen Anklagepunkten für schuldig erklärt, einschließlich Mord.

9

Zwei Tage später, nachdem ein High-School-Lehrer ausgesagt hatte, Upchurch sei klug, ein vom Gericht bestellter Psychologe ihn für nicht psychotisch und nicht zu Gewalt neigend erklärt und seine weinende Mutter ihn als liebevollen jungen Mann bezeichnet hatte, der regelmäßig in die Kirche ging, kündigten Upchurchs Anwälte an, daß sie Bonnie von Stein als nächste Zeugin aufrufen wollten.

Richter Watts entließ die Geschworenen vorübergehend aus dem Gerichtssaal. Von neuem trat Bonnie in den Zeugenstand. Während dieses kurzen Auftritts zeigte sie offen Gefühle.

Ihre Augen füllten sich mit Tränen, und ihre Stimme bebte, als sie sagte, sie wünsche nicht die Todesstrafe für Upchurch. »Ich kann einfach nicht glauben, daß es etwas an dem Verlust Lieths ändert, wenn einem anderen das Leben genommen wird.«

Mitchell Norton, wieder ihr Gegner, stellte schnell fest, daß Bonnies Abneigung gegen die Todesstrafe absolut und eine Überzeugung war, die sie seit vielen Jahren hatte.

Nachdem er sich die juristische Darlegung über die Zulässigkeit von Bonnies Zeugenaussage angehört hatte, fällte Richter Watts seinen Entscheid.

»Erstens respektiere ich Mrs. von Steins Meinung und ihre Überzeugung«, sagte er. »Es bedarf großen Muts von ihr, in diesem Fall in den Zeugenstand zu treten und diese Dinge zu sagen.« Dann wandte er sich direkt an Bonnie.

»Ich finde es lobenswert, daß Sie vor den Geschworenen reden wollen und Ihre Überzeugung mit der Kraft Ihrer Worte vertreten. Und mir ist bewußt, unter welch widrigen Umständen Sie sich während dieser ganzen Sache befunden haben.«

Dann wandte er sich wieder an die Anwälte und sagte. »Aber ich habe den Eindruck, Gentlemen, daß eine Zulassung dieser Zeugin die Geschworenen dazu bringen könnte, ihre Entscheidung auf Grund von Mitleid, Gefühlsbetontheit, Beeinflussung oder Voreingenommenheit zu treffen.«

Deshalb erlaubte er Bonnie nicht, auszusagen. Das Fallrecht stützte Richter Watts richterliche Entscheidung: Ironischerweise ging es aus Fällen hervor, in denen Angehörige eines Opfers sprechen wollten, um sich *für* die Todesstrafe einzusetzen, nicht dagegen.

Am Montagmorgen, dem 29. Januar, hörten die Geschworenen Aussagen für und gegen eine Verurteilung Upchurchs zum Tode in der Gaskammer, ohne etwas von Bonnies Gefühlen zu wissen.

Mitchell Norton hielt eine neunzigminütige Rede, die fünfunddreißigmal durch Einsprüche von Frank Johnston unterbrochen wurde. Neun Einsprüchen wurden stattgegeben.

Norton betonte, daß der Mord vorsätzlich geplant und in der Hoffnung begangen worden war, an Geld zu kommen. Nach seinen Worten war Upchurch »Keiner, der aus den Slums kommt oder geistesgestört ist und nie eine Chance im Leben hatte. Somit war der Mord keine Tat einer benachteiligten Person. Einer verdorbenen, aber keiner benachteiligten.«

Er spottete über Upchurchs gepflegtes Äußeres bei dem Prozeß und forderte die Geschworenen auf, sich dadurch nicht täuschen zu lassen. »Er strengt sich an. Hat sich die Haare schneiden lassen. Sieht aus wie ein kleiner Chorknabe. Aber dieser Mann schlitzt einen menschlichen Brustkasten auf, wie Sie ein Hähnchen aufschneiden.«

Und er sagte wie in seinem früheren Plädoyer, daß keiner das Verbrechen als ›Dungeons & Dragons-Spiel, das außer Kontrolle geriet‹ betrachten sollte. Er sagte: »Dungeons & Dragons war nicht die Ursache. Das Spiel half, den Sinn dafür zu entwickeln, in diesem erfundenen Phantasieland Drachen und Leute zu töten. Dadurch gewöhnten sie sich, ans Töten zu denken, es brachte sie zusammen, aber das ist die einzige Verbindung, die das Dungeons & Dragons-Spiel mit diesem Fall hatte, ganz gleich wie manche Leute es sehen wollen.«

Gegen Ende sagte Norton: »Manchmal erzählen Anwälte gern die Geschichte über den alten weisen Mann, über das Orakel auf dem Berg, den Seher, der die Antwort auf jede Frage weiß. Diese beiden Männer entschlossen sich, den Seher auszutricksen. Sie wollten beweisen, daß sie ihn hereinlegen konnten. So fingen sie einen kleinen Vogel, nahmen den Vogel, schlossen die Hand um ihn, gingen zu dem alten Mann und sagten: ›Meister, ich habe einen Vogel in meiner Hand. Kannst du mir sagen, ob er tot oder lebendig ist!‹

Wissen Sie, wenn der alte Mann den Vogel für tot gehalten hätte, dann hätten sie die Hand geöffnet, und der Vogel wäre weggeflogen. Und wenn der weise Alte auf ›lebendig‹ getippt hätte, dann hätten sie den Vogel zu Tode gequetscht, um dem Weisen zu zeigen, daß er sich irrte.

Und oftmals stehen Anwälte gern hier und sagen, daß Sie, die Geschworenen, das Leben des Angeklagten in der Hand haben wie den Vogel. James Upchurch ist jedoch nicht wie der Vogel, denn der Vogel in diesem Fall war wahrhaftig unschuldig. Der Vogel war in diesem Fall Lieth von Stein, der in seinem Haus schlief.

Und James Upchurch ist wie die beiden Männer, die zu dem alten Weisen gingen. Er hatte vorsätzlich geplant. Er handelte wohlüberlegt. Und er war derjenige, der die Entscheidung traf, ob der Vogel lebte oder starb. Und anstatt den Vogel zu Tode zu quetschen, nahm er einen Baseballschläger und schlug Lieth von Stein den Schädel ein.

Und er nahm ein Messer und benutzte es, wie Sie es benutzen würden, um ein Hähnchen aufzuschneiden.«

»Einspruch.«

»Abgelehnt. Nun, stattgegeben.«

»Und Sie können nur sicher sein, daß er es nicht wieder tut, wenn Sie ihn zum Tode verurteilen.«

Dann gab Norton etwas von seiner allgemeineren Lebensphilosophie preis: »Ein Teil dessen, was heutzutage mit der Gesellschaft nicht mehr in Ordnung ist«, sagte er, »ist die Tatsache, daß niemand mehr Verantwortung übernehmen will. Im Laufe der letzten zwanzig Jahre sucht unsere Gesellschaft nach Entschuldigungen und Ausflüchten, nach dem Rausch durch Drogen und Alkohol und sofortiger Befriedigung in einer ichbezogenen Welt. Die Gesellschaft ist durchsetzt von Verantwortungslosigkeit, erfüllt von Leuten, die sich vor Verantwortung drücken. Aber ich sage Ihnen, daß Sie den Angeklagten verantwortlich für das machen sollten, was er tat.«

Und was hatte er getan? Noch einmal erinnerte Norton die Geschworenen an das grauenvolle Verbrechen. »Von Kopf bis Fuß schwarz gekleidet, drang er in das Haus der von Steins ein, während Lieth in seinem Bett schlief. Lieth schlief und war fern von allem Kummer der Welt. Sicher in seinen eigenen vier Wänden, wie Sie oder ich, wenn Sie diesen Gerichtssaal verlassen und heimgehen, ob Sie in einem Haus, Apartment, Wohnmobil oder Zelt leben – der wichtigste Platz auf dieser Erde, wo Sie sich sicher fühlen sollten. Und Sie wachen in der Nacht auf, hören das Zischen eines Baseballschlägers und das Klatschen der Schläge, die den Schädel brechen. Und Sie spüren das Messer in Ihrem Brustkasten.

Ja, ja, Chris Pritchard ist vielleicht moralisch noch mehr verantwortlich, schuldig als die anderen, weil er nicht nur die

Ermordung seines Stiefvaters, sondern auch seiner Mutter plante. Doch als Chris Pritchard in Raleigh war, hatte James Upchurch – dieser Mann dort – den Baseballschläger und das Messer in der Hand.«

Und weil Norton vor Geschworenen im Pasquotank County sprach, dem fundamentalistisch-christlichen östlichen North Carolina, schloß er mit einem Hinweis auf die Bibel:

»Wenn Sie sich das Alte Testament ansehen und sogar einige Teile des Neuen Testaments, werden Sie feststellen, daß die Todesstrafe nicht nur vom Staat erlassen, sondern auch von unserem Glauben verlangt wird!«

Wayland Sermons erwiderte als erster, und er sprach mit ruhiger Stimme. »Die Entscheidung liegt bei Ihnen. Ich bin nicht hier, um darüber mit Ihnen zu streiten. Aber ist es gerecht, James Upchurch zum Tode zu verurteilen?

Chris Pritchard sagte, er wollte ein Haus im nördlichen Raleigh kaufen, damit er in den Tag hineinleben und beliebig oft Dungeons & Dragons spielen konnte. Sie spielten jeden Tag Dungeons & Dragons. Sagt Ihnen das nichts? Erkennen Sie daran nicht, wie verschwommen die Realität für sie war? In welcher Phantasiewelt sie lebten? Und ich finde, es sollte Ihnen sagen, daß nicht Geld das Entscheidende war – daß dieses Spiel zu den Schwertern und Keulen und Messern führte und zu dem Gedanken, es sei alles eine Phantasie. Ich behaupte, daß es lange dauern wird, zu erklären, wie solch eine abscheuliche Tat begangen werden konnte.

Neal Henderson sagte ›Es war einfach wie in dem Spiel.‹ Einfach wie in dem Spiel. Ich behaupte, Sie können durchaus davon ausgehen, daß dieses Rollenspiel ein gutes Stück bei der Erklärung weiterhelfen kann, wie diese drei intelligenten jungen Männer in eine solch schlimme Sache hineingerieten.«

Dann bat er die Geschworenen, James Upchurchs Jugend als mildernde Umstände zu betrachten. »Mr. Norton würde Ihnen einzureden versuchen, daß man im Alter von neunzehn Jahren das Rüstzeug hat, um alle Probleme der Welt zu meistern. Ich denke, wir alle waren mal neunzehn. Und wenn wir auch keine Drogen nahmen und nicht Dungeons & Dragons spielten und nicht in einer Phantasiewelt lebten, taten wir auch Falsches. Es mangelte uns ebenfalls an Reife.

Versetzen Sie sich in die Lage: Sie haben die High-School abgeschlossen. Sie haben auf einer Farm gelebt. Und plötzlich ändert sich Ihr Leben. Sie sitzen nicht mehr in der Cafeteria der High-School. Sie sind plötzlich in einer großen Stadt wie Raleigh. Auf der North Carolina State University. Über zwanzigtausend Studenten. Und auf einmal sind Sie nicht mehr der große Fisch in einem kleinen Teich, sondern ein winziger Fisch im Ozean. Und mit neunzehn sind Sie geistig noch nicht voll entwickelt. Sie sind noch unreif. Sie sind leicht zu beeindrucken.«

Dann sagte Sermons, wenn in diesem Fall jemand die Todesstrafe verdiene, dann Chris. »Ist es richtig und angemessen, daß Chris nur mit lebenslänglich plus zwanzig Jahren zu rechnen hat und Mr. Norton jetzt von Ihnen fordert, Mr. Upchurch zum Tode zu verurteilen? Ist das gerecht?

Chris Pritchard ist hier derjenige, der am meisten Schuld trägt. Er ist der Ayatollah. Mr. Upchurch ist nur der Bewacher der Geiseln. Chris Pritchard ist der Manuel Noriega. Mr. Upchurch ist nur der Soldat mit dem Gewehr in der Hand. Ich behaupte, daß Mr. Upchurch nicht hier wäre, wenn nicht Chris Pritchard gewesen wäre, James Upchurch würde die Tat nie begangen haben, für die Sie ihn verurteilten.

Ist es also fair, daß mit Chris Pritchard nur fünf Tage vor dem Prozeß eine Vereinbarung getroffen wird, wenn er es war, der das ganze Verbrechen anfing, und er nicht mit der Todesstrafe zu rechnen braucht? Ist das gerecht?«

Frank Johnston sprach als letzter und kam gleich zu dem, was Bonnie für den Kern der Frage hielt. Wie konnte dies geschehen? Wie war das möglich?

»Sehen Sie sich diese jungen Männer an«, sagte Johnston. »Und fragen Sie sich, wie konnte dies passieren? Ich weiß es nicht. Mr. Norton hat für Sie ein Bild von einem kalten kalkulierten Mord gemalt. Gewiß, es ist eine schlimme Sache. Gar keine Frage. Wir haben nie das Gegenteil behauptet. Aber wie erklären Sie es? Es muß eine Antwort geben. Es muß eine Erklärung geben. Aber ich weiß nicht, was es ist.

Wenn es ein Fall von Geldgier wäre, wo sind dann all die Diskussionen, der Streit und der Kampf. ›Wo ist mein Geld? Ich will wenigstens einen Anteil, weil ich die Tat beging. Ich will einen Anteil an dem Geld!‹ Aber von Geld wird nie mehr etwas erwähnt.

Wenn Sie sich im Geschworenenzimmer sagen können: ›Ich bin ohne berechtigten Zweifel überzeugt, daß diese Tat aus Geldgier und keinem anderen Grund begangen wurde‹, dann, ja, stimmen Sie für die Todesstrafe. Aber ich bezweifle, daß Sie das guten Gewissens sagen können.

Was bewirkt die Kombination von Drogen- und Alkoholkonsum und Dungeons & Dragons-Spielen auf die Psyche eines jungen Menschen? Ich weiß es nicht. Aber gibt es irgendeine andere Antwort?

Wissen Sie, es ist sonderbar, daß Mr. Norton Ihnen sagt, dies sei kein Fall von Dungeons & Dragons-Spiel, das außer Kontrolle geriet. Weil er zugleich sagt, es ist ein Fall, in dem Dungeons & Dragons den Leuten das Töten und die Benutzung von Schwertern beibringt und sie in alte Zeiten mit Schwertern und Hexen versetzt. Offenkundig findet selbst Mr. Norton, daß Dungeons & Dragons einige Wirkung auf diese jungen Männer hatte. Und das ist auch meine Meinung.

Ich halte es ebenfalls für merkwürdig, darüber zu reden, wie dieses Spiel einen jungen Menschen beeinflussen kann, weil keiner von uns es jemals gespielt hat. Wir kennen nicht die vollen Auswirkungen, die es auf jemand haben mag. Zusammen mit den Wirkungen von Alkohol und Drogen. Es gibt einfach keine andere Erklärung dafür.«

Und dann schloß Johnston mit seinem eigenen Hinweis auf die Religion. »Gestern, als ich in der Kirche saß, dachte ich über die Maske nach, die Karte, die Mr. Norton Ihnen bei seinem Schlußplädoyer zeigte. Er hielt die Karte vor sein Gesicht, um eine Maske oder eine Art Kultsymbol anzudeuten, und er deutete an, daß sie aus irgendeinem übernatürlichen oder göttlichen Grund nicht im Feuer verbrannte. Und daß die Ermittlungen nur fortgesetzt werden konnten, weil die Karte gefunden wurde und wegen des Wortes *Lawson* eine Verbindung zu Chris Pritchard hergestellt werden konnte. Und als ich gestern während der Predigt des Pfarrers über Barmherzigkeit daran dachte, kam mir in den Sinn, daß ich nur hoffen kann, Gottes Barmherzigkeit wird bei Ihrer Entscheidung sein.«

Als die Geschworenen den Gerichtssaal verließen, um zu beraten, ob James Upchurch leben oder sterben sollte, begann Richter Watts die Verhandlung über das Strafmaß für die beiden Angeklagten, die sich schuldig bekannt hatten.

Henderson war als erster dran. Wie bei Upchurch sagten Zeugen zu seinen Gunsten aus. Der erste war derselbe High-School-Lehrer aus dem Caswell County, der für Upchurch ausgesagt hatte. Er erklärte, Hendersons Intelligenzquotient »war der höchste von jedem, den wir in meiner zwanzigjährigen Zeit als Lehrer dort hatten.«

Er sagte: »Schon in der fünften und sechsten Klasse übertraf er seine Lehrer so weit, daß er im Grunde jeden Tag zur Bücherei geschickt werden konnte – zur städtischen Leihbücherei, wo er viel lesen und spielen konnte.«

Henderson hatte die besten Noten, die jemals im Caswell County registriert wurden. »Er arbeitete nicht immer so hart, wie er gekonnt hätte«, sagte der Lehrer, »aber er war der Begabteste, mit dem ich es je zu tun hatte.«

Gesellschaftlich wurde Henderson jedoch als komischer Kauz betrachtet. Im Umgang mit anderen und gefühlsmäßig kam er nicht zurecht. Man lachte ihn oft aus. Auch außerhalb der Schulstunden lebte er isoliert. Um zu seinem Haus zu gelangen, in dem er mit seiner Mutter, Großmutter und Schwester wohnte – der Vater hatte die Familie vor langer Zeit verlassen und war in einen anderen Staat gezogen –, mußte man vom Highway aus eine weite Strecke über eine kleine, unbefestigte Straße fahren, die durch Wald führte.

Nach Aussage des Lehrers wurde Henderson durch körperliche Gewalt ›eingeschüchtert‹. »Ich habe nie erlebt, daß er sich an irgendeiner Art körperlicher Auseinandersetzung beteiligte, auch nicht im Spiel.«

Dann sagte John Taylor aus, daß Henderson seit seinem Geständnis mit den Ermittlern voll und ganz zusammengearbeitet hatte und hilfreich gewesen war. »Er war sich vieler Dinge nicht sicher, aber er tat sein Bestes. Im Laufe der Ereignisse klärte er Dinge für uns auf.«

Richter Watts fragte Taylor, warum sich seiner Meinung nach Henderson zum Reden entschieden hatte.

»Er sprach nie offen aus, warum er dieses und jenes aus dem und dem Grund getan hat«, sagte Taylor, »aber ich gewann den Eindruck, er wollte sein Gewissen erleichtern. Denn es gab keinen anderen Grund für ihn, auszusagen.«

Bonnie konnte sich jedoch einen offenkundigen Grund denken: Henderson wollte den besten Handel machen, auf Kosten der anderen, die das Spiel gespielt hatten. Man brauchte keinen so hohen Intelligenzquotienten, um sich das zusammenreimen zu können. Lewis Young sagte dann aus, daß Henderson ›völlig kooperativ‹ während der Ermittlungen war. »Alles, was wir von ihm verlangten, tat er.«

Richter Watts sagte zu Young: »Ich kenne Sie jetzt so lange, fünfzehn oder zwanzig Jahre? Ich brauche nicht zu betonen, daß ich Ihre Fähigkeiten als Kriminalbeamter und Ermittler hoch schätze. Aber bei der Lektüre Ihrer Notizen über Ihre Gespräche mit Mr. Henderson fand ich, daß er in vielen Fällen zumindest vage war. Hatten Sie dieses Gefühl ebenfalls – daß er in einigen Dingen äußerst verschwommen aussagte?«

»Jawohl, Sir«, sagte Young. »Ich fand ihn sehr vage bei Gebieten, die gewisse Einzelheiten dieser Nacht betreffen. Zum Beispiel, was mit dem Baseballschläger geschah. Oder mit dem Wagen. Ich erkannte sofort, daß ich es mit einer hochintelligenten Person zu tun hatte, aber mein Gefühl sagte mir, daß er vielleicht banale, normale, alltägliche Dinge nicht registrierte.«

»Sie hatten nicht den Eindruck, daß er Sie täuschte oder absichtlich vage Aussagen machte?«

»Nein, Sir. Ich denke, er versuchte, hilfreich zu sein. Meiner Ansicht nach versuchte er nicht, uns zu täuschen.«

Und das stellte Richter Watts anscheinend zufrieden. Er betonte noch einmal, welch ›gewaltigen Respekt‹ er vor Lewis Youngs Integrität und Fähigkeit hatte.

Dann hob der Richter Hendersons Kaution auf und ließ ihn in Haft nehmen, bis ein Urteil gesprochen wurde, was erst möglich war, nachdem die Geschworenen das Strafmaß für Upchurch festgesetzt hatten.

»Wenn er jemals einen Fluchtversuch machen sollte, dann würde dies der Zeitpunkt sein, denn bis jetzt war alles ein Vorspiel«, sagte der Richter. »Bald fällt der letzte Vorhang bei dieser dramatischen Tragödie.«

Am nächsten Tag, am Dienstag, dem 30. Januar, als die Geschworenen weiter über Upchurchs Schicksal berieten, begann die Verhandlung über das Strafmaß für Chris Pritchard. Billy Royal wurde als erster Zeuge aufgerufen, und Bill Osteen sprach zum ersten Mal im Gerichtssaal von Elizabeth City und stellte dem Psychiater die Fragen.

Er wollte im Protokoll zumindest einen knappen Umriß der Zweifel und Verwirrungen vermerkt haben, die von Mitte August bis Ende Dezember zwischen Anwalt und Psychiater geherrscht hatten.

»Dr. Royal«, fragte er, »bemerkten Sie bei der Arbeit mit Chris seinerseits die Sorge, wie seine Mutter diese Situation akzeptieren oder wie ihre Reaktion sein würde?«

»Das war vielleicht seine größte Sorge.«

»Und zu dieser Zeit sagte ich Ihnen, daß Chris seiner Mutter nicht erzählen durfte, was wirklich geschehen war, nicht wahr?«

»Ja.«

»Hatten Sie ein Problem, mit Mutter und Sohn auf dieser Basis zurechtzukommen?«

»Ein großes.«

»Beschreiben Sie, welches Dilemma das für Sie schuf.«

»Meine erste Reaktion«, – sagte Dr. Royal so leise, daß der Richter ihn auffordern mußte, lauter zu sprechen, – »meine erste Reaktion war, daß die Selbstmordgefahr und Depression nur beseitigt werden konnten, wenn er sich mit seiner Mutter aussprach, wenn er ihr sagte, was er getan hatte. Dazu drängte es ihn ja. Und ich fand, das sollte während seines Krankenhausaufenthalts geschehen, in einem therapeutischen Rahmen.«

»Und Sie erklärten seinen Anwälten, daß Sie das zu diesem Zeitpunkt für nötig hielten?«

»Das ist richtig.«

Für Osteen und noch mehr für Billy Royal war es das sonderbarste Gefühl, all die verzweifelten, sondierenden Telefonate auf diesen förmlichen Austausch von Fragen und Antworten zu beschränken.

»Und welche Antwort erhielten Sie von den Anwälten?«

»Seine Anwälte waren dagegen, wenn es sich irgendwie vermeiden ließ.«

»Erklärte Ihnen sein Anwalt, warum?«

»Ja«, antwortete Dr. Royal.

»Was war der Grund?«

»Wenn er es seiner Mutter gesagt hätte, dann hätte sie es beim Prozeß aussagen müssen. Und wie ich hörte, hatten Sie mit seiner Mutter eine Abmachung, alles in Ihrer Macht stehende zu tun, um Chris zu schützen. Deshalb waren Sie in einer schwierigen Lage, wie ich das sehe. Aber das war nun mal die Anweisung, die Sie von Ihrer Mandantin erhalten hatten. Und aus den Gesprächen, die ich von Zeit zu Zeit mit Mrs. von Stein über ihre Beziehung zu Ihnen hatte, ging hervor, daß sie das anscheinend von Ihnen verlangte.«

Dieser Wortwechsel würde keine Aussage sein, die das Strafmaß für Chris verringern konnte. Es hatte fast den Anschein, als suchten Anwalt und Arzt gegenseitig Läuterung. Es sollte festgehalten werden, wie unsicher jeder über den Ausgang des gewählten Kurses gewesen war und getan hatte, was seiner Meinung nach Bonnie gewünscht hatte.

Dr. Royal äußerte dann seine berufliche Meinung über Chris in einfachen Worten: »Seit seiner Jugend war chronische Angst ein Problem. Er war nie in der Lage, sich zu entspannen. In gewisser Weise schaute er immer über die Schulter, um zu sehen, ob ihn jemand einholte. Als er von seinem Vater verlassen wurde, steigerten sich die Ängste. Meiner Ansicht nach wurde dadurch seine Psyche verletzt, und das konnte er nie kompensieren, weil man die Zeit nicht zurückdrehen und nicht kompensieren kann, was einem in diesem Alter geschieht. Deshalb war er unsicher, ängstlich und bedrückt und versuchte stets damit fertig zu werden, es zu leugnen, zu vertuschen.«

Für Chris war es unmöglich gewesen, mit seiner Mutter über sein seelisches Durcheinander und seine Angst zu sprechen. Im Herbst hatte Billy Royal notiert, daß Bonnies Verständnis für Chris ›oberflächlich‹ war. »Sie weiß nicht, was innerlich in Chris vorgeht.«

Dieser Zustand erstreckte sich über viele Jahre. Chris und seine Mutter sprachen nie tief und offen über Gefühle; sie setzten sich nie damit auseinander, was ihn seelisch beschäftigte, wie er sich fühlte. Bonnie eröffnete ihm nie die Möglichkeit, sich auszusprechen. Wie konnte sie das auch, wenn sie sich des Problems nicht bewußt war?

Das führte dazu, daß Chris sich verschloß, wie Bonnie sich vor Aspekten ihres Ichs verschloß. Zum Beispiel hatte sie ihre Kinder gelehrt, daß gefühlsmäßiges Durcheinander eine Schwäche war, die man am besten überwindet, indem man sich weigert, sie zur Kenntnis zu nehmen. Gefühle waren unangenehm und bedrohlich: man durfte sie nicht zeigen. Sie nicht zur Kenntnis nehmen. Nicht mit anderen darüber reden. Nicht ihr Vorhandensein vor sich selbst eingestehen.

Selbst mit diesen Gegebenheiten war Chris laut Dr. Royal fertig geworden, bis er zur Uni fortgezogen war. Da war er zum ersten Mal nicht nur mit den Konsequenzen seiner lebenslangen Schwierigkeiten konfrontiert worden, sondern auch mit der akuteren Phase – den dreizehn Monaten, in deren Verlauf Lieths Eltern und Onkel starben.

In dieser Periode, erklärte Dr. Royal, hatten sowohl Lieth als auch Bonnie weniger Kontakt mit Chris, unterstützten ihn weniger, *verließen* ihn gefühlsmäßig. Weil Bonnie zunehmend besorgt wegen der seelischen Belastungen ihres Mannes war, wurde sie sich zwangsläufig weniger der Ängste und des Drucks bewußt, die im Leben ihrer Kinder entstanden.

Das Milieu der North Carolina State University war ungesund für Chris gewesen – nach Billy Royals Meinung war es das auch für die meisten anderen Studenten. »Chris kam mit dem Studium nicht zurecht. Seine Leistungen waren schlecht. Nach und nach wurde er in Drogen, Alkohol und Dungeons & Dragons hineingezogen.«

Osteen bat den Psychiater, mehr über das Spiel zu sagen.

»Ich nehme an, in den letzten paar Jahren gelangte es zu trauriger Berühmtheit«, sagte Dr. Royal. »Die Medien befaßten sich in großem Maße mit den verschiedenen Aspekten des Spiels. Es zieht überwiegend junge Leute an, die sich langweilen oder eine Betätigung brauchen. Es ist ein Spiel, das Geschick, Schneid und Abenteuergeist verlangt. Aber es hat eine Reihe von Tragödien gegeben. Damit meine ich, daß nicht selten Leute bei dem Spiel verletzt oder getötet wurden.«

Dr. Royal betonte, welche Auswirkung das Spiel auf Chris gehabt hatte. »In seinem Fall wurden Dungeons & Dragons und eine Kombination von Drogen und Alkohol zu einer Art Verfahrensweise für ihn und die Gruppe, zu der er zählte. In gewissem Maße wurde diese Gruppe zu einer Familie. Dieses Spiel, zusammen mit Alkohol und Drogen, schuf für Chris eine Situation, die ihn vom echten Leben, vom normalen Verhalten, von der Realität trennte. Er ging in dieser Phantasiewelt auf. Und meiner Ansicht nach waren die Pläne, die hinsichtlich seines Stiefvaters und seiner Mutter ausgeführt wurden, ein direktes Resultat.

Chris versuchte eine Lösung zu finden, wie er nicht verlassen wurde; ein Leben, in dem er nicht abhängig von anderen sein mußte; ein Leben, in dem er nicht verletzt werden würde.«

»Aber, Dr. Royal«, sagte Osteen, und er stellte die Frage fast, als suche er selbst die Information, weil ihm immer noch unerklärlich war, wie all dies hatte passieren können, »es gibt viele junge Leute, die unter unglücklichen Umständen aufwachsen wie Chris, und viele junge Leute, die Drogen verfallen, und offenbar zumindest einige Leute, die besessen Dungeons & Dragons spielen. Ist da sonst noch etwas, das vielleicht erklärt, warum sich diese Kombination so auf diesen jungen Mann auswirkte, wie es der Fall war? Warum gerade *er*, mit anderen Worten?«

Für Bonnie, die aufmerksam zuhörte, war das die wichtigste Frage des ganzen Jahres. Auf diese Frage wünschte sie noch mehr eine Antwort als auf die Frage, ob Neal Henderson der Angreifer gewesen war oder nicht. Aber das war auch die eine Frage, die sie weder Chris noch sonst jemand hatte stellen können, weil sie es nicht übers Herz gebracht hatte: *Warum er? Warum mein Sohn?*

»Sie kommen der Sache auf den Grund«, sagte Dr. Royal. Ich finde, es gab gewaltige Belastungen, hauptsächlich seelische, über die nie geredet wurde, die nie verarbeitet wurden. Chris entwickelte im Laufe der Jahre eine Lebensweise des Leugnens, des Verdrängens, des Aufsplitterns der Dinge, ohne sich damit auseinanderzusetzen.«

Mit anderen Worten, es waren die Konsequenzen einer Lebensweise des Leugnens.

Konsequenzen, erkannte Bonnie, wie die Möglichkeit, daß eines Tages dein armer, verlorener, verwirrter, verzweifelter Sohn deinen Tod will.

10

Wie bei Chris' Aussage war Angela im Gerichtssaal. Während aller Verfahren hatte sie auf alle Beobachter einen völlig desinteressierten Eindruck gemacht.

Bill Osteen hatte den gleichen störenden Mangel an Reaktion bei ihr am 27. Dezember bemerkt, als Chris gestanden hatte, daß er geplant hatte, sie im Schlaf töten zu lassen.

»Sie hätte genausogut im *Wall Street Journal* lesen können«, sagte Osteen später. »*Keine* Reaktion. Keine. Es war, als hätte nichts, was gesagt wurde, irgendeine Konsequenz. Sie hätte sagen können: ›Ich gehe mal eben zu Hardee's und kaufe einen Hamburger, während ihr alle über dies labert!‹«

Während ihrer kurzen Aufenthalte in Elisabeth City war es das gleiche gewesen. Am Abend hatte sie keine Zeit mit ihrer Mutter oder ihrem Bruder verbracht, sondern im Holiday Inn, wo sie sich mit John Taylor und anderen unterhalten hatte.

Im Gericht verriet sie keinerlei Anzeichen von Interesse an dem, was gesagt wurde. Wayland Sermons würde später sagen, daß er dachte – vielleicht fälschlicherweise –, Bonnie habe während des Prozesses ›kalt‹ gewirkt. In bezug auf Angela sagte er: »Ich hatte den Eindruck, daß diese Art Kälte bei Angela vielleicht verdreifacht war. Angela sah sich um, spielte mit den Fingernägeln, zupfte an ihrer Kleidung. Sie benahm sich sehr gelangweilt und desinteressiert.«

Kurz nach 16 Uhr führte jedoch ein Ereignis zu einer dramatischen Veränderung ihres Verhaltens. Die Geschworenen hatten über das Schicksal von James Upchurch entschieden. Das Urteil lautete: »Wir, die Geschworenen, empfehlen einstimmig, daß der Angeklagte, James Bartlett Upchurch III, zum Tode verurteilt wird.« Und Angela begann zum Erstaunen aller, die sie sahen, zu weinen.

Bonnie brach nicht in Tränen aus, doch das Urteil war ein Schock für Bonnie in dem Maße, in dem sie noch etwas schocken konnte. Sie hatte bei den Schlußplädoyers den Eindruck gewonnen, daß Upchurchs Anwälte eindrucksvoller und überzeugender argumentiert hatten als Mitchell Norton. Jetzt wurde ihr jedoch klar, daß ihr Urteil über Nortons Auftritt gefärbt sein konnte, weil sie die Gespräche mit ihm in schlechter Erinnerung hatte und im Gegensatz zu den Geschworenen voreingenommen war.

Aber darüber hinaus konnte sie nicht verstehen, wie eine Jury entscheiden konnte, daß ein neunzehnjähriger Junge den Tod verdiente, wenn es nicht einen einzigen zweifelsfreien Beweis seiner Schuld gab.

Nach der Urteilsverkündung gab Richter Watts Upchurch die Möglichkeit, etwas zu sagen. Als er stand, sah Bonnie wieder, wie dünn er wirkte und wie auffallend sein langer, dünner Hals war. Wenn man bedachte, daß er während des ganzen Prozesses kein einziges Wort gesagt hatte, hielt er jetzt eine regelrechte kleine Rede.

»Als erstes möchte ich meinen Anwälten danken. Sie haben ihren Job bemerkenswert gut gemacht. Und ich möchte Ihnen danken, Euer Ehren. Sie haben es geschafft, dafür zu sorgen, daß dieser Prozeß zu keinem noch größeren Zirkus wird, als er bereits ist. Und ich weiß die Mühe zu schätzen, die sich die Jury bei der Urteilsfindung gemacht hat.«

Das klang nicht nach jemanden, der soeben zum Tode verurteilt worden war, sondern eher nach einem, dem gerade ein Preis verliehen worden war.

Aber dann sagte Upchurch, er sei ›entsetzt und erschüttert‹ über das Urteil. »Ich finde es unglaublich, daß die Aussagen zweier geständiger Mörder ausreichen, um jemand zum Tode zu verurteilen. Ich bin gezwungen, zu glauben, daß man mich nur verurteilt hat, weil man auf Grund dieser Aussagen meine Schuld vermutet. Ich bin ein unschuldiger Mann.«

Oder ein schuldiger Mann, der seine Chancen falsch abgewogen hatte. Ein Mann, der wie Bonnie gedacht hatte, daß man ohne Beweise keinen als Mörder zum Tode verurteilen würde – zumindest keinen weißen Studenten. Besonders nicht von Geschworenen, die dem Gesetz entsprechend nichts von seinen Vorstrafen hatten erfahren dürfen.

Der Meister des Dungeons & Dragons hatte so lange seine Szenarios ausgedacht und dann zugeschaut, wie andere sie ausführten, daß ihm vielleicht nicht klar gewesen war, daß dies ein Spiel war, auf dessen Ausgang er keinen Einfluß hatte.

Als Angela am nächsten Morgen aufgerufen wurde, um ihre erste und einzige Zeugenaussage zu machen, lag ihr Gefühlsausbruch bei Upchurchs Verurteilung hinter ihr. Sie schaffte es, nervös und gleichgültig zugleich zu wirken. Sie erweckte den

Eindruck, daß sie hier war, weil es nun mal sein mußte, auch wenn sie all die richtigen Antworten auf Osteens Fragen gab.

»Angela, haben Sie und Ihre Mutter lange Zeit nach diesem tragischen Ereignis geglaubt, daß Chris nichts damit zu tun hatte?«

»Ja, Sir.«

»Und dann kam der Zeitpunkt, an dem Chris mit Ihnen darüber sprach?«

»Ja, Sir.«

»Und sagte er Ihnen alles, was er hier im Gericht aussagte?«

»Ja, Sir.«

»Seit dieser Zeit hatten Sie offenbar Zeit, um über Ihre Beziehung zu Chris nachzudenken«, sagte Osteens. »Und Sie wissen, daß er ins Gefängnis kommt. Sagen Sie dem Gericht, was Sie von diesem Tag an von Ihrer Beziehung zu Ihrem Bruder erwarten.«

»Ich erwarte, daß wir uns so nahe bleiben, wie es immer war. Daß wir mit Briefen oder sonstwie Kontakt halten. Und ich erwarte, ihn am Gefängnis abzuholen, wenn er rauskommt.«

»Angela, haben Sie nach dem, was geschehen ist, irgendwelche Angst vor Chris und dem Tag, an dem er wieder frei sein wird?«

»Nein, nicht die geringste Angst.«

Als nächstes sprach Bonnie in Bill Osteens und Jim Vosburghs Anwesenheit im Interesse von Chris mit Richter Watts.

»Dr. Royal hat im wesentlichen das Gesamtbild ziemlich gut getroffen. Nachdem mein erster Mann und ich uns getrennt hatten, strengte ich mich sehr an, das Heim zu erhalten, in dem wir wohnten. Ich wollte nicht, daß die Kinder entwurzelt wurden. Und wir litten in vielerlei Hinsicht. Indem wir gelegentlich keine ausgewogenen Mahlzeiten hatten.«

Dieser Auftritt fiel Bonnie nicht leicht. Sie heischte um Mitleid. Es war jedoch die letzte Chance, Chris zu helfen, die Bonnie vor dem Gesetz jemals haben würde.

»Ich versuchte einfach, das Milieu für Chris und Angela so

gut zu erhalten, wie es unter den gegebenen Umständen möglich war, und ich machte weiter meine Arbeit, damit es irgendwann in unserem Leben aufwärtsgehen konnte. Meine Schwestern verwahrten die Kinder bei vielen Gelegenheiten. Meine Mutter und mein Vater kümmerten sich viel um Chris und Angela. Wenn ich für meine Firma auf Reisen und Kursen war, konnte ich oft eine ganze Woche lang nicht in der Stadt sein.«

Noch einmal versuchte sie den Eindruck ständiger Disharmonie zu zerstören, den Mitchell Norton zu erwecken versucht hatte.

»Wir hatten eine sehr enge Familienbeziehung. Lieth war sehr stolz auf Chris. Oftmals sagte er mir – und auch Chris –, auch wenn Chris' Leistungen auf der Uni schlechter waren, als er es wünschte, war der Junge immer noch besser als der Vater in seiner Studienzeit.

Es gab gelegentlich eine Meinungsverschiedenheit zwischen Lieth und Chris. Aber das war stets eine sehr kurze Uneinigkeit, und danach, wenn der Streit oder die Diskussion vorüber waren, war alles wieder normal, und es gab kein Problem.«

Anscheinend würde Bonnie es immer so sehen, ganz gleich was alle übrigen empfanden oder sagten: Es gab kein Problem.

Als sie über die Zeit im August sprach, in der Chris im Krankenhaus war, klang es fast fröhlich. »Er machte sich viele Freunde im Krankenhaus. Und ich denke, er wirkte ein wenig glücklicher als in den Monaten davor, etwas erleichterter, als wäre ein Druck von ihm genommen worden.«

»Wissen Sie, ob Chris mit Ihnen nach der Einweisung ins Krankenhaus über die Fakten dieses Falles sprechen wollte?« fragte Osteen.

»O ja. Dr. Royal versicherte mir, daß Chris mit mir reden wollte. Aber die Anwälte wiesen mich an, unter keinen Umständen über den 25. Juli zu sprechen. Und Chris sagte mir, Sie hätten ihm verboten, mit mir darüber zu reden. So vermieden wir einfach, über irgend etwas im Zusammenhang mit dem 25. Juli zu sprechen.«

»Während dieser Zeit wollte Ihnen Chris wirklich die Wahrheit sagen?«

»Ja, absolut. Und nach dem, was ich sah, machte es ihm wirklich zu schaffen.«

»Und bemerkten Sie eine Veränderung in Chris, nachdem er Ihnen die Fakten hatte sagen können?«

»O ja. Völlige Erleichterung. Er verhielt sich ganz anders, als hätte er nichts mehr zu verbergen.«

»Mrs. von Stein, Sie haben gehört, was Chris zu sagen hatte, und Sie sind natürlich ein Opfer. Sie sind eine Mutter und ein Opfer. Würden Sie bitte dem Gericht sagen, was Sie gegenwärtig, angesichts der Tatsache, daß er für seine Tat ins Gefängnis kommt, für einen Eindruck von Chris haben?«

Bonnie atmete zweimal tief durch. Sie hatte sich so vorgenommen, in diesem Augenblick in der Öffentlichkeit nicht zu weinen, aber sie tat es.

»Ich habe jetzt den Eindruck«, sagte sie und wischte sich über die Augen, »daß Chris mir in jeder Hinsicht, mit jeder Handlung und jedem Wort zu verstehen gibt, daß er sich im Grunde darüber freut, seine Strafe für die Dinge, in die er verwickelt war, zu verbüßen, Dinge, die er mir einfach nicht erklären kann. Ohne die Auswirkungen der Drogen hätte Chris auch nie nur erwogen, so etwas zu tun und zu sagen. Es widerspricht völlig allem, was ihm anerzogen wurde. Es widerspricht völlig seiner Persönlichkeit. Chris war immer ein Mensch wie ich, einer, der, anstatt eine Grille im Haus totzutreten, sie aufhebt, nach draußen trägt und freiläßt. So war er immer. Das war einer der Gründe, weshalb ich völlig überzeugt war, daß Chris nichts mit dem Verbrechen zu tun hatte, als die Ermittlungen in diese Richtung gingen. Jetzt werde ich ihm beistehen und für ihn dasein. Ich werde ihn lieben, wie ich ihn immer geliebt habe. Ich billige nicht, was geschehen ist, aber das kann nicht rückgängig gemacht werden. Ich weiß in meinem Herzen, daß es ohne die Drogen nie geschehen wäre.

Und wenn er aus dem Gefängnis kommt und ich noch lebe, werde ich alles tun, um ihm zu helfen, auf die Füße zu kommen und ein neues Leben anzufangen. Er hat meine Unterstützung.«

Als Bonnie zu ihrem Platz in der ersten Reihe zurückkehrte, ging Lewis Young zu ihr. »Ich möchte mich entschuldigen, wenn ich Ihnen irgendeinen ungerechtfertigten Schmerz während der Ermittlungen zugefügt habe. Manchmal muß ich Schritte unternehmen, die andere zu diesem Zeitpunkt einfach nicht verstehen können.«

Sie dankte ihm und sagte ihm, sie habe volles Verständnis dafür, daß er nur seine Pflicht getan hatte.

Und dann sagte Richter Watts: »Übrigens, Mr. Osteen, lassen Sie mich bemerken, daß mir klar ist, in welch schwieriger Situation Sie und Mr. Vosburgh, Mr. Pritchard und Mrs. von Stein waren. Und ich muß sagen, Sie wurden auf sehr verantwortungsbewußte Weise damit fertig, entsprechend dem Kodex beruflicher Pflichten.«

Aber dann sagte Mitchell Norton, daß von den drei Personen, die an Lieth von Steins Ermordung beteiligt waren, Chris Pritchard vom moralischen Standpunkt aus noch mehr Schuld trug als die anderen beiden. Er bezeichnete den Mord abermals als ›grausam und brutal‹, und trotz seiner früheren Zustimmung, keine bestimmte Strafe zu fordern, bemerkte er, daß die Höchststrafe lebenslänglich plus zwanzig Jahre betrage. Er sagte: »Ich bitte das Gericht, das Maximum in Betracht zu ziehen.«

Das brachte Jim Vosburgh sofort auf die Füße. *Verdammt,* dachte er, *wenn Chris der moralisch Schuldige der drei war, dann hätte Norton den Mumm haben sollen, ihn anzuklagen – ob er Bill Osteen fürchtete oder nicht.*

Vosburgh machte seiner Empörung Luft: »Jeder dieser drei Leute hätte sich jederzeit vor dieser Sache drücken können. Niemand zwang Mr. Henderson, den Wagen zu fahren. Niemand zwang Mr. Henderson, Upchurch abzuholen. Niemand zwang ihn, irgend etwas zu tun. Er hätte jederzeit aussteigen können. Und niemand zwang Mr. Upchurch, die Dinge zu tun, die er tat. Ebensowenig zwang jemand Mr. Pritchard, eine Karte anzufertigen. Der Staatsanwalt hält ihn für *schuldiger.* Wir haben keine verhältnismäßige Schuld in diesem Staat. Sie sind entweder unschuldig oder schuldig. Diese Behauptung, daß einer größere Schuld hat, ist unfundiert. Dieses Argument ist einfach nicht hieb- und stichfest, wenn man die Rollen aller drei Personen in Betracht zieht.«

Statt zu sagen, daß Chris die anderen beiden zu dem Verbrechen veranlaßt hatte, behauptete Vosburgh, daß Dungeons & Dragon die wahre Veranlassung gewesen war.

»Dungeons & Dragons und Drogen. Die drei Ds. Sie haben zu dem Verbrechen geführt. Die Idee mag als ein Scherz entstanden sein, aber je öfter sie D & D spielten und je mehr Drogen sie konsumierten, desto realer wurde der Plan, der ursprünglich eine Phantasie war.«

Dann sprach Bill Osteen zum ersten und einzigen Mal im Interesse seines Mandanten, den er von Anfang an nicht gemocht hatte und der ihm so viele Monate lang Streß und Sorgen bereitet und ihm den undankbarsten, abscheulichsten Fall seiner Laufbahn beschert hatte.

Persönlich war Osteen geneigt, Norton zuzustimmen. Er äußerte seine Meinung nicht vor Gericht, sagte jedoch später: »Der bei weitem Schlimmste von dem Pack ist der Sohn, der sich an so etwas beteiligt. Die Leute, die mitmachten und ihm halfen und sogar der Täter tragen nicht mehr Schuld daran als der Sohn. Aus der Sicht des Anklägers hätte ich alles darangesetzt, dafür zu sorgen, daß Upchurch und Chris dorthin kamen, wo sie hingehörten.«

Jetzt war jedoch nicht der Zeitpunkt, um diese Ansicht zu teilen. Bis zur Verurteilung war er verpflichtet, als Chris Pritchards Anwalt zu handeln. Als er sprach, wirkte es zuerst wie eine Art Therapie. Als wollte er, nachdem er so lange Zeit so wenig gesagt hatte, jetzt auf die Probleme hinweisen, die ihn bedrückt hatten. Als könne er seine Zweifel über die Art und Weise, wie er in diesem Fall gehandelt hatte, dadurch loswerden, daß er die Probleme einem Richter vor einem öffentlichen Forum aufzählte.

»Dies war eine äußerst schwierige Situation«, sagte er. Er ließ aus, was am 25. Juli passierte, und beschäftigte sich einfach mit der Mutter, der er Hilfe anbot, und einem Sohn, der ebenso besorgt war und diese Hilfe haben wollte, und Anwälten, die zu helfen versuchten, jedoch zwischen zwei Stühlen saßen, weil ein Psychiater der Ansicht war, daß sofort zwischen Mutter und Sohn Klarheit geschaffen werden mußte.

»Wenn jemand dafür verantwortlich ist, daß Chris Pritchard seiner Familie nicht eher die Wahrheit sagte, dann versichere ich Ihnen, Euer Ehren, daß diese Verantwortung bei den Anwälten liegt, die sagen mußten: ›Wir können es nicht zulassen, weil Mrs. von Stein vielleicht aussagen muß. Sie müssen uns einfach glauben, daß hier mehr auf dem Spiel stand, als jeder denkt, und zum richtigen Zeitpunkt können wir alles bekannt machen.‹ Und wir waren verpflichtet, Mr. Pritchard zu sagen, wie wir seinen Fall einschätzten, wenn ihm der Prozeß gemacht wird. Wir sagten, daß er nach unserer Meinung wenigstens eine kleine bis eine gute Chance haben würde, wenn dieser Fall vor den Geschworenen verhandelt wurde – wie auch Mr. Upchurch eine haben würde, basierend auf dem Beweismaterial zu diesem Zeitpunkt. Und Chris saß da und sagte zu uns: ›Ich habe teilgenommen, und mir ist klar, daß ich verantwortlich bin, und ich will nicht weglaufen.‹ Und so trafen wir eine Vereinbarung mit der Staatsanwaltschaft.«

Osteen legte eine Pause ein. Das hatte er loswerden müssen. Er hatte vor einem angemessenen Forum einen objektiven Bericht der Qualen geben müssen, die ihn bis hierhin geführt hatten. Für diejenigen, die ihn gut kannten, war dieses öffentliche Zeigen von persönlichen Gefühlen in einer beruflichen Sache etwas völlig Untypisches. Doch dieser Fall hatte ihn so mitgenommen wie kein anderer in seinen dreißig Jahren als Anwalt. Und weil dies die einzige Gelegenheit sein würde, darüber in der Öffentlichkeit zu sprechen, wollte er noch einige Dinge mehr sagen.

»Es gibt ein paar Dinge, Euer Ehren, auf die ich Ihre Aufmerksamkeit lenken möchte, weil ich sie in diesem Fall für bizarr halte und es sie vielleicht noch nie gegeben hat.

Chris Pritchard war in seiner Gemeinde als ehrbare Person bekannt, als er aufwuchs, und es ist fast *unbegreiflich*, daß die

Dinge so schiefgehen konnten, wie es der Fall war. Aber es ist keine einmalige Situation, wenn man sie wie Dr. Royal gestern im Zusammenhang mit seiner Entwicklung und Veranlagung sieht und mit seinen jungen Jahren und den Problemen, mit denen er konfrontiert wurde.

Man kann sagen, daß diese Konfrontation stattfand, als er die Uni besuchte – und es hätte die NC State University oder jede andere Universität sein können. Ich behaupte, daß zu diesem Zeitpunkt überall jede Gruppe wahrscheinlich einen großen Einfluß auf ihn gehabt hätte.

Ich las in dieser Woche ein Buch, das sich mit dem Verstehen des neuen Zeitalters beschäftigt. Ich weiß nicht, wo das Buch herkommt. Meine Frau erhielt es irgendwo. Ich sah es und begann zu lesen.

Es gibt in diesem Land ein ›neues Zeitalter‹, das sich in einigen Dingen von dem unterscheidet, was viele Leute in ihrer Jugend gelehrt bekamen und an das sie sich klammerten und sich immer noch klammern in dem Glauben, daß die Leute dann auf bessere Art und Weise handeln.

Dieses neue Zeitalter hat anscheinend eine Theorie, die lautet ›Ich bin ein Geschöpf und in der Lage, meine Kräfte auf eine größere Kraft zu übertragen, und deshalb bin ich Gott.‹ Das ist der Gedanke der Theorie, mit der sich unter anderem die Schauspielerin Shirley MacLaine stark beschäftigt.

Und da gibt es einen Schriftsteller namens Russell Chandler, der in der *L. A. Times* diese Theorie untersuchte. Ich möchte mich gern kurz darauf beziehen, wenn ich darf. Denn er führt etwas auf, das auf den Fall zutrifft. Jedenfalls meiner Meinung nach. Er sagte: ›Wir sind uns alle bewußt, daß eine Warnung auf der Verpackung bewußtseinserweiternder Drogen aufgedruckt werden muß, denn im neuen Zeitalter sind dies die Einstiegsdrogen für Umwälzungen im ganzen Staatsgebilde. Für Zehntausende von Leuten bringen psychedelische Drogen kein Yanadu wieder, führen jedoch direkt in die psychiatrischen Kliniken. Ende der 1980er Jahre gab es zunehmende Experimente und Forschungen mit ›Designer-Drogen‹ einschließlich Ecstasy – das in diesem Gericht erwähnt wurde. Warnungen, daß die bewußtseinserweiternden Drogen zu Halluzinationen und Bewußtseinsveränderungen führen, werden von Kritikern des ›neuen Zeitalters‹ regelmäßig geäußert. Die Warnungen schließen die Gefahren durch Fantasy-Rollenspiele und Phantasiespiele wie Dungeons & Dragons ein, Spiele, mit denen die Jugend seit Jahren überschwemmt wird. Dungeons & Dragons ist ein Einstieg in den Okkultismus.‹

Russel Chandler sagt weiter, daß Spiele wie Dungeons & Dragons durchsetzt sind mit Magie, Okkultismus, Gewalt und Machtstreben. Und dieser Schriftsteller sagt zusammengefaßt, daß Halluzinationen, Dungeons & Dragons und andere bewußtseinsverändernde Spiele ein Versuch sind, jenen Teil der Gesellschaft einzuspannen, der nie viel Religion hatte – um eine andere religiöse Weltanschauung zu schaffen.«

Dies war Bill Osteen, der alte Republikaner, Ex-Mitglied des Repräsentantenhauses und Ex-Bundesanwalt, aber er sprach zu einem Richter, der fast all die gleichen Werte schätzte, abgesehen von seiner politischen Zugehörigkeit.

»Aus meiner Sicht«, sagte Osteen, »ist es die Art Krankheit, bei der Leute um so wahrscheinlicher aus dem seelischen Gleichgewicht geraten, je mehr sie von dem Spiel fasziniert sind.«

Er zitierte wieder: »›Selbsthypnose ist ein mächtiges Werkzeug . . . es ist Manipulation.‹ Euer Ehren, ich behaupte, das ist im wesentlichen das, womit wir es bei Chris Pritchard zu tun haben. Ich bin überzeugt, es gibt Leute, die Dungeons & Dragons spielen können, ohne bleibende Schäden davonzutragen. Leider gibt es auch Leute, die Drogen konsumieren und keine bleibenden Schäden haben. Und es gibt Leute, die in benachteiligten, armen Familien aufwachsen und wunderbar im späteren Leben zurechtkommen. Aber gelegentlich kommen diese Kategorien zusammen und ergeben das, was sich hier ergeben hat.

Und ich behaupte, daß Chris Pritchard zum Zeitpunkt, an dem diese niederträchtige Tat geschah, sich in einem solchen Ausmaß verändert hatte – nicht nur in der Persönlichkeit, sondern auch in der Psyche, wie Dr. Royal bestätigt hat –, daß er sich vollkommene Macht über sein Schicksal einbildete, und daß er erst jetzt begriffen hat, daß sich das Schicksal nicht von ihm bestimmen läßt. Und bei alldem gibt es eine Mutter, die im Gerichtssaal sitzt und dort lange saß und durch die *Hölle* ging, weil sie nicht wußte, was los war, jedoch ahnte, daß etwas in Gange war. Eine Mutter, die zunächst glaubte: ›Mein Sohn war nicht beteiligt‹; die dann erkannte: ›Irgendwie ist etwas nicht so, wie ich es sehe‹ und die schließlich die Wahrheit erfuhr.

Eine Mutter, die dort sitzt und sagt: ›Ich werde ihm helfen. Ich werde ihm meine Liebe geben und mit ihm arbeiten.‹

Ich hoffe, Euer Ehren, Sie werden diese Dinge in Betracht ziehen.«

Richter Watts gab Chris die Möglichkeit, sich zu äußern.

Der Angeklagte erhob sich. Mit Jackett und Krawatte wirkte er gequält, furchtsam und immer noch wie ein Sechzehnjähriger. Jene mürrische Arroganz, hinter der er in den letzten anderthalb Jahren seine Schuldgefühle und Ängste verborgen hatte, war völlig von ihm abgefallen. Mehr denn je wirkte er wie ein Opfer – nicht nur auf Bonnie.

»Ich möchte zuallererst sagen, daß ich glaube, Mr. Norton war äußerst fair, indem er die Vereinbarung mit dem Schuldbekenntnis mit mir zuließ. Ich weiß, daß ich schuldig bin und es verdiene, ins Gefängnis zu kommen. Und ich finde, es war fair von ihm, mir diese Möglichkeit zu bieten.

Ich möchte mit meiner Familie sprechen.« Chris schaute unsicher auf seine Füße. Und er begann zu weinen. »Wie Dr. Royal erwähnte, scheine ich meine Gefühle zu verleugnen. Ich weiß nicht, warum, aber es ist so. Und sie stauen sich auf wie der Druck in einem Kochtopf.«

Er weinte jetzt und konnte kaum weitersprechen. Er wandte sich von Richter Watts ab und schaute auf die dichtbesetzten Reihen, wo seine Mutter, Schwester, Großmutter, sein Onkel, seine Tanten und so viele der Freunde saßen und ihn beobachteten. Einige von ihnen weinten ebenfalls.

»Ihr alle sollt wissen, daß ich euch liebe«, sagte Chris und schluchzte so sehr, daß er eine Pause einlegen mußte. »Und ich danke euch allen, daß ihr hier seid und mich unterstützt. Ich habe das ehrliche Gefühl, daß ich diese Unterstützung nicht verdiene. Aber der Herr hat mir die Kraft gegeben, heute hier zu stehen und das Richtige zu tun. Und ich bitte ihn, daß er euch allen die Kraft und Unterstützung in den kommenden Jahren gibt, denn ich werde nicht dasein, um das selbst zu tun.«

Dann bemühte er sich, die Fassung wiederzugewinnen, und wandte sich wieder dem Richter zu.

»Ich kann James Upchurch oder Neal Henderson nicht verübeln, was sie taten. Gott bat mich, ihnen zu vergeben, und ich habe ihnen vergeben. Ebenso hat Er mich gebeten, mir selbst zu vergeben, was ich aber bis jetzt noch nicht ganz geschafft habe. Das ist alles, was ich zu sagen habe. Ich danke Ihnen.«

Richter Watts ordnete eine zehnminütige Pause an.

Nach der Pause sprach der Richter. Wie jeden anderen Beteiligten auch hatte ihn dieser Fall so stark bewegt, daß er seine Einzelheiten niemals vergessen würde. Nach über zwanzig Jahren in der Justiz waren Horror, Trauer und Not nichts Fremdes für Thomas Watts. Aber auch er war betroffen durch die Aufdeckung des mysteriösen Hintergrunds dieses Verbrechens.

»Es war in diesem Fall in der Tat eine schwierige Lage für die Anwälte. Aber wenn es jemanden in diesem Gerichtssaal gibt, für den ich persönlich das tiefste Mitgefühl habe, dann ist das Bonnie von Stein, die ihren Mann verloren hat. Aus ihrer Zeugenaussage und aus allem, was sie zu dem Verbrechen sagte, ging hervor, daß Lieth das Licht ihres Lebens war. Und sie wird jetzt ihren Sohn verlieren, zumindest im Sinn der Trennung.«

Dann sprach er direkt zu ihr. »Ich hoffe, Mrs. von Stein, basierend auf dem, was Dr. Royal getan hat, daß Sie vielleicht tatsächlich einen Sohn wiederbekommen, der zuvor verloren gewesen war. Die Schwierigkeiten und Probleme, denen Mr. Osteen und Mr. Vosburgh ausgesetzt waren, wirken blaß im Vergleich mit dem, was Sie durchgemacht haben. Ich empfinde tiefes Mitleid mit Ihnen, Ma'am. Ich denke, dieser Fall sollte nicht enden, ohne daß ich das sage.«

Richter Watts wandte seine Aufmerksamkeit Chris zu. »Nun, nachdem wir uns mit verabscheuungswürdigen Verbrechen, mit einigen schrecklichen, tragischen Dingen beschäftigt haben, muß ich ehrlich immer noch sagen, daß dieser Fall bizarr und grauenhaft in den Konsequenzen für alle Beteiligten ist, wie Mr. Osteen sagte.

Aber besonders für Lieth von Stein, der ohne Geschworene, ohne Richter, ohne ordentlichen Prozeß die höchste Strafe auf grausame und brutale Art und Weise erhielt, nach einem Plan, den sein Stiefsohn entwickelte, den er liebte und für den er sorgte.

Sie, Gentlemen«, sagte er zu Osteen und Vosburgh, »kamen im Dezember mit einem Antrag zu mir nach Greenville. Und während Sie die Dinge vorlegten, lag eine offene Bibel auf der Richterbank im Pitt County. Ich hatte sie nicht dorthin gelegt. Ich weiß nicht, wer das tat. Aber als Sie, Gentlemen, sich zum Sprechen vorbereitet hatten, fiel mein Blick auf die Bibel, und ich notierte mir später, was ich gelesen hatte, und trage es seither bei mir.

›Wer seinen Vater und seine Mutter beraubt und spricht: Kein Frevel ist es! der ist ein Genosse des Verderbers.‹ Das ist ein altes Gesetz, aber immer noch ein gutes.

Und als Upchurch festgenommen wurde, hatte er einen Rucksack, in dem viele Dinge waren, die ich nicht als Beweismaterial zuließ. Aber unter diesen Büchern in dem Rucksack waren die gesammelten Werke von William Shakespeare. *King Lear*, erster Akt, vierte Szene: ›... wie es schärfer nagt als Schlangenzahn, ein undankbares Kind zu haben.‹«

Bei diesen Worten schaute der Richter Chris direkt in die Augen.

»Ich glaube, daß Sie jetzt Reue spüren, Mr. Pritchard. Ich zweifle nicht im geringsten an Ihrer Reue. Ich glaube, wenn Sie es rückgängig machen könnten, würden Sie das tun. Aber das können Sie nicht. Und Sie müssen die Konsequenzen dieser Ereignisse tragen, die Sie in Bewegung gesetzt haben.

Der Vater dieses Verbrechens war Christopher Pritchard. Die Hebamme mögen Dungeons & Dragons gewesen sein – ich möchte nicht darüber streiten –, aber der Vater war Christopher Pritchard.«

Dann verhängte Richter Watts die Höchststrafe: lebenslänglich plus zwanzig Jahre. Es würde vielleicht über zwanzig Jahre dauern, bis Chris für eine Entlassung auf Bewährung in Frage kommen würde.

Chris durfte zum Zuschauerraum gehen und Mutter, Schwester, Verwandte und Freunde umarmen. Dann fragte Osteen den Richter, ob Chris einen Augenblick allein mit seiner Mutter und Schwester sein konnte, bevor man ihn wegbrachte.

Chris, Bonnie und Bill Osteen wurden zum privaten Abschiednehmen in einen kleinen Raum geführt, der an das Richterzimmer grenzte. Angela begleitete sie nicht. »Ich verstehe nicht, warum«, sagte Osteen später, »denn der Zweck war, ihnen eine Chance zu geben, sich wenigstens auf Wiedersehen zu sagen.«

Aber selbst Bonnie blieb nur kurz. Sie sagte, sie würde mit Chris in Verbindung bleiben, wenn sie erfahren würde, in welchem Gefängnis er war. Es mochte die Zeit für einen tieferen und persönlicheren Austausch zwischen Mutter und Sohn kommen, aber jetzt war nach Bonnies Ansicht nicht der richtige Zeitpunkt. Sie wußte, daß Neal Henderson gleich verurteilt wurde, und nachdem sie bis jetzt jede Minute des Prozesses verfolgt hatte, wollte sie diesen Augenblick nicht versäumen.

»Ich verließ den Raum«, formulierte sie es später. Sie ging und ließ Chris mit dem Anwalt zurück, der von Anfang an eine Abneigung gegen Chris gehabt hatte.

Als sich die Tür hinter Bonnie schloß, empfand Bill Osteen zum ersten Mal etwas, das an Mitleid und sogar Zuneigung für Chris heranreichte.

»Wir wußten, daß es so kommen würde«, sagte er. »Wir wußten im Grunde, was der Richter tun würde. Aber das beste, was hier heute geschah, war die Tatsache, daß ich etwas Ehrliches von Ihnen hörte, als Sie sagten: ›Ich liebe meine Familie, und weiß, daß es falsch war, was ich getan habe.‹ Ich finde, das ist der erste große Schritt für Sie, Chris. Und wenn Sie auf diesem Weg bleiben, werden Sie es meiner Meinung nach schaffen.«

Chris schaute Osteen offen in die Augen und sagte: »Ja, Sir. Es dauerte zu lange, bis es so kam. Ich habe ihnen wirklich weh getan. Aber ich werde versuchen, es wiedergutzumachen so gut ich das kann.«

Im Gerichtssaal bezeichnete Richter Watts Henderson als ›intelligenten Kopf‹, lobte seine Noten und seine Ehrlichkeit und Kooperation, ohne die das Verbrechen vielleicht niemals aufgeklärt worden wäre. Dann verurteilte er Henderson zu einer Strafe, die mit der Empfehlung zu einer Haftunterbrechung wegen des Studiums bedeutete, daß er vielleicht schon in weniger als fünf Jahren aus dem Gefängnis heraus sein würde.

Für Bonnie, die immer noch der festen Überzeugung war, daß Henderson der Mann war, der sie zu töten versucht hatte – war dieses Urteil unfaßbar milde. Es erschütterte sie. Sofort nach der Sitzung eilte sie zum Tisch der Staatsanwaltschaft und sprach heftig mit der ersten Person, die sie dort antraf, dem jungen Keith Mason.

Mason war ein großer, freundlicher, nachdenklicher Mann, der aus einer Farmerfamilie des Beaufort County stammte, von der es hieß ›es gibt keine besseren Leute als die Masons‹. Er sprach mit einem noch stärkeren Akzent als Bonnie, obwohl er in Chapel Hill studiert hatte, und er hatte die gleichen Wertmaßstäbe, mit denen sie in der Kleinstadt Welcome aufgewachsen war.

»Dies bedeutet, daß ich den Rest meines Lebens mit einer Waffe in der Hand schlafen muß«, sagte Bonnie.

Als Mason schwieg, fügte Bonnie hinzu: »Ich hoffe, daß Sie mir eines Tages sagen, was *wirklich* geschah.«

»Wie bitte?«

»Ich hoffe, Sie werden mir eines Tages sagen, was wirklich geschah.« Keith Mason war nicht schnell zu verärgern, besonders nicht von einer Frau, die soviel durchgemacht hatte wie

Bonnie, aber es waren ein langer Tag, eine lange Woche, ein langer Monat und ein langes Jahr für ihn gewesen.

»Bonnie«, sagte er, »warum sagen Sie nicht einfach, was Sie denken?«

»Ist Ihnen Dr. Hudsons Meinung bewußt, daß es zwei Täter waren? Eine Person kann keinen Baseballschläger und ein Messer gleichzeitig benutzen.«

»Ja, ich kenne Dr. Hudsons Meinung.«

»Und was halten Sie davon?«

»Mit Meinungen ist das komisch. Jeder hat eine Meinung, besonders, wenn sie nicht zur Zeugenaussage wird. Ich versichere Ihnen, daß wir niemanden decken, weder Neal Henderson noch sonst jemanden.«

Dann wuchs sein Ärger, und er fügte hinzu: »Bonnie, ich weiß nicht, wer außer Upchurch in Ihrem Schlafzimmer war. Ich weiß es nicht, weil ich nicht dort war. Aber ob Sie es wissen oder nicht, es gibt schrecklich viele Leute, die der Meinung sind, daß Sie Ihren Mann getötet haben. Ich zähle nicht dazu, weil es keinen guten, hieb- und stichfesten Beweis gibt. Sie könnten ihn getötet haben, aber es gibt keinen Beweis. Und ich kann Ihnen versichern, daß wir dort gesucht haben, wo uns die Ermittlungen hingeführt haben, und nicht dort, wo wir es uns dachten.«

Und so endete es für Bonnie, wie es begonnen hatte: mit Bonnie als Opfer, als Verdächtige und als Mutter, deren Vertrauen in ihren Sohn unangebracht war.

Sie verließ das Gerichtsgebäude und ging in einen kleinen Park auf der anderen Straßenseite. In dem strahlenden Sonnenschein eines windstillen und überraschend warmen Januartags setzte sie sich auf eine Bank und gab ihren ersten und einzigen öffentlichen Kommentar über den Fall.

Sie las sich noch einmal die Erklärung vor, die sie und Wade Smith im voraus erarbeitet hatten, und sagte: »Die Ereignisse der vergangenen achtzehn Monate waren tragisch für mich und meine Familie. Wir haben Kummer erlitten, wie ich ihn nie zuvor gekannt habe. Ich liebte meinen Mann Lieth, und ich liebte unser ruhiges Zusammenleben. In der Nacht seines Todes starb ich fast an den Verletzungen, die ich während des Angriffs erlitt. Ich kann nicht verstehen, warum ich überlebte.

Jetzt sind mein Sohn Chris und zwei seiner Gefährten wegen der Beteiligung an dieser Tragödie verurteilt worden. Ich liebe Chris, und ich bin sicher, daß Neals und James' Eltern ihre Kinder ebenfalls lieben. Ich hoffe und bete, daß diese drei jungen Männer eines Tages innerlichen Frieden finden. Wir haben jetzt die schwierige Aufgabe, unser Leben zu meistern und vorwärts zu schauen. Mit der Unterstützung unserer Verwandten und Freunde werden wir es schaffen«

Und dann meldete sie sich im Hotel ab und fuhr allein nach Winston-Salem zu ihrem kleinen, leeren Haus.

Als sie dort eintraf, ging sie durch das Haus und die Hintertür zu dem Schuppen, in dem ihre Katzen warteten. Sie öffnete die Tür, trat ein, setzte sich auf den Boden, lehnte den Rücken an die Wand und schloß die Augen.

»Und ich saß eine Stunde lang da und streichelte die Katzen«, sagte sie später. »Ich ließ diese armen, lieben, unschuldigen, vertrauensvollen Tiere schnurren und sich an mich schmiegen.«

Fünfter Teil

Für immer ein Fremder

Februar 1990–Juli 1991

1

Ver von uns hat seinen Bruder gekannt? Wer von uns hat in las Herz seines Vaters geblickt? Wer von uns ist nicht für mmer eingesperrt geblieben? Wer von uns ist nicht für immer in Fremder und allein?

Thomas Wolfe
Look Homeward, Angel!

Nur drei Wochen später lernte ich Bonnie kennen, in demselben leinen fensterlosen Konferenzzimmer bei Tarrington, Smith & Hargrove, in dem Anfang Januar Mitchell Norton gesagt hatte, r könne Bonnie immer noch der Ermordung ihres Mannes nklagen.

Am nächsten Tag fuhr sie mich nach Little Washington, und vir gingen zusammen durch das Haus an der Lawson Road.

Bonnie sagte, es würde keine Geheimnisse geben, keine verchlossenen Türen. Sie würde jeden bitten, mit dem sie jemals n Zusammenhang mit diesem Fall Kontakt gehabt hatte, jede neiner Fragen zu beantworten.

»Sie sagte sehr eindringlich und in entschiedenem Tonfall: Dieses Buch ist nicht für mich‹«, erinnert sich Jean Spaulding.

»»In diesem Buch soll die Wahrheit erzählt werden. Ich will ihn
die Wahrheit sagen, was immer daraus werden mag.«

Ende des Winters, im Frühjahr und im Sommer 1990 ver
brachte ich viele Stunden in dem nur schwach erhellten Wohn
zimmer von Bonnies kleinem Haus in Winston-Salem unc
sprach mit ihr über finstere und traurige Dinge.

Ich wohnte in einem Motel in der Nähe und traf für gewöhnlicl
um neun Uhr bei ihr ein, und wir sprachen den ganzen Tag mitein
ander. Sie machte mir Eistee und gab mir belegte Brötchen. Bon
nie beantwortete jede Frage, die ich ihr stellte, und bot freiwilli
Informationen über Themen an, über die ich mich nicht erkun
digt hätte, wenn sie mich nicht darauf hingewiesen hätte.

Für gewöhnlich aßen wir zu Mittag um 13 Uhr in einem de
vielen Restaurants in der Nähe und bemühten uns, über ander
Dinge zu reden. Aber da gab es nicht viel anderes. Bonnie wa
einsam und gefangen in einer sehr dunklen, persönliche
Höhle, es gab wenig Hoffnung, daraus zu entkommen, und e
hatte keinen Sinn, etwas anderes vorzutäuschen.

Obwohl wir uns sicher nicht unsympathisch waren, war si
seelisch stets weit fort. Sie sprach über Chris und Angela un
über die schrecklichen Dinge, die ihr widerfahren waren, mi
einer Emotionslosigkeit und Distanz, die ich zuerst stören
fand, doch dann wurde mir klar, daß sie den Teil ihres Ichs, de
mit der Außenwelt (einschließlich mir) zu tun hatte, von ihre
tieferen Gefühlen isolierte, um sprechen und überhaupt weiter
machen zu können.

Bei seltenen Gelegenheiten – für gewöhnlich spät an unsere
langen Nachmittagen und nur, wenn das Thema ihr Vater ode
Lieth war – war plötzlich ein Stocken in ihrem Tonfall, ei
Zögern. Dann hatte es den Anschein, daß ihre Augen ein weni
feucht wurden, und sie holte schnell Atem und wandte de
Blick zur Seite. Im Laufe des nächsten Jahres sollte ich erfahren
daß die Weigerung, Gefühle zu zeigen, nicht nur ein Schutzme
chanismus war, den Bonnie übernommen hatte, um nach ihre
Tragödien zu überleben: es war vielleicht der hervorstechendst
Wesenszug der Familie Bates. Von Kindheit an war er bei Bor
nie besonders stark ausgeprägt.

Fast mußte man annehmen, sie sei mit versiegelten Tränenka-
älen auf die Welt gekommen. »Bonnie war ein Kind, das ein-
ich nicht weinte«, sagte mir ihre Mutter. »Und wenn sie krank
var, ließen wir sie am besten einfach allein und behelligten sie
icht. Sie wollte nicht getröstet werden.«

Bonnies jüngere Schwester, Ramona, erinnert sich: »Als sie
och ein kleines Mädchen war, wußte man nie, was sie dachte.
chon damals wußte man das nicht.«

Bonnie fürchtete nur eines: allein die Treppe hinauf zum
chlafzimmer zu gehen, das sie mit ihren Schwestern teilte.
licht daß sie jemals darüber gesprochen hätte – auch als Kind
atte Bonnie keine Schwäche zugegeben. Wenn ihre Mutter ihr
doch saubere, gefaltete Unterwäsche gab und ihr auftrug, sie
is Schlafzimmer zu bringen, wurden die Sachen statt dessen
ersteckt in der Küche oder im Arbeitszimmer gefunden. Erst
ahre später bekannte Bonnie, daß sie die Wäsche versteckt und
eimlich gewechselt hatte, weil sie sich davor gefürchtet hatte,
llein nach oben ins Schlafzimmer zu gehen.

Es war anscheinend eine besondere Phobie. Und vierzig Jahre
päter erlebte Bonnie oben im Schlafzimmer den schrecklich-
ten Augenblick ihres Lebens.

Was sie an gefühlsmäßiger Offenheit noch besessen haben
ochte, ging ihr in dem Augenblick verloren, da Steve Prit-
hard sie verließ. »Er verschloß für immer einen Teil von Bon-
ie, den ich sehr vermisse«, sagte Ramona.

»Wir wollten nicht, daß sie Steve heiratete«, gestand mir Bon-
ies Mutter. »George und ich redeten bis zum Geht-nicht-mehr
iit ihr darüber. Aber je mehr wir redeten, desto entschlossener
vurde sie.«

Schon bevor er sie verließ, tat er ihr seelisch weh. Während
ie mit Chris schwanger war – in welchem Monat, das weiß
vohl niemand mehr genau –, hatte sie einen epileptischen
Anfall. Bonnie selbst erzählte mir das. Sie wurde in aller Eile
is Krankenhaus gebracht. Sie mußte eine Woche lang im
Krankenhaus bleiben und erhielt in dieser Zeit und der ganzen
estlichen Schwangerschaft eine große Dosis des Medikaments
Dilantin. Sie fragte sich, ob dies vielleicht Chris' Gehirn vor der

Geburt so sehr geschädigt hatte, daß er nicht voll und ganz verantwortlich für das Verbrechen war, das er zwanzig Jahre später begehen sollte.

Ramona erzählte mir aber nicht, was den Anfall ausgelöst hatte. Ich erfuhr es von ihrer Mutter: »Sie hatte diesen Anfall wegen Steve. Sie fand heraus, daß er sich mit einer anderen herumtrieb. Ich kann Ihnen sogar sagen, mit wem. Dort unten an der Ecke Center Church Road und Route 150 gab es einen Laden, über dem ein Mädchen wohnte. Steve besuchte sie. Eines Abends kam sie sogar herunter zum Wagen und redete mit Steve, und sie trug nur ihr Nachthemd. Bonnie fand es heraus, und dann hatte sie diesen Anfall – genau zu diesem Zeitpunkt. Es war schrecklich.

Nach Chris' Geburt hatte Steve nicht einmal das Geld, um Bonnie aus dem Krankenhaus zu holen. Er hatte Geld für ein Motorrad, aber keines, um seine Frau und sein Erstgeborenes heimzuholen. Er mußte zu mir gehen und mich um das Geld bitten.«

Nach diesem Trauma, nach der ersten Entdeckung der Untreue ihres jungen Mannes, reagierte Bonnie auf jeden weiteren Beweis für das Scheitern ihrer Ehe mit völliger Verleugnung.

Das ging sogar weiter, nachdem Steve sie im Sommer 197? verlassen hatte – damals war Chris gerade über dreieinhalb, Angela fast zwei Jahre alt gewesen. Sie versiegelte die Wunde fest, damit keiner sah, wie sehr sie schmerzte. Zuerst erzählte sie keinem davon. Erst Wochen später vertraute sie ihrem Vater an, was geschehen war. Und selbst da sagte sie nur: »Steve ist weg, *und ich will nicht, daß irgend jemand über ihn redet.*«

Zu diesem Zeitpunkt hatte nach Jean Spauldings Meinung Bonnies Methode des Verleugnens bereits sehr stark auf Chris abgefärbt.

»Häufig finden Sie bei Kindern im Alter von etwa zwei Jahren, daß sie das Verhalten ihrer Eltern nachahmen«, sagte Dr. Spaulding. »Das ist eine der Möglichkeiten, neue Verhaltensweisen zu lernen. Es ist sehr altersspezifisch und hört für gewöhnlich mit drei Jahren auf.

Wenn ein Kind einem Elternteil das Verleugnen von Gefühlen achahmt, werden Sie sich fragen, was mit seiner Phantasie eschieht. Hier, in Chris Pritchards Fall, nahmen wir an – aber as ist natürlich Spekulation – daß er sich mit vier oder fünf ahren eingeschärft hatte: ›So wirst du mit der wahren Welt der jedem Trauma fertig werden.‹

Aber unter dieser Schicht wuchern die Phantasien weiter. Ind – dies ist ebenfalls Spekulation – wenn die Phantasie, achdem sie lange Zeit durch diese Mauer des Verleugnens edämpft worden war, endlich – beeinflußt durch Dungeons Dragons – ausbricht, dann ist das wie ein Abszeß.«

ls ich mit Chris redete, sagte er mir, soweit er das beurteilen önne, habe Dr. Spaulding völlig recht.

Ich lernte ihn am Muttertag 1990 in einem Gefängnis in oldsboro, südöstlich von Raleigh, kennen. Er war mitten in inem Drogen- und Alkoholentzugsprogramm. Wir sprachen wei Stunden lang in einem Raum, der von Zigarettenrauch rfüllt war und in dem Eisentische am Boden mit Schrauben-olzen befestigt waren. Chris war schrecklich nervös und teckte sich mit zitternden Fingern eine Zigarette nach der ande-en an. Seine Beine zitterten so stark, daß seine Knie gegen das etall des Tischs stießen. Chris ließ sich einen Bart wachsen nd hatte sich soeben von einem Mithäftling, einem ehemali-en Friseur, einen radikalen Haarschnitt verpassen lassen. Für manden, der nur sein Foto von der High-School gesehen atte, war er nicht wiederzuerkennen.

»Ich bin mir jetzt sicher«, sagte er. »Ich weiß, wo mein Leben st.« Er erklärte, daß er sich im Gefängnis besser fühle als auf er Uni in den Wochen vor dem Verbrechen.

»Es gab keine vierundzwanzig Stunden, an denen ich nicht ntweder betrunken oder high oder gar auf dem Trip war. Vom ufwachen bis zum Einschlafen. Ich hatte das starke Bedürfnis u entkommen.«

»Wem zu entkommen?«

»Mir selbst, nehme ich an. Aber zu diesem Zeitpunkt konnte

ich die Realität nicht von der Phantasie unterscheiden. Unsere Spielfiguren waren mir wichtiger als das wahre Leben.«

Sie waren ins Wildflour gegangen, um Pizza zu essen und Bier zu trinken, und Moog hatte gerufen: »Fünftausend Erfahrungspunkte für jeden, der mit dem Bierglas auf den Tisch haut und brüllt: ›Servierhure, bring uns mehr Bier!‹« Moog hatte ihnen Erfahrungspunkte für alles mögliche gegeben wie zum Beispiel fürs Stehlen. Je teurer das gestohlene Objekt war, desto mehr Erfahrungspunkte erhielt man vom D & D-Meister.

»Es ging darum, etwas Wagemutiges im echten Leben zu tun, damit man Punkte für seine Figur erhielt. Mit den Punkten sammelte die Figur Wohlstand und Macht und rückte auf eine höhere Stufe. Und die Figur tat Dinge, die eine echte Person niemals tun würde. Mit dem Spiel konnten wir unsere Impulse durchspielen, ohne es später bedauern zu müssen. So sollte das jedenfalls funktionieren. Das dumme war, daß bei all dem Drogenkonsum der Unterschied zwischen Spiel und Realität verschwommen wurde. Ich erinnere mich, daß ich bei der Planung des Mordes gar nicht so sehr an das Geld dachte, sondern mich fragte, wie viele Erfahrungspunkte ich bekommen würde.«

Ihm war erst hinterher klargeworden, wie vieles Dimson, die Wanderin, mit ihm gemein hatte. »Sie war einsam, ihre Familie war tot, sie war von der Umwelt abgeschnitten wie ich. Ich sagte mir immer, keiner darf etwas erfahren, keiner soll sich ein vollständiges Bild von mir machen können. Wissen Sie, ich habe grundsätzlich Mißtrauen vor jedem. Das dumme war, ich bezweifele, daß ich jemals ›ich selbst‹ war. Ich habe das Gefühl, ich darf nicht sein, wie ich sein will. Niemand kann es sehen, aber ich habe eine unsichtbare Mauer um mich errichtet. Stein um Stein. Ich fühle mich immer noch hundertprozentig einsam. Selbst wenn ich in einem Raum mit tausend Leuten wäre, würde ich mich einsam fühlen. Und ich weiß, daß ich mich immer einsam fühlen werde.«

Bei folgenden Besuchen – er kam schließlich in ein Gefängnis namens Craggy, nördlich von Asheville – sprachen wir mehr über seine Gefühle der Entfremdung, von seinem Eindruck, daß er nie ein wahres Heim gehabt hatte.

»Bei Lieth war das so«, erklärte er, »wenn wir gut waren, waren wir ›seine Kinder‹. Aber wenn wir irgend etwas falsch machten, brüllte er die Mutter an. Es gefiel mir nicht, wenn er meine Mutter anschrie. Das brachte mich auf die Palme. Sie hatten Probleme. Lassen Sie sich nicht von irgend jemandem etwas anderes erzählen. Ich kann mich an vieles erinnern. Einmal rief meine Mutter Ramona an, weinte und sagte, sie sei bereit, Lieth und uns alle zu verlassen. Damals war ich auf der High-School, lange Zeit bevor jemand die Schuld auf Lieths Krankheit schieben konnte. – Nach einer Weile begann er mit dem Saufen. Sie haben gehört, wie er mir nachlief und mich schlagen wollte. Aber das war nicht so schlimm. Beim zweiten Mal brachte es mich wirklich fast um. Er war betrunken. Er wollte mich verprügeln, und er brüllte: ›Ich hasse dich! Ich hasse dich! Ich hasse dich!‹ Er versuchte mich zu treten, und ich mußte meine asiatische Kampfkunst anwenden. Taekwondo. Er schlug mir ins Gesicht und sagte: ›Gehen wir nach draußen.‹ Meine Mutter und Angela schrien: ›Hör auf! Hör auf!‹ Schließlich rannte ich einfach fort. Ich sprang in meinen Wagen, wie immer, wenn ich vor etwas flüchtete, und fuhr eine Zeitlang wie ein total Verrückter herum.«

Laut Chris waren die Dinge schlechter geworden, seit sie nach Little Washington gezogen waren. »Ich nehme an, ich wohnte nicht gern in diesem Haus. Es war das genaue Gegenteil von dem, was ich hatte, als ich jünger gewesen und die Familie für mich dagewesen war. Aber meine Mutter erfuhr es nie. Ich erzählte ihr nie etwas von meinen Problemen und den schlechten Gefühlen, die ich hatte. Ich sprach mit keinem in der Familie darüber, ich weiß nicht, warum. Ich nehme an, das ist ein ererbter Wesenszug. Aber vielleicht war da aus irgendeinem Grund ein tiefsitzender Mangel an Vertrauen in meine Mutter. Als ich klein war, befürchtete ich immer, sie würde mich verlassen, wie mich Steve Pritchard verlassen hatte. Wenn sie nicht rechtzeitig von der Arbeit heimkam, saß ich in der Tagesstätte oder bei meiner Großmutter und plärrte und plärrte, bis sie schließlich zur Tür hereinkam. In Washington gab sich meine Mutter Mühe mit mir, aber ich hatte das Gefühl, daß sie mich nicht verstand. Ich fühlte mich immer unverstanden. Ich ging zur NC State anstatt auf die Uni in Greenville, weil ich so weit wie möglich von zu Hause weg sein wollte, nicht weil es eine bessere Uni war. Ich fühlte mich zu Hause nicht wohl. Es war kein Zuhause für mich.«

Wir sprachen über seine Gefühle und über seine Unfähigkeit, sie auf nicht destruktive Weise auszudrücken.

»Ich habe meine Gefühle aus dem Bewußtsein verdrängt«, sagte er. »Mann, ich habe die Scheißgefühle ganz tief bis auf die Fußsohlen weggeschoben. Ich würde sie auch jetzt noch durch die Fußsohlen schieben, wenn ich das könnte. Ich habe das irgendwo und irgendwann gelernt, vielleicht von meiner Mutter. Da kommt die Wirklichkeitsflucht ins Spiel. Nur in der Phantasie konnte ich mir wirklich Gefühle erlauben. Ich versuche, hoch hinaus zu kommen, über meine Gefühle hinweg. Meine Gefühle zu zersplittern. Ich will mich auf eine andere, höhere Ebene als meine Gefühle bringen. Gleichzeitig *wünsche* ich, offen zu sein. Ich *wünsche*, daß mich die Leute kennen, wie ich wirklich bin. Meine Verschlossenheit führe ich auf meine Mutter zurück. Das habe ich von ihr. Meine Mutter und ich sprachen sehr, sehr selten miteinander.«

»Warum wünschten Sie den Tod Ihrer Eltern?« fragte ich. »Damit Sie nicht mehr zurückgewiesen oder abgelehnt werden konnten?«

Es folgte eine lange Pause. Dann sagte er: »Nein. Ich glaube, ich wollte sie töten, weil ich sie dann nicht mehr enttäuschen konnte.«

2

Wie Keith Mason der Witwe nach dem Prozeß gesagt hatte, glaubten viele Leute in Washington immer noch, daß Bonnie und ihre Tochter in Lieths Ermordung verwickelt waren.

Ich hatte ein langes Gespräch mit Mitchell Norton, bei dem

er erwähnte, was er als seinen Plan B bezeichnete, den er ausgeführt hätte, wenn Chris angeklagt worden wäre.

Dieser Plan bestand im wesentlichen darin, Bonnie des Mordes anzuklagen: zu behaupten, daß sie der Kopf sei, der hinter der Planung steckte, um das Geld zu kassieren, das ihr nach Lieths Tod zufallen würde.

Norton räumte ein, daß es kein Beweismaterial gab, das Bonnie mit dem Verbrechen in Zusammenhang brachte, aber das hatte es bei Upchurch auch nicht gegeben. Und Bonnie hatte ein weitaus besseres Motiv: zwei Millionen Dollar.

Nortons Ziel wäre keine Verurteilung gewesen; aber die Geschworenen hätten Bonnie mit Mißtrauen betrachten und ignorieren sollen, was sie zur Unterstützung ihres Sohnes gesagt hätte.

Um ihre Beteiligung an dem Verbrechen anzudeuten, hätte Norton sich auf den unverdauten Reis, auf die Briefe der Frau aus California an Lieth und die blutbespritzten Seiten aus *A Rose in Winter* bezogen. Er hätte auch Bonnies Verhalten angeführt; daß sie zu bestimmten Zeiten keine Trauer und keinen Kummer gezeigt hatte. Und er hätte auch Angela hineingezogen, wie es Upchurchs Anwälte versucht hatten.

Die Sache mit dem Reis blieb eine unbeantwortete Frage. Über ein Jahr nach dem Prozeß war Page Hudson immer noch beunruhigt über diesen Punkt.

»Reis ist ziemlich leicht verdaulich«, sagte er in einem Interview. »Hühnerfleisch ebenfalls. Je länger solche Essensteilchen im Magen sind, desto ausgefaserter sind sie. Aber bei Lieth sahen sie überhaupt nicht ausgefasert aus. Wenn man mir gesagt hätte, sie wären vor zehn oder fünfzehn Minuten gegessen worden, dann hätte ich gesagt, okay. Aber wenn sie sagen *vier oder fünf Stunden . . .*

Irgend etwas stimmt nicht ganz an diesem Fall. Da fehlt irgend etwas. Da muß noch eine Karte ausgeteilt werden.«

Dr. Hudsons Gefühl wurde von Upchurchs Pflichtverteidigern geteilt.

»Ich habe das Gefühl, daß da noch eine andere Person beteiligt ist«, sagte Frank Johnston.

Seine Ansicht basierte hauptsächlich auf zwei Faktoren: dem unverdauten Reis und dem Verhalten von Bonnie und ihren Kindern während des Prozesses. »Ich sah eine Kälte an Bonnie, Chris und Angela, die mich schockierte. Bonnie ist vielleicht eine gefühlslose Person, und es war mir unheimlich, wie sie von ihrem Sohn oder ihrem Mann redete. Sie ist die beherrschteste Person, die ich je erlebt habe.«

Auf die Frage, ob er ihre Geschichte anzweifelte, sagte Johnston: »Das tue ich ganz gewiß. Wenn man an die unverdaute Nahrung denkt und ihre Aussage berücksichtigt, daß es um vier oder fünf Uhr morgens geschah, dann können sich meiner Meinung nach Dinge abgespielt haben, die wir nie erfahren werden. Für mich hatte es den Anschein, daß die ärztliche Aussage völlig widerlegte, was die Staatsanwaltschaft behauptete. Den Zeitunterschied kann es aus ärztlicher Sicht nicht geben. Entweder ist die Medizin nicht so exakt, wie wir annehmen, oder Bonnie von Stein verheimlicht etwas.«

Wayland Sermons ging nicht ganz so weit, aber er stimmte darin überein, daß Bonnie eine ›sehr ungewöhnliche Persönlichkeit‹ sei und Dr. Hudsons Befund ›in eine völlig andere Richtung‹ weise, als die Geschichte, die von Bonnie, Chris und Neal Henderson erzählt worden war.

Und selbst ohne den unverdauten Reis blieb die Tatsache, daß Lieth um 21 Uhr 30 zu Bett gegangen war – wie es seine Gewohnheit war. Um 4 Uhr 30 hätte er bereits sieben Stunden Schlaf gehabt und wäre weitaus leichter aufgewacht als bei einem Angriff um Mitternacht.

»Das gibt mir immer noch zu denken«, sagte Sermons. »Da waren so viele Dinge, die sich nicht reimen. Ich denke, irgendwann wird man herausfinden, daß noch jemand in dem Schlafzimmer war.«

Sermons Formulierung ›noch jemand‹ war ein indirektes Eingeständnis, daß sein Mandant ebenfalls in dem Schlafzimmer gewesen sein könnte, aber das war nicht der Punkt, den er machen wollte.

»Ich denke, daß dieser Jemand vielleicht Henderson war«, sagte er. »Oder sonst jemand. Da geschah einfach zu vieles zu schnell, das eine Person allein nicht schaffen konnte.« In diesem Punkt pflichteten ihm Page Hudson und Tom Brereton bei, ganz zu schweigen von Bonnie.

»Henderson hatte ein Jahr lang Zeit, um seine Geschichte zu durchdenken«, argwöhnte Sermons. »Und ich bezweifle, daß er im Zeugenstand die Wahrheit, die ganze ›Wahrheit‹ gesagt hat.«

Auf die Frage nach seiner eigenen Meinung über das Geschehen sagte Sermons nur: »Ich behalte meine persönliche Meinung besser für mich.« Hinsichtlich Bonnie fügte er jedoch hinzu: »Bei mir blieb die Frage: War sie beteiligt?« Und er betonte, daß sein Kollege Frank Johnston es unglaublich fand, daß Bonnie einen Angriff mit so schweren Verletzungen überleben konnte.

Auch Lewis Young gab zu, daß er eine Zeitlang, sogar noch nachdem sie den Test mit dem Lügendetektor so gut bestanden hatte, Zweifel an Bonnie gehabt hatte. »Ich hatte eigentlich das Gefühl, daß sie nicht beteiligt war. Aber ich vergaß nie, daß eine Menge Geld im Spiel war und Bonnie von Stein als erste zu gewinnen hatte, wenn sie überlebte. Dennoch kann ich mir nicht vorstellen, daß sich jemand so schwere Verletzungen zufügt oder zufügen läßt. Auch wenn sie sich schließlich als nicht lebensbedrohlich erwiesen, hätte der Baseballschläger die falsche Stelle treffen können; das Messer hätte ein wenig tiefer eindringen können. Wie kann man dergleichen unter Kontrolle halten?«

Dr. Spaulding fand jede Behauptung, Bonnie habe den Mord arrangiert oder sich daran beteiligt, lächerlich. »Ich kenne Bonnie sehr gut als ihre Psychiaterin und halte sie für unfähig, so etwas zu planen oder mit durchzuführen. Keinen Mord im allgemeinen und gewiß keine Ermordung von Lieth, der ihr in so vielerlei Hinsicht so wichtig gewesen war. Jedesmal, wenn Bonnie von Lieth sprach, spürte ich Wärme und Herzlichkeit. Es war sehr viel Menschlichkeit in ihr. Für Bonnie bedeutete Lieth mehr als das Leben.«

Auf Mitchell Nortons Liste der ungeklärten Fragen blieben noch die vier blutbespritzten Seiten aus *A Rose in Winter*. Bei dem Durcheinander am Tatort erinnert sich niemand, wann oder wo das Buch selbst gefunden wurde. John Taylor entsinnt sich, daß er es irgendwann in der Hand hielt, aber er weiß nicht, wie er daran kam.

In punkto Seiten ist Lewis Youngs Erinnerung jedoch ziemlich genau – gestützt durch Taylors Fotos vom Tatort. Die Seiten lagen ordentlich gestapelt auf dem Schreibmaschinentisch. Und sie waren mit Blut bespritzt. Ein T-Shirt von Bonnie, das auf einem Stuhl neben dem Schreibmaschinentisch hing, war ebenfalls blutbefleckt. Für Young war dies ein Anzeichen, daß die Seiten vor dem Blutvergießen auf dem Schreibmaschinentisch gelegen hatten.

Angesichts der Nichtbeachtung anderen möglichen Beweismaterials hielt er es für unwahrscheinlich, daß ein Washingtoner Polizist sorgfältig die Seiten vom Boden aufsammelte und sie ordentlich nach den Seitenzahlen stapelte.

Bonnie hatte beim Prozeß ausgesagt: »Als ich zu Bett ging, gab es keine Bücher, aus denen Seiten herausgerissen waren.«

Auf die Frage, ob sie dieses besondere Buch gelesen hatte, dessen Seiten vom Text her so sehr den Ereignissen in dem Zimmer ähnelten, in dem sie gefunden worden waren, hatte Bonnie geantwortet: »Ich erinnere mich nicht an die Geschichte. Ich las das Buch vor ein paar Jahren.«

Und damit war die Sache erledigt. Anscheinend war keiner in der Lage, diesen Punkt weiterzuverfolgen. Wenigstens nicht, bis Angela am 14. Juni 1991 in einem Interview sagte, sie habe das Buch gut gekannt.

»Ja«, sagte sie, »ich habe es bestimmt dreimal gelesen.« Eine interessante Bemerkung angesichts der Art des Buchs und der Tatsache, daß Angela nicht gerade als Leseratte bekannt war und im März den SBI-Ermittlern Newell und Sturgell gesagt hatte, sie erinnere sich nicht an das Buch.

Aber im Juni 1991 gab sie zu, daß sie gewußt hatte, was auf diesen besonderen Buchseiten geschah. Ihrer Ansicht nach konnte das Buch offen beim Bett gelegen haben, weil ihre Mutter es zu diesem Zeitpunkt gelesen hatte.

Im Juni 1991 erinnerte sich Chris Pritchards ehemaliger Zimmergenosse Vince Hamrick ebenfalls an einige interessante Einzelheiten und bot provozierende Meinungen an.

James Upchurch hatte zusätzlich zu seinem Baseballschläger eine japanische Kampfkunst-Waffe in seinem Zimmer aufbewahrt. Es war eine starke Waffe aus zwei soliden Bambusstöcken, die mit einem Lederriemen verbunden waren. Die Art Waffe konnte zwar nicht so leicht einen Schädelbruch bewirken wie ein Baseballschläger, aber sie konnte gewiß Schaden an einer Stirn anrichten, zumal bei einer am Boden liegenden Frau. Hamrick erinnerte sich im Zusammenhang mit der Waffe besonders daran, daß sie ein zischendes Geräusch erzeugte, wenn sie hart geschwungen wurde.

Zwei Wochen nach Lieths Ermordung, während Chris vom Campus fort war, war James Upchurch in das Zimmer gezogen, hatte in Chris' Bett geschlafen und war vorübergehend Vince Hamricks Zimmergenosse gewesen. Zu dieser Zeit hatte Vince nichts besonderes daran gesehen, weil sie ohnehin alle ständig zusammen herumgegammelt hatten, und Moog hatte nie über das Verbrechen gesprochen, doch im nachhinein betrachtet, fand Vince es merkwürdig.

Er erinnerte sich, daß Upchurch ›unglaublich unsportlich‹ gewesen war. Einmal hatte er ihn aufgefordert, Hanteln zu heben, aber Upchurch war dazu nicht in der Lage gewesen.

Henderson, ein kräftigerer Mann, war ›sehr verschlagen‹. Bei den D & D-Spielen war er derjenige, der die Zauberkraft einsetzte. »Er fand magische Dinge und belog jeden, daß sie nichts wert waren. Dann ging er heimlich zurück und behielt sie für sich.«

Nach Vince Hamricks Ansicht war Upchurch zu klein und zu schwach, um den Angriff allein durchzuführen. Auf Grund von Bonnies Beschreibung des Täters und Hendersons Persönlichkeit und Statur war Vince überzeugt, daß Henderson an dem Angriff beteiligt war. Er war so sehr davon überzeugt, daß er sogar in beiläufigen Unterhaltungen davon sprach, wie ›sie‹ es taten und was ›sie‹ dachten. Vince war der Meinung, daß Upchurch mit dem Messer zugestochen und Henderson mit dem Knüppel geschlagen hatte – ob es nun ein Baseballschläger oder Bambusstäbe gewesen waren.

Wenn er erst in letzter Minute als Fahrer hinzugezogen worden wäre, dann wäre er nach Vince Hamricks Meinung überhaupt nicht darin verwickelt gewesen. »Warum hätten sie ihn fragen sollen? Er zählte ja nicht mal richtig zu unserer Gruppe.«

Hamrick erinnerte sich auch deutlich an das besondere Dungeons & Dragons-Szenarium, das die Spieler auf Moogs Anweisung hin in den Tagen vor dem Mord gespielt hatten.

Moog hatte es ›Die Rettung von Lady Carlyle‹ genannt und selbst erfunden. Sie hatten es fast jeden Abend in den letzten beiden Wochen vor dem 25. Juli 1988 gespielt. Im wesentlichen hatten die Spieler Lady Carlyle retten müssen, eine attraktive junge Frau, die in einer Burg von einem teuflischen Baron gefangengehalten wurde. Der Baron hatte keinen Nachnamen gehabt.

Nach der Rettung würde Lady Carlyle sie großzügig mit einem Teil des Reichtums ihres Vaters belohnen und ihnen sexuell ihre Gunst erweisen.

Vince fand es sonderbar, daß zu der Zeit, an der das wahre Mordkomplott bereits geschmiedet wurde, Moog als Kerkermeister das Szenarium bis zu dem Punkt entwickelt hatte, an dem sie die Rettung durchführten, indem sie mitten in der Nacht in die Burg einbrachen, während Lady Carlyle schlafend in ihrer Kammer lag.

Auch Neal Henderson teilte mir Beunruhigendes mit. Henderson war im Harnett County in Haft, nicht weit von Fayetteville und Fort Bragg entfernt.

Ich sprach im Frühjahr 1990 zweimal jeweils zwei Stunden lang mit Neal Henderson, ungestört durch das Gefängnispersonal.

Er kann mir die Wahrheit gesagt oder mit jedem Wort gelogen haben. Er blickte mir unverwandt in die Augen, aber ich hatte keine Ahnung, was ich darin sah. Es war für ihn vielleicht immer noch ein großes Dungeons & Dragons-Spiel, und ich war einfach nur ein neues Element in dem Szenarium.

Aber ich kann folgendes berichten: er hat einen massigen Oberkörper – wirklich sehr auffällig – und einen dicken, kurzen Hals, wodurch der Eindruck entsteht, sein Kopf sitze fast direkt auf den Schultern. Alles an ihm – seine Bewegungen, seine Sprechweise, seine ganze Persönlichkeit – wirkt vorsichtig, bedächtig und beherrscht.

Wir sprachen darüber, daß er unmöglich den Wagen zu einer anderen Stelle gefahren haben konnte. »Er brauchte zu lange«, sagte Henderson. »Ich bekam es einfach mit der Angst zu tun, und so fuhr ich los und suchte ihn.«

Nach seinen Worten hatte er auf der Airport Road geparkt und gehört ›daß jemand angerannt kam‹. Als ich ihn fragte, wie Upchurch ihn so weit entfernt auf der Airport Road hatte finden können, sagte Henderson: »Ich muß unwissentlich auf das Bremspedal getreten haben, denn als er in den Wagen stieg, sagte er als erstes: ›Deine Bremslichter sind an.‹«

Dann fügte Henderson einen Wortwechsel hinzu, der in dieser Form beim Prozeß nicht zu hören gewesen war. »James sagte: ›Jemand hat großen Krach gemacht. Ich mußte den Kerl schlagen, um ihn stumm zu machen.‹ Es überrascht mich, daß nicht die ganze Nachbarschaft wach wurde.«

Trotz des Vertrauens, das ich in Norton, Mason, Crone, Taylor und Young setzte – die ich alle für fähige, ehrbare Männer halte, die in gutem Glauben handelten, die jedoch alle jeden Grund hatten, Henderson Glauben zu schenken (und die ihn niemals einem Test mit dem Lügendetektor unterzogen) –, hatte ich Probleme mit Hendersons Bericht über seine kleine Rolle bei dem Verbrechen.

Da war erstens Bonnies starker Eindruck, die Stichhaltigkeit, mit der Jean Spaulding kürzlich bei mir wiederholte: »Es war eine innere, instinktive, überwältigende Reaktion. Nicht die sonst üblichen, denn Bonnie ist sehr vernunftbetont und – nicht in negativem Sinn – gefühlsmäßig einfach kühl. Sie muß sich an etwas erinnert haben, und wenn sie nur seine Anwesenheit *spürte*, wußte sie, daß dies der Mann war. Sie hatte eine sehr starke körperliche Reaktion. Dies war kein bewußtes Erkennen, sondern mehr oder weniger eine ›gefühlsmäßige Erinnerung‹. Und ich werte das sehr ernst, weil Bonnie sich sonst von Emotionen überhaupt nicht überwältigen läßt.«

Darüber hinaus ist es unwahrscheinlich – wie auch Page Hudson und Tom Brereton betonten –, daß eine Person, nur bewaffnet mit Baseballschläger und Messer, in ein unbekanntes Haus eindringt, in dem mindestens drei Erwachsene schlafen, und den Entschluß faßt, sie alle zu ermorden.

Dr. Hudson hatte gesagt: »Angesichts der Verletzungen, die Mrs. und Mr. von Stein hatten, kann ich mir leichter zwei Personen als Angreifer vorstellen. Ich kann mir einfach nicht vorstellen, wie ein Angreifer beide so zurichten konnte.«

Brereton, mit seinen zwanzig Jahren Erfahrung beim FBI – einige dieser Jahre in Indianerreservaten, wo er in unzähligen Morden mit Stichwaffen ermittelte –, sprach sich noch entschiedener aus: »Man würde niemals eine Person beauftragen, in ein Haus zu gehen und drei Leute zu töten. Wie kann man die zweite Person töten, geschweige denn die erste, ohne die dritte zu wecken?« Chris hatte gesagt, er hatte eine zweite Karte angefertigt. Diese Karte, die vermutlich verbrannte, zeigte die Lage der oberen Schlafzimmer. Folglich hätte Upchurch wissen müssen, wo Angela schlief. Aber Chris hatte laut seiner Aussage Upchurch nie gesagt, daß Angela kein Telefon in ihrem Zimmer hatte. In Wirklichkeit hatte sie ja auch eines und hätte leicht anrufen und Hilfe rufen können, wenn sie aufgewacht wäre.

Die Schnur des Telefons unten im Haus war herausgerissen

worden. Wenn jemand sichergehen wollte, daß keiner oben telefonisch um Hilfe rief, warum nahm er dann nicht einfach den Hörer ab, anstatt die Schnur herauszuziehen? Aber auch mit dieser Vorsichtsmaßnahme hätte er befürchten müssen, Angela konnte von dem Lärm im Schlafzimmer nebenan wach werden, sofort die Polizei anrufen und sich dann in ihrem Schrank oder unter dem Bett verstecken oder die Treppe hinunter flüchten und laut schreiend aus dem Haus um ihr Leben rennen.

Es sei denn natürlich, sie war bereits wach oder hatte sich mit dem Wissen schlafen gelegt, daß ihr nichts geschehen würde.

Oder sie wußte nichts im voraus, wurde vielleicht von Lieths Schreien und den Schlaggeräuschen wach und entdeckte nicht nur einen Fremden – Neal Henderson – in ihrem Haus, der versuchte, ihre Mutter und ihren Stiefvater zu ermorden, sondern auch James Upchurch, den jungen Mann, den sie gut kannte und mochte und der sie gern hatte, wie sie wußte. Chris hatte ausgesagt, er wisse nicht, ob James Upchurch seine Schwester jemals kennengelernt hatte. Mitchell Norton aber sagte mir, Henderson habe ihm erzählt, ›daß Angela mehrmals Geschlechtsverkehr mit Upchurch hatte.‹

Als wir unter der heißen Junisonne an einem kleinen Zementtisch im Hof der Strafanstalt des Harnett County saßen, erklärte Henderson, wie seiner Ansicht nach die Beziehung gewesen war.

»Moog war in Angela Pritchard verknallt und hat mir sogar einmal gesagt: ›Endlich habe ich ein Mädchen kennengelernt, das ich heiraten möchte.‹ So hatte James noch nie über ein Mädchen gesprochen«, sagte Henderson. »Er hat sie *wirklich* gemocht. Er sagte, sie sei sehr hübsch und intelligent, und ihre Eltern seien Millionäre. Es war so ungewöhnlich, ihn so schwärmen zu sehen, daß ich es wirklich gut in Erinnerung habe. Es verblüffte mich echt. Und dies war *vor* irgendwelchem Gerede über das Komplott. Ich sagte mir zu diesem Zeitpunkt: ›James Upchurch sagt das *mir*?‹ Ich fühlte mich geehrt, daß er mich so ins Vertrauen zog. Das machte er normalerweise nicht.«

Als ich diesen Besuch beenden wollte, fügte Henderson hinzu, daß es natürlich ein Standardszenarium beim Dungeons & Dragons-Spiel war, den herrschenden König zu töten, die Prinzessin zu heiraten und somit die Schlüssel zum Königreich und all dessen Reichtum zu erhalten.

Und Angela, die nie Gefühle zeigte, die während allem geschlafen hatte, die nicht telefonisch Hilfe gerufen und dreimal *A Rose in Winter* gelesen hatte, war in Tränen ausgebrochen, als Moog zum Tode verurteilt worden war.

3

Chris hatte am 27. Dezember 1989 bei seiner Aussage vor der Polizei nicht nur gesagt, er wisse nicht, ob sich Angela und James Upchurch jemals kennengelernt hatten, sondern er hatte auch bei sechs verschiedenen Anlässen betont, daß er bei seinen Planungen keine Rücksicht auf sie genommen habe; es sei ihm gleichgültig, ob sie überleben oder sterben würde.

Aber Jean Spaulding fand es nicht sehr glaubhaft, daß Chris so herzlos hinsichtlich seiner Schwester gewesen sein konnte.

Auf meine Bitte hin traf sie sich im Juli 1990 mit Bonnie und betrachtete zahlreiche Fotos von Bonnie, Chris und Angela, die im gesamten Leben der Kinder gemacht worden waren. Dr. Spaulding fand diese Aktion von unschätzbarem Wert, um einen Einblick in die Art der familiären Beziehungen zu bekommen.

Im August schrieb sie mir einen Brief, in dem es unter anderem heißt:

> Einer der überraschendsten Punkte, die Sie bei Ihren Überlegungen in Betracht ziehen sollten, ist die große Anzahl von Fotos von Chris und Angela, die sie in Umarmung oder anderer Form körperlicher Nähe zeigen. In den vielen Jahren meiner Praxis habe ich viele Alben mit Familienfotos

betrachtet und viele Bilder von Brüdern und Schwestern gesehen. Ich war beeindruckt von der offensichtlichen Herzlichkeit und Verbundenheit, die auf den Fotos über so viele Jahre in Chris' und Angelas Leben zu sehen sind. Ob in frühester Kindheit, in den Jahren bis zur Pubertät und darüber hinaus – auf sehr vielen Fotos umarmen sie sich. Viele der Schnappschüsse aus der Pubertät zeigen Herzlichkeit und Kameradschaft zwischen Chris und Angela. Es wäre erstaunlich, wenn Chris fähig war, bei einem Mordkomplott mitzumachen, bei dem der Person etwas angetan wurde, mit der er offenkundig eine herzliche Verbundenheit hatte, wie es diese Fotos dokumentieren.

Selbst Bill Osteen, der längst seine Zweifel über Bonnie überwunden hatte, fühlte sich hinsichtlich Angela weiterhin unbehaglich. Auf diese Frage, ob er *ihren* Mangel an Gefühl – im Gegensatz zu dem Bonnies – verdächtig fand, sagte er: »Sehr verdächtig. Ich habe mich immer gefragt, ob es da irgendwo irgend etwas gab, das uns entging. Ich habe stets das Gefühl, daß da etwas zwischen Upchurch und Angela gewesen ist, über das ich nichts weiß. Ich hätte liebend gern einen Videofilm, der Upchurch in diesem kleinen Schuppen an dem Tag zeigt, an dem er dort wartete. Ich habe mir immer die Frage gestellt, ob Angela wußte, daß er dort war.«

Ich lernte Angela im Frühjahr 1990 kennen, im selben kleinen Wohnzimmer, in dem ich so viele Stunden mit ihrer Mutter verbracht hatte. Angela hatte brünettes Haar mit einer Spur Rot. Ihre Haut war rein. Sie hatte kein Make-up und trug nur T-Shirt und Shorts. Sie war zwar keine atemberaubende Schönheit, aber sie sah gut aus.

Aber mich überraschte – weil ich fast eine Art Zombie oder ein Kaufhausmannequin erwartet hatte – wie lebhaft und angenehm sie war. Angela war freundlich, gesprächig und wirkte mit einer Ausnahme überhaupt nicht befangen. Sie hatte mindestens zweierlei mit ihrer Mutter gemeinsam: sie bemühte sich nicht, Eindruck zu machen, und anscheinend konnte sie sich über keine Frage aufregen.

Als erstes erklärte sie, es habe überhaupt keine Probleme in der Familie gegeben. Nach ihren Worten hatte sie Lieth geliebt, und er war gut zu ihr gewesen. Er hatte ihr nie das Leben schwergemacht, und sie hatte nie ein schlechtes Wort zu ihm oder über ihn gesagt. »Er kümmerte sich sehr viel um uns«, sagte Angela. »Und Chris und Lieth haßten sich nicht. Ich weiß das, weil ich eine Eingeweihte bin.«

Nur als ich sie über Moog befragte, huschte ein verlegenes Schulmädchen-Lächeln über ihr Gesicht. Sie blickte kurz fort und wenn sie nicht ganz errötete, so war sie nahe daran. »Da habe ich totale Mattscheibe«, sagte sie. »Ich habe ihn vielleicht am Strand oder in Washington gesehen. Und vielleicht in Chris' Zimmer im Studentenwohnheim.«

Je länger wir miteinander sprachen, desto klarer wurde jedoch anscheinend ihre Erinnerung. Bevor der Tag vorüber war, konnte sie sagen: »Moog ist mir lebhaft in Erinnerung. Als ich ihn kennenlernte, war er betrunken. Ich glaube, das war, als Chris noch das Zimmer mit Will Lang teilte, also in seinem ersten Semester.«

Sie hatten sich ›vermutlich‹ bei einem Konzert auf dem Campus kennengelernt, das eine Gruppe namens Def Leppard gegeben hatte, folglich in der letzten Januarwoche, fast fünf Monate bevor Chris Upchurchs Bekanntschaft machte. Diese Erinnerung wurde gestützt durch eine Bemerkung ihrer besten Freundin Donna Brady, die sich erinnerte, daß sie Upchurch ›Anfang des Jahres‹ kennengelernt hatte. Donna wirkte fast schockiert, als sie hörte, daß Chris laut eigener Aussage Moog erst im Sommersemester kennengelernt hatte.

»Ich erinnere mich, daß er auf einem Skateboard in Chris' Zimmer rollte«, sagte Angela. »Er hatte eine sonderbare Frisur. Verrückt, sehr verrückt. Einfach ein irrer Typ.« Als sie direkt befragt wurde, sagte sie: »Ich nehme an, man kann ihn als prima bezeichnen.«

Nach ihren Worten sah sie ihn ›oft‹ während des Semesters, wenn sie zur Uni fuhr, um Chris zu besuchen. Diese Ausflüge anden ›alle zwei oder drei Wochen‹ statt. Im Gegensatz dazu hatte Bonnie im Prozeß ausgesagt, Angela habe den Campus der NC State University ›sehr selten‹ besucht.

Trotz des scheuen Lächelns gab Angela keine besondere Zuneigung für Moog zu, geschweige denn, daß es zu Intimitäten gekommen sei (später sagte sie ihrer Mutter, sie sei während der ganzen Zeit der Bekanntschaft Jungfrau gewesen), aber sie erinnert sich, daß John Taylor ihr in Elizabeth City verraten hatte, Moog habe Henderson erzählt, er wolle sie heiraten.

Und obwohl Angela sagte, sie könne sich nicht erinnern, erklärte Donna Brady: »Ich glaube, ich erinnere mich, daß Moog Chris gesagt hat, er wolle seine Schwester heiraten oder so etwas in dieser Art. Ich kann mich nicht entsinnen, ob Chris oder vielleicht Angelas Mutter einmal darüber scherzte. Es war vielleicht Chris.«

»Ich bekam einen Schock, als er verhaftet wurde«, sagte Angela. »Er kam mir nicht wie ein gewalttätiger Typ vor. So schätzte ich ihn nie ein, und so werde ich ihn nie einschätzen. Und ich kenne ihn. Ich meine, ich habe ihn high gesehen, habe ihn auf LSD-Trips und betrunken erlebt. Er war nie gewalttätig. Ich kenne Neal Henderson nicht, aber ich kann einfach nicht glauben, daß Moog es getan hat. Ich glaube es nicht. Bis zum heutigen Tag nicht. Ich kann es einfach nicht glauben.« Während dieser Woche wurde sie lebhafter als zu jeder anderen Zeit des Gesprächs.

So stark war diese Überzeugung, daß Angela – das Mädchen, das nie Gefühle zeigte – im Gerichtssaal in Elizabeth County geweint hatte, als Upchurch zum Tode verurteilt worden war.

Aber damals sagte sie: »Ich kenne ihn nicht gut. Ich hatte ihn ein paarmal in Chris' Zimmer gesehen.« Sie hatte weder mit ihm geschlafen noch ihn als zukünftigen Ehemann betrachtet, und auf diese Frage, ob sie ihn auch nur geküßt hatte, schüttelte sie den Kopf.

Sie erklärte, sie könne sich nicht erinnern, ihn je allein getroffen zu haben. »Ich erinnere mich nicht an irgendeine private Unterhaltung mit Moog. Wirklich nicht. Wir waren einfach eine Gruppe von Leuten, die zusammen ausgingen.«

Was Chris anbetraf, so sagte sie mir in völlig emotionslosem Tonfall, daß sie nicht so sehr ärgerlich auf ihn war, weil er die Mutter im Schlaf ermorden lassen wollte, um mehr Geld für Drogen zu haben, sondern hauptsächlich, »weil er es so lange verschwieg und Mama durch die Hölle gehen ließ. Er wußte, daß er schuldig war, aber er ließ trotzdem die Mutter all das Geld für seine Verteidigung bezahlen. Das war sinnlos. Er hätte gleich zu Beginn den Handel machen sollen, anstatt alles zu verschleppen.«

Wie ihre Mutter hatte Angela niemals mit Chris über Einzelheiten des Mordes gesprochen. »Ich befürchte, dann würde ich wirklich wütend auf ihn werden und ihn hassen. Und ich will ihn nicht hassen. So habe ich nie mit ihm darüber gesprochen und werde vermutlich niemals mit ihm darüber reden. Ich wollte zuerst mit ihm sprechen, als er ein Geständnis ablegte. Ich wünschte mir Antworten auf meine Fragen, aber ich hatte Angst vor dem, was er vielleicht sagen würde. Manchmal wollte ich es wissen, dann wieder nicht. So akzeptierte ich einfach, was geschehen war. Es war vorüber, war Vergangenheit, und ich konnte nichts daran ändern. Es hat keinen Sinn, in der Vergangenheit zu kramen und die ganze Sache noch einmal zu erleben. Wissen Sie, er kann das mit seinem Psychologen diskutieren. Es ist leichter für mich, nicht darüber zu reden. Ich will wirklich nicht hören, warum oder wie es geschah. Er kann nichts sagen oder tun, um es zu ändern, also was hätte es für einen Sinn?«

Angela sagte: »Vermutlich zeigte ich in Vosburghs Büro nicht mehr Reaktion, weil Chris mich am Abend zuvor zur Seite genommen und gesagt hatte: ›Ich werde dir morgen etwas sagen, das dich schocken wird, aber bitte hasse mich nicht.‹ Und ich sagte: ›Nichts, was du sagst, wird dazu führen, daß ich dich hasse. Du bist mein Bruder.‹ Aber da war ich überzeugt, daß er schuldig war und es uns am nächsten Tag sagen würde. Bis zu diesem Abend hätte ich auf die Bibel geschworen, daß er nichts mit dem Verbrechen zu tun hatte. In Vosburghs Büro, als Chris sprach, dachte ich einfach nur: ›Ich glaube das nicht. Es ist unmöglich.‹ Ich war wütend. Ich war schockiert. Weil ich ein Jahr lang gesagt hatte: ›Nein, Chris hat nichts damit zu tun. Mein Bruder war das nicht. Es war nicht der Bruder, den ich mein ganzes Leben gekannt habe.‹ Als ich zu meiner Mutter schaute, fragte ich mich, was sie dachte. Aber wir sprachen nie richtig darüber. Damals nicht. Niemals. Wir konnten nichts sagen. Und ich habe auch nie mit Chris darüber gesprochen. Ich erinnere mich, daß wir an diesem ersten Abend auf der Fahrt nach Greenville *nicht* darüber sprachen. Ich wollte es nicht.

Ich entsinne mich, daß wir über meinen Freund Steve Tripp redeten. Chris hatte Hunger, aber ich wollte in Greenville nur Steve sehen. Chris fragte, was Mutter gesagt hatte, und ich antwortete ›nichts‹, weil sie wirklich nicht mit mir darüber gesprochen hatte.«

In der Zeit zwischen Chris' Festnahme und seiner Einweisung ins Krankenhaus hatte Angela mehr wissen wollen. »Ich wurde sozusagen im dunkeln gelassen. Damals hätte ich gern mehr Antworten gehabt, aber wie mich die Anwälte und jeder sonst behandelte, war ich einfach das dritte Mitglied der Familie, und ich wollte Mutter oder Chris nicht stören.

Ich habe gelernt, meine Gefühle unter Kontrolle zu halten wie meine Mutter. Wenn ich aufgeregt bin, gehe ich in den Reitstall und weine bei meinem Pferd. Und ich war erschüttert, aber niemand sah es mir an.«

Wenn Leute ihren offensichtlichen Mangel an Reaktion störend fanden, dann war das Angelas Ansicht nach deren Problem, nicht ihres.

»Als Edwards meine Tür öffnete und mich weckte, war mein erster Gedanke: Was zum Teufel macht Bulle Danny in unserem Haus? Ich hatte keine Angst, sondern ich war sauer.«

Es konnte ungeschmolzenes Eis in ihrem Glas gewesen sein. Vermutlich stimmte das. Erstens war es im Haus kalt. Lieth hatte es gern kalt im Haus. Und zweitens hatte sie den Ventilator eingeschaltet. Wenn John Taylor später die Klimaanlage verstellte, lag das vermutlich daran, daß die Türen oft geöffnet worden waren, weil Leute ins Haus und heraus und auf und ab gelaufen waren.

»Die Leute sagen, daß ich dann nicht reagierte, aber ich ging zur Tür des Elternschlafzimmers, schaute hinein und sah Lieth auf dem Bett – und da bekam ich einen Schock. Ich wußte, daß er tot war. Es ist, als würde man zu Eis erstarren. Man hat das Gefühl, das Herz hört auf zu schlagen. Und man denkt: ›O mein Gott‹, nicht ›ist er okay?‹ Ich dachte: ›O mein Gott, er ist tot.‹ Und dann war ich sehr ruhig. Ich stand unter Schock. Ich war nicht hysterisch.«

Auf die Frage, warum sie nicht gleich ins Krankenhaus ging oder sogar mit ihrer schwerverletzten Mutter im Krankenwagen mitfuhr, antwortete Angela: »Ich hatte das Gefühl, ich mußte im Haus bleiben. Ich wollte nicht aus dem Haus gehen, in dem es von Leuten wimmelte. Wissen Sie, meine Eltern wollten keinen im Haus haben, wenn wir nicht dabei waren.«

Es mochten solche Antworten sein, die Leute veranlaßten, Angelas Rolle in Frage zu stellen. Aber sie hatte keine Entschuldigungen für ihr Verhalten.

»Ich zeige einfach ungern Gefühle«, sagte sie. »Ich finde, meine Gefühle gehen keinen etwas an, es sei denn einen engen Freund. Die Leute sollen denken, daß ich allein zurechtkomme. Etwa so: ›Macht euch keine Sorgen, mir geht's prima.‹ Deshalb will ich auch nicht mit einem Doktor aus der Klapsmühle sprechen. Weil ich mit keinem reden will, den ich nicht kenne. Ich mag keine Emotionen vor fremden Leuten zeigen.«

Noch einmal auf ihr Verhalten am Morgen nach dem Mord und in den folgenden Tagen angesprochen, sagte sie: »Ich war siebzehn Jahre alt, beziehungsweise jung. Ich wußte nicht, wie ich damit fertig werden konnte. Ich hielt es für das beste, mit Bekannten auszugehen, um nicht völlig auszuflippen. Mich mit Freundinnen und Freunden zu umgeben. Weil ich, abgesehen von meiner Mutter, kein so enges Verhältnis zur Verwandtschaft habe. Meine Freunde sind mehr wie eine Familie. Von ihnen wollte ich umgeben sein, anstatt nur anzuhören, wie Ramona und Kitty über Peggys Anwesenheit meckerten, weil sie eigentlich nicht richtig zur Familie gehört. So was wollte ich nicht hören. Ich wollte weg. Und es war mir zu diesem Zeitpunkt gleichgültig, was jeder dachte oder ob man mich sehen wollte oder nicht.«

Im Laufe des Sommers traf ich Angela noch ein paarmal, und ich stellte fest, daß ich sie mochte. Sie kam mir nicht kalt vor. Aber ich war mir nicht sicher, ob es ihr gutging. Es war, als schwebte sie über die dünne Oberfläche des Lebens, und sie wirkte passiv, lustlos und ziemlich verloren.

Aber sie hatte das Buch *A Rose in Winter* dreimal gelesen.

Und die vier ordentlich gestapelten Buchseiten neben dem Bett waren mit Blut bespritzt. Der Text auf diesen Seiten handelte von blutigen Dolchen, bösen Gutsherren, einem siegreichen Helden namens Christopher und einer Heldin, die vor Erleichterung schluchzte.

Tom Brereton war betroffen von Angelas offenkundigem Zorn darüber, daß Lieths Erbschaft nicht zu einer bedeutenden Veränderung ihres Lebens geführt hatte. Bedachte man, wie blasiert sich Angela sonst gab, war dies in der Tat ein erstaunlicher Gefühlsausbruch vor einem Fremden.

Chris hatte gesagt: »Ich weiß nicht, ob James Upchurch Angela jemals kennengelernt hat.«

Aber Angela sagte, sie hatte ihn in Chris' Zimmer kennengelernt, Monate bevor Chris angeblich seine Bekanntschaft gemacht hatte.

Und wann immer sie sich kennengelernt hatten, Moog war sein bester Freund, Mentor, seine LSD-Quelle, sein Mitverschwörer und der Dungeons & Dragons-Meister geworden. Er hatte von dem Geld gewußt und war laut Henderson so vernarrt in Angela gewesen, daß er von einer Heirat mit ihr geträumt hatte.

Selbst Bill Osteen hatte das Gefühl, daß ›irgend etwas‹ zwischen Moog und Angela gewesen war.

Und sie war in Tränen ausgebrochen, als Moog zum Tode verurteilt worden war.

4

Bonnie hatte mir versichert, sie wolle die Wahrheit wissen, wie auch immer sie aussehen würde. Und Wade Smith hatte gesagt, ich könne ihr nicht weh tun, weil sie nichts mehr zu verlieren habe.

Vielleicht ahnten beide nicht, daß neue Fragen auftauchten.

Laut Chris Pritchards Aussage war er am Freitag abend vor dem Mord heimgekommen, um mit Freunden auszugehen. Die Freunde gingen jedoch nicht mit ihm aus. Dann sagte er, er könne sich nicht erinnern, warum er heimgefahren sei. Schließlich sagte er, er sei heimgefahren, um den Schlüssel zur Hintertür zu stehlen, damit er oder Moog allein leise ins Haus gelangen konnten. Er hatte bei seiner Aussage am 27. Dezember vor den Ermittlern klar und deutlich gesagt, daß er den Schlüssel zur *neuen, äußeren* Hintertür meinte.

Das Problem ist, daß dies nicht der Schlüssel war, den er nahm. Der Schlüssel, der mit ›Hintertür‹ markiert war und in der Küche hing, war der Schlüssel zur Hintertür, die es gegeben hatte, bevor die Veranda eingefriedet und mit einer neuen Tür versehen worden war. Jetzt war es eine Innentür, die Bonnie abends nicht einmal abzuschließen pflegte.

Für die neue Hintertür gab es nur zwei Schlüssel. Bonnie bewahrte einen stets an ihrem Schlüsselbund, und der wurde nach dem Mord im Haus gefunden. Nichts wies darauf hin, daß irgendein Schlüssel von dem Bund entfernt worden war, und keiner hatte das auch jemals behauptet.

Den anderen Schlüssel für die Hintertür hatte eine Frau, die woanders wohnte und sich um die Tiere kümmerte, wenn Bonnie und Lieth fort waren. Dieser Schlüssel blieb in ihrem Besitz und unberührt. Weder Chris noch Angela hatten einen Schlüssel zur äußeren Hintertür. Nicht einmal Lieth hatte einen Schlüssel zu dieser Tür gehabt.

So konnte man mit dem Schlüssel, den Chris gestohlen hatte – welchen auch immer er für den richtigen gehalten haben mochte –, nicht die neue Hintertür aufschließen, die Bonnie an diesem Abend abgeschlossen hatte, wie sie sich deutlich erinnert. Und man kann annehmen, daß Chris, der sieben Jahre lang in diesem Haus gewohnt hatte, zu seiner Bestürzung an jenem Freitag abend erkannt haben mußte, daß er den Schlüssel, für den er eigens gekommen war, nicht bekommen konnte.

Angelas Freundin und Nachbarin Stephanie Mercer erinnert sich, daß Angela in dieser Freitagnacht in ihrem Haus schlief und Chris am Samstag morgen zur Hintertür ihres Hauses kam, um unter vier Augen mit Angela zu sprechen.

Später am Morgen fuhren Angela und Donna Brady zwei Stunden lang zum Strand, obwohl es regnete. Angela kaufte ein pfirsichfarbenes T-Shirt in einem Benetton-Laden, bezahlte mit Kreditkarte und erhielt einen Beleg. Bei all der Vergeßlichkeit und den Erinnerungslücken angesichts der vielen Ereignisse dieses Wochenendes haben Angela und Donna – und auch Bonnie – eine bemerkenswert klare Erinnerung daran.

Chris weilte zu diesem Zeitpunkt wieder in Raleigh. Er holte Moog ab und setzte ihn bei einem kleinen Schuppen hinter dem Flugplatz ab, ungefähr anderthalb Kilometer von seinem Elternhaus entfernt. Dort wartete Moog von 15 Uhr bis mindestens 20 Uhr, vermutlich allein, obwohl Bill Osteen in diesem Punkt seine Zweifel hat.

Unterdessen briet Chris die Hamburger mit dem Schlafmittel. Er tat das allein – es sei denn, man kommt auf seine Aussage vom 1. August 1988 zurück, bei der er Lewis Young sagte, er habe mit Angela zusammen die Hamburger gebraten; oder zu Bonnies beiden Aussagen, in denen sie das gleiche gesagt hatte. Erst als enthüllt war, daß die Hamburger Teil eines gescheiterten Mordplans waren, erinnerte man sich, daß Chris sie allein gebraten hatte.

Jedenfalls geschah nichts in der Samstagnacht. Chris holte Moog ab und fuhr irgendwann nach Raleigh zurück. Angela, vom Strand zurückgekehrt, hielt sich mal im Haus, mal außer Haus auf, war sich aber nicht sicher, wo und wann und mit wem sie zusammengewesen war.

Am Sonntag abend hielt Angela eine Verabredung nicht ein. »Ich sollte mit David ausgehen. Ich kann mich beim besten

Willen nicht an seinen Nachnamen erinnern.« Als ihr der Nachname genannt wurde, sagte sie: »Ja, das ist er. Wir hatten uns verabredet, und ich wollte nicht mit ihm ausgehen. So sagte ich ihm, Lieth ließe mich nicht gehen.«) Statt dessen ging sie mit Donna Brady aus. Sie ist sich nicht mehr sicher, wohin sie gingen, erinnerte sich aber, beim Einkaufszentrum gewesen zu sein. Ein anderes Mal meint sie, unten beim Fluß gewesen zu sein. Vielleicht auch an beiden Orten. Wo auch immer, es war langweilig, es war nichts los, und so ging sie früh heim, weit vor ihrer Ausgangssperre, was so gut wie nie vorher geschehen war.

Und aus irgendeinem Grund geht Donna Brady nach Hause, anstatt in Angelas Haus zu übernachten, wie es geplant war. Donna sagt, sie kann sich nicht erinnern, weshalb sie nicht bei Angela schlief. Angela sagt nur: »Aus irgendeinem Grund schlief sie nicht bei mir.«

Lieth schläft bereits. Angela geht nach oben und hört sich Musik an. Bonnie sitzt mit ihrem Haushahn vor dem Fernseher und sieht sich eine neue Episode der Ted-Bundy-Serie an.

Und Neal Henderson und Moog fahren am Haus vorbei, um sich zu orientieren. Moog hat ein Messer, den Baseballschläger und die Taschenlampe – und vielleicht ein japanisches Kampfgerät aus Bambusstäben, die ›zischen‹, wenn man sie schwingt –, aber keinen Schlüssel zur neuen Hintertür.

Mit dem Schlüssel zur alten Hintertür kann man auch die Haustür aufschließen, aber nichts weist darauf hin, daß Moog das wußte. Bei keiner von Chris' Aussagen heißt es, daß er Moog sagte, er habe den Schlüssel für die neue Hintertür nicht stehlen können, aber da sei kein Grund zur Sorge, denn mit dem Schlüssel, den er besorgt hatte, könne man die Haustür öffnen. Chris betonte ausdrücklich etwas ganz anderes. Nach seiner Aussage *war* der Schlüssel, den er nahm, der Schlüssel für die neue, äußere Hintertür. Aber mit diesem Schlüssel kann man die Tür nicht aufschließen.

Die neue Hintertür befindet sich genau unter dem Elternschlafzimmer, in dem Lieth um vier Uhr bereits fast sieben Stunden geschlafen hatte. Die neue Hintertür ist verglast, aber es ist Plexiglas, das schwer einzuschlagen ist. Da ist auch ein großes Doppelglasfenser weiter von der Tür entfernt. Wenn man es mit einem Baseballschläger einschlägt, verursacht das Lärm. Es gibt viele Männer und Frauen, die aufwachen, wenn um vier Uhr morgens direkt unter ihrem Schlafzimmer ein großes Fenster eingeschlagen wird.

John Taylor, Lewis Young und sogar Tom Brereton stimmen in einem Punkt überein: der Tatort ähnelte einem vorgetäuschten Einbruch, keinem echten, und das Glas wurde erst nach dem Verbrechen eingeschlagen.

So bleibt diese Frage: Wenn Moog keinen Schlüssel hatte und nicht einbrach, wie gelangte er dann ins Haus?

Man kann es auch anders formulieren: Wie gewann der Dungeons & Dragons-Meister, der die schlafende Prinzessin heiraten wollte, Zutritt zur Burg des teuflischen Burgherrn?

Besteht da auch nur die allergeringste Möglichkeit, daß jemand, der bereits im Haus war, vor seiner Ankunft nach unten ging, die Tür aufschloß und dann mit einem Glas Wasser mit Eiswürfeln wieder nach oben ging?

Wie Jean Spaulding einmal sagte: »Vieles von dieser Geschichte ist noch nicht erzählt.«

»Wenn es eine Metapher für Bonnie gibt«, sagte Dr. Spaulding bei einer anderen Gelegenheit, »sehe ich sie als einen Baum, dessen Wurzeln sehr tief im Boden ihrer Familie verwurzelt sind. Und so kann sie viele Stürme überstehen. Sie hat innere Kraft, eine stille Gelassenheit, aber ich möchte auf keinen Fall erleben, daß sie noch mehr erschüttert wird. Sie hat ihren Ehemann verloren. Dann ihren Vater, ausgerechnet zu der Zeit, an dem er eine Quelle innerer Kraft für sie war. Und obwohl Chris nicht tot ist, hat sie ihn verloren. Ihre Beziehung zu ihm wird niemals mehr die gleiche wie früher sein. Dennoch läßt sie sich nicht unterkriegen, sondern macht einfach weiter.

Bonnie beschäftigt sich in Gedanken sehr mit Chris, aber hinsichtlich Angela sind das andere Gedanken. Chris muß viele Jahre im Gefängnis verbringen, aber Angela lebt in der wirklichen Welt. Ich möchte auf keinen Fall, daß Angela in irgendeiner Art und Weise etwas passiert. Es gibt all diese Dinge, die Fragen aufwerfen, aber ich hoffe, daß nichts geschieht, was zu dem Schluß führt, Angela sei irgendwie mitschuldig. Bonnies hauptsächlicher Schutzmechanismus ist Verleugnung, und sie wird sich hartnäckig daran klammern, besonders wenn ungeklärte Fragen am Rand ihres Verstandes Zweifel aufwerfen. Wenn wir Bonnie diesen Schutz wegnehmen, weiß ich nicht, was zutage kommt. Und ich will es auch nicht wissen. Das ist alles, was sie hat. Sie hat schon so viel verloren. Und wenn ihr Angela irgendwie genommen wird, nicht durch Unglück, Tod oder Unfall, sondern wegen irgendeiner Mittäterschaft bei dieser ganzen Sache, dann wird das meiner Ansicht nach mehr sein, als Bonnie verkraften kann. Das ist vielleicht der letzte kleine Dominostein. Sollte der fallen, dann haben wir eine ganz andere Lage, befürchte ich.«

5

Am Freitag, dem 14. Juni 1991, wurde in der Haftanstalt Craggy, nördlich von Asheville, bei Chris angedeutet, daß man vielleicht seiner Schwester erzählt hatte, Moog würde in jener Sonntagnacht nach Washington kommen, um einen Ulk zu machen. Es würde ein Spaß sein, hatte man ihr vielleicht erzählt. Er würde sich mitten in der Nacht ins Haus schleichen und ein paar Dinge stehlen, vielleicht den Videorecorder, die Stereoanlage, den Fernseher. Lieth würde wirklich sauer sein, wenn er aufwachen würde, aber auf der Uni konnten sie alle darüber lachen.

Das dumme war nur, Chris hatte den Schlüssel zur neuen Hintertür nicht gefunden. Wenn Bonnie zu Bett ging, sollte Angela nach unten gehen und die Tür von innen entriegeln und aufschließen, damit Moog hereinkommen konnte.

Nur ein kleiner Spaß, nichts sonst. Und vielleicht hatte

Angela, die keine Spielverderberin und begierig darauf war, an einem Abenteuer mit Moog teilzunehmen, mitgemacht.

Und dann – zu ihrem Entsetzen, das für immer einen seelischen Schock hinterlassen würde – war sie von Lieths Schreien erwacht, und er und Angelas Mutter waren geschlagen und niedergestochen worden.

Dies war ein Schock, sagte man Chris, der aus einleuchtenden psychologischen Gründen eine Person, die in aller Unschuld so etwas getan hatte, veranlaßte, sich tief in sich zurückzuziehen und zu verschließen und nur zu sagen, sie wisse nichts und habe während alldem geschlafen.

Zuerst wirkte Chris verwirrt. »Ich habe keine Ahnung, wie sie ins Haus kamen«, sagte er. »Wenn Angela eingeweiht war, dann nicht von mir.« Dann sagte er: »Ich muß eine Zigarette rauchen, macht Ihnen das was aus?« Einen Augenblick später erklärte er: Das ist Blödsinn. Ich habe Angela nichts gesagt. Wenn sie es wüßte, dann hat es sie so fertiggemacht, daß sie sich nicht erinnert.«

Als Chris über das Gespräch mit Angela am Samstag morgen hinter Stephanie Mercers Haus angesprochen wurde, füllten sich seine Augen mit Tränen. Er sagte: »Ich erinnere mich nicht ... keine Ahnung ... Ich kann es ihr unmöglich gesagt haben ... Ich erinnere mich nicht, daß ich bei Stephanies Haus war.«

Auf die Frage nach einer möglichen Beziehung zwischen Moog und Angela reagierte Chris ganz anders als bei früheren Aussagen. Er erinnerte sich, daß Moog für Angela geschwärmt und einmal gesagt hatte: »Mann, deine Schwester sieht gut aus.«

In der weiteren Unterhaltung über Angela wirkte Chris zunehmend beunruhigt und aufgeregt, fast wütend. Er sagte des öfteren: »Ich weiß es nicht.« Er sprang nie von seinem Stuhl auf, aber er rutschte unruhig darauf herum, und seine Beine zitterten.

»All diese Punkte sind einleuchtend«, sagte er, »aber sie stimmen nicht.« Und er fügte hinzu: »Ich werde nichts davon glauben.« Später sagte er etwas ruhiger: »Sie haben mich durcheinandergebracht . . . Ich will es nicht glauben . . . Sie würden so-was nicht zur Sprache bringen, ohne etwas zu wissen . . . Vielleicht wird sie mit mir reden . . . Ich habe auch Fragen an sie. Ich will es selbst wissen. Meine Familie ist jetzt so zerstört, aber ich will nicht, daß es noch schlimmer wird.«

Er beharrte weiterhin darauf, daß er Upchurch erst im Sommersemester kennengelernt hatte, und er beteuerte: »Moog kann unmöglich mit uns beim Def-Leppard-Konzert gewesen sein.«

Er korrigierte also nicht das Datum seiner ersten Begegnung mit Moog, aber er gab zu, daß die Beziehung weit über jeden Zeitpunkt hinaus bestanden hatte, den er jemals genannt hatte. Im Gegensatz zu seinen früheren Aussagen erklärte er: »Wir haben bis 1989 zusammen D & D gespielt.« Aber er beharrte darauf, daß außer in jener schlimmen LSD-Nacht im August nie etwas von dem Verbrechen erwähnt wurde.

Am 14. Juni, zwei Stunden entfernt und in dem Haus außerhalb des Campus, das sie mit Kommilitoninnen teilte, beantwortete auch Angela weitere Fragen. An diesem heißen, schwülen Abend lief ein Ventilator in ihrem Zimmer im Obergeschoß. Angela wirkte lebhafter als bei früheren Gesprächen, und ihre Antworten waren überlegter. An drei verschiedenen Punkten weinte sie.

Nach ihren Worten waren sie und Stephanie Mercer gute Freundinnen, und sie hatte oft in Stephanies Haus geschlafen, aber sie sagte: »Ich erinnere mich einfach nicht, in dieser Nacht bei ihr gewesen zu sein. Ich sage nicht, ich erinnere mich, in meinem Bett geschlafen zu haben, aber ich kann mich einfach nicht entsinnen, daß ich bei Stephanie war. Überhaupt nicht.«

Was den Samstag anbetraf, sagte sie zuerst: »Ich ging mit Donna aus. Vermutlich war ich im Einkaufszentrum.« Auf Donnas Erinnerung angesprochen, daß sie statt dessen zum Strand gefahren waren, fügte sie hinzu: »Ich erinnere mich, daß wir zum Abendessen vom Strand zurückkehrten. Ich und Donna machten Pommes frites. Chris briet Hamburger.«

Inzwischen sagte Bonnie, *sie* habe die Pommes frites gemacht und könne sich nicht mal erinnern, ob Angela in der Küche war. Aber wenn man alle Ereignisse der folgenden Stunden bedenkt, ist diese Verwirrung vielleicht ohne jede Bedeutung.

Angela erinnerte sich nicht, daß Chris an Stephanie Mercers Hintertür gewesen war, aber sie sagte: »Ich wußte, daß Chris diese Nacht daheim sein würde, denn ich sah ihn am Morgen. Er bat mich, zum Abendessen zurück zu sein. Er wollte das machen.« Ihre Erklärungen zum Verlauf der Sonntagnacht waren viel direkter.

»Ich habe die Tür nicht geöffnet«, sagte sie. »Soviel kann ich Ihnen sagen. Ich habe die Tür nicht geöffnet. Sie war vielleicht nicht abgeschlossen.« Sie hörte sich aufmerksam die Erklärung an, daß ein unbefangener Beobachter sich wundern müsse, wie Moog ins Haus gelangt war, und sie schreckte nicht vor der indirekten Anschuldigung zurück.

»Ich weiß«, sagte sie. »Aber ich tat es nicht. Ich kann jeden nur auffordern, Neal und Moog zu fragen. Und Chris. Aber ich weiß, daß Chris keine Ahnung hat. Moog wird nichts sagen. Und Neal kennt mich überhaupt nicht.«

Sie bestritt entschieden, die Tür aufgeschlossen zu haben.

Auf die Frage, ob irgend etwas Leute auf den Gedanken gebracht haben könnte, sie und Moog hatten eine enge Beziehung, erwiderte Angela: »Nein, ich meine, ich bin sehr kontaktfreudig und freundschaftlich. Es ist nichts besonderes für mich, jemanden in die Arme zu nehmen. Vielleicht habe ich ihn umarmt, aber ich erinnere mich nicht daran.«

Warum hatte sie dann geweint, als er verurteilt wurde? Sie antwortete ohne Zögern.

»Weil er die Todesstrafe erhielt. Er wurde zum Tod verurteilt. Und zu diesem Zeitpunkt hatte ich, wie ich Ihnen schon sagte, immer noch einige Zweifel, ob er das wirklich getan hatte. Weil ich es einfach nicht glauben konnte – ich meine, ich kannte ihn doch. Ich hatte ihn betrunken oder high erlebt, aber ich habe ihn nicht als gewalttätigen Typ in Erinnerung. Ich glaubte einfach nicht an seine Schuld, und ich konnte nicht fassen, daß er die Todesstrafe bekam.

»Worin bestand denn seine Beteiligung, sofern er beteiligt war?«

»Vielleicht war er im Haus dabei. Ich weiß es nicht. Aber ich traue ihm diese Tat einfach nicht zu.«

Ein paar Minuten später wechselten die Fragen zu ihrer Beziehung zu Lieth. Dies war der Augenblick, in dem sich ihre Augen mit Tränen füllten.

»Meine Beziehung zu Lieth war großartig«, sagte Angela. »Wir hatten unsere Probleme, unsere kleineren Streitereien. Wie in jeder Vater-Tochter-Beziehung ... keine große Sache. Wir hatten eine prima Beziehung. Ich liebte ihn. Ich hätte ihm niemals etwas angetan. Wenn ich vorher gewußt hätte, was passieren wird, hätte ich alles in meiner Macht stehende getan, um es zu verhindern. Ich hätte es meinen Eltern gesagt. Einfach weil ich nie etwas getan hätte, was Lieth oder meiner Mutter geschadet hätte. Lieth war der einzige Vater, den ich je kannte.«

Bei der Frage, ob es ihr etwas ausmachte, daß sie immer noch für so viele Leute verdächtig war, verriet Angelas Stimme die erste Spur von Ärger.

»Ja, das stört mich«, sagte sie. »Ich bin nur sauer wegen der Leute, die mich vorher kannten. Die Leute, die mich nicht kannten, interessieren mich weniger.« Aber die fortgesetzten Verdächtigungen von Anwälten und Kriminalbeamten regten sie auf.

»Das ärgert mich, weil sie mit Chris und Neal und Moog geredet haben. Sie hörten die Geschichten vor uns allen. Sie kennen die Fakten und verdächtigen immer noch Unschuldige. Das macht mich sauer. Ich vertraute darauf, daß man unschuldig ist, bis eine Schuld bewiesen wird. Ich hätte nie gedacht, daß man so einfach für schuldig gehalten wird, ob man es ist oder nicht. Es ärgert mich auch, daß Moog nichts sagt.«

»Warum?«

»Er ist derjenige, der sagen kann, warum mir nichts passierte. Er kann das – und Chris ebenfalls. Chris kann sagen, ob ich etwas damit zu tun hatte oder nicht. Es war sein Plan. Es war seine Idee. Und er weiß, daß ich nichts damit zu tun hatte.«

Dann sagte sie: »Ich möchte mich einer Hypnose unterzieıen. Das würde ich gern tun. Um festzustellen, ob es irgend twas gibt, das ich weiß. Weil ich mich an nichts erinnere. Venn es irgend etwas gibt, weiß ich es nicht.«

Als dann die Sprache auf Bonnie kam, wurde Angela sehr edrückt. Ihre Stimme klang leise und traurig. Sie sprach langamer: »Wenn es jemand auf der Welt gibt, für den ich alles tun vürde, dann ist das meine Mutter. Ich würde nicht zulassen, laß ihr jemand weh tut. Sie ist mein Leben, und ich weiß ehrich nicht, was ich ohne sie tun würde. Wenn sie gestorben väre, würde ich jetzt irgendwo in einer Nervenklinik sein.

Ich hatte nichts damit zu tun. Und es freut mich, daß sie die ine Person ist, die mir glaubt, mir ehrlich glaubt. Keine Zweiel hat. Vielleicht hat sie Zweifel, aber in diesem Fall verbirgt neine Mutter sie sehr gut.«

Am Ende des Gesprächs, als wieder von Chris die Rede war, ebte Angelas Stimme, und sie weinte erneut.

»Ich habe noch nicht mit ihm geredet, weil ich das nicht *will*. ch will es nicht, weil ich ihn danach hassen werde. Daran gibt s für mich keinen Zweifel. Er brachte meinen Vater um. Und r brachte fast meine Mutter um. Er ist mein Bruder, und ich vill ihn deshalb lieben, aber ich kann es einfach nicht. Deshalb vill ich nicht mit ihm darüber reden.«

Sie schniefte, bevor sie weitersprach. »Ich liebe ihn, weil er s zugegeben hat, aber ich hasse ihn, weil er es getan hat.«

Und dann sagte sie, daß sie ihn in den anderthalb Jahren im Gefängnis nie allein besucht hatte, obwohl sie nur zwei Stunlen entfernt wohnte.

»Ich habe ihn nie besucht, weil ich befürchte, es kommt zu inem Gespräch darüber, und ich will einfach nicht darüber eden.«

Chris schrieb mir am 21. Juni 1991 als Antwort auf weitere Fraen über Angela: »Ihre Fragen sind legitim und verdienen Antvorten. Aber Ihre Ansicht über eine Mittäterschaft meiner Schwester ist grundfalsch. Ich war während des Mordes nicht m Haus, aber ich kenne meine Schwester. Während ihrer Jahre auf der High-School konnte man sie fast nur wecken, wenn man sie mit Wasser überschüttete oder aus dem Bett zerrte Deshalb halte ich es für möglich, daß sie bei alldem weiterschlief. Sie wußte vorher nichts von dem Geschehen.«

An einer anderen Stelle seines Briefes hieß es: »Es machte mich krank, in der Zeit nach der Ermordung meines Vaters zu lügen, und ich schwor mir, nie wieder zu lügen. Ich würde nicht mehr bewußt lügen, auch nicht wenn mein Leben davon abhing. Das kann ich mit Sicherheit sagen.«

Und kurz vor dem Schluß fügte er hinzu: »Bei aller Ehrlichkeit – wenn meine Schwester beteiligt wäre und ich das wüßte würde ich es Ihnen nicht sagen.«

6

Bis zum Juni 1991, als sie ihre Telefonnummer ändern ließ behielt Bonnie Chris' Stimme auf dem Anrufbeantworter. So konnte man fast drei Jahre nach dem Mordversuch an Bonnie und fast achtzehn Monate nach Beginn seiner Gefängnisstrafe immer noch Chris' Stimme hören, wenn man bei Bonnie anrief

»Ich bin noch nicht wieder ganz auf der Höhe, aber ich sehe daß ich auf dem Weg der Besserung bin«, sagte Bonnie mir im Juni. »Ich weiß, daß ich immer noch Zorn in mir habe. Zorn auf Chris. Und ich weiß, daß ich eines Tages damit fertig werden muß. Aber noch bin ich dazu nicht bereit. Es ist viel leichter, einen neuen Linoleumboden zu verlegen oder bis drei Uhr morgens aufzubleiben und die Küche anzustreichen, als sich diesem Problem zu stellen. Aber ich weiß jetzt, daß dieser Tag kommen muß. Ich arbeite daran. Ebenso mit Angela. Ich möchte, daß sie zu Dr. Spaulding geht. Ich glaube, Dr. Spaulding könnte Angela aus der Reserve locken, wie es noch keinem sonst gelungen ist. Bestimmt würde das Angela sehr guttun. Sie braucht diese Last dann in den kommenden Jahren nicht mehr zu tragen.«

Bonnie war sich bewußt, daß viele Leute innerhalb und außerhalb ihrer Familie immer noch Zweifel über Angelas Rolle hegten. Aber Bonnie selbst hatte keine Zweifel. Bonnie glaubte ihr, vertraute ihr und suchte einen Weg, um ihr Heilung zu verschaffen.

Bei einem Gespräch am späten Abend fragte Bonnie plötzlich mit stockender Stimme: »Warum wurde er hinterrücks niedergestochen?«

Sie verstummte und seufzte, und sie war den Tränen näher als je zuvor bei ihren Gesprächen mit mir.

»Weil er sich über mich geworfen hatte«, sagte sie dann. »Er versuchte mich zu schützen und mir irgendwie das Leben zu retten. Lieth starb bei dem Versuch, mir das Leben zu retten. Er wollte, daß ich lebe – und wenn er das für mich tun konnte, dann darf ich um seinetwillen einfach nicht aufgeben. Ich muß weiterleben, wie er es wollte, und ich muß versuchen, einen neuen Sinn für mein Leben zu finden.

Es hat lange gedauert, bis ich in der Lage war, so etwas zu denken und auszusprechen, aber ich glaube, ich bin bereit für einen Neubeginn.«

Und das brachte die Erinnerung zurück an einen warmen Samstagmorgen im vergangenen Frühling, als ich mit ihr das Haus in Winston-Salem verließ und nach Welcome zu ihrem richtigen Heim fuhr.

Es war die bei weitem angenehmste Zeit, die ich je mit ihr verbrachte. Sie fuhr mit mir im ganzen Ort herum und hielt beim Haus ihrer Mutter, damit ich die Orchideen bewundern und die Mansarde sehen konnte, die ihr und ihren Schwestern als Kinderzimmer gedient hatte.

Wir fuhren weiter nach Lexington, und sie zeigte mir das Drive-in-Restaurant (vor langer Zeit geschlossen), wo sie neben Steve Pritchards Wagen geparkt hatte.

Dann brachte sie mich zum Finch Park, in den sie und Lieth

und ihre beiden kleinen Kinder des Sonntags gegangen waren, als Lieth von Cincinnati gekommen war. Zu dieser Zeit hatte sie ihre Furcht überwunden, er würde sie nach dem Umzug vergessen.

An diesem Morgen waren Bonnies Schritte beschwingter und leichter als sonst. Da war etwas, das an ein Aufflackern von Lebensfreude grenzte und das ich zuvor nicht bei ihr gesehen hatte. Es kam anscheinend, weil sie – wenn auch nur kurz und unter völlig anderen Umständen – wieder an einer Stätte war, an der sie einst Hoffnung geschöpft hatte.

Schwäne schwammen durch den großen Teich, am Ufer erhob sich ein Musikpavillon, Bäume spendeten Schatten auf Rasenflächen, und ein Pfad führte um den Teich herum; ich sah mehrere Kinderspielplätze.

Hier hatte Bonnie es zum ersten Mal erkannt. Hier hatte sie zum ersten Mal gespürt, daß es in ihrer Zukunft vielleicht doch noch etwas Glück geben konnte: mit diesem Mann, dessen Kopf sie auf dem Schoß hielt, während sie zusammen ihren Kindern beim Schaukeln zuschauten.

ENDE